PHILIPPA CARR

DAS LICHT UND DIE FINSTERNIS

Roman

Aus dem Englischen
von Karl-Otto und
Friderike von Czernicki

PAVILLON VERLAG
MÜNCHEN

PAVILLON TASCHENBUCH
Nr. 02/0243

Titel der Originalausgabe
LAMENT FOR A LOST LOVER

Umwelthinweis:
Dieses Buch wurde auf
chlor- und säurefreiem Papier gedruckt.

2. Auflage

Taschenbuchausgabe 09/2002

Der Pavillon Verlag ist ein Unternehmen der
Heyne Verlagsgruppe, München
http://www.heyne.de
Printed in Germany 2002
Umschlagillustration: Kornelia Morgan/
PWA/Len Thursten
Umschlaggestaltung: Nele Schütz Design, München
Gesamtherstellung: Elsnerdruck, Berlin

ISBN: 3-453-21295-9

EXIL

Eine Wanderbühne in Congrève

Obwohl ich es damals noch nicht wissen konnte, sollte der Tag, an dem Harriet Main in unsere Familie kam, zu einem der bedeutungsvollsten in meinem Leben werden. Daß Harriet eine bemerkenswerte, starke Persönlichkeit war, eine Frau, mit der man zu rechnen haben würde, daran bestand kein Zweifel. Es schien irgendwie seltsam, daß sie, wenn auch nur für kurze Zeit, die Stellung einer Erzieherin übernehmen sollte. Gouvernanten geben sich gewöhnlich bescheiden, sind stets darauf bedacht, nichts falsch zu machen. Sie leben in steter Sorge, ihre Stellung zu verlieren, und werden deshalb oft ausgenutzt.

Gewiß, es waren außergewöhnliche Zeiten. Die Revolution hatte zu tiefgreifenden Veränderungen in England geführt, alles ging dort, wie wir gelegentlich hörten, drunter und drüber. Wir lebten nun hier in Frankreich, fern unserer Heimat, und waren auf die Hilfe von Freunden angewiesen. Wenn auch der Gedanke, daß unser König das Exil mit uns teilte, tröstlich war, so half er uns doch nicht aus den Schwierigkeiten.

Wir schrieben das Jahr 1658. Schon sieben Jahre war es her, daß ich mit meinen Eltern aus England geflohen war. Inzwischen war ich siebzehn geworden, hatte mich auch allmählich an das neue Leben gewöhnt, wenngleich viele Erinnerungen an die Heimat in mir noch lebendig waren und ich meinen jüngeren Geschwistern gern von den vergangenen Tagen in England erzählte.

Es wurde soviel von jener Zeit gesprochen und davon, wann sie wohl wiederkehren würde, so daß sie zum beherrschenden Thema unseres Lebens geworden war. Niemand schien daran zu zweifeln, daß alles wieder so werden würde, wie es einmal gewesen war. Auch die Kleinen

wurden nicht müde, sich die Geschichten immer wieder anzuhören, denn man redete ja nicht nur von der Vergangenheit, sondern gleichzeitig auch von der Zukunft.
Bersaba Tolworthy, meine Mutter, war eine Frau mit festen Grundsätzen. Sie war Ende Dreißig, sah aber viel jünger aus. Sie war nicht im eigentlichen Sinne hübsch, besaß aber eine Vitalität, die sie anziehend machte. Mein Vater betete sie an, sie bedeutete ihm alles. Und von den Kindern hatte er mich am liebsten.
Meine Mutter führte ein Tagebuch. Sie erzählte mir, ihre Mutter habe ihr und ihrer Schwester Angelet zum siebzehnten Geburtstag ein Tagebuch geschenkt und gesagt, es sei Familientradition, daß die Frauen alle Ereignisse niederschrieben. Diese Bücher würden dann gemeinsam in einer Truhe aufbewahrt. Meine Mutter hoffte, ich würde diese Sitte einmal übernehmen. Ich fand den Gedanken faszinierend, vor allem auch deshalb, weil die Tagebücher bis auf meine Ururgroßmutter Damask Farland zurückgingen, die zur Zeit Heinrichs VIII. gelebt hatte.
»In diesen Tagebüchern ist nicht nur das Leben deiner Vorfahren beschrieben, sondern du erfährst auch etwas über die Ereignisse, die für unsere Heimat von Bedeutung waren«, erklärte meine Mutter. »Wenn du es liest, wirst du verstehen, warum deine Ahnen so und nicht anders gehandelt haben.«
Irgend etwas Geheimnisvolles war um meine Geburt, und meine Mutter glaubte, ich würde alles besser verstehen, wenn ich genau wüßte, wie es sich zugetragen hat. So gab sie mir ihre Tagebücher zum Lesen, als ich sechzehn war. Dabei sagte sie: »Du bist mir sehr ähnlich, Arabella. Du bist rasch erwachsen geworden, und du weißt, daß du nicht den gleichen Vater hast wie Lucas, aber den gleichen wie die Kleinen. Das könnte dir seltsam vorkommen, und ich möchte nicht, daß du glaubst, du gehörtest nicht zu Vater. Lies die Tagebücher, dann wirst du verstehen, wie alles kam.«
Ich las also von meinen Vorfahren mütterlicherseits, von der sanftmütigen Damask, von Linnet und Tamsyn, von der

wilden Catharine und meiner Mutter Bersaba, und je länger ich las, desto klarer wurde mir, warum mir meine Mutter diese Tagebücher übergeben hatte: Sie vermutete etwas von Catherine und ihr selbst in mir. Wäre ich wie die anderen und wie ihre Zwillingsschwester, meine Tante Angelet, gewesen, hätte sie vielleicht gezögert.

So erfuhr ich von dem heimlichen, stürmischen Liebesverhältnis zwischen meiner Mutter und meinem Vater, als dieser noch mit Angelet verheiratet war. Erfuhr, daß meine Mutter kurz vor meiner Geburt Luke Longridge heiratete und daß aus dieser Ehe mein Stiefbruder Lucas stammte, der knapp zwei Jahre jünger als ich war. Luke Longridge war bei Marston Moor gefallen, und Angelet war gestorben, als ihr Kind auf die Welt kam, aber es vergingen noch Jahre, bis sich mein Vater und meine Mutter für immer fanden. Inzwischen war die Sache der Royalisten, für die mein Vater gekämpft hatte, verloren, Karl I. war hingerichtet worden, und Karl II. hatte einen verzweifelten, aber vergeblichen Versuch unternommen, den Thron zu besteigen. Der König war nach Frankreich geflohen, und meine Eltern hatten sich mit Lucas und mir den Flüchtlingen angeschlossen, die England verließen.

Sie hatten noch drei Kinder bekommen: Richard, der den Namen meines Vaters erhielt, aber immer Dick genannt wurde, damit es nicht zu Verwechslungen kam; Angelique, deren Name an Angelet, so hatte ja die Zwillingsschwester meiner Mutter geheißen, anklang; und Fenn – Fennimore –, so benannt nach Vater und Bruder meiner Mutter. Das also war unsere Familie, die in der Fremde ein Flüchtlingsdasein führte und jeden Tag auf die Nachricht aus England wartete, daß das Volk der puritanischen Herrschaft überdrüssig sei und den König wiederhaben wolle. Dann wollten wir, als überzeugte Royalisten, mit ihm zurückkehren.

»Diese Kriege sind eine Pest«, pflegte meine Mutter zu sagen, »ich würde mich am liebsten auf die Seite desjenigen stellen, der den anderen in Frieden leben läßt.« Aus ihrem Tagebuch war mir bekannt, daß Lucas Vater ein Anhänger

Cromwells gewesen war, und sicherlich wurde sie durch ihren Sohn manchmal daran erinnert. Aber die Liebe ihres Lebens war mein Vater, so wie sie die seine war, und ich wußte, daß sie stets auf seiner Seite stehen würde, wofür er sich auch entscheiden mochte. Waren sie in unserer Gegenwart beisammen, und das war nicht oft der Fall, denn Vater war ein großer General und mußte seinem König überallhin folgen, jederzeit bereit, ihm bei der Wiedergewinnung des Thrones beizustehen – waren ihre Gefühle füreinander nicht zu übersehen.

»Wenn ich einmal heirate«, sagte ich zu Lucas, »dann möchte ich, daß mein Mann zu mir so ist, wie unser Vater zu unserer Mutter.«

Lucas gab keine Antwort darauf. Er wußte nicht, daß wir nicht denselben Vater hatten und konnte sich an seinen Vater nicht mehr erinnern. Außerdem hieß er auch Tolworthy, obwohl er als Longridge auf die Welt gekommen war. Lucas haßte den Gedanken, ich könnte einmal heiraten. Und obwohl ich ihn herumkommandiert hatte, als er noch klein war, sagte er oft, er werde mich heiraten.

Ich besaß ein dominierendes Wesen, und Lucas sagte immer, daß die Kleinen vor mir mehr Angst hätten als vor unseren Eltern.

Dabei wollte ich nur, daß alles in geregelten Bahnen verlief – das heißt, daß alles so war, wie ich es gern wollte. Und da wir viel allein waren – wenn mein Vater verreiste, begleitete ihn meine Mutter meistens –, fühlte ich mich als Familienoberhaupt. Diese Rolle fiel mir, da ich die Älteste war, von selbst zu; denn obwohl ich nur knapp zwei Jahre älter war als Lucas, bestand doch ein weit größerer Altersunterschied zwischen Lucas und mir und den Kleinen.

Ich konnte mich noch gut an die Zeit erinnern, als wir nach Frankreich gefahren waren, und auch noch an die Zeit davor; denn ich war damals ja schon zehn Jahre alt. Ich habe noch vage Vorstellungen von Far Flamstead, und ich erinnere mich noch an die Angst, die ich in dem Haus hatte, als wir jeden Augeblick mit der Ankunft der Soldaten rechnen mußten. Ich kann mich noch entsinnen, wie ich mich vor ihnen versteckte, und wie ich die Sorgen der Erwachsenen spürte. Dann entsinne ich mich an ein neues Baby und daran, daß Tante Angelet in den Himmel kam, wie man mir sagte. Und ich erinnere mich, wie wir eine nicht endenwollende Reise nach Trystan Priory zu meinen Großeltern antraten, dieser Ort, der mir noch deutlich in Erinnerung geblieben ist, obwohl inzwischen schon sieben Jahre vergangen sind. Meine gemütliche Großmutter, mein gütiger Großvater, mein Onkel Fenn – ganz lebendig sehe ich sie vor mir. Ich kann mich noch gut erinnern, wie mein Vetter Bastian von Castle Paling herübergeritten kam und immer versuchte, mit meiner Mutter allein zu sein.

Dann änderte sich plötzlich alles: Mein Vater kam. Ich hatte ihn noch nie gesehen. Er war groß und mächtig und hätte einem Angst einflößen können, aber ich fürchtete mich nicht vor ihm. Meine Mutter hatte einmal gesagt: »Wenn du Angst hast vor jemandem, dann sieh ihm direkt ins Gesicht, und du wirst plötzlich merken, daß es überhaupt nichts zu fürchten gibt.« Und so sah ich diesem Mann geradewegs ins Gesicht, und ich merkte schon bald, daß er mich in sein Herz geschlossen hatte. Ja, er schien über meine Existenz ganz besonders glücklich zu sein.

Ich wäre gern in Trystan und bei meinen Großeltern geblieben, und ich wußte, daß sie über unseren Abschied sehr traurig waren, obwohl sie versuchten, es sich nicht anmerken zu lassen. Doch dann waren wir auf dem Meer, in einem kleinen Boot, und das war höchst unangenehm.

Aber schließlich kamen wir in Frankreich an und wurden von vielen Menschen begrüßt. Ich wurde in einen Mantel gehüllt und ritt mit jemandem hoch zu Roß durch die Dunkelheit nach Château Congrève. Und dort bin ich seither geblieben.

Château Congrève! Das klingt zwar großartig, aber eigentlich verdiente das Haus die Bezeichnung Château gar nicht. Es ist mehr ein großes, weitläufiges Bauernhaus als ein Schloß, obwohl es kleine Türmchen an den vier Ecken hat und ein flaches Dach mit Schießscharten. Die Räume sind hoch, die Steinmauern dick, und im Winter ist es sehr kalt.

Das umliegende Weideland wird von der Familie Lambard genutzt, sie wohnt in Katen in der Nähe und versorgt uns mit Fleisch, Brot, Butter, Milch und Gemüse.
Château Congrève wurde uns – einschließlich zweier Dienstmädchen und einem Mann, die sich um uns kümmern sollten – von einem Freund meines Vaters zur Verfügung gestellt. Es sollte als Zufluchtsort für unsere Familie dienen, bis wir nach England zurückkehren konnten. »Wir müssen dankbar dafür sein«, sagte meine Mutter, »Bettler haben keine Wahl.« Und in Anbetracht der Tatsache, daß wir nur einige wenige Habseligkeiten hatten mitnehmen können, kamen wir uns tatsächlich wie Bettler vor.
Aber es ließ sich in dem Haus gut leben. Lucas und ich interessierten uns sehr für die Schweine in den Ställen, für die Ziegen, die auf den Feldern angebunden waren und für die Hühner, die den Hof als ihr Eigentum beanspruchten. Die Lambards – Vater, Mutter, drei kräftige Söhne und eine Tochter – waren sehr freundlich zu uns. Sie liebten die Kleinen und verwöhnten sie, wo sie nur konnten.
Unsere Mutter wohnte mit uns im Château, wenn ihre Kinder geboren wurden, und das waren herrliche Zeiten, obwohl ich wußte, daß sie sich ständig um Vater sorgte. Er gehörte ja zum Gefolge des Königs, und niemand wußte genau, wo sich dieser gerade aufhielt. Sobald sie also einen Säugling unbesorgt in unserer Obhut lassen konnte, verließ uns unsere Mutter wieder, um bei Vater zu sein.
Sie hatte es mir erklärt und gesagt, ich solle es auch den anderen erklären. »Hier im Château Congrève seid ihr in Sicherheit und gut aufgehoben. Aber euer Vater muß in der Nähe des Königs sein und niemand weiß, wohin der König fahren wird. Dein Vater braucht mich, Arabella. Und weil du hier bist, kann ich die Kinder unbesorgt unter deiner Aufsicht zurücklassen.«
Ich war begeistert, und ich war glücklich, weil ich wußte, daß die anderen auf mich angewiesen waren. Und ich versprach meiner Mutter, für alles zu sorgen.
So führten wir in Château Congrève ein ruhiges Leben. Wir hatten eine englische Gouvernante, die schon vor der Revo-

lution als Lehrerin zu einer französischen Familie nach Frankreich gekommen war. Sie freute sich sehr, bei uns zu sein, und sie sollte, da wir sie zum damaligen Zeitpunkt nur schlecht bezahlen konnten, an jenem großen Tag, der mit Sicherheit kommen würde, ihren gerechten Lohn erhalten. Miss Black war mittleren Alters, groß, mager und gebildet. Sie war die Tochter eines Geistlichen und erzählte uns oft, wie froh sie wäre, England noch vor seiner Schande verlassen zu haben, und sie gelobte immer wieder, erst dann nach England zurückzukehren, wenn es dort die Monarchie wieder gäbe. Miss Black war ein großer Gewinn für uns. Sie lehrte uns Lesen, Schreiben, Rechnen, Latein und Griechisch. Französisch lernten wir rasch. Sie brachte uns außerdem gute Manieren und die englischen Volkstänze bei.
Meine Mutter war sehr von ihr angetan und meinte, sie sei ein Segen für uns, und wir könnten uns glücklich schätzen, eine Frau wie Miss Black als Gouvernante zu haben. Lucas und ich nannten sie hinter ihrem Rücken den ›Segen‹. Wir hätten nie gewagt, es ihr ins Gesicht zu sagen, dazu hatten wir zu großen Respekt vor ihr.
Es gab lange, verträumte Sommertage. Jedesmal, wenn ich ein Huhn gackern höre oder den stechenden Geruch von Ziegen und Schweinen wahrnehme, werde ich sofort wieder in jene Tage von Congrève zurückversetzt, die, wie ich jetzt erkenne, zu den friedlichsten gehörten, die ich je erlebt habe. Manchmal dachte ich, das Leben würde immer und ewig so weitergehen, und wir würden alle alt und grau werden, bis der König seinen Thron zurückerobern könnte. Die Sonne schien immer für uns, und die Tage waren nie lang genug. Ich befand mich ständig in Hochstimmung und gab beim Spielen den Ton an. Es waren die kleinen Theaterszenen, die mir am meisten Spaß machten. So war ich Kleopatra, Genoveva und Königin Elisabeth, und ich war auch keineswegs abgeneigt, eine Männergestalt zu verkörpern, wenn es die Hauptrolle erforderte.
Der arme Lucas protestierte hin und wieder dagegen, aber da ich diejenige war, die entschied, was gespielt wurde, forderte ich die Hauptrolle immer für mich selbst. Ich weiß

noch, wie Dick und Angie einmal jammerten, sie wollten nicht immer nur Sklaven sein. Die armen Kleinen – sie waren soviel jünger als Lucas und ich, daß wir es für eine Auszeichnung hielten, wenn sie überhaupt an unseren Spielen teilnehmen durften.
Die große Begeisterung für das Theaterspielen entging der ernsthaften Miss Black nicht, die aus allem eine Unterrichtsstunde zu machen versuchte, was uns wiederum gar nicht gefiel. Aber auf irgendeine Weise hatten wir sie sehr gern, sie gehörte irgendwie zu unserem Leben.
Es war eigentlich Miss Black, die mir den Gedanken eingab, ich müßte Schauspielerin werden. Also lernte ich lange Absätze von Shakespeare auswendig und ließ meine Geschwister unter meinen theatralischen Auftritten leiden.
Während der langen Sommertage vergaßen wir unser Flüchtlingsdasein. Wir waren Piraten, Höflinge, Soldaten, wir erlebten herrliche Abenteuer. Und ich gab immer den Ton an.
»Du solltest manchmal zurücktreten und Lucas die Hauptrolle übernehmen lassen«, pflegte Miss Black zu sagen. Aber ich habe nie ihren Rat befolgt.
So vergingen die Jahre. Ab und zu kamen die Eltern zu uns, und das waren wunderschöne Tage.
Wenn Lucas und ich mit ihnen zusammen essen durften, hörten wir ihren Gesprächen zu. Immer wurde von irgendeinem Plan geredet, wie der König wieder in seine angestammten Rechte eingesetzt werden könne. Das Volk werde der puritanischen Herrschaft allmählich überdrüssig, es denke an die gute alte Zeit der Monarchie. »Bald ist es soweit«, sagten sie. Aber es geschah nichts, und das Leben in Château Congrève nahm seinen gewohnten Lauf. Wenn unsere Eltern dann wieder abgereist waren, ergriff uns alle ein trübselige Stimmung, aber schon bald fesselte uns irgendein neues Spiel und niemand sprach mehr von der Rückkehr nach England.
Eines Morgens erschien Miss Black nicht zum Frühstück. Als wir nach ihr sahen, fanden wir sie tot in ihrem Bett. Sie war ebenso still gestorben, wie sie gelebt hatte. Sie wurde

auf dem in der Nähe des Château gelegenen Friedhof begraben, und jeden Sonntag legten wir Blumen auf ihr Grab.

Wir redeten noch viel von Miss Black und vermißten sie sehr. Einmal ertappte ich Lucas, wie er leise vor sich hin weinte, weil sie nicht mehr da war, und nachdem ich ihm vorgehalten hatte, er sei ein Heulpeter, kamen auch mir die Tränen.

Als meine Eltern bei ihrem nächsten Aufenthalt in Congrève vom Tod Miss Blacks erfuhren, waren sie entsetzt.

»Die Kleinen müssen weiterhin Unterricht bekommen«, sagte meine Mutter. »Wir können sie nicht in Unwissenheit aufwachsen lassen. Meine liebste Arabella, du mußt jetzt dafür sorgen, daß dies nicht geschieht. Du mußt sie so unterrichten, wie Miss Black es getan hätte, bis wir eine neue Gouvernante gefunden haben. Und das wird bestimmt nicht einfach sein.«

Ich freute mich über meine neue Aufgabe und schmeichelte mir schon bald bei dem Gedanken, daß die Erziehung der Kinder keine solche Einbußen erlitten hatte, wie meine Eltern es befürchteten. Ich spielte eine neue Rolle und bildete mir ein, sie gut zu spielen.

Es war ein dunkler Winternachmittag, als die Wanderbühne ankam. Ein starker Nordwind heulte ums Haus und drang durch alle Spalten und Ritzen. Wir hatten mitten in der Halle ein offenes Feuer gemacht. Das Château war höchst primitiv, und es hatte sich sicher nicht viel verändert seit den Tagen, als die Normannen in dieser Gegend ihre steinernen Festungen erbauten, zu denen auch Congrève gehörte. Ich stellte mir oft vor, wie die großen, blonden Wikinger damals mit polternden Schritten hier in diese Halle gekommen waren, sich um das Feuer gesetzt hatten und sich Geschichten über ihre wilden Abenteuer erzählten.

Es war schon dämmrig, als wir von Pferdegetrappel im Hof aufgeschreckt wurden.

In meiner Eigenschaft als Schloßherrin und mir meiner

Stellung durchaus bewußt, rief ich Jacques, unseren Diener, und wies ihn an nachzusehen, was draußen los sei.
Als er in die Halle zurückkam, sagte er aufgeregt: »Es ist eine Wanderbühne. Die Leute bitten um Unterkunft für die Nacht, und sie werden für uns spielen, wenn wir ihnen zu essen geben.«
»Aber selbstverständlich«, rief ich, nun ebenso aufgeregt wie Jacques. »Sag ihnen, daß sie hier willkommen sind. Führ sie herein!«
Lucas war heruntergekommen, und ich flüsterte ihm zu, was los war. »Sie werden für uns spielen!« jubelte er, »wir werden ein richtiges Schauspiel sehen!«
Es waren ihrer acht, drei Frauen und fünf Männer. Ihr Leiter war ein bärtiger, untersetzter Mann mittleren Alters. Er nahm den Hut ab, als er mich sah, und verneigte sich tief. Er hatte freundliche Augen, die fast verschwanden, wenn er lächelte.
»Einen schönen Tag wünsche ich«, sagte er. »Ist wohl der Hausherr zu sprechen, oder die Hausherrin?«
»Ich bin die Herrin hier«, erwiderte ich.
Er schien verwundert über meine Jugend und meinen Akzent.
»Und mit wem habe ich die Ehre?«
»Ich bin Arabella Tolworthy«, antwortete ich. »Ich bin Engländerin. Meine Eltern sind bei unserem König, und ich wohne hier mit meinem Bruder«, ich wies auf Lucas, »und anderen Familienangehörigen, bis wir nach England zurückkehren.«
»So bitte ich Sie um Unterkunft für eine Nacht«, sagte er. »Eigentlich hätten wir weiterfahren müssen, aber das Wetter ist zu schlecht geworden. Wir würden die Stadt kaum erreichen, bis es zu schneien anfängt. Wir werden Sie mit unserem Spiel reich entschädigen für ein wenig Essen und einen Platz, wo wir uns niederlegen könnten, – irgendwo. Wir suchen nur Zuflucht vor dem Wetter.«
»Sie sind uns willkommen«, sagte ich. »Seien Sie unsere Gäste. Ich muß gestehen, daß mir der Gedanke, Sie spielen zu sehen, großes Vergnügen bereitet.«

Er lachte laut und dröhnend.
»Schöne Dame!« rief er aus. »Wir werden vor Ihnen spielen, wie wir noch nie in unserem Leben gespielt haben!«
Die Kinder hatten gehört, daß Gäste gekommen waren, und kamen angelaufen. Lucas sagte ihnen, die Besucher seien Schauspieler, und sie würden für uns ein Theaterstück aufführen. Dick machte einen Luftsprung vor Begeisterung, und Angie tat es ihm nach, während Fenn immer wieder Fragen stellte und wissen wollte, was eigentlich los sei.
»Aber tretet doch näher!« rief ich. Ich strahlte vor Vergnügen, weil ich eine schöne Dame genannt worden war und freute mich über die Gelegenheit, meine Autorität als Schloßherrin zu beweisen.
Sie schienen die Halle ganz auszufüllen. Als sie zum Feuer traten, um sich zu wärmen, leuchteten ihre Augen.
Unter den Schauspielern war ein Frau mittleren Alters, die gut die Frau des Leiters sein konnte, und eine andere, die ich auf Ende Zwanzig schätzte. Und Harriet Main. Von den fünf Männern waren drei schon etwas älter. Einer der beiden jüngeren schien sehr gut auszusehen, aber sie waren alles so vermummt, daß ich nur wenig von ihren Gesichtern erkennen konnte. Nachdem ich sie um das Feuer gruppiert hatte, ging ich in die Küche, um mit unseren beiden Dienstmädchen, Marianne und Jeanne, zu sprechen.
Als ich ihnen von den Gästen erzählte, waren sie entzückt.
»Schauspieler!« rief Marianne, die ältere der beiden. »Oh, das wird lustig werden. Wie lange ist es her, daß Schauspieler hier gewesen sind? Meist gehen sie ja doch nur in die großen Häuser und Schlösser.«
»Das Wetter hat sie zu uns gebracht«, sagte ich. »Aber was haben wir für sie zu essen?«
Jeanne und Marianne steckten tuschelnd ihre Köpfe zusammen und sagten dann, ich könnte versichert sein, daß die Schauspieler ordentlich verpflegt werden würden. Ob sie denn auch die Aufführung sehen dürften?
Dazu gab ich sofort meine Erlaubnis. Ich würde auch die Lambards auffordern, teilzunehmen. Trotzdem würden wir nur ein kleiner Zuschauerkreis sein.

Ich ging in die Halle zurück. Jetzt sah ich Harriet zum ersten Mal richtig. Sie hatte ihre Mantel abgelegt, und obwohl sie vor dem Feuer hockte, konnte ich sehen, daß sie hochgewachsen war. Ihre dichten, von der Kapuze befreiten dunklen Locken bildeten einen wunderschönen Rahmen für ihr Gesicht, in dem die Augen dominierten: Es waren dunkelblaue, geheimnisvolle Augen, die etwas zu verbergen schienen, mit langen dunklen Wimpern und dichten, schwarzen Augenbrauen, die sich deutlich von ihrem blassen Teint abhoben. Ihre Lippen waren leuchtend rot.

Ich starrte sie an. Sie merkte es, und es schien sie zu belustigen. Sie war wohl daran gewöhnt.

»Ich bin Engländerin«, sagte sie zu meinem Erstaunen und streckte mir die Hand hin. Ich ergriff sie, und einige Augenblicke lang sahen wir uns an. Ich hatte das Gefühl, daß sie mich prüfend betrachtete.

»Ich bin noch nicht lange bei dieser Bühne«, sagte sie auf englisch. »Wir sind auf dem Weg nach Paris. Dort werden wir in großen Häusern auftreten, aber unterwegs verdienen wir uns die Unterkunft durch kleinere Aufführungen.«

»Sie sind willkommen bei uns«, sagte ich. »Wir hatten noch nie eine Wanderbühne hier und freuen uns alle sehr darauf, Sie spielen zu sehen. Wir werden unser Bestes tun, damit Sie sich hier wohl fühlen können. Wie Sie sicher gemerkt haben, ist es kein großes Haus. Wir sind Flüchtlinge und wohnen nur so lange hier, bis wir mit dem König zurückkehren können.«

Sie nickte. Dann drehte sie sich zu den anderen um und sagte in schnellem Fanzösisch, daß ich volles Verständnis für sie hätte und sie alle ihr Bestes geben müßten, um uns für die Gastfreundschaft zu entschädigen.

Ich hatte beschlossen, daß sie erst einmal etwas essen sollten. Deshalb bat ich zu Tisch, als die große Terrine mit einer dampfenden Suppe hereingebracht wurde. Während sie aßen, hatte ich Zeit, mir unsere Gäste genauer anzusehen. Alle waren lebhaft und hatten wohlklingende Stimmen. Sie sprachen viel und schienen auch den Nebensächlichkeiten eine besondere Bedeutung beizumessen.

Als es anfing zu schneien, sagte Monsieur Lamotte – so hieß der Leiter der Truppe –, sie hätten wirklich Glück gehabt, rechtzeitig in das Schloß des Überflusses gekommen zu sein. Ich wehrte bescheiden ab und erklärte, wir seien so wenig daran gewöhnt, Gäste zu haben, daß ich fürchtete, wir könnten sie nicht so bewirten, wie wir es eigentlich wünschten.
Wie aufregend alles war! Sie redeten von ihren Stücken und Rollen und den Orten, an denen sie aufgetreten waren. Und es schien uns allen, die wir den Gesprächen lauschten, daß das Schauspielerleben das Interessanteste und Schönste auf der Welt sein müsse. Jeanne und Marianne kamen mit Jacques in die Halle und hörten der Unterhaltung zu, die immer lebhafter und sprühender wurde. Jacques kam gerade von dem Lambards zurück und berichtete, wie begeistert sie die Einladung, der Aufführung beizuwohnen, angenommen hatten.
Harriet war weniger redselig als die anderen. Interessiert sah sie sich in der Halle um, als wolle sie sich ein Urteil bilden. Dann merkte ich, daß ihr Blick aufmerksam auf mir ruhte. Harriet saß neben dem gutaussehenden jungen Mann, den sie Jabot nannten. Ich fand ihn reichlich eitel, denn er wollte sich immer hervortun. Als Angie zu ihm ging, ihm die Hände auf die Knie legte, bewundernd zu ihm aufblickte und sagte: »Bist *du* aber hübsch«, lachten alle, Jabot war so entzückt, daß er sie hochhob und ihr einen Kuß gab. Angie wurde schrecklich verlegen, riß sich sofort los und rannte hinaus! Doch bald kam sie wieder herein, hielt sich aber im Hintergrund. Sie schien den Blick jedoch nicht von Jabot zu wenden.
»Du hast wieder eine Eroberung gemacht, mein Jung«, sagte Madame Lamotte.
Fleurette, die andere Schauspielerin, sagte spitz: »Wir müssen die Kleine aber darüber aufklären, daß Jabot keiner treu bleibt.«
Harriet zuckte mit den Achseln. »Das ist eine abgedroschene Redensart«, sagte sie und begann mit tiefer, wohlklingender Stimme zu singen:

»Nimmermehr seufzet ihr Damen mit Schmerzen,
denn trügerisch immer sind Männerherzen . . .«

Und wieder lachten alle.

Sie blieben lange am Tisch sitzen, und ich beriet mich indessen mit Jeanne und Marianne. Wir mußten nach der Aufführung, die um sechs Uhr beginnen sollte, für die Schauspieler ein Abendessen bereithalten. Die Mädchen waren fest entschlossen, ihr Bestes zu tun, soweit es unter den gegebenen Umständen möglich war.

Jacques war bereits damit beschäftigt, Kostüme und Dekorationen in die Halle zu bringen, und die Kinder betrachteten andächtig die Gepäckstücke, aus denen bunte Kleidungsstücke quollen.

Die Schauspieler hatten Teppiche und Decken bei sich und erklärten, sie würden in der Halle schlafen. Am nächsten Morgen wollten sie schon beim ersten Tageslicht weiterfahren, um auf keinen Fall zu spät zu ihrem Engagement in Paris zu kommen.

Ich protestierte. Das Château sei zwar keineswegs komfortabel, aber wir könnten ihnen zumindest ein paar Zimmer zur Verfügung stellen, damit sie nicht auf dem Hallenboden zu schlafen brauchten.

»Die Herzlichkeit Ihrer Gastfreundschaft ist wie ein heißer Grog an einem kalten Tag«, deklamierte Monsieur Lamotte und verbeugte sich dankbar.

Es war ein denkwürdiger Abend. Die Kerzen brannten in ihren Haltern an der Wand, und wir waren wie verzaubert. Selbst die sonst so lauten Lambard-Söhne saßen stumm und andächtig da und waren wie wir übrigen hingerissen. Die Estrade befand sich glücklicherweise am Ende der Halle und war in eine Bühne verwandelt worden.

Aufgeführt wurde der ›Kaufmann von Venedig‹. Harriet war die Portia, und ich konnte die ganze Zeit den Blick nicht von ihr wenden. Sie trug eine blaue Samtrobe mit etwas Glitzerndem an der Taille. Bei Tageslicht hätte man gemerkt, daß der Samt schon abgewetzt und nicht mehr ganz sauber, der Gürtel billiges Flitterzeug war, aber der Kerzenschimmer verbarg jeden Makel und bot uns jene Schönheit, an die wir alle nur zu bereitwillig glauben wollten: Die Schauspielertruppe hatte uns in ihren Bann geschlagen.

Es war eine Zauberwelt. Wir hatten uns zwar ab und zu kostümiert und unsere Scharaden gespielt, aber dies hier schien uns Vollkommenheit. Jabot war ein hübscher Bassanio. Monsieur Lamotte spielte den schlauen Shylock mit buckligem Rücken und einer Waage in der Hand. Die jüngeren Kinder schrien entsetzt auf, als er in der Gerichtsszene auftrat, und Angie weinte bitterlich, weil sie glaubte, er würde sich wirklich sein Pfund Fleisch nehmen. »Das darf er nicht, das darf er nicht«, schluchzte sie, und ich mußte sie trösten und ihr sagen, sie sollte erst einmal abwarten, wie Portia auch diese Schwierigkeit meistern würde.

Wie sie deklamierte, wie sie sich bewegte und wie unglaublich schön sie war! Ich werde die Harriet jenes Abends nie vergessen.

Als die letzte Szene gespielt und Bassanio mit Portia vereint war, umarmten sich die Kinder vor lauter Freude, und ich glaube, wir waren alle ein wenig wie benebelt.

Dann hielt Monsieur Lamotte eine kleine Ansprache. Er glaube, daß uns die Aufführung gefallen habe. Er jedenfalls habe noch nie vor einem dankbareren Publikum gespielt – womit er meines Erachtens recht hatte.

Die Mädchen eilten in die Küche, die Kulissen wurden weggeräumt, und bald saßen wir bei einem Abendessen, wie es wohl noch nie zuvor in Château Congrève aufgetragen worden war.

Ein seltsamer Zauber umgab uns in dieser Nacht. Dick flüsterte mir zu, unsere guten Feen hätten den Schnee geschickt, damit diese wunderbaren Menschen nach Congrève kommen konnten. Die Lambards blieben zum Abendessen da. Madame Lambard hatte einen von einer goldbraunen Kruste überzogenen Auflauf aus Hühner- und Schweinefleisch mitgebracht und Monsieur Lambard spendierte ein Faß Wein.

Die Kinder durften ausnahmsweise aufbleiben, sie waren viel zu aufgeregt, als daß ich sie hätte ins Bett schicken können.
Die Schauspieler redeten unaufhörlich, und zwar alle gleichzeitig. Das Sprechen lag ihnen offenbar mehr als das Zuhören. Monsieur Lamotte hatte als Chef der Truppe den Platz zu meiner Rechten eingenommen und mich ins Gespräch gezogen. Er erzählte mir von den Theaterstücken und von den Städten im Land, in denen er gespielt hatte.
»Mein Traum ist es, einmal vor König Ludwig persönlich zu spielen. Er liebt das Theater, was bei einem so vielseitig begabten Mann nicht verwunderlich ist, finden Sie nicht auch? Was die Leute wollen, sind Lustspiele. Das ist meine Meinung. Wir brauchen gute Komödien. Es gibt genug Trauriges auf der Welt, meine liebe Miss. Die Menschen wollen lachen. Sind Sie auch dieser Meinung?«
Ich war mit allem einverstanden, was er sagte. Ich war ebenso verwirrt und benebelt wie die anderen.
Harriet saß weiter unten am Tisch neben Jabot. Sie flüsterten aufgeregt miteinander, und Harriet schien verärgert zu sein. Ich merkte, daß Fleurette die beiden beobachtete. Dort schien sich irgendein Drama abzuspielen. Ich interessierte mich zwar sehr für das, was mir Monsieur Lamotte erzählte, aber ich war so von Harriet fasziniert, daß ich gar zu gern gewußt hätte, worüber sie und Jabot sprachen.
So war ich froh, als sich schließlich alle an der allgemeinen Unterhaltung beteiligten, von ihren Auftritten redeten und einige Kostproben ihrer Kunst zum besten gaben. Harriet sang hauptsächlich Lieder von Shakespeare, die wir kannten. Sie sang erst auf französisch, dann auf englisch, und das Lied, an das ich mich besonders erinnerte, war:

Was ist Lieb? Sie ist nicht künftig;
Gleich gelacht ist gleich vernünftig,
Was auch kommen soll, ist wert.
Wenn ich zögre, so verscherz' ich;
Komm denn, Liebchen, küß mich herzig!
Jugend hält so kurze Zeit.

Harriet hatte eine Laute und begleitete sich so reizend, daß ich das Gefühl hatte, noch nie ein so gutmütiges Geschöpf wie Harriet gesehen zu haben.
»Auf der Bühne sollte viel mehr gesungen werden«, sagte Madame Lamotte und streichelte Fenns weiche, blonde Haare.
»Die Zuschauer mögen Lieder.«
»Sie haben eine wunderschöne Stimme«, sagte ich und sah Harriet unverwandt an.
»Es geht so«, erwiderte sie, wobei sie leicht die Schultern hob.
»Was für ein herrliches Leben müssen Sie doch führen!« rief ich aus.
Alle lachten, und Monsieur Lamotte sagte: »Ja, es ist ein herrliches Leben, ich würde mir kein anderes wünschen. Manchmal freilich ist es nicht leicht. Und für die Schauspieler in England ist das Leben jetzt eine Tragödie. Was ist dieser Cromwell doch für ein Barbar! Es soll kein Theater mehr in England geben, wie ich hörte? Gott sei Ihrem armen Lande gnädig, meine liebe Miss.«
»Wenn der König zurückkehrt, wird es auch wieder das Theater geben«, sagte ich.
»Den Leuten werden das alte *Globe* und das *Cockpit* nicht mehr genügen«, meinte Harriet. »Sie werden neue Theater haben wollen. Ich bin gespannt, ob ich dies noch erleben werde.«
Es entstand ein allgemeines Stimmengewirr. Mehr Wein wurde getrunken, die Kerzen flackerten, und obwohl ich nicht wollte, daß der Abend zu Ende ging, fielen mir doch beinahe die Augen zu. Die Kleinen waren schon lange eingeschlafen, und Lucas konnte sich nur noch mit Mühe wach halten.
Die Kinder wurden von Jeanne nun zu Bett gebracht, und Madame Lamotte bestand darauf, Fenn auf dem Arm hinaufzutragen.
Damit löste sich die Gesellschaft auf.
Und als Madame Lamotte zurückkam, nicht ohne Fenn und den anderen Kindern noch einen liebevollen Gutenachtkuß

gegeben zu haben, meinte sie, alle sollten jetzt möglichst bald schlafengehen, sie hätten einen beschwerlichen Reisetag vor sich.
Und so führte ich sie mit den beiden Mädchen zu ihren Zimmern, – wobei die Frauen und Männer je in einem untergebracht wurden.
Als ich schließlich in meinem Zimmer war, zog ich mich aus und ging zu Bett. Doch nach all der Aufregung war es mir unmöglich, Schlaf zu finden. Ich war traurig darüber, daß die Schauspieler am nächsten Tag weiterziehen würden. Im Château würde alles wieder seinen normalen Gang gehen, und wie ich jetzt wußte, unerträglich eintönig sein. Wie gerne wäre ich eine Schauspielerin wie Harriet Main!
Während ich noch meinen Gedanken nachhing, hörte ich plötzlich Stimmen auf dem Flur. Es waren leise, zischende Stimmen.
Ich sprang aus dem Bett, warf mir einen Morgenmantel über und öffnete leise die Tür.
Ich konnte die Umrisse von zwei Frauen erkennen, es waren Harriet und Fleurette.
»Ich habe deine Eifersucht endgültig satt«, sagte Harriet.
»Pah, Eifersucht! Ich möchte nicht in deiner Haut stecken. Heute geliebt und morgen verstoßen.«
»Du mußt es ja wissen«, gab Harriet zurück, »du hast diese Rolle ja lange genug gespielt.«
Fleurette hob die Hand und schlug Harriet ins Gesicht.
»Du unterstehst dich, mich anzurühren?« Harriet gab den Schlag zurück.
»Du englische Hure, du!« zischte Fleurette und hob erneut die Hand.
Ich sah, wie Harriet nach Fleurettes Handgelenk griff. Doch Fleurette riß sich plötzlich los, Harriet trat einen Schritt zurück, verlor das Gleichgewicht und fiel die drei Stufen, die die verschiedenen Ebenen des Korridors verbanden, hinunter. »Das geschieht dir ganz recht«, höhnte Fleurette. »Ein Sturz, bevor Jabot dich fallenläßt. So weißt du wenigstens, wie es ist.«

Harriet kam wieder auf die Füße und stieg humpelnd die Stufen wieder hinauf.
»Tu doch nicht so«, höhnte Fleurette. »Du bist ja gar nicht verletzt. Dir könnte das Haus über dem Kopf einstürzen, du kämst immer wieder auf die Füße. Ich kenne doch deinesgleichen.«
»Dann solltest du dich vorsehen und mich nicht reizen«, entgegnete Harriet.
Fleurette lachte und ging in das Zimmer, das ich für sie hergerichtet hatte. Wenige Sekunden später folgte ihr Harriet.
Es war offensichtlich, daß sich die beiden nicht leiden konnten, und daß Jabot der Grund dafür war. Mochte das Leben in der Welt des Theaters noch so aufregend sein, es war sicherlich alles andere als ungetrübt.
Ich wachte am nächsten Morgen schon früh auf, obwohl ich lange nicht hatte einschlafen können. Mein erster Gedanke galt den Schauspielern, und daß wir sie gut verpflegen mußten, bevor sie in die Kälte hinausgingen.
Ich trat ans Fenster. Es schneite nicht mehr, und auf dem Boden lang nur eine dünne, weiße Schicht. Ich hatte gewünscht, sie würden hier einschneien und müßten noch dableiben, weil sie wegen des schlechten Wetters nicht weiterfahren könnten und schon gehofft, wir würden jeden Abend eine Theateraufführung sehen können.
Ich ging in die Küche. Jacques, Jeanne und Marianne waren schon eifrig am Werk, Ale und Brot mit Speck anzurichten. denn sie waren offenbar ebenso fest entschlossen wie ich, den Schauspielern vor ihrer Abfahrt noch eine kräftige Mahlzeit zu bereiten. Wir waren alle traurig, daß ihr Aufenthalt sich seinem Ende näherte.
Jeanne deckte den Tisch in der Halle, während Marianne eilig das Feuer anschürte, das während der Nacht nicht völlig erloschen war.
Monsieur Lamotte kam die Treppe herunter, trat auf mich zu, küßte mir die Hand und verneigte sich. »Meine liebe Dame«, sagte er, »selten habe ich eine so angenehme Nacht verbracht.«

»Ich hoffe, daß Sie es warm genug hatten?«
»Die Wärme Ihrer Gastfreundschaft hat mich eingehüllt«, erwiderte er, womit er wahrscheinlich umschreiben wollte, daß das Bettzeug nicht ganz ausreichend gewesen war. Damit hatte er vermutlich recht.
Dann erschien Madame Lamotte mit den drei Kindern, denen sie gerade die Geschichte eines Theaterstücks aus dem Repertoire der Wanderbühne erzählte.
Sie begrüßte mich überschwenglich und erklärte, daß sie und die ganze Truppe sich ihr Leben lang mit Vergnügen an den Besuch im Château Congrève erinnern würden.
Beider Augen weiteten sich voll Entzücken, als sie das Frühstück sahen, und Monsieur Lamotte meinte, sie würden sich sofort zu Tisch setzen.
»Wir sind gerüstet, zum Auszug bereit wie die Kinder Israels. Doch ist Trauer in unseren Herzen. Ich weiß, daß Sie uns Gastfreundschaft noch für eine weitere Nacht gewähren würden, und ich möchte Ihnen sagen, liebes Fräulein, daß ich fast gehofft hatte, ein Schneesturm würde uns zwingen, Ihnen noch einmal zur Last zu fallen. Aber die Pflicht ruft! Wir müssen Paris rechtzeitig erreichen. Wir haben einen Vertrag, und jeder wahre Schauspieler würde eher sich selbst als sein Publikum enttäuschen.«
Unwillkürlich antwortete ich in ähnlichem Stil. Ich sagte, daß auch ich ihre Abreise bedauerte. Ich wäre glücklich gewesen, sie noch länger als Gäste zu haben, aber ich verstünde natürlich, daß sie unbedingt weiterziehen müßten. Sie hätten ihre Pflichten, und wir seien dankbar, ein so hinreißendes Beispiel ihrer Kunst erlebt zu haben, das wir nie vergessen würden.
Als sie sich an den Tisch setzten, fragte Madame Lamotte: »Wo ist Harriet?«
Mir war ihre Abwesenheit gleich aufgefallen, denn sie war die erste, nach der ich Ausschau gehalten hatte. Jeden Augenblick hatte ich erwartet, sie die Treppe herunterkommen zu sehen.
Madame Lamotte sah Fleurette an, die mit den Achseln zuckte.

»Ich habe sie aufgeweckt, bevor ich das Zimmer verließ«, sagte Madame Lamotte. »Sie müßte längst hier sein.«
Ich sagte, ich würde hinaufgehen und nach ihr sehen.
Harriet lag auf dem Bett. In der frühen Morgenstunde sah sie ebenso wunderschön aus wie bei Kerzenlicht. Sie hatte die Haare mit einem blauen Band zusammengebunden und trug unter einem Unterrock ein ausgeschnittenes Leibchen. Sie lächelte mir entgegen, als ob sie mir irgend etwas sagen wollte.
»Unten wartet man auf Sie«, sagte ich.
Sie hob die Schultern und wies auf ihren Fuß. »Ich kann nicht auftreten«, sagte sie. »Ich kann nicht gehen. Was soll ich bloß tun?«
Ich trat ans Bett und berührte vorsichtig das Fußgelenk, das leicht geschwollen war. Sie zuckte zusammen und verzog das Gesicht.
»Es ist verstaucht«, sagte ich.
Sie nickte.
»Aber vielleicht ist der Fuß auch gebrochen.«
»Wie kann ich das wissen?« fragte sie.
»Das werden Sie schon merken«, erwiderte ich. »Können Sie auf dem Bein stehen?«
»Ja, aber es tut sehr weh.«
»Madame Lambard versteht etwas von Krankheiten und hat eine Menge Arzneien. Ich könnte sie bitten, sich das Gelenk einmal anzusehen. Aber eines weiß ich genau: Sie sollten es ruhig halten.«
»Aber . . . wir müssen weiterfahren. Wie ist denn das Wetter?«
»Kalt, aber klar. Es schneit nicht mehr. Auf dem Boden liegt nur eine dünne Schneedecke, die beim Fahren nicht hinderlich sein wird.«
»Sie *müssen* weiterziehen! Sie haben in Paris ein Engagement.« Sie verzog die Lippen zu einem Lächeln. »Fräulein Tolworthy«, sie zögerte, »würden Sie . . . könnten Sie vielleicht so gut sein, mich hier noch so lange bei sich aufzunehmen, bis ich wieder richtig gehen kann? Sehen Sie, ich singe und tanze auf der Bühne, ich spiele natürlich eine

bestimmte Rolle. Und wenn ich meinen Fuß jetzt nicht ordnungsgemäß pflege, könnte ich damit meine ganze Karriere ruinieren.«
Mich überkam plötzlich ein Gefühl wilder Erregung. Das Abenteuer war noch nicht vorbei! Sie blieb noch hier!
Ich sagte rasch: »Ich würde niemanden abweisen, der unsere Hilfe braucht.«
Sie streckte mir die Hand entgegen, und ich trat einen Schritt vor und ergriff sie. Einen Augenblick hielt ich ihre Hand in der meinigen und blickte in das seltsame, aber wunderschöne Gesicht.
»Gott segne Sie«, sagte sie. »Bitte, lassen Sie mich noch eine Weile hierbleiben.«
»Sie sind uns willkommen«, erwiderte ich. Ich lächelte dabei, und meine Freude war sicher nicht zu verkennen.
»Aber jetzt werde ich Madame Lambard herrufen«, erklärte ich. »Sie wird sofort wissen, was mit Ihrem Fuß ist.«
»Ich bin gestern abend auf der Treppe ausgerutscht«, sagte sie.
Ja, dachte ich, als Sie die Auseinandersetzung mit Fleurette hatten.
»Wahrscheinlich ist es nur ein Verstauchung. Ich werde Madame Lambard Bescheid geben.«
Ich ging zurück in die Halle, wo die anderen bereits Berge von Brot und Speck aßen und Ale dazu tranken.
»Miss Main hat sich den Knöchel verletzt«, sagte ich. »Sie kann nicht gehen. Ich habe sie eingeladen, so lange hier zu bleiben, bis sie wieder spielen kann. Seien Sie unbesorgt: Wir werden uns um sie kümmern.«
Ein paar Sekunden herrschte tiefes Schweigen. Fleurette konnte ein kleines Lächeln nicht ganz unterdrücken, und Jabot blickte unverwandt auf sein Bierglas.
Dann stand Madame Lambard auf und sagte: »Ich gehe hinauf und werde einmal nachsehen.«
Ich begab mich in die Küche und sagte Jeanne und Marianne: »Miss Harriet Main bleibt noch ein paar Tage hier, bis sie wieder auftreten kann. Sie hat sich den Knöchel verstaucht.«

Den Gesichtern der Mädchen sah man an, daß sie freudig überrascht waren. Die Küche schien sich verändert zu haben: Das Herdfeuer brannte auf einmal heller.
Das Abenteuer ging also weiter.
Draußen war es kalt, und Rauhreif glitzerte auf den Bäumen, als wir den Schauspielern zum Abschied nachwinkten. Wegen der Packpferde bewegten sie sich nur langsam bis zur Straße hinunter, und Monsieur Lamotte führte seine Truppe wie ein biblischer Patriarch an.
Mir war, als beobachte ich eine Bühnenszene. Dies war das Ende des ersten Aktes, und ich war dankbar, daß es nicht das Ende des ganzen Schauspiels war. Oben lag die Hauptdarstellerin, und solange sie hier war, mußte das Stück weitergehen.
Sobald sie weg waren, ging ich zu Harriet. Sie lag im Bett und hatte die Decke bis zum Kinn heraufgezogen. Ihre Haare schienen gleichsam über das Kopfkissen zu fließen. Sie lächelte, schien die Situation zu genießen, und ich fand, daß sie eine fast katzenhafte Anmut besaß.
»Sie sind also weg«, sagte sie.
Ich nickte.
Sie lachte. »Ich wünsche ihnen viel Glück. Sie werden es nötig haben.«
»Und Sie?« fragte ich.
»Ich habe das Glück, mir ausgerechnet hier meinen Knöchel zu verstauchen.«
»Glück? Das verstehe ich nicht.«
»Na ja, hier bin ich halt besser aufgehoben, als auf der Straße. Ich bin gespannt, wo sie heute nacht Unterkunft finden werden. Bestimmt nicht so gemütlich wie hier. Übrigens, ich habe noch nie vor einem Publikum gespielt, das von der Aufführung so gefesselt war.«
»Ach, wir haben hier so gar keine Erfahrung mit Theaterstücken und dergleichen.«
»Nun, das wäre eine Erklärung«, sagte sie und lachte wieder. »Von dem Augenblick an, als ich Sie sah«, fuhr sie fort, »hoffte ich, daß wir Freunde werden könnten.«
»Das freut mich. Hoffentlich wird es dazu kommen.«

»Es ist so nett von Ihnen, mich noch etwas hierzubehalten. Ich hatte große Angst, daß ich einen bleibenden Schaden an meinem Fuß davontragen würde. Meine Beine sind, wie Sie sich vorstellen können, ein wichtiger Bestandteil meines Berufs.«

»Das verstehe ich, und Sie werden sich rasch wieder erholen. Jetzt sage ich aber endlich Madame Lambard, sie möge sich Ihren Knöchel ansehen.«

»Das hat Zeit.«

»Das glaube ich nicht. Sie wird wissen, ob etwas gebrochen ist und was getan werden muß.«

»Warten Sie noch einen Augenblick, damit wir uns ein bißchen unterhalten können.«

Aber ich blieb fest und ging sofort zu Madame Lambard.

Madame Lambard setzte immer ihren ganzen Stolz darein, uns zu verarzten. Sie warf dann die Lippen auf, hielt den Kopf schief und gebrauchte mit wichtiger Miene geheimnisvolle Ausdrücke, die wir nicht verstehen sollten. Im Haus der Lambards gab es ein Zimmer, das ausschließlich der Zubereitung ihrer verschiedenen Kräutertränklein vorbehalten war, ein Zimmer, in dem es nach allen möglichen Tinkturen roch und in dem ständig ein Kessel, dem seltsame Düfte entströmten, über dem Feuer hing. Von den Dachsparren baumelten getrocknete Kräuter.

Als Madame Lambard hörte, daß sich ein Mitglied der Schauspielertruppe den Knöchel verletzt hatte, dageblieben sei und ihre Hilfe benötigte, war sie hocherfreut. Natürlich würde sie sofort kommen! Sie würde keine Zeit verlieren! Die Schauspieler seien großartig gewesen. Schade, daß sie nicht länger hatten bleiben können.

Voller Geschäftigkeit betrat sie das Zimmer, in dem Harriet lag. Man merkte ihr den Wunsch an, ein gutes Werk vollbringen zu können. Sie betastete den Knöchel und gebot Harriet, aufzustehen. Sie tat es und stieß einen Schmerzensschrei aus.

»Halten Sie den Fuß ruhig«, erklärte Madame Lambard beruhigend. »Dann heilt er wieder. Knochen sind nicht gebrochen. Ich werde eine ganz spezielle Packung machen und ihn damit einwickeln. Ich schwöre, daß Sie schon morgen die wohltätige Wirkung spüren werden. Der Knöchel wird schon sehr bald wieder in Ordnung sein, das verspreche ich ihnen.«

Harriet sagte, sie wisse nicht, wie sie uns allen danken solle.

»Arme Lady«, sagte Madame Lambard. »Es muß sehr traurig für Sie sein. Alle Ihre Freunde sind fort, und Sie mußten allein hier zurückbleiben.«

Harriet seufzte, aber ich glaubte, ein verstohlenes Lächeln um ihre Lippen entdeckt zu haben, und dies schien darauf hinzudeuten, daß es ihr gar nicht so leid tat.

»Ich höre so gern vom Theater«, sagte Madame Lambard. »Was für ein wunderbares Leben müssen Sie führen.«

Harriet verzog wieder den Mund zu einem schiefen Lächeln. Zum ersten Mal kam mir der Gedanke: Sie ist gar nicht die, die sie zu sein scheint.

Und wie wir sie verwöhnten! Marianne und Jeanne kochten eigens für sie besondere Gerichte, Jacques erkundigte sich dauernd nach ihr. Madame Lambard kam während des ersten Tages dreimal herüber, um den Umschlag zu wechseln. Die Kinder schauten herein, und es war schwierig, sie wieder wegzubringen. Lucas betete sie förmlich an, und auch ich war von ihr fasziniert.

Sie war sich all dessen bewußt. Sie lag zurückgelehnt in den Kissen und genoß offenbar ihre Lage.

Was mir merkwürdig vorkam, war die Tatsache, daß sie es ziemlich gleichmütig hinnahm, von ihren Kollegen hier zurückgelassen worden zu sein. Ich hielt sie für so welterfahren, daß ich annahm, sie würde die Reise auch allein fortsetzen können, wenn sie wieder aufstehen konnte. Ich war damals noch sehr naiv.

Am nächsten Tag sagte sie uns, sie könne noch immer nicht mit dem Fuß auftreten, ohne daß es ihr wehtäte, obwohl der Knöchel nicht mehr schmerzte, wenn sie ihn nicht belastete. So fuhren wir fort, sie nach besten Kräften zu pflegen und sie wie einen Ehrengast zu behandeln, und es kam uns nicht in den Sinn, daß sie uns etwas vormachen könnte. Doch am dritten Tag machte ich eine Entdeckung.

Die Kinder waren mit Lucas ausgeritten. Ich hatte in der letzten Minute beschlossen, nicht mitzureiten. Jacques hackte Holz für die Lambards, Marianne und Jeanne waren in der Küche damit beschäftigt, eine besondere Mahlzeit für Harriet zuzubereiten, und ich entschloß mich, hinaufzugehen und nach ihr zu sehen.
Ich klopfte an der Tür, und als niemand antwortete, öffnete ich leise und sah hinein. Das Bett war zwar benutzt, aber leer. Harriets Kleider lagen umher, aber wo war sie selbst?
Ich konnte es nicht verstehen. Ein schreckliches Gefühl des Verlassenseins überkam mich. Sie war fort! Wie eintönig würde jetzt alles werden! Aber sie konnte nicht ohne ihre Kleider weggefahren sein, nein. Sie mußte sich irgendwo im Hause befinden. Aber wo? Und wie konnte sie ihr Zimmer verlassen haben, wo sie doch nur unter starken Schmerzen herumhumpeln konnte?
Sie hatte zu gehen versucht, sie war hingefallen, sie lag bestimmt irgendwo unter Schmerzen auf dem Boden. Ich mußte sie finden!
Während ich, die Hand auf der Klinke, noch in der Tür stand, hörte ich schnelle Schritte, die sich dem Zimmer näherten.
Mein Herz begann zu klopfen, als ich mich in eine dunkle Ecke des Zimmers stellte und wartete.
Harriet kam hereingelaufen. Von Humpeln keine Spur. Sie tänzelte durchs Zimmer, drehte Pirouetten und betrachtete sich dann in dem Spiegel, der auf dem Tisch stand.
Sie mußte meine Anwesenheit entweder geahnt oder im Spiegel eine Bewegung gesehen haben, denn sie fuhr herum, als ich aus dem Schatten heraustrat.
»Ihr Knöchel ist anscheinend viel besser geworden«, sagte ich.
Sie riß die Augen weit auf. Dann zuckte sie mit den Achseln.
»Also gut«, sagte sie, setzte sich auf das Bett und sah mich lächelnd an, »es war nie sehr schlimm. Ich habe mir den Fuß zwar verstaucht, als ich auf den Stufen ausrutschte.

Und als das Gelenk ein bißchen angeschwollen war, kam mir der Gedanke.«
Ich hätte gewarnt sein müssen, daß jemand, dem es gleichgültig zu sein schien, bei einem Täuschungsmanöver ertappt zu werden, ähnliche Situationen schon früher erlebt haben mußte.
Sie sah mich bittend an und lächelte. »Ich wollte so gern hierbleiben«, sagte sie.
»Sie wollten hierbleiben . . . als . . .«
»Es ist so behaglich«, sagte sie. »Viel behaglicher, als irgendein schmutziges, altes Gasthaus. Schlechte Unterkunft und nicht genug zu essen, weil wir es nicht bezahlen können . . . Ach, hier geht es mir viel besser.«
»Aber Ihr Pariser Engagement . . .?«
»Unsere *Hoffnung* auf ein Pariser Engagement. Glauben Sie denn, man würde sich in Paris um eine arme Wanderbühne reißen?«
»Aber Monsieur Lamotte hat doch gesagt . . .?«
»Monsieur Lamotte ist ein Träumer. Aber träumen wir nicht alle? Es ist so schön, sich vorzustellen, daß die Träume Wirklichkeit werden könnten. Und besonders Schauspieler flüchten sich oft in Träume.«
»Wollen Sie mir sagen, daß Sie nur vorgegeben haben, sich den Knöchel verletzt zu haben, damit Sie hierbleiben könnten?«
»Ich habe mir den Knöchel wirklich verstaucht. Als ich in meinem warmen Bett aufwachte – in Ihrem Bett, besser gesagt –, da dachte ich: Ich wünschte, ich könnte hierbleiben, wenigstens eine Zeitlang. Ich wünschte, ich könnte mich mit der interessanten Arabella unterhalten und mich mir ihr anfreunden und aus der Ferne von dem entzückenden Lucas angebetet werden und mich in der Bewunderung durch die reizenden Kleinen sonnen . . .«
»Sie reden wie Monsieur Lamotte.«
»Das kommt daher, daß ich zu seinem Ensemble gehört habe.«
»Wollen Sie jetzt, wo Sie wieder ohne Schmerzen gehen können, zu ihm zurückgehen?«

»Das hängt von Ihnen ab.«
»Von mir?«
»Gewiß. Wenn Sie mich auf die Straße setzen wollen, werde ich zu denn anderen zurückkehren. Ich werde ihnen sagen, daß mich die Bettruhe und die Behandlung durch die brave Madame Lambard wiederhergestellt haben. Aber das werde ich nur dann tun, wenn Sie mich nicht mehr haben wollen.«
»Meinen Sie damit, daß Sie endgültig hierbleiben wollen?«
»Ich habe daran gedacht. Der junge Master Dick hat mir von einer allseits geschätzten Dame erzählt, die leider zu ihrem Schöpfer heimgekehrt ist – Miss Black, deren Name nur mit Ehrfurcht ausgesprochen wird. Es ist ein großes Unglück, daß die Kinder nun jenen Unterricht entbehren müssen, der so wichtig für ihr künftiges Leben ist.«
»Ich unterrichte sie jetzt, und Lucas hilft mir.«
»Das ist bewunderungswürdig. Aber Sie haben Ihre Pflichten hier im Château zu erfüllen. Lucas ist noch zu jung und hat seine eigene Ausbildung kaum beendet. Sie brauchen eine Erzieherin. Wenn Sie sich entschließen könnten, mich zu engagieren, würde ich mein Äußerstes tun, Sie zufriedenzustellen.«
»Erzieherin! Aber Sie sind doch Schaupielerin.«
»Ich könnte sie in Literatur unterrichten. Ich bin darin gut bewandert. Ich kenne die Theaterstücke von England und Frankreich auswendig – oder wenigstens einige von ihnen. Ich könnte sie im Gesang unterrichten, – im Tanzen, im richtigen Benehmen. Ich könnte ihre Erziehung und Ausbildung wirklich zu Ende führen.«
»Ist es tatsächlich Ihr Ernst, daß Sie in diesem stillen, langweiligen alten Château bleiben *wollen?*«
»Wo es ein wärmendes Feuer für mich gibt, gutes Essen, um mich satt zu machen und eine Gesellschaft, die, wie ich meine, für mich noch einmal wichtig sein könnte.« Sie sah mich ernst, beinahe flehentlich an. »Arabella, ich habe gemerkt, daß Sie hier entscheiden. Wie ist Ihre Antwort?«
»Sie wissen doch«, sagte ich, »daß ich niemanden zurückweisen würde, der Zuflucht sucht.«
Sie strahlte. Ich wußte, daß ich sie immer anschauen und ihr

immer zuhören wollte. Natürlich war es mein Wunsch, daß sie blieb! Ich war entzückt, daß der Vorschlag von ihr ausgegangen war, auch wenn ich ein wenig schockiert war, daß sie sich so überzeugend hatte verstellen können. Aber schließlich war sie ja Schauspielerin.

Als ich den Kindern erzählte, daß Miss Main ihre neue Erzieherin sein würde, machten sie Luftsprünge. Lucas fand, daß es für die Kinder nur gut sein könnte und unsere Eltern davon sehr angetan sein würden. Von letzterem war ich nicht so ohne weiteres überzeugt und beschloß daher, ihnen vorläufig nicht zu sagen, daß Harriet eigentlich Schauspielerin war – jedenfalls nicht, bevor sie sie nicht selbst gesehen und, wie ich sicher annahm, ihrem Charme erlegen waren. Jeanne, Marianne und Jacques waren glücklich, daß ihr eintöniges Leben jetzt vom aufregenden Duft des Theaters umgeben sein würde. Madame Lambard konnte natürlich nichts gegen jemanden einwenden, bei dem sie so rasch die Wirkung ihrer Heilmittel hatte beweisen können.

Und so wurde Harriet Main ein Teil unsere Haushalts.

Wie vorauszusehen gewesen war, veränderte sich unser Leben. Sogar Harriets Kleider waren anders. Sie hatte Gewänder aus Brokat und Samt, die bei Kerzenlicht herrlich aussahen. Für die Kinder war sie wunderschön, und auf eine seltam exotische Weise war sie es sicherlich auch. Sie konnten den Blick kaum von ihr wenden, und Lucas war bereit, ihr Sklave zu ein. Aber ich war diejenige, auf die sie vor allem Eindruck machen wollte.

Manchmal trug sie die prachtvollen Haare nach hinten gekämmt und im Nacken mit Bändern zusammengebunden, dann wieder steckte sie sie auf und schmückte sie mit allerlei Zierrat. Die Kinder dachten, sie müsse eine Prinzessin sein, um solche Juwelen zu besitzen, und ich brachte es nicht übers Herz, ihnen zu sagen, daß es nur billige Glasperlen waren. An ihr sahen sie wie echter Schmuck aus.

Wir kannten uns bald ganz gut in der Bühnenliteratur aus, und die Schulstunden nahmen oft die Form von Schauspielunterricht an. Sie teilte uns die verschiedenen Rollen zu und

reservierte sich selbst die beste – aber konnte ich ihr daraus einen Vorwurf machen? Sie versprach uns, daß wir, wenn wir soweit seien, das Stück vor der Dienerschaft und den Lambards aufführen würden.
Harriet hatte unsere Herzen gewonnen, und ich fürchtete nur, daß sie eines Tages unserer überdrüssig werden und beschließen könnte, zu ihrer Wanderbühne zurückzukehren. Aber nichts deutete darauf hin, im Gegenteil, sie schien mit dem Leben bei uns vollkommen zufrieden zu sein. Sie machte es sich zur Gewohnheit, in mein Zimmer zu kommen, wenn die anderen zu Bett gegangen waren, und sich mit mir zu unterhalten – das heißt, meistens redete sie, und ich hörte zu.
Sie saß immer in der Nähe des Spiegels und warf ab und zu einen Blick auf ihr Ebenbild. Ich hatte den Eindruck, als betrachte sie das Stück auf der Bühne vom Zuschauerraum aus. Manchmal schien es sie geradezu zu erheitern.
Eines Abends sagte sie: »Sie kennen mich nicht, Arabella. Sie sind so jung wie die Unschuld, und ich bin so alt wie die Sünde.«
Ich wurde bei diesen theatralischen Äußerungen immer etwas ungeduldig, weil sie meines Erachtens die Wahrheit verdeckten und ich begierig war, alles über Harriet zu erfahren.
»Was für ein Unsinn«, sagte ich. »Ich bin siebzehn Jahre alt. Ist das so jung?«
»Beim Alter kommt es nicht unbedingt auf die Jahre an.«
»Aber es sind doch die Jahre.«
Sie schüttelte den Kopf. »Sie sind mit siebzehn noch herrlich jung, während ich mit zweiundzwanzig – ja, nicht einen Tag mehr – doch lassen wir das. Da ich heute abend in Bekennerlaune bin, will ich Ihnen zuflüstern, daß ich schon seit über einem Jahr zweiundzwanzig und manchmal bloß einundzwanzig Jahre alt bin.«
»Wollen Sie damit sagen: daß Sie sich für jünger ausgeben, als Sie sind?«
»Oder für älter. Was gerade zweckmäßiger ist. Ich bin eine Abenteuerin, Arabella. Abenteuerinnen werden vom

Schicksal zu dem gemacht, was sie sind. Wenn mir das Leben geboten hätte, was ich von ihm verlangte, hätte ich nicht in die Welt hinauszugehen brauchen und mich in Abenteuer stürzen müssen. Dann wäre ich eine Dame von Stand gewesen und hätte ein zufriedenes Leben führen können. Statt dessen bin ich zur Abenteuerin geworden.«
»Selbst Damen von Stand sind zu Flüchtlingen geworden, vergessen Sie das nicht, deshalb müssen auch sie sich in diesen Zeiten gelegentlich auf ein Abenteuer einlassen.«
»Das stimmt. Die Republikaner haben uns alle zu Intriganten gemacht. Ich wollte aber immer Schauspielerin werden. Mein Vater war Schauspieler.«
»Das erklärt Ihre Begabung«, rief ich aus.
»Ein Wanderschauspieler«, meinte sie nachdenklich. »Sie pflegten durch die Dörfer zu ziehen und blieben da, wo das Geschäft gut lief. In Middle Chartley muß es besonders gut gelaufen sein, denn sie blieben so lange dort, daß er meine Mutter verführen konnte, und diese Tatsache führte zur Geburt eines Mädchens, das zum schönsten Juwel in der Welt des Theaters werden sollte. Zu Ihrer Harriet Main.«
Der Ton ihrer Stimme hatte sich verwandelt. Sie war eine großartige Schauspielerin. Ich konnte den Wanderschauspieler förmlich sehen – und das einfache Mädchen vom Lande, das verzaubert wurde von seinem Auftritt auf der Bühne und anscheinend auch von jenen anderen Auftritten, die sich unter Hecken und in den Kornfeldern von Middle Chartley abspielten.
»Es war im August«, sagte Harriet, »denn ich bin ein Mai-Baby. Das Mädchen hatte wenig Ahnung von den Folgen, als sie sich mit den Schauspieler einließ. Er sah sehr gut aus – das erzählte sie mir später, denn ich habe ihn nie gesehen, auch sie nicht mehr, nachdem die Wanderbühne weitergezogen war. Damals wußte sie noch nicht, daß er ihr nicht nur die Liebe ins Herz, sondern auch noch etwas anderes eingepflanzt hatte.«
Sie wurde immer lebhafter, und manchmal sagte sie etwas, da war mir nicht klar, was sie überhaupt meinte. Aber ich lernte allmählich dazu.

»In jenen Tagen«, fuhr sie fort, »gab es noch keine Frauen auf der Bühne. Weibliche Rollen wurden von Männern gespielt, was für Wanderbühnen oft eine harte Anfechtung war. Kein Wunder, daß sie nach den Dorfschönen Ausschau hielten, um ihre Bedürfnisse befriedigen zu können. Manchmal traten sie in großen Häusern auf, in Schlössern und in größeren Landsitzen. Dort spielten sie am liebsten, aber sie verdienten fast ebensogut auf dem Dorfanger, denn die Landbevölkerung liebte Wanderbühnen ebenso wie Jahrmärkte. So spielte er seine romantischen Rollen: Benedict, Romeo, Bassanio . . . Er war einer der Hauptdarsteller und erhielt diese Rollen wegen seines guten Aussehens. Das Leben ließ ihm wenig Zeit – er zog von einem Ort zum anderen, studierte neue Rollen ein und sah sich nach Mädchen um, mit denen er ins Bett gehen konnte. O ja, er war ein gutaussehender Mann. Jedenfalls sagte das meine Mutter. Und meines Erachtens hat sie nie wirklich bedauert, was geschehen war.

Die Wanderbühne zog weiter, und er versprach, zu ihr zurückzukommen. Sie wartete, aber er kam nicht. Sie legte sich allerlei Gründe zurecht, warum er nicht wiederkam. Sie stellte sich vor, er sei bei einer Rauferei ums Leben gekommen, denn er war ein ausgesprochener Raufbold und suchte oft Händel. Doch sie hatte auch ihre eigene Last zu tragen. Ein Kind, dessen Vater verschwunden war! Es war ein schweres Vergehen in den Augen all derjenigen, die weder die Neigung, noch die Gelegenheit gehabt hatten, anders als tugendhaft zu bleiben. Gewiß, manche Mädchen wären ins Wasser gegangen, aber meine Mutter war nicht dieser Typ. Sie war stets lebensfroh gewesen und hatte geglaubt, daß alles Schlechte auch seine guten Seiten habe. Sie wollte einfach die Schattenseiten des Lebens nicht sehen und glaubte fest daran, alles würde bald wieder gut. ›Man muß nur warten können‹, pflegte sie zu sagen. ›Dann kommt alles wieder ins Lot.‹ Aber ihr Zustand ließ sich bald nicht mehr verheimlichen, und im Dorf fielen allerlei böse und hämische Bemerkungen. Alle Mädchen, die sich nicht hatten einfangen lassen, wie sie es nannten, waren schokkiert über meine Mutter. Für sie war sie ein gefallenes Mädchen, und sie mußten ihrem Abscheu Ausdruck geben, um ihre eigene Unschuld zu beweisen. Sie überstand diese Zeit, wie sie mir später erzählte, weil sie immer noch hoffte, daß er zu ihr zurückkehren würde. Ich kam auf die Welt, und meine Mutter arbeitete schwer auf den Feldern. Ich war für sie eine ständige Schmach. Die Männer im Ort glaubten, daß sie – da sie ihre Unschuld nun einmal verloren hatte – auch ihnen zu Willen sein würde. Aber sie setzte sich gegen alle Zudringlichkeiten zur Wehr, denn sie war fest entschlossen, auf meinen Vater zu warten.

Ich war fünf Jahre alt, als wir in den Dienst des Gutshauses eintraten. Der Gutsbesitzer, Travers Main, hatte Gefallen an meiner Mutter gefunden, als er eines Tages mit der Hundemeute vorbeiritt. Er schien sie sogar für eine lohnendere Beute als den Fuchs zu halten. Ich war damals bei ihr. Er hielt an, wie sie mir später erzählte, und machte ihr Komplimente wegen ihres hübschen Kindes. Er war ein freundlicher Mann mit einer Frau, die etwa ein Jahr zuvor einen Jagdunfall erlitten hatte und seither teilweise gelähmt war. Er war kein Schürzenjäger. Er hatte gelegentlich eine Geliebte, was unter den gegebenen Umständen verständlich war. So kam es, daß meiner Mutter die Stellung von einer Art Haushälterin im Gutshaus angeboten wurde, und sie nahm das Angebot unter der Bedingung an, daß ich bei ihr bleiben konnte.

Mit diesem Tag nahm unser Leben einen anderen Verlauf. Meine Mutter war Zofe und Gesellschafterin der Dame des Hauses, die sie offenbar gut leiden konnte. Und von hier bis ins Bett des Gutsherrn war es nur ein kurzer Schritt. Das Ehepaar hatte keine Kinder, und sowohl der Gutsherr als auch Lady Travers Main begannen sich für mich zu interessieren.

Ich lernte lesen und schreiben, worin ich, meine liebe Arabella, große Fortschritte machte. Etwa zu diesem Zeitpunkt hatte ich mir vorgenommen, eine Lady zu werden. Ich hatte das Tagelöhnerdasein miterlebt. Die jungen Leute im Dorf hatten mir gesagt, ich sei ein Bastard, und das

hinterließ bei mir einen bitteren Nachgeschmack. Im Gutshaus war alles anders. Dort nannte mich niemand einen Bastard. Aus der Einstellung der Herrschaften mir gegenüber konnte man im Gegenteil entnehmen, daß ich mit den Dorfkindern nicht nur nichts gemein hatte, sondern ihnen weit überlegen war. Und sie waren entschlossen, diesen Abstand noch zu vergrößern.
Die Stellung meiner Mutter festigte sich immer mehr. Lady Travers Main verließ sich ganz auf sie. Ebenso der Hausherr. Er lud selten Gäste ein und wurde auch selbst nicht oft eingeladen. Ich glaube, damals verfolgte jeder mit großer Sorge die Entwicklung des Konflikts zwischen König und Parlament. Aber niemand dürfte wohl ernsthaft mit der Möglichkeit eines Sieges der Republikaner gerechnet haben. Alle waren überzeugt, daß die Armee bald reinen Tisch machen würde.
Der Gutsherr war zu alt für den Militärdienst. Wir waren weit von der nächsten größeren Stadt entfernt, und es dauerte anscheinend Monate, bis uns irgendwelche Nachrichten erreichten. Wir lebten im alten Stile weiter. Die Herrschaften hatten mich so in ihr Herz geschlossen, daß sie eine Gouvernante engagierten, die meine Ausbildung übernahm. Meine Mutter trat wie die Schloßherrin auf, und die Dame des Hauses hatte offenbar nichts dagegen. Sie wußte, daß der Hausherr eine Bettgenossin brauchte, und es war ihr lieber, daß meine Mutter diese Rolle übernommen hatte, als jemand anderes. Es war eine beschauliche und behagliche Atmosphäre, in der ich aufwuchs.«
»Sie hatten Glück.«
»Ich halte nicht viel von glücklichen Zufällen. Jeder ist seines eigenen Glückes Schmied. So sehe ich die Dinge. Meine Mutter hatte ein zurückgezogenes Leben geführt, bis der Gutsherr kam. Dann hielt sie ihm die Treue. Sie besaß ein gewisses Etwas, was Frauen manchmal haben.« Sie lächelte, als sie das sagte, als wolle sie andeuten, daß auch sie dieses begehrenswerte Etwas besitze. »Sie geriet nie auf Abwege, und der Gutsherr war ihr dankbar.«
»Und Sie erhielten seinen Namen.«

»Es schien eine vernünftige Lösung zu sein. Als ich etwa fünfzehn war, hatte der Gutsherr einen Reitunfall. Meine Mutter pflegte ihn, aber er starb vor Ablauf eines Jahres. Auch der Dame des Hauses ging es zunehmend schlechter. Meine Mutter machte sich Sorgen, weil sie voraussehen konnte, daß sich unser Leben verändern und die schönen Tage bald vorüber sein würden.

Das Verhältnis zur Dienerschaft verschlechterte sich. ›Wer ist diese Frau eigentlich?‹ begannen sie sich zu fragen. ›Warum soll sie besser sein als wir?‹ Sie erinnerten sich, daß ich außerehelich geboren war, und ich hörte wieder das Wort ›Bastard‹.

Als Lady Travers Main starb, übernahm ein Vetter das Gut. Er sah, wie meine Mutter die Wirtschaft führte. Sie hatte, wie ich schon sagte, jenes gewisse Etwas, das auf Männer wirkt. Ich glaube, er wollte nicht nur in die Fußstapfen, sondern auch in das Bett des Verstorbenen steigen. Aber meine Mutter mochte ihn nicht, er war nicht wie der frühere Gutsherr. Wir mußten rasch einen Entschluß fassen, aber uns fiel zunächst nichts ein. Erst als der Vetter ein Auge auf mich warf, sagte meine Mutter, wir würden gehen.

Wir nahmen eine ganze Menge der Sachen mit, die sich im Laufe der Jahre angesammelt hatten, denn der Gutsherr wie seine Frau hatten uns beiden von Zeit zu Zeit wunderbare Geschenke gemacht. Wir waren also nicht bettelarm. Der Krieg war vorüber. Oliver Cromwell war Lord-Protektor, alle Theater und sämtliche Vergnügungslokale mußten ihre Pforten schließen. Das waren trübselige Zukunfsaussichten. Wir hatten keine Ahnung, wohin wir gehen sollten. Meine Mutter dachte, wir könnten uns vielleicht irgendwo ein kleines Haus kaufen und eine Weile bescheiden von unseren Ersparnissen leben.

Ein paar Tage nach unserer Abreise übernachteten wir in einem Gasthaus, und da sahen wir plötzlich die Schauspieler einer Wanderbühne. Nein, es kam nicht so, wie Sie denken. Mein Vater gehörte nicht zu der Truppe. Als meine Mutter aber seinen Namen erwähnte, kannten ihn alle. Er habe in der alten Zeit viel Erfolg gehabt, sei bei Hofe

aufgetreten, und die Königin habe ihn huldvoll empfangen. Sie habe viel für das Theater übrig. Aber jetzt sei der König enthauptet worden, und die Königin halte sich mit ihrem Sohn, dem neuen König, in Frankreich auf. Mit der Schauspielkunst könne man sich erst dann wieder den Lebensunterhalt verdienen, wenn der neue König seinen Thron zurückgewonnen habe, sagten sie. Und sie tranken heimlich auf den Sturz des Protektors, was nicht gefährlich war. Aber sie hatten bereits Pläne, sie wollten sich irgendwie nach Frankreich absetzen. Die Franzosen liebten das Theater. Dort könnten die Schauspieler noch ein Leben führen wie die Lords, während es in England keine Hoffnung gab, solange die Puritaner an der Macht waren.
Die Schauspieler blieben ein paar Tage, und merkwürdigerweise verliebte sich meine Mutter in einen der Hauptdarsteller – und er sich in sie. Was mich betrifft . . .«, sie lächelte verstohlen. Dann sagte sie: »Aber was sage ich denn da? Ich rede viel zuviel.«
»Ich finde das alles sehr interessant.«
Ihre Augen wirkten wie verschleiert. »Meine Zunge läuft mit mir davon. Von dieser Seite des Lebens haben Sie noch keine Ahnung.«
»Aber ich sollte sie doch verstehen lernen, nicht wahr? Sie sind unsere Erzieherin geworden. Sie haben die Aufgabe, uns zu unterrichten. Und, Harriet, es gibt noch so viel, was ich lernen muß.«
»Das stimmt«, sagte sie und schwieg eine Weile. Dann wünschte sie mir plötzlich eine gute Nacht und ging hinaus.
Einige Tage wirkte sie ziemlich verschlossen, und ich nahm an, daß sie sich fragte, ob sie mir vielleicht doch zu viel erzählt hatte.
Es war ein aufregendes Ereignis, als wir unser kleines Theaterstück auf der Estrade in der Halle aufführten. Unser Publikum bestand aus Jeanne, Marianne, Jacques und der Familie Lambard. Es war ein kurzes Drama, in dem Harriet natürlich die Hauptrolle spielte. Lucas war ihr Liebhaber und ich die Schurkin, die danach trachtete, Harriet zu vergiften. Auch die Kinder hatten ihre Rollen, und sogar

der kleine Fenn spielte mit und überbrachte einen Brief mit den Worten »Dies ist für dich«, was ihn aus unerfindlichen Gründen zu einem Gelächter veranlaßte, dessen er einfach nicht Herr werden konnte.

Als ich den Giftbecher austrank, den ich Harriet zugedacht hatte, und zu Boden sank, war Madame Lambard so aufgeregt, daß sie rief: »Obwohl Sie es nicht verdient haben, Mademoiselle Arabella, brauchen Sie jetzt einen Tropfen von meinem Ackermennig-Likör.«

»Das hilft ihr jetzt auch nicht mehr«, sagte Jeanne. »Und es wäre nicht richtig, sie zu retten, wo sie so böse gewesen ist.«

Dann brach Fenn in Tränen aus, weil er glaubte, ich sei wirklich tot. Das Stück drohte zu einer Farce zu werden, aber glücklicherweise war es in dem Augenblick, als ich zu Boden sank, zu Ende.

Danach aßen wir das gleiche zu Abend wie damals, als die Wanderbühne bei uns gewesen war. Monsieur Lambard brachte einen Krug seines Weines, und Madame Lambard hatte einen großen Auflauf gebacken. Wir waren alle lustig und ausgelassen, nur Fenn klammerte sich die ganze Zeit an meinen Rock, um ganz sicher zu sein, daß ich nicht gestorben war.

Wenn ich an jenen Abend zurückdenke und daran, wie naiv wir alle waren und wie sehr sich Harriet amüsiert haben mochte, dann glaube ich, daß jener Tag das Ende eines ganzen Lebensabschnitts bedeutete. Und ich wünschte mir manchmal, ich hätte so, wie ich an jenem Abend war, für immer bleiben und mir den Glauben an das Gute im Menschen bewahren können.

Auch Harriet war glücklich. Sie war damals der Mittelpunkt unseres Lebens. Es gab keinen unter uns, der nicht erkannt hätte, daß die aufregende Wende, die unser Leben genommen hatte, auf sie zurückging.

Am Tag nach der Aufführung traf ein Reiter in Congrève ein und überbrachte Briefe von meiner Mutter. Jeder von uns erhielt einen, sogar Fenn.

Ich ging in mein Zimmer, um meinen Brief ungestört lesen zu können.

»Meine liebste Tochter,
es ist so lange her, seit ich Dich zum letzten Mal gesehen habe. Ich denke ständig an Dich, eine Veränderung liegt in der Luft. Ich habe so das Gefühl, daß wir bald alle wieder beisammen sein werden. Aus England ist die Nachricht eingetroffen, daß Oliver Cromwell im September gestorben ist, er ist also schon mehrere Monate tot. Dein Vater ist überzeugt, daß Cromwells Sohn nie einen solchen Einfluß wird erringen können und daß die Leute der puritanischen Herrschaft überdrüssig geworden sind und die Rückkehr des Königs fordern werden. Falls es dazu kommt, würde sich unser Leben von Grund auf ändern. Dies ist die beste Nachricht, die wir bekommen haben, seit der Vater des Königs den Märtyrertod gestorben ist.
Ich habe noch eine Neuigkeit für Dich, liebes Kind. Lord Eversleigh, der hier bei uns ist, hat uns erzählt, daß seine Familie ein Haus ganz in der Nähe von Château Congrève bezogen hat. Dein Vater und ich dachten, es würde Dich freuen, sie kennenzulernen. Sie werden sich mit Dir in Verbindung setzen und Dich wahrscheinlich auffordern, ein Weile bei ihnen zu wohnen. Congrève ist kaum der geeignete Ort, ein gesellschaftliches Leben zu führen, das weiß ich. Aber falls es nicht zu umgehen sein sollte, Gäste einzuladen, werden alle Verständnis für unsere gegenwärtige schwierige Lage haben. Wenn Du eine Möglichkeit hast, die Eversleighs zu besuchen, solltest Du mit Lucas diese Gelegenheit wahrnehmen. Ich weiß, daß sich die Lambards mit Marianne, Jeanne und Jacques inzwischen der Kleinen annehmen würden. Dein Vater und ich machen uns oft Sorgen, daß Du tagaus tagein in Congrève sein mußt. Wenn alles normal wäre, würden wir dafür sorgen, daß Du junge Leute Deines Alters und Standes kennenlernst. Leider ist es jetzt unmöglich, aber wer weiß – vielleicht ist alles schon in Kürze anders. In der Zwischenzeit könnte es für Dich interessant sein, mit den Eversleighs bekannt zu werden. Leider kann ich nicht zu Dir kommen, weil hier so viel

geschieht. Stell Dir bloß die Aufregung vor, als wir von Cromwells Tod erfuhren!
Aber ich hoffe, liebe Arabella, daß wir uns bald wiedersehen werden. Sei einstweilen guten Mutes. Dort bist du wenigstens in Sicherheit, und Du bist alt genug, Dich noch an die Tage von Far Flamstead und später in Trystan zu erinnern.
Denk daran, daß ich in Gedanken immer bei Dir bin.

Deine Dich liebende Mutter
Bersaba Tolworthy.«

Bei der Lektüre des Briefes sah ich sie deutlich vor mir. Ich hatte sie seit meiner frühesten Kindheit glühend verehrt. Sie war mir immer so stark erschienen, und meine undeutliche Erinnerung an jene weit zurückliegenden Tage wurde von ihr beherrscht – sie war diejenige gewesen, die allmächtig und allwissend zu sein schien.
Geliebte Mutter! Ich war gespannt, was sie über Harriet denken würde. Sie hätte in ihrer Welterfahrenheit bestimmt sofort erkannt, daß diese uns etwas vormachte.
Ich schrieb einen Brief, den der Reiter am nächsten Tag mit zurücknehmen sollte, und wußte nicht genau, wie ich mich über Harriet äußern sollte. Das war ein Zeichen dafür, wie Harriets Anwesenheit auf mich wirkte. Ich dachte jetzt daran, mit der Wahrheit hinter dem Berge zu halten, wo es mir doch früher nie in den Sinn gekommen wäre, vor meiner Mutter irgend etwas verheimlichen zu wollen. Aber was war schon dabei, die nackte Wahrheit zu berichten? Eine Wanderbühne war erschienen, und eine der Schauspielerinnen gab vor, sich ihren Knöchel so schlimm verletzt zu haben, daß sie die Reise nicht fortsetzen konnte. Sie blieb da und bringt uns Bühnenrollen und Singen und Tanzen bei.
Ich glaube, meine Mutter wäre den Dingen von vornherein auf den Grund gegangen. Eine Wanderbühne! Eine Schauspielerin, die eine Notlüge gebrauchte, um bleiben zu können. Meine Mutter würde so etwas niemals billigen.
Und wie könnte ich Harriets Charme erklären und die

unwiderstehliche Faszination, die von ihr ausging? Aber irgend etwas mußte ich ihr sagen, sonst würde ich sie hintergehen. Doch ihr alles zu erzählen, was sich hier zugetragen hatte? Es würde sie zutiefst beunruhigen.
Ich dachte nach. Es war das erste Mal, daß ich meiner Mutter nur die halbe Wahrheit sagte.

»Meine liebe Mutter,
ich habe mich über Deinen Brief sehr gefreut und hoffe, die Eversleighs kennenzulernen. Ich finde, sie sollten zunächst zu uns kommen. Wir sind durchaus in der Lage, sie hier zu bewirten. Marianne und Jeanne sind sehr tüchtig und freuen sich immer, wenn Gäste kommen. Ich glaube, sie finden das Leben hier sehr eintönig. Einige Leute sind hier vorbeigekommen, als es schneite, sie konnten ihre Reise nicht fortsetzen. Selbstverständlich haben wir ihnen Unterkunft gewährt. Bei ihnen war auch eine junge Frau. Sie ist sehr talentiert. Sie verstauchte sich den Knöchel auf unserer Treppe, und als die anderen weiterreisen mußten, denn sie wurden in Paris erwartet, bat sie, hierbleiben zu dürfen, denn sie konnte nicht gehen. Sie ist sehr lebhaft, sie sieht gut aus und stammt aus England, wie wir alle. Sie sah, in welcher Lage wir uns seit dem Tod von Miss Black befanden und wie Lucas und ich versuchten, die Kleinen zu unterrichten. So erbot sie sich, zu bleiben und gegen Unterkunft und Verpflegung beim Unterricht zu helfen.
Ich habe ihr Angebot angenommen, und ihre Mitarbeit hat sich als sehr zufriedenstellend erwiesen. Sie ist in der englischen und französischen Literatur gut bewandert, und sie unterrichtet nicht nur in diesen Fächern, sondern auch in guter Aussprache und in Gesang und Tanz. Die Kinder beten sie förmlich an. Du hättest an Fenn Deine helle Freude. Er ist wirklich ein kleiner Kavalier, und sie war tief gerührt, als er ihr die ersten Krokusse brachte. Angie und Dick wollen immer neben ihr sitzen. Du hättest Dich sicher gefreut, wenn Du das kleine Stück gesehen hättest, das wir vor kurzem aufgeführt haben.

Die Lambards und die Dienerschaft waren unser Publikum, und sogar der kleine Fenn hatte eine Rolle bekommen. Alle haben die Aufführung genossen und reden noch heute davon.
Natürlich hat Harriet Main alles arrangiert, denn wir wären ohne sie nie dazu imstande gewesen.
Ich bin überzeugt, daß Du Dich freust, daß sie bei uns ist, denn ich weiß, wie große Sorgen Du Dir gemacht hast, als Miss Black starb.
Es wäre herrlich, Dich und Vater wiederzusehen. Ach, wenn wir doch alle wieder in unserem Haus beisammen sein könnten! Ich freue mich, daß Ihr bei guter Gesundheit seid. Vielleicht sehen wir uns bald wieder.

Deine Dich liebende Tochter,
Arabella Tolworthy.«

Ich las meinen Brief noch einmal durch. Ich hatte keine Unwahrheiten geschrieben. Ich war überzeugt, daß sie es für gut halten würde, daß wir eine Art von Erzieherin hatten, auch wenn diese keine zweite Miss Black war. Bei dem Vergleich mußte ich lächeln. Es konnte kaum zwei Menschen geben, die so verschieden waren.
Ich hoffte fast, meine Mutter würde herkommen. Und gleichzeitig hatte ich etwas Angst, sie könnte tatsächlich kommen – denn mir war nicht ganz wohl zumute.
Am nächsten Tag ritt der Bote mit unseren Briefen davon. Ich stand am Aussichtsfenster in einem der Türmchen, um ihm möglichst lange nachsehen zu können.
Es war ein kleiner, selten benutzter Raum mit einem langen, schmalen Schlitz als Fensteröffnung. Das einzige Mobiliar war ein alter Tisch und ein Stuhl. Neben der Fensteröffnung war eine Sitzbank in die Wand gehauen, wo man sich niederlassen konnte, während man hinausschaute.
Als ich mich zum Gehen wandte, kam Harriet herein.
»Ich sah Sie hinaufgehen«, sagte sie. »Ich wußte nicht, wohin Sie wollten.«
»Ich habe nur dem Boten nachgesehen.«

»Der alle Briefe mitgenommen hat, die Sie an Ihre Familie geschrieben haben.«
»Wir warten immer darauf, daß jemand kommt, und hoffen, daß es unsere Eltern sein mögen. Aber ein reitender Bote mit Briefen ist das nächstbeste.«
Sie nickte.
»Er bringt Briefe und nimmt welche mit«, meinte sie nachdenklich. »Und Sie schreiben über alles?«
»Über einiges.«
»Sie haben Ihren Eltern gesagt, daß ich hier bin?«
»Aber natürlich.«
»Sie werden wollen, daß ich wieder gehe.«
»Warum sollten Sie das wollen?«
»Jemand von einer Wanderbühne. Eine Schauspielerin. Das ist ihnen sicher nicht recht.«
»Ich habe ihnen nicht gesagt, daß Sie Schauspielerin sind.«
»Was dann?«
»Ach, ich habe geschrieben, Sie seien mit einer Reisegruppe vorbeigekommen und hätten wegen des Schnees hierbleiben müssen. Sie hätten sich den Knöchel verletzt und seien deshalb noch länger geblieben. Und dann habe ich noch gesagt, daß Sie eine Weile beim Unterrichten der Kinder mithelfen. So ist es doch gewesen, nicht wahr?«
»Sie haben ihnen also nicht alles gesagt.«
Ich mied ihren Blick. »Ich habe ihnen keine Unwahrheiten geschrieben«, verteidigte ich mich. »Und ich habe ihnen außerdem gesagt, wie gern die Kinder Sie haben, und daß alle gern am Unterricht teilnehmen und wir ein kleines Theaterstück aufgeführt haben.«
Sie lachte plötzlich und warf die Arme um mich.
»Liebe Arabella!« rief sie aus.
Ich entwand mich ihrer Umarmung. Ich hatte das Gefühl, daß ich ihr allmählich ähnlich wurde. Ich war nicht mehr das unschuldige Mädchen, das ich gewesen war – immer so natürlich und ungezwungen mit seinen Eltern.
»Gehen wir lieber wieder hinunter«, sagte ich. »Was für eine düstere Kammer dies ist. Man stelle sich nur vor, daß ein Mann den ganzen Tag hier oben sitzt und beobachtet,

wer kommt und geht und Alarm schlägt, wenn es ein Feind ist.«
»Die Leute müssen damals viele Feinde gehabt haben, wenn sich der Ausguck als Hauptbeschäftigung gelohnt haben sollte.«
»Oh, er hielt auch nach Freunden Ausschau. Und Lieder komponierte er auch dabei. Beobachtungsposten waren immer Minnesänger, habe ich gehört.«
»Wie interessant!« Sie schob ihren Arm unter den meinen, während wir zur Wendeltreppe gingen. »Es war nett von Ihnen, so gut von mir zu sprechen«, fuhr sie fort. »Sie hätten bei Ihren Eltern nur Befürchtungen erweckt, wenn Sie ihnen erzählt hätten, daß ich eine Schauspielerin bin, die sich eines Tricks bedient hat, um hierbleiben zu können. Gut. Jetzt brauchen wir hier oben niemanden zu postieren, der nach besorgten Eltern Ausschau hält. Manchmal ist es ganz hilfreich, nur einen Teil der Wahrheit zu sagen, wenn die ganze Wahrheit beunruhigend wirken würde.«
Wir gingen nach unten.
Mir war immer noch nicht ganz wohl zumute. Aber ich wußte, daß ich noch viel unglücklicher sein würde, wenn meine Eltern darauf bestünden, Harriet zu entlassen.
An jenem Abend kam sie wieder in mein Zimmer, um sich mit mir zu unterhalten. Ich glaube, daß ihr der Brief an meine Mutter einen Teil ihrer Sorgen genommen hatte.
Sie setzte sich auf ihren Platz neben dem Spiegel. Die Haare fielen ihr lose über die Schultern herab, und mir kam sie besonders reizend vor. Ich konnte auch mich selbst im Spiegel sehen. Auch meine dichten, glatten braunen Haare waren offen, denn ich wollte sie gerade bürsten, als Harriet an der Tür klopfte. Ich wußte, daß meine Mutter eine attraktive Frau war, und ich sah ihr sehr ähnlich. Ich hatte ihre Vitalität, ihre schönen Augenbrauen und die tiefliegenden Augen mit den schweren Lidern geerbt, aber ich fand, daß meine Haare und Augen neben Harriets lebhaften Farben dumpf wirkten. Doch dann tröstete ich mich mit dem Gedanken, daß die meisten Menschen im Vergleich zu ihr farblos aussehen müßten.

Sie lächelte mich an und schien in meinen Gedanken zu lesen. Ich hatte oft das unangenehme Gefühl, daß Harriet genau wußte, was ich dachte.
»Die offenen Haare stehen Ihnen gut«, sagte sie.
»Ich wollte sie gerade bürsten.«
»Und ich habe Sie gestört.«
»Sie wissen doch, daß ich mich gern mit Ihnen unterhalte.«
»Ich bin gekommen, um Ihnen wegen des Briefes an Ihre Mutter zu danken.«
»Ich wüßte nicht, warum.«
»Sie wissen sehr gut, warum. Ich möchte dieses Haus nicht verlassen . . . Noch nicht, Arabella.«
»Wollen Sie damit sagen, daß Sie, vielleicht schon bald, wieder gehen müssen?«
Sie schüttelte den Kopf. »Hm. Auch Sie würden wahrscheinlich nicht auf Lebenszeit hierbleiben wollen.«
»Wir waren immer überzeugt, daß wir alle eines Tages nach England zurückkehren werden. Es gab Zeiten, da wir täglich den Ruf zur Rückkehr erwarteten. Dann haben wir nicht mehr so oft daran gedacht, aber ich glaube, daß wir immer irgendwie damit rechneten.«
»Also würden Sie nicht bis an Ihr Lebensende hierbleiben wollen?«
»Was für ein Gedanke! Natürlich nicht.«
»Wenn Sie in England wären, würde man jetzt schon nach einem Ehemann für Sie Ausschau halten.«
Ich mußte an den Brief meiner Mutter denken. Lag dieser Gedanke nicht dem Inhalt ihrer Zeilen zugrunde?
»Ja, vermutlich.«
»Glückliche Arabella, um deren Wohl alle so besorgt sind.«
»Sie vergessen, daß ich selber für mich sorgen kann.«
»Und das wird Ihnen um so besser gelingen, wenn Sie etwas mehr Lebenserfahrung gewonnen haben. Bei mir ist alles ganz anders gewesen.«
»Sie haben mir viel aus Ihrem Leben erzählt, doch dann brachen Sie plötzlich ab. Was taten Sie, als Sie auf die Wanderbühne trafen und Ihre Muttter sich in einen der Schauspieler verliebte?«

»Sie hatte ihn so gern – vermutlich erinnerte er sie an meinen Vater –, daß sie ihn heiratete. Ich werde nie den Tag ihrer Hochzeit vergessen, ich habe sie nie so glücklich gesehen. Natürlich ging es ihr bei Mr. Main nicht schlecht. Aber sie war sehr streng erzogen worden und hatte sich in ihrer Rolle nie wirklich wohl gefühlt. Jetzt war es anders. Ein Wanderschauspieler war ihr Geliebter gewesen und hatte sie mit einem Kind sitzenlassen. Jetzt hatte sie einen Wanderschauspieler als Ehemann, und damit schien alles wieder eingerenkt zu sein. Sie sprach von ihm immer als von *meinem* Vater. Ich glaube wirklich, daß die beiden in ihrer Vorstellung zu ein und derselben Person verschmolzen waren.«
»Schloß sie sich der Wanderbühne an?«
»Ja. Es war kein großes Ensemble. Damals wurden, wie Sie wissen, die Theater in England geschlossen und Wanderschauspieler mußten damit rechnen, ins Gefängnis geworfen zu werden, wenn sie entdeckt wurden. Deshalb planten sie, nach Frankreich zu gehen. Es würde kein leichtes Leben sein, das sie dort erwartete. Sie mußten Marionettenstücke und Pantomimen aufführen – wegen der Sprachschwierigkeiten. Aber sie hofften, dieses Handikap bald überwinden zu können. Wir machten uns auf die Reise. Einige Kilometer vor der französischen Küste kam ein schwerer Sturm auf, und wir erlitten Schiffbruch. Meine Mutter und ihr neuer Ehemann ertranken.«
»Wie schrecklich!«
»Sie hatte wenigstens das höchste Glück noch erlebt. Ich weiß nicht, ob es von Dauer gewesen wäre. Sie hatte in ihm all die Vorzüge gesehen, die ihrer Meinung nach mein Vater besessen hatte. Es war wirklich seltsam. Mein Vater verschwand, und ihr Ehemann starb, bevor sie Zeit gehabt hätte, zu erkennen, daß beide die Tugenden, die sie zu haben schienen, gar nicht besaßen.«
»Wieso können Sie wissen, daß ihr Ehemann sie nicht besaß?«
»Ich merkte es an der Art, wie er mich ansah, daß er nicht der treue, loyale Mann sein würde, für den sie ihn hielt.«

»Er wollte also *Sie* . . .«
»Natürlich wollte er mich.«
»Aber warum hat er dann Ihre Mutter geheiratet?«
»Er brauchte sie als Ehefrau. Er wollte jemanden um sich haben, der für ihn sorgte – eine reifere Frau. Deshalb nahm er sie zur Frau, und vergessen Sie nicht, daß ich mitging.«
»Was für ein abscheulicher Mensch!«
»Viele Männer sind so.«
»Und wie ist es Ihnen ergangen?«
»Ich wurde gerettet und ans Ufer gebracht. Ich hatte Glück, daß meine Retter im Dienste des dortigen Großgrundbesitzers, des Sieur d'Amberville, standen – eines Herrn, der, wie schon aus seinem Titel hervorgeht, in dem Gebiet großen Einfluß besaß. Er bewohnte ein schönes altes Schloß, das von riesigen Ländereien umgeben war. Ich wurde zuerst in das Bauernhaus gebracht, in dem meine Retter wohnten. Dann sprach es sich herum, daß ich im Meer aufgefischt worden war. Madame d'Amberville besuchte mich und erkannte, daß ich wegen der bescheidenen Unterkunft – an die ich, wie ich erklärte, bisher nicht gewohnt gewesen sei – ziemlich niedergeschlagen war. So nahm sie mich mit in das Château, wo ich ein reizendes Schlafzimmer erhielt und von Madames Hauspersonal bedient wurde. Aus meinen Antworten auf ihre Fragen gewann sie den Eindruck, ich sei die Tochter des Gutsbesitzers Travers Main.«
»Worin Sie sie natürlich bestärkten.«
»Allerdings. Ich blieb, bis ich mich wieder erholt hatte, und dann erklärte ich ihr, ich müsse jetzt gehen. Als sie mich fragte wohin, sagte ich, das wisse ich noch nicht, aber ich könne die Gastfreundschaft der d'Ambervilles nicht länger in Anspruch nehmen. Sie wollte mich aber unter keinen Umständen gehen lassen, und da kam mir eine Idee. Es gab mehrere junge d'Ambervilles, insgesamt sechs im Alter von fünf bis sechzehn Jahren, nicht mitgerechnet die älteste, achtzehnjährige Tochter und deren Bruder Gervaise, der zwanzig war. Deshalb schlug ich ihr vor, ich könnte vielleicht –«

»– Erzieherin werden?« sagte ich.
»Wie sind Sie darauf gekommen?«
»Manchmal hat die Geschichte die Gewohnheit, sich zu wiederholen.«
»Das kommt oft daher, daß wir aus gewonnenen Erfahrungen unter ähnlichen Umständen erfinderisch werden. So etwas nennt man Lebenserfahrung.«
»Ich habe von Anfang an gewußt, daß Sie nicht unerfahren sind.«
»Das bin ich allerdings nicht. Ich wurde also Erzieherin und gab den Kindern Unterricht, so wie ich jetzt Ihre Geschwister unterrichte. Ich hatte großen Erfolg und fühlte mich bei den d'Ambervilles sehr glücklich.«
»Warum sind Sie weggegangen?«
»Weil sich der älteste Sohn, Gervaise, in mich verliebte. Er sah sehr gut aus und war sehr romantisch.«
»Haben Sie sich auch in ihn verliebt?«
»Ich war verliebt in den Titel, den er einmal führen würde, und in die Ländereien und den Reichtum. Ich bin heute abend ganz offen zu Ihnen Arabella. Ich glaube, ich schokkiere Sie ein wenig. Aber mir gefiel auch noch etwas anderes an ihm, abgesehen von den weltlichen Besitztümern, die er eines Tages erben würde. Er war galant, er betete mich an, er war genau so, wie ein Liebhaber sein sollte. Er war heißblütig und leidenschaftlich. Er hatte noch nie ein Mädchen wie mich kennengelernt. Er wollte mich heiraten.«
»Und warum haben Sie ihn dann nicht geheiratet?«
»Wir wurden ertappt.« Sie lächelte, als amüsiere sie sich noch jetzt in der Erinnerung. »*In flagrante delicto* . . . beinahe. Von seiner Mutter. Sie war entsetzt. ›Gervaise!‹ sagte sie. ›Ich traue meinen Augen nicht.‹ Dann ging sie hinaus und schlug die Tür hinter sich zu. Armer Gervaise. Er war erschüttert. Es war sehr peinlich für einen wohlerzogenen Knaben.«
»Und Sie?«
»Ich wußte, daß sich die Lage zuspitzen würde, und ich hielt es für besser, das Einverständnis der Familie zur Hochzeit zu haben, bevor diese stattfand. Die Franzosen sind

konventioneller als wir zu Haus! Sie hätten ihn mit ein paar Pfennigen abfinden können. Schließlich waren da noch zwei andere Söhne, und Jean Christophe – einer meiner besten Schüler – war fast zwölf, deshalb war Gervaise nicht unersetzlich. Jetzt wußte sie, wie weit die Sache schon gediehen war. Von dem kurzen Blick, den Mama in unser Liebesnest getan hatte, glaubte sie womöglich, ich sei bereits *enceinte,* und ein kleiner d'Amberville sei unterwegs.«

»Wollen Sie damit sagen . . .«

»Meine liebe, unschuldige Arabella, dreht sich nicht das ganze Leben darum? Wie sollten wir die Erde bevölkern, wenn es anders wäre?«

»Sie haben also Gervaise wirklich geliebt, so sehr, daß Sie vergaßen . . .«

»Ich vergaß nichts. Es wäre eine ausgezeichnete Verbindung gewesen. Gervaise gefiel mir, er war über alle Maßen in mich verliebt, und von seiner Familie hatte ich nur Güte erfahren.«

»Es war wohl kaum die geeignete Form, diese Freundlichkeit zu entgelten.«

»Wieso – indem ich ihren Sohn glücklich machte? Er hatte noch nie so etwas erlebt. Das hat er mir viele Male gesagt.«

Ich versuchte, sie zu verstehen. Es war schwierig. Ich wußte genau, daß meine Mutter, falls sie jetzt hier wäre, bestimmt hätte, daß Harriet sofort zu gehen habe.

»Hätten Sie nicht bis nach der Hochzeit warten sollen?«

»Dann, meine liebe Arabella, wäre es nie passiert. Und denken Sie nur daran, was dem armen Gervaise entgangen wäre.«

»Ich finde, Sie reden recht frivol über eine ernste Angelegenheit.«

»Liebe, unschuldige Arabella, mit Frivolität kommt man oft über den Ernst des Lebens hinweg. Ich wurde in den Salon vor den Ältestenrat der Familie zitiert. Man hielt mir in einer langen Rede vor, daß ich das in mich gesetzte Vertrauen mißbraucht habe und keinen Augenblick länger mit ihnen unter einem Dach wohnen könne.«

»Und Gervaise?«
»Der liebe Gervaise! Er war wirklich naiv. Er sagte, wir würden zusammen auf und davon gehen. Wir würden der ganzen Familie ein Schnippchen schlagen. Wir würden heiraten und glücklich sein. Ich sagte ihm, er sei wunderbar, und ich würde ihn bis an das Ende meiner Tage lieben. Aber ich war schließlich auch praktisch veranlagt und fragte mich, wovon wir denn leben sollten. Ich kannte das Leben in Armut, Gervaise nicht. Ich war gewitzt genug, mir meinen Lebensunterhalt verdienen zu können. Gervaise jedoch war mit geistigen Gütern nicht sonderlich gesegnet, und mich schreckte der Gedanke, ein armseliges Dasein fristen zu müssen.
Als die Familie sagte, er würde enterbt, war es ihr ernst damit. Schließlich kann man ja, wenn man mehrere Söhne hat, auf den einen, der einem mißfällt, verzichten – auch wenn er der älteste ist. Außerdem wäre es eine gute Lehre für die anderen. Madame d'Amberville war über das, was sie mit eigenen Augen gesehen hatte, zutiefst betroffen. Sie ließ durchblicken, daß sie mich nie wieder ansehen könne, ohne daran denken zu müssen.
Als dies geschah, kam eine Wanderbühne ins Dorf. Die sehr religiös eingestellten d'Ambervilles hatten für Schauspieler nicht viel übrig. Aber sie konnten nicht verhindern, daß die Truppe im Dorf auftrat. Ich sah mir die Vorstellung an und lernte dort Jabot kennen. Erinnern Sie sich an Jabot?«
»Natürlich. Ich muß Ihnen ein Geständnis machen: Ich habe mit angehört, wie Sie sich mit Fleurette auf der Treppe seinetwegen stritten.«
»Sie haben also gelauscht.« Sie lachte laut. »Also, meine gar nicht so tugendhafte Arabella, was wollen Sie mir dann noch vorwerfen? Sie haben also alles mitgehört, nicht wahr?«
»Ja, und ich sah, wie Sie auf den Stufen ausrutschten.«
»Ausgezeichnet! Dadurch wurde mein verstauchter Knöchel nur um so glaubhafter.«
»Sie gingen also von Gervaise zu Jabot?«
»Was für ein Unterschied! Jabot war ein Mann von Welt. Er

war ein guter Schauspieler. Ein Jammer, daß er keine besseren Gelegenheiten hat, sein Talent zu zeigen. Vielleicht gelingt es ihm noch eines Tages. Er ist ambitioniert, aber er kann den Frauen nicht widerstehen, und er liebt gleichzeitig die unterschiedlichsten Typen.«

»Er hat Sie *und* Fleurette geliebt?«

»Neben einem Tausend anderer. Aber er war begabt, in verschiedener Hinsicht. Jules wurde sofort auf mich aufmerksam. Ich sprach mit ihm, ich behauptete, ein unglückliches Geschöpf zu sein. Der Sohn des Hauses sei mir zu nahe getreten, und deshalb hätte ich weggehen müssen. Jules Jabot hat eine romantische Ader. Er sagte später, ich hätte meine Rolle gut gespielt. Ich habe ihm natürlich erzählt, daß ich aus einer Schauspielerfamilie komme, worauf er mich Monsieur Lamotte vorstellte. Als Folge davon schloß ich mich ihnen an und blieb mehrere Monate bei ihnen – und dann kam der Tag, an dem wir Château Congrève erreichten. Den Rest kennen Sie.«

»Warum haben Sie sie unseretwegen weiterziehen lassen?«

»Es war ein schweres Leben. Nichts wäre mir lieber, als eine erfolgreiche Schauspielerin zu sein, aber nicht bei einer Wanderbühne. Das Leben ist ziemlich armselig. Nur Menschen mit einer echten Liebe zu dem Beruf können diesem Dasein etwas abgewinnen. Jabot lebt dafür, von den Zuschauern angehimmelt zu werden. Sie hätten ihn nach seinen Auftritten als Bühnenheld sehen sollen. Er stolziert herum wie ein Hahn. Die Frauen werden noch sein Unglück sein. Jabot saß in dieser Hinsicht schon oft in der Klemme. Er hat etwas, was Frauen unwiderstehlich finden.«

»Was Sie nicht sagen! Also auch einer!«

»Sie meinen, daß auch ich dieses gewisse Etwas habe?«

»Und Ihre Mutter . . .«

»Sie mögen lächeln, liebe Arabella, aber eines Tages werden Sie verstehen, was ich meine. Lassen Sie sich eines gesagt sein: Sie haben keine Ahnung von der Welt, in der ich gelebt habe. Vielleicht werden Sie immer so naiv bleiben.«

»Jetzt nicht mehr, nachdem wir uns begegnet sind«, sagte ich.

Sie blickte mich unverwandt an. »Ich sehe«, sagte sie, »daß ich Ihr Leben irgendwie verändert habe.«
»Was geschah zwischen Ihnen und Jabot? War er Ihr Liebhaber?« Sie gab keine Antwort, sondern sah mich nur belustigt an. »So kurz nach Gervaise? Es hatte einen gewissen Reiz, denn er war so ganz anders. Ich habe Gervaise geliebt. Er war zartfühlend und liebevoll. Jabot war seines Erfolges sicher. Der eine ein Aristokrat und der andere ein armer Wanderschauspieler. Begreifen Sie, was ich meine?«
»Ihr Verhalten, Harriet, ließ sich mit einem einzigen Wort kurz beschreiben.«
»Also, sagen Sie mir, wie es heißt.«
»Liederlich.«
Diesmal lachte sie laut. »Und Sie sind ehrlich schockiert? Wollen Sie mich wegschicken, weil Sie fürchten, ich könnte Sie und Ihre kleine Schwester und vielleicht auch Ihren Bruder verderben?«
»Sie werden Lucas in Ruhe lassen«, erklärte ich bestimmt.
»Er ist noch so jung, daß er außer Gefahr ist. Sie verstehen mich nicht. Ich bin eine ganz normale Frau, Arabella. Ich liebe, und ich gebe und ich nehme. Das ist alles. Sie haben doch Jabot gesehen. Begreifen Sie denn nicht?«
»Er war auch der Geliebte von Fleurette.«
»Das war, bevor ich kam. Sie hat mir nie verziehen, aber wenn ich es nicht gewesen wäre, hätte er eine andere gefunden.«
»Ich kann nur nicht verstehen, daß Sie das alles anscheinend auf die leichte Schulter nehmen.«
»So ist das Leben, liebe Arabella. Man muß die Feste feiern, wie sie fallen, und sich dann nach etwas anderem umsehen.«
»Nach all diesen Erlebnissen muß das Leben im Château für Sie sehr eintönig sein. Wir können Ihnen keine Liebhaber bieten.«
»Aber Sie haben mir eine Ruhepause gegönnt. Ich war des Wanderlebens müde. Ich wußte, daß sie in Paris durchfallen würden. Ich hatte von allen genug, auch von Jabot. Ich glaube, er wollte sich von mir zurückziehen, und in solchen

Fällen bin lieber ich es, der Schluß macht. Und Sie interessieren mich sehr. Vom ersten Augenblick an wußte ich, daß wir Freunde werden würden. Ich habe meine kleine Scharade sehr genossen, und die Art Ihrer Reaktion war genau das, was ich von Ihnen erwartet hatte. Jetzt haben Sie mich in den Augen Ihrer Mutter zu einer anständigen Frau gemacht, und das hat die zwischen uns bestehenden Bande verstärkt. Das wissen Sie, Arabella.«

»Ich wünschte«, begann ich.

»– daß ich zu den jungen Frauen gehörte, mit denen Sie gesellschaftlichen Umgang pflegen könnten, falls Sie in England wären? Nein, das geht nicht. Sie wissen, daß ich anders bin. Deshalb mögen Sie mich ja gerade. Ich werde mich nie in ein Schema pressen lassen. Und Arabella, ich habe so ein Gefühl, daß es auch Ihnen so geht.«

»Ich weiß nicht. Ich glaube, ich weiß nur wenig über mich selbst.«

»Macht nichts. Kommt Zeit, kommt Rat.« Sie gähnte. »Und ich glaube, daß Sie noch allerlei Überraschungen erleben werden. Aber jetzt werde ich in mein Zimmer gehen. Gute Nacht, Arabella.«

Nachdem sie gegangen war, blieb ich in Gedanken an sie noch lange sitzen.

Ein paar Tage darauf kam ein reitender Bote mit einem Brief, der an mich adressiert war.

Ich schickte den Mann zu Marianne und Jeanne, damit er zu essen und zu trinken bekam und sich etwas ausruhen konnte, während ich den Brief las. Er war an ›Miss Arabella Tolworthy‹ gerichtet und kam aus Villiers Tourron.

»Liebe Miss Tolworthy,

ich habe das große Vergnügen gehabt, Ihre Eltern in Köln kennenzulernen, und habe viel über Sie und Ihre Familie gehört. Wir sind vor kurzem nach Villiers Tourron gezogen, und da wir, wie auch Sie, im Exil leben und die Aufforderung zur Rückkehr erwarten, wäre es sicher für uns alle eine große Freude, wenn wir miteinander bekannt werden könnten. Wir haben hier ein großes

Haus, und wenn es auch nicht so wie zu Hause ist, können wir unsere Freunde hierher einladen. Ihre Eltern haben die Erlaubnis erteilt, daß Sie und Ihr Bruder uns besuchen, und meine Familie und ich selbst hoffen, daß Sie es auch tun werden. Mein Sohn und meine Tochter sind zur Zeit bei uns. Edwin, mein Sohn, wird sich bald dem Gefolge des Königs anschließen, denn dort herrscht, wie Sie wissen, im Augenblick lebhafte Aktivität, und man hegt hochgespannte Hoffnungen.

Wenn es Ihnen gefällt, diese Einladung anzunehmen, geben Sie unserem Mann bitte eine Nachricht mit. Es sind zwei Tagereisen bis zu uns, aber es gibt unterwegs einen empfehlenswerten Gasthof, in dem Sie die Nacht verbringen könnten. Es gibt keinen Grund, warum wir Ihren Besuch hinausschieben sollten, und ich schlage deshalb vor, daß Sie in vierzehn Tagen zu uns kommen. Bitte sagen Sie ja. Da wir Ihre Eltern kennen und so viel über Sie und Ihren Bruder gehört haben, freuen wir uns alle auf Ihren Besuch.

Matilda Eversleigh.«

Ich war entzückt. Es würde eine interessante Abwechslung sein. Ich begab mich auf die Suche nach Lucas, um ihm von der Neuigkeit zu erzählen.

Er war mit Harriet im Schulzimmer. Ich war froh, daß die Kleinen nicht auch dort waren. Sie würden sicher traurig sein, wenn wir wegführen, aber wir konnten natürlich nicht erwarten, daß auch sie von den Eversleighs eingeladen wurden.

»Lucas«, rief ich, »hier ist eine Einladung von den Eversleighs!«

»Von den Leuten, die unsere Mutter erwähnte? Laß mich sehen!«

»Wollen Sie hinfahren?« fragte Harriet.

»Ich glaube, wir müssen. Es ist der Wunsch unserer Eltern.«

»Es könnte interessant werden«, sagte Lucas. »Wir sitzen schließlich die ganze Zeit nur hier herum. Wir haben zwar erst gemerkt, wie eintönig es hier ist, als –«

Harriet lächelte ihm zu.
»– und wir werden ja nicht lange wegbleiben«, schloß Lucas.
»Eventuell zwei Wochen«, sagte ich.
»Und die Kleinen?« fragte Harriet.
»In ihrem Brief schrieb unsere Mutter, daß sie beim Hauspersonal gut aufgehoben sein würden. Das glaube ich auch.«
»Sie werden Sie höchst ungern wegfahren sehen«, sagte Harriet.
»Nach ein paar Tagen haben sie sich bestimmt daran gewöhnt. Und denken Sie nur an die Aufregung, wenn wir wieder zurückkommen.«
»Ich werde Sie vermissen«, meinte Harriet sinnend.
Ich sagte, ich würde jetzt in mein Zimmer gehen, um den Antwortbrief zu schreiben während Lucas mit Harriet im Schulzimmer zurückblieb.
Sobald der Bote mit meinem Brief wieder weggeritten war, fing ich an, meine Garderobe durchzusehen. Was man in Congrève anzog, war nicht so wichtig, aber eine Besuchsreise war etwas anderes.
Die Tür ging auf, und Harriet kam herein.
Sie sah das braune Kleid an, das auf meinem Bett lag. »Das können Sie nicht mitnehmen«, sagte sie. »Es steht Ihnen nicht.«
Sie hob es hoch und hängte es entschlossen wieder in den Schrank.
»Für solche Gelegenheiten wie die bevorstehende Reise haben Sie nur wenig anzuziehen, Arabella«, sagte sie. »Ich finde, wir sollten Ihre Garderobe etwas auffrischen.«
»Aber die Leute leben ungefähr so wie wir. Auch sie sind Flüchtlinge.«
»Aber sie laden Gäste ein und werden bestimmt auf Äußerlichkeiten großen Wert legen. Ich finde wirklich, daß wir uns Ihre Garderobe einmal näher ansehen sollten. Ich könnte Ihnen etwas leihen, wenn ich nicht –«
Sie zögerte, und ich sah sie scharf an.
»– mitführe«, fügte sie verschmitzt hinzu.

»Mitführe? Aber . . .«
»Es wird ein Mordsspaß werden«, sagte sie. »Stellen Sie sich bloß den Gesprächsstoff vor, den wir hinterher haben werden. Sie werden mich dort brauchen, Arabella!«
»Aber die Einladung gilt nur für mich und meinen Bruder.«
»Wie hätte es auch anders sein können, da sie ja gar nicht wußten, daß ich hier bin?«
Ich sah sie unverwandt an. Sie schien sich köstlich zu amüsieren.
»Wie können Sie denn mitfahren, Harriet, wo Sie doch gar nicht eingeladen sind?«
»Ganz einfach. Wenn ich Ihre Schwester wäre, hätten sie mich ohne Zögern auch eingeladen.«
»Aber Sie sind nicht meine Schwester!«
»Aber ich bin Ihre Freundin.«
»Sie können unmöglich dort mit uns ankommen. Wie soll ich denn das erklären?«
»Sie werden es schon vorher erklären. Es ist ganz einfach. ›Liebe Lady Eversleigh, ich habe eine Freundin, die schon seit einiger Zeit bei mir wohnt, und ich könnte sie wirklich nicht im Château zurücklassen, während wir fort sind. Ich habe auf Ihre Einladung im Überschwang des Augenblicks geantwortet, weil ich mich so gefreut hatte. Aber jetzt sehe ich ein, daß ich diese Freundin nicht einfach zu Hause lassen kann. Das wäre höchst unhöflich, und ich weiß, daß Sie dies verstehen werden. Sie ist reizend, stammt aus guter Familie und ist in der Tat eine von uns. Wenn es Ihnen also nichts ausmacht, würde ich mich freuen, wenn Sie die Einladung auch auf sie ausdehnen könnten. Wenn ja, wären wir alle sehr glücklich. Verzeihen Sie mir bitte die Ungeschicklichkeit, die ich begangen habe. Es war eine solche Freude für mich, Ihre Einladung zu erhalten, daß ich sie beantwortet habe, ohne an meine Verpflichtungen zu denken.‹
Na, was halten Sie davon?«
»Das kann ich nicht tun, Harriet. Es wäre unrecht.«

Romeo und Julia

Jacques begleitete uns. Er sollte, sobald wir unser Ziel erreicht hatten, nach Congrève zurückreiten, doch schien es angebracht zu sein, ihn unterwegs bei uns zu haben. Wir übernachteten in dem Gasthof, den die Eversleighs empfohlen hatten, und trafen am nächsten Tag im Château Tourron ein.

Congrève gegenüber machte es einen großzügigen Eindruck. Es waren keine Ziegen oder Hühner zu sehen, und das ganze Anwesen hatte, obwohl gewisse Verfallserscheinungen nicht zu übersehen waren, einen Anflug von Eleganz.

Jacques führte uns zu den Ställen, wo sich Knechte um unsere Pferde kümmerten.

Ein Diener erschien und geleitete uns in die Halle, wo wir von Lady Eversleigh bereits erwartet wurden.

Sie war verhältnismäßig groß und meiner Schätzung nach etwa Ende Vierzig. Sie hatte dichte, hellblonde Haare, ziemlich kindlich wirkende, blaue Augen und unstete Hände. Sie war offenbar erfreut, uns zu sehen, und wandte sich zunächst an Harriet.

»Ich freue mich so, daß Sie gekommen sind«, sagte sie. »Es war für mich ein solches Vergnügen, Ihre Mutter kennenzulernen . . .«

Harriet lächelte, hob die Hand ein wenig und wies auf mich.

»Ich bin Arabella Tolworthy«, sagte ich.

»Aber natürlich. So ganz Ihre Mutter. Wie konnte ich das nicht sehen! Meine Liebe, seien Sie uns willkommen, und dies ist Ihre Freundin . . . und Ihr Bruder. Wir freuen uns so, Sie hier zu haben. War es in dem Gasthof bequem? Wir haben dort schon übernachtet und fanden die Unterkunft recht annehmbar, so, wie die Gasthäuser nun einmal sind.

Aber jetzt sind Sie sicher müde und wollen sich waschen oder vielleicht eine kleine Erfrischung einnehmen? Zuerst wollen wir Ihnen Ihre Zimmer zeigen. Haben Sie viel Gepäck mitgebracht? Ich werde es heraufbringen lassen.«
Lucas sagte, wir hätten zwei Handpferde, und diese seien in den Stallungen.
»Einer der Männer wird sich darum kümmern. Kommen Sie jetzt mit mir. Ich habe die beiden Damen gemeinsam untergebracht. Ich hoffe, das macht Ihnen nichts aus. Wir haben nicht sehr viel Platz. Mein Sohn und meine Tochter freuen sich sehr über Ihr Kommen. Das werden sie Ihnen auch noch selbst sagen. Ein paar kleinere Geschwister haben Sie, glaube ich, zu Hause gelassen? Was für ein Jammer, daß sie noch so klein sind!«
Trotz ihrer sprunghaften Art schien sie uns, besonders mich, abschätzend zu betrachten.
Das Zimmer, das ich mit Harriet teilen sollte, war geräumig und enthielt zwei Betten. Auf den Dielenbrettern lag ein Teppich, und obwohl das Mobiliar einen leicht eleganten Eindruck machte, erinnerte es mich sehr an Château Congrève. Lucas war in einem Nachbarzimmer untergebracht.
»Hoffentlich sagt Ihnen das Zimmer zu«, meinte Lady Eversleigh. »Wie ich mich danach sehne, wieder in Eversleigh Court zu sein! Die vielen Räume! Und wie ganz anders ist es dort gewesen! Wie schön konnten wir dort unsere Gäste bewirten.« Sie seufzte. »Aber es kommt sicher wieder, und Sie müssen sich dieselben Gedanken über Ihre eigenen Häuser in England machen . . .«
»Wir sehnen uns nach dem Tag, an dem wir zurückkehren können«, sagte Harriet, und obwohl ich sie scharf ansah, fuhr sie fort: »Aber das, was wir hörten, gab uns neue Hoffnung. Vielleicht dauert es gar nicht mehr lange, und wir können mit den Reisevorbereitungen für die Heimkehr beginnen.«
»Es wird bald soweit sein. Im Gefolge des Königs herrscht große Aufregung. Mein Gemahl ist dort, wie Sie wissen, und dort hat er auch Ihre Eltern kennengelernt. Dieser schreckliche Cromwell . . . tot! Und dieser Sohn! Er ist nicht

wie sein Vater. Ein unbedeutender Mensch, habe ich gehört. Das ist nur gut so, finden Sie nicht auch?«
Wir pflichteten ihr bei, und sie sagte, sie würde uns jetzt allein lassen, damit wir uns erfrischen könnten, und wenn wir dann in den Salon herunterkämen, würde sie uns mit dem allergrößten Vergnügen ihrem Sohn und ihrer Tochter vorstellen.
Als sich die Tür hinter ihr geschlossen hatte, sah Harriet mich an und lachte.
»Unsere Gastgeberin«, meinte sie, »ist wenigstens nicht um Worte verlegen.«
»Sie ist sehr freundlich.«
»Und scheint entzückt zu sein, daß wir gekommen sind. Ich bin gespannt, wie Sohn und Tochter sein werden. Wir sind doch eingeladen worden, damit die beiden gleichaltrige Gesellschaft haben. Na ja, dieses Haus ist zwar etwas großzügiger als unser eigenes, geliebtes Château. Aber es macht einen etwas heruntergekommenen Eindruck. Doch man konnte von den Franzosen wohl kaum erwarten, daß sie den Flüchtlingen ihre besten Häuser zur Verfügung stellten.«
»Sie sind ziemlich kritisch, wenn man bedenkt, daß Sie ein sehr bescheidenes Dasein bei Ihrer Wanderbühne gefristet hätten, wenn Sie nicht nach Congrève gekommen wären.«
»Das habe ich nicht vergessen, aber es hindert mich auch nicht, mir ein Urteil über meine Umgebung zu bilden. Was sollen wir zur ersten Begegnung mit den Kindern anziehen?«
Ich sah an meinem Reitkleid hinab. Es sah nicht mehr so ordentlich aus, wie es beim Verlassen von Congrève gewesen war. »Ich habe wirklich keine Ahnung«, sagte ich.
»Dann müssen Sie sich darüber Gedanken machen. Der erste Eindruck ist immer der wichtigste. Für Sie käme das blaue Musselin mit dem Spitzenkragen in Frage, finde ich. Es sieht frisch, jung und unschuldig aus – so, wie Sie selber sind, meine liebe Arabella.«
»Und für Sie«, gab ich zurück, »Brokat oder Samt? Seide oder Satin?«

Sie schnitt eine Grimasse. »Für mich ist es noch wichtiger, einen guten Eindruck zu machen. Ich besitze nicht Ihr Beglaubigungsschreiben, das dürfen Sie nicht vergessen.«
»Als meine Freundin haben Sie es auch.«
»Trotzdem brauche ich eine besondere Note. Die Familie weiß, daß Sie die ehrenwerte Tochter eines ehrenwerten Generals sind, der hoch in der Gunst des Königs steht. All mein Glanz ist nur ein Widerschein. Ich muß versuchen, mich gut herauszubringen.«
»Meinetwegen«, erwiderte ich. »Ziehen Sie Ihr raffiniertestes Kleid an, aber beurteilt werden Sie nach Ihren Manieren.«
Sie lachte. Als wir uns umzogen, wählte sie ein ganz schlichtes Kleid. Sie sah reizend darin aus, fand ich, denn der blaue Wollstoff mit dem nach unten spitz zulaufenden Mieder unterstrich ihre schlanke Taille; die nach hinten gekämmten Haare gaben ihre hohe Stirn frei und verliehen ihr ein königliches Aussehen.
Lucas war schon im Salon, als wir herunterkamen, und Lady Eversleigh nahm Harriet und mich bei der Hand und führte uns hinein.
»Heute abend sind wir nur im kleinsten Kreise«, sagte sie. »Ich hielt es für besser, daß wir uns erst einmal kennenlernen, bevor die anderen kommen. Ja, wir erwarten noch weitere Freunde. Aus diesem Grund mußte ich Sie beide in einem Zimmer unterbringen, wofür ich wirklich um Verzeihung bitte.«
»Der eigentliche Grund liegt aber darin, daß Sie mit meinem Erscheinen nicht rechnen konnten«, sagte Harriet rasch, »deshalb muß ich mich entschuldigen.«
»Aber ich bitte Sie, wir freuen uns sehr, daß Sie hier sind. Ich sage immer: Je mehr da sind, desto lustiger wird es. Aber wir sind nun einmal nicht zu Hause und leiden deshalb unter Platzmangel. Also dies hier sind meine Tochter Charlotte und Sir Charles Conday, ein sehr lieber Freund. Und wo ist Edwin?«
»Er wird gleich hier sein, Mama«, sagte Charlotte.
Meiner Ansicht nach mußte Charlotte Ende Zwanzig sein.

Sie hatte ein sanftes Gesicht. Die hellbraunen Haare waren leicht gelockt und sahen so aus, als würde der leiseste Luftzug sie wieder in ihren natürlichen, glatten Zustand zurückversetzen. Sie hatte einen kleinen, spitzen Mund und machte überhaupt einen rehhaften Eindruck, so, als ob sie beim ersten Erschrecken die Flucht ergreifen und davonspringen würde. Das Kleid, das sie trug, stand ihr gut: Es war aus Seide und Spitzen, und das Dunkelblau unterstrich die Farbe ihrer Augen, die ziemlich groß waren und etwas hervortraten.

Sie ergriff meine Hand und lächelte mich an. Sie war schüchtern, fand ich, und wollte sich offenbar mit mir anfreunden. Ich faßte Zuneigung zu ihr.

Sir Charles Conday verbeugte sich. Er war ungefähr so alt wie Charlotte. Mittelgroß und etwas rundlich, wirkte er kleiner, als er tatsächlich war. Große, braune Augen, die mich an die eines Pferdes erinnerten, breite Gesichtszüge, die nicht unsympathisch schienen, aber wenig Vitalität verrieten – kurz, ein Mensch, mit dem sich ganz gut auskommen lassen mußte, wenn man ihm nicht zu viel Zeit zu widmen hatte.

Ich machte mir Vorwürfe, vorschnell zu urteilen. Schon meine Mutter hatte mich davor gewarnt. Ich weiß noch, daß sie einmal sagte: »Wenn man sich schon beim ersten Kennenlernen ein Urteil über den anderen bildet, irrt man sich meistens. Man kann andere Menschen erst nach Jahren des Zusammenseins wirklich kennen, und dann ist es oft erstaunlich, was man alles entdeckt.«

»Ich hoffe, Sie hatten eine angenehme Reise«, sagte Sir Charles.

»Gewiß«, sagte ich. »Es war genau so, wie Lady Eversleigh vorausgesagt hatte.«

Er sah Harriet an. Sie lächelte. Es war jenes besondere Lächeln, das sie gelegentlich auch Lucas schenkte. Sir Charles zuckte ein wenig zusammen, als wäre er geblendet.

»Es war so liebenswürdig von Lady Eversleigh, mich mitkommen zu lassen«, sagte sie. »Ich wohne bei Arabella und ihrer Familie.«

»Wir freuen uns, daß Sie hier sind«, sagte Lady Eversleigh. »Wir werden ein großer Kreis sein, und es ist immer so viel leichter, zahlreiche Gäste zu unterhalten.«
»Oh, ich bin ganz Ihrer Meinung«, sagte Harriet. »Es gibt so viele Dinge, die erst in größerem Kreise wirken.«
»Sobald Edwin kommt, setzen wir uns zu Tisch«, fuhr Lady Eversleigh fort. »Ich kann mir nicht vorstellen, was ihn aufgehalten haben könnte. Er weiß doch, daß wir Gäste haben.«
»Edwin ist nie pünktlich«, sagte Charlotte. »Das weißt du doch, Mama.«
»Ich habe ihm schon so oft ins Gewissen geredet. Ich habe ihm gesagt, daß Unpünktlichkeit ebenso ungehörig ist, wie wenn man jemandem die Tür vor der Nase zuschlägt. Ich glaube, daß er sich durch irgend etwas anderes ablenken läßt und glaubt, alles andere könne warten. In dieser Beziehung habe ich von Lord Eversleigh, meinem Gemahl, viel gelernt. Als Soldat ist er natürlich der pünktlichste Mensch auf dieser Welt. Ich mußte mich umstellen, als ich ihn heiratete. Ich muß schon sagen, daß Edwin . . . Aha, da ist er ja. Edwin, mein lieber Junge, komm her und begrüße unsere Gäste.«
Beim Anblick ihre Sohnes war ihr Ärger verflogen, was ich verstehen konnte. Für mich war Edwin Eversleigh der attraktivste Mann, den ich je gesehen hatte. Er war groß und sehr schlank. Es bestand eine gewisse Ähnlichkeit mit seiner Schwester Charlotte, was sie aber nur noch bedeutender erscheinen ließ. Seine Haare hatten dieselbe Farbe wie die ihren, aber sie waren dichter und fielen ihm bis auf die Schultern, nach der Mode der Zeit, als König Karl enthauptet worden war. Sein Rock war aus braunem Samt und mit Tressen verziert. Durch die geschlitzten Ärmel schimmerte ein schneeweißes Batisthemd. Er trug Reithosen, die in der Farbe zum Rock paßten. Aber es war nicht die Kleidung, sondern der Mann selbst, der meine Aufmerksamkeit erregte. Meines Erachtens war er mehrere Jahre jünger als Charlotte, und daß er der Liebling seiner Mutter war, lag auf der Hand. Die Art und Weise, wie sie

»mein Sohn Edwin« sagte, ließ keinen Zweifel daran aufkommen.
Es fällt mir schwer, Edwin zu beschreiben. Er hatte etwas Besonderes an sich – eine Vitalität, einen Charme, etwas Unbestimmbares, das sofort auffiel. Wenn er einen Raum betrat, geschah irgend etwas, die Atmosphäre änderte sich. Er wurde sofort zum Mittelpunkt. Ich wußte, was Harriet gemeint hatte, als sie sagte, daß manche Menschen dieses gewisse Etwas besäßen. Auch sie hatte es, das sah ich jetzt ganz deutlich.
Edwin sah mich an und verneigte sich lächelnd, wobei er halb die Augen schloß und einen Mundwinkel leicht in die Höhe zog.
»Willkommen, Miss Tolworthy«, sagte er. »Wir sind hocherfreut, daß Sie zu uns gekommen sind.«
»Und daß sie ihre Freundin, Miss Harriet Main, mitgebracht hat«, setzte seine Mutter hinzu.
Er verbeugte sich. »Ich werde Ihnen ewig dankbar sein, daß Sie mir gestattet haben, mitzukommen«, sagte Harriet. »Sie scheinen mir etwas voreilig zu sein«, sagte er. »Wenn ich Sie wäre, würde ich mir einen Teil dieser Dankbarkeit noch eine Weile aufsparen. Wenigstens so lange, bis Sie uns kennengelernt haben.«
Alle lachten.
»Ach, Edwin«, sagte Lady Eversleigh, »immer diese Neckereien! Aber so war er immer. Er sagt die unmöglichsten Dinge.«
»Du solltest mich aus jeder gesitteten Gesellschaft verbannen, Mama«, sagte Edwin.
»Du liebe Güte, dann wäre alles schrecklich langweilig. Jetzt wollen wir aber zu Tisch gehen und uns etwas besser kennenlernen.«

Die Halle ähnelte der in Congrève, auch hier gab es eine Estrade. Dort stand der Eßtisch, um den herum wir Platz nahmen.
Lady Eversleigh saß an einer Stirnseite des Tisches, Lucas zu ihrer Rechten und Harriet zur Linken. Edwin saß seiner

Mutter gegenüber am anderen Ende des Tisches und hatte mich rechts und Charlotte links von sich, während Sir Charles Conway zwischen mir und Harriet placiert war.
»Es wäre so viel bequemer, wenn wir ein kleines Speisezimmer hätten«, sagte Lady Eversleigh. »Aber wir haben uns in den letzten Jahren daran gewöhnt, zu improvisieren.«
»Das macht nichts«, sagte Edwin, »bald sind wir wieder zu Hause.«
»Glauben Sie wirklich?« fragte ich.
Er berührte meine Hand, die auf dem Tisch lag – zwar nur flüchtig, aber bei dem Kontakt durchzuckte mich ein leises Glücksgefühl. »Ich bin mir dessen ganz sicher«, sagte er und lächelte mich an.
»Warum sind Sie so sicher?«
»Alles deutet darauf hin. Cromwell hat den Staat mit eiserner Faust geführt, weil er ein Mann aus Eisen war. Richard besitzt keine der Eigenschaften seines Vaters. Und das ist ein Glück für England. Er hat das Amt des Protektors geerbt, weil er der Sohn seines Vaters ist, während Oliver sich diese Stellung aus eigener Kraft geschaffen hat. Zwischen den beiden liegen Welten.«
»Ich frage mich, wie es in unserem Haus aussehen mag«, sagte Lady Eversleigh. »Wir hatten so gute Hausangestellte ... sie waren so loyal und hatten für diese puritanischen Ideen nicht viel übrig. Ich bin neugierig, ob sie den Besitz haben in Ordnung halten können.« Sie wandte sich an Lucas. »Ist es nicht wundervoll, an die Heimkehr zu denken?«
Lucas gab ihr recht, aber er meinte, er könne sich eigentlich an nichts erinnern, außer ein wenig an das Haus seiner Großeltern in Cornwall.
»Wir flohen dorthin«, setzte ich hinzu. »Meine Mutter unternahm die lange Reise quer durch das ganze Land mit Lucas und mir. Far Flamstead, unser Landsitz, nicht weit von London, wurde vom Feind angegriffen, aber nicht völlig zerstört.«
»Ich kann mich an mein Entkommen aus England noch sehr gut erinnern«, sagte Harriet. »Wir wurden gewarnt, daß der

Feind heranrückte. Mein Vater war bereits bei Naseby gefallen, meine Mutter versteckte sich mit mir und ein paar getreuen Dienern im Wald, während unser Haus geplündert wurde. Ich werde nie den Anblick vergessen, als unser Besitz in Flammen aufging.«
»Sie Arme!« sagte Lady Eversleigh mitleidig.
Aller Blicke waren auf Harriet gerichtet, aber sie vermied es geflissentlich, mich anzusehen. Wie großartig sie den Tonfall ihrer Stimme zu modulieren verstand! Sie spielte eine Rolle, und sie war eine hervorragende Schauspielerin.
»All die Schätze, die man während der Kindheit ansammelt, die Puppen . . . ich hatte Marionetten, mit denen ich Stücke spielte. In meinen Augen waren es lebendige Wesen. Ich bildete mir ein, ihre Schreie zu hören, als sie von den Flammen verzehrt wurden. Ich war damals natürlich noch sehr jung . . .«
Am Tisch wurde es still. Wie schön sie doch war! Und nie war sie schöner, als wenn sie eine bestimmte Rolle spielte.
»Ich weiß noch, wie ich fröstelnd aufwachte. Die erste Morgendämmerung war hereingebrochen, und ein ätzender Brandgeruch hing noch in der Luft. Alles war still. Die Rundköpfe hatten unser Haus zerstört, unser ganzes Leben verändert und waren dann weitergezogen.«
»Bei Gott«, sagte Edwin, »wenn wir zurückkehren, werden sie uns dafür büßen.«
Charlotte meinte leise: »Es hat Gewalttaten und Grausamkeiten auf beiden Seiten gegeben. Wenn wieder Frieden ist, vergessen wir am besten diese schreckliche Zeit.«
Charles Condey pflichtete ihr bei. »Wenn wir das Leben im alten Stil wieder aufnehmen können, wollen wir dies alles vergessen.«
»Es wird eine neuer Anfang sein«, sagte Charlotte. Charles Condey sah sie lächelnd an. Mir wurde klar, daß die beiden sich liebten.
Harriet war entschlossen, weiterhin Mittelpunkt der allgemeinen Aufmerksamkeit zu bleiben.
»Wir gingen zu unserem Haus zurück, unserem wunderschönen, lieben Haus, das ich mein ganzes Leben gekannt

hatte. Aber es war wenig von ihm geblieben. Ich kann mich noch erinnern, daß ich wie von Sinnen nach meinen Puppen suchte. Sie waren weg. Alles, was ich fand, war ein Stück halbverkohltes Band, kirschfarben – ich hatte es für eines der Puppenkleidchen verwendet. Ich habe es bis auf den heutigen Tag aufgehoben.«

Oh, Harriet, dachte ich bei mir – wie kannst du nur! Und das alles vor mir, wo ich doch weiß, daß du lügst!

Dann trafen sich unsere Blicke. Sie schien mich herauszufordern: Meinetwegen, stell mich bloß! Sag ihnen doch, daß ich das uneheliche Kind eines Wanderschauspielers und eines Dorfmädchens bin, daß meine Mutter die Mätresse des Gutsbesitzers war und daß die Rundköpfe nie in der Nähe des Ortes aufgetaucht sind, wo wir lebten. Sag es ihnen doch!

Sie wußte, daß ich es nicht tun würde. Aber ich wollte mit ihr reden, wenn wir allein waren.

Edwin neigte sich zu ihr. »Und was geschah dann?«

»Wir konnten natürlich nicht länger im Wald bleiben. Wir gingen zu Fuß ins nächste Dorf. Wir hatten etwas Schmuck mitgenommen, als wir uns versteckten. Wir verkauften ihn und lebten einige Zeit von dem Erlös. Im Dorf begegneten wir einer Wanderbühne. Den Schauspielern ging es schlecht, denn sie mußten heimlich auftreten, weil die Puritaner jedes Theaterspielen verboten hatten. Was übriggeblieben war, waren ein paar Wanderbühnen, die von Ort zu Ort zogen. So schlossen wir uns den Schauspielern an, meine Mutter und ich. Und ich entdeckte in mir ein gewisses Talent für die Bühne.«

»Das überrascht mich nicht«, sagte ich, und sie lächelte mich wieder an, als wolle sie sagen: Na, was ist, Arabella, warum stellst du mich nicht bloß?

»Ich fertigte ein paar Marionetten an«, fuhr Harriet fort, »und trat mit ihnen auf. Dann ließen sie mich auf der Bühne mitspielen. Zunächst übernahm ich kleine Nebenrollen, dann größere. Aber die Lage verschlimmerte sich. Obwohl die Dorfbewohner sich freuten, wenn wir kamen, wußten wir nie, ob uns nicht jemand anzeigen würde. Es wurde zu

gefährlich, deshalb kamen wir nach Frankreich. Meine Mutter ertrank bei der Überfahrt, denn wir erlitten Schiffbruch. Ich wurde gerettet und ging zunächst zu einer befreundeten Familie. Dort blieb ich eine Zeitlang.«
»Wie interessant«, sagte Lady Eversleigh. »Welche Familie war das?«
Harriet zögerte nur den Bruchtei einer Sekunde. Sie wagte nicht, die d'Ambervilles zu nennen, obwohl sie damit bei der Wahrheit geblieben wäre.
»Die de la Boudons«, sagte sie. »Vielleicht kennen Sie sie?«
Lady Eversleigh schüttelte den Kopf. Wie konnte sie auch eine Familie kennen, die nur in Harriets Einbildung existierte?
»Später«, fuhr Harriet fort, »kam ich zu Arabella und lebe jetzt seit einiger Zeit bei ihr.«
»In diesen Zeiten müssen wir alle zusammenhalten«, sagte Lady Eversleigh. »Wir freuen uns jedenfals sehr, daß Sie hier sind. Ich bin sicher, daß Sie zum Gelingen des Abends beitragen werden.«
»Das tut Harriet immer. Immer, seit die Wanderbühne vorbeikam.« Es war Lucas, der das sagte. Ich hatte ganz vergessen, daß er über ihre Erzählung erstaunt sein könnte. Harriet war es offenbar auch, doch sie parierte den Einwurf mit leichter Hand. »Ach ja, was war das doch für eine Zeit. Ich lebte bei den de la Boudons, als diese Wanderbühne bei ihnen vorbeikam. Die Leute spielten für uns, und ich erzählte ihnen, daß auch ich einmal bei einer solchen Bühne aufgetreten war. Da ließen sie mich mitmachen. Sie waren mit mir offenbar recht zufrieden, und als eine ihrer Hauptdarstellerinnen ausfiel, fragten sie mich, ob ich einspringen würde.« Sie hielt inne und fuhr dann fort: »Ich will ganz ehrlich sein . . .«
Wie kannst du nur, Harriet, dachte ich. Sie muß den entsetzten Blick in meinen Augen gesehen haben, denn sie lächelte verstohlen. Sie wirkte um so liebreizender, je mehr sie sich über andere lustig machte, und mir war klar, daß sie alle Anwesenden völlig verzaubert hatte.
»Die de la Boudons waren sehr freundlich zu mir gewesen,

aber das Leben bei ihnen schien mir doch sehr eintönig zu sein. Deshalb fragte ich sie, ob sie mich mit der Wanderbühne eine Weile ziehen lassen würden, nur so zum Spaß. Sie begriffen, daß die Schauspieler alte Erinnerungen in mir geweckt haben mußten, und hatten volles Verständnis. Sie waren davon überzeugt, daß ich eine große Schauspielerin sei, und als sie hörten, daß die Bühne nach Paris ging, drängten sie mich geradezu, mich ihr anzuschließen. Das tat ich dann auch, und durch Zufall gelangten wir nach Congrève. Dort verstauchte ich mir den Knöchel und war gezwungen, die Bühne allein weiterziehen zu lassen. Inzwischen war mir auch klargeworden, daß ich nicht zur Wanderschauspielerin bestimmt war, und als Arabella und der liebe Lucas mich beschworen, zu bleiben, erklärte ich mich einverstanden.«

»Wir sind alle sehr froh über diesen Entschluß«, sagte Edwin. »Sonst wäre uns das Vergnügen entgangen, Sie kennenzulernen.«

»Vielleicht wären wir uns bei der Rückkehr nach England begegnet.«

»Aber dann hätten wir zu lange auf dieses Vergnügen verzichten müssen.«

Harriet wurde lebhafter. »Erinnern Sie sich an unser Stück, Arabella . . . Lucas? Die Halle hier ist ganz wie die in Congrève. Dieselbe Estrade, sie gibt eine gute Bühne ab. Was hatten wir doch für einen Spaß! Wir müssen davon erzählen.«

»Das Stück, das wir aufführten«, sagte Lucas, »ging wunderbar. Natürlich nur wegen Harriet. Wir spielten alle mit, und die Lambards – die Bauern aus der Nachbarschaft – und die Dienerschaft waren unser Publikum.«

»Es hat dir viel Freude gemacht, nicht wahr, Lucas?« sagte Harriet. »Du hast deine Rolle ausgezeichnet gespielt.«

»Nur Arabella tat mir leid«, sagte Lucas, »sie starb ganz zum Schluß.«

»Der Lohn für ein vertanes Leben«, sagte ich.

»Wirklich?« Edwin lächelte mir zu. »Ich kann mir nicht vorstellen, daß Sie Ihr Leben vergeudet haben sollten.«

»In der Rolle war ich die Mörderin. Ich mischte den Gifttrank für Harriet und trank ihn selbst.«

»Es war ein französisches Melodrama«, meinte Harriet erklärend.

Lady Eversleigh schien recht angeregt zu sein. »Wäre es nicht nett, wenn wir ein kleine Stück aufführen könnten? Wir erwarten noch mehrere Gäste, und es gibt noch zahlreiche Nachbarn, die wir dazu einladen könnten. Glauben Sie, daß Sie dasselbe Stück noch einmal aufführen könnten?«

»Sind Ihre Gäste Engländer?« fragte Harriet.

»Ja, lauter Engländer, Flüchtlinge wie wir selbst.«

»Unser Melodrama war typisch französisch, es ging nur um Liebe und Leidenschaft.«

»Ein höchst interessantes Thema«, sagte Edwin.

»Sehr französisch«, beharrte Harriet.

»Wollen Sie damit sagen, daß diese Themen für uns Engländer uninteressant sind?« fragte Charles.

»Keineswegs. Viele interessieren sich für sie, aber nur im geheimen.«

»Sehr komisch«, sagte Edwin.

»Aber ich bitte Sie«, parierte Harriet, »Sie wissen doch ganz genau, daß es so ist.«

»Sie meinen wohl das puritanische England?«

»Was ich vorschlagen möchte«, sagte Harriet, »ist, daß wir ein englisches Stück spielen. Zum Beispiel eines von Shakespeare.«

»Wäre das nicht zu viel für uns?« fragte Charlotte.

»Ich kenne einige gekürzte Texte, die sich leicht aufführen lassen.«

»Aber Sie haben doch sicher auf französisch gespielt«, fragte Charlotte.

»Hm . . . ja, aber ich könnte die Originalfassung bringen. Was meinen Sie dazu, wenn wir jetzt ein Ensemble bilden? Jeder sollte eine Rolle übernehmen.«

»Auf mich dürfen Sie nicht rechnen«, sagte Lady Eversleigh. »Ich muß mich um die Gäste kümmern. Wir haben hier nicht dasselbe Dienstpersonal wie zu Hause in England.«

»Dann aber alle übrigen«, sagte Harriet. »Wir sind also sechs, das reicht. Vielleicht können wir noch jemanden für eine Statistenrolle gewinnen.«
Alle befanden sich jetzt in hellster Aufregung und redeten von nichts anderem als der Theateraufführung.
Wir blieben noch lange bei Tisch sitzen, und als die Tafel aufgehoben wurde, flüsterte Lady Eversleigh mir zu: »Wie ich mich freue, daß Sie Ihre Freundin mitgebracht haben!«

Ich sagte kein Wort, als wir in unserem Zimmer waren. Es war Harriet, die zuerst sprach. Wir lagen bereits im Bett.
»Tun Sie nicht so überheblich und selbstgerecht«, sagte sie.
»Ich habe nichts gesagt«, antwortete ich.
»Nein, aber Sie benehmen sich wie eine Märtyrerin. Seien Sie nicht albern.«
»Hören Sie mir einmal zu, Harriet«, sagte ich. »Ich habe Sie hierhergebracht. Wenn ich zu Lady Eversleigh ginge und ihr erzählte, daß Sie mit der Wanderbühne zu uns gekommen sind, daß Sie so getan haben, als hätten Sie sich den Knöchel verletzt, damit Sie dableiben und unsere Erzieherin werden konnten – was glauben Sie wohl, würde sie sagen?«
»Was für ein kleines Biest diese Arabella Tolworthy ist. Sie hat uns dieses Frauenzimmer angedreht und uns alle getäuscht.«
Ich mußte lachen. Es war typisch für Harriet, den Spieß einfach umzudrehen.
Sie schien erleichtert.
»Was ist denn schon passiert?« fragte sie. »Durch unsere Theateraufführung wird der Abend zu einem Erfolg. Wir wissen, wie sich die Menschen für so etwas begeistern können. Erinnern Sie sich an die Lambards? Sie hatten in ihrem ganzen Leben noch nie einen so unterhaltsamen Abend gehabt.«
»Aber es waren einfache Menschen vom Lande.«
»Und ich sage Ihnen: Alle lieben das Theater. Was hat Ihnen Lady Eversleigh zugeflüstert, als wir nach dem Essen aufstanden? Sie brauchen es mir nicht zu sagen. Ich konnte es

hören. ›Wie ich mich freue, daß Sie Ihre Freundin mitgebracht haben.‹« In diesem Augenblick spielte sie Lady Eversleigh, und ich mußte wieder lachen. Natürlich war nichts passiert. Natürlich würden sich alle besser unterhalten, weil Harriet da war.

Ich zuckte mit den Achseln.

»Endlich werden Sie vernünftig. Ich finde, wir sollten ›Romeo und Julia‹ aufführen.«

»Sie nehmen sich wirklich viel vor. Ist das nicht das schwierigste Stück überhaupt?«

»Ich liebe das Wagnis.«

»Würden Sie auch das Wagnis eingehen, beweisen zu müssen, daß Ihre Lebensgeschichte mit dem, was Sie erzählt haben, übereinstimmt?«

»Werden Sie nicht bissig! Wir nehmen ›Romeo und Julia‹.«

»Aber wir sind doch nur sechs.«

»Wir führen das Stück natürlich nicht in seiner ganzen Länge auf. Wir nehmen einzelne Szenen und fügen sie so zusammen, daß ein einheitliches Ganzes entsteht. Das läßt sich machen. Ich stelle mir Edwin als Romeo vor.«

Ich schwieg. Ich versuchte die ganze Zeit, nicht dauernd an Edwin zu denken, aber er ließ mich in Gedanken nicht los. Ich hatte noch nie einen so faszinierenden Mann erlebt. Er wirkte so selbstsicher, man hatte das Gefühl, daß er jeder Situation Herr werden würde. Als er mich angesehen und mir jenes beinahe spitzbübische Lächeln geschenkt hatte, war mir plötzlich wohl ums Herz geworden. Als er meine Hand berührte, durchfuhr mich ein Gefühl innerer Erregung. Ich wollte in seiner Nähe sein und ihm zuhören können.

»Finden Sie nicht auch?« fragte Harriet beharrlich.

»Was?«

»Schlafen Sie denn schon? Edwin als Romeo, habe ich gesagt.«

»O ja . . . ich glaube schon.«

»Wer denn sonst? Etwa dieser Charles Condey? Der hat nicht im entferntesten diesen Charme. Oder Lucas. Er ist noch viel zu jung.«

»Aber Romeo war auch noch nicht sehr alt, oder?«

»Er war ein erfahrener Liebhaber. Ja, es muß Edwin sein.« Als ich nicht antwortete, fuhr sie fort: »Was halten Sie von ihm?«
»Von wem?«
»Ach, wachen Sie doch auf, Arabella. Von Edwin, natürlich.«
»Oh, ich fand ihn sehr . . . liebenswürdig.«
»Liebenswürdig!« Sie lachte leise. »Ja, das kann man wohl sagen. Ich finde ihn in jeder Beziehung höchst attraktiv. Er ist der Erbe eines großen Titels, und wenn sie ihre Besitzungen zurückerhalten – und das sollten sie und noch mehr dazu, wenn der König seinen Thron zurückgewinnt –, dann wird er unermeßlich reich sein.«
»Sie haben ja schon eine ganze Menge festgestellt.«
»Ich habe hier und da ein paar Bemerkungen aufgefangen und zu einem Bild zusammengesetzt.«
»Einfach genial!«
»Nicht im mindesten. Bloß etwas gesunder Menschenverstand. Charles Condey ist auch nicht ganz mittellos.«
»Sie haben aber wirklich gute Arbeit geleistet.«
»Ich verlasse mich nur auf meine Augen und Ohren. Madame Charlotte ist in Condey verliebt. Ich glaube, es wird bald etwas bekanntgegeben werden. Vergessen Sie nicht, daß uns gesagt wurde, es handle sich um eine kleine Familienfeier. Das klingt doch bedeutsam, nicht wahr?«
»Vielleicht.«
»Die arme Charlotte, sie ist wirklich nicht besonders attraktiv, finden Sie nicht auch?«
»Wie könnte sie es auch sein, wenn Sie es darauf abgesehen haben, die Schönste zu sein?«
»Wie scharfsichtig von Ihnen.«
»Gar nicht. Ich dachte nur, daß Sie bei Tisch und danach alles gerade darauf angelegt haben.«
»Sie sind heute nacht etwas griesgrämig, Arabella. Warum?«
»Mag sein, daß ich es bin«, antwortete ich. »Ich bin müde. Ich möchte gern schlafen. Es war ein langer Tag.«
Sie schwieg.

Griesgrämig? Hatte sie recht? Dachte ich nicht ständig daran, daß ich Edwin gefallen wollte, daß er sich für mich interessieren sollte? Und ich fragte mich, ob ich überhaupt eine Chance hatte, wenn ein so hinreißendes Geschöpf wie Harriet in der Nähe war.

Am nächsten Tag redeten alle von nichts anderem als der Theateraufführung. Harriet lud uns zu einer Besprechung ein, in deren Verlauf wir uns über das weitere Vorgehen einigen sollten.

Merkwürdigerweise hatte sie den Text bei sich. »Ich nehme immer ein paar Texte mit, wenn ich unterwegs bin. Falls sich die Leute dafür interessieren, bin ich gerüstet«, erklärte sie. Sie hatte das Ganze also geplant. Das war mir jetzt völlig klargeworden. Sie hatte die Unterhaltung während des Abendessens in diese Richtung gesteuert. Manchmal erstaunte sie sogar mich.

Und sie hatte die allgemeine Begeisterung angefacht. Lady Eversleigh war entzückt, denn sie freute sich, daß sie bei der Unterhaltung ihrer Gäste von Harriet entlastet werden würde.

Weitere Gäste wurden für die nächsten Tage erwartet, und wer sich dann von ihnen noch an der Aufführung beteiligen wollte, war jederzeit willkommen.

›Romeo und Julia‹ würde zwar Probleme aufwerfen, das gab Harriet zu, aber das Stück würde in den Flüchtlingen heimatliche Gefühle wecken, und sie sei sicher, daß Shakespeare allen viel lieber sei als irgendeine französische Komödie. Wir müßten natürlich arbeiten. Wir würden den Text auswendig lernen müssen, doch da das Stück in gekürzter Form aufgeführt werden sollte, wäre dies keine große Aufgabe – außer für die Hauptdarsteller.

Sie lächelte Edwin an. »Sie müssen den Romeo spielen«, sagte sie und warf ihm einen bewundernden Blick zu.

»*O Romeo! warum denn Romeo?*«, sagte er. »Das sind die einzigen Worte, dich ich kenne.«

»Dann haben Sie noch eine schwere Aufgabe vor sich«, sagte ich.

»Wir werden einen Souffleur haben«, meinte Harriet beruhigend.
»Ich werde soufflieren», erbot sich Charlotte.
Harriet betrachtete sie mit kühlem Blick. »Das wäre vielleicht keine schlechte Idee. Obwohl wir so viele Personen brauchen, gibt es nicht viele weibliche Rollen. Einige Damen werden vielleicht sogar Männerrollen spielen müssen. Das kann sehr lustig werden. Wir haben nur die Gräfinnen Capulet und Montague zu besetzen . . . und natürlich Julias Amme.«
Sie sah mich an – ein wenig boshaft, wie mir schien. Es war fast so, als wollte sie mich ausschließen.
Sie hatte sich wieder Edwin zugewandt. »Wir werden viel zusammenarbeiten müssen«, sagte sie.
»Es wird bestimmt mehr Vergnügen als Arbeit sein«, erwiderte er.
»Sind Sie gut im Auswendiglernen?«
»Überhaupt nicht«, antwortete er unbekümmert. »Ich glaube, Sie sollten mich lieber zum Kulissenschieber machen.«
»Ach ja, das Bühnenbild! Wir müssen uns etwas einfallen lassen. Aber Sie müssen unbedingt den Romeo spielen. Die Rolle paßt zu Ihnen.«
»Dann werde ich mich auf Charlotte verlassen müssen. Und ich hoffe, daß auch Sie mir notfalls einen Tip geben werden.«
»Seien Sie versichert, daß ich alles tun werde, um Sie durch die Szenen zu steuern«, antwortete Harriet.
Lady Eversleigh kam herein und meinte, auf dem Boden stünden mehrere Kleiderkisten, und wir sollten doch nachsehen, ob uns irgendein Gewand für die Aufführung dienlich sein könnte. Die Aussicht, etwas zu finden, begeisterte uns, und wir begaben uns sofort auf den Dachboden.
In den Kisten lagen Kleidungsstücke, die schon seit vielen Jahren dort aufbewahrt werden mußten. Lautes Gelächter hallte unter den alten Dachsparren wider, als wir die seltsamsten Gewänder anprobierten. Harriet fand mancherlei, das irgendwie zugerichtet werden konnte. Da war vor allem

ein schwarzes Käppchen, das eng am Kopf anlag und vorn eine Spitze hatte, die bis in die Stirn hineinragte. Es war mit Steinen besetzt, die wie Korallen und Türkise aussahen. Ich sah es als erste, nahm es heraus und setzte es mir auf.
»Es ist entzückend!« rief Charlotte aus.
Edwin sah mich lächelnd an. »Das müssen Sie tragen«, sagte er. »Es steht Ihnen.«
Harriet war näher herangekommen. »Aber das ist doch Julias Kappe«, sagte sie. »Sie ist genau das richtige.« Sie nahm mir die Kappe vom Kopf und setzte sie sich selber auf. Wenn sie schon bei mir hübsch aussah, mußte die Kappe Harriet noch viel besser stehen. Sie sah reizend aus, denn der Schmuck brachte ihren lebhaften Teint voll zur Geltung.
Charlotte sagte überraschenderweise: »Sie steht aber Arabella besser.«
Harriet nahm die Kappe ab und sah sie an. »Was für ein Fund«, rief sie aus. »Das ist Julias Kappe!«
Wir kamen alle zu spät zum Mittagessen, aber Lady Eversleigh verzieh uns. Sie war eine geborene Gastgeberin und dachte sicher daran, daß ihre Gäste auch noch später, nach der Rückkehr nach England, von dieser Party reden würden.

An diesem Nachmittag ritten wir aus, und ich fand mich plötzlich neben Edwin.
»Finden Sie das Leben im Exil nicht eintönig?« fragte ich ihn.
»Die letzten Tage sind alles andere als eintönig gewesen. Ich bin so froh, daß meine Eltern die Ihren kennengelernt haben.«
»Es ist nett, daß Sie das sagen. Wir haben im Château Congrève ein ziemlich zurückgezogenes Leben geführt.«
»Ich weiß, wie das ist. Meine Mutter hat es sehr verdrießlich gefunden. Früher hatte sie das Haus immer voller Gäste gehabt. Sie ist vom Gedanken an die Rückkehr geradezu besessen.«
»Das gilt auch für viele andere. Auch für Sie?«

Er schwieg eine Weile. Dann sagte er: »Ich bin immer bereit gewesen, mich mit den bestehenden Verhältnissen abzufinden – vielleicht deshalb, weil ich das Leben nicht so ernst nehme. Ich komme Ihnen sicher ziemlich frivol vor.«

»Erwarten Sie das von mir?«

»Oh, ja. In der heutigen Zeit ist es besser, wenn man sich die Dinge nicht allzu sehr zu Herzen gehen läßt. Das Leben ändert sich. Man muß die Feste feiern, wie sie fallen. Das ist mein Motto.«

»Wahrscheinlich ist es ein gutes Motto, dann ist man nie unzufrieden.«

»Lachen und Lustigsein – denn wer weiß, was der nächste Tag bringen wird?«

»Es muß wunderbar sein, so denken zu können. Man braucht sich über das Kommende nie große Sorgen zu machen.«

»Mein Vater sagt, ich sollte jetzt, da ich erwachsen bin, das Leben ernster nehmen, aber es ist schwer, liebgewordene Gewohnheiten zu ändern. Ich habe die Gabe – wenn Sie so wollen –, in der Gegenwart zu leben, das Vergangene zu vergessen und abzuwarten, was die Zukunft bringen wird. Im Augenblick bin ich restlos glücklich. Ich kann mir nichts Anregenderes vorstellen, als mit Miss Arabella Tolworthy auszureiten.«

»Sie sind galant und wollen mir schmeicheln, aber da Sie bereits erklärt haben, ich dürfe Sie nicht allzu ernstnehmen, werde ich es auch nicht tun. Ich glaube, daß Sie ebenso glücklich oder vielleicht noch glücklicher wären, wenn Sie mit einer Miss Jane oder Betty durch irgendeine britische Parklandschaft ritten.«

»Vielleicht wäre es noch schöner, wenn ich mit Miss Arabella durch eine englische Parklandschaft reiten könnte – aber daran habe ich bisher noch nicht gedacht. Wenn ich in England wäre, hätte die Situation an Reiz verloren. Ich muß noch einen Charakterfehler gestehen: Ich liebe die Spannung.«

»Und die Gefahr?«

»Darin liegt der eigentlich Reiz.«

»Ich glaube«, sagte ich, »daß Sie nicht alles ernstnehmen, was Sie sagen.«
»Im Augenblick ist es mir ernst. Später bin ich vielleicht anderer Meinung.«
»Vielleicht sind Sie ein wankelmütiger Mensch?«
»Wankelmütig auf der einen Seite und beharrlich auf der anderen. Ich halte treu zu meinen Freunden, und ich hoffe, Miss Arabella, daß Sie und ich gute Freunde werden.«
»Das hoffe ich auch«, antwortete ich.
Er beugte sich plötzlich zu mir herüber und berührte meine Hand. Ich glaube, ich war bereits ein bißchen in ihn verliebt.
Die anderen holten uns ein. Harriet ritt neben Charles Condey, und mir fiel auf, daß er noch immer durch ihre Anwesenheit etwas verwirrt war. Charlotte war bei ihnen. Sie ließ sich nicht anmerken, daß ihr Charles' Verhalten gegenüber Harriet aufgefallen war, aber mir war bereits klargeworden, daß sie nie ihre wahren Gefühle zeigen würde.
Während ich mich umzog, kam Harriet herein. Ich hatte mein Reitkostüm abgelegt und ein loses Gewand angezogen.
»Sie machen einen selbstzufriedenen Eindruck«, lautete Harriets Kommentar.
»Mir gefällt es hier«, erwiderte ich. »Ihnen nicht auch?«
»Mir gefällt es hier sehr.«
Sie stand auf und schaute in den Spiegel. Sie nahm den Reithut ab, schüttelte die Haare aus und hob Julias Kappe auf, die auf dem Tisch lag. Sie setzte sie auf und betrachtete ihr Gesicht prüfend von allen Seiten.
»Was für eine Entdeckung!« sagte sie.
»Sie ist wirklich sehr hübsch.«
Sie nickte, behielt die Kappe auf dem Kopf und betrachtete, fast verstohlen lächelnd, ihr Spiegelbild.
»Sie kommen mit Edwin anscheinend sehr gut aus«, sagte sie.
»Oh, ja. Man kann sich gut mit ihm unterhalten.«
»Er ist sehr charmant und hat Damen offenbar recht gern, würde ich sagen.«

»Vielleicht finden wir ihn gerade deshalb so sympathisch. Natürlich mögen wir diejenigen Menschen gern, die auch uns gut leiden können.«
»Sehr scharfsinnig«, sagte sie mit Sarkasmus in der Stimme. Dann sah sie mich mit halbgeschlossenen Augen an. »Es würde mich nicht überraschen –«, begann sie und brach dann ab.
»Was würde Sie nicht überraschen?«
»Wenn die Bekanntschaft absichtlich arrangiert worden wäre.«
»Absichtlich? Was meinen Sie damit?«
»Tun Sie nicht so, Arabella. Er ist eine gute Partie, . . . eine außerordentlich gute Partie. Auch Sie wären keine schlechte Partie: Tochter eines Generals, der Freund und enger Mitarbeiter des Königs ist. Sie sehen also, was ich meine. Wir sind hier im Exil, wo es gar nicht so leicht ist, den geeigneten Ehepartner zu finden. Deshalb muß man jede sich bietende Gelegenheit wahrnehmen.«
»Das ist doch reiner Unsinn. Ich werde noch lange nicht heiraten. Außerdem . . .«
»Außerdem was?«
»Zum Heiraten gehören außerdem zwei.«
»So, wie Sie aussehen, würde ich meinen, daß Sie ihm keinen Korb geben würden, sollte er Ihnen einen Heiratsantrag machen.«
»Ich kenne ihn doch kaum . . .«
»Und er? Ich glaube, er wäre nicht abgeneigt. Er ist gut zu haben. Meines Erachtens wird er gegen eine so glänzende Verbindung keine Einwände erheben. Ach, Arabella, machen Sie doch nicht ein so mürrisches Gesicht! Denken Sie doch daran, was für ein Glückspilz Sie sind, daß für Ihre Zukunft so gut vorgesorgt wurde.«
»Das sind Ihre üblichen Übertreibungen. Ich finde, die Lügen, die Sie hier in diesem Hause aufgetischt haben, sind . . . empörend. Vielleicht hätte ich mich nicht überreden lassen sollen, Sie überhaupt mitzunehmen.«
»Denken Sie nur an die vielen fröhlichen Stunden, die Ihnen entgangen wären.«

»Und nehmen Sie diese Kappe vom Kopf. Sie sieht absolut lächerlich aus.«
»Warten Sie nur, bis ich sie bei der Vorstellung trage. Ich bin gespannt, was bis zu dem großen Tag alles passiert sein wird.«
»Das können nicht einmal Sie voraussagen«, erwiderte ich.
»Abwarten und Tee trinken«, meinte sie lächelnd.

Ich lag in jener Nacht noch lange wach und dachte über ihre Worte nach. Hatte sie vielleicht doch recht? Ich mußte zugeben, daß es durchaus möglich war. Ich war siebzehn, und bei unserem Flüchtlingsdasein bestand wenig Hoffnung, daß ich jemanden kennenlernen konnte, der als Ehemann in Frage kam. Ich fragte mich, ob meine Eltern vielleicht mit den Eversleighs über eine Heirat gesprochen haben könnten. Bei unserem Herkommen konnten eigentlich beide Familien nichts gegen eine solche Verbindung einwenden, und ich war überzeugt, daß sich Eltern über eine passende Verheiratung ihrer Kinder viele Gedanken machten.
War Edwin tatsächlich für mich ausgewählt worden? Mir wäre es zwar lieber gewesen, wenn er von sich aus eine romantische Beziehung mit mir geknüpft hätte, aber trotzdem fand ich alles sehr aufregend.
Ich hatte noch nie einen jungen Mann getroffen, der so gutaussehend, so galant und so sympathisch gewesen wäre. Aber war für junge Männer hatte ich denn schon gesehen? Zum Vergleich konnte ich höchstens den Schauspieler Jabot heranziehen, doch der war ein ganz anderer Mensch gewesen. Mir hatte Jabot nicht im geringsten gefallen, und ich hatte nicht verstehen können, warum Harriet und Fleurette seinetwegen aufeinander eifersüchtig waren. Edwin hingegen besaß alles, was das romantische Gemüt eines jungen Mädchens ansprach.
Was für eine herrliche Wendung des Schicksals! Ich liebte Edwin, und er war der Mann, den meine Eltern vielleicht für mich ausgesucht hatten.

Am nächsten Tag kamen weitere Gäste an, und alle waren von der Aussicht, ein Theaterstück sehen zu können, hell begeistert. Die Rollen wurden verteilt. Harriet sollte die Julia und Edwin den Romeo spielen. Ich war Lady Capulet, was ich für völlig abwegig hielt, weil ich damit Harriets Mutter darstellen sollte.
»Es wird ein Test für Ihre schauspielerische Begabung sein«, sagte mir Harriet.
Charles Condey sollte den Bruder Lorenzo spielen.
»Genau die richtige Rolle für ihn«, meinte Harriet lachend. Ich hatte sie noch nie so aufgeregt gesehen. Sie war zum Mittelpunkt des Ganzen geworden.
Alle wurden irgendwie herangezogen, auch das Hauspersonal war eifrig bemüht, zum Gelingen beizutragen. Eines der Hausmädchen war eine ausgezeichnete Näherin und beschäftigte sich fast den ganzen Tag mit dem Anfertigen von Kostümen. Harriet war ganz in ihrem Element. Sie sprühte, sie sah schöner aus als je zuvor. Alle sprachen von ihr. Ich nannte sie die ›Königin von Villiers Tourron‹. Sie war häufig mit Edwin zusammen – um zu proben, wie sie uns erzählte.
»Er ist gar kein schlechter Schauspieler«, meinte sie. »Ich mache noch einen richtigen Romeo aus ihm.«
Etwas Zeit widmete sie auch Charles Condey, um mit ihm seine Rolle einzuüben. Ich machte mir Sorgen um Charlotte, weil diese einen zunehmend in sich gekehrten Eindruck machte, und stellte Harriet zur Rede, als wir allein waren.
»Ich glaube, Charlotte ist über Sie und Charles Condey ziemlich unglücklich«, sagte ich.
»Weswegen denn?« fragte sie.
»Sie wissen ganz gut, daß er sich in Sie verliebt hat.«
Sie zuckte mit den Achseln. »Ist das meine Schuld?«
»Ja«, antwortete ich kurz.
Sie brach in Lachen aus. »Meine liebe Arabella, es liegt doch nur an Charlotte.«
»Charlotte ist ein Mädchen, das es nie darauf anlegen würde, einen Mann auf sich aufmerksam zu machen.«

»Dann geschieht es ihr ganz recht, wenn sie ihn verliert.«
»Ach, lassen Sie das, Männer sind keine Preise, die man für . . . ich wollte sagen, für gutes Benehmen bekommt. Aber das läßt sich wohl kaum für die Art und Weise behaupten, wie Sie sich im Augenblick benehmen.«
»Aber es ist doch so«, sagte sie. »Einige Menschen erhalten Preise, die sie eigentlich gar nicht verdienen. Andere müssen dafür arbeiten. Charlotte verliert vielleicht ihren Gewinn einfach deshalb, weil sie sich nicht bemüht hat, ihn zu behalten.«
»Versuchen Sie denn, Charles Condey zu *gewinnen?*«
»Wie Sie wissen, suche ich mir immer die besten Preise aus. Ein solcher ist er kaum.«
»Warum überlassen Sie ihn dann nicht Charlotte?«
»Vielleicht tue ich das auch.«
Mir war nicht wohl zumute. Aber nach unserem Gespräch fiel mir auf, daß sie sich weniger als zuvor mit Charles abgab. Sie sagte, sie müsse sich auf ihre Szene mit Romeo konzentrieren.
Als ich eines Tages nach dem Mittagessen in unser Zimmer kam, um mir ein Buch zu holen, fand ich sie dort. Sie machte einen verstörten Eindruck. Als ich sie fragte, ob etwas nicht in Ordnung sei, verzog sie das Gesicht und sagte: »Lady Eversleigh wünscht mit mir zu sprechen. Sie erwartet mich um drei Uhr in ihrem Zimmer.«
»Warum?« Ich war alarmiert.
»Das möchte ich selbst gern wissen.«
»Wahrscheinlich hat es etwas mit dem Theaterstück zu tun.«
Harriet schüttelte den Kopf. »Ich bin mir nicht sicher. Sie machte ein sehr ernstes Gesicht und sagte nur wenig, was mich noch mehr beunruhigt. Sie ist sonst immer so gesprächig. Ich wundere mich, warum sie mir nicht gleich gesagt hat, worum es sich handelt.«
»Glauben Sie denn, daß sie Ihnen auf die Schliche gekommen ist? Hat sie vielleicht erfahren, daß es lauter Lügen waren, die Sie ihr erzählt haben?«
»Auch wenn dies so wäre, würde sie mich sicher nicht

wegschicken. Ohne mich würde die Theateraufführung zu einem Fiasko.«
»Einbildung!« sagte ich.
»Nein, Wahrheit!« parierte sie. »Das kann es nicht sein. Ich bin gespannt, was es ist.«
Ich hatte sie noch nie so beunruhigt gesehen, wie in dem Augenblick, als sie zu Lady Eversleigh ging. Ich wartete in unserem Zimmer auf sie, bis sie zurückkam. Sie war richtig aufgebracht, ihre Wangen waren gerötet, die Augen funkelten – und sie sah hinreißend aus.
»Was ist denn los, Harriet?«
Sie ließ sich in einen Sessel fallen und sah mich an.
»*Sie* sollen die Julia spielen«, sagte sie.
»Was reden Sie da?«
»Befehl von oben«, sagte sie.
»Lady Eversleigh hat Sie zu sich bestellt, um Ihnen *das* zu sagen?«
Harriet nickte. »Sie hat es zwar nicht ausgesprochen, aber sie glaubt, daß ich mich zuviel mit ihrem geliebten Edwin abgebe. Er sollte diese Zeit lieber in Ihrer Gesellschaft verbringen.«
»Das kann ich nicht glauben!«
»Doch, das ist wahr. Sie war sehr freundlich und dankte mir überschwenglich dafür, daß ich hergekommen sei und mir jetzt so viel Mühe gebe, damit ihre Party ein Erfolg wird. Sie sei mir sehr dankbar dafür, sagte sie. Aber sie ließ keinen Zweifel daran aufkommen, daß Sie die Julia darstellen sollen, damit Sie das Liebesverhältnis mit Edwin-Romeo spielen können. Es ist ein Ultimatum. Hinter all ihrer sprunghaften Weiblichkeit ist Matilda Eversleigh eine Frau, die Haare auf den Zähnen hat. Sie weiß, was sie will, und sie bekommt auch, was sie sich in den Kopf gesetzt hat.
Ich sagte zu ihr: ›Es ist eine sehr anspruchsvolle Rolle. Sie verlangt eine echte Schauspielerin. Arabella ist keine. Sie hat nicht die Erfahrung, die schauspielerischen Fähigkeiten, diese Rolle richtig darzustellen.‹ Sie lachte und sagte: ›Meine liebe Miss Main, es ist doch nur ein Spiel. Es soll unsere Gäste unterhalten, das ist der Zweck. Die kleinen

Pannen wirken bei solchen Gelegenheiten erst recht erheiternd. Finden Sie nicht auch? Und Charlotte hat mir gesagt, daß Arabella mit der Kappe, die Sie auf dem Dachboden gefunden haben, besonders reizend ausgesehen habe.‹ Es ist bestimmt diese Schlange Charlotte gewesen, die das Ganze inszeniert hat.«

»Reden Sie nicht so laut«, sagte ich warnend. »Und Charlotte ist alles andere als eine Schlange.«

»Doch, sie ist eine! Raffiniert, hinterhältig und jederzeit bereit, zuzustoßen.«

»Sie hätten sie eben durch Ihren Flirt mit Charles Condey nicht kränken sollen.«

»Ach, Unsinn! Was kann ich denn dafür, daß ich hübscher als Charlotte bin? Dazu gehört wirklich nicht viel. Das trifft auf neunundneunzig von hundert Frauen zu.«

»Erzählen Sie weiter«, sagte ich. »Was hat Lady Eversleigh sonst noch gesagt? Sie haben sich doch sicher Ihre Wut nicht anmerken lassen?«

»Ich habe keine Miene verzogen. Und wenn sie dennoch gemerkt haben sollte, wie wütend ich war, so hat sie meine Verärgerung bestimmt meiner Liebe zur Kunst zugeschrieben.«

»Oder Ihrer Eigenliebe. Erzählen Sie weiter.«

»›Unsere Familien‹, sagte sie, ›hoffen, daß es zwischen Arabella und Edwin zu einer Verbindung kommt. Mein Gemahl bewundert General Tolworthy schon seit langer Zeit. Er ist einer der besten Soldaten in der königlichen Armee. Der König ist ihm sehr dankbar.‹ Ich nickte und sagte mit einem Sarkasmus, der an ihr vorbeiging: ›Wenn wir nach England zurückkommen, wird der König Leuten wie dem General seine Dankbarkeit bestimmt beweisen wollen.‹ ›Er hat es versprochen‹, antwortete sie, ›deshalb glaube ich, daß, sobald wir erst einmal zurück sind . . .‹ Ich beendete den Satz für sie: ›seine Tochter eine ausgezeichnete Partie für Ihren Sohn abgeben würde.‹ ›Davon ist Lord Eversleigh überzeugt‹, erwiderte sie, ›und Arabellas Eltern sind es auch. In den gegenwärtigen Zeiten ist es außerordentlich schwierig, ein glückverheißendes Arrangement zu

treffen. Und gerade aus diesem Grunde möchte ich diese Angelegenheit zu einem guten Abschluß bringen.«
Ich rutschte etwas verlegen auf meinem Stuhl hin und her und ärgerte mich, daß meine Privatangelegenheiten auf diese Art und Weise zur Sprache kamen.
»Dann kam es«, fuhr Harriet fort. »Das Stück sei *so* romantisch. Romeo und Julia seien das berühmteste Liebespaar aller Zeiten. Sie halte es für eine reizende Idee, wenn die beiden, die, wie alle hoffen, die Ehe miteinander eingehen würden, diese Rollen auf der Bühne spielten.«
»Und was haben Sie dazu gesagt?«
»Was konnte ich schon sagen? Meines Erachtens hat Charlotte aus der Schule geplaudert und ich bin mir sicher, daß meines Bleibens in diesem Hause nicht länger sein würde, falls ich ablehnte. Sie ist eine sehr undankbare Frau und hat bereits vergessen, daß sie es nur mir zu verdanken hat, wenn die Party ein Erfolg wird. Tatsache ist jedenfalls, daß ich keine Liebesszenen mit Edwin spielen soll, sondern Sie. Eine kleine Vorübung für Sie, sozusagen.«
»Ich finde, das Ganze ist ein abgekartetes Spiel. Was sollen wir jetzt tun?«
»Sie werden die Julia spielen müssen. Aber so, wie Sie es tun werden, wird jeder Liebhaber eher abgeschreckt als angezogen sein.«
»Manchmal sind Sie direkt widerwärtig«, sagte ich. »Für Sie scheint es nur einen einzigen Menschen auf der Welt zu geben: nämlich sich selbst.«
Dann dachte ich an Edwin – seinen zärtlichen Blick, sein Lächeln, seinen schlanken Körper und seine etwas schläfrigen, braunen Augen. Ich liebte Edwin. Meine Eltern und die seinigen wünschten, daß wir uns heirateten. Warum sollte gerade ich mich empören? Weil Harriet ihre Rolle hatte abgeben müssen? Ich freute mich darüber. *Ich* wollte die Julia spielen. Edwin und ich würden stundenlang zusammen proben, ich müßte die ganze Zeit in seiner Nähe sein. Lady Capulet war eine langweilige Rolle.
Ich muß zugeben, daß ich Harriet bewunderte, denn ich wußte, was für ein Schlag die Umbesetzung für sie war. Sie

hatte als berufsmäßige Schauspielerin die Hauptrolle natürlich für sich beansprucht und eigentlich stand sie ihr auch zu.
Aber nach ihrem Ausbruch in meiner Gegenwart schien sie entschlossen, sich ihre Wut nicht anmerken zu lassen.
Sie rief uns alle zusammen und erklärte, daß einige Rollen umbesetzt werden müßten. Sie selbst habe zu viel mit der Regie zu tun und werde deshalb die Julia nicht spielen. Sie sei der Meinung, daß ich diese Rolle übernehmen könne. Sie selbst werde die Amme spielen, die auch eine der Hauptrollen sei. Hier und da werde es noch kleinere Veränderungen geben.
Ich sah Edwin an und war gespannt, ob er etwas dagegen habe.
Er lächelte mich an, nahm meine Hand und küßte sie, wie Harriet es ihn für die Rolle gelehrt hatte.
»Ich bin ein schlechter Schauspieler.«
»Ich auch.«
»Das nehme ich Ihnen nicht ab.«
Er drückte mir herzlich die Hand. Ich war so glücklich und überzeugt, daß er gern die Rolle meines Liebhabers spielen werde.
Ich mußte immer wieder an das denken, was Lady Eversleigh zu Harriet gesagt hatte: Unsere Eltern wollten, daß wir heirateten. *Ich* wollte, daß wir heirateten. Jetzt hing alles von Edwin ab.

Es waren zauberhafte Tage für mich. Ich war viel mit Edwin zusammen. Wir lernten unsere Texte. Ich kannte auch den seinen auswendig und half ihm oft weiter. Es fiel uns nicht schwer, ein Liebespaar zu spielen, und ich begann zu glauben, daß auch er mich liebte.
Es schien merkwürdig, daß es in dem Stück um die Fehde zwischen zwei Familien ging und die Liebenden sich trotz alledem heiraten wollten. In unserem Falle war es anders. Unsere Eltern hatten uns zusammengeführt, damit wir uns ineinander verlieben sollten.
Ich liebte die Art, wie er sagte:

Es ist der Ost, und Julia die Sonne! –
Geh auf, du holde Sonn'! ertöte Lunen.

Einmal setzte er hinzu: »Ich weiß, was er damit meint. Die Helligkeit des Tages kommt zu ihm, wenn Julia da ist.«
»Noch vor gar nicht langer Zeit liebte er eine andere«, meinte ich. »Glauben Sie, er wäre Julia treu geblieben, wenn er sie geheiratet hätte?«
»O ja, das glaube ich«, antwortete ich.
»Sonst wäre alles so sinnlos.«
»Das Leben kann manchmal sinnlos scheinen, aber nehmen wir ruhig an, daß er ihr bis zum Tode treu geblieben wäre . . . was er ja sowieso war.«
»Zu etwas anderem hatte er auch kaum Zeit.«
Edwin lachte gern und oft. Er verlieh unseren Proben ein Gefühl von Heiterkeit, und ich ging mit ganzem Herzen auf seine Fröhlichkeit ein.
Ich war noch nie in meinem Leben so glücklich gewesen. Weil ich Edwins Nähe, die Berührung seiner Hände und das Feuer in seiner Stimme, wenn er mich umarmte, in vollen Zügen genoß, wußte ich, daß ich ihn als Ehemann haben wollte. Bevor Harriet erschienen war, hatte ich nur wenig über die Beziehungen zwischen Mann und Frau gewußt, aber seither hatte ich viel dazugelernt. Ich hatte das Tagebuch meiner Mutter gelesen, und sie hatte damals gesagt, ich sei ihr sehr ähnlich. Daraus entnahm ich, daß ich nicht vor den körperlichen Aspekten der Liebe zurückschrecken würde, wie meine Tante Angelet es getan hatte.
Ich liebte die Szene auf der Galerie, als Julia und Romeo beisammen sind, der Morgen dämmert und er sie verlassen muß.
Ich liebte die Worte:

Willst du schon gehn? Der Tag ist ja noch fern.
Es war die Nachtigall und nicht die Lerche . . .

Und Romeo antwortet:

Die Lerche war's, die Tagverkünderin,
Nicht Philomele; sieh den neid'schen Streif,

Der dort im Ost der Frühe Wolken säumt.
Die Nacht hat ihre Kerzen ausgebrannt,
Der muntre Tag erklimmt die dunst'gen Höhn;
Nur Eile rettet mich, Verzug ist Tod.

Wir spielten die Szene immer wieder durch. Es war auch seine Lieblingsszene, wie er mir sagte, obwohl er mich nur sehr ungern verlassen würde.
»Es ist doch nur ein Spiel«, meinte ich lachend.
»Manchmal habe ich das Gefühl, daß ich gar nicht auf einer Theaterbühne stehe«, antwortete er. »Ich bin sicher der schlechteste Schauspieler auf der Welt, aber die Rolle als Romeo liegt mir irgendwie.«
Harriet war sehr kritisch, wenn wir zusammen probten. Sie versuchte, aus der Amme eine Hauptfigur des Schauspiels zu machen, was ihr meines Erachtens hervorragend gelang, obwohl sie rein äußerlich gar nicht so aussah. Manchmal glaubte ich, daß dies auch gar nicht in ihrer Absicht lag. Alle sollten sagen, sie hätte eigentlich die Julia spielen müssen.
Aber die Proben machten uns so viel Spaß, und Harriet war großartig. Lucas spielte jetzt Graf Paris, den Bräutigam, der für Julia von ihren Eltern ausgewählt worden war, und er spielte diese Rolle besser, als ich erwartet hatte.
Er sagte mir, nichts habe ihm bisher so viel Freude gemacht, wie dieser Besuch. »Und das verdanken wir nur Harriet«, fügte er hinzu. Dann runzelte er die Stirn. »Sie hat nicht erzählt, wie sich ihre Ankunft tatsächlich abgespielt hat.« Er verehrte sie, und es war ihm peinlich, daß sie die Wahrheit verschleiert hatte. Dann lächelte er und meinte: »Harriet ist schon von Natur aus eine Schauspielerin, und ich glaube, sie kann gar nicht anders, als ständig irgendeine Rolle zu spielen.«
Lucas wurde allmählich erwachsen, wie mir schien.

Am Vortag des großen Ereignisses herrschte im Château große Aufregung. Wir erwarteten zahlreiche Zuschauer, denn Lady Eversleigh hatte auch noch viele Gäste aus der

Nachbarschaft eingeladen. Notfalls, sagte sie, könnte man Nachtquartiere in der großen Halle herrichten. Es wäre nicht das erste Mal, daß Gäste dort übernachteten.
Wir hatten am Tag zuvor die Generalprobe in Kostümen abgehalten. Ich hatte mir fest vorgenommen, aus Julia einen Erfolg zu machen, und zwar nicht nur deshalb, weil ich als Partnerin von Edwin auftrat, sondern auch, weil ich Harriet beweisen wollte, daß ich, wenn ich mich schon nicht mit ihr messen konnte, dennoch eine passable Schauspielerin war.
Gewiß, Harriet besaß eine ganz besondere Ausstrahlung. Auch in einer Nebenrolle wie der Amme zog sie die Aufmerksamkeit aller auf sich. Sie konnte ihre Sätze perfekt. Ab und zu warf sie mir einen verächtlichen Blick zu, und ich hatte den Eindruck, daß sie geradezu darauf wartete, ich könnte steckenbleiben. Die Szenen zwischen Julia und der Amme waren länger als vorher, denn Harriet hatte den Text nun, da sie die Rolle übernehmen mußte, fast in seiner ganzen Länge beibehalten. Ich spürte ihren Blick auf auf meiner Kappe, die sie selbst so gern getragen hätte, und ich hatte das Gefühl, sie hätte sie mir am liebsten vom Kopf gerissen.

Der große Tag war gekommen. Harriet sagte, es würden keine weiteren Proben stattfinden. Wir müßten jetzt alle versuchen, an etwas anderes als nur an die Aufführung zu denken. Die Generalprobe sei recht gut verlaufen, jetzt könnten wir nichts anderes tun, als auf den Abend zu warten.
Ich sah sie lachend an und sagte, sie nehme alles viel zu ernst. Wir seien keine Berufsschauspieler, deren Existenz von ihrer Leistung abhänge.
Ich ging im Garten spazieren, und Edwin schloß sich mir an.
Er fragte mich, ob ich wegen der Aufführung nervös sei. »Es ist doch nur ein Spiel«, sagte ich. »Wenn wir mitten im Satz steckenbleiben, werden alle lachen, und es wird wahrscheinlich viel lustiger werden, als wenn wir wie echte

Schauspieler spielten – was wir gar nicht können, denn wir sind ja keine.«
»Meine Mutter hofft, heute abend ein Ereignis bekanntgeben zu können«, sagte er.
Mein Herz begann, schneller zu schlagen und ich wartete gespannt, was jetzt kommen würde, aber er sagte nur:
»Sie hofft, daß Charles um die Hand von Charlotte bitten wird, und zwar so rechtzeitig, daß sie nach Ende der Aufführung auf die Bühne treten und den Gästen das Verlöbnis bekanntgeben kann.« Er runzelte die Stirn. »Ich bin ein wenig besorgt«, fügte er in hinzu.
»Warum?«
»Charles hat sich verändert. Die arme Charlotte scheint dies gemerkt zu haben. Ist Ihnen aufgefallen, daß sie anders ist als früher?«
»Ich fand, daß sie etwas traurig geworden ist. Aber ich kenne sie nicht gut genug, und sie scheint mir nie besonders lebhaft gewesen zu sein.«
»Charlotte ist immer so gewesen . . . das Gegenteil von ihrem Bruder. Sie ist ernst veranlagt und läßt sich ihre Gefühle nicht anmerken. Aber ich glaube nicht, daß sie im Augenblick sehr glücklich ist.«
»Möchte sie Charles heiraten oder wäre es nur eine zwischen den Familien vorher abgesprochene Ehe?«
»Sie wünscht sich nichts sehnlicher – jedenfalls noch vor kurzem –, und auch er schien sie heiraten zu wollen. Aber irgendwas scheint sich geändert zu haben.«
Seit wir gekommen sind, dachte ich. Offensichtlich hat sich Charles in Harriet verliebt. Ach, arme Charlotte. Sicher wünschte sie, uns nie gesehen zu haben.
»Vielleicht irre ich mich«, sagte Edwin und fügte dann hinzu: »Sicher irre ich mich. Heute abend gibt es eine entsprechende Bekanntgabe. Zu diesem Zweck ist er ja schließlich hergekommen.«
Er nahm meinen Arm und drückte ihn. Ich war auf einmal ganz glücklich.
»Wissen Sie übrigens«, fuhr er fort, »daß ich in nächster Zeit verreisen muß?«

»Zu Ihrem Vater?«
»Nein . . . nach England.«
»Das kann gefährlich werden.«
»Ich werde nicht unter meinem eigenen Namen reisen. Wir überqueren den Kanal im geheimen und landen an irgendeiner einsamen Stelle. Dazu sind wir unauffällig gekleidet, so daß wir genau wie alle anderen aussehen. Ich soll das Land auskundschaften und mich mit denjenigen in Verbindung setzen, von denen wir wissen, daß sie dem König die Treue halten. Ich soll herausfinden, wie die allgemeine Stimmung ist und den Weg für die Rückkehr des Königs ebnen.«
»Wann?«
»Ich warte auf Nachricht. Der Bote kann jeden Tag erscheinen und den Befehl für meine Abreise überbringen.«
»Aber doch nicht vor der Aufführung heute abend!«
Er lachte. »Oh, keine Angst! Was wäre das für eine Tragödie! Glauben Sie denn, daß das Stück nicht ohne mich über die Bühne gehen könnte?«
»Wo soll ich denn einen neuen Romeo finden?«
Er wandte sich mir zu und lächelte besonders zärtlich, wie ich meinte. »Sie würden schon einen finden«, sagte er, »und einen viel besseren als mich.«
»Nach all diesen Proben!«
Er blickte fast etwas verlegen zur Seite. »So schnell wird es bestimmt nicht gehen. Wir werden sicherlich einige Wochen vorher unterrichtet, denn wir müssen uns ja vorbereiten. Es ist eine Angelegenheit, die sehr sorgfältig geplant . . . und geprobt werden muß. Viel sorgfältiger als Romeo und Julia.«
»Das denke ich auch.«
Er nahm meine Hand. »Sie machen sich wirklich große Sorgen?«
»Mir ist der Gedanke zuwider, daß Sie sich in Gefahr begeben.«
Er neigte sich zu mir und küßte mich auf die Wange. »Liebe Arabella«, sagte er. »Wie gut und lieb Sie sind! Ich wünschte . . .« Ich wartete, und er fuhr fort: »Es besteht

keine wirkliche Gefahr, wenn wir vorsichtig zu Werke gehen. Wir werden uns in unserer Heimat aufhalten, und nach meinen jüngsten Erfahrungen als Schauspieler werde ich wissen, wie ich einen Puritaner zu spielen habe, der mit den Verhältnissen im Lande völlig zufrieden ist. Und wir werden ausschließlich unsere Freunde aufsuchen. Es besteht also keine Grund zur Sorge.«

»Glauben Sie wirklich, daß das Volk die Rückkehr des Königs wünscht?«

»Gerade das sollen wir feststellen. Wenn ja, wird er gehen, aber wenn das Volk nicht hinter ihm steht, hat er keine Chance.«

»Sie kennen ihn gut, nicht wahr?«

»So gut, wie die meisten Karl kennen. Er ist der perfekte Gesellschafter. Er ist geistreich, lustig und nie ernst. Man weiß nie genau, ob er auch wirklich meint, was er sagt.«

»Er ist also . . . unzuverlässig.«

»Mag sein, aber ich bin noch keinem Mann mit größerem Charme begegnet.«

»Vielleicht ist dieser Charme auf seine königliche Abkunft zurückzuführen.«

»Nicht nur, aber vielleicht zum Teil. Jeder ist bereit, einen König zu lieben, und wenn dieser den Leuten auch noch Grund dazu gibt, ist die Liebe um so größer. Wir werden bestimmt bald wieder zurück sein, Arabella. Was für ein Tag wird es sein, wenn wir alle wieder heimatlichen Boden betreten!«

»Ich bin gespannt, was wir vorfinden werden.«

Er berührte leicht meine Wange und sagte: »Das müssen wir eben abwarten.«

Wir redeten dann von England, wie wir es noch in Erinnerung hatten. Und da Edwin bei mir war, fielen mir nur die schönen Stunden ein. Wenn ich bei ihm war, konnte ich seine Lebensauffassung teilen. Er sah nur die angenehmen Seiten und verschloß die Augen vor allem, was ihm unangenehm war. Und es schien keine schlechte Einstellung zum Leben zu sein.

Die Aufführung sollte um sechs Uhr abends beginnen, und

danach war ein Festmahl im großen Speisesaal vorgesehen. Mit Hilfe einiger Reitknechte hatte Harriet einen Teil des Raums neben der Bühne durch einen Vorhang abgeteilt. Dort konnten die Schauspieler auf ihr Stichwort warten. Charlotte sollte sich als Souffleuse ebenfalls dort aufhalten.

Mir ging Charlotte nicht aus dem Sinn. Sie versuchte, einen unbekümmerten Eindruck zu machen, aber es gelang ihr nicht ganz. Ich wußte, daß Charles Condey der Grund war, und ich empfand ein gewisses Schuldgefühl, weil ich ebenfalls wußte, daß sich seine Gefühle für Charlotte abgekühlt hatten, seit Harriet ihn umgarnt hatte. Ich war wütend auf Harriet. Sie sollte sich schämen, denn es war klar, daß sie für Charles Condey keine tieferen Gefühle hegte.

Im weiteren Verlauf des Tages nahm die Spannung im Château zu, und am Nachmittag zogen sich die Darsteller zurück, um sich auf ihren Auftritt vorzubereiten.

Um sechs Uhr waren wir alle versammelt. In der Halle waren Sitzgelegenheiten bereitgestellt worden, und aus einem Umkreis von mehreren Kilometern war jeder, der es nur irgendwie möglich machen konnte, erschienen. Die gesamte Dienerschaft war da, so daß wir sehr viele Zuschauer hatten.

Als die Aufführung begann, herrschte völlige Stille, und ich wußte, daß nur wenige der Anwesenden jemals etwas Derartiges gesehen hatten. Und die Tatsache, daß sich die uralte Halle in ein Theater verwandelt hatte, erhöhte noch den Zauber des Abends.

Meine erste Szene spielte ich mit Harriet, und es war natürlich ihre Szene. Erst als ich Edwin gegenüberstand, ging ich ganz aus mir heraus. Ein Gefühl tiefer Seligkeit überkam mich, als er, mich von ferne sehend, sagte

Wie in dem Ohr des Mohren ein Rubin,
So hängt der Holden Schönheit an den Wangen der Nacht;

und ich mußte noch lange danach an den Satz denken, den er über Julia sprach:

Liebt' ich wohl je? Nein, schwör es ab, Gesicht!
Du sahst bis jetzt noch wahre Schönheit nicht.

Und so schien es mir, als ob wir nur füreinander spielten. Wir waren die Liebenden.
Wir waren uns begegnet und liebten uns, wie diese beiden Menschen auf der Bühne. Er hätte seine Rolle nicht so spielen können, sagte ich mir, wenn ich ihm gleichgültig gewesen wäre.
Ich glaube, die Szene in der Gruft gelang mir recht gut. Als ich Edwin dort liegen sah, vergiftet, begriff ich vollkommen, wie es Julia ums Herz gewesen sein mußte, und ich glaube, ich wirkte in der tragischen Szene wirklich überzeugend, als ich seinen Dolch ergriff und so tat, als stieße ich ihn mir ins Herz, und über ihm zusammenbrach.
Es war bezeichnend für Edwin, daß er mir gerade in einer solchen Situation einen Heiratsantrag machte. »Kopf hoch«, flüsterte er. »Wollen Sie mich heiraten?« Ich wurde sofort in die Wirklichkeit zurückversetzt. Edwin unterdrückte ein Lachen, und ich hatte Schwierigkeiten, es ihm gleichzutun. Die letzten Worte wurden gesprochen. Der Prinz hatte sich über die Torheiten persönlicher Feindschaften geäußert, und die Familien waren zu Freunden geworden. Das Schauspiel war vorüber.
Alle klatschten Beifall.
Edwin und ich wurden wieder lebendig und standen mit den anderen auf der Bühne, um den Applaus entgegenzunehmen.
Harriet trat in unsere Mitte und verneigte sich.
Sie richtete das Wort an die Zuhörer und sagte, sie hoffe, daß die Aufführung allen gefallen habe. Man müsse uns unsere Fehler nachsehen, doch wir hätten unser Bestes gegeben. Lady Eversleigh erwiderte darauf, daß ihr und ihren Gästen diese Aufführung ewig unvergeßlich bleiben würde.
Dann trat Edwin einen Schritt vor.
»Ich habe etwas bekanntzugeben«, sagte er. »Das Schauspiel hat ein neues Ende bekommen. Romeo und Julia sind nicht gestorben. Sie leben weiter, haben geheiratet und werden bis an das Ende ihrer Tage ein glückliches Leben führen.«

Er wandte sich um, nahm mich bei der Hand und zog mich an seine Seite. »Ich habe die große Freude, Ihnen zu sagen, daß Arabella heute abend versprochen hat, meine Frau zu werden.«
Nach kurzer Stille erscholl lauter Beifall. Lady Eversleigh kam auf die Bühne und umarmte uns beide.
»Das Stück hat einen vollkommenen Ausklang gefunden«, sagte sie.

Das Festmahl zog sich in die Länge. Es wurde gesungen und getanzt. Die Gäste befanden sich in Hochstimmung. Es war fast Mitternacht geworden, als sich die in der näheren Umgebung Wohnenden verabschiedeten und sich die anderen in die Zimmer zurückzogen, die für sie in Villiers Tourron hergerichtet worden waren.
Ich hatte mein Kostüm anbehalten und zögerte, es auszuziehen. Ich hatte das Gefühl, der Zauber würde verfliegen, wenn ich es täte.
Harriet beobachtete mich.
»Ich könnte mir vorstellen«, sagte sie, »Sie werden sich noch lange an diesen Abend erinnern.«
»Das wäre bei der eigenen Verlobung schließlich kein Wunder.«
»Es verlief sehr dramatisch, nicht wahr?« sagte sie.
»Es schien der richtige Augenblick zu sein.«
»Sehr wirkungsvoll, daß muß ich schon sagen.«
»Sie sind anscheinend wenig begeistert, Harriet.«
»Wenig begeistert? Wie kommen Sie darauf? Es ist eine ausgezeichnete Partie, eine bessere könnte sich ein Mädchen kaum wünschen. Wenn der König nach England zurückkehrt und die Eversleighs ihre Besitzungen zurückerhalten und noch mehr dazu bekommen, werden Sie einen sehr reichen Ehemann haben. Wann hat er Sie gefragt?«
»Als wir uns in der Gruft befanden.«
»Kein sehr geeigneter Augenblick, finden Sie nicht auch?«
»Es war genau der richtige Augenblick«, gab ich zurück.
»Sie scheinen etwas verwirrt zu sein«, sagte sie.

»Darf ich denn an einem solchen Abend nicht glücklich sein?« »Erwarten Sie sich nicht zuviel.«
»Was ist mit Ihnen los, Harriet?«
»Ich denke nur an Ihr Glück.«
»Dann freuen Sie sich doch, denn ich bin in meinem ganzen Leben noch nie so glücklich gewesen.«
Sie küßte mich flüchtig auf die Stirn, dann trat sie einen Schritt zurück. »Die Kappe ist für Sie zu eng«, sagte sie. »Sie hat eine Druckstelle hinterlassen.«
»Die wird bald wieder vergehen.«
Harriet tat mir irgendwie leid. Sie wäre so gern die Julia gewesen, und ich wußte, daß sie trotz aller schmeichelnden Komplimente, die man mir gemacht hatte, diese Rolle viel besser gespielt haben würde.

Den ganzen nächsten Tag befand ich mich in einem Zustand der Euphorie. Ich nahm Glückwünsche entgegen, hörte aber kaum, was man zu mir sagte. Lady Eversleigh wiederholte immer wieder, wie entzückt sie sei und sagte mir, sie werde noch am selben Tag ihrem Mann und meinen Eltern eine Nachricht zukommen lassen, damit auch diese sich über das Ereignis freuen könnten. Ob auch ich meinen Eltern einen Brief schreiben wolle? Und so schrieb ich an beide gemeinsam.

»Liebste Mutter und liebster Vater,
etwas ganz Wunderbares ist geschehen. Edwin Eversleigh hat mich gefragt, ob ich ihn heiraten wolle. Ich bin so glücklich. Edwin ist wunderbar, er sieht so gut aus und ist so gutherzig und so fröhlich. Bei ihm wird alles lustig. Er ist eigentlich nie ernst. Wir hatten solchen Spaß bei der Aufführung von ›Romeo und Julia‹ – er war der Romeo und ich die Julia. Er bat ausgerechnet in der Todesszene um meine Hand. Schreibt mir bitte bald und sagt mir, daß Ihr ebenso glücklich seid, wie ich es jetzt bin. Ich muß jetzt schließen, denn der reitende Bote muß abgefertigt werden.
Eure Euch liebende Tochter
Arabella Tolworthy.«

Der Bote nahm die Briefe mit, und Matilda Eversleigh behielt mich bei sich, um sich mit mir zu unterhalten und mir zu sagen, wie gut wir miteinander auskommen würden.
Sie wollte mich nicht gehen lassen, obwohl ich mir nichts sehnlicher wünschte, als bei Edwin zu sein, und als ich mich schließlich von ihr verabschieden konnte, hörte ich, daß Edwin mit einigen anderen ausgeritten sei. Ich ging in mein Zimmer.
Harriets Reitkleid war nicht da, sie mußte also auch mit ausgeritten sein.
Es war schon spät, als sie zurückkamen. Harriet schien bei bester Laune zu sein.
Es waren noch mehrere Gäste da, und an jenem Abend wurde in der Halle hauptsächlich von der Theateraufführung und der anschließenden Bekanntgabe unserer Verlobung gesprochen.
Die Musiker spielten, und wir sangen dazu. Harriet bezauberte alle mit ihrer Stimme. Dann wurde getanzt.
Edwin und ich eröffneten den Reigen, und alle sahen uns zu.
Später hörte ich, daß viele der Meinung waren, es wäre alles wie zu Hause in England gewesen, das ganze Elend sei endlich vorbei und König Karl habe seinen Thron zurückgewonnen.
»War der Ausritt schön?« fragte ich Edwin.
Er zögerte kurz, dann zuckte er mit den Achseln. »Du warst nicht dabei«, sagte er.
»Du hast mich also vermißt?«
»Dies, meine liebe Arabella, möchte ich eine überflüssige Frage nennen.«
»Ich möchte nur die Antwort wissen.«
»Ich vermisse dich immer, wenn du nicht bei mir bist. Ich weiß, du warst bei meiner Mutter, deshalb habe ich das Opfer auf mich genommen. Aber wir werden unser ganzes Leben zusammen sein.«
»Ich wußte nicht, daß du ausreiten wolltest, sonst . . .«
»Sonst wärst du gern mitgekommen, ich weiß.«

»Ich habe gar nicht gehört, daß ihr weggeritten seid. Später merkte ich, daß Harriet mit von der Partie war.«

»Ach ja, Harriet«, sagte er.

»Die arme Harriet. Es war ein Schlag für sie, daß sie die Julia nicht spielen konnte. Sie wäre großartig gewesen.«

»Anders, gewiß«, sagte er. »Aber jetzt, wo wir beisammen sind, wollen wir von der Zukunft reden.«

»Ich denke an nichts anderes.«

»Wenn wir nach England zurückkehren . . . dann beginnt die große Zeit! Dann können wir ein normales Leben führen, so, als wäre dieser blödsinnige Krieg nie gewesen. Nur darauf warte ich jetzt.«

»Doch zuerst müssen wir einmal dort sein. Du wirst bald reisen.«

»Ich werde nicht lange fort sein. Und wenn ich dann zurückkomme, bleiben wir unser ganzes Leben zusammen.«

Einer der Gründe, warum ich so gern mit Edwin beisammen war – abgesehen von der Tatsache, daß ich ihn liebte – lag darin, daß er einen mit seinem nie versiegenden Optimismus mitzureißen verstand.

Wie glücklich ich doch damals war.

Dann geschah etwas Beunruhigendes.

Charles Condey reiste ab. Er schützte dringende Geschäfte vor, aber ich kannte den eigentlichen Grund. Am Abend vor seiner Abreise erzählte mir Harriet, er habe sie gebeten, ihn zu heiraten.

Während sie mir das sagte, ließ sie mich nicht aus den Augen.

»Harriet!« rief ich. »Haben Sie ihm Ihr Jawort gegeben?« Ich mußte sofort an die arme Charlotte denken.

Sie schüttelte langsam den Kopf.

»Natürlich nicht«, sagte ich. »Ich weiß, daß Sie ihn nicht lieben.«

Aufgrund meines eigene Erlebens fühlte ich mich als erfahrene Frau. Ich war so glücklich, daß ich hoffte, alle könnten mein Glück teilen, besonders Harriet. Ich wäre überglücklich gewesen, wenn sie sich zur selben Zeit verlobt hätte.

»Es wäre unpassend gewesen«, sagte sie.
»Aber, Harriet . . .«
Sie drehte sich plötzlich nach mir um. »Gut genug für mich, denken Sie jetzt sicher. Das uneheliche Kind eines Wanderschauspielers. So ist es doch?«
»Harriet, wie können Sie so etwas sagen!«
»Sie werden den Erben einer uralten Familie heiraten. Geld und Titel zu gegebener Zeit. Lady Eversleigh! Das klingt gut. Sie sind die Tochter eines großen Generals. Aber für mich ist alles andere gut genug!«
»Aber Harriet, Charles stammt aus guter Familie. Er ist jung und charmant.«
»Ein dritter Sohn . . . ohne Mittel.«
»Aber die Eversleighs haben ihn für Charlotte offenbar für gut genug befunden.«
Sie wurde plötzlich giftig. »Es war gar nicht einfach, für Charlotte einen passenden Mann zu finden. Sie hätte eine große Mitgift erhalten. Sobald alle wieder in England gewesen wären, hätte Charles Condey sehr gut für sich selbst aufkommen können.«
»Das zeigt nur, wie edel er sein muß, um das alles aufzugeben. Ich meine, man sieht daran, daß er Charlotte wirklich geliebt hat.«
»Liebe Arabella, es geht hier nicht um seine, sondern um meine Gefühle. Wenn ich einmal heirate, muß es jemand sein, der Ihrem galanten Bräutigam das Wasser reichen kann.«
»Harriet, manchmal kann ich Sie nicht verstehen!«
»Darauf kommt es auch gar nicht an«, murmelte sie.
Sie war in sich gekehrt und wollte nichts mehr sagen, aber sie hatte mein Glücksgefühl irgendwie gestört.
Mir fiel außerdem auf, daß Charlotte, obwohl sie sich nichts anmerken lassen wollte, von tiefer Niedergeschlagenheit ergriffen war. Ich wollte mich ihr gegenüber freundschaftlich erweisen, aber das war nicht leicht. Charlotte hatte sich hinter einer Mauer der Abwehr zurückgezogen.
Zwei Tage, nachdem Charles abgereist war und sich die übrigen Gäste zum Abschied rüsteten, stieg ich zu dem

kleinen Aussichtstürmchen hinauf. Vielleicht war es für Antwortbriefe von meinen Eltern noch zu früh, aber ich wollte auf jeden Fall Ausschau halten.
Eine Tür führte hinaus zu einer kleinen Plattform, die von einem niedrigen Steinmäuerchen umgeben war, und von dort fiel die Mauer jäh und steil ab. Ich weiß nicht, warum ich gerade in diesem Augenblick hinaustrat. Vielleicht war es irgendein Instinkt, aber ich dankte Gott dafür.
Charlotte stand dort. Sie hatte die Hände auf die Balustrade gelegt. Und plötzlich kam mir der schreckliche Gedanke, sie wolle sich in die Tiefe stürzen.
»Charlotte!« rief ich mit vor Entsetzen schriller Stimme. Sie fuhr hoch und zögerte. Ich war wie versteinert, denn ich glaubte, sie würde springen, bevor ich sie erreichen könnte.
»Nein, Charlotte! *Nein!*« schrie ich.
Dann drehte sie sich zu meiner Erleichterung um und sah mich an.
Ich hatte noch nie in meinem Leben eine solche Verzweiflung auf einem Menschenantlitz gesehen, und ich empfand tiefes Mitleid mit ihr, das einen Anflug von Reue besaß, denn ich wußte, daß ich in gewisser Weise für ihr Elend verantwortlich war. Ich war es gewesen, die Harriet nach Villiers Tourron gebracht hatte. Wäre Harriet hier nicht erschienen, wäre sie jetzt ein glückliches Mädchen und verlobt mit dem Mann, den sie liebte.
Ich rannte zu ihr und ergriff ihren Arm.
»Ach, Charlotte«, rief ich aus, und sie mußte irgendwie die Tiefe meiner Empfindungen gespürt haben.
Unwillkürlich legte ich die Arme um sie, und ein paar Sekunden lang schien sie sich an mich zu klammern. Dann entzog sie sich mir, und die gewohnte Kühle überzog wieder ihr Gesicht.
»Ich weiß nicht, was du dir denkst«, begann sie.
Ich schüttelte den Kopf. »Ach, Charlotte«, sagte ich. »Ich verstehe dich. Ich verstehe dich wirklich.«
Ihre Lippen bebten. Ich erwartete halb, daß sie mir sagen würde, sie habe die schöne Aussicht bewundert. Auch erwartete ich von ihr die Frage, warum ich mich so lächer-

lich aufgeführt habe. Dann kniff sie die Lippen zusammen, und Verachtung trat in ihren Blick . . . Selbstverachtung. Charlotte verabscheute jegliche Heuchelei, sie konnte sich nicht verstellen.

»Ja«, sagte sie, »ich wollte hinunterspringen.«

»Gott sei Dank bin ich rechtzeitig gekommen.«

»Du redest, als ob dir wirklich etwas an mir läge.«

»Aber ja, mir liegt sehr viel an dir«, sagte ich, »ich bin bald deine Schwägerin, Charlotte.«

»Du weißt, warum ich es tun wollte?«

»Ja«, sagte ich.

»Charles ist fort. Er hat mich gar nicht geliebt.«

»Vielleicht doch, aber er war . . . verhext.«

»Warum mußte *sie* denn herkommen?«

»Ich habe sie mitgenommen. Wenn ich gewußt hätte . . .«

»Vielleicht ist es gut so. Wenn er sich wirklich so leicht . . . verhexen läßt . . ., wäre er vielleicht nie ein guter Ehemann geworden, glaubst du nicht auch?«

»Ich glaube, er kommt wieder.«

»Und du glaubst, ich würde ihn dann noch nehmen?«

»Das hängt davon ab, wie sehr du ihn liebst. Wenn du ihn so sehr liebst, daß du dies getan hättest«, ich wies auf die Mauerbrüstung, »liebst du ihn vielleicht auch genug, um ihm dein Jawort zu geben.«

»Du verstehst mich nicht«, sagte sie.

»Komm mit. Wir wollen irgendwohin gehen, wo wir uns in Ruhe unterhalten können.«

»Was gibt es da schon zu sagen?«

»Es ist oft nützlich, wenn man sich mit jemandem aussprechen kann. Ach, Charlotte, später sieht alles vielleicht ganz anders auf. Davon bin ich überzeugt.«

Sie schüttelte den Kopf, und ich schob ihr meinen Arm unter den Ellbogen. Ich rechnete damit, zurückgestoßen zu werden, aber sie fügte sich und schien über meine Geste der Freundschaft einen gewissen Trost zu empfinden.

Sie stand regungslos da.

»Er war der erste, der mich jemals angeschaut hat«, sagte

sie bekümmert. »Ich glaubte, er liebe mich. Aber, als sie kam . . .«
»Sie hat so etwas an sich«, meinte ich beruhigend. »Die meisten Männer lassen sich wahrscheinlich von ihr beeindrucken – jedenfalls vorübergehend.«
»Was weißt du von ihr?«
»Bitte, komm mit. Wir wollen uns irgendwo in Ruhe unterhalten.«
»Komm mit in mein Zimmer«, sagte sie.
Eine Woge der Erleichterung überkam mich. Ich war gerade noch rechtzeitig gekommen und hatte ein Tragödie abgewendet.
Ihr Schlafzimmer war kleiner als der Raum, den ich mit Harriet teilte. Man sah ihm noch Reste einstiger Pracht an, obwohl auch dieses Zimmer, wie die übrigen Räume im Schloß, einen leicht heruntergekommenen Eindruck machte.
Sie setzte sich hin und sah mich mit hilflosen Blicken an.
»Du mußt mich für verrückt halten«, sagte sie.
»Natürlich nicht.« Wie hätte ich wohl gehandelt, wenn ich festgestellt hätte, daß Edwin jemand anderen liebte?
»Aber es ist ein Zeichen von Schwäche, nicht wahr? Wenn einem das Leben so unerträglich erscheint, daß man bereit ist, es einfach wegzuwerfen.«
»Man sollte an alle diejenigen denken, die man zurückläßt«, meinte ich. »Denk nur an deine Mutter, an Edwin . . . und Charles – Er würde sich selber nie verzeihen können.«
»Du hast recht«, sagte sie. »Es ist ein selbstsüchtiger Akt, wenn andere darunter leiden müssen. Es ist wohl mehr eine Form der Rache. Man ist so verletzt, daß man auch andere verletzen will . . ., oder es ist einem ziemlich gleichgültig, ob man andere verletzt.«
»Ich bin überzeugt, du bist nur einer momentanen Erregung gefolgt.«
»Wenn du nicht gekommen wärst, läge ich jetzt dort unten auf den Steinen . . . tot.«
Mich schauderte.
»Ich sollte dir eigentlich danken, daß du mich davor

bewahrt hast. Aber ich bin mir nicht sicher, ob ich diese Dankbarkeit aufbringen kann.«

»Ich verlange gar keine Dankbarkeit von dir. Ich will nur erreichen, daß du es nicht wieder tust. Wenn es dich wieder überkommen sollte, und wenn du dann einmal in Ruhe nachdenkst . . .«

»Was ich anderen damit antun würde . . .«

»Ja«, sagte ich, »genau das.«

»Ich will nicht weiterleben, Arabella«, sagte sie. »Das verstehst du nicht. Du bist lebhaft, attraktiv, alle haben dich gern. Ich bin anders. Ich bin mir immer darüber im klaren gewesen, daß ich nichts zu bieten habe.«

»Aber das ist doch Unsinn! Du kapselst dich ab und versuchst gar nicht, dich mit anderen Menschen anzufreunden – deshalb denkst du so.«

»Edwin sieht gut aus, nicht wahr? Das ist mir schon aufgefallen, als wir noch klein waren. Es war immer Edwin, auf den alle anderen schauten. Meine Eltern machten aus ihrer Vorliebe kein Hehl. Auch unsere Kindermädchen nicht. Sieh dir meine Haare an . . ., glatt und strähnig. Eines unserer Kindermädchen versuchte oft, sie in Locken einzudrehen. Aber schon eine halbe Stunde, nachdem die Lockenwickler entfernt worden waren, sah ich so aus, als hätte ich die Tortur nie über mich ergehen lassen müssen. Wie ich diese Lockenwickler gehaßt habe! Sie schienen mir irgendwie bezeichnend zu sein. Sie gaben mir das Gefühl, daß alle Bemühungen der Welt aus mir keine Schönheit machen würden.«

»Die Schönheit hängt nicht von Lockenwicklern ab, sie ist ein Glanz von innen.«

»Jetzt redest du wie ein Priester.«

»Ach, Charlotte, ich glaube, du bildest dir das alles nur ein. Du redest dir selbst ein, du seist häßlich und sagst das allen. Ich wäre in dieser Beziehung vorsichtiger. Die Leute könnten es nämlich glauben.«

»Dann habe ich also wenigstens einmal Erfolg gehabt, denn sie glauben es wirklich.«

»Du irrst dich.«

»Ich habe recht, der Beweis liegt auf der Hand.« Sie brach plötzlich ab. »Ich glaubte, er liebe mich wirklich. Er schien so aufrichtig . . .«

»Er hat dich geliebt. Das weiß ich genau.«

»So schien es wenigstens. Aber sie brauchte nur mit dem kleinen Finger zu winken.«

»Sie ist eine Ausnahmeerscheinung. Und es war ein unglückliches Zusammentreffen.«

»Sie ist von Grund auf böse.« Charlotte sah mich an, und ihre Augen blitzten. »Sie nennt sich deine Freundin, aber ist sie das wirklich? Ich spüre das Böse in ihr, vom ersten Augenblick an, als wir uns begegneten. Ich wußte zwar nicht, daß sie mir Charles wegnehmen würde, aber ich wußte, daß sie Unglück über mich bringt. Warum hast du sie hergebracht?«

»Ach, Charlotte«, rief ich aus, »es tut mir ja so leid. Ich wünschte, ich hätte es nicht getan!«

Ihr Gesichtsausdruck wurde plötzlich weicher, und sie sah mich mit echter Zuneigung an. »Du darfst dir nicht selbst die Schuld geben. Wie hättest du denn dies voraussehen können? *Ich* muß dir danken, daß du mich vor dieser Kurzschlußhandlung bewahrt hast.«

»Wir werden Geschwister sein«, sagte ich. »Ich freue mich darüber, denn dadurch sind wir uns nähergekommen. Wir wollen auch Freunde werden. Das ist möglich, ich weiß es.«

»Ich schließe Freundschaften nicht so leicht. Früher, wenn wir auf Gesellschaften waren, saß ich immer in der Ecke und wurde nur dann geholt, wenn sonst niemand da war. Das scheint meine Bestimmung zu sein.«

»Daran bist nur du selbst schuld.«

Sie lachte bitter. »Du redest wirklich wie ein Priester, Arabella. Ich glaube, du mußt über die Menschen noch viel lernen. Aber ich bin froh, daß du heute abend dort oben warst.«

»Versprich mir eines«, sagte ich. »Wenn du jemals wieder an so etwas denken solltest – sprich erst mit mir.«

»Das verspreche ich dir«, sagte sie.

Dann stand ich auf, ging zu ihr hinüber und küßte sie auf

die Wange. Sie errötete ein wenig, und in meinem Herzen wuchs das Mitleid, das ich für sie empfand.
Sie sagte: »Es wird bestimmt nicht leicht werden. Alle werden erfahren, daß er fort ist. Arme Mama, er war ihre letzte Hoffnung. Ein dritter Sohn, aber was kann man für die arme Charlotte sonst noch erhoffen?«
»Ach, laß dieses Selbstmitleid!«, sagte ich. »In Zukunft wirst du dich umstellen, Charlotte.«
Sie sah mich ungläubig an.
»Und denk daran«, sagte ich. »Du hast mir ein Versprechen gegeben.«
Als ich in mein Zimmer zurückkam, war ich innerlich aufgewühlt. Ich war froh, daß Harriet nicht da war. Meine Liebe zu Edwin ließ mich Charlottes Kummer nur um so besser verstehen. Sie mußte Charles ebenso geliebt haben, wie ich Edwin liebte, und es war schwer für sie . . . Gott sei Dank war ich rechtzeitig zur Stelle gewesen. Ich beschloß, mich künftig mehr um sie zu kümmern.

In den nächsten Tagen bekam ich Charlotte nur selten zu sehen. Mir war, als ginge sie uns allen aus dem Weg. Das konnte ich verstehen. Wenn ich ihr aber einmal begegnete, warf sie mir einen liebevollen Blick zu, und ich freute mich auf die Zeit, wo ich Charlotte als Edwins Frau würde viel Gutes tun können. Ich würde Gesellschaften für sie geben und einen Ehemann finden, der bestimmt viel besser zu ihr passen würde als Charles Condey.
Dann kamen die Briefe aus Köln früher, als wir erwartet hatten. Meine Eltern schrieben:

»Liebste Tochter,
Deine Neuigkeiten erfüllen uns mit Freude. Wir denken so viel an Dich. Alles ist so schwierig, wenn man die augenblicklichen Zeitläufte bedenkt. Und jetzt ist es so weit. Lord Eversleigh teilt unsere Freude. Er ist ein liebenswürdiger Mann, und wir könnten uns keinen liebenswerteren Schwiegersohn als Edwin vorstellen.
Lady Eversleigh wird dir das Neueste mitteilen, und dies

wird vielleicht zu einer Änderung Deiner Pläne führen. Wenn Edwin und Du auf den Vorschlag eingehen, dann habt Ihr unseren Segen, liebe Arabella. Sie wird Dir alles erklären. Sei unserer Liebe und unserer Glückwünsche über diese wunderbare Entwicklung versichert. Wir wissen, daß Du glücklich werden wirst.
Deine Dich liebenden Eltern
Richard und Bersaba Tolworthy.«

Ich war von dem Brief etwas verwirrt, blieb aber nicht lange im Zweifel darüber, was er zum Ausdruck bringen wollte. Ich hatte ihn kaum zu Ende gelesen, als ein Hausmädchen hereinkam, um mir auszurichten, daß Edwin mich im Salon erwarte.

Ich begab mich sofort hinunter. Er stand am Fenster und eilte, als ich eintraf, auf mich zu und ergriff meine beiden Hände. Dann zog er mich an sich und hielt mich fest.

»Arabella«, sagte er und drückte sein Gesicht in mein Haar, »ich werde schon sehr bald fortgehen.«

»Ach, Edwin«, rief ich aus, und alle Freude verließ mich. »Wann . . .«

»Uns bleiben noch zwei Wochen«, sagte er. »Deshalb . . . werden wir unverzüglich heiraten.«

»Edwin!«

Er lächelte strahlend, aber ich hatte den Eindruck, daß ein schwacher Schatten über sein Gesicht zog.

»Es ist ihr Wunsch«, sagte er. »Der meiner Eltern . . . und der deinigen . . .«

»Und du, Edwin?«, hörte ich mich leise sagen.

»Ich? Ich will es mehr als alles andere auf der Welt.«

»Dann will ich es auch.«

Er umarmte mich, wobei er mich vom Boden hob, so daß meine Füße frei in der Luft schwebten.

»Komm«, sagte er, »laß uns gehen und mit meiner Mutter sprechen.«

Matilda Eversleighs Gefühle waren gemischt. Sie war hocherfreut, daß die Hochzeit schon so bald stattfinden sollte,

hegte aber gleichzeitig Befürchtungen wegen Edwins Fahrt über den Kanal.
Wir dürften keine Zeit verlieren, sagte sie. Sie kenne einen Geistlichen, der uns trauen würde, und dieser solle sofort geholt werden. Der kleinere der beiden Salons könne in eine Art von Kapelle verwandelt und die Trauungszeremonie dort abgehalten werden.
Ich konnte kaum glauben, daß dies alles geschehen sollte. Vor ganz kurzer Zeit war ich noch in Château Congrève gewesen und hatte noch nie etwas von Edwin Eversleigh gehört. Jetzt sollte ich ihn heiraten. Ich dachte an die Kinder, die wir in Congrève zurückgelassen hatten, und war gespannt, was sie sagen würden, wenn sie die Neuigkeit erfuhren.
Wir würden etwa eine Woche beisammen sein können, bevor Edwin abreisen mußte. Ich hatte das Gefühl, daß sich alles viel zu schnell entwickelte.
Aber ich war glücklich . . so glücklich, wie ich es nie zuvor für möglich gehalten hatte. Ich liebte Edwin von ganzem Herzen, und das Schicksal schien unserer Verbindung nichts in den Weg legen zu wollen.
Edwin und ich ritten gemeinsam aus, wir redeten miteinander und schmiedeten Zukunftspläne. Bald, sagte er, seien wir wieder zu Hause, und zu Hause bedeute Eversleigh Court. Dort würden wir unser Eheleben erst richtig beginnen, und das würde schon bald der Fall sein. Man entsende ihn nicht nach England, wenn man nicht so gut wie sicher sei, daß sich das Volk gegen die puritanische Herrschaft erheben und den König zurückrufen werde.
Dort, in Eversleigh Court, würde alles wieder gut werden – für England und für uns.
Die Tage verflogen wie im Traum, und es war noch so viel zu tun. Ich war abends so erschöpft, daß ich gewöhnlich ins Bett fiel und sofort einschlief. Ich war froh darüber, denn ich wollte nicht mit Harriet sprechen. Seit dem Zwischenfall mit Charlotte hatte ich mich von ihr zurückgezogen. Ich war überzeugt, daß sie alles darauf angelegt hatte, Charles auf sich aufmerksam zu machen – mit allen tragi-

schen Konsequenzen, die ich gerade noch hatte abwenden können.

Ich wachte eines Nachts auf und merkte, daß Harriets Bett leer war.

Ich rief leise ihren Namen, erhielt aber keine Antwort.

Ich lag da und fragte mich, wo sie sein könne. Ich konnte nicht mehr einschlafen, weil ich irgendwie ein ungutes Gefühl hatte.

Es war kurz vor Tagesanbruch, als sie geräuschlos hereinschlich.

»Harriet«, sagte ich. »Wo sind Sie gewesen?«

Sie setzte sich aufs Bett und zog die Schuhe aus. Sie trug ihr Nachthemd mit einem Umhang darüber.

»Ich konnte nicht schlafen«, sagte sie. »Ich bin in den Garten hinuntergegangen und habe einen kleinen Spaziergang unternommen.«

»Zu dieser nachtschlafenden Zeit?«

»Es ist nicht mehr Nacht. Es ist schon Morgen. Ich bin jetzt schläfrig.«

»Es ist bald Zeit zum Aufstehen«, erklärte ich.

»Dann will ich schnell noch etwas schlafen.« Sie gähnte.

»Machen Sie das . . . oft?«

»O ja, oft«, sagte sie.

Sie legte den Umhang ab und kroch ins Bett.

Ich wartete eine Weile. Dann sagte ich: »Harriet . . .«

Keine Antwort.

Sie war entweder eingeschlafen oder stellte sich schlafend.

Der kleinere Salon war in eine Kapelle umgewandelt worden, und Matilda Eversleigh hatte einen Geistlichen gefunden, der uns trauen sollte.

Es war eine schlichte Feier, aber ich hätte nicht verzauberter sein können, wenn die Trauung in der Westminsterabtei stattgefunden hätte.

Als Edwin meine Hand nahm, überkam mich ein Gefühl tiefsten Glücks, denn er war jetzt mein Gemahl und ich seine Frau.

Ich war so überwältigt, daß ich am liebsten eine Lobes-

hymne auf das gütige Schicksal, das uns hier zusammengeführt hatte, angestimmt hätte.
Matilda Eversleigh – jetzt meine Schwiegermutter – hatte bestimmt, daß die Hochzeit so stilvoll, wie es die Umstände zuließen, gefeiert werden solle. Sie hatte alle Freunde und Bekannten aus der näheren Umgebung eingeladen. Bei den Gästen handelte es sich hauptsächlich um dieselben Personen, die auch während der Theateraufführung und des anschließenden Festmahls zugegen gewesen waren; deshalb kam es immer wieder zu Anspielungen auf ›Romeo und Julia‹.
Ich befand mich wie in einem Trancezustand. Ich konnte mein Glück gar nicht richtig genießen, denn ich konnte kaum glauben, daß dies alles Wahrheit geworden war.
Die Zukunft schien ungetrübt. Ich war mit dem Mann verheiratet, den ich leidenschaftlich liebte. Meine Familie war mit der Heirat völlig einverstanden und bedauerte nur, während der Hochzeit nicht zugegen sein zu können. Meine neue Familie hatte mich herzlich in ihren Kreis aufgenommen. Matilda konnte sich gar nicht genug darin tun, ihrer Freude über die Heirat Ausdruck zu geben. Ich erhielt einen herzlich gehaltenen Brief von ihrem Gemahl, und es gelang mir, sogar mit Charlotte, die sich wieder in ihr Schneckenhaus zurückgezogen hatte, ein gewisses Vertrauensverhältnis herzustellen.
In einer solchen seelischen Verfassung betrat ich mit Edwin das Brautgemach.
Während ich mich zum Zubettgehen rüstete, dachte ich an die Eintragungen im Tagebuch meiner Mutter, wo sie sich über die Unterschiede zwischen ihr und ihrer Schwester Angelet geäußert hatte. Meine Mutter: gefühlsbetont und leidenschaftlich; ihre Schwester: frigide und ängstlich vor dieser Seite des Ehelebens zurückweichend. Ich wußte, daß ich in dieser Hinsicht eher meiner Mutter ähnlich sein würde. Und ich hatte recht.
Wie ich Edwin liebte! Wie gütig und zartfühlend er war! Und wie glückselig ich war, zu lieben und geliebt zu werden! Ich hatte mir nie ein solches Glücksgefühl vorstellen

können, wie ich es in dieser Woche nach unserer Hochzeit erlebte.
Gewiß, über uns hingen als Drohung die Gewißheit baldiger Trennung und die Tatsache, daß gerade dieser Umstand zu unserer vorzeitigen Heirat geführt hatte, aber Edwin lebte nur dem Augenblick und dachte nicht an das, was vielleicht noch kommen würde.
Während jener Tage bekam ich Harriet nur selten zu sehen. Natürlich schlief ich nicht mehr in unserem gemeinsamen Zimmer, und wenn ich trotzdem noch einmal hineinschaute, war sie nicht da. Selbstverständlich begegneten wir uns bei den Mahlzeiten, aber dann waren wir nicht allein. Ich spürte, daß eine kaum wahrnehmbare Veränderung in ihr vorgegangen war. Ich hatte vorher an ihr nie ein Gefühl der Unsicherheit feststellen können, denn sie schien immer ein blindes Vertrauen in die Zukunft zu besitzen. Aber jetzt lag, wenn sie sich unbeobachtet fühlte, irgendein Schatten auf ihrem Gesichtsausdruck, und ich machte mir Sorgen um sie.
Ich beschloß, mit ihr zu reden, und als wir eines Tages vom Essen aufstanden, flüsterte ich ihr zu, ich würde gern einmal allein mit ihr sprechen. Sie nickte, und wir gingen zusammen in unserer früher gemeinsames Schlafzimmer hinauf.
»Harriet«, sagte ich, »haben Sie Sorgen?«
Sie zögerte einen Augenblick. »Nein«, meinte sie schließlich. »Ich gestehe aber, daß ich nicht weiß, was ich jetzt tun soll. Ihnen steht jetzt ein glückliches Eheleben bevor . . .« Sie verzog den Mund, als wollte sie zum Ausdruck bringen, daß sie an ein solch glückliches Leben nicht recht glauben könne. »Und ich . . . was wird mit mir?«
»Sie hätten Charles Condey heiraten können.«
»Wie können Sie, die Sie in dieser Liebesheirat geborgen sind, mir zumuten, daß ich mich mit weniger zufrieden gebe?«
»Es tut mir leid, Harriet.«
Sie zog die Schultern hoch. »Es ist nicht Ihre Schuld. Sie sind zufällig in die richtige Familie hineingeboren worden –

eine Tatsache, derentwegen man Sie weder tadeln noch loben kann. Aber Spaß beiseite: Ich frage mich schon seit einiger Zeit, was ich jetzt anfangen soll. Das Leben hat sich verändert, finden Sie nicht auch? Wir befinden uns nicht mehr im lieben, alten Château Congrève, wo ich mein Können im Schulzimmer unter Beweis stellen konnte.«

»Ich gehe mit Lucas nach Congrève zurück, sobald Edwin abgereist ist. Es gibt dort noch so vieles zu erledigen.«

»Und wenn Edwin zurückkommt?«

»Dann bin ich selbstverständlich bei meinem Mann. Und ich muß mich natürlich auch um die Kleinen kümmern. Wir haben dieses Problem im einzelnen noch nicht besprochen. Edwin wird sich dem Gefolge des Königs anschließen und die weitere Entwicklung abwarten müssen. Ich werde nach Congrève zurückkehren, um mich der Kleinen anzunehmen, und Sie werden mitkommen, Harriet.«

»So einfach ist das, nicht wahr?« sagte sie.

»Natürlich. Sie bleiben bei uns . . .« Ich brach ab. Der Zeitpunkt würde kommen, da mich Edwin in mein neues Heim mitnahm. In den Landsitz der Familie. Matilda Eversleigh würde auch dort sein, und vielleicht auch Charlotte. Ich wußte, daß beide nicht mit Harriet unter einem Dach würden leben wollen.

Harriet sah mich an und schien in meinen Gedanken zu lesen.

»Vorläufig«, meinte ich, »wird sich nicht viel ändern. Wenn Edwin fortgeht, kehre ich nach Congrève zurück, und Sie und Lucas kommen mit. Dann werden wir weitersehen.«

Sie nickte. Als sie sich umdrehte, sah ich sie verstohlen lächeln.

Gefahrvoller Auftrag

Es waren Tage des Überschwangs und der Angst. Je näher der Tag seiner Abreise heranrückte, desto mehr wuchs meine Unruhe.

Setzte sich Edwin nicht allen möglichen Gefahren aus?

»Gefahren!« sagte er. »Was für Gefahren kann es da schon geben? Ich gehe nach England . . . in unsere Heimat.«

»Ein Royalist im puritanischen England!«

»Ich sage dir, ich werde von einem waschechten Puritaner gar nicht zu unterscheiden sein. Ich lasse mir die Haare abschneiden. Wirst du mich mit dem republikanischen Bürstenschnitt noch genauso lieben?«

»Genauso«, beteuerte ich.

»Meine liebe, treue Arabella. Es gibt keinerlei Grund zur Angst. Wir erscheinen plötzlich in Eversleigh . . . Es ist jetzt ein Stützpunkt der Rundköpfe. Mein Vetter ist dort. Er hat seinen Vornamen in Humility abgeändert. ›Demut‹ Eversleigh. Der Name an sich ist schon ein Witz, und das weiß er. Deshalb hat er ihn sich auch ausgesucht, denn übergroße Bescheidenheit kann man meinem Vetter Carleton wirklich nicht nachsagen. Ich bin gespannt, wie es ihm geht. Er muß ein ebenso guter Schauspieler sein wie ich, um die Puritaner hinters Licht zu führen. Er hat es anscheinend geschafft – und ohne meine Romeo-Talente zu besitzen.«

»Du bist ein geborener Romeo, Edwin.«

»Ach, laß das doch, Liebling, willst du meinen Triumph schmälern?«

Ich wollte ihn festhalten. Ich liebte ihn so sehr. Ich liebte die Leichtigkeit, mit der er in dieses Abenteuer ging. Nichts schien ihm etwas anhaben zu können. Ich wußte, daß er aus jeder Situation unbeschädigt hervorgehen würde, als sei überhaupt nichts geschehen.

Wir gingen in den Gartenanlagen spazieren, während er mir von dem Vorhaben erzählte. »Die Leute werden mich bestimmt für einen Puritaner halten«, erklärte er. »Ach, Arabella, wirst du mich auch immer lieben? Versprich es mir!«

Ich sagte, daß ich niemals in meiner Liebe zu ihm wankend werden würde.

»Bürstenhaarschnitt, schwarzer Hut ohne eine einzige Feder, einfache, dunkle Jacke und schwarze Hosen. Vielleicht kann ich mir einen weißen Kragen und weiße Manschetten leisten . . . natürlich nur ganz schlicht. Ich muß mir angewöhnen, ein ernstes Gesicht zur Schau zu tragen.«

»Das wird dir am schwersten fallen.«

»Das fürchte ich auch.« Er verzog das Gesicht zu einer Leichenbittermiene, die so komisch wirkte, daß ich in ein schallendes Lachen ausbrach.

»Erzähl mir mehr von Vetter Carleton.«

»Vetter Carleton gehört zu den Menschen, die man als überlebensgroß bezeichnen könnte. Er ist nicht nur fast zwei Meter groß, sondern auch eine überdimensionale Persönlichkeit. Wenn er spricht, stehen alle vor ihm stramm. Ich bin überzeugt, daß er Oliver Cromwell persönlich das Fürchten gelehrt hätte. Und was Olivers armen, kleinen Sohn anbetrifft . . . Ich glaube, gegen Carleton hat er keine Chance. Das ist einer der Gründe, warum ich der Meinung bin, daß wir bald nach England zurückkehren werden.«

»Erzähl mir, bitte, mehr von ihm, aber im Ernst.«

»Wir wurden zusammen erzogen. Er ist zehn Jahre älter als ich, und zehn Jahre hindurch glaubte er, er würde eines Tages den Titel und die Ländereien erben. In unserer Familie tritt nur dann die weibliche Erbfolge ein, wenn kein männlicher, auch noch so entfernt verwandter, Erbe da ist. Unfair gegenüber deinem Geschlecht, meine Liebe, aber so ist es bei den Eversleighs nun einmal Brauch. Der jüngere Bruder meines Vaters, James, heiratete und bekam einen Sohn: Carleton. Das war, lange bevor bei meinen Eltern der Kindersegen einsetzte. Zuerst bekamen sie ein Mädchen, das zwei Tage nach der Geburt starb. Dann erschien Charlotte. Um diese Zeit schien es allen sicher, daß Carleton das Erbe antreten würde. Er rechnete fest damit. Er kam nach Eversleigh und benahm sich schon mit zehn Jahren wie der Herr im Hause. Dann kam ich auf die Welt. Was für eine Niedergeschlagenheit im gegnerischen Lager! Und welche überschwengliche Freude in unserem! Onkel James beugte sich dem Unvermeidlichen, fiel bald darauf vom Pferd und starb . . . ein geschlagener Mann. Seine Frau, Tante Mary, überlebte ihn um zwei oder drei Jahre; dann starb sie still in ihrem Bett an einer Erkältung, die sich zu einer Lungenentzündung ausgeweitet hatte. Carleton fügte sich in sein Schicksal, behielt weiterhin die Zügel in der Hand und blieb in Eversleigh. Er nahm sich meiner an, ließ mich auf dem bloßen Pferderücken reiten, lehrte mich laufen, schwimmen und fechten in der Hoffnung, ich würde eines Tages sein Können erreichen. Aber sogar er mußte an dieser unmöglichen Aufgabe scheitern. Du siehst also, er war eigentlich mein Erzieher.«

»Hatte er nichts gegen dich?«

»Wie kommst du auf diese Idee? Mag sein, daß er zu gegebener Zeit ganz gern alles geerbt hätte. Aber er besitzt einen Anteil an den Gütern, und er schien mich immer als eine Art Schwächling zu betrachten, der stets seiner führenden Hand bedürfe.«

»Ein Schwächling . . . du!«

»Hm, meine Liebste, für Carleton ist jeder ein Schwächling . . . im Vergleich zu ihm selbst.«

»Was du mir über ihn erzählt hast, klingt ziemlich bedenklich.«

»Das finden andere auch. Er hat etwas von einem Zyniker an sich. Wahrscheinlich hat ihn das Leben dazu gemacht. Er ist geistreich und weltgewandt . . . ich bin gespannt, wie es ihm jetzt geht. Er ist Royalist vom Scheitel bis zur Sohle, und wie er den Puritaner spielen kann, ist mir ein Rätsel.«

»Warum ist er in England geblieben?«

»Er weigerte sich einfach, wegzugehen. ›Dies ist mein Haus, und hier bleibe ich‹, sagte er. Er fand, irgend jemand müßte dort sein. Deshalb blieb er da. Ich glaube, die Rolle, die er spielen muß, sagt ihm zu. Seit der Flucht des Königs arbeitet er in Eversleigh als Ohr und Auge der Royalisten . . . und nicht nur dort. Er reitet umher und horcht die Leute aus. Er könnte notfalls eine ganze Armee zusammentrommeln, aber wir hoffen natürlich alle auf eine friedliche Heimkehr. Wir wollen nicht noch einen Bürgerkrieg, der letzte war verheerend genug. O ja, Carleton hat gute Arbeit geleistet. Der König wird es ihm sicher entgelten wollen. Carleton ist genau der Typ von Mann, der Eindruck auf Seine Majestät macht.«

»So wie du.«

»Ich bin nicht so schlagfertig und weltgewandt wie Carleton. Der König umgibt sich gern mit Menschen seines Schlages.«

»Meines Erachtens ist der König dafür bekannt, daß er sich gern mit schönen Frauen umgibt.«

»Das hast du sehr dezent ausgedrückt, Liebste.«

»Und dein Vetter?«

»Diese Gewohnheit ist noch ein weiteres Interesse, das Carleton mit dem König teilt.«

»Er hat also keine Frau?«

»Doch, er ist verheiratet. Aber sie haben keine Kinder, und das tut ihm sehr leid.«

»Und was hält seine Frau von diesem . . . Interesse am anderen Geschlecht?«

»Sie hat volles Verständnis dafür, denn sie hat das gleiche Interesse.«

»Das klingt nicht nach einer idealen Ehe.«

»Aber es funktioniert. Er geht seiner Wege, und sie tut es ihm gleich.«

»Ach, Edwin, wie unglücklich wäre ich, wenn auch wir so werden würden.«

»Eines kann ich dir versprechen, Arabella: Bei uns wird es nie so sein.«

Ich nahm seinen Kopf in meine Hände und küßte ihn.

»Ich bin überzeugt, daß niemand so glücklich sein kann, wie wir es sind«, erklärte ich feierlich.

Er gab mir recht.

Wie rasch die Tage verflogen! Ich wollte die Zeit anhalten, denn jede Stunde brachte unsere Trennung näher.
Manchmal verschwand Edwin mehrere Stunden, und mehr als einmal kehrte er erst am frühen Morgen wieder zurück.
»Es sind noch so viele Vorbereitungen zu treffen, Liebling«, sagte er. »Du weißt doch, wie ungern ich dich allein lasse.«
Dann liebten wir uns leidenschaftlich, und ich beschwor ihn, seine Arbeit möglichst schnell zu erledigen, damit er bald wieder bei mir sein könne.
Schließlich kam der Tag, an dem er abreisen mußte.
Seine Haare waren kurz geschnitten, und er trug seine düstere Kleidung. Einige hätten ihn vielleicht gar nicht wiedererkannt, aber er besaß ja noch immer jene unbekümmerte Art, die so typisch für ihn war – das Leben war eigentlich nur ein Scherz und sollte nicht zu ernst genommen werden.
Ich sagte ihm Lebewohl und sah ihm nach, wie er mit seinem Diener Tom, der ihn begleiten sollte, davonritt. Dann ging ich in unser Schlafzimmer, um eine Weile mit mir allein zu sein.
Als ich die Tür hinter mir zumachte, merkte ich, daß ich jedoch nicht allein war. Harriet erhob sich von einem Stuhl.
»Er ist also fort«, sagte sie.
Ich spürte, wie meine Lippen bebten.
»Arme verlassene, junge Frau!« meinte sie mokant. »Aber es besteht kein Grund, warum es so bleiben müßte.«
»Was meinen Sie damit?« fragte ich.
»Ich glaube, Sie haben ihn enttäuscht, Arabella.«
Ich sah sie erstaunt an.
»Denken Sie doch einmal nach, was eine jungvermählte, liebende Frau tun würde. Machen Sie nicht so ein verwundertes Gesicht. Sie würde natürlich mit ihm gehen, finden Sie nicht auch?«
»Mit ihm gehen?«
»Warum denn nicht? In guten und in schlechten Tagen, wie es so schön heißt. In England oder Frankreich, in Krieg oder Frieden, in Sicherheit oder Gefahr . . .«
»Hören Sie auf, Harriet!«

Sie zuckte mit den Achseln. »Sie haben bisher ein zu behütetes Leben geführt. Aber ich sehe Ihnen an, daß Ihnen das Eheleben gefällt. Sie schnurren ja förmlich. Ich wußte, daß es so kommen wird. Also, was wollen Sie jetzt tun? Wollen Sie hier wie das Burgfräulein im Turm sitzenbleiben und mit dem Keuschheitsgürtel auf die Rückkehr des Herrn und Gebieters warten?«
»Bitte, Harriet, machen Sie darüber keine Scherze. Ich bin jetzt nicht in der Verfassung, mir so etwas anzuhören.«
»Scherze! Es ist mir ernst damit. Sie wissen selbst, was ein gutes Eheweib tun würde.«
»Was?«
»Sie würde ihrem Gatten folgen.«
»Sie meinen . . .«
»Genau das, was ich sage. Warum denn nicht? Meines Erachtens erwartet er es von Ihnen.«
»Ihm folgen . . . Ich würde ihn nie einholen.«
»O doch, wir werden ihn einholen. Er wird in drei Tagen die Küste erreichen. Dort wird er auf die Flut warten müssen. Wenn wir heute abend nach Einbruch der Dunkelheit losreiten, wenn alle zu Bett gegangen sind . . .«
»*Wir!*«
»Sie glauben doch nicht etwa, daß ich Sie allein reisen lasse?«
»Das ist Irrsinn.«
Sie schüttelte den Kopf. »Es wäre Irrsinn, es nicht zu tun. Wie könnten Sie denn sonst erfahren, was ihm alles zustoßen wird? Ein jungverheirateter Mann braucht eine Frau, die ihn umsorgt. Nach den Flitterwochen hat er so etwas erst recht nötig. Wenn Sie nicht da sind . . .«
»Hören Sie auf, Harriet.«
»Denken Sie darüber nach«, sagte sie. »Bis heute abend ist noch Zeit. Ich werde mitkommen, denn ich kann Sie nicht allein fortreiten lassen.«
Sie stand auf und ging zur Tür. Dort blieb sie stehen und drehte sich noch einmal um. Um ihre Lippen spielte ein verstohlenes Lächeln. Es sah so aus, als könne sie in meinen geheimsten Gedanken lesen.

Sie ging und ließ mich, hin und her gerissen, allein zurück. Der Gedanke, Edwin zu begleiten, begann mich zu faszinieren. Und je mehr ich darüber nachdachte, desto sicherer wußte ich, daß ich ihrem Vorschlag folgen würde.
Nach einem, höchsten zwei Tagen würden wir wieder zusammen sein.

Harriet war Feuer und Flamme. Unternehmen dieser Art entsprachen ihrem Wesen. Wie recht hatte sie gehabt, als sie sagte, sie liebe das Abenteuer!
Wir verbrachten den Rest des Tages zusammen und schmiedeten Pläne. Sobald das ganze Haus zur Ruhe gegangen war, wollten wir aufbrechen. Wir würden die ganze Nacht durchreiten und gegen Morgen den Gasthof erreichen, in dem Edwin übernachtet hatte. Harriet wußte, welcher Gasthof es sein würde. Sie habe gehört, wie er den Namen erwähnte, sagte sie. *L'Ananas* in Marlon.
»Je schneller wir sie einholen, um so besser, denn es gehört sich eigentlich für zwei Frauen nicht, allein durch die Gegend zu reiten.«
Sie hatte zuerst daran gedacht, Männerkleidung anzuziehen. Das reizte die Schauspielerin in ihr, aber nicht einmal sie hätte diese Rolle erfolgreich durchhalten können.
Ich befand mich in fieberhafter Aufregung. Ich schrieb zwei kurze Briefe, einen an meine Schwiegermutter und den anderen an Lucas. Ich sei überzeugt, daß ich bald wieder zurück sein werde . . . mit Edwin. Und an Lucas: Er müsse nach Congrève zurückreisen – was er sowieso tun würde – und sich um die Kleinen kümmern.
»Ach, Harriet«, rief ich aus, als wir aufbrachen, »wie froh bin ich doch, daß wir uns dazu entschlossen haben. Ich bin gespannt, was Edwin sagen wird!«
»Er wird Sie auslachen«, antwortete sie. »Er wird sagen: Konntest du es nicht einmal ein paar Wochen ohne mich aushalten?«
Ich lachte vor lauter Glück. »Ach, Harriet, es ist so gut, daß Sie mitkommen. Allein hätte ich es nie gewagt, mir wäre nicht einmal der Gedanke gekommen.«

»Habe ich Ihnen nicht gesagt, daß Ihr Leben gerade erst begonnen hat?«
Ich war überzeugt, daß sie recht hatte.
Bei dem langen Ritt durch die Nacht war ich so glücklich wie nie zuvor.

Wir holten Edwin tatsächlich im Gasthof *L'Ananas* ein. Er wollte mit seinem Diener gerade aufbrechen, als wir ankamen.
Ich fand, daß er eigentlich gar nicht besonders überrascht war, obwohl er so tat, und ich befand mich in Hochstimmung, weil ich ihm nachgereist war.
Wir saßen ab und standen vor ihm. Er umschlang uns beide mit seinen Armen.
»Was . . .?« begann er. »Also . . .« Dann brach er, wie Harriet vorausgesagt hatte, in ein lautes Lachen aus.
»Ich mußte nachkommen, Edwin«, sagte ich. »Ich mußte einfach bei dir sein.«
Er nickte und blickte von mir zu Harriet.
»Es schien das einzig Vernünftige zu sein«, sagte sie.
Er zögerte nur eine Sekunde und sagte dann: »Das muß gefeiert werden. Hier gibt es nichts außer einem *vin ordinaire,* und der Wein ist sehr *ordinaire,* ich warne euch. Kommt, wir wollen hineingehen und auf unsere Wiedervereinigung trinken.«
Er ging zwischen uns und hatte uns beide untergehakt.
»Du mußt mir genau erzählen, wie sich alles abgespielt hat. Was hat meine Mutter gesagt?«
»Sie wird es erst erfahren, wenn sie heute früh meinen Brief vorfindet«, sagte ich.
»Soso, du hast Briefe hinterlassen? Sehr dramatisch! Ich habe mich noch nie in meinem Leben so gefreut, wie vorhin, als du vor mir standest.«
»Ach, Edwin, dann ist ja alles in Ordnung«, rief ich aus. »Du bist nicht verärgert. Wir haben nicht töricht gehandelt?«
»Töricht schon, aber lieb.«
Wir verbrachten eine wunderschöne Stunde in dem Gast-

haus. Der Wein wurde gebracht, und wir beide, Harriet und ich, nahmen zu beiden Seiten von Edwin Platz.

»Weißt du«, sagte er, »es ist ganz merkwürdig – irgendwie hatte ich gehofft, daß du kommen würdest. Deshalb habe ich auch gezögert, von hier aufzubrechen. Ich hätte eigentlich schon bei Tagesanbruch unterwegs sein müssen.«

»Es war Harriets Idee.«

Er ergriff Harriets Hand und hielt diese einen Augenblick fest. »Großartige Harriet«, sagte er.

»Ich muß gestehen«, entfuhr es mir, »daß ich den Gedanken zunächst für völlig unmöglich gehalten habe. Ich habe ihn nicht einmal ernst genommen. Ich wußte nicht, ob du nicht wütend sein würdest.«

»Hast du mich jemals wütend gesehen?«

»Nein, aber vielleicht hat es bisher keinen Grund dazu gegeben.«

»Du bist reizend«, sagte er. »Ich freue mich immer, wenn ich dich sehe. Wir müssen aber etwas wegen eurer Kleidung unternehmen. Ihr seht beide zu elegant aus, um im puritanischen England nicht aufzufallen. Außerdem: Seid ihr gute Seeleute?«

Wir erklärten, wir seien ausgezeichnete Seeleute, obwohl ich mir meiner Sache nicht ganz sicher war – nur eines wußte ich genau: Wenn ich bei Edwin war, fühlte ich mich glücklicher, als ich es mir je erträumt hatte.

»Was Vetter Carleton sagen wird, wenn ich mit zwei reizenden Damen erscheine, weiß ich nicht. Er erwartet mich und meinen Diener. Aber je mehr wir sind, desto lustiger wird es.«

Ich wurde plötzlich ernst. »Hoffentlich bringen wir dich nicht in eine gefährliche Situation, Edwin?«

»Im Gegenteil. Ihr macht es mir nur leichter. Ein puritanischer Gentleman, der zwei Damen begleitet . . . das natürlichste von der Welt. Ein Mann, der nur mit einem Diener herumreist, würde viel eher Argwohn erregen.«

»Wie ich sehe«, sagte Harriet, »ist Ihr Gemahl fest entschlossen, uns in seiner Begleitung willkommen zu heißen.«

»So willkommen«, meinte Edwin, »wie die Blumen im Mai.«
Ich war so glückselig, daß ich am liebsten ein Lied angestimmt hätte. Was mich besonders freute, war sein Verhalten gegenüber Harriet. Er war sehr liebenswürdig zu ihr, und ich merkte, daß auch sie sich in dieser Lage wohl fühlte.
Dann brachen wir auf, denn wir versicherten Edwin, daß wir trotz der durchrittenen Nacht keine Ruhepause brauchten, und wir sangen unterwegs unsere Lieder. Edwin ritt in der Mitte, wir beide neben ihm . . . und so ging es weiter bis zur Küste.

Wenn man nach so vielen Jahren des Exils wieder heimatlichen Boden betritt, ist man innerlich bewegt.
In meinen schlichten Umhang gehüllt, empfand ich eine eigenartige Hochstimmung. Dies war meine Heimat. Wir hatten seit Jahren davon gesprochen und uns eingeredet, irgendwann würde der Tag der Rückkehr einmal kommen, und jetzt war er da.
Ich mußte unwillkürlich an jene Nacht denken, in der wir von meinen Großeltern bis zur Küste begleitet worden waren. Ich erinnerte mich an den Geruch des Wassers und an die Art, wie das Boot hin und her geworfen worden war. Der Wind hatte uns die Haare zerzaust, während unsere Mutter Lucas und mich eng an sich gedrückt hatte. Wir hatten uns alle in einer traurigen Stimmung befunden.
Jetzt jedoch erfaßte uns freudige Erwartung. Tom, Edwins Diener, sprang aus dem Boot und watete ans Ufer. Dann stieg Edwin aus. Er nahm erst mich auf die Arme und trug mich ans Ufer, dann Harriet.
Es war dunkel. Er flüsterte mir zu: »Hab keine Angst, ich kenne hier jeden Meter. Eversleigh liegt zehn Kilometer von hier entfernt. Ich bin früher oft hierher geritten, um am Strand zu spielen. Komm mit.« Er nahm uns beide bei der Hand und überquerte mit uns den mit Kieseln bedeckten Strand.

»Kannst du irgend jemanden sehen, Tom?« fragte er seinen Diener.
»Nein, Sir. Vielleicht bleiben Sie mit den Damen einen Augenblick hier, dann werde ich mich umsehen.«
»Ich kenne eine sichere Stelle«, sagte Edwin, »die Höhle bei den White Cliffs. Dort werden wir warten. Bleib nicht zu lange weg, Tom.«
»Nein, Sir. Ich bin in etwa zwanzig Minuten bei der Höhle.«
Ich lauschte Toms Schritten, die sich knirschend auf dem Strand entfernten. Dann sagte Edwin: »Ich bitte die Damen, mir zu folgen.«
Nach wenigen Minuten hatten wir die Höhle erreicht. »White Cliffs«, sagte er. »Warum man gerade diese Höhle so nennt, weiß ich nicht. Hier gibt es nur weiße Klippen. Ich habe mich oft hier versteckt, als ich ein Kind war. Ich machte mir ein Feuer und blieb Stunden hier. Diese Höhle war mein Lieblingsversteck.«
»Wir haben Glück gehabt, ganz in der Nähe an Land zu kommen«, sagte Harriet.
»Das verdanken wir meiner hervorragenden Navigation.«
»Was wird dein Vetter sagen, wenn er uns hier findet?« fragte ich.
»Das wird sich herausstellen«, meinte Edwin unbekümmert.
»Ich freue mich schon, die Puritanerin spielen zu können«, sagte Harriet. »Es wird für mich eine Art Bühnentest sein, denn ich kann Puritaner beim besten Willen nicht leiden.«
»So geht es uns allen«, erwiderte Edwin.
»Edwin«, sagte ich, »was sollen Harriet und ich in Zukunft tun?«
»Da wir unangemeldet kommen, wird man von uns auch nichts erwarten«, gab Harriet zurück, worauf sie und Edwin in Gelächter ausbrachen, als sei alles nur ein Scherz.
Aber ich fuhr beharrlich fort: »Dies ist eine wichtige Mission, und wir haben uns in sie hineingedrängt. Dein Vetter wird überrascht sein, uns zu sehen. Aber da wir nun einmal hier sind, könnten wir vielleicht etwas tun, um dir zu helfen.«

»Er wird euch schnell zur Mitarbeit heranziehen, wenn es notwendig werden sollte«, sagt Edwin. »Wir müssen erst einmal abwarten, was er inzwischen festgestellt hat. Ich werde ihm klarmachen, daß es weniger auffällt, wenn ein Mann mit zwei Damen als nur mit einem Diener unterwegs ist, und er wird mir sicher recht geben.«
»Dann haben wir bereits einen gewissen Zweck erfüllt«, sagte Harriet. »Es ist gut, sich nützlich machen zu können.«
Wir saßen, gegen die harte Felswand gelehnt, auf dem Boden. Ich war in meinem Leben noch nie so aufgeregt gewesen. Mein stilles Dasein hatte sich plötzlich in ein Abenteuer verwandelt. Eine Ewigkeit schien vergangen zu sein, seit ich den Brief von meiner Mutter erhalten hatte, in dem sie mir mitteilte, daß die Eversleighs mich einladen würden. Wie hätte ich ahnen können, was für Folgen diese Bekanntschaft nach sich ziehen würde!
Edwin erzählte von seiner Kindheit, als er in dieser Höhle kampiert hatte. »Bei Sturmflut dringt das Wasser herein. Dann sitzt man hier in der Falle. Das passiert etwa einmal in fünfzig Jahren. Keine Angst, jetzt ist Ebbe, und in dieser Jahreszeit sind wir hier sicher. Außerdem wird Tom bald zurück sein. Ich kann euch versichern, daß uns Vetter Carleton nicht hängen lassen wird. Bestimmt stehen schon Pferde bereit, um uns nach Eversleigh zu bringen.«
»Wie viele Pferde?«
»Nur zwei, mein Liebling.«
»Aber wir sind vier.«
»Keine Angst, wir reiten zu zweit auf einem Pferd. Eine Dame bei mir, die andere bei Tom.«
»Es hat sich also alles sehr zufriedenstellend entwickelt«, sagte Harriet.
Edwin lachte leise. »Es könnte nicht besser sein.«
Dann hörten wir Schritte, und kurz darauf stand Tom im Eingang der Höhle.
»Die Pferde sind bereitgestellt, Sir«, sagte er.
Wir stiegen den Hang hinauf bis zum Weg.
»Wir sind Reisende, die in Schwierigkeiten geraten sind«, meinte Edwin beiläufig. »Kommt.« Er blickte von mir zu

Harriet und zögerte einen Augenblick. »Ich nehme meine Frau mit aufs Pferd«, sagte er. »Tom, du nimmst Miss Main.«
Wir saßen auf und ritten in den dämmernden Morgen hinein.

Die Sonne ging gerade auf, als wir Eversleigh Court erreichten. Über die Einfriedungsmauer hinweg konnte man die Giebel gerade noch erkennen. Das Tor stand offen, und wir ritten hinein. Die nüchterne Strenge des Orts traf mich wie ein kalter Wind. Château Congrève und Villiers Tourron waren zwar etwas verwahrlost gewesen – zweitklassige Unterkünfte der Reichen, die man bedürftigen Flüchtlingen zur Verfügung gestellt hatte –, aber hier war die Atmosphäre ganz anders. Alles war sauber und aufgeräumt, aber man spürte sofort den Stempel puritanischer Herrschaft, für die Farbe, Schönheit und Anmut eine Sünde war.
Ich konnte mir vorstellen, wie dieser Besitz früher einmal ausgesehen hatte, sah in Gedanken die farbenprächtigen Blumenbeete, die zu eigenwilligen Formen beschnittenen Eiben, die Springbrunnen und verschwiegenen Pfade. Reste davon waren noch vorhanden, aber aus allem sprach die Forderung, daß dieser Garten nicht schön, sondern nützlich sein müsse. Es gab Kräuter, Obstbäume und Gemüse. Alles diente einem Zweck, nichts war nur Zierde.
»Mein Gott!« flüsterte Edwin. »Wie hat sich alles verändert! Eversleigh unter den Puritanern!«
Meine Hochstimmung schlug in dunkle Vorahnung um. Es war für Edwin gefährlich, in sein eigenes Haus zurückzukehren, obwohl seit seiner Abreise etwa zehn Jahre vergangen waren. Er war jetzt zweiundzwanzig, mußte also damals zwölf Jahre alt gewesen sein. Würde ihn jemand wiedererkennen?
»Tom«, sagte er, »geh zum Haus und bitte um Unterkunft. Du kennst deine Rolle. Wir bleiben mit den Pferden einstweilen hier.«
Es dauerte nicht lange, bis Tom mit einem Pferdeburschen

zurückkam, der uns neugierig musterte. »Gehen Sie bitte hinein«, sagte er, »mein Herr wird Sie empfangen.«
»Ich wußte, daß wir nicht abgewiesen würden«, sagte Edwin. »Tom, hilf bei den Pferden mit.«
Wir betraten die große Eingangshalle. Ein Dienstmädchen erwartete uns dort. Ich sah, wie sie uns interessiert betrachtete und besonders Harriet anschaute, die in ihrer puritanischen Kleidung schöner denn je aussah. Ich staunte, wie gut es ihr gelang, ein bescheidenes Wesen, das ihr eigentlich fremd war, an den Tag zu legen. Sie war eine hervorragende Schauspielerin.
»Warten Sie bitte hier«, sagte das Mädchen. »Der Herr wird gleich herunterkommen.«
Ich sah mich in der Halle mit ihrer hohen, gewölbten Decke und den getäfelten Wänden, an denen alle Arten von Wappen und Rüstungen hingen, um. Dabei fielen mir einige hellere Stellen an den Wänden auf, wo wahrscheinlich Gobelins gehangen hatten. Es gab einen langen Eßtisch, auf dem sich einige Gerätschaften aus Zinn befanden, und auf beiden Seiten des Tisches standen lange Bänke. Ich fragte mich, ob man sie eigens zu dem Zweck hier aufgestellt hatte, damit man beim Essen möglichst unbequem saß.
Sonst war die Halle leer, und es ging, obwohl alles darauf hindeutete, daß es ein heißer Sommertag werden würde, etwas Frostiges von ihr aus.
Ich werde nie die erste Begegnung mit Carleton Eversleigh vergessen.
Er kam die Treppe am hinteren Ende der Halle herunter. Es war eine schöne, geschnitzte Holztreppe, wie ich sie noch aus England in Erinnerung hatte und wie sie typisch für die Tudorzeit war, als dieser Teil des Hauses erbaut oder restauriert worden war.
Er war, wie Edwin gesagt hatte, hochgewachsen und sehr eindrucksvoll und wirkte vielleicht noch wuchtiger in den schlichten, schwarzen Gewändern des Puritaners, als in Seide und Spitzen nach der Mode des royalistischen Regimes. Seine dunklen, kurzgeschnittenen Haare umgaben seinen Schädel wie eine Kappe. Er strahlte jene Strenge aus,

die ich seit der Landung in England schon bei mehreren Personen bemerkt hatte, wobei sein blasser Teint, die dunklen Augen und buschigen Brauen diesen Eindruck noch verstärkten. Er wirkte, wie Edwin gesagt hatte, tatsächlich überlebensgroß.

Seine Schritte hallten auf den Steinfliesen wider, als er auf uns zukam. Seinem Verhalten war nicht anzumerken, daß er Edwin erkannt hatte oder überrascht war, Harriet und mich zu sehen.

»Gott schütze Sie, mein Freund«, sagte er.

»Gott schütze Sie, mein Freund«, erwiderte Edwin und fuhr fort: »Ich befinde mich mit meiner Frau und ihrer Schwester auf der Reise nach London. Als wir in einem Gasthof übernachteten, wurden unsere Geldbörsen gestohlen. Jetzt will ich meinen Diener zu unserem Haus in Chester schikken, damit er mir Geld bringt. Bis zu seiner Rückkehr jedoch befinden wir uns in einer mißlichen Lage. Als wir nun hier an Ihrem Haus vorbeikamen, Sir, machten wir Halt in der Hoffnung, bei Ihnen eine Unterkunft und etwas Nahrung zu erhalten.«

»Mein Freund, seien Sie beruhigt, Sie werden hier verpflegt und untergebracht werden, bis Ihr Diener zurückkehrt.«

»Dann, Sir, werden Sie für alles entschädigt werden, was Sie uns gegeben haben.«

»Wie es in der Bibel heißt, dürfen wir den Fremdling nicht von der Tür weisen«, antwortete Carleton Eversleigh. Diese Art zu reden schien mir so gar nicht zu diesem Manne zu passen, denn er sah eher wie ein Freibeuter der elisabethanischen Zeit und nicht wie ein frömmelnder Puritaner aus. Er zog an einer Klingelschnur. Zwei Mädchen kamen herbeigeeilt, eines davon kannten wir bereits.

»Wir haben Besuch bekommen, Jane«, sagte Carleton. »Richte die Zimmer her. Ein Ehepaar . . . sagten Sie nicht so, mein Freund? Mit Schwägerin und einem Diener. Also zwei Zimmer. Der Diener kann bei unserem Hauspersonal schlafen.«

»Ja, Herr«, sagte das Mädchen und machte einen Knicks.

»Sie werden bestimmt hungrig sein«, fuhr Carleton zu uns

gewandt, fort. »Setzen Sie sich und nehmen Sie einen Imbiß.«
Roggenbrot wurde hereingebracht, dazu gab es Speck und Krüge mit Apfelmost.
Wir wollten schon zugreifen, hungrig wie wir waren, als wir einen strengen Blick des Hausherrn erhielten: Wir hatten Gott noch nicht für das gedankt, was Er uns beschert hatte.
Die einfache Mahlzeit schmeckte uns ausgezeichnet, aber ich war zu aufgeregt, um viel essen zu können.
Carleton leistete uns Gesellschaft, während wir aßen, und stellte uns allerlei Fragen über unser Haus in Chester. Er führte mit Harriet darüber eine angeregte Unterhaltung. Harriet beschrieb das Haus in allen Einzelheiten. Sie sprach von den Blumenbeeten und den Rabatten mit Rosmarin, Lavendel und Majoran, und wie gern sie ihre Blumen gezüchtet habe.
Sie steigerte sich immer mehr hinein und beschrieb die herrlichen Blütendolden, die sie hervorgezaubert habe.
Carleton sah sie mißbilligend an und fragte, ob sie ihre Zeit nicht einer nützlicheren Aufgabe widmen könne, Blumen seien für nichts anderes gut, als daß man sie anschaue.
Harriet senkte bescheiden den Blick. »Gott hat schöne Blumen geschaffen«, meinte sie, »aber ich sehe, mein Freund, daß Sie meine große Schwäche sofort entdeckt haben. Ich liebe Blumen so sehr, daß sie mich zur Selbstgefälligkeit verführen.«
»Selbstgefälligkeit sollte unterdrückt werden«, erwiderte Carleton. Er faltete die Hände und richtete den Blick zur Decke. Ich fragte mich, ob er selbst ganz frei von dieser Sünde war, und trotz der sehr kurzen Bekanntschaft mit ihm hielt ich das für zweifelhaft. »Eine Sünde«, fuhr er fort, »ein Fallstrick. Wir müssen ständig gegen die Versuchungen ankämpfen, die überall auf uns lauern.«
»Amen«, sagte Harriet. Ich wußte genau, wie sehr wir über diese Unterhaltung lachen würden, wenn wir erst einmal allein wären.
Ich war neugierig, die Frau kennenzulernen, die diesen

Mann geheiratet hatte, deshalb fragte ich, ob wir die Ehre haben würden, die Dame des Hauses kennenzulernen.
»Mistress Eversleigh ist im Augenblick nicht zu Hause«, antwortete er.
»Dann wird uns das Vergnügen entgehen, ihr für ihre Gastfreundschaft danken zu können.«
»Wir sind nicht auf der Erde, um uns dem Vergnügen zu widmen«, sagte Carleton, »deshalb ist es eine Gnade, daß es Ihnen versagt ist, dem Vergnügen zu frönen.« Ich glaubte, den Anflug eines Lächelns auf seinen Lippen zu erkennen, als genieße er diese Szene. »Und Ihr Name lautet . . .?« fuhr er, zu Edwin gewandt, fort.
»Edward Leeson«, antwortete Edwin ohne Zögern. »Meine Frau heißt Bella und meine Schwägerin Harriet Groper.«
Carleton neigte den Kopf.
»Ich lasse Sie nachher auf Ihre Zimmer führen. Die Reise nach Chester und zurück wird kaum länger als ein paar Tage dauern, und Sie sind meine Gäste in Eversleigh, bis Ihr Diener zurückkehrt.«
»Für die Güte, die Sie uns armen Reisenden erweisen, ist Ihnen Gottes Lohn gewiß«, sagte Edwin fromm.
»Ich suche keinen Lohn«, gab Carleton zurück. »Ich will nur meine Pflicht gegenüber Gott erfüllen.«
Ich fragte mich, ob sie es nicht zu weit trieben, aber die Erfahrung der nächsten Tage lehrte mich, daß dies eine ganz normale Unterhaltung in einem puritanischen Hause war.
Wir erhielten nebeneinander liegende Zimmer. Sie wirkten kalt und kahl. Die Einrichtung bestand nur aus Bett, Kleiderschrank und einem einzigen Stuhl. Kein Teppich lag auf den Dielen. Wir fröstelten und waren sicher, daß in diesem Zimmer auch im tiefsten Winter kein Kaminfeuer angezündet wurde. Ich war froh, daß wir jetzt Sommer hatten.
Unser Bett war ein großes, breites Himmelbett. Bestimmt war es einmal von kunstvollen Behängen geschmückt gewesen, aber diese waren entfernt worden, so daß es jetzt irgendwie nackt und bloß wirkte.
»Wenn Sie sich erfrischt haben, können Sie zu mir in die

Bibliothek kommen«, sagte Carleton. »Ich erkläre Ihnen den Weg dorthin.«
Edwin konnte ein kleines Lächeln nicht unterdrücken, kannte er doch jeden Zentimeter in diesem Haus. Er hatte ja schließlich den größten Teil seiner Kindheit hier verbracht.
Als wir in unserem Zimmer allein waren, nahm mich Edwin in die Arme und tanzte mit mir herum. Dann zog er mich zum Bett und setzte sich neben mich.
»Was hältst du von meinem puritanischen Heim und meinem puritanischen Vetter?«
»Beide sind etwas unwirklich«, sagte ich.
»Allerdings. Ich möchte gern wissen, wo die Wandbehänge, die Draperien für die Betten, die Gemälde und die besten Möbelstück geblieben sind. Es ist kaum zu glauben, daß dies noch dasselbe Haus sein soll.«
»Dein Vetter wird dir sicher eine Erklärung dafür geben.«
»Und er selbst? Ich gebe zu, daß ich mich zusammennehmen mußte, um nicht laut zu lachen. Er spielt seine Rolle ungewöhnlich gut, findest du nicht auch?«
»Bist du so sicher, daß er nicht tatsächlich zum Puritaner geworden ist?«
»Absolut sicher. Freust du dich, daß du mitgekommen bist?«
»Edwin, ich war so unglücklich, als du fortgingst, und jetzt . . .«
»Bist du hier, in einem puritanischen Land. Du wirst mit mir in einem puritanischen Bett schlafen, und wir werden uns auf puritanische Art und Weise lieben . . .«
»Wie wird das sein?«
»Das wirst du schon merken, meine Liebste.«
Jemand klopfte an die Tür. Es war Harriet. Sie sah sich im Zimmer um und lachte.
»Ein tolles Erlebnis! Wärst du jetzt lieber in Frankreich, Arabella?«
»Ich wäre verzweifelt, wenn ich dort sein müßte. Hier ist es herrlich. Dies ist unser Heim, und Edwin ist hier . . .«
»Und ich?«
»Und du, Harriet.«

»Ja, bitte, ich gehöre schließlich auch dazu.«
»Nicht einmal im Traum würden wir daran denken, dich zu übergehen«, meinte Edwin. »Das alles wird sich bald ändern«, fuhr Edwin fort und machte eine ausladende Handbewegung. »Ich möchte wetten, daß in einem Jahr, vielleicht schon früher, dieser ganze graue Trübsinn von pulsierendem Leben, von Farbenpracht und Fröhlichkeit abgelöst sein wird, von all den schönen Dingen, die unser guter König Karl nach England zurückbringen wird.«
»Schöne Kleider«, murmelte Harriet. »Elegante Kavaliere und . . . und das Theater . . .«
»Kommt«, sagte Edwin, »wir müssen jetzt in die Bibliothek gehen, wo uns mein Vetter erwartet.«
»Rechnet er damit, daß wir mitkommen?« fragte ich.
»Ich glaube, die Aufforderung galt uns allen. Er wird euch wahrscheinlich erklären wollen, wie ihr euch hier zu benehmen habt und wird euch bestimmt an die Luft setzen, wenn ihr hier unerwünscht seid. Er hat aus seinem Herzen nie eine Mördergrube gemacht. Ich hätte mich fast totgelacht, als ich ihn sah. ›Gott schütze Sie, mein Freund.‹ Er beherrscht den salbungsvollen Ton bis zur Vollkommenheit. Ich glaube sogar, dieses ganze Theater macht ihm Spaß. Kommt, laßt uns gehen.«
Er führte uns den Gang entlang bis zu einer Treppe. Unsere Schritte hallten auf den hölzernen Stufen wider. Ich merkte, wie erschüttert Edwin über die kahlen Wände und nackten Böden war.
Wir kamen zu einer Tür, und Edwin öffnete sie vorsichtig.
»Treten Sie ein, mein Freund«, sagte Carleton.
Wir gingen hinein. Er stand mit dem Rücken zum Kamin und wirkte jetzt noch größer als vorher, aber irgendwie anders.
Edwin sah sich um.
»Nur religiöse Werke, mein Freund«, sagte Carleton. »Sie werden hier kein sündiges Buch finden . . . nur Gott wohlgefälliges Schrifttum.«
»Welche Tröstung, in einem solchen Hause verweilen zu dürfen!« antwortete Edwin.

»Ich möchte Sie mit der Hausordnung bekannt machen, damit Sie sich während Ihres Aufenthaltes den Gebräuchen anpassen können. Wenn Ihr Verbleiben hier auch nur kurz sein wird, so würde das Hauspersonal dennoch Anstoß an jeder Mißachtung der bei uns üblichen Sitten und Gebräuchen nehmen. Wir beginnen den Tag im Gebet . . . mit dem Morgengebet in der Halle um sechs Uhr früh. Dann nehmen wir ein frugales Frühstück ein, dem wiederum ein Gebet folgt. Jeder hat bestimmte Aufgaben am Vormittag zu erledigen, und auch für Sie werden sich einige Pflichten ergeben, solange Sie hier sind, denn Müßiggang ist ein Fallstrick des Teufels. Zu Mittag findet ein Gottesdienst in der alten Kapelle statt, und anschließend wird gegessen. Wir bleiben nicht länger, als nötig, bei Tisch sitzen. Wir arbeiten dann den ganzen Nachmittag, essen um sechs Uhr zu Abend und begeben uns zu einem weiteren Gottesdienst in die Kapelle. In diesem Haus werden nur die Bibel und genehmigte Bücher über religiöse Themen gelesen.«

»Wirklich ein Gott wohlgefälliges Haus«, murmelte Edwin.

»Schließen Sie, bitte, die Tür, mein Freund«, erwiderte Carleton.

Edwin tat, wie ihm geheißen, und plötzlich änderte sich Carletons Gesichtsausdruck.

»Wer sind die Frauen?« fragte er.

»Arabella ist meine Frau, Harriet ist ihre Freundin.«

»Du bist ein Narr!« fuhr in Carleton an.

Er ging zur Tür, öffnete sie und sah kurz hinaus. »Man kann nie wissen, ob jemand mithört. Ich glaube zwar nicht, daß wir Spione hier im Haus haben, aber ich treffe alle gebotenen Vorsichtsmaßnahmen.« Er verriegelte die Tür, ging dann zu den Bücherregalen und lehnte sich dagegen; langsam gab eines nach und erwies sich als Tür.

Carleton drehte sich um und sah uns an. »Diese Geheimtür steht jedem von euch offen, aber nur in Notfällen und nur dann, wenn ihr genau wißt, daß ihr nicht beobachtet werdet.« Er zündete eine Kerze an, nahm den Leuchter auf und gab uns ein Zeichen, ihm zu folgen.

Wir betraten ein größeres Gemach. Im Kerzenlicht konnten

wir sehen, daß überall Mobiliar gestapelt war. Eingerollte Teppiche, Gemälde und Gobelins lagen und standen neben Truhen, Sesseln, Tischen und anderen Möbelstücken.
»Von diesem Versteck hast du nichts gewußt, nicht wahr, Edwin?« sagte er. »Einmal hätte ich dir fast davon erzählt. Aber je weniger Menschen davon wissen, desto besser.«
Er sah mich und Harriet mit mißtrauischen Blicken an.
»Welche Wahnsinnsidee hat dich bewogen, die Frauen mitzunehmen?« fuhr er fort.
»Er hat uns nicht mitgenommen«, wandte ich ein. »Wir sind . . . wir sind ihm nachgereist.«
Er warf mir einen mißbilligenden Blick zu.
»Weißt du«, begann Edwin, »wir haben erst vor kurzem geheiratet.«
Carleton sah mich mit einem Ausdruck an, den ich höchst unpassend fand, und brach dann in lautes Lachen aus.
»Von draußen kann niemand mithören«, sagte er. »Ich habe es mit deinem Vater einmal ausprobiert. Hier können wir uns ungestört unterhalten. So. Nun bist du also hier. Wir haben viel zu tun.«
»Ich glaube, daß Arabella und Harriet meine Legende plausibler machen«, sagte Edwin.
Carleton zuckte mit den Achseln. »Mag sein«, räumte er ein. »Dann kennen sie natürlich deinen Auftrag?«
»Ja.«
»Also gut, dann werden sie auch wissen, wieviel von ihrer Umsicht und Verschwiegenheit abhängt.«
»Das wissen wir«, sagte Harriet. Sie sah Carleton an. Ich kannte sie inzwischen gut genug, um zu wissen, daß sie ihn auf sich aufmerksam machen wollte. Ich wußte aber auch, daß er bestimmt schon viele Erlebnisse mit Frauen gehabt hatte und ihr nicht so leicht zum Opfer fallen würde. Wenn er bemerkt hatte, daß Harriet ihm schöne Augen machte, ließ er es sich jedenfalls nichts anmerken.
Er sah mich an. »Und Sie sind General Tolworthys Tochter, nehme ich an? Machen Sie kein so erstauntes Gesicht, ich bin auf dem laufenden. Ich verlasse mich darauf, daß

Sie sich so verhalten werden, wie es Ihr Vater zweifellos von Ihnen erwartet.«

»Wie ist die Lage?« fragte Edwin.

»Gut. Ich möchte sagen, hoffnungsvoll. Wir haben hier einen gewissen Rückhalt in der Bevölkerung, doch es bleibt noch viel Erkundungsarbeit zu leisten. Wir müssen genau wissen, wer unser Freund ist.« Er blickte von Harriet zu mir. »In dieser Hinsicht könnten auch die Damen von Nutzen sein. Sie können aus dem Gerede der Leute eine Menge in Erfahrung bringen. Hauptsache ist, daß Sie sich nicht verraten. Also kein auffälliges Benehmen, wenn ich bitten darf. Das sparen Sie sich lieber auf, bis der König zurückgekehrt ist.«

»Sie können sich auf mich verlassen«, antwortete Harriet, »ich bin Schauspielerin und weiß, wie man eine Rolle zu spielen hat. Ich werde auch Arabella darin unterweisen.«

»Meines Erachtens wird Arabella vor allem Rücksicht auf ihren Gatten nehmen müssen«, gab er zurück. »Vergessen Sie nicht: An der Oberfläche mag alles ganz friedlich aussehen, aber darunter brodelt es. Sie, meine Damen, werden Aufgaben in der Küche und in den Gärten zu übernehmen haben. Jedermann arbeitet, es gibt hier keinen Müßiggang. Achten Sie auf das Hauspersonal und seien Sie vorsichtig bei Ihren Gesprächen. Denken Sie immer daran, daß Sie in Chester zu Hause sind. Ich hoffe«, fuhr er an Edwin gewandt fort, »daß sie ihre Rollen ausreichend studiert haben.«

»Ich kann dir versichern, Carleton, du brauchst dir ihretwegen keine Sorgen zu machen.«

»Gut. Ich habe euch in dieses Zimmer geführt, um euch zu zeigen, wie gefährlich wir leben. Ihr müßt euch darüber im klaren sein, daß ich sofort als Mann des Königs identifiziert wäre, wenn man entdecken würde, daß ich unsere Wertsachen hierher in Sicherheit gebracht habe. Ich hätte keine Gnade zu erwarten, ich würde am Galgen enden. Und die Tatsache, daß dabei fromme Gebete für meine sündige Seele gesprochen würden, wäre mir kein Trost. Unsere puritanischen Herrscher fürchten sich, und wir müssen auf der Hut

sein. Ich muß mit dir, Edwin, über die nächsten Aufgaben sprechen. Du wartest hier auf mich, während ich Sie, meine Damen, zu ihren Zimmern begleite. Dort warten Sie bitte, bis eines der Dienstmädchen erscheint, das Sie in die Küche mitnehmen wird, wo Sie sich nützlich machen können. Ist das klar?«
»Vollkommen«, sagte ich.
Er sah Harriet an. »Selbstverständlich«, setzte sie leise hinzu.
Wir betraten wieder die Bibliothek. Die Bücherwand schloß sich, Carleton entriegelte die Tür und brachte uns zu unseren Zimmern.
»Nicht vergessen«, flüsterte Carleton und legte den Finger auf die Lippen.
Als er gegangen war, warf sich Harriet auf das Doppelbett in dem Zimmer, und fing zu lachen an.
»Was hältst du von deinem ehrenwerten Vetter?« fragte sie.
»Edwin hatte mir schon von ihm erzählt, deshalb war ich vorbereitet.«
»Was für ein Mann«, sagte Harriet leise. »Er hat mir in seiner Doppelrolle gefallen. Mein Gott, was für ein Puritaner er war! Man konnte sich wirklich vorstellen, mit welcher Begeisterung er diejenigen bestrafen würde, die sich gegen die göttlichen Gesetze versündigten – sich nicht ausgenommen. Und dann, hokuspokus, und wir haben plötzlich einen ganz anderen Menschen vor uns. Es war fantastisch, wie er sich plötzlich veränderte. Hast du es gemerkt? Die Art, wie er uns ansah, war plötzlich eine ganz andere, er sah in uns die Frau. Aber als er den Puritaner spielte, versuchte er herauszufinden, wie sündig wir seien.«
»Du scheinst von ihm besessen zu sein.«
»Bist du es denn nicht?«
»Was meinst du damit, Harriet?«
»Nichts. Es war nur Spaß. Arme Arabella, wenn ich nicht gewesen wäre, würdest du jetzt noch traurig am Spinnrad sitzen und auf die Heimkehr deines Gemahls warten.«
»Ich spinne nicht!«
»Es ist nur so eine Redensart. Was er über die Küchenarbeit

sagte, paßt mir gar nicht. Ich bin nicht hergekommen, um Geschirr zu spülen.«
»Wozu bist du denn sonst hergekommen?«
»Ich bin nur hier, weil ich wußte, daß du dich nach deinem Mann sehntest.«
»Manchmal, Harriet«, sagte ich, »glaube ich, daß du nicht die Wahrheit sagst.«
»Meine liebe Arabella, ich merke, du lernst allmählich dazu.«

Was war das für eine seltsame Welt, in die wir geraten waren! Ich fand die Situation faszinierend: Ich war in der Nähe meines geliebten Mannes, Harriet war bei uns, und wir steckten alle gemeinsam in einem aufregenden Abenteuer. Ich konnte mir nur schwer vorstellen, daß uns in diesem Hause Gefahren drohten.
Edwins Vetter gefiel mir gar nicht. Ich fand ihn anmaßend, herrisch, arrogant und eingebildet, und so war er wohl auch. Wenn er den Puritaner spielte, war er mir absolut zuwider. Außerdem schien er mich mit einer leicht spöttischen Belustigung zu betrachten. Gegenüber Harriet bewahrte er eine kühle, reservierte Haltung, was sie natürlich ärgerte.
»Es wundert mich nicht«, sagte sie spitz, »daß sich seine Frau nach Liebhabern umsieht. Wer würde das nicht tun, wenn er mit so einem Mann verheiratet wäre?«
Obwohl sie so tat, als verabscheue sie ihn, ließ ich mich in diesem Fall nicht täuschen.
Tom hatte sich zum angeblichen Haus in Chester auf den Weg gemacht, in Wirklichkeit verbarg er sich jedoch in der Nähe und war jederzeit erreichbar.
Harriet und ich erfüllten unsere Pflichten in der Küche. Man erwartete nicht von uns, daß wir den Fußboden scheuerten oder die wirklich schmutzigen Arbeiten übernahmen. Harriet hatte keinen Zweifel daran gelassen, daß wir in Chester die Herrinnen waren und, obwohl wir wie alle guten Puritaner den Müßiggang ablehnten, nur leichtere Arbeiten verrichteten.

In der Küche regierte Ellen, die Frau von Jasper, der draußen auf dem Land arbeitete. Sie hatten eine sechsjährige Tochter, die den Namen Chastity trug. Wie alle braven Puritanerkinder verrichtete Chastity ihre Arbeit in der Küche unter dem Auge der Mutter. Dann waren da noch die Dienstmädchen Jane und Mary. Mehr Dienstboten gab es nicht, es hätte als unerlaubter Luxus gegolten. So sehr ich die Art und Weise bewunderte, mit der sich Carleton den Zeiten angepaßt hatte, blieb er für mich – eben durch diese Fähigkeit – undurchsichtig. Er war so ganz anders als Edwin, der stets offen und ehrlich schien.

Auch Edwin bekam seine Aufgaben zugeteilt, und er ritt oft mit Carleton über die Felder und in die benachbarten Ortschaften.

Da ich Kinder gern hatte und mit meinen jüngeren Geschwistern einen großen Teil meiner freien Zeit verbracht hatte, freundete ich mich rasch mit Chastity an. Ich fand eine Schiefertafel und zeichnete mit einem Griffel kleine Bilder für sie, was ihr viel Vergnügen bereitete. Doch ihre Mutter vertrat den Standpunkt, Kinder dürften nichts nur zum Vergnügen tun. Deshalb erklärte ich, dann würde ich Buchstaben auf die Tafel malen, damit Chastity allmählich lesen und schreiben lernen könne.

Ellen wußte nicht, was sie davon halten sollte. Wenn Chastity dazu bestimmt war, etwas zu lernen, hätte Gott sie dann nicht in jene Gesellschaftsschicht hineingeboren, in der so etwas üblich war? Sie mußte Jasper um Rat fragen. Jasper war in ihren Augen allwissend. Er hatte in Cromwells Armee gekämpft und gehörte zu denjenigen, die immer gegen das Königtum gewesen waren. Er war überzeugter Puritaner und hatte sich nicht gescheut, sich öffentlich zum Puritanertum zu bekennen, als es nicht ungefährlich war.

»Wir sind jetzt die Herren«, hatte Jasper stolz zu Ellen gesagt, und sie wiederholte diesen Satz gern.

Das Problem war für Jasper nicht leicht zu lösen, denn Ellen hatte offenbar darauf hingewiesen, daß für Harriet und mich eigentlich nicht genug zu tun sei und wir sowieso keine Fachkräfte waren. Der Unterricht würde mir jedenfalls den Müßiggang ersparen. Nach Zwiesprache mit seinem Schöpfer wurde beschlossen, das Chastity und ich mit dem Unterricht fortfahren durften.

Während jener Tage wurde ich zu einer Art Kindermädchen – Gouvernante bei Chastity, was mir viel Freude machte. Harriet ging ins Freie, um, wie sie sagte, draußen verschiedene Aufgaben zu verrichten.

Manchmal fragte ich mich, wohin Harriet eigentlich ging, denn sie blieb zuweilen stundenlang aus. Oft kam sie mit einem Korb Gemüse oder Beeren irgendwelcher Art zurück und erzählte uns, sie habe ein wundervolles Rezept für einen Kräuterlikör, den sie selbst herstellen würde. Er käme allen im Hause zugute, und es komme nur darauf an, die Pflanzen und Kräuter bis zu ihrer Verwendung eine Zeitlang liegen zu lassen. Sie brauchte immer neue Kräuter und erfand irgendwelche Namen, die Ellen und ihre Küchenmädchen in Erstaunen versetzten, da sie noch nie etwas davon gehört hatten. Es fiel ihnen nicht auf, daß auch sonst niemand diese Kräuter kannte.

Jene Tage hatten etwas Unwirkliches an sich, und wenn ich morgens aufwachte, wußte ich zuerst nicht, wo ich mich befand. Es dauerte dann ein Weilchen, bis mir klarwurde, daß ich wirklich in England war, in Edwins Haus, und daß ich eine bestimmte Rolle spielen mußte.

Manchmal erwachte ich, und Edwin war nicht da. Dann wußte ich, daß er bei einem geheimen nächtlichen Treffen war und mir wurde wieder bewußt, wie gefährlich seine Mission doch war.

Glückliche Tage! Seltsame Tage! Unwirkliche Tage! Ich wünschte nur, Vetter Carleton wäre nicht dagewesen. Ich spürte oft seinen Blick auf mir ruhen, so, als ob er irgendwie belustigt wäre und ich ihm gleichzeitig ein wenig leid täte. Wahrscheinlich hielt er mich für ziemlich dumm, was ihn mir nicht sympathischer machte.

Edwin und Harriet waren ausgegangen, und ich ging in die Bibliothek, denn sie diente uns als Treffpunkt. Ich war erstaunt, Carleton dort vorzufinden. »Verzeihung«, murmelte ich und wurde ein wenig rot, »ich dachte, Edwin wäre vielleicht hier.«

»Kommen Sie herein und machen Sie die Tür zu.«

»Ich will Sie nicht stören.«

»Glauben Sie, ich würde Sie hereinbitten, wenn Sie mich störten?«

»Nein, wahrscheinlich nicht.«

»Wie ich sehe, haben Sie sich ein klares Bild von meinem Charakter gemacht . . . jedenfalls in dieser Hinsicht.«

»Wollten Sie mir mit sprechen?«

»Ja. Ich habe erfahren, daß Sie Chastity im Lesen und Schreiben unterrichten.«

»Haben Sie etwas dagegen?«

»Durchaus nicht. Es ist ein ausgezeichneter Gedanke. Ich verabscheue Unwissenheit und freue mich über jeden Versuch, sie zu beseitigen. Halten Sie in der Küche die Ohren offen?«

»Ja. Aber ich habe wenig erfahren. Ellen steht eindeutig hinter ihrem Mann, und dieser ist ein überzeugter Gefolgsmann der Cromwells.«

»Jasper ist ein Fanatiker. Ich bin vor Fanatikern immer auf der Hut. Mit einem Mann, der sich einer Sache nur aus einem bestimmten Zweck verschrieben hat, kann man irgendwie fertig werden. Man braucht ihm nur etwas zu bieten, was für ihn noch vorteilhafter wäre. Dann stellt er sich auf Ihre Seite, statt auf der Seite des Feindes zu bleiben. Aber Fanatiker – nein! Gott schütze mich vor ihnen.«

»Sind Sie nicht royalistischer Fanatiker?«

»Du liebe Güte, nein! Ich unterstütze den König, weil ich durch ihn für das entschädigt werde, was ich verloren habe. Gewiß, ich bin überzeugt, daß die gegenwärtige Herrschaft dem Land nichts Gutes bringt, und für den einzelnen ist es außerdem verdammt ungemütlich. Aber Sie dürfen mir keine Tugenden andichten, die ich gar nicht besitze.«

»Soweit ich weiß, habe ich das bisher nicht getan.«

Er lachte. »Das habe ich mir auch gedacht. Und damit haben Sie eine gewisse Menschenkenntnis bewiesen, denn ich besitze so wenige Vorzüge, daß sie von meinen Sünden völlig in den Hintergrund gedrängt werden.«

»Sie sind wenigstens ehrlich mit sich selbst.«

Er hob die Schultern.

»Nur, wenn es mir paßt. Ich will Ihnen sagen, liebe Cousine – ich darf Sie doch so nennen? –, daß ich ein schlechter Mensch bin. Meine Frau zieht andere Männer vor, und das aus gutem Grund. Wir haben beide etwas gemeinsam. Und obwohl wir unser Vergnügen nicht miteinander teilen können, verstehen wir das Bedürfnis des anderen, sich diesen Genuß zu verschaffen. Aber ich rede zu offen, verzeihen Sie mir. Ich fürchtete nur, Sie könnten sich eine zu gute Meinung über mich bilden.«

»Ich habe Ihnen doch schon gesagt, daß Sie sich in dieser Beziehung keine Sorgen zu machen brauchen.«

»Ich bin erleichtert. Ich stamme aus einer lebenslustigen Familie, und da Sie ja jetzt auch zu dieser Familie gehören, sollten Sie sich keine falschen Illusionen machen. Vielen meiner Vorfahren sind die Frauen zum Verhängnis geworden. Sie üben eine magische Anziehungskraft auf uns aus. Mein Urgroßvater hatte drei Mätressen, alle wohnten im Umkreis von nur wenigen Kilometern und keine wußte von der Existenz der anderen. Das war eine beachtliche Leistung, denn über unsere Familie ist immer viel getratscht worden. Auch hier, in diesem Haus. Wir geben in dieser Gegend den Ton an und werden deshalb ständig beobachtet. Urgroßvater war unersättlich. Kein Bauernmädchen war vor ihm sicher.«

»Wie interessant«, sagte ich mit einiger Zurückhaltung.

»Hin und wieder«, fuhr er fort, »produzieren wir einen Musterknaben. Mein Onkel, Edwins Vater, ist aus anderem Holz geschnitzt, er ist pflichtbewußt und ein treuer Ehemann. Eigentlich ein Phänomen in der Familie Eversleigh.«

»Ich bin froh darüber.«

»Das habe ich mir gedacht. Ich freue mich über die Gelegenheit, einmal mit Ihnen sprechen zu können, denn ich glaube, Sie werden bald wieder abreisen. Vielleicht schon in den nächsten drei oder vier Tagen. Wir werden Tom zurückholen und so tun, als habe er das Geld aus Chester beschafft. Dann werden wir dafür sorgen, daß Sie wieder über den Kanal nach Frankreich zurückkehren können. Und damit wäre Ihr kleines Abenteuer vorbei. Ich bewundere Ihren Mut und Ihre aufopfernde Liebe zu Ihrem Mann.«

»Es war Harriet, die auf den Gedanken kam.«

Er lächelte ein wenig und nickte. »O ja. Das hatte ich mir gedacht.«

Dann sah er mich an. Ich konnte es kaum glauben, aber in seinem Blick lag ein Anflug von menschlicher Wärme. Aber ich sagte mir sofort, daß dies nur Einbildung gewesen sein konnte.

Ich erhob mich, und diesmal unternahm er keinen Versuch, mich zurückzuhalten.

Ich ging in mein Zimmer und dachte noch lange über diese Begegnung nach. Ich war überzeugt, daß sie irgendeinen Sinn gehabt haben mußte, aber ich wußte nicht, welchen.

Chastity hatte mich inzwischen in ihr Herz geschlossen und hielt sich meist in meiner Nähe auf. Die arme kleine Chastity hatte keine Ahnung, was es bedeutete, zu lachen und herumzutollen. Ich konnte nicht anders und spielte mit ihr. Zwar achtete ich darauf, daß wir es immer in einiger Entfernung vom Haus taten, aber eines Tages gerieten wir dabei zu dicht an die Stallungen und Jasper hörte unser Lachen. Er kam heraus, nahm Chastity auf den Arm und trug sie ins Haus, nicht ohne mir vorher noch einen bösen Blick zuzuwerfen.

Als ich Ellen das nächstemal sah, sagte sie mir, Jasper sei sehr ungehalten. Ich antwortete, es könne doch keine Sünde sein, wenn ein kleines Kind einmal von Herzen lacht.

»Sie hätten sie das Wort Gottes lehren sollen, statt die Frömmigkeit zu verhöhnen.«

»Ich habe nichts dergleichen getan«, protestierte ich. »Wir haben nur ganz einfach Verstecken gespielt. Sie hat wenigstens einmal Spaß gehabt und . . .«

»Jasper sagt, wir seien nicht auf diese Erde geschickt worden, um Spaß zu haben, Mistress. Jasper sagt, er wisse zwar nicht, woher Sie stammen, aber Chester müsse, nach Ihrem Benehmen zu urteilen, ein Sündenpfuhl sein.«
Ich dachte an die arme kleine Chastity, die jetzt wahrscheinlich bestraft wurde, weil sie ein kurzes, harmloses Vergnügen genossen hatte, und ließ in meinem Zorn die Vorsicht einen Augenblick außer acht.
»O ja«, schrie ich sie an. »es ist wie Sodom und Gomorrha.«
Ellen starrte mich fassungslos an, und aus ihren erhobenen Händen rieselte das Mehl neben die Schüssel auf den Tisch. Ich rannte aus dem Zimmer und war gespannt, was Jasper dazu sagen würde.
Am nächsten Tag kam Chastity zu mir in mein Zimmer. Ich war allein dort und flickte einen meiner Unterröcke, der am Vortag im Brombeergebüsch hängengeblieben war.
Chastity kam vorsichtig hereingeschlichen. Sie war ein helläugiges, hübsches kleines Ding. Eine Spur von Trotz lag auf ihrem Gesicht. Man hatte ihr sicher gesagt, sie solle sich von mir fernhalten, aber sie hatte erfahren, daß es im Leben noch etwas anderes gab als Gebete, die einen großen Teil des Tages ausmachten, und noch etwas anderes, als Kleider zu nähen, die nicht hübsch sein durften. Einen kurzen Augenblick hatte sie gelacht und gespielt, sie hatte sich übermütig der reinen Lebensfreude hingegeben. Und sie besaß einen eigenen Willen.
»Chastity«, flüsterte ich. Ich kam mir unwillkürlich wie eine Verschwörerin vor.
»Mistress Bella!« rief sie, rannte auf mich zu und verbarg ihr Gesicht in meinem Schoß. Dann hob sie den Blick und sah mich mit einem spitzbübischen Lächeln an.
»Du darfst nicht hierher kommen, das weißt du doch«, sagte ich.
Sie nickte lachend.
»Ich glaube, ich muß dich sofort wieder wegschicken.«
»Du müßtest mich eigentlich zu meiner Mutter bringen und ihr sagen, ich sei unartig gewesen«, sagte sie. »Aber das tust doch nicht, oder?« Sie sah zu der geschlossenen Tür hin-

über. »Niemand weiß, daß ich hier bin«, fuhr sie fort. »Wenn jemand kommt, verstecke ich mich.« Sie lief zum Kleiderschrank, machte die Tür auf und stellte sich hinein. Dann kam sie wieder heraus, hochrot im Gesicht vor lauter Übermut.
Sie sah so reizend aus und war so ganz anders als das verängstigte kleine Kind, das ich bei unserer Ankunft gesehen hatte.
Sie kam auf mich zu und betrachtete den Unterrock in meiner Hand. Er war für eine Puritanerin etwas zu elegant. Mir ging durch den Kopf, daß wir vielleicht doch nicht vorsichtig genug gewesen waren.
»Erzähl mir eine Geschichte«, bat Chastity. Und obwohl das Erzählen von Geschichten verboten war, es sei denn, sie hatten einen erbaulichen Inhalt, erzählte ich ihr eine Geschichte, die ich vor kurzem in Frankreich gehört hatte. Während ich noch sprach, schob sie die Hand in die Tasche des Unterrocks, den ich flickte, und brachte einen glänzenden Knopf zum Vorschein.
»Ach, wie hübsch!« rief sie aus.
Sie hielt den Knopf in der offenen Handfläche und betrachtete ihn entzückt.
»Was ist denn das?« fragte sie.
»Das ist ein Knopf. Ich erinnere mich noch an das Kleid, es war aus blauem Samt und hatte zehn solcher Knöpfe. Einer muß abgegangen sein. Ja, jetzt fällt es mir wieder ein. Ich wollte ihn wieder annähen und steckte ihn erst einmal in die Tasche meines Unterrocks. Dann muß ich es vergessen haben.«
Sie umschloß den Knopf liebevoll mit ihren Fingern. Dann sah sie mich mit flehenden Blicken an. Was hätte ich tun sollen? Wie dumm das alles von mir war, merkte ich erst später, aber im Augenblick kam mir alles so nebensächlich vor.
»Bitte, bitte, Mistress Bella, kann ich ihn haben?«
Wie hätte ich nein sagen können? Es war schließlich nur ein Knopf. Arme Chastity, sie hatte hübsche Sachen noch nie gesehen.

»Deine Eltern werden es vielleicht nicht gern sehen«, sagte ich.
Sie zog die Schultern hoch und warf mir wieder einen spitzbübischen Blick zu. Ich verzichtete auf weitere Worte. Ich wußte, daß sie so schlau sein würde, den Knopf vor ihren Eltern zu verstecken.
Am nächsten Tag bekam ich Chastity nicht zu Gesicht. Ellen meinte, sie sei in ihrem Zimmer.
»Hoffentlich ist sie nicht krank«, sagte ich.
Ellen nickte und machte ein ernstes Gesicht.
»Vielleicht könnte ich einen Augenblick zu ihr gehen?«
»Auf keinen Fall«, sagte Ellen entschieden.
Auch jetzt wurde ich noch nicht argwöhnisch.
Ich ging hinaus in den Garten, um mein Pensum Unkrautjäten zu erledigen. Als ich mich niederbeugte, merkte ich, daß mich ein Mann beobachtete.
Ich fuhr auf und fühlte mich sehr unbehaglich.
»Ich wünsche Euch einen guten Tag, meine Freundin«, sagte der Mann.
Ich antwortete mit der üblichen Wendung: »Und auch Euch einen guten Tag, mein Freund.«
»Ich bin lange unterwegs gewesen und brauche etwas zu essen und einen Platz, wo ich mich ausruhen kann. Glauben Sie, daß ich in dem Haus dort drüben aufgenommen werde?«
»Dessen bin ich ganz sicher. Menschen in Not werden niemals abgewiesen.«
»Sind Sie sich dessen auch ganz sicher, Mistress?«
»Allerdings.«
Ich sah ihn an – schwarzer Mantel, breitkrempiger Hut, kurzgeschnittenes Haar: Das übliche Aussehen des Puritaners. Ja, traf man denn überhaupt noch Leute, die anders aussahen?
Ich fuhr fort: »Ich bin mit meinem Mann und meiner Schwester in dem Haus dort drüben gastlich aufgenommen worden, deshalb spreche ich aus Erfahrung.«
»Ach so«, sagte der Mann, »dann gehören Sie also nicht zum Haus?«

»Nein, wir wohnen dort nur solange, bis wir unsere Reise fortsetzen können. Aus diesem Grunde kann ich selbst Ihnen keine Gastfreundschaft anbieten, aber ich kann Ihnen versichern, daß man sie Ihnen nicht abschlagen wird.«

»Hm, erzählen Sie mir von dem Haus. Wohnen dort gute Christen?«

»Bessere Christenmenschen findet man nirgends«, sagte ich.

»Es würde meinen Stolz verletzen, wenn man mich abwiese, Mistress.«

»Fürchten Sie sich nicht. Wenn Sie ein guter Puritaner sind, werden Sie erhalten, was Sie brauchen.«

»Jetzt sind wir alle gute Puritaner, Mistress.« Er sah mich auf einmal merkwürdig an. »Gezwungenermaßen, wie?«

»So ist es«, sagte ich und wich seinem Blick aus.

»Und Sie kommen von weit her?«

»Von Chester.«

»Eine lange Reise.«

»Ja. In einem Gasthof wurde uns das ganze Geld gestohlen. Deshalb waren wir auf die Freundlichkeit dieser guten Menschen angewiesen und warten jetzt auf die Rückkehr unseres Dieners, der uns die Mittel zur Weiterreise bringen wird.«

»Es gibt so viele böse Menschen, Mistress. Aber bei der herrschenden Frömmigkeit hätte man meinen sollen, daß niemand auf sein Geld aufzupassen braucht.«

»So ist es.«

»Ich habe in Chester gelebt«, fuhr er fort. »Viele Jahre. Ich habe die Stadt gut gekannt.«

Ich hoffte, er würde nicht merken, wie unbehaglich mir zu Mute war.

»Eine schöne Stadt! Aber Städte sind nicht dazu da, schön zu sein. Wo Schönheit ist, da herrscht das Laster . . . so sagt man uns. Und Sie sind von Chester hierher gereist, nicht wahr? Eine lange Reise. Ich habe einmal in Liverpool gewohnt. Sie müssen unterwegs auch durch Liverpool gekommen sein.«

»O ja«, sagte ich rasch. »Ich führe Sie jetzt zum Haus.«

»Vielen Dank. Ich habe Ihnen bei der Arbeit zugesehen. Wenn Sie mir die Bemerkung gestatten wollen – ich hatte nicht den Eindruck, als ob Sie an diese Art von Arbeit gewohnt wären.«
»Nein. Ich verrichte sie auch erst seit dem Tage unserer Ankunft. Es gehört sich natürlich, daß wir alle unsere Pflicht tun . . .«
»Das gehört sich allerdings so.« Er trat einen Schritt näher. »Vielleicht werden wir eines Tages auch Zeit für andere Dinge haben.«
Mein Herz schlug schneller. Er war sicher nicht das, was er zu sein schien. Ich war überzeugt, daß er mit Carleton und Edwin sprechen wollte. Er mußte einer ihrer Freunde sein.
»Mag sein«, sagte ich.
Er kniff ein Auge zu. Es sollte eine Geste der Komplizenschaft sein. Ich machte mich zum Haus auf den Weg.
Ellen stand in der Küche, als wir eintraten. Ich sagte: »Hier ist ein Freund, der Zuflucht sucht.«
»Kommen Sie herein«, sagte Ellen. »Hier ist noch niemand abgewiesen worden.«

Ich ging in das Zimmer, das ich mit Edwin teilte. Mir war nicht ganz wohl. Ich wollte mit meinem Mann über den Vorfall sprechen, aber er war nirgends zu sehen.
Ich konnte auch Harriet nicht finden. Ich nahm an, daß sie sich wieder draußen auf Kräutersuche befand. Sie hatte gesagt, sie müsse ziemlich weit gehen, um sie zu besorgen, und dann würde sie Ellen genau erklären, wie man sie verwenden müsse und welche Krankheiten man mit ihnen heilen könne.
»Hoffentlich vergiftest du nicht alle damit«, hatte ich gesagt. Aber sie hatte geantwortet, die Leute seien alle so rechtschaffen, daß sie eine vorzeitige Fahrt in den Himmel nur begrüßen würden.
Während ich noch nachdachte, was ich jetzt tun sollte, kam Carleton herein. Er klopfte nicht an, sondern trat einfach ein. Ich fuhr verärgert auf, aber er kam mir zuvor

und sagte: »Gehen Sie unverzüglich in die Bibliothek und warten Sie dort auf mich. Wo sind Edwin . . . und Harriet?«
Ich sagte ihm, ich hätte keine Ahnung. Er nickte und sagte: »Kommen Sie gleich herunter.«
Ich wußte, daß etwas Schreckliches passiert sein mußte, und ich mußte unwillkürlich an den Mann denken, den ich ins Haus gebracht hatte.
Ich ging in die Bibliothek hinunter. Carleton kam kurz darauf. Er schloß die Tür ab und öffnete die Geheimtür hinter den Bücherregalen. Wir betraten den Raum.
»Verdammte Schweinerei«, sagte er. »Und das ist Ihre Schuld!«
»Meine Schuld?!«
»Sie sind ein Idiot!« fuhr er mich an. »Ist Ihnen denn nicht klar, wie ernst unsere Lage ist? Offenbar nicht. Sie waren die erste, die hier Verdacht erregt hat. Edwin war ein Narr, Sie mitzunehmen.«
»Ich verstehe nicht . . .«
»Natürlich verstehen Sie nicht. Das ist sonnenklar. Sie haben dem Kind den Knopf geschenkt. Wissen Sie denn immer noch nicht, daß keine Puritanerin, ob sie nun aus Chester oder London oder sonst woher stammt, einen solchen Knopf haben würde? Und ihn dann noch einem Kind zu schenken!«
»Ich dachte . . .«
»Sie denken nicht weiter, als Ihre Nase lang ist. Sie haben nichts im Hirn. Wie kann Edwin nur so dumm gewesen sein, Sie mitzunehmen! Im Haus ist ein Fremder, er will hier nach dem rechten sehen. Jasper hat ihn kommen lassen, weil er euch alle im Verdacht hat. Gott sei Dank verdächtigte er nicht auch mich. Ich habe meine Rolle in all diesen Jahren gut gespielt. Dann erscheinen Sie hier, und plötzlich befinden wir uns in akuter Gefahr. Dieser Mann ist hergekommen, um Sie, Edwin und Harriet zu beobachten. Sie stehen unter Verdacht, und unsere Arbeit ist noch nicht vollendet. Sie müssen von hier weg, sobald wir das einrichten können.«
»Ach, Carleton, es tut mir so leid . . .«

»Leid! Dazu ist es jetzt zu spät. Ein bißchen gesunder Menschenverstand hätte uns weit bessere Dienste geleistet. Sie müssen weg, sobald ich die notwendigen Vorbereitungen habe treffen können. Wenn Edwin und Harriet zurückkommen, reiten Sie ab. Ich weiß nicht, was schon alles entdeckt worden ist. Anscheinend haben Sie gesagt, Sie seien durch Liverpool gekommen, und das liegt nördlich von Chester. Die Leute argwöhnen, daß Sie gar nicht aus Chester stammen, sondern halten Sie für Spione aus Frankreich. Der Knopf hat Sie verraten, denn in Frankreich trägt man offenbar solche Knöpfe. Ich brauche Ihnen wohl nicht erst zu sagen, wie dumm Sie gehandelt haben! Gehen Sie jetzt in Ihr Zimmer und verriegeln Sie die Tür. Öffnen Sie niemandem außer mir, und falls Edwin zurückkehrt, sagen Sie ihm, er soll sich ebenfalls im Zimmer einschließen, während Sie mich suchen. Ich halte Wache.«

Es war ungefähr eine Stunde später. Ich wartete in meinem Zimmer auf Harriets oder Edwins Rückkehr. Ich zitterte vor Angst und fürchtete, daß sie Edwin auf dem Rückweg abfangen würden.

Plötzlich kam Carleton hereingestürzt. Ich hatte nie gedacht, daß er so außer sich sein könne. Harriet war bei ihm, ihr Mantel war blutverschmiert.

»Was ist geschehen?« fragte ich.

»Ziehen Sie das Zeug aus, sofort, und ziehen Sie Ihr Reitkleid an. Halten Sie sich bereit. Ich muß Sie so rasch wie möglich von hier wegbringen«, sagte Carleton.

Er ging hinaus, und ich rief: »Harriet, was bedeutet das? Wo ist Edwin?«

Sie sah mich unverwandt an, ihre Augen brannten wie blaue Lichter in ihrem bleichen Gesicht. Ich sah Blut an ihren Haaren.

»Es war schrecklich«, sagte sie. »Schrecklich.«

»Was? Um Gottes willen, so rede doch!«

»Edwin«, begann sie, »in der Laube. Er wollte mich retten. Du kennst doch die Laube, am Rand des Gartens, diese halbverfallene, alte Laube . . .«

»Was ist mir ihr? So rede doch endlich, Harriet, sag mir, was passiert ist.«
»Ich war dort in der Nähe mit meinem Kräuterkorb und sah Edwin. Ich rief an, und im selben Augenblick sah ich einen Mann mit einer Pistole . . .«
»O nein . . . nein . . .«
Sie nickte. »Der Mann schrie etwas, und Edwin versuchte, mich zu schützen. Er stieß mich in die Laube und stellte sich vor mich. Dann wurde er erschossen. Das Blut, es war entsetzlich . . .«
»Du . . . du hast ihn liegen lassen . . .«
Ich wollte aus dem Zimmer stürzen, aber sie hielt mich fest. »Lauf nicht weg. Carleton hat gesagt, wir sollen hierbleiben. Wir müssen warten. Er sagte, ich müsse dafür sorgen, daß du hierbleibst. Du kannst sowieso nichts tun. Er ist zu ihm gegangen. Sie werden ihn herbringen . . .«
»Edwin erschossen . . . sterbend . . . Ich muß unbedingt zu ihm!«
Sie umklammerte mich. »Nein! Nein! Man wird uns beide umbringen . . . So, wie sie ihn umgebracht haben. Du kannst ihm nicht mehr helfen. Du mußt Carleton gehorchen.«
Ich starrte sie an. Ich konnte es einfach nicht glauben. Aber ich wußte, daß es die Wahrheit war.

Sie brachten ihn auf einer behelfsmäßigen Tragbahre ins Haus. Ich konnte nicht glauben, daß der Mann, der dort lag, Edwin, mein fröhlicher Edwin sein sollte.
Harriet war bei mir. Sie hatte ihren Umhang abgenommen und das Blut aus den Haaren gewaschen.
Ich jammerte immer wieder: »Ich muß zu ihm.«
Aber sie ließ mich nicht gehen. »Es ist schon genug Unheil geschehen. Wir dürfen es nicht noch verschlimmern.«
Ich wußte, daß sie recht hatte, aber ich fand es grausam, mich von ihm fernzuhalten.
Carleton kam herein. Er sah uns fest an. »Sind Sie fertig?« fragte er.
Es war Harriet, die für uns beide antwortete: »Ja.«

»Gut. Wir gehen jetzt sofort in die Bibliothek hinunter.«
Wir folgten ihm auf den Fersen. Er verriegelte wieder die Tür und öffnete die Bücherwand.

»Sie werden bis heute abend hier bleiben. Dann hoffe ich, Sie wegbringen zu können. Ich habe Tom benachrichtigt. Er wird in der Höhle auf Sie warten. Das Boot ist dort. Sie werden die Flut abwarten und beten, daß die See ruhig bleibt.« Er sah mich an. »Edwin ist tot«, sagte er mit ausdruckslosem Gesicht. »Er war sofort tot und hat wahrscheinlich gar nicht mehr erfaßt, was eigentlich geschah. Da unser Vorhaben jetzt zu Ende ist, übergebe ich Tom die Ergebnisse, damit er sie mit nach Frankreich nimmt.«

»Ich will Edwin noch einmal sehen«, sagte ich.

»Unmöglich«, sagte er. »Er ist tot. Es würde Ihnen nur unnötigen Kummer bereiten. Ich wußte, daß die Sache schiefgehen würde, als ich sah, daß er Sie mitgebracht hatte. Für Entschuldigungen ist es jetzt zu spät. Gott sei Dank vertrauen mir die Leute noch.«

Er schloß uns ein, und Harriet legte den Arm um mich.

»Du mußt jetzt stark sein, Arabella. Wir müssen zurück. Denk an deine Familie und daran, was alles auf dem Spiel steht.«

»Edwin ist tot«, sagte ich. »Ich war nicht bei ihm . . . Noch heute früh war er gesund und lebendig und jetzt . . .«

»Er war sofort tot. Er hat gar nichts mehr gemerkt. Das muß ein Trost für dich sein.«

»Ein Trost! Was kann es für mich noch für einen Trost geben? Er war mein Mann.«

Ich konnte nicht weitersprechen. Ich hockte mich auf eine der Truhen und dachte an Edwin . . . so, wie ich ihn kennengelernt hatte – Edwin als Romeo. Ach, er hatte das Leben so geliebt! Er wußte zu leben. Wie grausam, daß er jetzt sterben mußte.

Dann versuchte ich mir mein zukünftiges Leben ohne ihn vorzustellen.

Ich konnte nicht mit Harriet reden. Ich konnte mit niemandem reden. Ich wollte mit meinem Gram allein sein.

Die Abenddämmerung war hereingebrochen, als Carleton zu uns kam. Er schmuggelte uns aus dem Haus und führte uns zu der Stelle, wo die Pferde für uns bereitstanden. Dann ritt er mit uns bis zur Höhle, wo Tom bereits wartete.
Die See war ruhig, aber es war mir gleichgültig. Ich wünschte, ein Sturm käme auf und ließe unser Boot kentern. Der Gedanke, ohne Edwin zurückzukehren, war mir unerträglich. Ich mußte immer wieder an Chastity denken und sah sie noch vor mir, wie sie den hübschen Knopf in der Hand gehalten hatte.
Edwin ist tot, sagte ich mir immer wieder, und deine Unvorsichtigkeit hat ihn umgebracht. Was für eine Last würde ich den Rest meines Lebens mit mir herumtragen müssen! Ich hatte Edwin verloren, und die Schuld lag allein bei mir.

Die letzten Tage in Congrève

Ich glaube, ich hätte für die glatte Überfahrt dankbar sein sollen, doch ich war vor Kummer und Gram wie erstarrt. Harriet versuchte zwar, mich etwas aufzuheitern, obwohl sie ebenso litt wie ich, doch es gelang ihr nicht.

Tom sorgte gut für uns. Er beschaffte Pferde, und wir machten uns auf den Weg nach Château Congrève. Dort, sagte er, würde er uns verlassen und dem König, der sich in Brüssel aufhalte, die wichtigen Papiere überbringen.

Es war Mai, die Sonne schien, und die Blüten des Ginsters sahen aus, als wären sie aus Gold. Der Weißdorn stand in voller Blüte, und die Vögel zwitscherten, als wollten sie der Welt mitteilen, daß sie glücklich seien. Wie ganz anders war meine eigene Verfassung. Ich litt schmerzlich unter dem Verlust und fühlte mich schrecklich schuldig.

Harriet appellierte an meine Vernunft. »Vergiß doch diesen dummen Knopf«, sagte sie. »Die Leute benehmen sich doch nicht normal. Wenn sie an dem Knopf keinen Anstoß genommen hätten, dann bestimmt an etwas anderem.«

»Wir hätten nicht mitfahren sollen. Siehst du das denn nicht ein, Harriet?«

»Schau«, meinte sie, »zum damaligen Zeitpunkt schien es das einzig Richtige zu sein. Erinnere dich doch, wie glücklich er war, als er uns sah. Er leistete viel mehr, weil er wußte, daß wir bei ihm waren. Es war nicht deine Schuld, du darfst dir das nicht einreden.«

»Du kannst das nicht verstehen«, sagte ich. »Er war nicht dein Ehemann.«

»Vielleicht verstehe ich es trotzdem«, meinte sie.

Sie war so gut zu mir und versuchte ständig, mich auf andere Gedanken zu bringen, aber ich setzte mich dagegen zur Wehr. Ich vergrub mich in meinem Gram, und redete mir ein, für mich sei das Leben vorbei. Ich hatte alles verloren, für das es sich zu leben lohnte.

»Alles!« Harriet war empört. »Und deine Eltern und Geschwister? Und meine Freundschaft? Ist das alles überhaupt nichts wert?«

Da schämte ich mich.

»Du besitzt so viel«, sagte sie. »Denk an die vielen anderen, die keine Familie haben, die ganz allein sind . . .«

Ich nahm ihre Hand und drückte sie. Arme Harriet, es kam selten vor, daß sie erkennen ließ, wie ihr ums Herz war.

Wir erreichten Château Congrève. Es sah anders aus als früher, es wirkte düster, niederdrückend, gar nicht mehr so freundlich wie ich es in Erinnerung hatte!

Wir kamen unangemeldet, und die freudige Erregung, die unsere Ankunft auslöste, hätte uns eine Genugtuung sein sollen. Lucas hatte allen erzählt, daß ich nach England gefahren war, und nun war ich plötzlich da. Dick, Angie und Fenn kreischten vor Vergnügen, als sie uns sahen. Dick warf sich mir in die Arme, und die beiden anderen rannten mich in ihrer überschwenglichen Freude fast über den Haufen. Es war wirklich rührend.

Ich umarmte sie alle und küßte sie liebevoll.

Lucas stand da und lächelte etwas verlegen, bevor auch er mich umarmte.

»Wir hatten solche Angst«, sagte er.

»Wir wußten, daß dir nichts passieren würde«, rief Dick, »denn Harriet war ja bei dir.«

Dann küßten sie auch Harriet und tanzten um uns herum, und da plötzlich löste sich etwas in mir und ich tat, was ich bisher nicht hatte tun können: Ich brach in Tränen aus.

Ich hörte, wie Harriet mit Lucas sprach und ihm alles erzählte.

Tom sollte auf dem Weg nach Brüssel in Villiers Tourron haltmachen und den Angehörigen die traurige Nachricht überbringen. Ich hatte tiefes Mitgefühl für Matilda und die arme Charlotte. Was für eine Tragödie würde es für sie sein.

Gedämpfte Stille legte sich über das Château. Jeanne,

Marianne und Jacques gingen auf Zehenspitzen umher. Madame Lambard kam und weinte mit mir und bestand darauf, daß ich einen Sud zu mir nehme, den sie aus Enzian und Thymian hergestellt hatte. Sie sagte, er würde mir helfen, meinen Gram zu überwinden.
Ich lag auf meinem Bett und empfand keinerlei Bedürfnis, aufzustehen und mich mit irgend etwas zu beschäftigen. Es war mir gleich, was geschah. Ich konnte nur an Edwin denken.
Die Kinder hielten sich fern. Ich muß ihnen wohl wie eine Fremde erschienen sein. Harriet war oft bei mir. Sie saß an meinem Bett und versuchte auf verschiedene Weise, mich aufzumuntern. Ich hörte wohl ihre Stimme, aber nicht, was sie sagte. Sie bewies große Geduld mit mir.
Ich wollte nur von Edwin sprechen. Ich bat sie immer wieder, mir von seinen letzten Minuten zu erzählen. Sie tat es, und zwar mit jener inneren Anteilnahme, die ich von ihr erwartet hatte.
»Ich hatte zum Schein die Kräuter gesammelt. Dabei hatte ich auch eine Zeit in der Laube verbracht. Du erinnerst dich doch an die alte Laube? Ich übte immer wieder meine Rolle und hoffte, in den Büchern irgend etwas zu finden, was sich zu lesen lohnte. Aber da waren nur Predigten, und davon hatte ich genug. Es gab mir eine gewisse Befriedigung, dort bloß herumzusitzen und darüber nachzudenken, wie empört die Leute gewesen wären, wenn sie gewußt hätten, was ich mir dachte. Ich war gar nicht so dumm, Arabella. Ich ließ sie glauben, ich besäße besondere Kenntnisse, und ich bin überzeugt, daß sich Ellen irgendwie vor mir fürchtete. Sie hat mich wohl für eine Art Hexe gehalten und ließ mich deshalb das Kräutersammeln auch fortsetzen.«
»Ja, ja, aber erzähl mir von Edwin.«
»An jenem Tag also befand ich mich dort in der alten Laube, als ich Pferdegetrappel hörte. Ich lugte hinaus und sah ihn, wie er auf das Haus zuritt. Ich rief ihm nach, und er hielt an und saß ab. ›Hallo, du vertrödelst ja schon wieder die Zeit, die uns Gott geschenkt hat‹, sagte er und lachte mich an. Und dann . . . plötzlich war da dieser Mann mit der Pistole.

Edwin schob mich in die Laube und versuchte, mich zu decken. Dann kam ein Knall und dann . . . Es ging alles ganz schnell, Arabella. Er hat nicht gelitten. Gerade noch hatte er mir zugelacht, und im nächsten Augenblick war er tot . . .«
»Ich kann es nicht ertragen, Harriet. Es ist so grausam.«
»Wir leben in einer grausamen Welt. Das hast du bisher nur nicht gewußt.«
»Und jetzt«, sagte ich, »muß das Grausamste ausgerechnet mir zustoßen.«
»Du darfst nicht vergessen, was dir alles gegeben ist, wie reich du bist, Arabella.«
»Reich . . . ohne Edwin.«
»Ich habe es dir so oft gesagt, und du weißt, was ich damit meine. Du hast deine Familie. Alle haben dich so lieb. Nimm dich zusammen, denk doch an die anderen. Die Kinder sind verzweifelt, Lucas ist unglücklich. So wie wir alle.«
Ich schwieg. Sie hatte recht. Ich belastete alle mit meinem Kummer.
»Ich werde es versuchen«, versprach ich.
»Du bist noch so jung. Du wirst darüber hinwegkommen.«
»Niemals.«
»Das glaubst du jetzt, aber warte eine Weile. Vor gar nicht so langer Zeit hast du ihn noch gar nicht gekannt.«
»Die Zeit allein ist kein Maßstab.«
»O doch. Du warst ein Kind, als du ihn kennenlerntest. Und du bist auch jetzt noch nicht ganz erwachsen.«
»So wie du natürlich. Sprich nicht zu mir, als wärst du allwissend, Harriet!«
»So ist es schon besser, du regst dich wenigstens auf. Ich werde dir weiter ins Gewissen reden, du hast noch so viel zu lernen.«
»Bevor ich so viele Erfahrungen wie du gesammelt habe?«
»Ja. Das Leben verläuft nicht ständig wie ein schöner Traum, mußt du wissen. Es wäre auch für dich vielleicht nicht immer so angenehm gewesen.«
»Was willst du damit sagen?«

»Deine Ehe war so kurz, und für dich war sie idyllisch. Vielleicht wäre sie nicht so geblieben. Du hättest möglicherweise festgestellt, daß Edwin gar nicht der Mann war, für den du ihn hieltest. Vielleicht wäre er auch von dir enttäuscht gewesen.«
»Was meinst du damit?«
»Nur, daß du romantisch veranlagt bist und das Leben gar nicht so einfach ist, wie du glaubst.«
»Willst du damit sagen, daß Edwin mich nicht geliebt hat?«
»Natürlich liebte er dich. Und du liebtest ihn. Aber du bist noch so jung, Arabella, und du verstehst diese Dinge noch nicht ganz.«
»Wie kannst du verstehen, was ich für Edwin oder er für mich empfand? Das kann ich wohl am besten beurteilen.«
Sie lachte plötzlich auf und warf die Arme um mich.
»So ist es richtig. Jetzt bist du auf mich böse. Das ist gut. Dadurch überwindest du am besten deinen grenzenlosen Kummer. Ach, Arabella, du wirst bestimmt darüber hinwegkommen – das verspreche ich dir.«
Da drückte auch ich sie an mich und merkte, daß sie recht hatte: Wegen meines Zorns war mir schon leichter ums Herz.

Meine Mutter kam nach Château Congrève. Sie mußte sich sofort auf den Weg gemacht haben, als sie die Nachricht erhalten hatte.
Ich freute mich so, sie zu sehen, daß mein Kummer über Edwins Tod ein wenig nachzulassen schien. Die Kinder waren überglücklich, und ich konnte nicht umhin, mich ihrer Freude anzuschließen.
Wir standen uns so nahe. So war es damals gewesen, als wir noch beisammen sein konnten, und ich wußte, daß die erzwungene Trennung an unseren Gefühlen füreinander nichts geändert hatte.
Wir waren häufig allein, obwohl sie auch den anderen Zeit widmete. Doch mir galt ihre Hauptsorge.
Wir sprachen viel miteinander. Sie schlief mit mir im selben Zimmer, so daß wir auch nachts zusammen sein konnten.

Ich wunderte mich, daß sie in den Nächten, in denen ich nicht schlafen konnte, stets aufwachte, als ob sie gespürt hätte, daß ich ihres Trostes bedurfte.
Ich mußte ihr alles erzählen. Sie wollte in allen Einzelheiten von dem Theaterstück hören und von unseren Rollen als Romeo und Julia, wie wir in aller Eile geheiratet hatten und ich ihm nach England gefolgt war.
»Hätte ich es nicht getan, wäre er jetzt noch am Leben«, jammerte ich. »Aber ich wollte bei ihm sein. Das verstehst du doch?«
Sie zeigte volles Verständnis.
Ich erzählte ihr von Chastity und dem Knopf. Wer hätte glauben können, daß etwas so Belangloses so wichtig werden könnte?
»Oft sind es gerade die Belanglosigkeiten im Leben, die eine wichtige Rolle spielen«, antwortete sie.
Auch über Harriet sprachen wir. Es war Harriet gewesen, die uns zu den Eversleighs begleitet hatte. Es war Harriet, der wir die Theateraufführung verdankten, Harriet, die den Vorschlag gemacht hatte, daß wir Edwin nach England folgen sollten, und es war Harriet, die bei ihm war, als er starb.
Mir fiel auf, daß meine Mutter immer wieder auf Harriet zu sprechen kam. Harriet sei doch damals mit einer Gruppe von Reisenden zu uns gekommen?
Was ich meiner Mutter brieflich mit allerlei Halbwahrheiten berichtet hatte, konnte ich von Angesicht zu Angesicht nicht wiederholen. Sie besaß eine gewisse Hartnäckigkeit, den Dingen auf den Grund zu gehen, und schon bald war die ganze Geschichte mit der Wanderbühne heraus. Ich konnte nur die Tatsache verschweigen, daß der verstauchte Knöchel ein Täuschungsmanöver gewesen war.
»Höchst merkwürdig«, sagte meine Mutter. »Sie gehörte also zu dieser Truppe von Wanderschauspielern. Wie ist sie denn zu ihnen gekommen?«
So mußte ich ihr also erzählen, wie Harriets Mutter und ihr Stiefvater ertranken und sie selbst gerettet und zu einer Familie gebracht worden war, wo sie als Gouvernante gear-

beitet hatte. Meine Mutter wollte den Namen der Familie wissen. Ich sagte, ich würde mich bei Harriet danach erkundigen.
Meine Mutter meinte, sie würde Harriet selbst fragen.
Ich sagte schnell: »Einer der Söhne der Familie macht ihr Avancen, und aus diesem Grunde ging sie von dort weg. Möglicherweise sprechen die Leute nicht gut über sie.«
Meine Mutter nickte.
Ich hatte so ein Gefühl, als ob sie Harriet nicht besonders leiden konnte. Das beunruhigte mich, und ich versuchte, ihr begreiflich zu machen, wie sehr wir uns alle über ihre Anwesenheit gefreut hatten und wie rührend sie sich um die Kleinen gekümmert hatte.
»Ich habe gemerkt, daß die Kinder sie außerordentlich schätzen«, sagte sie.
Wie es ihr gelang, mich zu trösten, wußte ich nicht, aber sie tat es. Sie machte mir klar, daß ich ein großes Glück erlebt hätte und dafür dankbar sein müsse. Es sei zwar traurig, daß es nur von kurzer Dauer gewesen sei, aber ich hätte wenigstens eine schöne Erinnerung.
Sie sagte mir auch, sie werde auf dem Rückweg zu meinem Vater auch Lady Eversleigh aufsuchen und habe daran gedacht, daß ich sie nach Villiers Tourron begleiten und einige Tage dort bleiben könne. Sie sei überzeugt, das würde Matilda trösten. Wenn sie dann die Reise fortsetze, könne ich nach Congrève zurückkehren.
Ich stimmte diesem Vorschlag zu.

Arme Matilda. Wie ich erwartet hatte, war sie vom Kummer überwältigt. Sie umarmte mich, nannte mich ihre liebe Tochter und redete ständig nur von Edwin.
»Er war die Hoffnung unseres Hauses«, sagte sie. »Er ist nicht mehr . . . unser einziger Sohn. Uns bleibt nichts mehr, als um ihn zu trauern.«
Später sagte meine Mutter zu mir: »Ich fürchte, dadurch wird dein eigener Gram auch nicht geringer, mein Liebling, aber es ist für sie ein großer Trost, daß du hier bist. Das weiß ich. Deshalb finde dich bitte ihretwillen damit ab.«

Sie hatte recht. Und es wurde auch für mich ein Trost, Matilda Eversleigh trösten zu können.
Charlotte wirkte wie ein Gespenst. Die arme Charlotte, die erst ihren Liebhaber und jetzt ihren Bruder verloren hatte. Sie schien sich dauernd zu fragen, welches der nächste Schlag sein würde, der sie treffen könnte.
Sie ging mit mir in den Gärten spazieren und fragte mich nach Edwins Ende. Ich wiederholte das, was Harriet mir gesagt hatte.
»Sie war also die letzte, die ihn lebend gesehen hat. So war es doch.«
»Sie war zufällig in einer alten Laube und hörte ihn auf das Haus zureiten. Irgend jemand muß ihm dort aufgelauert haben.«
Sie kniff die Augen zusammen und sagte: »Was hatte sie denn in der Laube zu tun? Hast du sie danach gefragt?«
Ich antwortete rasch: »Wir hatten alle bestimmte Arbeiten zu erledigen. Sie ging auf Kräutersuche und ruhte sich dort häufig aus.«
Charlotte zog die Lippen zusammen. Sie würde Harriet natürlich nie verzeihen, daß sie ihr Charles Condey weggenommen hatte.
Dann schüttete ich ihr mein Herz aus. Ich erzählte ihr von dem Knopf und wie dumm ich gewesen sei und wie dadurch der Verdacht gegen mich hatte aufkommen können.
»Das konntest du gar nicht wissen«, sagte sie. »Es war doch eine so harmlose Sache. Du brauchst dir keine Vorwürfe zu machen.«
Sie war lieb und gut zu mir, und ich hatte das Gefühl, in Charlotte eine Freundin gewonnen zu haben.
Als Matilda mir dankte, daß ich Edwin in seinen letzten Wochen so glücklich gemacht hätte, fühlte ich fast einen Stich.
»Wir sind eine Soldatenfamilie«, sagte sie. »Er starb für seinen König, und das ist etwas, worauf wir stolz sein müssen. Er starb ebenso tapfer, wie seine Vorfahren auf den Schlachtfeldern gefallen sind. Das dürfen wir nicht vergessen.«
Meine Mutter brachte eines Tages die Sprache auf Harriet, als wir beisammen saßen – Matilda, sie und ich. Charlotte war

nicht da. Meine Mutter wußte anscheinend, daß das Thema Harriet für Charlotte nur schwer zu ertragen sei.
»Eine seltsame, junge Frau«, sagte meine Mutter. »Arabella hat mir erzählt, wie sie zu uns kam. Was hältst du von ihr, Matilda?«
Matilda Eversleigh zögerte ein wenig. »Sie war sehr gut bei der Theateraufführung«, sagte sie. »Wir hielten sie für einen Gewinn . . . am Anfang . . .«
»Und später?« fragte meine Mutter.
»Na ja, da war Charles Condey.«
Ich sagte: »Es war wohl kaum Harriets Schuld. Er verliebte sich in sie.«
»Sie sieht sehr gut aus«, gab meine Mutter zu.
»Es war wirklich Pech. Die arme Charlotte . . .«
»Wenn er so wetterwendisch war, ist es vielleicht für Charlotte ein Glück gewesen«, meinte meine Mutter.
»Ja, vielleicht«, seufzte Matilda.
»Und war das alles?« fuhr meine Mutter fort. »Warst du denn, bevor dies passierte, ganz zufrieden, daß sie mitgekommen war?«
»Es war die beste Abendgesellschaft, die ich seit unserer Abreise aus England gegeben habe.«
»Und das verdanken wir nur ihr«, warf ich ein.
»Ja, gewiß«, pflichtete mir meine Schwiegermutter bei.
Meine Mutter schien befriedigt zu sein, aber ich kannte sie gut genug, um zu wissen, daß sie sich ihre Gedanken machte, und ich hatte das Gefühl, daß sie wegen Harriet nicht besonders glücklich war.
Die Zeit verging, und wir rüsteten zum Aufbruch. Ich verabschiedete mich von meiner Mutter und den Eversleighs, und als ich im Château Congrève ankam, erwartete mich ein freudiges Willkommen. Madame Lambard hatte einen Auflauf gebacken, und die drei Kleinen sangen zu meiner Begrüßung ein Lied, das Harriet mit ihnen eingeübt hatte.
»Keine Tränen«, flüsterte Harriet mir zu. »Sie haben das Lied jeden Tag geübt. Du darfst sie jetzt nicht enttäuschen.«
Mir war auch nicht danach zumute. Ich stellte überrascht

fest, daß ein Teil der Finsternis, die mich bis jetzt umgeben hatte, von mir gewichen war.

Es war eine Offenbarung, die mir ganz plötzlich zuteil wurde.
Ich war eines Morgens erwacht und mußte wie immer zunächst daran denken, daß ich Witwe war. Ein schreckliches Gefühl der Verlassenheit überkam mich. Ich blieb noch eine Weile liegen und dachte an die Tage, als Edwin neben mir lag, wenn ich morgens aufwachte, und wie ich ihn beobachtet hatte, bis er plötzlich lachend auffuhr, weil er nur so getan hatte, als schliefe er noch.
Und während ich an jenem Morgen so dalag und an ihn dachte, schoß mir der Gedanke plötzlich durch den Kopf. Konnte es wirklich sein?
»O mein Gott«, betete ich, »laß es wahr sein! Ich könnte ein neues Leben beginnen.«
Ich lag da, eingehüllt in ein Gespinst neuer Hoffnungen. Die nächsten Wochen würden Klarheit bringen.
Die anderen merkten mir die Veränderung an.
»Du kommst allmählich darüber hinweg«, sagte Harriet, und sie wirkte so glücklich, daß ich überzeugt war, sie habe mich wirklich sehr gern. Auch den Kindern fiel es auf. Sie sprangen munter umher, wie sie es immer taten, wenn sie sich wohl fühlten. Auch Lucas, der in den letzten Monaten herangewachsen war, schien vergnügt.
Ich schuldete es meinen Geschwistern, mich aus meinem Elend zu befreien. Und wenn es wahr sein sollte . . . ach, wenn es doch wahr wäre! . . . hätte ich Edwin nicht ganz verloren.
Ende Juli wußte ich es genau: Ich würde ein Kind bekommen!

Madame Lambard, die gelegentlich als Hebamme gearbeitet hatte, bestätigte meinen Zustand.
Sie war so entzückt, daß sie in Tränen ausbrach und beinahe die Fassung verloren hätte.
Der liebe Gott habe ihre Gebete erhört, sagte sie. Sie habe zu

ihm gebetet, Er möge mir ein Kind schenken. Er habe mir auch Leid zugefügt, aber Er habe wohl seine Gründe dafür gehabt. Jetzt habe Er mich gesegnet.

Alle würden für mich sorgen – sie selbst und der liebe Gott. Und bei solchen Beschützern könne ich überzeugt sein, daß mir kein Leid geschehen würde. Mir würde jeder Wunsch von den Augen abgelesen werden. Ich könne wieder glücklich sein.

Ja, dachte ich, ich kann wieder glücklich sein. Wenn ich mein Kind . . . Edwins Kind . . . in den Armen halte, *werde* ich wieder glücklich sein.

Selbstverständlich erzählte ich es auch Harriet, die in ein hysterisches Gelächter ausbrach.

»Was ist daran so komisch?« wollte ich wissen.

»Es ist einfach so über mich gekommen«, antwortete sie. »Ich freue mich für dich, Arabella. Es wird dein ganzes Leben verändern.«

»Bestimmt, Harriet, ganz bestimmt.«

Ich schrieb sofort an meine Eltern und dachte dann gleich an Matilda Eversleigh. Schließlich betraf es in erster Linie auch sie.

Ihre Antwort kam schon nach wenigen Tagen.

»Meine liebste Tochter,

diese Neuigkeit hat mich so glücklich gemacht, wie ich es nicht mehr für möglich gehalten hätte. Gesegnet sei der Tag, da Du zu uns kamst! Edwin wird für uns weiterleben. Beten wir, daß es ein Knabe wird! Mein liebes Kind, ich kann ja nun ganz offen mit Dir sprechen, nachdem Du jetzt zu unserer Familie gehörst: Edwin war der Erbe eines großen Namens und Titels. Es ist eine Tragödie, daß wir keinen anderen Sohn haben. Name und Titel wären nun an meinen Neffen Carleton gegangen, den Du in England kennengelernt hast. Natürlich ist er eine durchaus geeignete Persönlichkeit, aber wenn Dein Kind ein Knabe wird, bleibt die direkte Linie erhalten. Und das ist wichtig für uns. Mein geliebter Enkelsohn! Lord Eversleigh wird hocherfreut sein. Ich werde ihm unverzüglich schreiben. Ach, was ist dies für ein Segen! Was für eine Freude ist es, einmal eine gute Nachricht zu bekommen. Du mußt jetzt größte Vorsicht walten lassen. Vielleicht solltest Du zu mir kommen? Ich kann Dir gar nicht sagen, welche Freude Du mir mit Deinem Brief gemacht hast . . .«

Ich war wieder glücklich. Jetzt wachte ich morgens leichten Herzens auf, es war nicht das Ende. Ich besaß etwas, wofür es sich zu leben lohnte.
Ich schrieb Matilda, Madame Lambard sei die beste Hebamme in der ganzen Gegend, und da sie fest entschlossen sei, sich um mich zu kümmern, könne ich nichts Besseres tun, als mich ihrer Obhut anzuvertrauen. Dieses Kind sei wegen der traurigen Begleitumstände, unter denen es auf die Welt kommen werde, kostbarer als alle anderen. Ich sei entschlossen, durch eine Reise keinerlei Risiken einzugehen. Ich verlasse mich völlig auf Madame Lambard. Das Kind dürfe unter keinen Umständen irgendeiner Gefahr ausgesetzt werden.
Ein reitender Bote nach dem anderen erschien im Château. Meine Eltern waren überglücklich.
Mein Vater schrieb, die Gesamtlage habe sich entscheidend geändert. Alle hegten neue Hoffnung.

»Die Nachrichten aus der Heimat werden von Tag zu Tag besser. Edwin hat uns wichtige Informationen übermittelt. Weitere treffen laufend von seinem Vetter ein, der sehr gute Arbeit leistet.
Meine liebe Tochter, wenn Dein Kind zur Welt kommt, kann die Rückkehr des Königs nach England vielleicht schon unmittelbar bevorstehen. Was für eine Freude wird das für uns alle sein!«

Seine Worte klangen zuversichtlicher als je zuvor, und er war kein Mann, der Schönfärberei liebte. Wir hatten also allen Grund zu neuer Hoffnung.
Ich begann, von der Zukunft zu träumen.

Mein Baby sollte im Januar des kommenden Jahres, 1660, auf die Welt kommen.

Jetzt vergingen die Tage viel schneller. Wie anders fühlte ich mich, wenn ich morgens erwachte! Ich begrüßte sogar die kleinen Unbequemlichkeiten, die die Existenz des Kindes ankündigten. Ich fing an, die Tage und Monate zu zählen, denn ich sehnte mich so sehr nach dem Tag, da ich das Kind in meinen Armen halten würde.
Erwartungsvolle Vorfreude ergriff das Château. Wir redeten meist davon, wie es sein würde, »wenn das Baby da ist.« Ich nähte Kindersachen unter der Anleitung von Jeanne, die gut mit der Nadel umzugehen wußte, und irgendwie gewann ich aus dieser Arbeit eine tiefe Zufriedenheit.
Den Kindern wurde gesagt, es käme bald ein neues Baby, und sie würden dann Onkel und Tante sein, was sie in einen Freudentaumel versetzte – besonders Fenn, den Jüngsten, der sich bisher noch nie so wichtig vorgekommen war. Jeden Tag erkundigte er sich, ob das Baby schon angekommen und er jetzt Onkel sei.
Harriet saß viel an meiner Seite, wenn ich nähte, und manchmal las sie mir Theaterstücke vor – eine angenehme Zerstreuung. Die Kleinen kamen dann oft dazu und hörten mit. Auch Harriet schien sich verändert zu haben. Ich konnte nicht genau sagen, was es war, vielleicht hing sie mehr ihren eigenen Gedanken nach. Sie bewegte sich nicht mehr so flink, und ich hatte den Eindruck, daß sie etwas zugenommen hatte.
Sie machte sich offenbar Sorgen, daß meine Mutter sie nicht leiden könne, und wollte wissen, welche Fragen meine Mutter gestellt habe. Ob ich die d'Ambervilles erwähnt hätte? »Nicht namentlich«, antwortete ich. »Und ich habe ihr nur gesagt, daß du von ihnen weggegangen seist, weil einer der Söhne dir Avancen gemacht habe.«
Ich merkte, daß ihr nicht ganz wohl zumute war.
Es war ein heißer und schwüler Juli, und ich wußte, daß die zunehmende Trägheit, die ich empfand, auf das Unge-

borene zurückging. Ich erhielt weitere Briefe von meiner Mutter.

»Liebe Arabella,
ich freue mich über die guten Nachrichten. Ich verlasse mich darauf, daß Du gut auf Dich acht gibst. Ich habe das Gefühl, daß Du bei Madame Lambard in guten Händen bist. Sie ist so stolz auf ihre Fähigkeiten, und, wie ich meine, nicht ohne Grund.
Ich wäre so gern bei Dir, aber da es nun einmal nicht geht, tröste ich mich mit dem Gedanken an Madame Lambard. Bei der ersten sich bietenden Gelegenheit komme ich zu Dir. Wie Du Dir vorstellen kannst, geht hier jetzt viel vor, und es sieht im Augenblick so aus, als könnten wir schon in einem Jahr zu Hause sein. Wie herrlich wäre es, wenn wir alle wieder zusammen sein könnten . . .«

O ja, dachte ich, das Leben hat wieder einen Sinn. Ich fuhr mit der Lektüre fort und wurde etwas hellhörig.

»Ich habe mir über Harriet so meine Gedanken gemacht. Wir brauchen hier jemanden, der uns bei den Vorbereitungen hilft. Ich habe Deinem Vater von ihr erzählt, und er meint, es wäre vielleicht keine schlechte Idee, wenn sie hierher zu uns käme. Wenn wir sowieso bald wieder in England sein werden, sind die Kinder ja noch nicht so alt, und sie könnten dort den Unterricht fortsetzen. Wir haben von einem ausgezeichneten Hauslehrer gehört . . .«

Der Brief fiel mir aus der Hand. Ich kannte sie gut genug und wußte, sie wollte nicht, daß Harriet noch länger hier bei uns blieb.
Ich sprach mit Harriet zunächst nicht darüber. Jedesmal, wenn ich Anstalten dazu machte, wußte ich nicht, wie ich anfangen sollte. Sie war klug genug, um zu erkennen, daß ihr weiteres Verbleiben bei uns meiner Mutter nicht recht

war. Natürlich mußte ich meiner Mutter früher oder später zurückschreiben, und als Harriet eines Tages von unserer Rückkehr nach England sprach, sagte ich: »Harriet, ich habe einen Brief von meiner Mutter bekommen. Sie hätte dich gern bei sich.«
Sie starrte mich an. »Bei sich?«
Alle Farbe war ihr aus dem Gesicht gewichen. Zum ersten Mal sah ich, daß Harriet sich vor etwas fürchtete.
»Was meinst du damit?« fragte sie.
»So schreibt sie jedenfalls. Sie brauchen dort jemanden, um . . . äh . . . du weißt doch, um bei all diesen vielen Vorbereitungen mitzuhelfen. Du hast eine gute Handschrift . . . vielleicht ist es das, weil du dann . . .«
»Sie will mich von hier weghaben, nicht wahr?«
»Das hat sie nicht geagt.«
»Oh, aber darum geht es. Ich will nicht weg, Arabella. Ich kann nicht.«
»Ich werde ihr schreiben und ihr sagen, daß wir nicht ohne dich auskommen können. Harriet, sei nicht böse. Nichts liegt mir ferner, als dich wegzuschicken.«
Sie schwieg einige Augenblicke, als müsse sie nachdenken. Dann sagte sie gedehnt: »Arabella, ich muß dir etwas sagen. Ich befinde mich in demselben Zustand wie du. Ich bekomme ein Kind.«
»Harriet!«
Sie sah mich wehmütig an. »Es ist wahr.«
»Wie konnte denn so etwas geschehen?«
Sie versuchte, einen leichten Ton anzuschlagen. »Ach, genau so, wie so etwas eben zu passieren pflegt.«
»Aber wer denn . . .? Und wann . . .?«
»Etwa zur selben Zeit, wie bei dir, vielleicht ein wenig früher.« Sie fing an zu lachen – fast ein bißchen hysterisch, denn sie war innerlich gar nicht so ruhig, wie sie vorgab.
»Wer . . . *wer?*« wollte ich wissen. Dann ging mir ein Licht auf. »Charles Condey.«
Sie vergrub ihr Gesicht in den Händen.
»Ach, Harriet«, sagte ich, »wie konntest du nur! Dann

mußt du ihn auch heiraten. Du mußt ihm sofort schreiben. Wo befindet er sich eigentlich?«

Sie hob das Gesicht und sah mich unwirsch an. »Ich werde Charles Condey niemals heiraten.«

»Aber er ist der Vater deines Kindes.«

»Nichts könnte mich bewegen, ihn zu heiraten.«

»Aber was . . .? Wie . . .?«

»Du wirst mich so lange hier bleiben lassen, bis ich das Kind zur Welt gebracht habe? Du wirst mich nicht wegschicken?«

»Harriet, sehe ich denn so aus? Aber es wird schwierig werden.«

»Es ist eine schwierige Situation.«

»Was werden die Leute sagen?«

Sie zuckte mit den Achseln. »So etwas ist auch schon früher einmal vorgekommen.«

»Weiß schon jemand davon?«

»Die Lambard vermutet etwas.«

»Hast du es ihr denn gesagt?«

»Ich habe nur mit dir darüber gesprochen. Die anderen werden es zu gegebener Zeit erfahren. Madame Lambard wird überglücklich sein, weil ihr scharfes Auge sie nicht getrogen hat.«

»Ach . . . Harriet!«

»Sieh mich nicht so an. Ich habe dir immer gesagt, daß ich keineswegs das bin, was man gemeinhin eine tugendhafte Frau nennt. Früher oder später mußte es mich einmal erwischen.«

»Bitte, rede nicht so.«

»Wie soll ich denn sonst reden? Du siehst jetzt, warum ich nicht zu deinen Eltern gehen kann.«

»Ja, das sehe ich ein, Harriet.«

»Sie werden mich hier nicht länger dulden wollen, wenn sie es erfahren haben.«

»Das glaube ich nicht. Meine Mutter wird Verständnis zeigen. Sie selbst . . .«

Ich zögerte und dachte an meine eigene Geburt. Meine Mutter würde sicher Verständnis für Harriet aufbringen, da ich die Tochter ihres damaligen Schwagers war. Ich war überzeugt, daß sie dieses Verständnis aufbringen würde. Sie war immer gütig und hilfreich zu allen Dienern gewesen, die in derartige Schwierigkeiten geraten waren. Ich fuhr fort: »Habe keine Angst, Harriet. Wir werden für dich sorgen. Aber ich finde, daß Charles Condey davon wissen sollte.«

»Ich bitte dich – bemühe dich nicht, ihn ausfindig zu machen oder ihn zu benachrichtigen.«

»Wenn du es nicht willst, lasse ich es sein.«

»Ach, Arabella, was für ein wundervoller Tag war es doch für mich, als wir zum Château Congrève kamen! Ich wußte gleich, daß zwischen uns eine enge Verbindung bestand. Weißt du, wir sind jetzt zusammen, wie Schwestern. Du bekommst ein Kind, und ich werde auch eines bekommen. Trotz allem empfinde ich eine freudige Erregung.«

Ich ergriff ihre Hand.

»Ach Harriet«, sagte ich, »wir müssen uns immer gegenseitig helfen.«

Nach dem ersten Schock, den die Neuigkeit in Congrève hervorrief, ging man darüber zur Tagesordnung über. Die Tatsache, daß Harriet ein Kind erwartete, wurde bald akzeptiert. Ich muß sagen, daß sie die Situation mit großer Selbstsicherheit meisterte, und irgendwie schien uns dieser Umstand kein Anlaß zu sein, dessen man sich schämen müsse.

Sie habe in Villiers Tourron einen Geliebten gehabt, erzählte sich das Hauspersonal. So etwas sei schließlich einem Mädchen nicht zum ersten Mal passiert, obwohl sie in ihrem besonderen Fall die Möglichkeit der Heirat gehabt, diese aber ausgeschlagen habe.

Um Harriet war immer irgend etwas Besonderes.

Jetzt begann eine geruhsame Zeit. Wir waren meistens zusammen. Sie lachte über unsere zunehmende Leibesfülle. »Die schwellenden Damen«, nannte sie uns. Sie machte daraus eine Komödie. Alles, was Harriet anging, wurde stets zu einer Art Theaterstück. Ich wurde allmählich wieder glücklich. Oft dachte ich mehrere Stunden hintereinan-

der nicht mehr an Edwin, was ich noch wenige Wochen zuvor für unmöglich gehalten hätte.
Die Babys waren das beherrschende Thema. Madame Lambard erging sich in langen Schilderungen von Wochenbetten, die sie betreut hatte. Sie erklärte sich mit uns beiden durchaus zufrieden und meinte, die Vorstellung, zwei Geburten im Haus zu erwarten, sei ein doppelter Grund zur Freude. Dabei spiele es gar keine Rolle, ob das eine der Neugeborenen recht unkonventionell auf die Welt kommen werde.
Der Sommer verging wie im Fluge.
Ich mußte meiner Mutter sagen, daß Harriet schwanger war. Sie wollte wissen, wer der Vater des Kindes sei, und ich schrieb ihr, es handele sich um einen jungen Mann, der auch an der Abendgesellschaft in Villiers Tourron teilgenommen habe. Er habe Harriet die Ehe angeboten, sie glaube aber, ihn nicht genug zu lieben, um eine Ehe darauf gründen zu können; deshalb habe sie tapfer beschlossen, auch ohne ihn für ihr Kind zu sorgen.
Meine Mutter übte keine Kritik an ihr und gab mir recht, daß wir uns ihrer annehmen müßten.
Lucas war etwas verwirrt, aber seine Verehrung für Harriet kannte keine Grenzen. Ich glaube, er selbst hätte sie geheiratet, wenn sie ihn hätte haben wollen. Die Kleinen waren gar nicht überrascht. Harriet sei so gescheit, und sie hielten es für ganz natürlich, daß auch Harriet ein Baby haben sollte, wenn ich eines bekäme.
Fenn verkündete, er würde doppelter Onkel, falls Harriet damit einverstanden sei. Sie umarmte ihn und sagte, er würde der Onkel aller Kinder sein, die sie noch bekommen würde.
Es waren Tage des Glücks und der ungetrübten Heiterkeit. Weihnachten kam, und plötzlich war es Januar.
Madame Lambard war gerüstet. »Es kann jetzt nicht mehr lange dauern«, flüsterte sie oft vor sich hin.
Es war typisch für Harriet, daß sie die erste sein mußte. Am fünfzehnten Januar schenkte sie einem gesunden Knaben das Leben.

Ich saß neben ihrem Bett. Sie lag zurückgelehnt in den Kissen, die Haare klebten ihr feucht an der Stirn, und sie machte einen triumphierenden Eindruck.
Madame Lambard brachte das Baby herein und zeigte es mir.
»Wenn es ein Mädchen geworden wäre, hätte ich ihm den Namen Arabella gegeben«, meinte Harriet. »Jetzt werde ich ihn Leigh nennen. Du siehst, sein Name soll an den deinen anklingen, und du bist ja schließlich Arabella Eversleigh. Hast du etwas dagegen?«
»Natürlich nicht. Es ist ein reizender Name und eine reizende Idee. Wie stolz du auf deinen kleinen Leigh sein mußt! Wenn mein Baby ein Sohn sein wird, weiß ich, wie ich ihn nennen werde.«
»Edwin«, sagte sie.
Und ich nickte.
Zwei Wochen später wurde mein Sohn geboren. Er wurde auf den Namen Edwin getauft.

Es waren merkwürdige, aber doch glückliche Tage. Das ganze Haus befand sich in heller Aufregung. Ich war selig, wenn ich mein Kind in den Armen hielt und es mich anlächelte. Wenn es schrie, packte mich lähmendes Entsetzen. Ich rief Madame Lambard zehnmal am Tag herbei. Sie lachte nur. »Ach, Madame, beim ersten Baby denkt man immer gleich an das Schlimmste«, meinte sie beruhigend. »Das ist immer so. Wenn das zweite kommt, und das dritte und vierte, dann sieht alles schon ganz anders aus.«
Ich sagte aus voller Überzeugung: »Ich werde nur ein Kind haben, Madame Lambard, denn ich werde nie wieder heiraten.«
Da ich hiermit ein trauriges Kapitel angeschlagen hatte, versuchte sie, mich zu trösten und meinte, der junge Monsieur Edwin sei das gesündeste und vergnügteste Baby, dem sie je beim Eintritt in diese Welt habe helfen können. Harriet ahmte sie großartig nach, und ich muß gestehen, daß wir in jenen Monaten oft und herzlich miteinander lachten. Harriet liebte ihr Baby, gewiß, aber irgendwie

anders, als ich meines liebte. Sie war stolz auf ihren Sohn. Ich entdeckte bei ihr eine Art von selbstgefälliger Genugtuung, wenn er nicht so oft schrie oder etwas mehr gewachsen zu sein schien als Edwin. Sie wollte stolz auf ihn sein – die Liebe kam für sie erst an zweiter Stelle, fand ich. Die Begleitumstände seiner Geburt waren aber auch so ganz andere als die meines Kindes. Ich fragte mich manchmal, ob Harriet oft an Charles Condey dachte.

Matilda Eversleigh war natürlich begierig, ihr Enkelkind zu sehen, und da ich nicht reisen konnte, kam sie nach Congrève.

Harriet schnitt eine Grimasse, als sie von ihrem Kommen hörte. »Sie wird entsetzt die Hände zum Himmel heben, wenn sie Leigh sieht«, meinte sie.

»Harriet, ich finde wirklich, du solltest den Vater heiraten. Du mußt ihn zunächst doch ganz gern gehabt haben.«

»Ich habe Charles nie gut leiden können«, gab sie zu.

»Und trotzdem hast du . . . es getan.«

»Unvorsichtig von mir, nicht wahr? Aber ich liebe meinen kleinen Leigh und bin froh, daß er da ist.«

»Harriet, du bist unbelehrbar. Aber was können wir Lady Eversleigh sagen?«

»Daß ich in aller Stille geheiratet habe.«

»Aber wen?«

»Nicht Charles Condey. Laß ihn doch um Himmels willen aus der Geschichte heraus. Irgend jemanden, der auf dem Weg nach England hier vorbeikam und ein paar Tage blieb. Wir verliebten uns, heirateten, und dies ist jetzt die Frucht unserer Verbindung.«

»Du nimmst auf die Wahrheit so wenig Rücksicht.«

»Im Gegenteil, ich nehme große Rücksicht auf sie. Aber es gibt Fälle, wo man sie beiseite lassen muß, Lady Eversleigh zuliebe.«

»Und nicht dir selbst zuliebe?«

»Meine liebe Arabella, du kennst mich gut genug, um zu verstehen, daß ich außerhalb der üblichen Konventionen stehe. Ich richte mich nach ihnen nur dann, wenn ich auf Menschen Rücksicht nehmen will, denen diese Konventionen soviel bedeuten. Ich werde Lady Eversleigh also mein kleines Märchen erzählen, und du wirst mir nicht widersprechen; denn dadurch würdest du sie höchst unglücklich machen.«

Lady Eversleigh kam. Sie war von ihrem Enkel entzückt. Sie hielt ihn auf den Armen und weinte. Er fand ihre Tränen offenbar sehr lustig, denn er krähte vor Vergnügen.

Es war rührend, diese Szene mit anzusehen.

»Eine solche Tragödie, liebe Arabella«, sagte sie. »Erst Charlotte, das arme Kind, wie hat sie gelitten! Und dann diese schreckliche Sache. Ach, wie froh bin ich doch, daß ihr noch geheiratet habt, bevor er wegging. Jetzt sind wir wenigstens etwas entschädigt, nicht wahr?«

Sie ließ keinen Zweifel daran, daß ihr der kleine Edwin besser gefiel als jedes andere Kind.

»Die Nachrichten sind günstig«, sagte sie. »Schon sehr bald, liebe Arabella, werden wir in England sein. Wie ich von Lord Eversleigh erfahren habe, steht General Monck in Verbindung mit den treuesten Anhängern des Königs. Verhandlungen haben bereits begonnen. Was für ein glücklicher Tag wird es sein, wenn wir in unsere Heimat zurückkehren und die Häuser unserer Väter wiederaufbauen können. Du und ich, wir beide werde unsere Trauer in uns tragen. Aber wenn wir gehen, wirst du mit nach Eversleigh Court kommen. Wir müssen versuchen, uns unseren Kummer nicht anmerken zu lassen, denn jetzt haben wir ja unseren kleinen Edwin. Wir werden Pläne für seine Zukunft schmieden. Er wird von jetzt an mein Lebensinhalt sein.«

Ich hatte eigentlich nicht vorgehabt, nach Eversleigh Court zu gehen, aber es wurde offenbar von mir erwartet.

Ich sagte: »Und Carleton Eversleigh? Er muß sich selbst für den Erben gehalten haben, als Edwin starb.«

»Allerdings. Bis unser Kleiner hier auf die Welt kam. Carleton wird begeistert sein. Er benahm sich großartig zu Edwin, als dieser noch ein Kind war. Manchmal hat er mir Angst und Schrecken eingejagt, wenn er so rauh mit dem Jungen umging. Aber mein Gemahl meinte, das tue dem

Kleinen nur gut. Der liebe Edwin war sanftmütig. Obwohl immer zu allerlei Streichen aufgelegt, war er anders als Carleton. Carleton zwang ihn, zu fechten und zu boxen und zu reiten. Carleton versuchte, ihn zu dem zu machen, was er selber war.« Sie schüttelte den Kopf. »Der liebe Edwin, er war immer so gutmütig. Er tat sein Bestes. Wahrscheinlich wird Carleton sich jetzt in die Erziehung dieses kleinen Edwin einschalten wollen.«

»Ich will ihn aber keiner Gefahr aussetzen.«

»Das kommt auch nie in Frage. Er ist das kostbarste Kind von allen.«

Wir unterhielten uns lange über ihn. Wie er lächelte, warum er so selten schrie, daß er so viel freundlicher als andere Kinder war. Durch unsere Liebe zu dem Kind kamen wir uns näher.

Zu meiner Überraschung akzeptierte sie unsere Geschichte über Harriet. Es schien sie wenig zu interessieren. Sie konnte Harriet wegen des Unglücks, das Charlotte erlitten hatte, sowieso nicht leiden. Ich fragte mich, was sie wohl gesagt hätte, wenn sie wüßte, daß sich Charlotte beinahe das Leben genommen hatte.

Zuerst zeigte Matilde auch nur wenig Interesse an dem kleinen Leigh, doch er hatte ein so gewinnendes Wesen, daß sie ihn unwillkürlich in ihr Herz schloß. Sie gab jedoch deutlich zu verstehen, daß ihr an einer Freundschaft mit Harriet nicht gelegen war.

Nach ihrer Abreise bekam ich Briefe von meinen Eltern, die sich jetzt in Breda aufhielten.

Es war April. Die Kleinen waren jetzt drei Monate alt, und meine Eltern schienen überzeugt, daß die Abreise nach England unmittelbar bevorstehe. Es kamen Briefe mit Nachrichten über die Vorgänge in der Umgebung des Königs. Die Verhandlungen seien in vollem Gange. Gesandtschaften reisten zwischen Breda und London hin und her. Sir John Grenville habe General Monck einen Brief des Königs überbracht, und der General habe öffentlich erklärt, er habe dem König stets die Treue gehalten und sei jetzt in der Lage, auch öffentlich für ihn eintreten zu können.

Meine Mutter schrieb, es habe auch noch einige andere wie unseren eigenen, geliebten General Tolworthy gegeben, die alles geopfert hätten und mit dem König ins Exil gegangen seien, aber das spiele jetzt keine Rolle. »Man hat den König gebeten, zurückzukehren«, schrieb sie. »Und er hat Monck seine Bedingungen übermittelt. Jetzt kann es nicht mehr lange dauern.«

Ich las den Brief meiner Mutter, als wir bei Tisch saßen. Lucas meinte, wir sollten gleich mit den Reisevorbereitungen beginnen. Die Kleinen waren von der bevorstehenden Veränderung begeistert, aber das Hauspersonal zeigte sich – für uns natürlich schmeichelhaft – ziemlich niedergeschlagen, und Madame Lambard wollte wissen, was sie denn jetzt eigentlich tun solle. Sie habe die beiden kleinen Lieblinge mit auf die Welt gebracht, und jetzt würden sie ihr weggenommen.

»Es ist noch nichts entschieden«, tröstete ich sie. »Es ist schon so oft davon geredet worden, und hinterher ist nichts geschehen.«

Die Säuglinge schliefen in einem Zimmer neben dem meinen. Wenn sie nachts schrien, wollte ich sofort bei ihnen sein. Ich stand dann auf und beruhigte sie. Manchmal mußte ich auch Leigh auf den Arm nehmen. Harriet erklärte, sie höre sie nie.

»Du bist keine normale Mutter«, schalt ich sie.

»Mutter wider Willen wäre wohl der passendere Ausdruck«, antwortete sie.

Es beunruhigte mich etwas, wenn sie so redete, denn ich mußte an den armen Leigh denken, der sich mehr an mich und Madame Lambard als an Harriet zu gewöhnen schien.

Eines Abends kam Harriet in mein Zimmer, als ich gerade zu Bett gegangen war. Es war Mitte April, und ich hatte neuere Nachrichten von meinen Eltern erhalten. Das Parlament habe beschlossen, das Land solle hinfort vom König, dem Oberhaus und dem Unterhaus regiert werden. Das klang sehr gut. Alle Vorbereitungen seien in vollem Gange.

Harriet machte einen nachdenklichen Eindruck. Sie nahm einen Stuhl, zog ihn an mein Bett und sah mich prüfend an.

»Viel ist in so kurzer Zeit geschehen«, sagte sie, »und es wird weitere Veränderungen geben. Stell dir vor, Arabella: Wir werden tatsächlich heimkehren.«

»Es ist merkwürdig«, erwiderte ich, »darauf haben wir nun so lange gewartet, und jetzt stimmt es mich doch ein wenig traurig. Dieses altes Château ist für mich fast zu einer zweiten Heimat geworden. Hier bin ich glücklich gewesen. Ich habe es geliebt, bevor ich erkannte, wie heruntergekommen es ist, und wie eintönig das Leben hier sein kann.«

»Du bist leicht zufriedenzustellen, liebe Arabella. Manchmal glaube ich, du würdest dich überall zu Hause fühlen.«

»Ich habe erkannt, wie wenig ich doch vom Leben wußte, bevor . . .«

»Bevor ich kam«, meinte Harriet.

»Ja, das war wohl der Wendepunkt.«

»Vielleicht hätte ich nicht hierbleiben sollen, Arabella.«

»Was wäre wohl geschehen, wenn du nicht geblieben wärest?«

»Mit dir . . . oder mit mir? Du hättest deinen Edwin kennengelernt und ihn geheiratet, denn das war eine beschlossene Sache eurer beiden Familien. Aber du wärst ihm nie nach England gefolgt.«

»Dann wäre er vielleicht noch am Leben. Ich hätte noch ihn und außerdem das Kind.«

»Du siehst, ich bin nur ein schwacher Ersatz.«

»Ach, bitte, Harriet, rede nicht so. Man soll nicht immer sagen: Wenn dies nicht geschehen wäre, dann sähe alles ganz anders aus. Wie können wir wissen, was sonst vielleicht passiert wäre?«

»Ja, können wir das wissen? Aber mit dem Wörtchen ›wenn‹ kann man sich allerlei ausmalen. Wenn er am Leben geblieben wäre, hätte dein Leben vielleicht nicht den Verlauf genommen, wie du es dir vorgestellt hattest. Du hättest vielleicht Dinge erfahren, die du vorher nicht gewußt hast.«

»Was meinst du damit?«

»Über euch selbst. Ihr wurdet auseinandergerissen, als jeder von euch der Idealvorstellung des anderen entsprach. Es ist schwierig, über lange Zeit hinweg ein Idol zu bleiben.

Leider hat jeder von uns – wie soll ich mich ausdrücken – irgendwo einen dunklen Punkt. Verstehst du, was ich meine?«
»Es ist unerträglich, an das zu denken, was ich getan habe, Harriet. Wenn ich hiergeblieben wäre . . .«
»Reden wir nicht mehr davon. Wenn du nach England zurückgehst, dann zum Stammsitz der Eversleighs.«
»Ich weiß es nicht. Dort muß noch soviel getan werden. Die Häuser haben alle stark gelitten.«
»Eversleigh Court aber nicht. Wir wissen ja, daß es Carleton Eversleigh gelungen ist, durch die Dienste, die er Cromwell geleistet hat, das Haus vor Schaden zu bewahren, gar nicht zu reden von den Schätzen, die er in dem Geheimraum hinter der Bücherwand in Sicherheit bringen konnte.«
»Ja, in dieser Hinsicht hat die Familie Glück gehabt.«
»Man wird alle diese wertvollen Dinge ans Tageslicht bringen, und du wirst ein luxuriös eingerichtetes Heim haben. Ja, du wirst dort leben – mit deinem Sohn, mit Edwin, dem Erben eines schönen Besitzes, daran habe ich überhaupt keinen Zweifel. Denn die Eversleighs werden zu den glücklichen Familien zählen, die hoch in der Gunst des Königs stehen. Dasselbe gilt für die Tolworthys. So ist der kleine Edwin von beiden Seiten gut gepolstert. Aber soweit ich weiß, wurde Far Flamstead, das Gut der Tolworthys, von den Rundköpfen übel zugerichtet.«
»Ich kann mir gar nicht vorstellen, wie es nach all den Jahren dort aussehen wird.«
»Gebetsstunden im Festsaal, nehme ich an, und harte Strohsäcke statt der bequemen Himmelbetten. Eines wissen wir genau: Far Flamstead ist nicht durch einen schlauen Carleton erhalten geblieben.«
»Du hast ihn nicht leiden können, nicht wahr?«
»Ich kenne diese Art von Menschen. Arrogant und herrschsüchtig. Er mochte mich nicht, und ich habe denselben Fehler, der vielen Menschen zueigen ist: Mir sind Leute erst dann sympathisch, wenn auch ich ihnen sympathisch bin.«
»Es war sicher etwas Neues für dich, auf einen Mann keinen Eindruck zu machen.«

»Ist bisher selten vorgekommen. Das kann ich dir versichern.«
»Wirkt es nicht erst recht wie eine Herausforderung für dich?«
»Nicht im Falle einer so eitlen und überheblichen Person, wie es dein angeheirateter Vetter ist.« Plötzlich änderte sich ihr Tonfall. Sie wirkte beinahe hilflos, als sie fortfuhr: »Wenn du nach Eversleigh Court gehst, was man mit Sicherheit von dir erwarten wird, was geschieht dann mit mir?«
»Du kommst natürlich mit.«
»Glaubst du, ich wäre willkommen? Eine wildfremde Frau mit einem unehelichen Kind?«
»Rede nicht so, Harriet. Du weißt, daß ich dich immer bei mir haben möchte.«
»Liebe Arabella. Du siehst doch, daß es nicht alle so gut mit mir meinen. Lady Eversleigh lehnt mich ab . . . und sie macht daraus auch kein Hehl.«
»Das ist nur wegen Charlotte.«
»Der Grund spielt keine Rolle, es ist so. Ich wäre dort bestimmt nicht willkommen. Deine Eltern? Würden sie mich etwa nach Far Flamstead einladen oder wohin auch immer sie ziehen sollten? Sei doch vernünftig, Arabella. Wohin soll ich gehen?«
»Ach, Harriet, du bist jetzt schon so lange bei uns. Ich kann mir ein Leben ohne dich nicht vorstellen.«
»Du brauchst es dir auch gar nicht vorzustellen, denn es wird eine Tatsache sein.«
Ich schwieg. Ich wußte, daß sie recht hatte, daß Lady Eversleigh sie ablehnte und meine Mutter Mißtrauen gegen sie hegte. Lucas verehrte sie, auch die Kleinen. Aber würde das eine Rolle spielen?
Sie tat mir in ihrer Notlage schrecklich leid, und ich sagte mit fester Stimme: »Ganz gleich, was die Eversleighs sagen werden – du kommst mit mir, Harriet. Du hast ihnen nichts getan. Edwin hat dich recht gern gehabt. Leigh könnte ein kleiner Schock für sie werden, wenn die Wahrheit herauskommen sollte. Damen haben keine Kinder zu bekommen,

wenn sie nicht verheiratet sind. Bei Dienstmädchen kommt so etwas gelegentlich vor, und meine Mutter hat dann immer ein gutes Herz bewiesen.«

»Vielleicht werde ich dann mit derselben Nachsicht wie ein Dienstmädchen behandelt werden«, sagte sie.

Dann brachen wir aus unerfindlichen Gründen in Lachen aus.

Sie trat an mein Bett und drückte mir einen Kuß auf die Stirn. »Mach dir um mich keine Sorgen«, sagte sie. »Ich komme auch allein durch, wenn es soweit ist – keine Angst.«

Dann ging sie hinaus und ließ mich allein. Sie hatte recht. Ich war überzeugt, daß sie auch allein für sich würde sorgen können. Aber insgeheim hoffte ich immer noch, daß sie mit mir kommen würde.

Die Nachrichten überstürzten sich jetzt.

Die City von London und die Flotte erklärten sich für Karl. Das bedeutete, der König konnte die Überfahrt jeder Zeit gefahrlos antreten.

Sein Standbild hatte einen Platz in der Guildhall erhalten, das Wappen der Republik hatte man entfernt. Aber das war noch nicht alles. Unmittelbar darauf war Karl in Westminster feierlich zum König proklamiert worden. Überall gab es Dankgottesdienste, denn die Republik hatte ein Ende gefunden und es sollte wieder einen König geben.

Dann kam das Wichtigste. Eine aus sechs Lords und zwölf Unterhausabgeordneten bestehende Gruppe war im Haag eingetroffen: Karl wurde offiziell zur Rückkehr nach England aufgefordert. Am neunundzwanzigsten Mai war sein Geburtstag, und an diesem Tag sollte sein triumphaler Einzug in London stattfinden.

Jetzt war es also endlich soweit.

Plötzlich tauchten Freunde aus allen Teilen Frankreichs auf. Sie befanden sich auf dem Weg zur Küste, um den großen Tag mitzuerleben, und viele von ihnen kamen bei uns vorbei. Die Dienerschaft hatte sich früher immer über

Besuch gefreut, doch jetzt war die Stimmung eher traurig. Alle wußten, daß auch wir bald abreisen würden.
Die gedämpfte Stimmung im Château stand in einem seltsamen Gegensatz zur erwartungsvollen Vorfreude der Besucher, aber die Niedergeschlagenheit des Hauspersonals war irgendwie rührend und für uns durchaus ein Kompliment. Auch wir waren traurig, denn jetzt, wo das gelobte Land in Sichtweite gerückt war, mußten wir uns gedanklich auch mit denjenigen beschäftigen, die wir zurückließen.
»Wir kommen bestimmt auf Besuch zu Ihnen, Madame Lambard«, sagte ich. »Dann werde ich Edwin mitbringen, damit Sie ihn sehen. Und Sie müssen uns auch besuchen.«
Sie lächelte mich an und schüttelte dann traurig den Kopf.
Es war immer eine Menge zu tun, denn der Besucherstrom riß nicht ab – einige blieben einen Tag, andere nur über Nacht und einige wenige mehrere Tage.
Zu letzteren gehörte auch Sir James Gilley, ein ziemlich eingebildeter Gentleman, ungefähr Ende Vierzig. Er war ein Dandy, der behauptete, durch das Exil viel gelitten zu haben. Er sei ein Freund des Königs, behauptete er, und gebrauchte Ausdrücke wie: »Charlie wird das alles ändern, wenn er wieder daheim ist« und »Charlie würde an Ihnen, meine Damen, Gefallen finden«. Ich sagte zu Harriet, er stehe mit Seiner Majestät offenbar auf sehr vertrautem Fuß.
Harriet lauschte ihm gebannt, wenn er vom Leben bei Hofe erzählte, und obwohl die Hofhaltung in den letzten Jahren erschwert worden war, weil der König Gastfreundschaft in Anspruch nehmen mußte, wo er sie gerade fand, blieb er immer der König. Und Sir James meinte: »Wenn er zurück ist, wird sich Charlie für alles erkenntlich zeigen.« Er habe ihn, Sir James, bereits ins Vertrauen gezogen und erklärt, nach seiner Rückkehr werde er nie wieder auf Reisen gehen.
Der Monat Mai schien in diesem Jahr schöner denn je zu sein. Ich war überzeugt, daß es mehr Blumen gab als sonst, und Dotterblumen und Löwenzahn ließen die Felder golden schimmern. Ich stand schon früh auf, um mich zu vergewissern, daß den Babys nichts fehlte. Dann nahm ich Edwin

mit mir ins Bett und blieb noch eine Weile liegen, während ich dem fröhlichen Gesang der Vögel lauschte.
Harriet schien oft in Gedanken versunken zu sein. Ich nahm an, daß sie sich um ihre Zukunft Sorgen machte. Es lag eine große Veränderung in der Luft, und sie dachte wohl an das, was ihr noch bevorstand.
Aber was auch kommen mochte – ich wollte sie auf jeden Fall mitnehmen. Ich konnte bestimmt Matilda Eversleigh klarmachen, daß sie meine Freundin sei und daß ich sie deswegen bei mir haben wolle.
Lucas schien nicht so optimistisch. Er war schon zu alt, um in unserer Heimkehr das Allheilmittel für all unsere Schwierigkeiten zu sehen. Er hatte auch zu lange in Château Congrève gelebt, um sich ohne weiteres von dem Haus trennen zu können.
Dick befand sich in heller Aufregung, und ich hörte, wie er den anderen die wildesten Geschichten über England, das er noch nie in seinem Leben gesehen hatte, erzählte. Er besaß seine eigenen Vorstellungen von der Heimat, nachdem er im Laufe der Jahre soviel über sie gehört hatte.
Harriet schob offensichtlich alle Sorgen über die Zukunft von sich und genoß die Anwesenheit der vielen Besucher. Sie erinnerte mich an die Harriet, die damals mit nach Villiers Tourron geritten und dort zum Mittelpunkt des allgemeinen Interesses geworden war. Sie unternahm Ausritte mit unseren Gästen, und ich hörte oft, wie alle lachten, wenn sie ihnen Geschichten über sich selbst erzählte, die, wie ich genau wußte, frei erfunden waren. Aber das, was sie sagte, war so amüsant und geistreich, daß ihr alle gebannt zuhörten. Sie gab sich als junge Witwe aus, deren Ehemann, so wie Edwin, sein Leben für die Sache des Königs verloren hatte.
Sir James Gilley sagte mir eines Morgens, er werde am nächsten Tag weiterreisen. Er befinde sich auf dem Weg zur Küste, wo er den König und dessen Begleitung erwarten wolle. Sie würden gemeinsam den Kanal überqueren und auf der anderen Seite sicherlich mit großem Jubel begrüßt werden.

»Und, meine Gnädigste, ich bin überzeugt, daß Sie uns in Kürze folgen werden. Ich bin sicher, wir werden uns am Hof des Königs begegnen. Charlie wird diejenigen kennenlernen wollen, die ihm durch all diese Jahre die Treue gehalten haben.«

Ich sagte, ich zweifelte nicht daran, daß mein Vater bald zum Château kommen werde, denn da sich der König zum Aufbruch rüste, werde mein Vater nicht zurückstehen.

»Dann werden wir uns bald sehen. Morgen werde ich schon in aller Frühe aufbrechen und mich schon heute abend von Ihnen verabschieden, denn ich werde unterwegs sein, bevor Sie aufgewacht sind.«

»Ich werde früh aufstehen.«

»Das wäre mir sehr unangenehm. Sie sind eine so vollendete Gastgeberin gewesen, daß ich Ihnen keine zusätzlichen Unbequemlichkeiten zufügen möchte.«

»Früh aufstehen macht mir nichts aus.«

»Meine Gnädigste«, sagte er, »lassen Sie mich, bitte, in aller Stille abreisen. Wir sehen uns in London wieder, das verspreche ich Ihnen.«

Tagsüber traf er dann seine Reisevorbereitungen, und ich bekam nur sehr wenig von ihm zu sehen. Nach dem Abendessen dankte er mir in gesetzten Worten für meine Gastfreundschaft und gelobte, er werde meinem Vater sagen, was für eine großartige Tochter er habe.

Zum Schluß sagte er, er werde sich bald zurückziehen, um anderntags bei Tagesanbruch aufbrechen zu können.

In der Nacht kam Harriet in mein Zimmer.

»Morgen ist er nicht mehr da«, sagte ich zu ihr. »Ihr habt euch gut miteinander angefreundet. Du wirst ihn vermissen.«

Sie zuckte mit den Achseln. »In diesen Tagen herrscht ein ständiges Kommen und Gehen. Solange wir nicht wieder in geordneteren Verhältnissen leben, sollte man flüchtigen Bekanntschaften nicht zuviel Bedeutung beimessen.«

»James Gilley meint, wir werden uns bald wiedersehen.«

»Mag sein. Ich bin gespannt, ob sich der König seiner wahren Freunde erinnern wird. Er wird von vielen Men-

schen umringt sein, die alle beteuern werden, wie loyal sie zu ihm gehalten haben.«
»Vielleicht denkt er gerade an diejenigen, die es nicht zu beteuern brauchen.«
»Das hast du gut gesagt.« Sie sah mich an. »Alles wird sich verändern«, fuhr sie fort. »Es liegt in der Luft – man spürt es förmlich.«
»Das ist doch ganz natürlich. Jetzt tritt endlich das ein, worauf wir all diese Jahre gewartet haben.«
»Glaubst du, daß sich unsere Erwartungen erfüllen werden, Arabella?«
»Es wird guttun, wieder daheim zu sein. Dann sind wir keine Flüchtlinge mehr, die auf die Mildtätigkeit ihrer Freunde angewiesen sind.«
»Ja, das ist bestimmt gut. Ach, Arabella, wir werden immer Freundinnen bleiben. Das weiß ich.«
»Ich hoffe es.«
»Was ich auch getan habe – du würdest mir verzeihen, nicht wahr?«
»Wahrscheinlich.«
»Vergiß das nicht.«
»Du redest heute abend so feierlich.«
»Wir haben allen Anlaß, feierlich zu sein.«
»Du sorgst dich um deine Zukunft, glaube ich. Das ist nicht notwendig. Du kommst mit mir, etwas anderes würde ich nicht zulassen.«
Sie trat an mein Bett und küßte mich.
»Gott segne dich, Arabella.«
So ernst hatte ich sie noch nie gesehen. Doch dann lachte sie plötzlich und sagte: »Ich bin müde. Gute Nacht.«
Und ging hinaus.

An den nächsten Tag kann ich mich noch ganz deutlich erinnern.
Von der Abreise hörte ich nichts. Sir James mußte sich ganz früh und in aller Stille auf den Weg gemacht haben, wie er es mir angekündigt hatte.
Ich ging zu den Babys hinüber. Sie schliefen friedlich. Ich

nahm Edwin vorsichtig auf den Arm und wiegte ihn, wie ich es immer gern tat, eine Weile leise hin und her.
Er wachte auf und fing zu greinen an. Leigh hörte ihn und tat das gleiche. So nahm ich auch ihn auf und saß eine Zeitlang da, die Kinder links und rechts auf dem Arm haltend.
Madame Lambard kam geschäftig herein, um die Kleinen zu versorgen, und ich begab mich in mein Zimmer, um mich anzukleiden.
Als ich fertig war und sich in Harriets Zimmer nichts rührte, klopfte ich an ihre Tür. Als niemand antwortete, trat ich ein. Das Bett war gemacht. Entweder hatte sie nicht darin geschlafen oder sie war früh aufgestanden und hatte es selbst in Ordnung gebracht.
Ich ging zum Fenster und schaute hinaus. Ein Bild des Friedens: Alles war grün und frisch, die Bäume waren voller Knospen und die Vögel schienen voller Freude, weil der Morgen gekommen war.
Ich mußte daran denken, daß Sir James Gilley abgereist war und wir einen ruhigen Tag ohne Hausgäste haben würden. Ich wollte anfangen, meine Sachen zusammenzupacken, denn meine Eltern konnten jetzt jeden Tag eintreffen.
Ich drehte mich um und sah einen Brief auf dem Tisch liegen. Er war an mich adressiert. Ich machte ihn auf und versuchte, ihn zu lesen, aber die Worte verschwammen mir vor den Augen. Ich mußte noch einmal von vorn anfangen, bis ich begriff, was hier geschrieben stand.

»Meine liebe Arabella,
lebe wohl! Ich reise heute früh mit James Gilley ab. Er hat mich sehr gern und wird sich um mich kümmern. Glaube mir bitte, wenn ich Dir sage, daß ich Dich nur sehr ungern verlasse, aber ich sehe keinen anderen Weg. Deine Schwiegermutter, bei der Du jetzt wohnen wirst, kann mich nicht ausstehen. Sie hätte mich in ihrem Haus nie geduldet. Ich bilde mir ein, daß auch Deine Mutter nicht viel für mich übrig hat und auch sie mich nicht bei sich aufgenommen hätte. Und als James mich fragte,

sagte ich ja. Dies schien die beste Lösung zu sein. Er ist wohlhabend, und ich liebe die Bequemlichkeit. Ich weiß schon, wie ich mit ihm umzugehen habe. Das Leben bei Hofe wird mir bestimmt gefallen. Nur eines bedauere ich: Dich zu verlassen. Arabella. Uns verbindet eine echte Freundschaft, nicht wahr? Und wir werden immer Freunde bleiben. Wir werden uns wiedersehen.

Da ist noch etwas anderes. Ich lasse Leigh in Deiner Obhut. Ich weiß, daß Du das Richtige für mein Baby tun wirst. Du wirst ihn zusammen mit Deinem lieben Edwin aufziehen. Ich wüßte sonst niemanden, dem ich ihn anvertrauen könnte.

Dieser Brief soll kein Abschied sein, liebe Arabella. Er ist ein *Au revoir*.

Gott segne Dich.

Deine Dich liebende Freundin

Harriet.«

Immer wieder las ich, was sie geschrieben hatte. Ich konnte es nicht glauben. Es konnte nicht wahr sein! Sie war ebenso dramatisch, wie sie gekommen war, auch wieder verschwunden. Aber sie hatte etwas zurückgelassen, das uns an sie erinnern sollte: Ihr eigenes Kind! Wie konnte sie es nur verlassen?

Aber sie konnte es. Harriet war zu allem fähig.

Ich ging in den Raum, den wir zum Kinderzimmer gemacht hatten.

Madame Lambard wiegte Leigh auf den Armen hin und her.

Ich sah das Baby an, und Madame Lambard fragte: »Ist etwas passiert, Madame Arabella?«

Ich antwortete bloß: »Sie ist fort. Sie hat das Baby zurückgelassen und ist fortgegangen.«

In der dritten Maiwoche kamen meine Eltern nach Congrève, um uns abzuholen. Wir feierten ein glückliches Wiedersehen. In der Küche herrschte allerdings eine gedrückte Stimmung, denn Marianne, Jeanne und Jacques sahen uns

nur ungern gehen. Madame Lambard war verzweifelt, hauptsächlich wohl wegen der beiden Babys.
Meine Mutter war höchst beunruhigt, als sie hörte, daß Harriet weggegangen war und ihren Sohn zurückgelassen hatte.
»Dieses Geschöpf!« rief sie. »Wie konnte sie nur so etwas tun? Und wer ist der Vater?«
Ich sagte ihr, es sei Charles Condey. Er habe sich während unseres Besuchs in Villiers Tourron leidenschaftlich in Harriet verliebt.
»Wir kennen ihn gut. Er ist ein so vernünftiger, junger Mann. Es fällt mir schwer, zu glauben, daß er ein Mädchen sitzenlassen würde, das ein Kind von ihm erwartet.«
»Er wollte sie heiraten, aber sie lehnte ab.«
»Eigentlich war er ja auch für Charlotte bestimmt.«
»Du kennst Harriet nicht, Mutter. Sie ist so attraktiv und wirkt auf die Menschen unwiderstehlich, zumindest auf die meisten.«
»Das kann ich verstehen . . . aber ein Kind einfach zurückzulassen!«
»Sie wußte, daß ich mich immer um den Kleinen kümmern würde.«
»Und was wirst du jetzt tun? Ihn mit nach Eversleigh Court nehmen?«
»Selbstverständlich. Er wird zusammen mit Edwin aufwachsen.«
Meine Mutter schüttelte betrübt den Kopf. Dann umarmte sie mich und sagte: »Du bist ein braves Mädchen, Arabella. Ich kann dir gar nicht sagen, wie oft dein Vater und ich Gott danken, daß wir dich haben. Du weißt doch, was du deinem Vater bedeutest?«
Ich nickte. »Es ist so wunderbar, daß wir wieder zusammen sind. Ich wünschte, ich könnte mit euch nach Far Flamstead kommen.«
»Ich weiß, meine Liebste. Aber du mußt Matilda trösten. Die Arme – sie hat ihren einzigen Sohn verloren. Sie liebt dich innig. Sie hat mir gesagt, sie habe in dem Augenblick, als sie dich zum ersten Mal sah, sofort gewußt, daß du die

Frau seiest, die sie sich für Edwin gewünscht habe. Und jetzt, nach dieser entsetzlichen Tragödie, bist du es, die sie wieder aufrichten kann, denn du hast ihr den kleinen Edwin geschenkt. Du hast ihrem Leben wieder einen Sinn gegeben. Um einen Enkelsohn hat sie gebetet und durch dich hat sie ihn bekommen. Deshalb sie nicht traurig, daß du nicht mit nach Far Flamstead kommen kannst. Wir sind nicht weit entfernt von dir, wir werden uns oft sehen. Und du wirst glücklich sein, weil du deiner neuen Familie so viel Freude bereitet hast.«

Lord Eversleigh, Edwins Vater, war ein reizender Mann. Er und Matilda waren erheblich älter als meine Eltern. Ich erinnerte mich, daß mir Edwin einmal gesagt hatte, sie seien schon längere Zeit verheiratet gewesen, bevor die Kinder auf die Welt kamen.

Lord Eversleigh war tief bewegt, als er meinen Sohn zum ersten Mal sah, und obwohl ich Edwin bei dieser Gelegenheit noch mehr vermißte als sonst, freute ich mich, seine Eltern durch die Geburt des Enkels glücklich gemacht zu haben.

Wir sollten den Kanal alle gemeinsam überqueren. Meine Eltern wollten dann zunächst in Eversleigh Court übernachten. Wir befanden uns in einer solchen Hochstimmung, daß ich manchmal glaubte, es wäre alles nur ein Traum. Aber schließlich erlebten wir die Erfüllung jahrelanger Hoffnungen. Wir hatten so oft von der Heimkehr gesprochen, daß wir jetzt, wo der Zeitpunkt gekommen war, an unserem eigenen Glück zu zweifeln begannen. Wir mußten uns von so vielen Dingen, die uns im Laufe der Jahre liebgeworden waren, verabschieden, und die traurigen Augen der Dienerschaft in Congrève und die verweinten von Madame Lambard trugen nicht dazu bei, uns aufzuheitern.

Wie wäre mir wohl zumute gewesen, hätte ich mit meinem Mann zurückkehren können? Sicherlich ganz anders.

Die Überfahrt ging glatt vonstatten, was ein Segen war, und wir begaben uns nach der Landung zu einem kaum hundert Meter vom Ufer entfernt liegenden Gasthof, den die Eversleighs seit altes her gut kannten.

Damals hatte das Wirtshaus *Zum fröhlichen Kutscher* geheißen, aber das Wort *Fröhlichen* war übermalt worden, so daß der Name jetzt nur noch *Zum Kutscher* lautete – ein typisches Beispiel puritanischer Torheit, worüber wir alle lachen mußten.
Gastwirt war Tom Ferret, ein Sohn von Jim Ferret, wie uns Lord Eversleigh erzählte.
»Na, Tom«, sagte Lord Eversleigh. »Die Zeiten ändern sich.«
Tom legte einen Finger an die Nase und meinte verschmitzt: »Ist auch höchste Zeit, und es ist schön, daß Sie wieder da sind, Milord.«
Tom freute sich wie die meisten, endlich das frömmelnde Gehabe, das er gezwungenermaßen hatte zur Schau tragen müssen, ablegen zu können.
»Und wie geht es deinem Vater?« fragte Lord Eversleigh.
Tom wies nach oben, und ich war mir nicht ganz im klaren, ob er damit meinte, sein Vater sei im oberen Stockwerk oder im Himmel. Ich merkte jedoch, daß er letzteres gemeint hatte, denn er fuhr fort: »Es tut mir sehr leid, Milord, daß er diesen Tag nicht hat erleben können. Aber jetzt freuen wir uns auf die Wiederkehr der guten, alten Zeiten.«
»Eine Rückkehr zum Wohlstand«, sagte Lord Eversleigh. »Das Puritanertum ist schlecht fürs Geschäft, nicht wahr, Tom?«
»Es ist mir nicht leichtgefallen, mich über Wasser zu halten, Milord, aber jetzt kommt Gott sei Dank Seine Majestät zurück. Wissen Sie, Milord, wann der glücklichste Tag sein wird?«
»Bald, Tom, bald. Er soll an seinem Geburtstag heimkehren, und das wird der neunundzwanzigste dieses Monats sein.«
»Gott segne ihn. Sie werden doch, so hoffe ich, mit meinem besten Malvasier auf seine Gesundheit anstoßen.« Er zwinkerte uns leicht zu. »Er war die ganzen Jahre im Keller versteckt. Hat keinen Sinn, diesen Leuten, die jede Freude für Sünde halten, guten Wein auszuschenken.«

»Wir trinken ihn gern, und willst du bitte meinen Neffen in Eversleigh Court benachrichtigen lassen, Tom, daß wir da sind?«
»Master Carleton, er hat anscheinend die ganze Zeit für den König gearbeitet . . . und hat da oben den Puritaner gespielt. Einen besonders eingefleischten, wie ich gehört habe. Alle Großmächtigen sind nach Eversleigh gekommen, haben dort übernachtet und beratschlagt, wie sie unser Leben noch trübsinniger machen könnten.«
»Kein Eversleigh würde jemals seinen König verraten, Tom.«
»Nein, Milord, aber Master Carleton hat uns ganz schön hinters Licht geführt.«
»Das war auch notwendig.«
»Gewiß, Milord. Und jetzt die Nachricht . . . Ich werde den Boten sofort losschicken. Dann kommt der Malvasier dran.«
Milch wurde für die Babys hereingebracht, und wir saßen in der Wirtsstube am Tisch, aßen frisches Brot mit Käse und tranken den Malvasier dazu, der mir gut schmeckte.
Etwa eine Stunde später traf Carleton Eversleigh in dem Gasthaus ein. Lord Eversleigh schüttelte ihm kräftig die Hand, während Matilda ihn umarmte. Tränen traten ihr in die Augen.
»Ach, Carleton«, rief sie aus. »Es hat so lange gedauert . . .«
Er nickte. »Aber wir wußten, daß der Tag kommen würde, und jetzt ist es soweit. Seien wir froh.« Ich hatte den Eindruck, er wollte einen leichten Ton anschlagen, weil er sein Gefühle nicht zeigen wollte.
Er sah mich an, und mir fiel ein leichtes Lächeln auf, das ich nicht deuten konnte. »Aha«, sagte er, »es ist noch gar nicht so lange her, seit wir uns kennengelernt haben.«
Ich nickte und stellte ihn meinen Eltern vor.
Er begrüßte sie und sah dann die Kinder. Natürlich wußte er noch nichts. Wie konnte er auch? Er warf einen Seitenblick auf die beiden Dienstmädchen meiner Mutter, die die Babys auf dem Arm hielten.
»Mein Sohn«, sagte ich. »Mein Sohn Edwin.«
Er war ehrlich erstaunt.

Er blickte auf das Baby hinunter. »Aha . . . er hat Ihnen also ein Kind hinterlassen.«
»Ja.«
»Zwillinge?«
»Nein. Dies hier ist Edwin. Und hier ist Leigh.«
»Und wessen Kind ist Leigh?«
»Sie erinnern sich doch an Harriet Main?«
»Harriet Main.« Er lachte plötzlich kurz auf und blickte sich um, als suche er Harriet.
»Sie ist nicht mehr bei uns«, sagte ich. »Sie ist mit Sir James Gilley nach London gefahren. Sie werden heiraten. Dann wird sie das Kind wieder zu sich nehmen.«
Ich ließ meiner Phantasie freien Lauf, wie es Harriet selbst wahrscheinlich getan hätte. Es war töricht von mir, aber sein verstecktes Lächeln ärgerte mich.
»Sie werden vermutlich lange warten können, bis sie das Kind abholt, wenn sie darauf wartet, daß Gilley sie heiraten wird. Er ist seit langem mit einer Dame verheiratet, die ich gut kenne. Es ist eine sehr ehrenwerte Dame, und sie haben zwei Söhne und vier Töchter. Und da sie sich in einem bemerkenswert guten Gesundheitszustand befindet, glaube ich, daß James Gilley noch geraume Zeit auf seine Freiheit wird warten müssen.«
Ich war wütend, weil er Harriet vor allen Anwesenden bloßstellte. Ich merkte, wie entsetzt die Everleighs waren, und auch meine Mutter schien peinlich berührt, obwohl sie mir später sagte, sie habe so etwas erwartet.
Carleton besaß die besondere Gabe, eine friedvolle, glückliche Atmosphäre zu zerstören. Darauf konnte man sich verlassen, wie ich später feststellte.
»So sind Sie also zu einem weiteren Baby gekommen, nicht wahr?« fuhr er lachend fort. »Na schön, die beiden werden gemeinsam aufwachsen. Lassen Sie mich den kleinen Kerl einmal näher ansehen. Er macht einen recht stämmigen Eindruck.« Er hielt Edwin einen Finger hin, den dieser mit einer nach meinen Begriffen übermenschlichen Intelligenz ergriff. »Ich glaube, er hat Gefallen an mir gefunden.« Ich nahm ihm das Baby wieder ab; er dachte bestimmt daran,

daß er durch Edwins Existenz um eine erhoffte Erbschaft gebracht worden sei.
Carleton hatte Pferde und einen Wagen mitgebracht, so daß wir Eversleigh Court bequem erreichten, und unterwegs wurden von allen Seiten bewundernde Ausrufe über die Schönheit der Landschaft laut.
»Ach, diese herrlich grünen Wiesen«, rief Matilda. »Wie habe ich sie doch vermißt! Seht dort die Blüten auf der Kastanie. Ach, Arabella, sieh dort hinüber – Apfelbäume! Rosa Blüten – und schau! Dort blüht ein Kirschbaum.«
Wir hatten grüne Wiesen und blühende Obstbäume natürlich auch während des Exils gesehen, aber die Tatsache, daß wir jetzt wieder daheim waren, verlieh allem eine ganz besondere Schönheit.
Es war in der Tat eine besonders schöne Jahreszeit. Die Restauration hätte zu keinem besseren Zeitpunkt kommen können. Wir nahmen die Naturschönheiten wie etwas Neues in uns auf – die bronzenen Blütendolden der Platanen, den lila Flieder und den Goldregen.
England. Wir waren keine Flüchtlinge mehr.
Und jetzt befanden wir uns in Eversleigh Court. Unwillkürlich wanderten meine Gedanken zu dem knapp über ein Jahr zurückliegenden Tag zurück, als ich hier mit Edwin und Harriet angekommen war. Ich hörte noch Carletons Stimme – und nicht die Edwins – als er sagte: ›Einen guten Tag, mein Freund.‹
Wie gut Carleton die Situation meisterte! Was für ein guter Schauspieler er war! Er hatte durch keine Bewegung zu erkennen gegeben, daß er mir mein Baby übelnahm, und doch mußte er wissen, daß er durch Edwins Geburt großer Güter und eines Adelstitels verlustig gehen würde.
»Wir sind dabei, das Haus allmählich wieder in seinen normalen Zustand zu versetzen«, sagte Carleton. »Ich hatte gehofft, Onkel, damit schon weitergekommen zu sein. Du wirst sehen, wieviel ich habe retten können. Es ist wirklich beachtlich.«
»Du bist schon immer ein schlauer Bursche gewesen, Carleton«, sagte Lord Eversleigh.

»Mein Gott, während des letzten Jahres habe ich mir wirklich etwas einfallen lassen müssen. Mehr als einmal war ich nahe daran, alles platzen zu lassen. Die Rolle, die ich spielen mußte, ist mir bestimmt nicht leichtgefallen ... ich meine die Rolle des Puritaners.«
»Das glaube ich dir unbesehen«, sagte Lord Eversleigh lachend. »Meine Hochachtung, Neffe. Es ist gut, wieder daheim zu sein. Ein tiefes Bedauern ...«
»Ich weiß«, sagte Carleton. »Es war eine Tragödie.« Er sah mich forschend an, und ich fand ihn plötzlich wieder sehr wenig sympathisch. »Aber du hast ja den Jungen.«
»Gott nimmt mit der einen Hand und gibt mit der anderen«, sagte Matilda. »Ich habe meinen geliebten Sohn verloren, aber ich habe jetzt eine neue Tochter. Sie hat mir großen Trost beschert, und ich bin von einem Gefühl der Dankbarkeit erfüllt, das ich kaum in Worte kleiden kann.«
Sie streckte mir die Hand hin, die ich spontan ergriff.
»Gott segne dich, Arabella«, sagte sie.
»Arabella hat dir deinen Enkelsohn geschenkt«, meinte Carleton. »Das ist gewiß ein Grund zur Freude. Aber jetzt kommt bitte mit und seht euch ein bißchen um.«
Er schritt neben mir, und mir war, als beobachte er mich genau, als ob er feststellen wollte, welche Wirkung die Rückkehr an den Ort der Tragödie auf mich ausübte.

Beim ersten Besuch war mir nicht aufgefallen, wie schön Eversleigh Court war. Ich erinnerte mich noch deutlich der hohen Mauer, die das Haus umgab, und über die hinweg man die verschiedenen Giebel sehen konnte. Vieles erinnerte noch an die Zeit puritanischer Strenge. In der kurzen Zeit hatte noch nicht alles geändert werden können. Auf den einstigen Blumenbeeten standen noch immer Kräuter und Gemüsepflanzen, aber eine Fontäne plätscherte, und Eiben waren in bizarre Formen zurückgeschnitten worden.
»Es ist sicher ein Schock für dich, Tante Matilda«, sagte Carleton. »Aber mach dir nichts daraus. Bald hast du wieder deine Blumen. Du darfst nicht vergessen, daß ich sie abschaffen mußte. Sie waren nur wunderschön, während

Kräuter und Gemüse einem bestimmten Zweck dienten und deshalb in den Augen unserer Herren und Gebieter akzeptabel waren. Einige von ihnen sind nicht einmal häßlich, findest du nicht auch?«

»Ach, Carleton, wie hast du das nur ertragen?« rief Matilda aus.

»Irgendwie hat mir meine Rolle sogar Spaß gemacht. Es amüsierte mich, mit den Hunden zu hetzen, während ich in Wirklichkeit mit dem Fuchs davonlief.«

»Das hätten nur wenige geschafft«, murmelte seine Tante.

Wir traten in die Halle. Hier hatte sich das Bild verändert. Der lange Tisch war frisch poliert und mit Zinngerätschaften geschmückt. Samtvorhänge hingen an der Galerie, die ich vorher kaum gesehen hatte. Ein Gobelin, der offenbar gerade aus dem geheimen Lagerraum hereingebracht worden war, befand sich an der Wand.

»Wieder daheim«, sagte Lady Eversleigh. »Was soll ich dazu sagen?«

Ihr Mann schob den Arm unter den ihren und drückte ihn an sich.

Wir stiegen die breite Treppe hinauf. Mehrere Bilder hingen an der Wand – Portraits längst verstorbener Eversleighs.

»Und das alles hast du gerettet, Carleton!« sagte Lord Eversleigh.

»Und noch mehr dazu«, antwortete Carleton stolz. »Du wirst es noch sehen. Aber jetzt möchte ich euch erst zu euren Zimmern führen. Ihr habt etwas Ruhe bestimmt nötig. Ich hatte keine Ahnung, daß ihr mit Babys ankommen würdet, so haben wir leider kein Kinderzimmer.«

Er grinste mich an, was wohl als eine Art von Entschuldigung gedacht war.

»Es gibt noch das alte Kinderzimmer«, sagte Charlotte.

»Meine Cousine Arabella wird das Baby zunächst wohl lieber in ihrer Nähe haben wollen?«

»Allerdings.«

»Und die alten Kinderzimmer liegen im obersten Stockwerk des Hauses. Oben ist nichts vorbereitet worden.«

Ich sagte: »Ich werde das Zimmer nehmen, in dem ich auch

damals gewohnt habe. Direkt neben ihm gab es noch ein . . .«

Ich hielt inne. In dem Zimmer würden sicherlich Erinnerungen an die Nächte wach, die ich dort mit Edwin verbracht hatte, während im Nachbarzimmer Harriet geschlafen hatte.

Ich wünschte, sie wäre jetzt bei mir. Sie würde Carleton auslachen. Durch sie würde ich alles in einem anderen Licht sehen. Ich wußte, daß sie eine Abenteuerin war. Hatte sie mir das nicht oft selbst gesagt? Sie hatte Charlotte den Liebhaber weggenommen. Sie hatte ein Kind empfangen und ihn dann verlassen. Sie hatte mit einer solchen Leichtigkeit gelogen, daß man nie wußte, ob sie gerade die Wahrheit sprach oder nicht. Aber ich hatte sie gern. Und ich vermißte sie.

Es war natürlich klar, daß sie hier unerwünscht gewesen wäre. Charlotte hätte ihre Anwesenheit nicht ertragen können. Mit ihrem Weggang hatte sie den richtigen Entschluß gefaßt.

Ich würde mich um Leigh kümmern. Er sollte mit Edwin im Kinderzimmer schlafen. Aber ich sehnte mich nach ihr.

Wie anders das Zimmer, das ich mit Edwin geteilt hatte, jetzt aussah! Ein wunderschöner Gobelin hing an der Wand, und es enthielt einige hübsche Möbelstücke. Ich konnte das Himmelbett nicht ohne innere Bewegung ansehen, aber mit den Seidenvorhängen sah auch das Bett jetzt ganz anders aus.

Meine jüngeren Geschwister gaben keinen Laut von sich, sie waren von der neuen, sie umgebenden Welt offenbar zutiefst beeindruckt.

Charlotte schien sie in ihr Herz geschlossen zu haben, und ich war froh darüber, denn die drei liebten sie, und sie sagte, sie würde schon ein passendes Zimmer für sie finden, sie habe noch so viele Erinnerungen an ihr altes Haus.

Ich war gespannt, wie sich Charlotte mit der Existenz von Leigh abfinden würde. Was empfand eine Frau beim Anblick des Kindes, das ihr Liebhaber mit einer anderen Frau hatte, Charlotte war gewiß viel zu vernünftig, um dem

Kind die Schuld zu geben. Ich fand meine Schwägerin immer sympathischer und hoffte sehr, daß wir Freundinnen würden, wenn auch Harriets Platz niemand einnehmen konnte.
Meine Eltern wollten schon früh am nächsten Morgen weiterreisen, aber wir waren, wie mir meine Mutter mehr als einmal versicherte, ja jetzt wieder in England und würden uns häufig sehen.
Allein in meinem Zimmer, wusch ich mir den Reisestaub ab und zog anstelle des Reitkleides ein blaues Samtkleid an. In Congrève hatten wir uns die Kleider selbst genäht, da hatte die Garderobe keine Rolle gespielt, und ich erinnerte mich noch lebhaft an den Eindruck, den Harriets elegante Kleider, die bei Kerzenlicht so wunderschön aussahen, auf uns gemacht hatten. Und niemand wollte sich jetzt wie ein Puritaner kleiden.
Meine Mutter kam in mein Zimmer. Sie sah mich mit sorgenvollem Blick an und sagte: »Ich glaube immer noch, daß du mein kleines Mädchen bist, dabei bist du jetzt erwachsen.«
»Witwe und Mutter«, erwiderte ich.
»Liebste Arabella, du wirst hier glücklich werden. Das weiß ich genau.«
»Ich will es versuchen, Mutter.«
»Matilda ist eine gutherzige Frau. Ich weiß – sie redet viel und wirkt manchmal etwas oberflächlich, aber im Grunde ist sie nicht so. Sie liebt dich. Kein Wunder, du hast ihr Leid gemildert. In dir und dem Jungen kann sie ein neues Glück finden. Ich weiß, daß Lord Eversleigh dir sehr dankbar ist. Sie haben gesagt, du bist jetzt ihre Tochter und sie werden alles tun, um dich glücklich zu machen.«
»Ich weiß, Mutter.«
»Und Charlotte? Sie schließt sich nur schwer jemandem an, aber ich glaube, daß sie dich ganz gern mag.«
»Ja, das glaube ich auch, Mutter.«
»Dann ist da noch der Vetter.«
»Carleton?« fuhr ich auf.
»Ich weiß nicht recht, was ich von ihm halten soll. In den

Jahren des Exils hat er sich großartig bewährt. Er war der zuverlässigste Agent hier zu Hause. Ein großer Teil unseres Erfolges geht auf sein Konto. Er schickte uns regelmäßig wichtige Informationen. Und trotzdem . . .«

»Du magst ihn nicht, Mutter?«

»Das kann ich nicht sagen. Ich kenne ihn zu wenig, und es geht sicher vielen so.

Selbstverständlich hat er sich als Erbe des gesamten Besitzes gefühlt, er wäre es ja auch geworden – wenn Edwin nicht geboren worden wäre. Was denkt er wohl jetzt? Er läßt sich nichts anmerken.«

»Hattest du das denn von ihm erwartet?«

»Nein, aber gewöhnlich kann ich aus dem Verhalten der Menschen ihre Gedanken erraten.«

»Ach, Mutter, du willst eine Prophetin sein. Ich denke wie du, und ich mag ihn nicht. Aber ich werde nicht zulassen, daß er mir in die Quere kommt.«

Sie nickte.

»Ich habe keinen Zweifel, daß du dich hier wirst behaupten können. Und vergiß nicht: Wir sind nicht weit weg. Dein Vater und ich, wir beide freuen uns, dich hier in guten Händen zurücklassen zu können. Du hast etwas Lebenserfahrung gewonnen.« Sie runzelte die Stirn. »Ich mache mir Sorgen um Harriet Mains Kind.«

»Ach, Mutter, es ist doch noch ein Baby . . . ein reizendes Baby.«

»Hast du eigentlich einmal daran gedacht, daß die Anwesenheit dieses Kindes für Charlotte schwer zu ertragen sein wird? Leigh ist das Kind des Mannes, den sie zu heiraten hoffte. Und dieses Kind lebt jetzt mit ihr unter einem Dach.«

»Sie scheint Leigh ebenso gern zu haben wie Edwin, Mutter. Charlotte ist zu vernünftig, um einem unschuldigen Kind irgendeinen Vorwurf zu machen.«

»Mag sein«, sagte sie. »Also, meine Liebste, wir werden jetzt *au revoir* sagen. Zu wissen, daß du in der Nähe bist, ist für mich ein großer Trost.«

Ich stand zwischen meinen Schwiegereltern und sah der

Abfahrt meiner Eltern und Geschwister zu. Charlotte war bei uns.
Als wir ins Haus zurückgingen, hatte ich das Gefühl, ein neuer Lebensabschnitt habe für mich begonnen.

Begegnung im Theater

Der neunundzwanzigste Mai des Jahres 1660 sollte für uns alle ein unvergeßlicher Tag werden. Wir waren in der Hauptstadt, um den feierlichen Einzug des Königs mitzuerleben. Es war sein dreißigster Geburtstag.
Am Vortag waren wir in London angekommen und hatten Wohnung im Stadthaus der Eversleighs genommen, das Carleton mit viel Geschick der Familie hatte erhalten können. Leider war es ihm nicht möglich gewesen, alle Kostbarkeiten in Sicherheit zu bringen, aber er hatte unter großer Gefahr einige wertvolle Stücke in Eversleigh Court verstekken können. Sie befanden sich zum Teil schon wieder in London, weshalb das Haus nicht so nüchtern und abweisend aussah, wie man hätte erwarten können.
Die Stadt war von einem Freudentaumel erfaßt. Alle schienen zu glauben, daß die böse Zeit vorbei und der Himmel auf Erden angebrochen sei. Als ich mit Charlotte und Lord und Lady Eversleigh unser Haus verließ, hatten wir Schwierigkeiten, auf den von Menschen wimmelnden Straßen voranzukommen. Lord Eversleigh in seiner prächtigen Uniform wurde umjubelt. Es war offensichtlich, daß er einer der Generale des Königs war, und ich wußte, daß mein Vater, der sich ebenso wie wir zu Pferd irgendwo durch die Straßen den Weg bahnte, den gleichen Beifall erhielt.
Von London Bridge aus würde sich der Festzug in Bewegung setzen, um dem König entgegenzureiten, der von Rochester über Dartford nach Blackheath kommen würde. Die Menschenmenge wurde immer dichter. Die Jubelrufe waren ohrenbetäubend. Immer wieder rief die Menge »Lang lebe der König!« Es war schwer zu glauben, daß dieselben Leute noch vor wenigen Monaten nicht einmal gewagt hatten, seinen Namen zu nennen.

Dann trafen wir Carleton, der sich in Begleitung einer Frau befand. Sie war hochgewachsen und offenbar eine gute Reiterin. Sie wirkte üppig und hatte ein Schönheitspflästerchen an der Schläfe, um die Schönheit ihrer großen, braunen Augen noch zu unterstreichen.
»Darf ich Ihnen meine Frau vorstellen«, sagte Carleton. Und an seine Frau gewandt: »Madam, gestatten Sie, daß ich Ihnen meine neue Cousine, Edwins Witwe, vorstelle.«
»Ich habe von Ihnen gehört«, sagte Barbary Eversleigh. »Sie haben, glaube ich, einen gesunden Sohn?«
Dabei warf sie Carleton einen, wie mir schien, hämischen Blick zu, als ob sie wüßte, daß die Geburt meines Sohnes seine Hoffnungen zunichte gemacht hatte und ihr dies irgendwie Vergnügen bereitete.
»Auch ich habe schon von Ihnen gehört«, sagte ich. »Sind Sie oft in Eversleigh Court?«
»Selten«, antwortete sie. »Aber mein Gemahl ist, soviel ich weiß, häufig dort.«
Sie sah mich prüfend an, als ob sie sich meine Erscheinung in allen Einzelheiten einprägen wollte. Ich spürte eine gewisse Verlegenheit und war froh, daß in diesem Augenblick die Fanfaren die bevorstehende Ankunft des Königs ankündigten.
Barbary zügelte ihr Pferd und dirigierte es näher an Carleton heran.
An der Spitze des Zuges marschierten dreihundert Mann der Bürgerwehr in silbrig schimmerndem Wams. Ihnen folgten zwölfhundert Mann in Samtröcken, und dann kamen die Lakaien in ihren roten Livreen. Soldaten im Lederwams trugen leuchtend grüne Halstücher, Männern in blauen, mit Silber abgesetzten Uniformen folgten die Mitglieder der Zünfte, auf deren schwarzen Samtmänteln die goldenen Amtsketten funkelten.
Dann kam der große Augenblick: Zwischen seinen beiden Brüdern ritt ein schlanker, dunkelhaariger Mann und aus Tausenden von Kehlen erscholl »Gott schütze den König« und »Ein Hoch auf Seine Majestät!« Das Volk liebte ihn und jubelte ihm zu. Er besaß einen Charme, dem sich niemand

entziehen konnte, und jeder konnte ihm die Freude über seine Rückkehr anmerken.
Sein dreißigster Geburtstag! Nicht zu jung, aber immer noch jung genug. Er war groß, sehr groß, so daß er sein Gefolge überragte. Einige mochten sein dunkles, fast etwas schwermütig wirkendes Gesicht häßlich finden, doch niemand konnte leugnen, daß eine starke Ausstrahlung von ihm ausging. Hätte es jemand in der Menge gewagt, die Stimme gegen König Karl zu erheben, wäre er am nächsten Baum aufgeknüpft worden. Von allen Kirchtürmen läuteten die Glocken, Tapisserien waren über die Straßen gespannt und aus den Fenstern warfen Frauen und Mädchen Blumen auf den König, während er vorbeiritt. Man hörte Trompeten und Musik, und bunte Banner flatterten in der leichten Brise. Kaum je hatte ein Volk seinem Monarchen so die Treue gehalten. Und da er ohne das geringste Blutvergießen in sein angestammtes Königreich zurückgegekehrt war, liebte man ihn um so mehr.
Die Leute tanzten und tranken den Wein, der aus den Brunnen floß. In dieser Nacht würde es sicher viele Betrunkene und manche Raufereien geben, doch im Augenblick herrschte eitel Freude und Seligkeit.
Auch ich wurde von diesem Taumel erfaßt. Während ich so durch die Straßen von London ritt, war ich überzeugt, daß ein neues Leben begonnen hatte.
Dann sah ich *sie* in der Menge. Sie ritt neben Sir James Gilley und war zweifellos die bestaussehende Frau weit und breit. Sie war in blauem Samt gekleidet, und an ihrem Hut steckte eine gebogene Feder. Sie wirkte glücklich und zufrieden. Mich überkam so etwas wie Zorn, wenn ich daran dachte, wie leicht und unbekümmert sie ihr Kind im Stich gelassen hatte.
Ich versuchte, mein Pferd durch die Menschenmenge zu dirigieren, um an sie heranzukommen, als mir jemand in den Zügel fiel.
Es war Carleton.
»Sie kommen hier nicht durch«, sagte er. »Sie sollten es auch nicht versuchen. Die Schwiegertochter von Lord

Eversleigh sollte sich nicht vor aller Augen neben einer Dirne sehen lassen.«
Ich fühlte, wie mir die Zornesröte ins Gesicht stieg.
»Wie . . . wie können Sie es wagen, so etwas zu sagen . . .«
»Ach, meine gute Arabellea«, flüsterte er. »Liebe, reizende einfältige Arabella! Diese Frau dort ist nicht Ihre Freundin. Sie sollten endlich aufhören, sie als solche zu betrachten.«
»Wie wollen *Sie* wissen, wer meine Freundin ist, und wer nicht?«
Er brachte sein Gesicht dicht an das meine heran. »Ich weiß sehr viel«, sagte er spöttisch. »*Ich* bin schließlich nicht von gestern.«
»Ich auch nicht.«
»Wer kann sagen, wie lange ›gestern‹ zurückliegt?«
Ich ignorierte ihn und blickte zu Hariett hinüber.
»Sie sollten ihr diesen Bastard zurückschicken«, sagte er. »Warum sollen Sie die Verantwortung für ihre Fehltritte tragen?«
Als ich mich von ihm abwandte, hörte ich ihn leise lachen.
»Böse?« flüsterte er. »An solch einem Tag! Es kann natürlich sein, daß Ihre gute Freundin Harriet bald zurückkehrt und Sie anbettelt, wieder aufgenommen zu werden. Es ist allgemein bekannt, daß James Gilley seine Geliebten häufig wechselt. Er ist ein guter Ehemann, der seine Pflichten seiner Frau gegenüber getreulich erfüllt. Er läßt sie in angenehmen Verhältnissen in Shropshire wohnen, und die wachsende Kinderzahl beweist, daß er sie aufsucht, wenn er es für notwendig hält. Wäre sie heute in London gewesen, hätte sie ihn begleitet. Für ihn sind seine Mätressen das, was sie sind.«
»Mir scheint«, sagte ich kurz, »er ist ein höchst unmoralischer Mann.«
Das könnten Sie von vielen von uns sagen. Meine liebe, gute Arabella, wie wollen Sie in dieser verderbten Gesellschaft bestehen?«
»Ich habe keinen Zweifel, daß es auch ehrsame Menschen in . . .«

»Im heutigen London gibt«, beendete er den Satz. »Vielleicht ist es so. Wir werden sehen . . .«
»Was sehen?«
»Wie Ihnen das neue Leben gefällt. Kommen Sie, machen Sie nicht so ein böses Gesicht! Heute ist nicht der richtige Tag für Streitereien. Sie müssen lächeln, denn alles hat sich geändert. Sie müssen glauben, daß jetzt, da der König zurückgegekehrt ist, England zu einem Paradies wird.«
»Glauben Sie das denn?«
»Nicht mehr als Sie.«
»Was erzählt Ihnen Carleton da?« fragte Barbary. »Glauben Sie ihm kein Wort, er ist ein Schwindler.«
»Da spricht mein treues Eheweib«, sagte Carleton und hob den Blick zum Himmel empor.
Ich fühlte mich nicht recht wohl in Ihrer Gesellschaft. Was er über Harriet und ihren Liebhaber gesagt hatte, ging mir nicht aus dem Sinn. Und ich empfand eine gewisse Genugtuung bei dem Gedanken, daß sie vielleicht wirklich zurückkehren und mich bitten würde, sie wieder aufzunehmen.
Dann fand das große Bankett statt, das zu Ehren des Königs veranstaltet wurde und an dem ich als Mitglied zweier königstreuer Familien teilnehmen durfte.
Ich lauschte seiner wohlklingenden Stimme, die einen großen Teil seines Charmes ausmachte. »Es ist mein eigener Fehler gewesen«, sagte er, »daß ich nicht schon früher zurückgekehrt bin, denn ich bin heute noch niemandem begegnet, der nicht beteuert hätte, er habe die ganze Zeit meine Rückkehr auf den Thron gewünscht.«
Während er dies sagte, verzog er den Mund zu einem spöttischen Lächeln, und mir kam der Gedanke, daß er immun war gegen alle Schmeicheleien und der Aufrichtigkeit all dieser schönen Worte mißtraute. Der König sah hinter die glitzernde Fassade.
Aber selbst hier im Festsaal dachte ich an Harriet, und ich war gespannt, was uns allen die Zukunft bringen würde.

Nach Abschluß der Feierlichkeiten kehrte ich mit Matilda, meinem Schwiegervater, Charlotte und Carleton nach

Eversleigh Court zurück. Barbary blieb in London. Die Tage waren zwar aufregend, aber auch sehr anstrengend gewesen, und ich wollte bei meinem Sohn sein.
Doch es war nicht nur die Sorge um meinen Sohn, die mich die Rückkehr aufs Land herbeisehnen ließ. Auch Harriet spielte dabei eine Rolle. Sie hatte, hoch zu Roß, prächtig ausgesehen. Sie strahlte und war wunderschön. Doch wie lange würde ihr Glück dauern? Ich mußte immer wieder an Carletons zynische Bemerkung denken: »James Gilley wechselt seine Geliebten häufig.«
Ich wollte nicht daran denken, daß es auch Harriet treffen konnte, wenngleich sie – wie auch Barbary – wegen meiner Einstellung ziemlich herablassend gewesen waren. Beide gingen Liebschaften ein, wann immer sich eine Gelegenheit dazu bot. Meinetwegen. Doch sollten sie mich verachten, nur weil ich selbst keine Lust dazu hatte? Ich war überzeugt, daß sie es taten.
Ich beschloß, die beiden aus meinen Gedanken zu verbannen, und das beste Mittel hierzu schien mir, mich ganz dem häuslichen Leben in Eversleigh Court zu widmen. Dort war noch viel zu tun.
Viele Kostbarkeiten mußten noch aus dem Versteck geholt und an die angestammten Plätze zurückgebracht werden. Matilda richtete ihre »Hexenküche« wieder ein, um wie früher Wein und Kräuterlikör herzustellen. Sie liebte beides ebenso wie ich. Manchmal zog der Duft ihrer Kräutermischungen durch das ganze Haus. Dann war, wie wir es nannten, »Kräuterzeit«.
Charlotte fühlte sich in Eversleigh Court so wohl wie ich, und es bestand kein Zweifel darüber, daß ich mit der Familie meines Mannes auf durchaus vertrautem Fuße stand.
Mein größtes Vergnügen aber war es, für mein Baby zu sorgen. Dabei half mir Sally Nullens, die schon Edwin und Charlotte aufgezogen hatte und sich nun freute, daß sie noch gebraucht wurde. Ich hielt es für richtig, jemanden für meinen Sohn zu haben, dem die Familie vertraute, und Edwin selbst mochte sie von Anfang an. Sie versuchte zwar,

die beiden Knaben ganz gleich zu behandeln, aber ich wußte, daß sie Edwin bevorzugte.
Ellen arbeitete weiterhin in der Küche und Jasper in den Stallungen und auf den Feldern. Es freute mich, die kleine Chastity wiederzusehen. Sie kam auf mich zu und stand schüchtern vor mir und als ich dann niederkniete und die Arme um sie legte, klammerte sie sich fest an mich. Sie war ganz deutlich eine von denjenigen, die sich über meine Rückkehr freuten. Ich zeigte ihr die beiden Babys, und sie lachte vor Freude. Sie schien überglücklich zu sein, daß wir wieder da waren. Kein Wunder, denn von jetzt ab war es keine Sünde mehr, zu lachen und zu spielen. Chastity hielt mich anscheinend für diejenige, die das veranlaßt hatte, und sah mich an, als wäre ich so etwas wie eine gute Fee.
Jasper war ja von Natur aus mürrisch und der geborene Puritaner, so daß er sich kaum ändern würde. Aber bei Ellen konnte man deutlich sehen, daß sie froh war, diesem traurigen Dasein entronnen zu sein. Und obwohl sie treu zu Jasper hielt und verschämt aufhörte zu lachen, wenn Jasper sie ansah, freute sie sich, ihre angeborene Lebensfreude nicht länger unterdrücken zu müssen.
Ellen sprach gern mit mir, und ich gewann bald den Eindruck, daß sie mir etwas erzählen wollte. Eines Tages, als wir allein in der Küche waren, sagte sie: »Es war eine schreckliche Tragödie ... was mit dem jungen Herrn geschehen ist.«
Ich nickte.
»Es war nicht unsere Schuld«, fuhr sie fort. »Ich möchte, daß Sie das wissen. Wir waren es nicht. Wir hatten nichts damit zu tun.«
»Sprechen wir nicht mehr davon, Ellen«, sagte ich. »Es belastet uns nur und bringt ihn sowieso nicht zurück.«
»Aber ich glaube, Mistress, daß Sie uns vielleicht doch die Schuld geben. Sie müssen wissen, daß es nicht durch uns ...«
»Ellen«, unterbrach ich sie, »es war mein Fehler. Ich habe nicht aufgepaßt. Ich hatte nicht gedacht, daß es als Sünde

gelten würde, einem Kind einen hübschen Knopf zu schenken. Es schien mir so widersinnig zu sein.«
Ellen schämte sich und errötete. »Es galt auch als Sünde, Mistress. Und Jasper – er war der Meinung, es sei schlecht für Chastity.«
»Ich verstehe, Ellen. Und es war meine Achtlosigkeit, da kam dieser Mann und stellte mir allerlei Fragen, und ich habe uns verraten. Wegen meiner Achtlosigkeit ist mein Mann ums Leben gekommen.«
»Es war nicht, weil Sie geredet haben, Mistress. Es war keiner von uns, der ihn umgebracht hat. Es war etwas anderes.«
»Ich verstehe dich nicht, Ellen.«
»Ich sollte nicht davon sprechen. Aber ich weiß, daß Sie sich Vorwürfe machen. Es ist nicht so gewesen, wie Sie denken.«
»Willst du damit sagen, daß es nicht einer eurer Freunde war, der meinen Mann getötet hat?«
»Ich meine, Mistress, es geschah nicht wegen Ihres Geredes. Man wußte ohnehin allmählich, warum Sie in Eversleigh waren, und es hätte schon früher Ärger geben können. Aber Sie waren nicht der Grund, daß er umgebracht wurde.«
»Ellen, du willst mich nur trösten.«
»Sie brauchen Trost, Mistress. Sie müssen sich keine Vorwürfe machen. Mehr kann ich nicht sagen. Aber Sie brauchen keine Gewissensbisse zu haben. Sie hatten nichts damit zu tun.«
Ich drückte ihr herzlich die Hand. Ellen war eine gutherzige, brave Frau, der es endlich gestattet war, ihr wahres Wesen zu zeigen.
»Sie müssen glücklich sein, Mistress«, fuhr sie fort und sah mich forschend an. »Sie haben das Kind, es wird Ihnen Kraft und Trost geben. Im übrigen sollten Sie sich sagen, der liebe Gott habe es so gewollt. Und vielleicht hat er Ihnen damit auf der einen Seite Kummer erspart, während er ihn Ihnen auf der anderen zugefügt hat.«
Als ich an jenem Abend in meinem Zimmer war, dachte ich

wieder an die Nächte, die ich hier mit Edwin verbracht hatte. Ich erinnerte mich daran, daß er oft erst spät nach Hause kam und manchmal schon wieder frühmorgens davonritt. Mir war die Gefährlichkeit seiner Mission damals noch nicht klargewesen. Dann mußte ich an Ellens Worte denken. Mir war, als wisse sie etwas, wolle es mir aber nicht sagen.

Sie hatte angedeutet, daß es keine Puritaner waren, die ihn umgebracht hatten. Wer war es dann?

Ich verfiel in einen unruhigen Schlaf. Im Traum erschien mir Carleton mit seiner Frau. Sie lachte mich wegen meiner Einfältigkeit aus. Beide lachten. Dann war Ellen plötzlich da. ›Wir haben Ihren Gemahl nicht umgebracht, Mistress. Wir waren es nicht.‹ Dann hörte ich im Traum Barbarys schrille, schneidende Stimme. ›Ich habe von Ihnen gehört. Sie haben einen hübschen Sohn, glaube ich.‹ Sie lachte Carleton an, und plötzlich holte er hinter seinem Rücken etwas hervor und hielt es vor sein Gesicht. Es war eine Maske – böse, schrecklich und furchterregend. Ich schrie und wachte davon auf.

»Edwin?« rief ich. »Edwin . . .«

Ich rief nach meinem Sohn, und ich mußte aufstehen, um mich zu vergewissern, daß ihm nichts geschehen war.

Er lag in seinem Bettchen und lächelte im Schlaf wie ein kleiner Engel. Leigh, der im Bettchen nebenan lag, klammerte sich mit einem Händchen an die Bettdecke.

Im Kinderzimmer war alles in Ordnung. Ich hatte nur schlecht geträumt. Aber die Erinnerung an diesen Traum ließ mich nicht mehr los. Ein vages Unbehagen hatte mich überkommen.

Ich blieb in Eversleigh Court und ging nicht an den königlichen Hof nach London, was ich hätte tun können. Ich wollte mich nicht von meinem Sohn trennen und wußte, wenn ich auch nur einen einzigen Tag abwesend wäre, würde ich so von Unruhe geplagt sein, daß ich nichts genießen könnte. Ich erklärte es meiner Schwiegermutter und Charlotte und sie gaben mir recht. Auch Charlotte hatte

kein Bedürfnis, am gesellschaftlichen Leben teilzunehmen. Sie war am liebsten bei den Kindern, und ich war glücklich, daß sie Leigh ganz besonders in ihr Herz geschlossen zu haben schien. Zu Anfang hatte sie ihn nicht sehen wollen, doch dann änderte sich ihre Einstellung, und sie fing an, ihn für sich zu beanspruchen. Leigh hatte Harriets hübsche Augen geerbt und würde einmal sehr gut aussehen, daran bestand kein Zweifel. Und er wußte, was er wollte. Darin schien er nach seiner Mutter zu geraten, er hatte die Gewohnheit, sich immer in den Vordergrund zu schieben, als wäre dies sein gutes Recht. Edwin liebte auf seine gutmütige Art jeden und schien davon auszugehen, daß auch er von allen geliebt wurde ... was den Tatsachen entsprach. Aber vielleicht gab es eine Ausnahme? Ich fragte mich oft, wie Carleton von ihm dachte.
Nicht, daß Carleton jemals ins Kinderzimmer gegangen wäre oder auch nur das geringste Interesse an den Kindern gezeigt hätte. Er kümmerte sich hauptsächlich um die Landwirtschaft und kam nur hin und wieder nach Eversleigh Court. Aber er verbrachte viel Zeit bei Hofe. Charlotte erzählte mir, er stehe mit dem König auf sehr vertrautem Fuße.
Fast zwei Jahre waren seit unserer Rückkehr nach England vergangen, und in dieser Zeit hatte mein Vater für seine Dienste vom König Landbesitz und einen Adelstitel empfangen. Er war jetzt Lord Flamstead und das war nicht mehr wie recht und billig. Meine Mutter war sehr glücklich. Sie hatte ihre Familie um sich, und ich lebte nicht zu weit entfernt, so daß wir uns gelegentlich sehen konnten.
Cromwells Leute hatten aus Far Flamstead fast eine Ruine gemacht, und der Wiederaufbau war ein aufregendes Unterfangen, aber unter der Leitung meiner Mutter gingen die Arbeiten rasch vonstatten. Auch begleitete sie meinen Vater oft an den Hof und plante, wie sie mir anvertraute, Lucas bald zu verheiraten. Ich hatte sie noch nie so glücklich gesehen. Und wenn Edwin noch am Leben wäre, dann wäre auch mein Glück vollkommen gewesen.
Es war stets ein Anlaß großer Freude, wenn ich nach Flam-

stead kam. Als ich mich diesmal mit meinem Sohn zu meinen Eltern auf den Weg machte, bestand mein Schwiegervater darauf, daß ich in seiner Kutsche reiste – einer Neuerwerbung, auf die er sehr stolz war. Er selbst begleitete mich mit einer Eskorte von zwanzig Mann nach Far Flamstead und blieb dann noch zwei Tage bei uns, bevor er nach Eversleigh Court zurückkehrte.
Es war wunderbar, wieder im Kreise meiner eigenen Familie zu sein. Dick, Angie und Fenn waren erheblich gewachsen. Sie erinnerten sich noch an Congrève und dachten, wie mir schien, gern und mit etwas Heimweh zurück.
Sie plauderten viel über das Theaterstück, das wir aufgeführt hatten, und erwähnten natürlich oft Harriet. Wo sie jetzt sei, wollten sie wissen. Sie sei weggegangen, antwortete ich. Und das Baby hatte sie mitgenommen? Nein, es sei mit Edwin dageblieben. Fenn erklärte daraufhin, er sei jetzt ein Onkel, was Heiterkeit in die Unterhaltung brachte. Ich wußte, daß meine Eltern nicht über Harriet sprechen wollten.
Aber meine Mutter schnitt das Thema an, als wir allein waren.
»Ich bin froh, daß sie fort ist«, sagte sie. »Es war mir nicht recht, daß sie da war. Sie ist eine Abenteurerin und hat deine Herzensgüte ausgenutzt.«
»Vielleicht«, sagte ich, »aber wir hatten so viel Spaß, Mutter. Die Kinder liebten sie. Sie hat etwas Liebenswertes an sich. Ich hoffe, daß sie glücklich werden wird.«
Meine Mutter zuckte mit den Achseln. »Gilley ist anscheinend für seine Mätressen bekannt. Er wird sie an jemand anderen weiterreichen, nehme ich an. Sie sieht natürlich außerordentlich gut aus und wird vorläufig keinen Mangel an Liebhabern haben. Aber wenn sie älter wird ...«
Der Gedanke an eine alternde Harriet, die bei Männern keinen Anklang mehr fand, stimmte mich traurig.
Meine Mutter berührte flüchtig meine Hand. »Mach dir um sie keine Sorgen. Du hast schon genug für sie getan. Du hast sogar ihren Sohn in deine Obhut genommen.«
»Er ist ein reizender kleiner Bursche.«

»Das sind die meisten Babys«, meinte meine Mutter mit liebevoller Nachsicht. Vielleicht dauert es nicht mehr lange, Arabella, und du wirst wieder heiraten.«
Ich sah sie entsetzt an.
»Mein liebes Kind, es wäre doch nur natürlich. Du bist jung. Du solltest jemanden haben, der für dich sorgt.«
»Niemand könnte besser für mich sorgen, als die Eversleighs. Sie sind so gut zu mir.«
»Das habe ich mir gleich gedacht, und ich bin hocherfreut darüber. Aber wenn du dich wieder verlieben solltest . . .«
»Unmöglich! Du hast Edwin nicht gekannt, Mutter. Niemand könnte so sein wie er. Wenn er weniger vollkommen gewesen wäre . . . dann wäre es vielleicht leichter. Aber ich würde jeden anderen mit ihm vergleichen . . .«
»Vielleicht später.«
»Nie«, entfuhr es mir.

Ich ritt mit meinem Vater über die Felder. Er zeigte mir voll Stolz seine neuen Ländereien und erkärte mir, was er für die Wiederinstandsetzung der alten tue. Meine Mutter legte wieder einen wunderschönen Blumengarten an und verbrachte damit einen großen Teil ihrer Zeit.
»Es ist ein ausgefülltes Leben«, sagte sie zu mir. »Ich kann bei deinem Vater in London sein und wenn wir der Großstadt überdrüssig sind, können wir hierher zurückkommen. Ich hoffe, daß Lucas eine Stellung bei Hofe bekommt. Der König ist deinem Vater sehr gewogen, obwohl er nicht zu seinen intimeren Freunden zählt. König Karl respektiert ihn als einen seiner großen Generale, aber die Menschen, mit denen er sich umgibt, sind mehr wie Carleton Eversleigh. Unterhaltsam, geistreich, mit ziemlich lockeren Moralbegriffen . . . so wie der König persönlich. Ich glaube, Carleton Eversleigh ist oft mit dem König zusammen.«
»Ja, er ist häufig bei Hofe«, sagte ich. »Er ist zwar ein guter Landwirt, wie ich höre, aber ich glaube, er ist irgendwie rastlos und sucht die Abwechslung.«
»Wie viele Männer, möchte ich meinen. Gott sei Dank ist dein Vater nie so gewesen. Das ist auch der Grund dafür,

weshalb er nur in dienstlichen Angelegenheiten bei Hofe weilt. Der König ist nicht dumm, er ist klüger, als es manchmal den Anschein hat. Und während er sich gelegentlich außerordentlich unbekümmert gibt, ist dein Vater von dem Ernst, mit dem der König bestimmte Angelegenheiten behandelt, tief beeindruckt.«
»Mutter, ich glaube, du bist eine sehr glückliche Frau.«
»Du hast recht. Ich habe in meinem Leben viel zu leiden gehabt, wie du weißt. Und als dein Vater und ich verheiratet waren, befanden wir uns im Exil und waren oft getrennt. Jetzt hat es den Anschein, als seien wir zu einem glücklicheren Dasein heimgekehrt.«
»Und ist alles so, wie du es dir wünschst, Mutter?«
»Ja, mit einer Ausnahme. Ich möchte, daß auch du glücklich bist.«
»Ich bin es . . . soweit ich es ohne Edwin jemals sein kann.«
»Eines Tages . . .«, sagte sie.
Ich lächelte sie an. Ich hätte ihr am liebsten gesagt, daß ich mich nie mit etwas weniger Vollkommenerem als meiner kurzen Ehe zufriedengeben würde.

Bei der Rückkehr nach Eversleigh Court wurde ich ebenso herzlich begrüßt wie vorher in Flamstead. Ich hatte keinen Grund, zu zweifeln, daß man mich aufrichtig liebte.
Edwin wurde von seiner Großmutter genau unter die Lupe genommen und für hübscher und gescheiter erklärt, als er vor seiner Abeise gewesen war: Er sei ein wirklich vollkommenes Kind.
Carleton nahm an unserem Abendessen teil und erzählte uns, wie immer, das Neueste vom Hofe. So wußten wir bereits, daß die Gebeine von Oliver Cromwell und einiger seiner Gefolgsleute exhumiert und in Tyburn öffentlich gehenkt worden waren, und daß einige andere, die in der Kapelle Heinrichs VII. und in Westminster begraben worden waren, eine neue Grabstätte auf einem gewöhnlichen Friedhof gefunden hatten. Und wir wußten, daß viele an denjenigen Rache nehmen wollten, die sie aus dem Lande vertrieben und zu Flüchtlingen gemacht hatten.

»Aber«, sagte Carlton, »der König ist dieser Anfeindungen müde. Er sagt, es sei jetzt genug. Er möchte nichts, als mit seinen Untertanen ein friedliches Leben zu führen. Er will sie lieben, wenn sie ihn lieben, und wenn sie ihn mit all seinen Fehlern akzeptieren, will er auch sie akzeptieren. Er ist ein Mann des Ausgleichs, für ihn ist jeder Zwist dumm und sinnlos, denn er bringt niemandem etwas Gutes.«

»Das klingt ganz sympathisch«, sagte ich, »aber auch etwas schwächlich.«

»Das ist Hochverrat!« rief Carleton. »Was glauben Sie wohl, wird mit Ihnen geschehen, wenn ich Sie Seiner Majestät melde?«

»Wenn der will, daß ich seine Fehler akzeptiere, muß er auch meine hinehmen«, gab ich zurück.

Carleton lachte und sagte: »Wie geht es eigentlich meinem kleinen Vetter?«

»Meinen Sie meinen Sohn?«

»Wen denn sonst?«

»Es geht ihm sehr gut, vielen Dank.«

»Ist schon ein richtiger, kleiner Mann? Wie alt ist er jetzt? Zwei Jahre?«

»Ja, er ist jetzt zwei.«

»Alt genug um zu zeigen, was in ihm steckt. Ich bin gespannt, ob er der Sohn seines Vaters werden wird.«

»Das hoffe ich von ganzem Herzen«, sagte ich.

Carleton nickte. »Ein Lebenskünstler«, murmelte er. »Er wollte alle Menschen lieben und von allen geliebt werden.«

»Das haben Sie gerade vom König gesagt.«

»Viele von uns sind so.«

»Und Sie?«

»Ach, man weiß von mir mit Sicherheit nur eines: daß man nichts von mir weiß.«

»Das«, meinte Matilda, »ist eine kleine Kostprobe von Carletons Konversation bei Hof.«

»Ziemlich spitzfindig, wie mir scheint«, sagte ich.

»Ach, jetzt machen Sie sich über mich lustig. Erlauben Sie

mir die Bemerkung, wie sehr ich mich freue, daß Sie wohlbehalten zurückgekehrt sind. Ich nehme an, daß ihr alle zur Hochzeit in die Stadt fahren werdet?«

»Hochzeit?«

»Zur Hochzeit unseres Souveräns mit der Infantin von Portugal. Ich hörte, sie sei eine hübsche kleine Person, und sie bringt uns Bombay und Tanger als Mitgift. Barbara Castlemaine schäumt vor Wut, denn sie duldet keine Rivalin neben sich.«

»Ich bin sicher, daß man uns zu den Hochzeitsfeierlichkeiten in London erwartet«, sagte Lord Eversleigh.

»Ja«, meinte Carleton, »das denke ich auch.«

»Ich möchte aber Edwin nicht allein lassen«, sagte ich rasch.

Carleton sah mich aufmerksam an. »Sie glauben anscheinend, daß böse Mächte Ihrem Kind etwas antun könnten.«

»Die hätten hier keine Chance«, gab Matilda zurück. »Ich kenne kein Kind, für das besser gesorgt wäre!«

Ich fühlte Carletons Blick auf mir ruhen und konnte mich einer inneren Unruhe nicht erwehren.

Die Zeit ging schnell vorbei. Der Tageslauf war zur Routine geworden. Meine Mutter hatte den Gedanken nicht aufgegeben, einen Ehemann für mich zu finden, aber ich war allen ihren Bemühungen ausgewichen. Ich hatte mir fest vorgenommen, mich ganz meinem Sohn zu widmen, denn Edwin lebte in ihm weiter.

Mein Sohn war jetzt vier Jahre alt. Stets gut aufgelegt und intelligent, wurde er seinem Vater immer ähnlicher. Er war so ganz anders als Leigh, der viel Wesens von sich machte. Edwin war immer still und friedfertig, er lächelte sogar, wenn Leigh ihm seine Spielsachen wegnahm. Ich tadelte ihn manchmal und sagte ihm, er müsse sich seiner Haut wehren. Edwin aber bewunderte Leigh und war immer glücklich, wenn er mit ihm spielen konnte. Leigh war raffiniert genug, dies zu erkennen, und machte sich die Situation zunutze. Ich erkannte Harriet in Leigh wieder, so wie in Edwin seinen Vater.

Etwa zu dieser Zeit heiratete Lucas. Sie hieß Maria und war

die Tochter von Lord Gray, einem Mitglied des höfischen Kreises. Lucas war ein liebenswürdiger junger Mann geworden und als Sohn meines Vaters bei Hof stets willkommen. Er wollte die politische Laufbahn einschlagen und hatte bereits in dieser Richtung einiges unternommen.

Obwohl ich nach wie vor keine Lust verspürte, irgendwohin zu fahren, wußte ich natürlich, daß ich zur Hochzeit von Lucas, die im Stadthaus der Grays in London stattfinden sollte, erwartet wurde. Meine Mutter redete mir sehr zu und meinte, es sei töricht von mir, mich so auf dem Land zu vergraben. In der Stadt würde ich interessante Leute kennenlernen, und da Edwin älter geworden und Sally Nullens sich als so zuverlässig erwiesen habe, würde sie darauf bestehen, daß ich endlich einmal wieder in die Öffentlichkeit gehe. Ich konnte mir denken, was sie im Sinn hatte: Sie wollte mich wieder verheiraten.

Ich muß gestehen, daß ich eine gewisse Erregung verspürte, als meine Mutter die Schneiderin kommen ließ, die mir einige Kleider der neuesten Mode zeigte. Dann löste sie mir die Haare und probierte einige der neuesten Frisuren aus. Da gab es eine mit einer merkwürdigen Haarschlinge auf der Stirn und losen Locken über den Augenbrauen, die den Namen ›Favoritin‹ trug. Bei einer anderen Frisur trug man Locken zu beiden Seiten der Wangen, die man als ›Geheimnis‹ bezeichnete, oder man kämmte die Haare aus dem Gesicht und schlang sie irgendwie über die Ohren, das hieß dann ›Herzensbrecher‹.

Wir mußten mehr als einmal lachen, und meine Mutter sagte: Was meinst du wohl, wieviel Spaß du erst haben wirst, wenn du erst in der Gesellschaft bist.«

»Wir haben auch hier in Eversleigh ab und zu Gäste, Matilda mag das gern.«

»Ich weiß. Aber hier ist nicht London, mein Kind. Du hinkst hinter der Zeit her. Du solltest häufiger in die Hauptstadt kommen und wissen, was sich dort abspielt. Du müßtest auch ab und zu ins Theater gehen, da hat es erstaunliche Veränderungen gegeben. Der König ist ein Theaterliebhaber und ist oft dort. Das wird jetzt aufhören, daß du dich

mit deinen Gedanken an die Vergangenheit völlig einkapselst. Dieser Besuch wird ein neuer Anfang sein.«
Ich schüttelte den Kopf. »Ich habe Eversleigh Court liebgewonnen«, sagte ich. »Die Gegend ist wunderschön, ich reite gern aus. Charlotte und ich sind gute Freunde.«
»Ach ja, das ist auch so eine Sache! Ich kann euch junge Mädchen nicht verstehen. Ich war damals ganz anders, ich wollte leben, suchte das Abenteuer . . . Jetzt ändert sich so vieles, Arabella. Du wärst erstaunt, was alles geschehen ist. Während bei den Puritanern nichts streng und schlicht genug sein konnte, ist jetzt das Gegenteil der Fall. Doch jetzt zu deinen Kleidern. Du brauchst dringend ein paar neue. Was du hier anziehst, reicht für London nicht aus, das kannst du mir glauben.«
Die Nähe meiner Mutter wirkte immer anregend auf mich. Sie schien jünger als Charlotte und ich selbst zu sein und verbreitete eine solche Lebensfreude und sie strahlte solche Zuversicht und Begeisterung aus, daß etwas davon auch auf mich überging.
Sie bestand darauf, daß die Ärmel meiner Kleider höchstens bis zum Ellbogen reichen dürften.
»Du hast so hübsche Arme«, schmeichelte sie. Dann bekam ich Kleider, bei denen die Ärmel bis zur Schulter geschlitzt und an mehreren Stellen mit Bändern zusammengefaßt waren.
»Das ist die neueste Mode!« rief sie aus. Sie hatte Seidenstoffe, Brokate und Samt mitgebracht. »Du solltest die Geschäfte in London sehen. Jeder Geschäftsmann will seine Konkurrenten übertreffen. Ich finde, daß die Männer noch hübscher gekleidet sind als die Frauen. Lucas hat Rheingraf-Hosen, die mit roten und silbernen Spitzenborten besetzt sind und sieht einfach fabelhaft aus!«
Und während der Anprobe merkte ich, wie sich irgend etwas in mir veränderte. Ich fühlte mich plötzlich wieder jung und froh, und auf einmal mußte ich daran denken, daß ich erst durch Harriets Fortgang die Freude am Leben verloren hatte.
»Hast du Sir James Gilley kürzlich gesehen?« fragte ich meine Mutter.

Sie zögerte einen Augenblick. »Ja, gewiß, er war vor einigen Monaten bei Hofe, ich sah ihn im Park. Wie ich höre, ist seine neue Mätresse eine übel beleumundete Dame. Sie ist sehr jung, kaum sechzehn, und zeichnet sich dadurch aus, daß sie dem König gefallen hat . . . wenn auch nur kurz.«
Ach, Harriet, dachte ich, was wirst du jetzt tun?

Es fiel mir schwer, mir Lucas als Ehemann vorzustellen. Seine junge Frau war ein hübsches Mädchen, und die beiden liebten sich offenbar sehr, was meinen Eltern große Freude bereitete. Obwohl sie für Lucas eine passende Partie gesucht hätten, wäre ihr Glück unvollkommen gewesen, hätte das Paar nicht aus Liebe geheiratet.
Lucas war nicht mehr mein kleiner Bruder. Ich konnte ihn nicht mehr herumkommandieren, sondern war jetzt die Schwester vom Land. Und er konnte mich jetzt ebenso gönnerhaft behandeln, wie ich es früher mit ihm getan hatte. Das war mir gar nicht lieb.
Lucas' Hochzeit wurde mit einem Bankett und einem Ball gefeiert. Ich hatte von den neuen Tänzen wenig Ahnung, besaß aber ein natürliches Gefühl für Rhythmus und konnte mich auf dem Parkett deshalb einigermaßen behaupten.
Meine Eltern machten mich voll Stolz mit Personen bekannt, die mir ihrer Ansicht nach gefallen mußten, und so lernte ich auch mehrere junge Männer kennen, die wohl als Heiratskandidaten in Frage kamen. Viele von ihnen hatten Edwin gekannt, und die Tatsache, daß ich seine junge Witwe war, machte mich interessant. Aber im Vergleich zu Edwin in ihren weiten Beinkleidern, die mit Spitzen besetzt waren, ihren fließenden Krawatten, den riesigen Perücken, den Röcken aus Brokat und Satin, den überall angebrachten bunten Bändern und weiten Hemdsärmeln aus reiner Seide wirkten all die jungen Männer wie herausgeputzte, eitle Laffen. Es gehörte schon etwas dazu, in diesen parfümierten Geschöpfen Männer zu sehen. Wie anders und würdevoll sahen doch mein Vater und Lord Eversleigh in ihren Uniformen aus. Ich empfand nichts außer dem Wunsch, diesen Laffen mit ihren schlagfertigen

Antworten, ihrer geistreichen Oberflächlichkeit und dauernden Anspielungen auf meine Einsamkeit, zu entrinnen. Ich war Witwe und keine unerfahrene Jungfrau mehr, und so erwartete man von mir, daß ich auf diese Annäherungsversuche irgendwie reagierte.

Ich war einigermaßen erleichtert, als Carleton Eversleigh meine Hand nahm und mich zum Tanz führte.

»Ich bin kein guter Tänzer«, meinte er warnend. »Aber ich kann Sie wenigstens vor diesem armen, alten Jemmi Trimble retten. Er ist ein Narr, und ich merkte, daß Sie genug von ihm hatten.«

Ich sah ihn fragend an, und er fuhr fort: »Wohlgemerkt, vielleicht sind Sie vom Regen in die Traufe gekommen.«

Ich antwortete: »Es war nett von Ihnen, an mich zu denken.«

»Es bewährt sich meistens nicht, der Eingebung des Augenblicks zu folgen. Ich sah Sie und dachte, wie reizend Sie in dem eleganten Kleid aussehen. Sie sollten die Szene durch Ihre Anwesenheit häufiger verschönern. Sie bringen Frische herein und sehen aus, als kämen Sie aus einer anderen Welt.«

»Wie eine Feldmaus, die sich in die Stadt verirrt hat?«

»Mäuse sind hübsche Tierchen, besonders wenn sie vom Lande kommen.«

»Und was sind alle diese aufgeputzten Wesen? Katzen, die gekommen sind, um die Mäuse zu fangen?«

»Genau. Sie sind auf Jagd. Wissen Sie, sie sind erst vor kurzer Zeit auf die freie Wildbahn entlassen worden. Sie brauchen jetzt nicht mehr Versteck zu spielen. Ihre moralische Verderbtheit bringt ihnen höchstens ein Lachen von ihren Freunden ein – und nicht mehr die ewige Verdammnis, die ihnen in der Vergangenheit angedroht worden war.«

»Sie sind sehr spöttisch.«

»Das war immer einer meiner Fehler. Aber ohne Spott möchte ich jetzt sagen, wie sehr es mich freut, Sie heute hier zu sehen. Endlich haben Sie sich dazu bereitgefunden, Ihren Edwin, dieses Juwel, den Kindermädchen anzuvertrauen. Ich bin überzeugt, daß Sie sogar jetzt daran denken, ob er wohl behütet ist. Geben Sie es doch zu.«

»Ich habe tatsächlich an ihn gedacht.«

»Die alte Sally Nullens hat sich um seinen Vater und seine Tante gekümmert. Sie ist wie der Engel mit dem Flammenschwert. Ich kann Ihnen sagen, daß ich ein paar ganz schöne Auseinandersetzungen mit ihr hatte, als ich versuchte, aus Edwin, seinem Vater, einen Mann zu machen. Sie fürchtete, daß ein rauher Umgangston ihren Liebling umbringen würde. Ich bin gespannt, ob sich die Geschichte wiederholt?«

»Was meinen Sie damit?«

»Wir können nicht zulassen, daß sich der kleine Edwin zu einem Weichling entwickelt, der sich fürchtet, hinauszugehen, nur weil er Angst hat, daß er sich durch einen Regentropfen erkälten könnte.«

»Ich werde schon wissen, wie ich ihn erziehen muß.«

»In gewisser Hinsicht sicherlich. Sie werden ihn mit Liebe und Hingabe ersticken. Aber schon jetzt hat er gemerkt, daß Mama, falls er sich etwas traut, von Panik ergriffen wird. ›Was wird die liebe Mama dazu sagen?‹ fragt Sally Nullens. ›Das ist gefährlich.‹ Und der kleine Edwin denkt sich: ›Ich muß aufpassen. Ich bin so wichtig. Ich könnte mir weh tun, wenn ich das täte.‹ Das ist keine Art und Weise, einen Knaben zu erziehen, Cousine Arabella!«

»Sie übertreiben. Er wird Reiten, Fechten und alles lernen, was ein junger Mann können muß.«

»Trotzdem fehlt ihm der Vater. Ein Kind braucht beide Eltern. Die liebende Fürsorge der Mutter und die Führungshand des Vaters.«

»Es ist nett von Ihnen, daß Sie sich solche Sorgen machen.«

»Sorgen? Natürlich mache ich mir Sorgen. Wir reden von dem zukünftigen Lord Eversleigh. Der junge Edwin wird eine schwere Verantwortung zu tragen haben – genauso wie Sie.«

»Sein Großvater hat noch viele Jahre vor sich.«

»Das hoffen wir alle, aber wenn ein Enkel erbt, ist er meistens noch nicht mündig. Deshalb muß Edwin auf seine künftige Rolle ganz besonders vorbereitet werden. Ich verspreche Ihnen, dabei zu helfen. Ich bin schließlich nicht unbeteiligt. Irgendwie bin ich sein Vormund. Ich kenne die Verhältnisse der Eversleighs ebensogut wie mein Onkel. Sie vergessen, daß ich, bevor Edwin geboren wurde und nachdem sein Vater starb, der Alleinerbe all dessen war, was jetzt auf Ihren Sohn übergehen wird.«

Ich konnte mich nicht ganz des Schauers erwehren, der mir durch die Glieder rann.

»Oh, ja«, fuhr er fort. »Zweimal sind meine Erwartungen zunichte gemacht worden. Das erste Mal, lange bevor Ihr Mann geboren wurde, glaubte ich, daß beim Tode meines Onkels alles auf mich übergehen würde. Dann kam Edwin auf die Welt, und ich trat einen Schritt zurück. Edwin starb und ich trat einen Schritt vorwärts. Dann wird der kleine Edwin geboren, und ich bin wieder da, wo ich vorher war.«

»Nehmen Sie mir das übel?«

»Kluge Menschen nehmen dem Schicksal nichts übel, liebe Cousine. Was kommen soll, wird kommen. Sich dagegen aufzulehnen, wäre bloße Zeitverschwendung. ich will Ihnen mit meinen Worten nur zeigen, welches Interesse ich am Eversleigh-Erbe habe, und welchen Wert ich darauf lege, daß sich Ihr Sohn seines künftigen Erbes als würdig erweist.«

»Ich glaube, daß sich sein Großvater dessen voll bewußt ist. Er wird die Erziehung von Edwin in die Hand nehmen, sobald dieser alt genug ist, um zu begreifen, worum es geht.«

»Und ich werde mein Teil dazu beitragen. Ich hoffe, daß Sie sich nicht übereilt wieder verheiraten werden.«

»Ich habe nicht die Absicht, übereilt oder überhaupt wieder zu heiraten.«

»Manchmal ändert sich das über Nacht. Ich weiß, daß Sie Edwin erst kurze Zeit kannten, als Sie ihn heirateten. Wahrscheinlich treffen Sie also schnelle Entschlüsse. Ich finde das sympathisch, denn ich tue es ebenfalls. Ich weiß, was ich will, und ich hole es mir – ganz so wie Sie. Aber

Sie sollten wissen, daß ich jederzeit da bin, um Ihnen zu helfen.«
»Ich werde daran denken.«
»Ich wünschte, ich wäre ungebunden, dann könnte ich Ihnen noch mehr helfen.«
Ich verstand nicht, was er meinte, und schwieg. Ich hörte ihn leise lachen und fand, daß ein Anflug von Spott in seinem Lachen mitschwang. »Ich könnte mir eine gute Lösung für Edwins Zukunft vorstellen, aber leider gibt es da zu viele Hindernisse.«
»Ich weiß wirklich nicht, was Sie meinen.«
»Kurz gesagt: Es wäre schön, wenn Sie die Neigung verspüren sollten, wieder zu heiraten, und ich wäre frei.«
Ich trat entsetzt einen Schritt zurück.
»Oh, ich denke nur an die praktische Seite der Sache, an nichts sonst. Das können Sie mir glauben. Es ist nur eine Hypothese, eine Hypothese mit vielen ›Wenns‹.«
»Eine unüberwindliche Barriere von ›Wenns‹«, sagte ich. »Dort sehe ich meinen Vater, er schaut zu uns herüber. Bitte, führen Sie mich zu ihm.«
»Ihr Wunsch ist mir Befehl. Ach, da ist noch etwas. Sie sollten das Theater besuchen, wenn Sie in der Stadt sind. Außerdem gebe ich morgen eine Gesellschaft. Charlotte wird dort sein, und mein Onkel. Ich werde auch Ihre Eltern bitten und hoffe, daß Sie ebenfalls kommen werden.«
»Vielen Dank«, sagte ich.

Irgend etwas an Carleton Eversleigh beunruhigte mich zutiefst. Ich wollte es mir nicht eingestehen, aber irgendwie spürte ich, daß er einen bestimmenden Einfluß auf mich ausübte. Vielleicht war ich doch eine Feldmaus? Gewiß hatte sich mein Horizont während der wenigen Tage, die ich hier in dieser Gesellschaft verbracht hatte, erheblich erweitert. Ich begann mich zu fragen, ob ich es mir nicht zu einfach gemacht hatte: Schwarz war Schwarz und Weiß war Weiß gewesen. Die dazwischenliegenden Grautöne hatte ich nicht erkannt.
Diese Gedanken brachten mich zu Carleton zurück. Ich hielt

ihn für einen Lebemann. Er paßte in diese sittenlose Gesellschaft. Er war zwar verheiratet, aber er wie seine Frau gingen ihre eigenen Wege. Diese Art von Leben sagte ihnen offenbar zu und sie legten großen Wert auf das, was sie »ihre Freiheit« nannten. Aber waren sie auch glücklich? Ich war mir dessen nicht so sicher. Es gab so vieles, dessen ich mir nicht sicher war, und besonders bei Carleton.
Was mich an ihm beunruhigte, war die Tatsche, daß ich mir, sobald er einen Raum betrat, seiner bewußt war. Er war größer als die meisten Männer und schien sich keinerlei Gedanken über den Eindruck zu machen, den er bei anderen hinterließ. Er tat so, als könne ihn nichts erschüttern. Edwin war anders gewesen, er hatte immer großen Wert darauf gelegt, daß sich andere in seiner Gegenwart wohl fühlten. Carleton war so selbstsicher, geradezu arrogant, fand ich. Und da war noch etwas anderes: Er war ausgesprochen männlich, und noch so viel Samt und Brokat seiner modischen Kleidung konnten das nicht verdecken.
Ich fragte mich, warum er so oft in London war, wo ich doch wußte, daß er mit dem Herzen immer in Eversleigh Court weilte. Wollte er sich, da er seiner Erbschaft verlustig gegangen war, eine Karriere bei Hof machen?
Vielerlei Gedanken gingen mir durch den Kopf, aber ich dachte keinen bis zu Ende. Ich wollte es nicht. Aber ich wünschte, ich müßte nicht immer an Carleton Eversleigh denken müssen.

Meine Eltern waren durch eine andere Einladung verhindert, deshalb fuhr ich ohne sie mit meinem Schwiegervater, Charlotte und Carleton in der Kutsche Lord Eversleighs zum Theater. Durch die Londoner Straßen zum *King's House* in die Drury Lane zu fahren, war allein schon ein Abenteuer, denn mit uns bahnten sich auch andere Wagen durch das Menschengewühl den Weg zum Theater. Die nach der neuesten Mode gekleideten Kavaliere und grell geschminkte Damen standen in krassem Gegensatz zu den zerlumpten Bettlern und ärmlich gekleideten Leuten, die sich mühsam durchs Leben schlagen mußten. Die Straßen

waren schlecht beleuchtet, das holprige Pflaster war schmutzig, es roch nach Abfällen. Ich hatte noch nie einen solchen Gegensatz von Reich und Arm wie hier in den Straßen von London gesehen.
»Gehen Sie nie längere Strecken zu Fuß«, meinte Carleton warnend. »Sie wären keinen Augenblick Ihres Lebens sicher.«
»Ich möchte meinen«, gab ich zurück, »daß ich mich überall zu behaupten weiß.«
»Meine Liebe«, warf Lord Eversleigh ein, »diese Bettler sind raffiniert. Sie haben Hunderte von Tricks. Es gibt ganze Diebesbanden, die die Straßen unsicher machen.«
»Von den Nachtwächtern ist, wie ich höre, wenig zu erwarten«, sagte Charlotte.
»Du hast recht. Sie sind schon fast zu Witzfiguren geworden«, antwortete Carleton. »Es sind arme Kerle, die jede Nacht ihr Leben riskieren.«
»Daß es in London so gefährlich ist!« rief ich aus. »Ich wundere mich nur, warum viele so großen Wert darauf legen, hier zu leben.«
»London ist lebendig«, sagte Carleton und sah mich dabei an. In seinem Blick lag etwas wie Anteilnahme – oder war es Belustigung, Verachtung oder Nachsicht? Ich war mir nicht sicher. »Ich ziehe die Gefahr einem ereignislosen Leben vor. Sie nicht auch?«
»Ist es denn falsch, wenn man in geordneten Verhältnissen leben möchte?«
»Wie du siehst, Onkel, liebt deine Schwiegertochter das Streitgespräch. Nun, ich habe nichts dagegen, ich liebe es selbst. In den nächsten Tagen, meine liebe Cousine, werden wir den Dingen auf den Grund gehen, doch jetzt biegen wir, wenn ich mich nicht irre, in die Drury Lane ein, und bald werden Sie das *King's House* kennenlernen. Es ist das Lieblingstheater des Königs.«
Als wir aus der Kutsche stiegen, wurden wir von Bettlern umringt. Ich wollte ihnen etwas geben, aber Carleton schob den Arm unter meinen und zog mich mit sich fort.
»Machen Sie Ihr Portemonnaie nie auf der Straße auf«,

flüsterte er mir zu, »auch dann nicht, wenn Sie einen Beschützer haben.«
Mir mißfiel die Art und Weise, wie er das Wort ›Beschützer‹ aussprach, aber ich wollte nichts dazu sagen, da Lord Eversleigh und Charlotte mithörten und sich vielleicht gewundert hätten, warum ich an allem, was Carleton sagte, etwas auszusetzen hatte.
Ich werde nie den Eindruck vergessen, den der Innenraum des Theaters auf mich machte. Ein Zauber ging von ihm aus, und ich war gewiß, daß ihn auch viele andere empfanden. Wir saßen in einer Loge dicht neben der Bühne, so daß ich das übrige Publikum studieren konnte. Es herrschte großer Lärm, während immer mehr Zuschauer hereinkamen. Über den rückwärtigen Reihen des Parketts war das Dach offen und ich konnte mir gut vorstellen, was passieren würde, wenn es zu regnen anfing. Die Leute auf diesen Plätzen mußten entweder das Weite suchen oder sich naßregnen lassen. Der Mittelrang war etwas teurer als die darüberliegende Galerie, die sich jetzt rasch füllte.
In der uns gegenüberliegenden Loge saß eine maskierte Dame mit einem Herrn, der für diesen Anlaß viel zu elegant gekleidet war. Der Herr verneigte sich, als wir eintraten, und Lord Eversleigh und Carleton erwiderten die Verbeugung. Der Herr – falls er diese Bezeichnung verdiente – richtete den Blick zunächst auf mich, dann auf Charlotte und gleich darauf wieder auf mich.
»Ich kann diese unverschämten Männer nicht ausstehen«, murmelte Charlotte.
»Liebe Cousine, das ist Lord Weldon«, erklärte Carleton. »Er glaubt, er erweist dir eine Ehre, wenn er dich eines Blickes würdigt.«
»Ich glaube eher, daß er mich beleidigen will«, gab Charlotte zurück.
»Seine Dame ist nicht erbaut davon.«
»Und wer ist sie?« fragte ich.
»Das darfst du mich nicht fragen. Er wechselt die Mätresse jede Nacht.«

»Vielleicht gerät er eines Tages an seine Scheherazade«, sagte ich.
»Sie braucht mehr als spannende Märchen, um ihn an sich zu fesseln.«
»Jedenfalls will sie nicht, daß wir ihr Gesicht sehen, sonst hätte sie keine Maske aufgesetzt.«
»Das ist jetzt modern, Cousine.«
»Hätten wir dann nicht auch welche tragen sollen?«
»Ihr habt es nicht nötig, euch zu verstecken. Ihr befindet euch in anständiger Gesellschaft. Weldon schaut noch immer herüber. Es würde mich nicht überraschen, wenn er sich morgen an mich heranmacht, um sich nach euch zu erkundigen.«
»Ich hoffe, du wirst ihm die gehörige Antwort geben und ihn wissen lassen, daß du seine Unverfrorenheit als eine Beleidigung für deine Familie betrachtest.«
»Liebe Cousine, ich werde ihn zum Duell herausfordern, wenn ich dir damit einen Gefallen erweise.«
»Duelle sollten abgeschafft werden«, sagte Lord Eversleigh.
»Sie sind sowieso gegen das Gesetz.«
»Einverstanden, Onkel, aber ungeachtet dessen, daß wir uns selbst beleidigender Äußerungen gewissen Damen gegenüber schuldig machen, sind wir natürlich empört, wenn solche Beleidigungen gegen unseresgleichen gerichtet werden.«
Carleton lächelte spöttisch. Ich wandte mich von ihm ab und schaute hinunter zu den Orangenmädchen mit ihren Körben, die das Publikum zum Kauf ihrer Ware anzuregen versuchten und schnippische Worte mit den Männern wechselten. Es kam zu kleinen Raufereien, als einige der Männer die Mädchen zu küssen versuchten. Orangen kullerten über den Boden, und Leute, die sie wieder einsammeln wollten, lachten aus vollem Hals.
Alles redete durcheinander, und es roch nach nicht allzu sauber gewaschenen Menschen, aber ich fand es sehr aufregend. Ich konnte den Beginn der Vorstellung kaum erwarten.
Gegeben werden sollte die Komödie ›Die lustigen Weiber

von Windsor‹. Carleton sagte uns, es würden nur noch Komödien gespielt. Trauerspiele wolle niemand mehr sehen. Man wolle lachen, nicht weinen. »Die Tränen sind mit Cromwell verschwunden.« Man wolle auf der Bühne lustige Szenen und keine Leichen sehen. Und was man sich am meisten wünschte, waren Frauen auf der Bühne, denn zu lange hatten Männer die Frauenrollen spielen müssen.
»Majestät hat eine gewisse Schwäche für das weibliche Geschlecht erkennen lassen«, meinte Carleton. »Und seine treuen Untertanen wollen ihm darin natürlich nicht nachstehen.«
Lord Eversleigh schütteltle den Kopf. »Ich sage dies jetzt nicht aus einem Mangel an Loyalität«, sagte er, »aber ich glaube, seine treuen Untertanen wären glücklicher, wenn er sich mehr um seine Königin kümmerte – und weniger um diese Harpyien, mit denen er sich umgibt.«
»Der Einfluß der Castlemaine ist so stark wie eh und je«, meinte Carleton. »Aber das hindert den König nicht, das Auge auch in andere Richtungen schweifen zu lassen, und in dieser Hinsicht hat das Theater allerlei zu bieten . . . wie Sie gleich sehen werden, wenn die Aufführung beginnt.«
Er schien sich über irgend etwas zu amüsieren. Es sollte mir bald klar werden, was es war, denn am vorderen Rand der Bühne wurden Kerzen angezündet, und der Beginn des Stückes stand unmittelbar bevor.
Schaal und Schmächtig waren auf der Bühne erschienen, aber einige Augenbicke lang war nichts zu hören, denn das Publikum war noch nicht zur Ruhe gekommen. Schaal trat an die Rampe, und jemand schrie: »Paß auf! Du verbrennst dir sonst die Hosen!«
Schaal hob die Hand. »Meine Damen und Herren, ich bitte um Ruhe, damit wir mit dem Spiel beginnen können.«
Die Art und Weise, wie er sprach, erinnerte mich an die Schneenacht in Congrève, als Wanderschauspieler zu uns gekommen waren.
Im Zuschauerraum trat Ruhe ein, und einige riefen: »Nun fangt doch endlich an!«
»Mit Verlaub«, sagte Schaal und verneigte sich tief.

Die Aufführung begann.
Da ich noch nie im Theater gewesen war, ergriff mich große Erregung. Jetzt sollte ich erleben, wie ein Theaterstück von Berufsschauspielern aufgführt wurde. Ich kannte das Stück und lehnte mich im Sessel zurück, um die Darbietung zu genießen.
Es war in der 1. Szene des zweiten Aktes, als Frau Page auftrat.
»Was! War ich in den Feiertagen meiner Schönheit Liebesbriefen entgangen, und bin jetzt ein Inhalt für sie?«
Sie hielt das Stück Papier in der Hand, und mein Herz klopfte wild: Es gab gar keinen Zweifel – es war Harriet!
Ich drehte mich um und sah Carletons Blick auf mir ruhen. Er lächelte spöttisch. Er hatte es gewußt und hatte uns eigens zu diesem Zweck hierhergebracht.
Ich wandte meine Aufmerksamkeit wieder der Bühne zu. Harriet hatte sich wenig verändert. Vielleicht war sie nicht mehr ganz so schlank, vielleicht war sie etwas gealtert. Aber sie war so schön wie eh und je.
Ich merkte, daß Charlotte sich verkrampfte. Auch sie hatte Harriet erkannt.
Ich konnte den Blick nicht von Harriet wenden. Sie übte jene magnetische Wirkung aus, die ich stets gespürt hatte und der sich auch das Publikum jetzt nicht entziehen konnte, denn das Husten und Rascheln hatten aufgehört, und im Theater herrschte absolute Stille.
Ich war tiefbewegt und konnte dem Stück kaum folgen. Ich mußte nur an Harriet denken. Was war mit ihr gschehen? Wie war sie in dieses Theater gekommen? Hatte James Gilley sie verstoßen oder hatte sie ihn freiwillig verlassen? War sie glücklich? Entsprach ihre jetzige Tätigkeit ihren eigenen Wünschen? Ich mußte noch heute abend mit ihr sprechen.
Ich spürte die Spannung in der neben mir sitzenden Charlotte.
»Fehlt dir etwas?« fragte ich.
»Hast du gesehen?« flüsterte sie zurück.
Ich nickte.

»Er muß sie verlassen haben, Sie ist jetzt hier, weil . . .«
Carleton zischte: »Ruhe, meine Damen. Die Zuhörer starren wie gebannt auf die Bühne.«
Ich fühlte mich beschwingt, weil ich Harriet wiedergesehen hatte.

»Ich muß zu ihr«, sagte ich. »Ich kann nicht wegfahren, ohne sie gesehen zu haben.«
»Nein, Arabella!« rief Charlotte. »Das ist nicht recht. Wir wollen sie nicht wiedersehen.«
»Ich kann nicht einfach so tun, als hätte ich sie nicht erkannt«, sagte ich. »Ich will mit ihr sprechen.«
»Ich werde Sie in ihre Garderobe begleiten. Dort werden wir sie bestimmt treffen«, sagte Carleton.
»Ich danke Ihnen«, antwortete ich.
»Stets zu Diensten«, flüsterte er.
Ich merkte, daß er sich in dem Theater auskannte. Wir begegneten einem Mann und sagten ihm, daß wir mit »Frau Page« befreundet seien und gern einen Augenblick mit ihr sprechen möchten.
Das lasse sich einrichten, lautete die Antwort, und ich sah Geld den Besitzer wechseln.
Zum ersten Mal war ich Carleton dankbar.
Wir wurden in ein kleines Zimmer geführt, und kurz darauf kam Harriet herein.
»Harriet!« Ich konnte mich einfach nicht zurückhalten, sondern stürzte auf sie zu und umarmte sie.
»Ich habe dich in der Loge gesehen«, sagte sie, »und ich wußte, daß du mich aufsuchen würdest.«
Carleton verbeugte sich. »Sie haben ausgezeichnet gespielt«, sagte er.
Sie neigte den Kopf. »Ich danke Ihnen, Sir.«
»Ich lasse Sie jetzt allein und komme in zehn Minuten wieder vorbei, um Sie abzuholen, Cousine.«
Harriet schnitt eine Grimasse, als sich die Tür hinter ihm schloß. »Ich habe ihn nie leiden mögen«, sagte sie.
»Harriet, was machst du hier?«
»Ich hätte gedacht, das wäre ziemlich klar.«

»Bist du . . . hast du . . .«
»Ich gehöre zur Schauspieltruppe von Thomas Killigrew, und glaub mir, das ist immerhin eine Leistung.«
»Aber Sir James . . .«
»Ach, der! Der war nur ein Sprungbrett. Ich mußte fort. Dann kam er . . . und bot mir die notwendigen Mittel.«
»Du hast ihn also nicht geliebt?«
»Geliebt! Ach, meine liebe, romantische Arabella, du denkst also immer noch an Liebe. Was nützt die Liebe schon einem Mädchen, das dringend ein Dach über dem Kopf braucht und sich in den Kopf gesetzt hat, die Sonnenseiten des Lebens zu genießen?«
»Du bist so hübsch. Du hättest Charles Condey heiraten können.«
»Ich habe gesehen, daß die sauertöpfische Charlotte heute abend bei euch in der Loge saß. Ich wette, daß sie keine Anstalten machen wird, mich hier zu besuchen.«
»Du hast sie ziemlich schlecht behandelt, Harriet.«
»Schlecht! Indem ich einem jungen Mann, der Charlotte offensichtlich nicht haben wollte, ein paar Liebenswürdigkeiten gesagt habe? Aber wir vergeuden nur unsere Zeit. Sag mir, was machst du jetzt? Wie gefällt dir das Leben in England? Wie geht es den Jungen?«
»Sie sind gesund und munter.«
»Und der kleine Leigh?«
»Er sieht recht gut aus und versteht, sich seiner Haut zu wehren.«
»Das hat er von mir, und du bist ihm eine gute Mutter, nicht wahr?«
»Harriet, wie konntest du ihn verlassen!«
»Wie hätte ich ihn denn mitnehmen können? Ich saß in der Zwickmühle, aber was hätte ich sonst tun sollen? Ich wußte genau, daß ich in Eversleigh Court nicht gern gesehen war. Madame Charlotte hätte mich wohl kaum willkommen geheißen. Deine Mutter war nicht geneigt, mich zum Bleiben aufzufordern. So war die arme Harriet wieder einmal ganz auf sich allein angewiesen. Und so sagte ich mir: James Gilley nimmt mich mit, und ich bleibe so lange bei ihm, bis

ich seiner überdrüssig bin. Ich habe immer zur Bühne zurückkehren wollen, und da bin ich nun.«

»Ist es ein gutes Leben, Harriet?«

Sie brach in Lachen aus. »Liebe Arabella, du hast mich immer amüsiert. Für mich ist es gut genug. Viel Auf und Ab . . . stets voller Spannung. Ich bin dafür geschaffen. Und du? Denkst du immer noch nur an deinen Edwin?«

»Ihn gibt es nicht noch einmal.«

»Und Carleton?«

»Was meinst du damit?«

»Er steht in dem Ruf, unwiderstehlich zu sein. Ich höre immer wieder, daß er es sich leisten kann, auszuwählen. Sogar die Castlemaine hat ein Auge auf ihn geworfen. Aber dafür ist er etwas zu schlau. Er will nicht bei Black Boy auf der schwarzen Liste stehen.«

»Ich habe keine Ahnung, wovon du sprichst.«

»Castlemaine ist die Mätresse des Königs, und Black Boy ist Seine Majestät persönlich. Carleton ist ein raffinierter Kerl. Erst bringt er den Klatsch in der Stadt auf Hochtouren, und dann verschwindet er für einige Zeit nach Eversleigh Court. Er soll wütend sein, weil jetzt ein männlicher Erbe da ist. Dein eigenes Kindchen, Arabella. O ja, über Carleton Eversleigh wird viel geredet, und ich höre mir alles genau an . . . schließlich haben wir ja einmal in Verbindung gestanden.«

»Harriet, ich will wissen, ob du glücklich bist.«

»Und ich will wissen, ob du es bist.«

»So glücklich, wie ich ohne Edwin eben sein kann. Aber du, Harriet?«

»So glücklich, wie ich eben sein kann – ohne eigenen Landsitz und ohne Vermögen, mit dem ich bis ans Ende meiner Tage sorgenlos leben könnte.«

»Ach, Harriet«, sagte ich, »es war schön, dich wiederzusehen.«

»Vielleicht begegnen wir uns einmal wieder. Ich will der Star der Londoner Theaterwelt werden. Carleton wird gleich wieder zurücksein, um dich mitzunehmen, Ich freue mich, daß du gekommen bist, Arabella. Wir werden immer miteinander verbunden bleiben, nicht wahr?«

Sie warf mir ein geheimnisvolles Lächeln zu. Ich war mir nicht im klaren, ob sie wirklich glücklich war oder nicht. Mir war nicht ganz wohl zu Mute. Am liebsten hätte ich sie überredet, das Bühnenleben aufzugeben und mit mir nach Eversleigh Court zurückzukehren. Aber ich wußte, daß so etwas unmöglich war. Zum einen würde sie sich weigern und zum anderen wäre meine neue Familie nie damit einverstanden.

Ich sagte ihr Lebewohl, und als sie mich küßte, sagte sie: »Wir werden uns wiedersehen. Unsere Lebensfäden sind, wie es in den Schauspielen heißt, miteinander verwoben, solange wir auf Erden wandeln.«

Dieses Treffen mit Harriet war mein aufregendstes Erlebnis während der Reise nach London.

Pest und Feuer

Nach London wirkte Eversleigh eintönig, aber ich war froh, wieder bei Edwin zu sein und mich vergewissern zu können, daß er meine kurze Abwesenheit gut überstanden hatte.

Charlotte und ich gingen zuerst ins Kinderzimmer, wo wir von den Knaben lautstark begrüßt wurden. Als sie die Geschenke sahen, wurde die Begrüßung noch überschwenglicher. Wir hatten sorgfältig darauf geachtet, beiden genau dasselbe mitzubringen, deshalb hatte jetzt jeder ein Schießgewehr mit Tonkugeln, eine aus einem Kuhhorn in einem Stück herausgeschnittene Trompete und Drachen – Edwin einen blauen, Leigh einen roten. Von diesen Sachen und den Pfefferminzplätzchen in Schachteln, auf denen Whitehall abgebildet war, waren die Knaben begeistert. Typisch war, daß Leigh das Gewehr am liebsten hatte und mit ihm auf alles und jeden schoß, während Edwin vor allem seine Trompete liebte.

Es waren Tage des Glücks – wir ließen die Drachen steigen, hörten den Trompetentönen zu und gaben uns Mühe, nicht von den Tonkugeln getroffen zu werden. Wir waren so froh, wieder daheim zu sein. Aber ich wurde unentwegt von Erinnerungen an Harriet verfolgt, und sie ging mir nicht aus dem Sinn.

Ich dachte an Carleton, der unseren Theaterbesuch offenbar deshalb arrangiert hatte, weil er wußte, daß sie dort war. Er besaß zweifellos eine boshafte Ader, aber was mich am meisten beunruhigte, war sein offenkundiges Interesse an mir und sein Eingeständnis, daß Edwin zwischen ihn und sein Erbe getreten war.

Daß er Eversleigh Court liebte, stand außer Zweifel, es lag

ihm sehr am Herzen. Er war sehr oft da, und mir fiel auf, daß seine Reisen nach London allmählich seltener wurden. Es war gegen Ende des Sommers, als Barbary, Carletons Frau, nach Eversleigh Court kam. Carleton behandelte sie mit einer Gleichgültigkeit, die ich geradezu unhöflich fand. Mir fiel auf, daß es ihr gesundheitlich gar nicht gut zu gehen schien. Als ich mich am folgenden Abend beim Personal nach ihr erkundigte, weil ich sie den ganzen Tag über nicht gesehen hatte, erfuhr ich, daß sie im Bett geblieben war.

Ich besuchte sie in ihrem Zimmer.

Sie sah krank aus, und ich fragte, ob ich etwas für sie tun könne.

Sie schüttelte den Kopf. »Ich bin aufs Land gekommen, um mich hier etwas auszuruhen«, sagte sie. »Das tue ich hin und wieder . . . wenn ich abgespannt bin. Ich glaube nicht, daß mein Besuch der Hausfrau besonders lieb ist, aber hier wohnt schließlich mein Gatte, und deshalb habe auch ich ein Recht, hier zu sein, finden Sie nicht auch?«

»Ja, natürlich.«

»Das höre ich gern, denn Sie sind ja eine Art von stellvertretender Schloßherrin. Fühlen Sie sich eigentlich nicht ziemlich einsam?«

»Ich finde das Leben hier sehr friedlich«, sagte ich, »und Ihnen geht es offenbar ebenso, denn Sie sind ja hergekommen, um sich auszuruhen. Haben Sie öfter dieses Bedürfnis?«

Sie nickte. »Die Stille . . . ein Tag wie der andere . . . das Muhen der Kühe, das Blöken der Schafe, und die Vögel, die im Frühling so schön singen.«

»Ich hatte keine Ahnung, daß Sie Sinn für so etwas haben.«

»Sie müssen wissen, Cousine Arabella, daß nicht alles so ist, wie es zu sein scheint.«

»Das ist wahr. Soll ich ihnen etwas heraufschicken lassen?«

»Sally Nullens macht einen guten Schlaftrunk. Sie gibt ihn, glaube ich, den Kindern, wenn sie nicht einschlafen können.«

»Ich werde mit ihr sprechen.«
Ich ging zu Sally hinunter, die im Kinderzimmer gerade einen Riß in Leighs Jacke zunähte.
Ja, sie habe genau den richtigen Sud, und sie habe ihn Mistress Barbary schon früher einmal verabreicht. »Die arme Mistress Barbary«, meinte sie, »ich glaube nicht, daß sie eine besonders glückliche Frau ist.«
»Wenn man bedenkt, mit wem sie verheiratet ist . . .«
»Tja, diese von den Familien arrangierten Heiraten bringen meist nichts Gutes. Junge Leute sollten selbst entscheiden können.«
»Ihre Ehe war also arrangiert?«
»Ja, vor zehn Jahren. Master Carleton gab vor, ein Rundkopf zu sein. Mistress Barbarys Familie war eine von denjenigen, die immer auf Cromwells Seite gestanden hatten. Ich nehme an, daß er sie heiratete, um zu zeigen, ein wie guter Puritaner er war. Unter den gegebenen Umständen spielte er seine Rolle sehr gut. Die Ehe allerdings ging nie gut. Beide gingen ihrer eigenen Wege. Ziemlich hemmunglos, alle beide – sie wahrscheinlich deshalb, weil sie sehr streng erzogen worden war, und er, weil es so seine Art war. Jetzt kommt sie her, um sich zu erholen. Meine Tränklein tun ihr sehr gut, sagt sie immer. Aber ich glaube, daß auch die Ruhe eine große Rolle spielt. Manchmal habe ich den Eindruck, daß etwas sie überkommt und sie wünschte, daß alles anders wäre.«
Ich besuchte Barbary von jetzt ab häufiger, und zwischen uns entwickelte sich eine Art von Freundschaft. Daß ihr meine Besuche nicht ungelegen kamen, war offensichtlich, und nach einer Weile begann sie, länger mit mir zu reden. Sie sei immer dann nach Eversleigh gekommen, erzählte sie, wenn Carleton verreist war. »Wir wollen natürlich nicht zusammentreffen.«
»Das klingt merkwürdig, denn er ist doch Ihr Ehemann.«
»Er wollte diese Ehe nicht. Er hat mich nur geheiratet, weil es zur damaligen Zeit besser für ihn war. Die Leute mißtrauten ihm, und es bestand die Gefahr, daß seine wahre Tätigkeit entdeckt werden könnte. Die Einheirat in eine

Familie wie die unsrige gab ihm einen gewissen Rückhalt ... wenn Sie verstehen, was ich meine. Mein Vater war ein überzeugter Anhänger Cromwells, und die Verbindung mit solch einer Familie bedeutete für einen Mann eine gewisse Sicherheit, der leicht in Verdacht geraten konnte, weil er einer Familie angehörte, deren Angehörige sich zum großen Teil im Exil befanden.«

»Ich verstehe, es war also eine Vernunftehe.«

»Genau.«

»Und Sie haben sich überhaupt nicht geliebt?«

Sie schwieg. Dann sagte sie: »Sie wissen ja, wie er ist. Er ist einzigartig. Ich kenne niemanden, der ihm das Wasser reichen könnte. Man spürt seine Stärke, seine Kraft. Er gehört zu den Männern, die nicht eher ruhen, bis sie errungen haben, was sie haben wollen.«

»Ist das so einzigartig?«

»Nein, aber er ist ein Mann, der mehr Energie besitzt als alle anderen, die ich kenne. Ich war sehr jung, als wir heirateten. Siebzehn, genau gesagt. Ich war jung, gefühlvoll und der Lebensweise im Elternhaus herzlich überdrüssig. Wenn man damals lächelte, war es eine Sünde, und wenn dies an einem Sonntag geschah, drohten einem sogar Höllenstrafen.«

»Ich habe etwas davon erlebt, als ich herkam.«

»Ja, aber das war nur äußerer Schein, oder nicht? Ich jedoch hatte kaum etwas anderes kennengelernt. Drei Wochen lang behandelte er mich wie eine Ehefrau, und ich glaubte, er meinte es ernst. Für mich war es ein neues Leben – aufregend und interessant. Aber für ihn war es nur Spiel. Es ist ihm nie schwergefallen, eine Frau zu überzeugen, daß er sie liebe. Dann aber merkte ich, daß er mir untreu war. Als frommer Puritaner lebte er gefährlich, doch er liebte die Gefahr ebenso wie die Frauen. Ich war jung ... und wütend!«

»Sie haben ihn geliebt.«

»Es war leicht, sich in ihn zu verlieben. Er kannte alle Tricks und wußte genau, wie er mich behandeln mußte. Als ich ihm Vorhaltungen machte, kam die Wahrheit heraus: Er hatte mich geheiratet, weil es notwendig war. Er habe mich zwar ganz gern, aber ich dürfe ihn nicht mit Beschlag belegen. Ich sollte tun, was mir beliebte, und er würde tun, was ihm in den Sinn käme. Es bestehe kein Grund, warum wir nicht getrennte Wege gehen sollten. Sie können sich vorstellen, wie verletzt ich war, wie wütend, denn ich war in ihn verliebt und überzeugt, eine vollkommene Ehe eingegangen zu sein. Und nun das! Ich bin impulsiv und habe keinen guten Charakter. Ich war so gekränkt und verwirrt, daß ich noch in derselben Nacht mit einem der Stallknechte schlief, der mich schon seit einiger Zeit mit seinen Blicken verfolgt hatte. Jetzt sind Sie entsetzt.«

»Nein. Ich glaube, ich kann Sie verstehen.«

»Sie! Mit einem toten Gatten, dem Sie Zeit Ihres Lebens die Treue halten wollen! Sie können es bestimmt nicht verstehen. Ich bin nicht prüde und ich will Ihnen nichts vormachen: Ich mag die Männer. So, wie Carleton die Frauen mag. Und als er mich lehrte, alle Bedenken beiseite zu schieben, tat ich es. Er wußte es natürlich, und ich glaube, es gefiel ihm sogar, obwohl er über den Stallknecht etwas schockiert war. Er brachte mich nach London und machte mich mit Männern bekannt, die vom gesellschaftlichen Standpunkt als Bettgenossen für mich eher in Frage kamen. Ich habe seither Dutzende von Liebhabern gehabt. Aber warum erzähle ich Ihnen das alles?«

»Sagen Sie mir, um Gottes willen, ob Sie sich dadurch irgendwie besser fühlen.«

»O ja, ich fühle mich wirklich besser. Ich möchte mit Ihnen sprechen . . . aus mehreren Gründen. Erst einmal deshalb, weil Sie Ihrem toten Ehemann einen Altar errichtet haben und den Rest Ihrer Tage damit verbringen wollen, ihn wie eine Vestalin zu verehren. Zwar nicht ganz wie eine Vestalin, denn Sie sind ja schließlich die Mutter des jungen Edwin. Und so haben wir die Situation, wie sie zur Zeit ist.« Sie lachte plötzlich. »Es dauert sowieso nicht ewig, wissen Sie. Eines Tages werden Sie ausbrechen und dann . . .«

»Ich habe mich entschlossen, nicht wieder zu heiraten, wenn Sie das meinen.«

»Seien Sie sich dessen nicht so sicher. Ich weiß, man ist auf Sie aufmerksam geworden.« Sie senkte die Stimme, und ich sah mich unwillkürlich um.
»Ja«, sagte sie, »Ihr Schicksal ist vorbestimmt, Sie sind ausersehen. Ich weiß es. Jemand hat ein Auge auf Sie geworfen, aber da gibt es noch Hindernisse . . . lebende Hindernisse.«
»Sie sprechen in Rätseln.«
»Diese Rätsel sind leicht zu lösen. Ist Ihnen klar, was Eversleigh für Carleton bedeutet?«
»Sicher sehr viel.«
»Sehr viel! Das ist milde ausgedrückt. Es ist sein ein und alles. Der arme Carleton, zweimal ist er darum betrogen worden. Einmal, als sein Onkel, der jetzige Lord, ziemlich rücksichtslos noch einen Sohn in die Welt setzte – Ihren geliebten Gatten. In einem Anflug seltener Offenheit hat mir Carleton einmal gesagt, was dies für ihn bedeutete. ›Ich war damals erst zehn‹, sagte er, ›aber ich kann mich noch heute an meine Wut erinnern. *Ich* war in diesem Haus groß geworden. Mein Onkel hatte mich alles gelehrt. Er sagte immer . . . oder wenn er es nicht aussprach, so ließ er es doch durchblicken: Eines Tages wird dies alles dir gehören. Ich lernte viel über das Gut. Wenn ich ausritt, war mir, als ob Trompeten erschallten und Stimmen mir ins Ohr drangen: Es gehört dir. Es gehört dir.‹«
»Aber er war doch noch ein Kind!«
»Das war Carleton eigentlich nie. Er wußte immer, was er wollte, und man hatte ihn glauben gemacht, daß Eversleigh sein Eigentum sei. Schön, er unterdrückte seinen Zorn und versuchte, seinen Vetter so zu erziehen, daß er dieser Erbschaft würdig war. Er erzählte mir, wie er lernte, auf dem Pferd zu sitzen, Pfeil und Bogen zu halten und mit dem Gewehr zu schießen. Er wolle einen Mann aus ihm machen, wie er es nannte. Er sagte, Edwin sei zu weich, um Eversleigh bewirtschaften zu können. Das würde er nie schaffen.«
»Das war Unsinn. Reine Eifersucht.«
»Ihnen mag es so erscheinen. Carleton war entschlossen,

Eversleigh zu halten, nachdem der König enthauptet worden war. Er blieb da, als so viele aus dem Lande flohen. Er setzte für Eversleigh sein Leben aufs Spiel. Dann kam Edwin und wurde getötet und er war wieder der Erbe. Ich kann mich gut an ihn erinnern, wie er damals war – an seine ruhige Selbstsicherheit . . . an seine Gewißheit.«

»Das klingt, als habe er sich über den Tod seines Vetters gefreut.«

»Er hat nie viel von Edwin gehalten, und ich glaube, daß das Schicksal seiner Ansicht nach beschlossen hatte, Eversleigh dadurch vor dem Untergang zu retten, daß es dem Gut einen starken Herrn gab.«

»Das macht ihn mir nicht sympathischer.«

»Ich glaube, er hat Pläne mit Ihnen.«

»Pläne?«

»Er fühlt sich irgendwie zu Ihnen hingezogen. Er fühlt sich leicht zu Frauen hingezogen.«

»Er sollte sich lieber anderswo umsehen.«

»Sie wären für ihn etwas ganz anderes.«

»Das einfache Mädchen vom Lande«, sagte ich. Sie sprach mit mir so, wie Harriet es getan hatte, gönnerhaft, etwas belustigt über meine Weltfremdheit. Meinetwegen – wenn ich schon weltfremd war, dann hatte ich jedenfalls mehr Glück gefunden als sie oder Harriet. Gewiß, ich hatte meinen Mann verloren. Aber ich hatte meinen lieben, kleinen Sohn, der mich tröstete.

»Oh, mehr als das«, fuhr sie in ernstem Ton fort. »Sie haben einen starken Willen. Das gefällt ihm. Sie haben sich gegen ihn gestellt. Auch das gefällt ihm. Für leichte Eroberungen hat er nie viel übrig gehabt.«

»Sie können ihm sagen, daß dies eine Zitadelle ist, die sich nie erobern lassen wird.«

»Das würde seine Glut nur noch steigern.«

»Glut! Ein seltsames Wort in diesem Zusammenhang.«

»Er würde Ihnen gern die Ehe anbieten. Für ihn wäre es die perfekte Lösung. Wenn Sie ihn heirateten, würde er der Vormund Ihres Sohnes, und die Bewirtschaftung von Eversleigh bliebe in seiner Hand, denn jetzt überläßt ihm

Lord Eversleigh die ganze Arbeit. Carleton hat das Gut in den schweren Jahren geleitet, und deshalb ist es nur natürlich, daß er damit fortfährt. Es gibt nur ein einziges Hindernis: Er ist bereits mit mir verheiratet.«

»Ich bin dankbar, sagen zu können, daß es ein unüberwindliches Hindernis ist.«

»Falls ich sterben sollte . . .«

»Sie . . . und sterben! Sie sind noch jung.«

»Sehen Sie mich an.«

»Sie sind im Augenblick etwas angegriffen und werden sich bald wieder erholt haben.«

Sie lehnte sich zurück und sagte nichts.

»Dies ist ein merkwürdiges Gespräch«, sagte ich.

»Ja, ein merkwürdiges Gespräch, aber ich bin froh, daß wir es geführt haben. Ich finde, Sie sollten wissen . . .«

Ein eigenartiger Glanz war in ihren Augen, und ich fragte mich, ob sie Fieber hatte.

Ich trat an ihr Bett und berührte ihre Hand. Sie war kalt.

»Sie sollten etwas essen. Vielleicht ein bißchen Suppe, und danach einen Kapaun. Ich werde hinuntergehen und dafür sorgen.«

Sie ließ mich nicht aus den Augen, und ich hörte sie flüstern: »Seien Sie auf der Hut, Arabella. Achten Sie auf sich . . . und auf Ihren Sohn.«

Ich ging hinunter und war tief beunruhigt.

Am nächsten Tag ging es Barbary viel besser, sie schien mit ihrem Zynismus wieder ganz die alte zu sein. Ich fragte mich, ob es ihr wohl leid tue, daß sie mich ins Vertrauen gezogen hatte, denn sie schien mir aus dem Weg zu gehen. Nach einigen Tagen fuhr sie nach London zurück.

Sally Nullens schüttelte über sie den Kopf und war ungewöhnlich offenherzig.

»Mistress Barbary hat mir immer leid getan«, sagte sie. »Sie wurde hier hereingesetzt, als sie fast noch ein Kind war, und ich glaube nicht, daß Master Carleton einen Finger gerührt hat, um ihr zu helfen.«

Ich kniff die Lippen zusammen. Es ging mir nicht aus dem

Kopf, was Barbary über seine Pläne gesagt hatte, nämlich mich zu heiraten, wenn er sie nur irgendwie loswerden könnte. Die zweite Vernunftehe, dachte ich. Aber nicht mit mir, Master Carleton. Ich empfand unwillkürlich ein Gefühl der Genugtuung, daß er zum zweitenmal um etwas betrogen wurde, was er mehr als alles andere auf der Welt zu erreichen hoffte.

Gleichzeitig stellte ich mir meine Zukunft wenig rosig vor. ›Er ist ein Mann, der nicht ruhen wird, bis er das hat, was er will‹, hatte Barbary gesagt.

»Sie hat sich nie in acht genommen«, fuhr Sally fort. »Das hat Master Carleton immer gesagt. Eine schwere Krankheit sagte er, und ihr Lebenslicht wird ausgeblasen wie eine Kerze.«

»Das hat er gesagt?«

»O ja, mehr als einmal.«

»Aber sie ist jung und kräftig und führt, wie ich es sehe, in London ein sehr abwechslungsreiches Leben.«

»So könnte man es nennen«, sagte Sally Nullens. »Aber Master Carleton hat trotzdem recht. Sie ist nicht kräftig und sollte mehr auf sich achtgeben. Sie kommt ab und zu her, wenn sie sich ausruhen muß. Das tut sie nun schon seit drei Jahren oder länger.«

»Ich hoffe, es hat ihr gutgetan.«

»Ein törichtes Mädchen . . . ein solches Leben zu führen! Wie eine Motte, die um das Licht herumflattert.«

»Du scheinst an nichts anderes mehr zu denken, als an Kerzen, Sally. Hoffentlich hältst du sie von den Kindern fern.«

»Aber, Mistress Arabella, halten Sie mich für so dumm, das etwa nicht zu tun?«

»Ich weiß, daß du großartig mit den Kindern umgehst, Sally. Ich bin dir sehr dankbar dafür.«

»Ach, auch Sie sind nichts als ein kleines Mädächen. Und die Knaben – ich konnte sie heute nicht bewegen, zum Essen hereinzukommen. Sie wollen sich nicht von den Drachen trennen, die Sie ihnen mitgebracht haben. Der von Master Leigh muß höher fliegen als der von Master Edwin

und dann der von Master Edwin noch höher als der von Master Leigh. Jeder muß immer besser sein als der andere. Ich weiß nicht.«
Sally war den Kindern treu ergeben. In diesem Augenblick wünschte ich, sie müßten nicht größer werden und Carleton würde nach London fahren und dort bleiben. Ich wollte einfach nicht mehr an ihn denken.

Es war etwa zur Weihnachtszeit des Jahres 1664. Es war ein kalter Nachmittag, die Schneeflocken rieselten herunter, und in jedem Zimmer knisterten die Kaminfeuer.
Die Knaben knieten auf dem Sitz neben dem Fenster des Schulzimmers und schauten in den Schnee hinaus, als Leigh plötzlich rief: »Da kommt jemand!«
Und Edwin schrie: »Ich kann einen Mann sehen! Er kommt in den Hof geritten.«
»Sicher irgendein Reisender«, sagte ich zu Sally. »Jemand, dem das Wetter zu schlecht ist, um weiterzureiten. Wir werden heute bestimmt einen Gast haben. Ich gehe hinunter und sehe nach, wer es ist.«
Die Kinder kamen mit.
Charlotte war schon in der Halle. Als die Glocke läutete, öffnete sie die Tür, und ein Mann trat herein.
»Guten Tag!« rief er. »Einen wunderschönen guten Tag. Was für ein Wetter! Ich bin froh, wieder zu Hause zu sein!«
Er blickte erstaunt auf mich und grinste dann Charlotte an. »Na, wer von euch beiden ist denn nun meine Nichte Charlotte?« fragte er.
Charlotte trat einen Schritt vor.
Er nahm sie in die Arme und küßte sie.
»Ist dein Vater zu Hause?«
Charlotte sagte: »Ja. Ich werde ihn holen lassen. Dann müssen Sie . . .«
»Dein Onkel Tobias sein, Nichte. Onkel Toby, besser gesagt. Heimgekehrt aus Virginia. Ich suche nach einem wärmeren Willkommen, als es das Wetter bieten kann.«
Inzwischen war auch Matilda Eversleigh dazugekommen und stand auf der obersten Treppenstufe.

»Matilda, geliebte Schwägerin! Wo ist John?«
»Ach«, rief Matilda aus, »dann bist du ja . . .«
»Kennst du mich denn nicht mehr? Gewiß, es ist einige Jahre her. Es ist eine Menge geschehen, seit ich wegging, stimmt's?« Lord Eversleigh war hinter seiner Frau aufgetaucht.
»Was sehe ich – Tobias!« rief er »Willkommen daheim, Toby. Ich dachte du wärst längst tot.«
»Ich doch nicht, Bruderherz! Ich bin quicklebendig, wie man so schön sagt. Ich dachte, daß ich euch alle überraschen könnte.«
»Mein lieber Toby . . . Nach all diesen Jahren. Wir glaubten . . .«
»Daß ich tot sei. Ja, ich weiß, John hat es mir gerade gesagt. Nein, Matilda, in dem alten Hundesohn steckt immer noch Leben. Aber es ist gut, wieder zu Hause zu sein. Eversleigh hat sich nicht verändert. Waren wohl harte Zeiten, wie ich hörte. Aber jetzt ist alles wieder in Ordnung, nehme ich an. Der König ist zurückgekommen, und deshalb dachte ich, es sei Zeit, daß Toby Eversleigh dasselbe tut.«
»Es ist eine wunderbare Überraschung«, sagte Lord Eversleigh. »Und wir haben neue Familienmitglieder, dies hier ist Edwins Frau.«
»Was – der junge Edwin verheiratet! Und wo ist er . . .?«
Es trat eine kurze Stille ein, dann sagte Lord Eversleigh: »Ich hätte sagen sollen: Edwins Witwe.«
»Ach!«
Die Kinder waren in die Halle gelaufen und starrten den Neuankömmling mit großen Augen an.
»Mein Enkel«, sagte Lord Eversleigh stolz. »Komm, Edwin, und sag deinem Großonkel Toby guten Tag.«
»*Groß*onkel«, sagte Edwin und blickte ehrfurchtsvoll zu ihm auf.
»Ja, Junge ich bin dein Großonkel. Ich hoffe, du wirst mein Freund.«
»Ja, bestimmt«, sagte Edwin.
»Ich auch«, rief Leigh aus und drängte sich vor.
»Noch ein Neffe von mir?« fragte Tobias.

»Nein . . . Leigh ist ein adoptiertes Kind.«
»Ihr müßt mir alles erzählen«, sagte Tobias.
»Aber erst gibt es etwas zu essen und zu trinken«, sagte Matilda.
»Es ist gut, wieder daheim zu sein«, meinte Tobias, und seine Stimme klang bewegt.

Das war also Edwins Onkel Tobias. Die Familie war von seinem Tod so überzeugt gewesen, daß sein Name mir gegenüber nie erwähnt worden war. Ich vermutete, daß er im Alter zwischen Edwins und Carletons Vätern stand und höchstens zwei Jahre jünger als Lord Eversleigh sein konnte, aber mit seinem sonnengebräunten Gesicht und dem dichten Haarschopf sah er viel jünger aus.
Er verlieh dem Haushalt eine farbig interessante Note, und es wurde bald jedem klar, daß er sich hier niederlassen wollte. Durch seinen Hang zur Geselligkeit war er schon bald außerordentlich beliebt. Seine Schwäche war eine Vorliebe für den Wein. Nach dem Abendessen blieb er gern noch lange am Tisch sitzen und trank große Mengen davon, wobei seine Jovialität und Redseligkeit im selben Maße zunahmen, wie der Wein weniger wurde.
Er war reich, denn er hatte in Virginia mit Tabak ein Vermögen erworben. Seit Jahren hatte er zurückkehren wollen, aber da er mit den Puritanern nichts anzufangen wußte, hatte er gewartet, bis der König zurückgekehrt war.
»Wißt ihr«, sagte er und zeigte mit dem Finger auf mich, als ob er glaubte, ich wolle ihm widersprechen, »da war noch viel zu tun. Ich konnte nicht einfach auf und davon gehen . . . bei meinen geschäftlichen Verpflichtungen war das ganz unmöglich . . . du lieber Gott, das war völlig ausgeschlossen. Ich mußte Leute finden, denen ich vertrauen konnte. Ich wollte nicht alles aufgeben. Falls die Rundköpfe zurückkommen, werde ich wieder weggehen. Unter den Puritanern zu leben, habe ich keine Lust – darauf könnt ihr Gift nehmen.«
»Sie werden nie wieder zurückkommen«, versicherte ihm

Lord Eversleigh. »Die Bevölkerung hat wahrlich genug von ihnen.«

»Dann werde ich hierbleiben . . . so lange ihr mich haben wollt.«

»Mein lieber Toby«, sagte sein Bruder, »du bist hier ebenso zu Hause wie ich.«

Toby nickte, ein Schleier zog über seine Augen. »Was haben solche alten Häuser eigentlich an sich?« fragte er. »Sie gehen einem unter die Haut . . . sie gehen einem ins Blut. Man kann sie nicht vergessen, wo man sich auch herumtreibt. Und wenn man dann noch einen Platz in der Erbfolge hat . . . tja, dann ist es etwas Besonders.« Er sah mich unverwandt an. »Ja, wißt ihr, wenn der junge Master Edwin nicht wäre, würde ich dieses Haus erben – so ist es doch, nicht wahr, Bruderherz?«

Lord Eversleigh sagte, es wäre in der Tat so.

»Weißt du«, erwiderte Toby mit einem dröhnenden Lachen, »so wie du aussiehst, überlebst du mich bestimmt. Ich bin der Flasche mehr zugetan als du, Bruder, und man sagt, ein bißchen sei zwar gut, aber zu viel wäre schlecht für den Magen und ließe das Gedärm verrotten. Ich schockiere die Damen, verzeiht mir. Ich bin auf meinen Reisen etwas ungehobelt geworden. Und was ist mit Harrys Jungen?«

»Carleton«, sagte Matilda. »Oh, er wird bestimmt bald zurückkommen. Er ist abwechselnd hier und in London.«

»Ich kann mich an Carleton gerade noch erinnern. Er muß etwa zwei gewesen sein, als ich wegging. War ein eigenwilliger, kleiner Bursche. Ich sehe ihn noch herumstolzieren. Ihm gehörte das Haus bereits. Damals glaubten wir natürlich nicht, daß du noch einen Sohn bekommen würdest, und ich machte mich in die Wildnis davon. Das war für jeden gleichbedeutend mit einem frühen Tod durch Haifische oder Indianer. Der junge Carleton war sehr selbstsicher. Das fällt mir jetzt wieder ein. Er wird einen Schritt zurück machen müssen . . . aber das spielt keine Rolle. Wir haben ja unseren jungen Edwin. Was für ein großartiger kleiner Mann! Madam, ich gratuliere Ihnen, daß Sie uns einen so prächtigen, kleinen Erben geschenkt haben.«

Und so redete er immer weiter, und ich muß zugeben, daß ich eine kleine Schadenfreude empfand, weil Carleton wieder einmal zurücktreten mußte.

Die Kinder waren von Onkel Toby begeistert. Er redete gern und viel, und nichts war ihm lieber, als ein dankbares Publikum zu haben. Die Kinder ließen ihre Drachen, Schießgewehre und Trompeten im Stich, saßen ihm zu Füßen und lauschten seinen Geschichten. Auch ich schloß mich ihnen manchmal an. Onkel Toby sprach meistens von Captain Smith, der für ihn ein Held war und den er den Gründer von Virginia nannte.

»So benannt, meine Kleinen, nach der jungfräulichen Königin, und zwar von einem Mann namens Walter Raleigh.«

Dann erzählte er ihnen von Walter Raleigh und wie dieser dadurch zum Günstling der Königin wurde, daß er seinen Mantel auf den Erdboden legte, als sie aus ihrer Kutsche stieg, damit sie nicht ihre hübschen Schuhe schmutzig machte.

Raleigh habe Tabak nach England gebracht, und der Tabak wachse in Virginia, und es sei der Tabak gewesen, der ihn reich gemacht habe.

Ich sehe sie noch vor mir, ihre kleinen Gesichter, die vor lauter Spannung zu glühen schienen. Wenn die Abenteuergeschichten sehr aufregend wurden, quietschten die Kleinen, zu denen sich auch Chastity gesellte, vor Vergnügen. Sie war eine ebenso glühende Verehrerin von Onkel Toby, wie es die Knaben waren.

Was hatte er nicht alles über Captain Smith zu erzählen, der schon als kleiner Junge wußte, daß er einmal ein großer Abenteurer werden würde.

»Ich werde auch ein großer Abenteurer!« rief Leigh und sprang auf, wobei seine Augen leuchteten wie die seiner Mutter. Ich erinnerte mich, was sie einmal gesagt hatte: Man müsse für die guten Dinge im Leben auch Risiken eingehen, wenn einem das Glück nicht von selbst in den Schoß falle.

Edwin meinte, auch er wolle Abenteurer werden, aber er

werde die meiste Zeit zu Hause bleiben müssen, um sich um Eversleigh zu kümmern.
Er wußte es also schon. Er mußte mitgehört haben, was die anderen redeten.
Onkel Toby tätschelte ihm den Kopf. »O ja, Junge«, sagte er. »Du wirst dieses Gut in Ordnung halten, wie es sich gehört. Das ist auch eine Art von Abenteuer.«
»Ich gehe nach Virginia«, prahlte Leigh. »Dann komme ich zurück und . . . und . . . dann werde ich euch erzählen, wie es dort aussieht.«
»Aber vorläufig«, sagte ich, »wollen wir Onkel Toby zuhören.«
Das wollten sowieso alle, deshalb erfuhren wir, wie Captain Smith in die christliche Armee eintrat und ausrückte, um gegen die Türken zu kämpfen und wie er drei von ihnen im Zweikampf tötete, wie er dann Gefangener des schurkischen Timur wurde und eine schwere Eisenkette um den Hals tragen mußte, wie er dann diesen Timur erschlug und entkam und schließlich, allen Widrigkeiten zum Trotz, in Virginia landete, wo sein Leben von der wunderschönen Prinzessin Pocahontas gerettet wurde.
Er hatte so viele Geschichten zu erzählen, und die Kinder waren völlig verzaubert. Sie spielten jetzt ganz neue Spiele. Leigh wollte John Smith sein, Edwin aber auch. Da Edwin fast immer nachgab, tat er es auch hier, und er spielte den Timur. In der Pocahontas-Erzählung stellte Chastity die Pocahontas dar, Leigh den John Smith und Edwin den Indianerhäuptling, der John umbringen wollte.
»Du solltest Leigh nicht immer die besten Rollen spielen lassen«, sagte ich zu Edwin.
Edwin sah mich mit seinem ruhig-heiteren Lächeln an und sagte: »Aber, Mama, er würde nicht mitspielen, wenn er nicht die Hauptrolle bekommt, und ich spiele so gern.«
Ich küßte ihn, denn ich erinnerte mich daran, wie ich früher mit meinen kleinen Geschwistern gespielt hatte. Und ich stellte fest, daß Leigh seiner Mutter immer ähnlicher wurde.
Es war nicht zu erwarten, daß Toby nach seinem bewegten Leben ständig in Eversleigh bleiben würde. Er wollte wis-

sen, was im Lande geschah, und mußte sich deshalb bei Hofe sehen lassen. Dort gab es viele, die sich für seine Reiseschilderungen interessieren würden, und sein Bruder erlärte, er müsse dem König und der Königin vorgestellt werden.

Carleton kam nach Eversleigh. Ich wünschte, ich wäre dabei gewesen, als er sich zum ersten Mal Onkel Toby gegenübersah. Ich fragte mich, was wohl seine erste Reaktion gewesen sein mochte. Als ich die beiden zusammen sah, hatte er genügend Zeit gehabt, über seine Überraschung und, wie ich mir vorstellen konnte, seinen Ärger hinwegzukommen.

Einmal, als wir ausritten, hielt sich Carleton neben mir, und ich fragte ihn, wie er über die Rückkehr seines Onkels denke.

»Es ist immer interessant, neue Familienmitglieder zu entdecken.«

»Es ist merkwürdig, daß er nie erwähnt wurde.«

»Wir hielten ihn für tot. Das Schiff, auf dem wir ihn vermuteten, ist untergegangen. Onkel Toby hat immer erstaunlich viel Glück gehabt. Im allerletzten Augenblick nahm er ein anderes Schiff, aber seine liebevolle Familie war überzeugt, er sei ums Leben gekommen.«

»Bis zu Ihrem zehnten Geburtstag sind Sie also herumstolziert und haben sich eingebildet, der Erbe von Eversleigh zu sein, während der wirkliche Erbe in Virginia sein Glück machte.«

»In völliger Unschuld! Aber was machte das schon aus? Bald erschien Edwin und nahm den Platz vor Tobias ein, und jetzt haben Sie uns einen zweiten Edwin geschenkt, der dasselbe tut.«

»Aber Onkel Toby kommt noch vor Ihnen.«

»Keiner von uns beiden kommt überhaupt in Betracht, solange wir den lieben Edwin haben.«

»Toby hat ihn sehr gern.«

»Wer sollte dieses einmalige Kind nicht gern haben?«

»Und Sie?«

Er sah mich ironisch an.

»Edwin gern haben? Was für eine Frage! Sie wissen doch,

ich bete ihn an. Aber ich finde, daß er sich im Augenblick viel zu sehr hinter den Röcken seiner Mama und denen der alten Sally versteckt, während sich der junge Master Leigh als Herr im Kinderzimmer aufspielt. Das muß geändert werden.«
»Wie denn?«
Er neigte sich zu mir herüber. »Sehr bald, liebe Cousine, werde ich Ihnen dabei helfen, aus Edwin einen Mann zu machen.«
»Ich dulde keine Einmischung«, sagte ich scharf.
Er lachte. »Eversleigh zuliebe«, rief er und galoppierte davon.

Als Onkel Toby mit Carleton und Lord Eversleigh nach London gefahren war, vermißten wir ihn sehr. Die beiden Knaben waren zu dieser Zeit aber durch ihre Ponys völlig in Anspruch genommen, und Jasper nahm sie jeden Tag mit hinaus. Ich bestand darauf, daß sie, außer in der Nähe des Hauses, am Leitzügel bleiben sollten, und auch dann stand ich Todesqualen aus, wenn ich Edwin herumgaloppieren sah.
»Master Carleton hat recht, Mistress. Sie sind mit dem Jungen zu zimperlich. Sie sperren ihn in einen Glaskäfig«, brummte Jasper.
»Er ist doch noch so jung, Jasper«, gab ich zurück.
Jasper war ein mürrischer Mann, und ich konnte ihn noch nie leiden. Ich konnte nicht vergessen, daß er Verdacht gegen mich gehegt und uns wahrscheinlich denunziert hatte. So war ich ziemlich überrascht gewesen, daß er auf Eversleigh geblieben war, aber Lord Eversleigh war ein sehr gerechter Mann. Er sagte, Jasper hat ein Recht auf eine eigene Meinung, aus der er auch kein Hehl mache. Er sei im Herzen Puritaner, und Leute seines Schlages werde es immer geben. Er sei ein guter Mann und habe seine Pflichten noch nie vernachlässigt.
Zu meiner Überraschung pflichtete Carleton ihm bei. Sein Kommentar lautete: »Jasper könnte uns jetzt nicht denunzieren. Bei wem denn? Er hat ein Recht auf seinen Glauben.

Schließlich ist der Krieg ja gerade deswegen geführt worden. Der König wäre der erste, der dafür eintreten würde.«
So blieb Jasper also da und versah seinen Dienst weiterhin mit mürrischem Gesicht. Ich glaube, er war auf seine Weise dankbar, auch wenn er unsere Liebe zu allem, was in seinen Augen sündiger Luxus war, bedauerte.
Und ich hatte Grund, ihm damals dankbar zu sein.
Die Knaben hatten neue Reitröcke aus braunem Samt mit goldfarbenen Knöpfen und dazu passende Samtkappen bekommen. Sie waren sehr stolz darauf. Leigh ging mit stolzgeschwellter Brust herum. Er war ein arroganter Junge, aber die Art, wie er sich freuen konnte, machte ihn auch wieder sympathisch.
Beide konnten es kaum erwarten, in ihren neuen Jacken auszureiten, und nahmen ihre Ponys mit hinaus auf das Feld dicht beim Haus, wo sie immer im Kreis herumritten. Wie elegant sie in ihren neuen Reitröcken aussahen und wie aufgeregt sie waren, als sie ihre Ponys bestiegen! Ich sah sie traben und dann in einen leichten Galopp übergehen.
Jasper hielt sich stets in der Nähe. Er brachte ihnen das Springen bei. Er saß hochaufgerichtet auf dem alten Brewster, einem Grauschimmel, der genauso verdrossen aussah, wie er selbst.
Plötzlich ging aus irgendeinem Grund Edwins Pony durch. Ich fühlte, wie mein Herz stehenblieb und dann so heftig zu hämmern anfing, daß ich das Gefühl hatte, ersticken zu müssen.
Das Pony stürmte auf die Hecke zu, und Edwin, der halb heruntergerutscht war, klammerte sich an seinen Hals. Ich erwartete, daß er jeden Augenblick herunterfallen würde.
O Gott, dachte ich, er bricht sich den Hals. Ich verliere meinen Sohn, wie ich meinen Mann verloren habe.
Ich rannte los, obwohl ich wußte, daß das Kind abgeworfen wäre, bevor ich es überhaupt erreichen konnte.
Aber dann war Jasper da. Er hatte das Pony aufgehalten, war aus dem Sattel gesprungen und löste gerade Edwin vom Pferdehals. Dann nahm er ihn in die Arme.
Ich war außer Atem und selig vor Erleichterung. Ich wollte

Jasper jeden Wunsch erfüllen, denn mit nichts konnte ich ihn je für das belohnen, was er für mich getan hatte.
»Alles in Ordnung, Mistress«, sagte er.
Edwin lachte. Ich dankte Gott für den Klang dieses Lachens. Dann wurde er verlegen, als er meinen Gesichtsausdruck sah. Ich war bestimmt käsebleich geworden.
»Es ist nichts passiert, Mama«, sagte Edwin. »Ich habe meinen Rock nicht zerrissen. Aber meine Kappe . . .«
Sie lag auf dem Boden, wo sie ihm vom Kopf gefallen war. Jasper stellte ihn auf die Erde, und Edwin lief sofort, um die Kappe zu holen.
Er machte ein bekümmertes Gesicht, als er zurückkam. »Sie ist etwas schmutzig geworden, Mama. Aber das macht nichts. Sally macht sie wieder sauber.«
Ich wäre am liebsten in Tränen ausgebrochen, in Tränen der Erleichterung, der Dankbarkeit. Ich spürte, wie die Erregung in mir hochstieg. Mein Liebling war in Sicherheit. Mir war, als wäre ich tausend Tode gestorben, und er glaubte, ich hätte Angst um seine Kappe gehabt!
Ich wollte ihn in den Arm nehmen und ihm sagen, er dürfe nie wieder sein Leben aufs Spiel setzen.
Jasper schalt ihn: »Du hättest ihn nie durchgehen lassen sollen. Er muß wissen, daß du hier der Herr bist. Das habe ich dir doch beigebracht!«
»Ich weiß, Jasper, aber ich konnte ihn nicht halten.«
»Das Wort ›ich konnte nicht‹ gibt es nicht, Master Edwin. Los, wieder aufgesessen!«
Ich wollte protestieren, aber Jasper tat so, als bemerke er mich nicht.
»So, und jetzt losgeritten! Gib ihm den Hals frei. Gestreckter Galopp.«
Jasper sah mich an.
»Die einzige Möglichkeit Mistress, wollen Sie etwa, daß er nie wieder ein Pferd besteigt?« Er sah mich mitleidig an, denn er konnte sehen, wie erschüttert ich war. »Kinder kennen keine Angst, Mistress. Deshalb müssen sie lernen, wenn sie jung sind. Er wußte gar nicht, was geschah. Und das ist gut so.«

»Jasper, paß gut auf ihn auf.«
»Gewiß, Mistress. Trotzdem werde ich einen guten Reitersmann aus ihm machen.«
Dieser Zwischenfall machte uns irgendwie zu Freunden. Ich merkte, daß Jasper mich ab und zu ansah. Natürlich verabscheute er meine modischen Kleider – die Fallstricke des Teufels, wie er sie nannte. Aber er respektierte meine Mutterliebe und er wußte, daß ich ihn zu Edwins Hüter bestellt hatte, und das gefiel ihm.
Eines Tages, als ich in den Ställen mit ihm allein war, kam er heran und stand etwas verlegen vor mir.
»Mistress«, sagte er, »ich möchte mit Ihnen sprechen. Das habe ich schon lange vorgehabt.«
»Worum geht es, Jasper?« fragte ich.
»Es ist wegen Ihres Gatten, Mistress. Er wurde hier erschossen . . . nicht weit von dieser Stelle.«
Ich nickte.
»Sie müssen wissen, daß ich nichts damit zu tun hatte.«
»Jasper«, sagte ich, »er hat sich hier in Gefahr begeben, und ich hätte nie mit ihm kommen dürfen. Nur durch mich wurde er verraten.«
»So war es, Mistress. Sie zeigten Ihr wahres Wesen, und dieses war nicht das einer Frau, die Gott dient, wie es sich gehört, und ich habe es denjenigen erzählt, die es wissen sollten, und dann kam einer her, um selber nachzusehen. Aber dann geschah nichts. Deswegen wurde er auch nicht erschossen. Mistress, ich möchte, daß Sie folgendes wissen: Weder ich noch einer meiner Freunde feuerte den Schuß ab, der Master Edwin getötet hat.«
»Weißt du, wer es getan hat?«
Er wandte sich ab. »Ich wollte nur sagen, daß ich nichts damit zu tun habe.«
»Es geschah also nicht deshalb, weil er zu den . . . zu den Feinden gehörte.«
»Es wurde nicht von uns getan, Mistress. Mehr kann ich nicht sagen. Wir hätten ihn nicht umgebracht. Wir hätten ihn mitgenommen, um ihn zu verhören, aber wir hätten ihn nicht getötet.«

»Kennst du den Täter, Jasper?«
»Es steht mir nicht an, darüber zu sprechen, Mistress. Aber ich möchte nicht, daß Sie glauben, ich hätte irgend etwas mit dem Mord an dem Vater dieses Knaben zu schaffen gehabt.«
»Ich glaube dir, Jasper«, sagte ich, und ich glaubte ihm wirklich.

Aus den benachbarten Ortschaften trafen beunruhigende Nachrichten ein: Die Beulenpest war in den Slums von St.Giles ausgebrochen, breitete sich rasch in der Hauptstadt aus und griff auf das umliegende Land über. Die Menschen brachen auf der Straße zusammen und gingen dort elendiglich zugrunde, weil niemand wagte, sie anzurühren.
Wir machten uns große Sorgen, weil Lord Eversleigh mit Carleton und Onkel Toby in London war und wir keinerlei Nachrichten von ihnen hatten.
Jeden Tag hörten wir schreckliche Geschichten. Jeder, der eine Möglichkeit hatte, verließ die Hauptstadt. Der Hofstaat war verlegt und ein Befehl erlassen worden, daß strenge Maßnahmen zum Kampf gegen die Pest ergriffen werden müßten.
Lady Eversleigh war vor Angst fast außer sich.
»Warum kommen sie nicht zurück? Sie werden doch nicht so dumm sein, dort zu bleiben. Was kann das bedeuten . . .? Es kann doch nicht allen etwas passieren«, fuhr sie erregt fort. »Haben wir denn alle diese Jahre im Exil über uns ergehen lassen müssen, nur, um jetzt in ein solches Desaster zu geraten?«
Charlotte und ich teilten ihre Befürchtungen. Mir wurde klar, wie gern ich meinen Schwiegervater und dessen Bruder hatte, aber zu meiner eigenen Überraschung war es immer wieder Carleton an den ich denken mußte. Ich stellte mir vor, wie er sich vor Schmerzen auf einem Bett wand, Gesicht und Körper von ekligen Eiterbeulen verunstaltet, und glühend wünschte ich, er sei hier und ich könnte ihn pflegen. Diese Gedanken schienen abwegig zu sein, aber ich sagte mir, ich dächte wahrscheinlich deshalb so, weil es

mir Freude bereitet hätte, ihn in einer für ihn demütigenden Lage zu sehen – seiner Würde beraubt und mir auf Gedeih und Verderb ausgeliefert. Welche ein seltsamer Gedanke in einer solchen Zeit, aber Carleton weckte Empfindungen in mir, die ich vorher nie in mir vermutet hatte. Und gleichzeitig ergriff mich eine gewisse Hochstimmung, denn wie rätselhaft auch ihre Abwesenheit sein mochte, irgend etwas in mir sagte mir, daß Carleton gesund war. Nichts würde ihn jemals unterkriegen können – nicht einmal die Pest.

Und wenn ich dann mit meiner Schwiegermutter und Charlotte zusammen war, fragte ich mich, wieso ich so viel an Carleton statt an meinen Schwiegervater und Onkel Toby denken konnte, die mir beide so sehr ans Herz gewachsen waren.

Täglich warteten wir auf Nachricht von ihnen. Es kam keine, aber wir hörten, daß sich die Pest ausbreitete und wir trotz der Entfernung von London Sicherheitsmaßnahmem ergreifen und Fremden gegenüber, die von weither kamen, vorsichtig sein müßten.

Jeder redete von der Pest. In jedem Jahrhundert gab es zwei- oder dreimal Epidemien, aber nichts ließ sich mit dem Schwarzen Tod vergleichen. Ich dachte an meine Eindrücke, die ich in London gesammelt hatte – an die übelriechenden Gossen in den Seitenstraßen, wo es in dem Kehricht von Ratten wimmelte.

Es war heißer als sonst. Sogar auf dem Lande herrschte eine erstickende Hitze. Ich versuchte mir vorzustellen, wie es im pestverseuchten London sein müsse. Bis jetzt waren die umliegenden Städte und Dörfer verschont geblieben. In Canterbury, Dover und Sandwich hatte es anscheinend noch keine Erkrankungen gegeben, aber die Bevölkerung war auf der Hut. Wir hörten furchtbare Geschichten aus London. Wenn ein Familienmitglied erkrankte, mußte ein rotes Kreuz an die Haustür gemalt und darunter die Worte »Gott sei uns gnädig« geschrieben werden, damit jeder wußte, daß ihm Gefahr drohte, wenn er das Gebäude betrat. Und wenn jemand starb, mußte der Tote aus dem Fenster heruntergelassen und in einen der Leichenkarren,

die bei Nacht durch die Stadt fuhren, gelegt werden. Die Männer, die mit diesen Karren unterwegs waren, trugen Masken über dem Mund und Glocken in der Hand, und zu dem Trauergeläut riefen sie laut: »Bringt heraus eure Toten!« Tiefe Gruben wurden am Stadtrand ausgehoben und die Leichen übereinander hineingeworfen. Es waren zu viele, als daß man alle hätte richtig bestatten können, deshalb war dies der einzig mögliche Weg.
Wir beteten, die schreckliche Heimsuchung möge vorübergehen, aber sie forderte immer neue Opfer. Die Namen von Lord Eversleigh, Onkel Toby und Carleton wurden nur im Flüsterton erwähnt, wenn von den Toten die Rede war. Lady Eversleigh ging wie ein graues Gespenst umher, ihr Gesicht hatte den Ausdruck einer tragischen Maske. Charlotte begehrte gegen das Schicksal auf. »Werden wir es nie erfahren, wie es ihnen geht?« rief sie verzweifelt aus. Ich hatte sie selten so gefühlsbetont erlebt und war überrascht, daß ihr die eigene Familie so am Herzen lag, denn sie legte sonst anderen Menschen gegenüber eine gewisse Gleichgültigkeit an den Tag – auch in deren Gegenwart.
Ich hörte, wie sich das Hauspersonal über die Seuche unterhielt. »Weißt du, es hat einen erwischt, wenn einem übel wird und wenn man Kopfschmerzen und Fieber bekommt, so daß man anfängt, wirres Zeug zu reden. So fängt es an. Dann kommt die nächste Phase. Man kriegt schreckliche Geschwüre, wie Karbunkeln – die werden ›Bubos‹ genannt. Man hat sie am ganzen Körper.«
In den Kirchen wurden Gebetsstunden abgehalten. Die Nation war in Trauer. Wir wußten nicht, ob auch wir betroffen waren. Lady Eversleigh wirkte jeden Tag gedrückter, Charlotte aufgebrachter. Ich persönlich konnte mir einfach nicht vorstellen, daß Carleton Eversleigh von irgendeinem Unglück betroffen werden könnte. Dann dachte ich mir: Aber wenn er gesund ist, warum kommt er dann nicht her und berichtet uns, was mit den anderen geschehen ist? Ich merkte selbst, daß es ein törichter Gedanke war und daß ich ihn mit irgendeiner übermenschlichen Kraft ausgestattet hatte. Als mir Zweifel an seiner Fähigkeit kamen, einfach

jedes Unglück zu überwinden, verfiel auch ich in die allgemeine Niedergeschlagenheit.
Jasper sagte, dies sei Gottes Antwort auf die Gesetzlosigkeit, die sich über das ganze Land ausbreite. Habe das Land etwa unter der Pest zu leiden gehabt, als es von Oliver Cromwell auf dem Wege der Tugend gehalten wurde? Nein. Als aber der König mit seinen freigeistigen Freunden zurückkehrte, da passierte es.
»Der König und sein Hofstaat haben London verlassen. Sie befinden sich in Sicherheit«, erklärte ich. »Warum sollte Gott andere für deren Sünden bestrafen?«
»Wir sind ein sündiges Volk geworden«, erwiderte Jasper. »Wer kann sagen, wo er den nächsten Schlag führen wird?«
»Lord Eversleigh war ein guter Mann«, rief ich aus. »Warum sollte er . . .« Ich brach ab. Bisher hatte ich mich beharrlich geweigert, zu glauben, daß er tot sei.

Es war an einem frühen Nachmittag, als sie zurückkamen. Ich befand mich im Kinderzimmer, als ich Carletons Stimme hörte.
»Wo seid ihr denn alle? Wir sind wieder da! Kommt her und begrüßt uns!«
Ich lief in die Halle hinunter. Dort standen sie: Carleton, mein Schwiegervater und Onkel Toby. Dann war da noch jemand anderer bei ihnen, aber ich hatte in diesem Augenblick keine Augen dafür.
Ich warf mich meinem Schwiegervater in die Arme und spürte die Tränen auf meinen Wangen.
»Mein liebes, liebes Kind«, wiederholte er immer wieder.
Dann umarmte mich Onkel Toby, als ob er mich nie mehr loslassen wollte.
Carleton beobachtete die Szene belustigt. Als Onkel Toby mich losließ, hob er mich hoch und drückte mich an sich. Unsere Gesichter waren auf gleicher Höhe. Er sah mich an und hielt meinen Blick ein paar Sekunden fest. Dann küßte er mich fest auf den Mund.
Ich riß mich los.
»Wo seid ihr gewesen?» rief ich aus. Ich schwankte zwi-

schen hysterischer Freude, der Erleichterung über ihre Rückkehr und einem Gefühl des Zorns, weil sie uns so lange im Ungewissen gelassen hatten. »Wir waren vor Angst ganz außer uns.«
Lady Eversleigh stand mit Charlotte auf der Treppe.
Sie stieß einen Freudenschrei aus und lief auf ihren Gatten zu.
Sie waren also wieder da, und bei ihnen war Sir Geoffrey Gillingham, ein alter Freund, der ihnen in den letzten Wochen Gesellschaft geleistet hatte.
»Es schien uns das Beste zu sein«, sagte Carleton.
»Wir wußten«, fügte Lord Eversleigh hinzu und nahm den Arm seiner Frau, »daß ihr euch ängstigen würdet. Wir wußten, daß ihr das Schlimmste befürchten würdet, aber auch das schien uns noch besser zu sein, als euch in Gefahr zu bringen. Nur wer etwas von dieser entsetzlichen Geißel gesehen hat, kann ihre Schrecken verstehen.«
Die Männer hatten bei Sir Geoffrey zu Abend gegessen, als einer seiner Diener zusammenbrach und sich rasch herausstellte, daß er die Pest hatte. Kurz darauf hatte das gesamte Personal das Haus verlassen, mit Ausnahme der Frau des Kranken. Sie sprach sofort mit Sir Geoffrey und erklärte, er müsse wegen der Ansteckungsgefahr unverzüglich das Haus verlassen.
Carleton hatte sie darauf hingewiesen, daß der Mann schon seit einigen Tagen von der Krankheit befallen sein mußte und sie sich deshalb alle bei ihm hätten anstecken können. Der Grund, warum sich die Pest ausbreitete, lag darin, daß sich die Menschen nicht sorgfältig genug isolierten, wenn sie in die Nähe von Kranken kamen. Man mußte mehrere Wochen warten, um ganz sicher zu sein, daß man sich nicht angesteckt hatte, und dies schlug er allen vor. Sie konnten sich mit Eversleigh auch nicht in Verbindung setzen, denn wie hätten sie wissen sollen, auf welche Weise die Seuche weitergetragen wurde? Sie wollten sich jetzt in ein am Rande des Gutes gelegenes Jagdhaus zurückziehen. Es war nur ein kleines, selten benutztes Haus und dort gab es auch kein Dienstpersonal. Wenn sie alle auf einige Wochen dort-

hin gingen und sie gesund blieben, könnten sie mit gutem Gewissen zu ihren Familien zurückkehren.
»Gab es denn gar keinen Weg, wie ihr uns hättet benachrichtigen können?« wollte ich wissen.
»Carleton beharrte darauf, daß es die einzige Möglichkeit sei«, sagte Onkel Toby. »Er übernahm die Führung.«
»Das kann ich mir gut vorstellen», sagte ich.
»Carleton hatte recht«, meinte Lord Eversleigh mit Nachdruck. »Es war besser, daß ihr eine Weile etwas Angst hattet, als diese schreckliche Seuche ins Haus einzuschleppen. Denk an die Jungen.«
»Kinder sind besonders anfällig«, sagte Carleton, und das nahm mir den Wind aus den Segeln.
Sir Geoffrey Gillingham blieb bei uns. Er war ein freundlicher, liebenswürdiger Mann und erinnerte mich irgendwie an Edwin. Er hatte seine junge Frau vor drei Jahren im Kindbett verloren und machte noch jetzt einen traurigen Eindruck.
Ich konnte mit ihm über Edwin sprechen und ihm sagen, wie glücklich wir gewesen waren. Ich hatte das Gefühl, daß er mich verstand.
Er hegte große Bewunderung für Carleton. »Er gehört zu den Männern, die das Kommando übernehmen, wenn es die Situation erfordert. Ich muß gestehen, daß wir uns alle für verloren hielten, als wir merkten, daß wir die Speisen, die der Mann angerührt hatte, gegessen hatten. Es war Carleton, der dann sagte, daß müsse nicht unbedingt so sein, aber wir befänden uns in großer Gefahr und müßten uns irgendwohin absetzen.«
»Er ist ein sehr starker Charakter, ich weiß«, sagte ich.
»Schade, daß es nicht mehr Männer wie ihn gibt.«
»Vielleicht«, sagte ich. »Aber ich glaube, daß auch Kriege von starken Charakteren gemacht werden.«
»Manchmal aber auch von ihnen verhindert.«
Sir Geoffrey war rasch sehr beliebt in der Familie. Er hatte Nachricht erhalten, daß der Diener und dessen Frau an der Pest gestorben waren. Und da sie in seinem Haus starben, wäre es, meine Lady Eversleigh, nicht ratsam, jetzt schon

nach London zurückzukehren. Die Kinder hatten ihn gern, wovon ich eigentlich überrascht war, denn sie hatten gewöhnlich mehr eine Vorliebe für interessante Menschen – für große Geschichtenerzähler wie Onkel Toby zum Beispiel. Edwin hatte ihn besonders gern, und Sir Geoffrey pflegte mit ihm auszureiten. Da er ihn unter seine Fittiche nahm, erlaubte ich Edwin, auch über den Reitplatz hinaus ins Gelände zu reiten. Ich war überzeugt, daß Edwin nichts passieren konnte, solange Sir Geoffrey bei ihm war.
»Sie sollten mir dankbar sein«, meinte Carleton. »Sehen Sie doch nur, was für einen netten Freund ich für Sie gefunden habe.«
Ich errötete leicht, und das ärgerte mich, weil Carleton mich mit seinen Bemerkungen oft in Verlegenheit brachte. Er wußte das und genoß es.
»Treiben Sie es mit der Freundschaft nicht zu weit, hören Sie?« sagte er und ließ mich stehen. Er hatte die irritierende Gewohnheit, irgendeine Bemerkung fallen zu lassen und sich dann zu entfernen, bevor ich Zeit hatte, ihm die passende Antwort zu geben.
Er war es auch, der mir sagte, die Theater seien geschlossen worden. Ich mußte sofort an Harriet denken, er anscheinend auch. Sie war natürlich der Grund dafür, daß er die Theater überhaupt erwähnte.
Er trat dicht an mich heran – das hatte er sich angewöhnt, und es ärgerte mich – und ergriff meinen Arm. »Machen Sie sich um diese Frau keine Sorgen«, sagte er. »Sie findet aus jeder schwierigen Lage einen Ausweg, ganz gleich wo und wann.«
»Wie Sie«, sagte ich.
»Ja, darin sind wir uns ähnlich. Ich wette, daß sie mit heiler Haut davon kommen wird.«
Ich war mir dessen nicht so sicher und machte mir Sorgen um sie.

Es war eine ereignisreiche Zeit. Während die Pest in den Großstädten wütete, befand sich England im Krieg gegen die Holländer. Großer Jubel herrschte über einen Sieg der

Flotte vor Harwich, als der Bruder des Königs, der Herzog von York, zum Helden des Tages wurde, weil er das Schiff mit Admiral Opdan und vierzehn weitere Schiffe versenkt und noch achtzehn dazu gekapert hatte.
In London fand aus Anlaß des Sieges ein Dankgottesdienst statt, und unmittelbar danach wurde der erste Mittwoch in jedem Monat wegen der Pest zum Fastentag erklärt. Man sammelte Geld, um kleinen Kindern zu helfen, die ihre Eltern verloren hatten, um Sanitätsstationen zu errichten, wo die Erkrankten versorgt werden konnten, und um jede nur mögliche Maßnahme ergreifen zu können, um eine weitere Ausbreitung der Seuche zu verhindern. Allen, die sich aufs Land zurückziehen konnten, wurde geraten, dies zu tun. Die Abhaltung von Jahrmärkten und ähnlichen Veranstaltungen, wo die Ansteckungsgefahr besonders groß war, wurde verboten.
In diesem Sommer war es besonders heiß, und man sah darin einen der Gründe für die schnelle Ausbreitung der Pest. In den Gossen verweste der stinkende Unrat, und die Ratten vermehrten sich um ein Vielfaches. Die Stadt bot ein Bild des Elends. Die Läden waren geschlossen, die Straßen leer, abgesehen von den Pestkarren, die die Toten einsammelten, und den Sterbenden, die auf dem Kopfsteinpflaster herumlagen. Ein Befehl wurde erlassen, nach dem auf den Straßen Feuer anzuzünden waren. Sie sollten drei Tage und drei Nächte hintereinander brennen, weil man hoffte, auf diese Weise die verfaulenden Abfälle zu vernichten und die Luft zu reinigen. Zu Anfang hatte es wöchentlich etwa tausend Tote gegeben, jetzt waren es schon zehntausend. Der König war mit seinem Hofstaat nach Salisbury gezogen und ging, als die Pest auch diese Stadt erreichte, weiter nach Oxford.
Auf Eversleigh waren wir ständig auf der Hut. Der Gedanke, daß meinem Sohn etwas zustoßen könnte, war mir unerträglich. Jeden Morgen eilte ich nach dem Aufstehen erst ins Kinderzimmer, um mich zu vergewissern, daß er wohlauf war.
Sir Geoffrey blieb noch bei uns. Wir überzeugten ihn, daß es

eine Torheit sei, jetzt schon nach London zurückzukehren. Er pflichtete uns bereitwilligst bei und machte sich auf dem Gut in mancherlei Hinsicht nützlich. Er besaß selbst einige Landsitze in der Nähe von London und sagte mir, daß er eigentlich dort sein sollte. Aber das Nichtstun auf Eversleigh gefalle ihm, und seine Geschäfte befänden sich in den besten Händen.

»Hier ist es so schön«, fuhr er fort. »Ich habe die Knaben wirklich liebgewonnen. Ich wollte immer einen Sohn haben, und der hätte dann so wie Edwin sein müssen.«

Er hätte mir nichts Netteres sagen können.

Inzwischen war der September angebrochen, und es wurde kühler. Wir erfuhren, daß die Zahl der Todesfälle in der Hauptstadt beträchtlich gesunken war. Regenfälle setzten ein, es kühlte weiter ab, und allmählich konnten einzelne Gemeinden für seuchenfrei erklärt werden.

Im ganzen Lande herrschte große Freude, und wer London verlassen hatte, wollte jetzt so schnell wie möglich wieder zurückkehren.

Geoffrey verabschiedete sich und sagte, er werde bald zurückkommen. In der Zwischenzeit müßten wir ihn besuchen. Er würde gern mit dem jungen Edwin über seine Ländereien reiten und ihm alles zeigen. Als er gegangen war, vermißten wir ihn alle, besonders aber mein Sohn.

Wir erfuhren, daß siebenundneunzigtausend Menschen an der Pest gestorben seien, aber Carleton wies darauf hin, daß viele Todesfälle nicht registriert worden waren und einhundertdreißigtausend der tatsächlichen Zahl der Opfer näher käme.

Es war ein ernüchternder Gedanke.

»Es gibt zu viel Schmutz auf den Straßen der großen Städte«, sagte er. »Man sagt, daß die Pest von den Ratten weitergetragen wird. Wenn wir unsere Straßen sauberhalten, könnten wir von der immer wieder auftretenden Pest verschont bleiben.«

Wir waren alle erleichtert, daß wir noch einmal davongekommen waren, und Onkel Toby meinte, wie herrlich es doch wäre, London und den Hof wieder besuchen zu können. Er war fasziniert von den Theatern, die seit der Rückkehr des Königs einen erheblichen Aufschwung erlebt hatten.

»Sie sehen jetzt ganz anders aus, als früher«, sagte Onkel Toby. »Obwohl wir schon damals eine Vorbühne hatten.«

»Gewiß«, sagte Carleton, »aber nicht den Proszeniumsbogen mit dem Fenster, das auf einen Musikraum hinausging, und die Jalousien, die geöffnet und geschlossen werden können, um einen Szenenwechsel herbeizufüren.«

»Eine große Verbesserung!« gab ihm Toby begeistert recht. »Aber ich will dir sagen, was heute auf der Bühne das Beste ist, Carleton, mein Junge.«

»Du brauchst es mir nicht zu sagen, ich weiß es«, sagte Carleton. Und beide sagten gleichzeitig: »Die Schauspielerinnen.«

»Stell dir vor!« fuhr Onkel Toby fort. »Da sahen wir ein reizendes Wesen auf der Bühne, und gerade, wenn das Interesse in uns erwachte, mußten wir uns ins Gedächtnis rufen, daß es sich um einen Knaben handele und nicht um das scheinbar hübsche Mädchen.«

»Das Echte ist mit nichts zu vergleichen«, sagte Carleton. »Der König ist Feuer und Flamme für das Theater. Er ist überzeugt, daß es seiner Hauptstadt Freude bringt. Das Volk brauche etwas zum Lachen, sagt er. Es habe schon zu lange Trübsal geblasen. Er will auch nicht, daß die Theater besteuert werden, obwohl einige unserer Minister versucht haben, den Bühnen das Leben schwerzumachen. Es heißt, die Schauspieler seien Dienstpersonal des Königs und Teil seines Vergnügens.«

»Stimmt es eigentlich«, fragte Onkel Toby, »daß Sir John Coventry gefragt hat, ob der König sein Vergnügen bei den Männern oder bei den Frauen finde?«

»Ja, es stimmt, der Mann ist ein Narr«, erwiderte Carleton, »und diesmal hat seine Majestät für den Witz kein Verständnis aufgebracht. Auch andere nicht, denn Coventry wurde in der Suffolk Street überfallen und trägt noch heute zur Erinnerung an seine Torheit den Makel einer gespaltenen Nase mit sich herum.«

»Meines Erachtens eine harte Strafe für eine Bemerkung, die vielleicht gar nicht so abwegig war«, warf ich ein.
»Liebe Cousine, seien Sie vorsichtig«, meinte Carleton leichthin, »was wäre es doch für ein Jammer, wenn Ihre entzückende kleine Nase derselben Behandlung ausgesetzt werden sollte.«
Wie zum Schutz legte ich die Hand auf meine Nase, und Carleton war sofort an meiner Seite. »Keine Angst. Ich würde das nie zulassen! Tatsache ist aber, daß auch die gutmütigsten Könige ab und zu harte Lektionen erteilen.«
»Ich wette, daß die Theater bald wieder voll sein werden«, sagte Onkel Toby.
»Du kannst Gift darauf nehmen, daß sich Killigrew und Davenant schon jetzt aus lauter Vorfreude die Hände reiben«, sagte Carleton. »Wenn wir absolut sicher sind, daß keine Gefahr mehr besteht, müssen Sie mal wieder ins Theater gehen, Cousine. Ich bin gespannt, ob die hübsche Mistress Harriet Main noch da ist. Es würde dich interessieren, sie zu sehen, Onkel Toby, daran habe ich keinen Zweifel.«
»Hübsche Frauen sehe ich immer gern, mein Junge.«
»Das wirst du auch, Onkel, ganz bestimmt.«

Im Februar des nächsten Jahres kehrte der König mit dem Herzog von York nach Whitehall zurück, und in Westminster fanden wieder Gerichtsprozesse statt. Carleton fuhr nach London und blieb mehrere Wochen dort. Während seiner Abwesenheit erschien Tamsy Tyler in Eversleigh.
Ich kannte Tamsy bereits, denn Barbary hatte sie damals als Zofe mit nach Eversleigh gebracht. Tamsy war eine gute Friseuse und verstand es, den Wangen einen richtigen Schimmer zu verleihen und Schönheitspflästerchen an genau die richtige Stelle zu setzen. Sie war ein rundliches, recht hübsches Geschöpf gewesen, und ich hatte keinen Zweifel gehabt, daß sie die Vorliebe ihrer Herrin für das andere Geschlecht teilte.
Die Tamsy, die zu uns zurückkam, sah jedoch ganz anders aus, und sie kam allein.

Sie erschien am Tor mit wunden Füßen, erschöpft und halb verhungert. Ich war gerade im Garten, als sie eintraf, und es dauerte eine Weile, bis ich sie wiedererkannte.
Ich hielt sie für eine Bettlerin und ging zu ihr, weil sie sich in einem so bedauernswerten Zustand befand. Als ich näher kam rief sie aus: »Mistress Arabella. Ach . . . Mistress Arabella . . . Helfen Sie mir.«
Dann sank sie ohnmächtig zu Boden.
»Tamsy!« rief ich. »Was ist geschehen? Du armes Kind. Komm mit ins Haus. Wo ist deine Herrin?«
Sie konnte kaum gehen. »Ich hole Ellen«, sagte ich und legte die Hand auf ihren Arm. Er war so dünn, daß ich sehr erschrak.
»Ich dachte, ich würde es nicht mehr schaffen . . .«, stammelte sie.
Charlotte kam heraus. »Was ist los, Arabella?« fragte sie.
Ich sagte: »Es ist Tamsy.«
»Ist Barbary bei ihr?«
Tamsy schüttelte den Kopf. »Mistress . . .« Sie sah von mir zu Charlotte hinüber. »Mistress Barbary ist tot, Mistress. Es war schon vor einigen Monaten. Ganz am Ende der Seuche. Ich habe sie bis zum Schluß gepflegt und mich selbst angesteckt.«
»Tamsy!« schrie ich entsetzt und mußte sofort an Edwin denken.
»Es geht mir schon wieder gut, Mistress. Ich bin eine von denjenigen, die durchgekommen sind. Wenn man es erst einmal gehabt hat, bekommt man es nie mehr wieder, sagen die Leute. Ich bin seit über zwei Monaten frei davon. Sonst wäre ich gar nicht hergekommen.«
»Wir wollen Sie in die Küche bringen«, sagte Charlotte. »Ach Ellen, sieh nur, wer hier ist! Sie ist krank und braucht Pflege.
»Aber wo ist Mistress Barbary?« fragte Ellen.
»Sie ist tot«, antwortete Charlotte. »Sie ist an der Pest gestorben.«

Unter Ellens Fürsorge erholte sich Tamsy rasch. Schon am

nächsten Tag sah sie nicht mehr wie ein Gespenst aus und konnte uns erzählen, was geschehen war, ohne dabei in Weinkrämpfe auszubrechen.

Sie und ihre Herrin waren in Salisbury gewesen, als sich der Hof dort aufhielt, und als dieser wegzog, gingen sie nach Basingstoke, weil Mistress Barbary dort einen befreundeten Herrn treffen wollte. Sie wußte nicht, daß er aus London gekommen war.

Sie hatten sich dort drei Tage und Nächte die Zeit vertrieben, bis er erkrankte. Es stellte sich bald heraus, an welcher Krankheit er litt. Barbary war entsetzt, sie hatte das Bett mit der Pest geteilt.

»Bevor wir abreisen konnten, war der Gentleman gestorben. Und wir waren allein in seinem Haus. Die ganze Dienerschaft war weg. Dann wurde meine Herrin krank, und ich war die einzige, die sie pflegen konnte, und ich pflegte sie, und da lag sie im Bett und zitterte und erbrach sich und wußte nicht, wo sie sich befand.

Sie rief immer nach Carleton. Es war ein Bild des Jammers. Sie rief immer wieder, sie würde noch einmal von vorn anfangen und alles hergeben, nur um das tun zu können. Wie sie ihn empfangen würde . . . und wie sie alle Wünsche erfüllen und ihm eine gute Ehefrau sein würde, und wie falsch es gewesen sei, alle diese Liebhaber zu haben . . nur um heimzuzahlen, was er ihr angetan habe. Verzeihen Sie, daß ich dies sage, Mistress, aber es ist die reine Wahrheit.«

»Ich danke dir, daß du bei ihr geblieben bist, Tamsy«, sagte ich.

»Oh, ich hatte schon alle Hoffnung aufgegeben. Wissen Sie, sein Hausdiener, mit dem ich mich angefreundet hatte, war auch krank.«

Arme Tamsy! Arme Barbary! Jasper würde sagen, Gott habe sie für ihre Sünden bestraft.

»Ach, es war schrecklich, ganz schrecklich«, sagte Tamsy. »Ihr Entsetzen mit anzusehen . . . ihre Ängste, als die gräßlichen Eiterbeulen kamen. Sie schrie zu Gott, er möge sie wegnehmen, sie würde alles tun, um sie loszuwerden. Aber sie blieben da . . . furchtbar anzuschauen, und sie wollten auch nicht aufplatzen . . . große Beulen waren es, wie Karbunkel. Wenn sie aufbrechen, besteht eine Chance, daß man überlebt. Aber nicht, wenn sie geschlossen bleiben . . . Dann sah ich es eines Tages auf ihrer Brust . . . sie sah es auch . . . sie nennen es den Fleck. Man sagt, wenn er sich auf der Brust zeigt, ist das Ende nahe. Sie sah den Fleck und dankte Gott dafür, denn sie wollte sterben. Und sie starb, sie starb binnen einer Stunde. Und da war ich . . . allein . . . in dem Haus bei ihr. Der Karren war gekommen, um ihn mitzunehmen. Jetzt würde er kommen, um sie abzuholen. Ich ging in stockfinsterer Nacht hinaus, um das rote Todeskreuz an die Tür zu malen. Jetzt wartete ich am Fenster auf den Karren, und ich hüllte sie in ein Laken und ließ sie aus dem Fenster hinausfallen. Und da saß ich nun allein in dem Haus, hinter dem roten Todeskreuz.«

»Meine arme, arme Tamsy«, sagte ich, »du bist eine tapfere Frau.«

»Tapfer, Mistress? Ich konnte ja nichts anderes tun. Ich wußte schon Bescheid, denn die Schwäche und die Übelkeit überkamen mich schon, und ich war doch ganz allein. Vielleicht gerade deshalb, weil ich allein war . . . Ich mußte selbst für mich sorgen und, merkwürdig, ich sagte zu mir: ›Wie werden sie es in Eversleigh erfahren, wenn ich auch sterbe? Master Carleton wird nie erfahren, daß er Witwer ist. Deshalb darf ich nicht sterben?‹ Es scheint jetzt komisch, aus einem solchen Grund weiterleben zu wollen. Aber ich war vor Fieber halb benommen, und irgendwie hatte ich das Gefühl, ich müsse am Leben bleiben. Ich sah, wie die furchtbaren Beulen meinen ganzen Körper überzogen, aber ich wußte, daß ich nie den Fleck auf der Brust sehen würde. Dann gingen die Beulen auf . . . und die Pest kam aus mir heraus, und ich wußte, daß ich leben würde. Und allmählich verschwanden die Beulen und die Übelkeit, und das Fieber ging zurück. Und ich war allein in dem Pesthaus . . . Ich saß am Fenster und der Pestkarren kam, und ich rief hinaus: ›Hier bin ich. Ich habe die Pest gehabt und bin wieder gesund.‹

Zwei Tage lang trauten sie sich nicht in meine Nähe, und dann riefen sie mir zu, ich solle alles im Haus verbrennen. Ich mußte überall Feuer anzünden. Ich mußte alle meine Kleider und das ganze Bettzeug verbrennen. Sie reichten mir Essen herein, und dann schickten sie mir Kleider, und ich ging hinaus.
Menschen kamen und sahen mich an. Es gab nicht viele, die die Pest überlebt hatten.
Dann machte ich mich nach Eversleigh auf den Weg, denn ich wußte, was ich zu tun hatte. Ich mußte Master Carleton sagen, daß er keine Ehefrau mehr hat.«

Die Verführung

Geoffrey bestand darauf, daß wir unser Versprechen einlösten, und so trafen wir uns während des Jahres noch mehrere Male. Unter dem fadenscheinigsten Vorwand kam er nach Eversleigh geritten, und es hatte den Anschein, als ob ihn seine Geschäfte ständig in unsere Gegend führten. Edwin und Leigh freuten sich über seine Besuche und stritten sich miteinander, wer auf seinen Schultern reiten durfte. Er trug sie durchs Haus und ließ sie mit einem Stück Kreide kleine Kreuze auf die Deckenbalken malen, was als Glückszeichen galt.

Carleton hatte die Nachricht von Barbarys Tod ungerührt hingenommen. Es hätte auch keinen Sinn gehabt, hätte er versucht Kummer vorzutäuschen, denn wir wußten ja, in welchem Verhältnis sie zueinander gestanden hatten. Er zuckte nur mit den Achseln und sagte: »Arme Barbary. Sie hatte ein Talent dafür, sich in schwierige Lagen hineinzumanövrieren.« Er sah mich forschend an und fuhr fort: »Ich weiß, daß Sie jetzt denken, das größte Pech habe sie durch die Ehe mit mir gehabt. Und damit haben Sie recht.«

Er fuhr nach London, kam aber schon bald wieder zurück und hielt sich besonders häufig in meiner Nähe auf.

Es war mir im Grunde nicht unangenehm, obwohl ich mir selber einzureden versuchte, daß ich davon nicht sonderlich erbaut war. Natürlich war das dumm von mir, aber damals war ich tatsächlich so töricht.

Es wurde mir allmählich klar, daß Geoffreys Besuche einen bestimmten Grund hatten: Wir hatten uns beide sehr gern, wir waren beide verwitwet, hatten geliebt und den geliebten Menschen verloren, und vielleicht hielten wir beide nach jemandem Ausschau, der uns Gesellschaft

leisten und jene Leere ausfüllen konnte, die er sicherlich ebenso empfand wie ich.
Geoffrey war ein bedachtsamer Mann. Er gehörte nicht zu den Menschen, die zu anderen in engere Beziehungen treten, ohne sich vorher lange Zeit darüber Gedanken gemacht zu haben. Ich war überzeugt, daß er jetzt das Für und Wider gegeneinander abwog, denn er wollte so viel über mich wissen, und wollte ganz sichergehen, daß wir glücklich zusammen sein würden.
Ich würde nie wieder jemanden so lieben können, wie ich Edwin geliebt hatte. Das hielt ich mir immer wieder vor. Aber sollte ich mir die Freuden der Ehe nur deshalb versagen, weil ich sie nicht mehr mit Edwin teilen konnte?
Da war auch mein Sohn. Brauchte er nicht einen Vater? Er war zwar von Liebe umgeben; es fehlte ihm eigentlich an nichts, und dennoch war mir aufgefallen, daß er gern mit Geoffrey zusammen war, weil dieser ihm jene Art von Umgang bot, die ich ihm nicht geben konnte.
Solcherlei waren die Gedanken, die mich bewegten – damals, an jenem schönen, warmen Junitag im Jahre 1666. Ich war im Garten und pflückte Rosen, die ich mit Vorliebe in Vasen arrangierte und über das ganze Haus verteilte. Ich freute mich, wenn es in meinen Zimmern nach ihnen duftete. Eine besondere Vorliebe hatte ich immer für die Damaszenerrose. Vermutlich deshalb, weil meine Ururgroßmutter zu der Zeit geboren wurde, als Thomas Linacre sie nach England brachte, und sie nach dieser Rose Damask getauft wurde.
Ich hörte Geräusche, irgend jemand mußte angekommen sein. Sofort dachte ich an Geoffrey, und wie jedesmal, wenn er uns besuchte, fragte ich mich: Wird es heute sein? Aber ich war noch unschlüssig. Ich sah so viele Gründe, die dafür sprachen, daß ich ihm mein Jawort gab, und ebenso viele, die dagegen sprachen. Er wäre ein guter Vater für Edwin, dachte ich. Und ich hatte ihn gern. Er war liebenswürdig, charmant, gütig. Jene Art von Mann, auf die man sich stets verlassen konnte . . . so ganz anders als . . .

Warum sollte ich in so einem Augenblick ausgerechnet an Carleton denken?
»Carleton!« Dort stand er, sah mich lächelnd an, und ich spürte, wie mir die törichte Röte wieder in die Wangen stieg.
»Ein reizendes Bild«, sagte er. »Die Dame mit den Rosen.« Er nahm mir den Korb ab und roch an den Blüten. »Köstlich«, sagte er und sah mich an.
»Ach, vielen Dank, Carleton.«
»Sie sehen so aus, als hätten Sie jemand anderen erwartet? Geoffrey Gillingham ist ja zu einem häufigen Besucher geworden. Ich bedauere fast, ihn hier eingeführt zu haben.«
»Warum denn? Wir alle haben ihn sehr gern.«
»Und er mag uns gern ... oder einige von uns ... und einige von uns mögen ihn wahrscheinlich noch mehr als andere. Geben Sie mir den Korb, wir setzen uns dort unter die Weide. Ich möchte mit Ihnen reden.«
»Ich bin aber mit dem Pflücken noch nicht fertig. Ich brauche noch mehr Rosen.«
»Diese hier sind schon genug.«
»Das überlassen Sie bitte mir!«
»Liebe Cousine Arabella, Sie können meinem Urteil in dieser Hinsicht vertrauen. Was ich Ihnen zu sagen habe, ist von weit größerer Bedeutung als ein Korb Rosen.«
»Dann sagen Sie es.«
»Nicht hier. Ich möchte, daß Sie sich hinsetzen und mir Ihre ungeteilte Aufmerksamkeit schenken.
»Ist es so ernst?«
Er nickte und machte ein tiefernstes Gesicht.
»Edwin«, begann ich.
»Ja, es betrifft Edwin.«
»Carleton, ist etwas nicht in Ordnung?«
»Keineswegs. Es könnte aber noch viel ... viel besser sein ...«
»Dann sagen Sie es mir bitte. Warum klopfen Sie dauernd auf den Busch?«
»Sie sind es, die auf den Busch klopft ... auf den Rosen-

busch. Kommen sie, wir wollen uns hinsetzen, und ich werde Ihnen alles erzählen.«
Ich war alarmiert, aber ich ließ mich von ihm zu der Steinbank führen, die unter den Trauerweiden stand.
»Also?« sagte ich.
»Ich will, daß du mich heiratest.«
»Ich soll *Sie* heiraten!«
»Warum nicht? Ich bin jetzt frei und du bist es auch. Es wäre für alles die bestmögliche Lösung.«
»Für alles! Ich fürchte, ich verstehe nicht . . .«
Er hatte mich plötzlich gepackt, küßte mein Gesicht und liebkoste mich so, wie es bisher nur Edwin getan hatte.
Ich versuchte, ihn mir vom Leibe zu halten, aber er war stärker als ich und hatte offensichtlich vor, Herr der Situation zu bleiben.
Der Zorn wallte in mir auf.
»Wie können Sie es wagen!«
»Für dich würde ich alles wagen«, sagte er. »Sei nicht zimperlich, Arabella. Du weißt, daß du mich ebenso haben willst, wie ich dich. Warum sollen wir ein Geheimnis aus etwas machen, was so offensichtlich ist?«
»Offensichtlich?« rief ich. »Für wen?«
»Für mich, und ich bin der einzige, für den es offensichtlich sein sollte. Ich spüre es jedesmal, wenn wir uns begegnen. Du schreist förmlich nach mir. Du begehrst mich.«
»Sie überschätzen Ihre Wirkung ganz außerordentlich. Ich kann Ihnen versichern, daß ich in diesem Augenblick nichts so sehr wünsche, als Ihnen aus den Augen zu sein.«
Er sah mich an, seine Mundwinkel hingen in gespielter Verzweiflung herunter, und aus seinen Augen blitzte Bosheit.
»Stimmt nicht«, sagte er.
»Doch, es stimmt. Wie können Sie es wagen, mich zu trennen von meinem . . .«
»Meinen Rosen«, ergänzte er.
»Ich meine, mich unter falschen Vorspiegelungen hierher zu locken.«
»Was für falsche Vorspiegelungen?«

»Daß mit Edwin etwas nicht in Ordnung sei.«
»Mit Edwin ist tatsächlich etwas nicht in Ordnung. Er wird unweigerlich ein verwöhntes Kind, das am Rockzipfel seiner Mutter hängt. Der Junge braucht eine feste Hand. Meine. Und er wird sie auch bekommen. Er muß lernen, daß es auf der Welt mehr gibt, als bloß Liebe und Küsse.«
»Soviel ich gehört habe, spielen diese Dinge in Ihrem Leben eine große Rolle.«
»Du sprichst von meinem Ruf, und es interessiert dich, was über mich geredet wird. Kein Rauch ohne Feuer, heißt es, und es stimmt, daß ich meine Erfahrungen habe . . .«
»Nicht in der Kindererziehung.«
»Doch. Wäre ich nicht gewesen, wäre aus deinem verstorbenen Mann nie der geworden, der er war. Ich war derjenige, der ihn erzogen hat. Ich war derjenige, der einen Mann aus ihm gemacht hat.«
»Ich frage mich, was sein Vater dazu sagen würde.«
»Er würde mir beipflichten. Er war nicht zu Hause, und Edwins Mutter verwöhnte ihr Kind genau so, wie du deinen Sohn.«
»Jedenfalls ging Edwin aus England fort, als er zehn Jahre alt war, glaube ich, und Ihr großartiger Einfluß muß dann in seinem Leben keine Rolle mehr gespielt haben.«
»Wichtig sind die Jahre von fünf bis zehn.«
»Woher kommt es, daß Sie in diesen Dingen so gut Bescheid wissen?«
»Es kann dir nicht entgangen sein, daß ich in vielen Dingen gut Bescheid weiß.«
»Es ist mir nicht entgangen, daß Sie sich selbst für allwissend halten.«
»Man soll sich selbst immer von der besten Seite sehen. Es gibt schließlich genug Menschen, die immer das Schlimmste annehmen. Doch genug davon. Ich will dich heiraten! Du bist zu jung, um dieses Leben so weiterzuführen. Du brauchst einen Ehemann. Du brauchst mich. Ich will dich schon seit langem. Und jetzt, wo ich frei bin und dir den Antrag machen kann, ist ein weiterer Aufschub nicht nötig.«

»Allerdings, ein weiterer Aufschub ist nicht nötig. Ihr Antrag ist abgelehnt.«
»Arabella, ich werde dich heiraten!«
»Sie haben vergessen, daß zu einer Ehe zwei gehören.«
»Du wirst einverstanden sein. Das verspreche ich dir.«
»Gehen Sie mit Ihren Versprechungen nicht so großzügig um. Dieses werden Sie jedenfalls nicht halten können.«
Er nahm mein Kinn in seine Hand und zwang mich, ihn anzusehen. »Ich kann dir sogar noch ein weiteres Versprechen geben. Sobald du erst einmal mir gehörst, wirst du mich nie wieder verlassen wollen.«
Ich lachte. Eine wilde Erregung hatte von mir Besitz ergriffen. Wenn ich ehrlich war mußte ich zugeben, daß ich seit langer Zeit nichts so sehr genossen hatte, wie diese Szene. Es war herrlich, Carletons Überheblichkeit zu dämpfen, ihm klarzumachen, daß ich keine Lust hatte, mir von ihm vorschreiben zu lassen, was ich zu tun und zu lassen hätte.
»Ich werde Ihnen nie gehören, wie Sie es ausgedrückt haben.«
»Sei dir dessen nicht zu sicher.«
»Ich bin mir dessen völlig sicher.«
»Du begehst einen Fehler, Arabella.«
»Weil ich Ihr Angebot ablehne?«
»Nein, sondern weil du glaubst, ich würde dich nicht einfach nehmen.«
»Sie reden, als wäre ich eine Figur auf einem Schachbrett.«
»Mehr als das, eine sehr wichtige Figur sogar: meine Königin.«
»Die nach Ihrem Willen eingesetzt wird?«
»Ja«, sagte er, »nach meinem Willen.«
»Ich habe jetzt genug davon.« Ich erhob mich.
»Ich noch nicht«, sagte er, stand ebenfalls auf, legte mir beide Hände auf die Schultern und drückte mich wieder auf die Bank hinunter.
»Wie ich sehe, würden Sie einen groben Ehemann abgeben«, sagte ich.
»Wenn es die Lage erfordert, ja, aber sonst wirst du in mir genau den richtigen, zu dir passenden Ehemann finden.«

»Es hat nur einen einzigen gegeben, der dies sein konnte, und Gott sei Dank war er es auch, wenn auch nur kurz«, sagte ich voller Ernst.
Er hob die Augen zum Himmel. »Edwin mit dem Heiligenschein«.
»Machen Sie sich bitte nicht über ihn lustig.«
»Du bist wie alle anderen, Arabella. Du enttäuschst mich. Ich glaubte immer, du seiest anders. Sobald das Herz einer Mannes zu schlagen aufhört, wird er ein Heiliger.«
»Ich habe nicht gesagt, daß Edwin ein Heiliger war. Ich habe gesagt, er sei der großartigste Mann gewesen, den ich je gekannt habe oder den ich je kennenlernen werde, und kein anderer kann seinen Platz bei mir einnehmen.«
»Es ist ein Fehler, menschliche Wesen zu vergöttlichen.«
»Ich habe Edwin geliebt«, sagte ich. »Ich liebe Edwin noch immer. Können Sie das nicht verstehen? Niemand, *niemand* kann seinen Platz bei mir einnehmen.«
»Du irrst dich. Jemand wird ihn verdrängen. Das wirst du feststellen, wenn du mich geheiratet hast.«
»Ich will nichts mehr davon hören.«
»Du wirst noch mehr davon hören. Ich werde mit dir sprechen über . . .«
Er verstummte plötzlich, und ich sah ihn erstaunt an. Seine Stimmung war umgeschlagen. Er sagte: »Glaubst du etwa, daß ich mich vor den Toten fürchte? Ich fürchte mich vor niemandem, Arabella. Bestimmt nicht vor Heiligen mit kleinen Fehlern. Sie kommen leicht zu Fall.«
»Reden Sie nicht so über Edwin. Sie sind nicht würdig, ihm die Schnürbänder an seinen Schuhen zu lösen.«
»Schuhe werden nicht mehr aufgebunden, und diese Bemerkung würde von Jasper bestimmt für höchst respektlos gehalten werden.«
»Jasper ist mir einerlei.«
»Aber die Wahrheit sollte dir nicht einerlei sein.«
»Ich gehe jetzt wieder zu meinen Rosen«, sagte ich. »Ihre Frau ist erst vor kurzem gestorben . . .«
»Barbary würde jetzt lachen, wenn sie dich gehört hätte. Du weißt doch, wie es in unserer Ehe ausgesehen hat.«

»Um so mehr ein Grund, Sie zurückzuweisen. Sie hat ein Beispiel gegeben, was man nicht tun sollte.«

»Aber du bist nicht Barbary.«

»Sie würden keiner Frau treu sein.«

»Das ist doch eine Herausforderung, meine liebste Arabella. Stell dir vor, wie aufregend es für eine Frau sein müßte, aus mir einen treuen Ehemann zu machen.«

»Sie würde es wahrscheinlich nicht der Mühe für wert halten. Barbary hat so gedacht.«

»Arme Barbary. Sie wußte, es würde ein hoffnungsloses Unterfangen sein. Aber warum reden wir ständig nur von den Toten? Ich bin am Leben. Du bist am Leben. Wir sind zwei lebensvolle Menschen. Du bist seit vielen Jahren nur noch halb lebendig. Komm aus deinem Schneckenhaus heraus und lebe.«

»Mein Leben ist erfüllt und interessant gewesen. Und ich habe mein Kind.«

»Ach, laß das! Du hast dich mit den Toten eingeschlossen. Du hast einen Heiligenschrein aufgebaut und kniest ständig davor. Es ist ein falscher Schrein. Edwin ist tot. Du lebst. Du hast ein Kind. Du brauchst mich. Ich kann dich glücklich machen. Ich kann dir helfen, deinen Sohn aufzuziehen. Wir werden eigene Kinder haben . . . Söhne und Töchter. Ich will dich haben, Arabella. Von dem Augenblick an, da ich dich zum ersten Mal sah, habe ich dich haben wollen. Die ganze Zeit habe ich mich in Geduld geübt. Aber ich kann nicht länger beiseite stehen. Ich werde dich erwecken . . . dir zeigen, was dir entgangen ist. Du bist eine Frau, Arabella, und kein romantisches Mädchen.«

»Ich weiß genau, was ich bin, Carleton. Ich weiß, was ich will, und das ist, Sie nicht zu heiraten. Und jetzt . . . guten Tag.«

Ich stand auf, und als ich gehen wollte, stolperte ich über den Rosenkorb. Er fing mich auf und legte die Arme um mich. Er beugte mir den Kopf nach hinten und küßte meinen Hals. Ein Schrecken überkam mich, denn ich wünschte mir, er würde mich nicht mehr loslassen. Er

hatte in mir Erinnerungen an die Liebesnächte mit Edwin geweckt, und ich schämte mich meiner Gefühle.
Ich versuchte mich ihm zu entziehen, aber er hielt mich fest und sah mich spöttisch an.
»Hochmut kommt vor dem Fall«, sagte er. »Wenn ich nicht hiergewesen wäre und dich aufgefangen hätte, wärst du hingefallen. Das hat eine symbolische Bedeutung. Du brauchst meinen Schutz.«
»Ich habe noch nie etwas weniger nötig gehabt.«
»Nichts verlange ich in meinem Leben so sehr wie Wahrheitsliebe.«
»Und ich hoffe, daß Sie, wenn Sie eine Frau finden sollten, ihr Gleiches mit Gleichem vergelten werden.«
»Warum stemmst du dich gegen das Unvermeidliche?«
»Ich finde, Sie sind der arroganteste Mann, der mir je begegnet ist.«
»Ich gestehe, daß du nicht die erste bist, die mir das sagt.«
Ich riß mich los und drehte mich um. Dann begann ich zu laufen, aber er blieb an meiner Seite. In einem Arm hielt er den Rosenkorb, den anderen hatte er unter meinen Arm geschoben und drückte ihn fest an sich.
»Jetzt, liebste Arabella, wirst du ins Haus gehen und dir noch einmal überlegen, was ich gesagt habe. Vergiß nicht, wie schön es war, als ich dich in den Armen hielt. Mal dir die Freuden aus, die uns erwarten. Dann kannst du an Edwin denken . . . den lebenden, meine ich. Laß uns den anderen vergessen. Er ist tot, erwecke ihn in deinen Gedanken nicht zu neuem Leben. Ohne ihn bist du besser dran. Vergiß die Vergangenheit, Arabella. Vielleicht war sie gar nicht so, wie du geglaubt hast. Bilder wirken anders, wenn man sie aus der Ferne betrachtet. Es ist besser, nicht allzu nahe an sie heranzugehen. Schau nach vorn. Dies ist unser Heim für den Rest unseres Lebens. Viele Probleme würden sich von selbst lösen.«
»Ich beginne, Ihre Beweggründe zu verstehen.«
»Es ist sehr angenehm, wenn so vieles zu unseren Gunsten spricht.«

»Sie haben Eversleigh seit eh und je haben wollen, nicht wahr?«
»Wer wollte das nicht?«
»Eversleigh fällt an Edwin. Sie wollen die Zügel in die Hand bekommen . . .«
»Ich habe sie schon jetzt in der Hand, Arabella. Ich bewirtschafte Eversleigh, seit ich alt genug dazu war. Da mein Onkel in der Armee des Königs dient, kann er sich seinen Gütern nicht im erforderlichen Maße widmen. Das war uns immer klar.
»Aber Edwin wird eines Tages großjährig sein . . .«
»Bis dahin stehen uns noch viele Freuden bevor. Laß uns aus dem Leben das Beste machen.«
Ich entzog mich ihm. »Das werde ich vielleicht tun, aber bestimmt nicht mit Ihnen.«
Ich rannte ins Haus und ließ ihn mit dem Rosenkorb draußen stehen.
Ich vermißte die Rosen erst sehr viel später, woraus hervorgeht, in was für einen Gemütszustand er mich versetzt hatte. Ich konnte nicht aufhören, an ihn zu denken. Immer wieder versuchte ich, Edwins Bild heraufzubeschwören, wie sehr ich ihn geliebt hatte und wie wunderbar unser gemeinsames Leben geworden wäre. Als ob es jemals wieder so sein könnte, auch mit einem gütigen und freundlichen Mann wie Geoffrey!

Ich ging Carleton aus dem Weg, und es schien ihn zu belustigen. Wenn wir uns im Beisein anderer begegneten, spürte ich seine Blicke auf mir. Dieser arrogante Kerl, dachte ich dann. Er glaubt tatsächlich, daß ich ihn für unwiderstehlich halte.
Wegen des Krieges gegen Holland herrschte große Besorgnis, und wir erhielten immer wieder beunruhigende Nachrichten. Alle redeten von dem Kettenschuß, den die Holländer erfunden hatten und der unseren Schiffen so viel Schaden zufügte. Im Juli errangen wir zwar wieder einen Sieg, aber es kam auf beiden Seiten zu schweren Verlusten.
Im August sollte ein Dankgottesdienst abgehalten werden,

und Lord Eversleigh meinte, wir sollten nach London fahren, um an ihm teilzunehmen.

Geoffrey kam nach Eversleigh, um uns von dem Leben in London zu erzählen. Es war viel kühler als im Vorjahr und man stellte mit Erleichterung fest, daß die Pest in diesem Sommer nicht wieder aufgetreten war. Geoffrey strahlte eine innere Heiterkeit aus, als ob er mit sich ins reine gekommen wäre. Ich ahnte, worum es ging, und ich behielt recht, denn während dieses Besuches machte er mir einen Heiratsantrag.

Es schien merkwürdig, daß ich innerhalb weniger Wochen zwei solche Anträge erhalten hatte, aber vielleicht war es auch gar nicht so merkwürdig. Sicherlich hatte Carleton mit dem Antrag von Geoffrey gerechnet und wollte ihm zuvorkommen. Das amüsierte mich. Gleichzeitig wollte ich aber nicht, daß Geoffrey mich jetzt schon fragte. Seit einiger Zeit machte ich mir schon Gedanken über eine Heirat mit ihm. Manchmal war ich fast überzeugt, daß es vielleicht die beste Lösung wäre, aber jetzt war ich wieder unsicher geworden.

Er hatte den Knaben neue Drachen mitgebracht, und sie wollten sie unbedingt gleich ausprobieren. Ich sah zu, wie Geoffrey mit den Kindern spielte und wie ungezwungen sie mit ihm umgingen, so, als wäre er ihr älterer Bruder – noch jung genug, um mit ihnen zu spielen, aber doch schon älter, so daß er größere Erfahrungen hatte und ihnen notfalls helfen konnte.

Ich saß auf der Steinbank bei der Weide in der Sonne. Es war ein wunderschöner, warmer Nachmittag. Ich empfand ein Gefühl innerer Zufriedenheit, wie ich so dasaß und meinen Sohn beobachtete. Er befand sich Gott sei Dank bei bester Gesundheit. Im Lavendel summten die Bienen.

Geoffrey kam und setzte sich neben mich.

»Es war nett von Ihnen, die Drachen mitzubringen«, sagte ich.

»Ich weiß, wie sehr sie sich immer darüber freuen. Sehen Sie! Edwins Drachen fliegt höher als der von Leigh.«

»Das wird Leigh aber gar nicht recht sein.«

»Nein, er ist ein Junge, der schwerer zu bändigen sein wird als Edwin, glaube ich.«
»Ja, er hat einen hochfahrenden Charakter. Edwin erinnert mich so sehr an seinen Vater.«
»Er war zartfühlend, nicht wahr? Freundlich und liebenswürdig?«
»Er haßte Auseinandersetzungen. Er wollte, daß alle glücklich waren. Manchmal glaube ich, daß er alles getan hätte, nur um keinen Ärger zu haben.«
Geoffrey nickte langsam. »Denken Sie noch an ihn?«
»Die ganze Zeit«, sagte ich.
»Es ist schon einige Jahre her.«
»Bevor Edwin auf die Welt kam. Ich wußte, als Edwin erschossen wurde, noch nicht einmal, daß ich ein Kind bekommen würde.«
»Sie können nicht ewig um ihn trauern, Arabella.«
»Glauben Sie, daß man über einen solchen Verlust hinwegkommen kann?«
»Ich finde, man sollte es wenigstens versuchen.«
Ich seufzte. »Edwin stellt mir oft Fragen über seinen Vater.«
»Ich weiß. Er hat mir von ihm erzählt. Edwin glaubt, er sei einer der Heiligen gewesen.«
Ich lächelte. »Ich möchte, daß mein Sohn so wird, wie Edwin war. Ich sage ihm oft, daß er nie etwas tun dürfe, dessen sich sein Vater schämen müßte. Er müsse versuchen, seinem Vater nachzueifern.«
Geoffrey nickte. »Aber er braucht auch hier auf der Erde einen Vater, Arabella. Wie alle Kinder.«
Ich schwieg, und er fuhr fort: »Ich habe viel darüber nachgedacht. Schon oft habe ich Sie fragen wollen, Arabella. Wollen Sie meine Frau werden?«
Wieder schwieg ich. Ich wollte nicht nein sagen, denn ich war mir selbst nicht sicher. Er hatte recht, wenn er meinte, man könne nicht ewig der Vergangenheit nachtrauern. Edwin wäre der letzte gewesen, der das gewünscht hätte. Einen kurzen Augenblick schwelgte ich in dem Gedanken, meine Verlobung mit Geoffrey bekanntzugeben um die Wirkung auf Carleton beobachten zu können. Das würde

mir Spaß machen, aber es war wirklich kein ausreichender Beweggrund für eine Heirat.
Geoffrey hatte gesehen, wie ein kleines Lächeln auf meine Lippen trat, und war zu falschen Schlüssen gelangt.
»Ach, Arabella, wir werden glücklich sein. Ich weiß es genau.«
Ich rückte etwas von ihm ab und sagte: »Es tut mir leid, Geoffrey, aber ich bin mir nicht sicher. Manchmal, wenn ich gesehen habe, wie sehr Sie Edwin lieben und er Sie, habe ich mir gedacht, es wäre vielleicht das beste für uns alle. Aber ich denke immer noch an meinen Mann und kann mich noch nicht entscheiden.«
»Ich verstehe«, sagte er. »Ich habe Sie zu früh gefragt. Aber ich möchte, daß Sie darüber nachdenken. Ich bin ein einsamer Mann und denke mir manchmal, daß Sie glücklicher mit einem Mann sein würden, der Ihnen schon längere Zeit nahesteht. Ich würde dem Jungen ein guter Vater sein.«
»Er müßte weiterhin hier leben. Sie wissen, daß er diesen Besitz einmal erben wird.«
»Ich würde einen großen Teil meiner Zeit hier verbringen, und wir könnten dann ab und zu auch auf meine Güter fahren. Ich habe meine Verwalter, die sich während meiner Abwesenheit um alles kümmern. Meine Hauptsorge würde Edwin gelten.«
Ich verfolgte den Flug der Drachen, und auf der Oberfläche von Edwins Drachen spiegelte sich Eversleigh Court und alles, was dazugehörte; eines Tages würde es Edwin gehören.
»Vielleicht halten Sie mich für undankbar, aber ich weiß durchaus zu schätzen, was Sie mir anbieten. Es ist nur ... ich bin mir nicht sicher ...«
»Ich verstehe Sie, Arabella«, sagte er. »Ich werde Sie immer verstehen.«
Ich glaubte ihm und wünschte, ich hätte ihm mein Jawort geben können.

Lord Eversleigh schlug vor, wir sollten alle zu dem Dankgottesdienst nach London fahren. Onkel Toby war begei-

stert. Er war immer erpicht, nach London zu kommen, und verbrachte dadurch einen großen Teil seiner Zeit in der Hauptstadt.
Lord Eversleigh meinte, das Stadthaus wäre seit Tobys Rückkehr viel häufiger bewohnt, als je zuvor. Meine Schwiegermutter war wegen Onkel Toby etwas beunruhigt. Er trinke gern einen über den Durst und sei dem Glücksspiel ergeben, meinte sie. Außerdem hielte er sich zu oft in den Kaffeehäusern auf und habe eine Vorliebe für das Theater. Er habe es auf hübsche Schauspielerinnen abgesehen und interessiere sich sehr für Moll Davies, auf die angeblich auch der König ein Auge geworfen habe.
»Das ist immer Tobys Schwäche gewesen«, sagte Matilda. »Dein Vater hat mir erzählt, daß er in der Jugend seinen Eltern große Sorgen bereitet hat und sie deshalb keine Einwände erhoben, als er beschloß, sein Glück in Virginia zu suchen. Ich bezweifle, daß er dort viel von Theater und hübschen Schauspielerinnen zu sehen bekommen hat.«
Doch wenn er auch manchmal über die Stränge schlug, verstand er es immer wieder, uns zu versöhnen.
Dann erreichte uns ein Brief aus Far Flamstead. Meine Mutter hoffte, daß wir auf dem Wege nach London eine Nacht bei ihnen verbringen würden. Sie seien auf jeden Fall zu Hause und es wäre schön, wenn die ganze Familie wieder einmal zusammen sein könne.
So war also die Fahrt eine beschlossene Sache.
Ich war immer gern bei meiner Familie, und auch meine jüngeren Geschwister freuten sich, mich zu sehen, auch wenn sie nicht mehr in einen solchen Freudentaumel verfielen, wenn sie mich sahen. Sogar Fenn hüpfte nicht mehr um mich herum und verzichtete auf sein früheres Kriegsgeheul. Er war jetzt zwölf Jahre alt und über ein so kindisches Benehmen hinaus. Dick, der inzwischen sechzehn geworden war, machte bereits einen gesetzteren Eindruck, und Angie war mit ihren dreizehn Jahren schon eine junge Dame.
Mein Vater umarmte mich herzlich, und ich sah in seinen Augen denselben gespannten Blick wie bei meiner Mutter.

Beide hätten mich gerne wieder verheiratet gesehen und wären sicherlich mit Geoffrey einverstanden gewesen. Ich spielte mit dem Gedanken, mich ihr anzuvertrauen und ihr zu sagen, daß ich zwei Heiratsanträge erhalten, aber beide abgelehnt hatte. Sie würde dann aber wissen wollen, welche Gefühle ich meinen beiden Freiern entgegenbrachte, doch ich konnte in diesem Augenblick keine neugierigen Fragen ertragen. Auch nicht von ihr.

Es wurde ein lustiger Abend. Carleton befand sich bereits in London, wo er im Stadthaus der Eversleighs an der eleganten Clement's Lane wohnte. Dort sollten wir wieder zu ihm stoßen, aber meine Eltern wollten ins Haus meines Vaters fahren, dessen Gärten sich bis zum Fluß hinunterzogen, und das seit den Tagen Heinrichs VIII. im Besitz seiner Familie war.

In London würden wir auch Lucas mit seiner Frau treffen, und meine Mutter war in einer solchen Hochstimmung wie immer, wenn sie ihre Familie um sich scharen konnte.

Ich fühlte mich nie vollkommen glücklich, wenn mein Sohn nicht bei mir war, obwohl Charlotte mir mehr als einmal versicherte, daß sich die Knaben unter der Obhut von Sally Nullens ebenso in Sicherheit befänden, als wenn wir selbst bei ihnen wären.

Zusammen begaben wir uns dann zu dem Gottesdienst, und dort hatte ich die Freude, dem König und der Königin vorgestellt zu werden. Ich war unwillkürlich von seinem großen Charme beeindruckt und fand seine liebenswürdige Königin mit den großen, dunklen Augen besonders sympathisch. Die arme Frau – sie tat mir leid, falls alle Geschichten, die ich über seine Seitensprünge gehört hatte, der Wahrheit entsprachen. Und ich war geneigt, ihnen Glauben zu schenken.

Als wir die Kirche verließen, ging Carleton neben mir und zeigte mir Barbara Villiers, Lady Castlemaine – eine Frau, gegen die ich eine instinktive Abneigung empfand.

Carleton lachte mich aus. »Sie gilt als unwiderstehlich.«

»Wenn ich ein Mann wäre, würde mir nichts leichterfallen, als ihr zu widerstehen.«

»Aber Sie sind kein Mann, und Sie sind bekannt wegen Ihrer Standhaftigkeit. Passen Sie nur auf, ob Sie mir noch lange widerstehen können!«
Ich ließ ihn stehen und schloß mich meinem Vater an. Gemeinsam kehrten wir zur Clement's Lane zurück, und im weiteren Verlauf des Tages begab sich meine Familie in ihr eigenes Haus. Beim Abendessen schlug Onkel Toby vor, daß wir alle am nächsten Tag ins Theater gehen sollten. Alle hielten das für eine gute Idee, und ich freute mich auf die Möglichkeit, Harriet wiederzusehen, obwohl ich seit langem nichts mehr von ihr gehört hatte. Ich glaube, Carleton wußte, was ich dachte, denn er beobachtete mich aufmerksam.
Das Stück, das wir uns ansehen wollten, hieß ›The English Monsieur‹ und war von James Howard, einem der Söhne des Earl of Berkshire. Auch seine Brüder schrieben für die Bühne, wie Carleton auf dem Weg zum Theater erzählte, und außerdem sein Schwager John Dryden.
Onkel Toby sagte, er habe Drydens Stück ›The Rival Ladies‹ gesehen und finde es sehr gut. »Und der Bursche hat mit Robert Howard an dem Schauspiel ›The Indian Queen‹ gearbeitet. Das war ein großartiges Stück über Montezuma, und es wurde hervorragend inszeniert. Aber ich freue mich auf das Lustspiel heute abend. Es tritt eine kleine Schauspielerin auf, die ich mir mit großem Vergnügen ansehe.«
»Ich bin sicher, daß auch Arabella sie gern in dieser Rolle sehen wird«, sagte Carleton lächelnd, und ich fragte mich, was er mit dieser Bemerkung andeuten wollte, denn ich vermutete hinter allem, was er sagte oder tat, irgendeine Absicht.
»Das Theater wird heute abend voll sein«, sagte Lord Eversleigh. »Nachdem es so lange geschlossen war, können es die Leute kaum erwarten, wieder hingehen zu können.«
»Die Schließung war während der Pest aber auch notwendig, Onkel Toby«, erklärte ich.
»Gewiß, aber nun haben wir einen großen Nachholbedarf.«
Inzwischen hatten wir das *King's House* erreicht, und ich war entzückt, wieder einmal im Theater zu sein, in der Loge

zu sitzen und das Treiben zu beobachten, das sich unter mir abspielte: die eleganten Herren, die Orangenverkäuferinnen, die Damen mit ihren Masken und Schönheitspflästerchen und ihre modisch gekleideten Begleiter. Es herrschte eine viel größere Ordnung als bei meinem früheren Besuch, und als ich eine entsprechende Bemerkung machte, meinte Carleton, die Theaterbesucher hätten schließlich doch erkannt, daß sie wegen des Schauspiels ins Theater gekommen seien, und nicht, um Unruhe zu stiften.

So schien es jedenfalls, denn es herrschte völlige Stille, als das Spiel begann, und diesmal brauchte keiner der Schauspieler an die Rampe zu treten und um Ruhe zu bitten.

Ich wartete auf Harriet, aber es war nicht sie, die die Hauptrolle der Lady Wealthy spielte, sondern eine zierliche und sehr hübsche Frau von großer Vitalität und mit einem urwüchsigen Charme. Sie spielte die Rolle einer reichen Witwe, die von Glücksrittern umschwärmt war und mit dem Gedanken spielte, eine gute Partie zu machen, sich schließlich aber eines Besseren besann und ihre wahre Liebe heiratete.

Das Stück war ziemlich seicht, und die Dialoge waren nur selten geistreich, aber die erstaunliche Persönlichkeit dieser entzückenden Schauspielerin trug das Ganze und riß die Zuschauer immer wieder mit.

Ich werde nie ihr kokettes Aussehen, ihren spritzigen Charme und die Art vergessen wie ihre Augen beim Lachen fast völlig verschwanden. Sie war dunkelhaarig und sprühte förmlich vor Vitalität und war der Liebling des Publikums.

Auf dem Nachhauseweg sagte Carleton: »Was halten Sie von Nelly?«

»Ich fand sie bezaubernd.«

»Das finden auch andere – einschließlich Seiner Majestät.

»Ich dachte, er sei von einer Schauspielerin namens Moll Davies eingenommen?«

»Die arme Moll, sie ist im Begriff, von Nelly verdrängt zu werden.«

»Ich habe keinen Zweifel, daß Nellys Glanzzeit ebenso kurz sein wird«, sagte ich.
»Er hält der Castlemaine die Treue, deshalb ist er vielleicht auch anderen gegenüber der Treue fähig.«
»Ich bin mit dem, was Sie unter Treue verstehen, nicht einverstanden.«
»Was wäre es doch für ein herrlicher Tag, an dem wir wenigstens einmal derselben Meinung sein könnten.«
Wir sprachen weiter über das Theaterstück, und es war eine höchst anregende Unterhaltung.
Die folgenden Tage hatten etwas Unwirkliches an sich, und auch heute habe ich kein rechtes Verhältnis zu ihnen gewonnen. Ein starker Ostwind hatte eingesetzt. Ich hörte ihn während der Nacht durch die engen Straßen heulen. Ich setzte mich lauschend im Bett auf und fragte mich, wie stark er wohl draußen auf dem Lande bei Eversleigh sein müßte, wo der Wind immer stärker als in London war; denn wenn er von Osten wehte, verbrauchte er bereits einen Teil seiner Kraft, bevor er die Hauptstadt erreichte.
Kurz vor Tagesanbruch fiel mir ein ungewöhnlicher Lichtschein am Himmel auf, und als ich aus dem Fenster sah, stellte ich fest, daß es sich um den Widerschein eines großen Feuers handeln mußte.
Von der Zofe erfuhr ich später, das Feuer habe in einer Bäckerei in Pudding Lane angefangen. Einer der Lieferanten habe es ihr erzählt. Das Haus hätte sofort in hellen Flammen gestanden, und durch den starken Ostwind habe der Brand auf die benachbarten Gebäude übergegriffen.
Während dieses Tages sprachen wir über nichts anderes als über das Feuer, das sich rasch ausdehnte und bereits eine Anzahl von Häusern verzehrt hatte. In der Nacht war es in unseren Zimmern so hell wie am Tage. Dicke Rauchschwaden hingen über der Stadt, und es wurde immer noch schlimmer.
»Wenn es so weitergeht«, sagte mein Schwiegervater, »wird von London nicht viel übrigbleiben.«
Carleton riet, Charlotte und ich sollten nach Eversleigh zurückkehren, während meine Mutter wollte, daß wir nach

Far Flamstaed gingen, das in sicherer Entfernung von der Hauptstadt lag.
Ich erklärte jedoch mit Entschiedenheit, daß ich nicht abreisen würde, bevor die Gefahr gebannt sei.
Es gab für uns hier eine Menge zu tun, denn die Menschen, die vor dem Feuer geflohen waren, wurden in leerstehenden Häusern untergebracht und Charlotte und ich hatten uns den Hilfskolonnen angeschlossen, die sich dieser Leute annahmen.
Ein Großteil der Bevölkerung geriet in Panik, viele rannten einfach davon, und der Fluß war voll von Booten, auf denen Familien mit ihrer geretteten Habe das Weite suchten. Einige flohen aufs Land, andere begaben sich zu den Häusern, die als Empfangsstationen eingerichtet worden waren, noch andere kampierten im Freien in der Umgebung von Islington und Highgate.
Drei Tage waren inzwischen vergangen, aber das Feuer wütete noch immer. Es war sinnlos, den Versuch zu unternehmen, es mit normalen Mitteln löschen zu wollen. Das Wasser der Themse würde nicht reichen, diese Feuerbrunst zu löschen, hieß es.
Wir erhielten immer neue alarmierende, oft verstümmelte Nachrichten. Das Dach von St. Paul's stehe in Flammen, hörten wir, und man könne den Widerschein am Himmel in einem Umkreis von zwanzig Kilometern sehen. Geschmolzenes Blei liefe durch die Straßen, und die Steine von St. Paul's flögen wie Granaten über das Pflaster, das so heiß geworden war, daß man nicht mehr auf ihm gehen könnte. Die großen Glocken der Kirchen schmölzen, und der Wind triebe die Asche kilometerweit vor sich her, sogar noch in Exton sei ein Aschenregen niedergegangen.
Die Kirche von St. Faith war eingestürzt. Das Dach war verbrannt, die Mauern waren in sich zusammengesunken. Auf der Paternoster Row, der Buchhändlerstraße, brannte das Innere der Geschäfte schon seit mehreren Tagen.
Irgend etwas mußte geschehen.
Der König eilte mit seinem Bruder und Angehörigen des Adels nach London, um etwas zur Eindämmung des Feuers

zu finden. Carleton war bei ihm, ebenso mein Vater, Geoffrey, Lord Eversleigh und Onkel Toby. Sie glaubten, einen Ausweg gefunden zu haben. Es war zwar ein verzweifelter Schritt, aber man mußte ihn versuchen, denn zwei Drittel der Stadt lagen bereits in Schutt und Asche. Vom Tower an der Themse entlang bis zur Temple Church und an der Stadtmauer entlang bis Holborn Bridge war kaum ein Gebäude stehengeblieben, und wenn doch, dann war es völlig ausgebrannt.

Der drastische Plan sah die Sprengung aller Häuser vor, auf die sich das Feuer zubewegte. Dadurch sollte erreicht werden, daß die Flammen keine Nahrung mehr fanden und vielleicht unter Kontrolle gebracht werden konnten.

Wir sahen dem Unterfangen mit ängstlicher Erwartung entgegen. Den ganzen Tag hindurch hörten wir die Explosionen, und als die Männer nach Hause kamen, waren ihre Kleidungsstücke und sogar die Gesichter rußgeschwärzt. Aber sie wirkten siegessicher: Sie hatten den großen Brand von London zum Stehen gebracht. Und jetzt, prophezeiten sie, wäre es nur noch eine Frage der Zeit, bis das Feuer ganz gelöscht sein würde.

Der Alptraum war vorüber, aber es war ein riesiger Schaden entstanden. Vierhundert Straßenzüge mit etwa dreizehntausend Häusern waren völlig zerstört. Eine Fläche von etwa zweihundert Hektar war verwüstet. Wir hatten vier Unglückstage durchlebt, und während dieser Zeit waren achtundachtzig Kirchen, einschließlich St. Paul's, vernichtet worden. Die Stadttore und Guildhall, die Börse und das Zollgebäude lagen ebenfalls in Schutt und Asche, und der Wert der zerstörten Werte belief sich auf über sieben Millionen Pfund.

Einen einzigen Grund gab es zur Freude: Trotz der ungeheuren Zerstörungswut des Feuers waren nur sechs Menschenleben zu beklagen.

Die Feuersbrunst war natürlich Hauptgesprächsthema bei den Abendeinladungen.

»Der König«, sagte Carleton, »hat sein Volk in Erstaunen versetzt . . . obwohl ich geahnt habe, daß er sich so verhalten würde. Die Menschen neigen zu der Ansicht, daß der König, weil er intelligent und geistreich ist, weibliche Schönheit zu schätzen weiß und das Vergnügen liebt, einer ernstzunehmenden Tat gar nicht fähig sei. Jetzt erkennen sie ihren Irrtum. Keiner hat sich so eingesetzt wie er.«

»Es war für uns alle mitreißend«, pflichtete ihm Geoffrey bei, »ihn zu sehen, wie er mit aufgekrempelten Ärmeln, das Gesicht vom Rauch geschwärzt, Anweisungen gab, wo das Schießpulver angebracht werden sollte.«

»Er schien völlig in seinem Element zu sein«, sagte mein Schwiegervater.

»Und ein Mann«, warf Onkel Toby in, »der auch in der schwierigsten Situation noch eine witzige Bemerkung machen konnte und uns damit wieder neuen Mut gab.« Er hob seinen Weinkelch. »Auf das Wohl Seiner Majestät!«

Wir tranken auf das Wohl des Königs, und dann stimmte jemand die Ballade an, die jetzt im ganzen Lande gesungen wurde:

Lang lebe der König
fal, la, la, la, la, la, la
und Tod seinen Feinden
fal, la, la, la, la, la, la
und wer nicht auf ihn trinkt
ist keinen roten Heller wert,
nicht 'mal den Strick am Galgen,
fal, la, la, la, la, la, la.

Wir fielen alle mit ein und dankten Gott, daß trotz der Pest und des Brandes, mit denen Er uns heimgesucht hatte, niemand unter uns war, der wieder wie ein Puritaner leben wollte. Alle standen wir auf der Seite des Königs, obwohl er einen ausschweifenden Lebenswandel führte.

Auf den Straßen herrschte großer Jubel. Die Feuersbrunst war vorbei, und wenn auch viele ihre Häuser verloren hatten, so stand jetzt doch in Aussicht, daß London wieder aufgebaut und eine ganz andere neue Stadt werden würde – mit breiteren Straßen, wo Sonne und frische Luft auch die unteren Räume in den Häusern erreichen würden, und mit einer ordentlichen Kanalisation, wo die Abwässer ablaufen konnten, ohne Ratten zu beherbergen und üble Gerüche zu verbreiten.

»Dieser Brand kann in gewissem Sinne auch ein Segen gewesen sein«, sagte Carleton. »Christopher Wren wird an dem Platz der alten Paulskirche eine neue, schöne Kathedrale erbauen. Er hat Pläne auch für andere Gebäude. Der König ist von ihnen begeistert. Er zeigte mir heute einige davon.«

Trotz aller Probleme herrschte eine optimistische Stimmung. Doch erhielt diese Freude bald einen Anflug von Argwohn und Zweifel.

Jemand hatte das Feuer gelegt. Aber wer? Das war die Frage, die man überall hörte.

Es dauerte nicht lange, bis ein Sündenbock gefunden war. Es ging ein Geraune durch die Straßen, daß es die Papisten gewesen seien. Natürlich waren sie es gewesen! Hatten Sie nicht achtundachtzig Kirchen zerstört – darunter die große Kathedrale? Sie wollten die Protestanten vernichten, wie sie es vor fast hundert Jahren bei der Bartholomäusnacht in Frankreich getan hatten. Nur die Methode war anders. Sonst nichts. Menschen marschierten durch die Straßen und forderten die Hinrichtung der Papisten.

»Der König wird das nicht zulassen«, hieß es in unserem Haus. »Er ist für die Toleranz.«

»Und einige behaupten«, sagte Onkel Toby, »er liebäugele mit dem katholischen Glauben.«

»Das Liebäugeln mit den Damen liegt ihm mehr, würde ich sagen«, meinte Carleton. »Und wenn ich an deiner Stelle wäre, Onkel Toby, würde ich solche Bemerkungen nicht wiederholen, es könnten böswillige Verleumdungen sein.«

Der König setzte jedoch eine Untersuchungskommission im Kronrat und im Unterhaus ein, und wir empfanden es als Erleichterung, als sich herausstellte, daß derartige Anschuldigungen jeder Grundlage entbehrten.

Jene Schreckenstage blieben nicht ohne Auswirkungen auch auf uns – jedenfalls rede ich mir das ein, vielleicht versuche ich aber auch nur, meine Erklärung für die nachfolgenden Ereignisse zu finden.

Wir waren noch nicht nach Eversleigh zurückgekehrt, wollten die Heimfahrt aber in den nächsten Tagen antreten. Meine Eltern waren wieder in Far Flamstead und Geoffrey auf seinem Landsitz.

Lord und Lady Eversleigh waren im Wagen mit Onkel Toby und Charlotte zum Besuch einiger alter Freunde auf der anderen Seite nach Islington weggefahren. Carleton war hinübergeritten. Da ich ihre Freunde nicht kannte und die Vorbereitungen für unsere Abreise treffen wollte, sagte ich, ich bliebe lieber zu Hause.

Es sollte sich als ein verhängnisvoller Entschluß erweisen, und ich habe mir oft gedacht, wie solch ein kleiner und scheinbar bedeutungsloser Vorfall den Ablauf eines ganzen Lebens beeinflußen kann.

Kaum waren sie abgefahren, als es zu regnen anfing. Der Regen steigerte sich innerhalb einer Stunde zum Wolkenbruch. Auch der Wind war wieder aufgekommen, und ich fragte mich, wie es ihnen auf der Fahrt erging.

Ich packte meine Sachen zusammen und ordnete die kleinen Geschenke, die ich für die Knaben gekauft hatte. Ich hatte Trommeln besorgt, ein Schaukelpferd und ein Federballspiel, außerdem neue Jacken und für jeden eine komplette Reitausrüstung.

Ich betrachtete diese Dinge mit liebevollen Augen, packte sie ein und packte sie wieder aus, während ich mir die Freude vorstellte, die ich ihnen damit machen würde.

Es wurde immer dunkler, es regnete weiter, der Wind heulte noch immer. Es versprach, eine unfreundliche Nacht zu werden.

Um sechs Uhr gab ich Anweisung, die Kerzen anzuzünden, denn es war schon ziemlich finster geworden, und Matilda hatte gesagt, sie würden nicht später als um sechs zurückkommen. Sie hatte keine Lust, in der Dunkelheit draußen herumzufahren. Auf den Wegen wimmelte es von Dieben, und niemand war vor ihnen sicher. Diese Männer hatten Donnerbüchsen bei sich und zögerten nicht, sie auch zu verwenden, wenn ihre Opfer ihnen nicht alles, was sie bei sich hatten, sofort auslieferten. Deshalb war ich überzeugt, daß Matilda auf einer baldigen Heimfahrt bestehen würde. Die Minuten schlichen dahin. Es wurde sieben Uhr. Irgend etwas mußte passiert sein. Ich bekam allmählich Angst.

Kurz nach sieben hörte ich jemanden hereinkommen. Ich lief die Treppe hinunter und sah zu meinem Erstaunen Carleton in der Halle stehen. Er war bis auf die Haut durchnäßt, das Wasser tropfte an ihm herunter und lief ihm vom Hutrand über das Gesicht.

»Was für ein Unwetter!« rief er, als er mich sah. Dann lachte er. »Ich bin zurückgeritten, weil ich mir dachte, daß du dir Sorgen machst. Der Wagen blieb in der Nähe der Crispins im Schlamm stecken. Sie wollen über Nacht dort bleiben. Es wäre Unsinn, in einer solchen Nacht zurückfahren zu wollen.«

»Ach . . . dann geht es ihnen also gut?«

»Sehr gut. Sie laben sich jetzt sicher an Roastbeef und wärmen sich mit Malvasier auf, und ich hätte nichts dagegen, ihrem Beispiel zu folgen. Hast du schon zu Abend gegessen?«

»Noch nicht . . . ich habe noch gewartet . . .«

»Dann essen wir zusammen.«

»Aber erst müssen Sie sich etwas Trockenes anziehen. Ich werde sofort warmes Wasser in Ihr Zimmer schicken lassen.«

»Ich gehorche mit Vergnügen.«

Ich spürte eine freudige Erregung und wußte selbst nicht, warum. Mir war gar nicht klar gewesen, was für große Sorgen ich mir gemacht hatte. Es war ein wunderbares Gefühl, zu wissen, daß sie alle wohlbehalten bei ihren Freunden angekommen waren, und ich war froh, diesen Abend nicht allein verbringen zu müssen. Sogar Carleton, sagte ich mir, war besser als keiner.

Ich ging in die Küche. »Master Carleton ist völlig durchnäßt«, sagte ich den Mädchen. »Er ist bei diesem entsetzlichen Wetter von Islington bis hierher geritten. Er braucht heißes Wasser . . . eine ganze Menge. Und macht auch etwas Suppe warm. Wir wollen essen, sobald er fertig ist.«

Ich ging in mein Zimmer. Es war ziemlich albern, sagte ich mir, in einer solchen Hochstimmung zu sein, aber ich freute mich auf eines jener Wortgefechte, zu denen es unweigerlich kam, wenn wir beisammen waren.

Ich betrachtete mich im Spiegel. Es war ein Jammer, daß ich dieses dunkelblaue Gewand anhatte. Es war aus Samt und sah ganz hübsch aus, aber es stand mir nicht besonders gut. Mein Blick wanderte zu dem kirschroten Seidenkleid.

Woran dachte ich eigentlich? Wenn ich mich umzog, würde es ihm bestimmt auffallen, und er käme womöglich auf den Gedanken, ich hätte es seinetwegen getan.

Nein, ich mußte in dem blauen Gewand bleiben.

Er war schneller fertig, als ich für möglich gehalten hatte und kam in den Wintergarten, der immer dann benutzt wurde, wenn nur wenige bei Tisch saßen und wo ich das Kaminfeuer hatte anzünden lassen. Ich fand den Raum mit den Tapeten an der einen Wand und den flackernden Kerzen auf dem Tisch, während die brennenden Holzscheite ein warmes Licht verbreiteten, sehr anheimelnd. Der Tisch war für zwei gedeckt, und die dampfende Suppenterrine stand bereits auf dem Tisch. Es duftete köstlich.

Carleton kam herein, frisch gebadet, mit Rüschen am Kragen und an den Hemdsärmeln. Er trug keine Jacke, sondern nur eine Brokatweste. Ich fand, daß er recht gut aussah, wenn man etwas für dunkle Typen übrig hat.

»Wie herrlich!« rief er aus. »Ein Souper *à deux.* Ich hätte mir nichts Schöneres wünschen können. Du hast mir mit deiner Fürsorge eine große Freude gemacht . . . du hast mich ins Bad geschickt, darauf bestanden, daß ich das nasse Zeug ausziehe und dafür gesorgt, daß ich etwas Trockenes zum Anziehen habe.«

Ich zuckte mit den Achseln. »Ich habe nur vorgeschlagen, was mir vernünftig schien. Es gibt nichts, wofür man dankbar sein müßte.«

»Du machtest wirklich einen besorgten Eindruck. Diese Suppe schmeckt gut.«
»Hunger ist der beste Koch, heißt es.«
»Ein sehr tiefsinniger Satz.« Er zog eine Augenbraue in die Höhe, und ich wurde unwillkürlich an Edwin erinnert. »Ich habe von dir auch nichts anderes erwartet«, fuhr er fort. »Der Wein ist ausgezeichnet. Ich habe immer eine Vorliebe für Malvasier gehabt. Komm, du mußt mit mir trinken.«
Er schenkte mir ein.
»Auf den König«, sagte er. »Möge er noch viele Jahre regieren.«
Ich konnte einen königstreuen Toast nicht ablehnen, deshalb trank ich einen Schluck.
»Ich gebe dir noch etwas Suppe.«
»Nein danke, ich habe genug.«
»Aber dann gestatte mir, daß ich noch etwas nehme. Ach, wie gemütlich es hier ist! Dir gegenüber zu sitzen, liebe Arabella, davon habe ich immer geträumt.«
»Wir sind uns bei Tisch schon oft gegenüber gesessen.«
»Du verstehst mich nicht . . . absichtlich, glaube ich. Aber wir waren nie allein. Das habe ich sagen wollen. Das Roastbeef ist wirklich vorzüglich. Ausgezeichnet!«
Geräuschlos gingen die Mädchen hin und her und trugen das Essen herein. Er griff herzhaft zu und trank auch nicht wenig, wie ich fand.
Als er das Roastbeef gegessen, sich dann noch ein Stück Kapaun genommen und anschließend Äpfel und Nüsse verzehrt hatte, sagte er zu den Mädchen: »Laßt uns jetzt allein, ihr könnt das Geschirr morgen früh abräumen. Mistres Eversleigh und ich haben viel zu besprechen.«
Ich konnte in ihrer Gegenwart nicht protestieren, sagte aber, als sie gegangen waren: »Ich kann mir nicht vorstellen, was wir zu besprechen hätten.«
»Wie du weißt, gibt es immer noch unser Hauptthema.«
»Und wie heißt dieses Thema?«
»Unsere Zukunft, unsere Heirat. Wann heiratest du mich, Arabella?«
»Nie, wenn Sie mich fragen.«

»Das ist grausam. Und nicht wahr. Ich wette, du . . .«
»Ich wette selten und würde es in einem solchen Falle nie tun.«
»Sehr klug von dir, denn du würdest die Wette bestimmt verlieren. Du gehörst sicher zu denen, die nur dann wetten, wenn sie sich ihrer Sache ganz sicher sind. Wenn sich nur mehr an diesen Grundsatz halten würden. Also, Arabella, als wir das letzte Mal darüber sprachen, waren wir uns einig, daß es für uns beide eine ausgezeichnete Lösung sei, zu heiraten. Edwin würde wieder einen Vater haben, den er dringend braucht, und du einen Gatten, der dir ebenso vonnöten ist.«
»Ich denke darüber anders, und wenn Edwin so dringend einen Vater braucht, wie Sie meinen, dann gäbe es auch noch eine andere Lösung.«
»Falls du Geoffrey heiratest, würdest du es binnen einer Woche bedauern.«
»Wieso kommen Sie zu diesem Schluß?«
»Weil ich ihn kenne und dich kenne. Du brauchst jemanden, der ein Mann ist.«
»Geoffrey ist also keiner?«
»Er ist ein guter Kerl, und ich habe nichts gegen ihn.«
»Sie haben sich anscheinend entschlossen, fair zu bleiben.«
Plötzlich stand er auf und kam um den Tisch herum. Er legte die Arme um mich und begann, mich auf Lippen und Hals zu küssen.
»Bitte! Wenn die Mädchen hereinkommen . . .«
»Es kommt schon niemand. Sie würden nicht wagen, ungehorsam zu sein. Das meine ich, wenn ich sage, es kommt darauf an, daß man ein Mann ist.«
»Meinetwegen, Sie Leuteschinder, ich gehöre jedenfalls nicht zu denen, die sich etwas befehlen lassen. Vergessen Sie das nicht.«
»Ich habe es keinen Augenblick vergessen. Wenn du so wärst, hätte ich mir deinen Unsinn nicht so lange angehört.«
»Sie hätten mir wohl befohlen, mich Ihnen zu unterwerfen, oder? Und da Sie solch ein Mann sind und ich nur ein

untergeordnetes, armes Wesen, hätte ich nicht gewagt, mich Ihnen zu widersetzen.«

»Du zitterst ja, Arabella? Wenn ich dich so im Arm halte, spüre ich, wie du bebst.«

»Vor Wut!«

»Du wärst eine leidenschaftliche Frau, wenn du so wärst, wie du wirklich bist.«

»Wie bin ich denn sonst? Und ich weiß nur das eine: Wir werden jetzt jeder in sein Zimmer gehen.«

»Was für eine unnütze Zeitverschwendung! Hör mir zu, Arabella, ich will dich haben. Ich liebe dich. Ich werde dich heiraten und dir zeigen, daß es für uns beide das Beste auf der Welt ist.«

»Ich sage jetzt besser gute Nacht«.

Ich stand und ging zur Tür, aber er war vor mir dort und versperrte mir den Weg. Ich zuckte mit den Achseln und bemühte mich, die in mir aufsteigende Erregung zu dämpfen. Er ist zu allem fähig, dachte ich bei mir, und mich schauderte. Doch wenn ich ehrlich war, mußte ich zugeben, daß es ein gar nicht so unangenehmer Schauder war.

»Ich bestehe darauf, mit dir zu reden. Ich habe selten eine günstige Gelegenheit dazu.«

»Glauben Sie mir, Carleton, es gibt nichts mehr zu sagen. Und jetzt lassen Sie mich bitte durch.«

Er schüttelte langsam den Kopf. »Ich verlange, daß du mich anhörst.«

Mit einem müden Achselzucken ging ich zum Tisch und setzte mich wieder hin.

»Also?«

»Ich bin dir nicht so gleichgültig, wie du tust. Wenn ich dich in den Armen halte, fühle ich das. Du kämpfst gegen deine Impulse an . . . die ganze Zeit tust du das schon. Du willst dir etwas vormachen. Du tust so, als gebe es für dich keine Liebe mehr . . . Du behauptest als Ausrede, die ganze Zeit nur an deinen toten Mann zu denken . . .«

»Das ist keine Ausrede«, sagte ich.

»Gib mir die Chance, es zu beweisen.«

»*Sie* wollen mir beweisen, was ich denke! Das weiß ich auch so.«

»Du vergeudest dein Leben.«

»Das habe schließlich ich selbst zu entscheiden.«

»Wenn es nur um dich ginge, vielleicht. Aber da ist noch jemand.«

»Etwa Sie?« sagte ich und lachte.

»Ja . . . ich.«

»Sie sollten sich mit den Tatsachen abfinden. Sie möchten mich heiraten, das sehe ich. Es wäre sehr praktisch. Sie wollen Besitzer von Eversleigh werden. Sie waren sicher, es würde Ihnen eines Tages gehören. Doch dann wurde Edwin geboren, und er stand Ihnen im Weg. Er starb, aber er hatte einen Sohn, und jetzt steht dieser zwischen Ihnen und der Erfüllung Ihrer Wünsche. Und da ist sogar noch einer, der in der Erbfolge vor Ihnen rangiert: Toby. Auch wenn es meinen Sohn nicht gäbe, wäre er noch vor Ihnen. Aber Sie wollen das Kommando führen. Wenn ich jemand anderen heirate, würde er Edwins Stiefvater sein. Er würde Edwin erziehen, er würde ihm beibringen, was er zu lernen hat. Und das gefällt Ihnen nicht, denn Sie könnten Ihren Einfluß verlieren. Und so wollen sie mich jetzt heiraten. Ist das nicht die Wahrheit?«

»Nicht die ganze Wahrheit«, sagte er. »Ich sehe, im Gegensatz zu dir, den Tatsachen ins Gesicht.«

»Tue ich das etwa nicht?«

»Nein, ganz und gar nicht. Du willst mich heiraten, redest dir aber ein, es nicht zu wollen. Vielleicht erkennst du selbst nicht, daß du es willst. Du hast dich in ein Lügengespinst verstrickt.«

»Sie reden Unsinn. Sie wissen offenbar nicht, daß ich damals den einzigen Mann heiratete, den ich lieben konnte. Er war edel, ein Mann von Ehre . . . er starb für die Sache, an die er glaubte. Glauben Sie etwa, ein anderer könnte seinen Platz in meinem Herzen einnehmen?«

Carleton brach in Lachen aus. Seine Augen flammten plötzlich vor Zorn. »Willst du mir weismachen, daß du keine Ahnung von der Wahrheit hast?«

»Der Wahrheit? Was für einer Wahrheit?«
»Über deinen geheiligten Gatten!«
»Ich hasse es, seinen Namen aus Ihrem Munde zu hören. Sie sind es nicht wert . . .«
»Ich weiß . . . ihm die Schuhbänder zu lösen, nehme ich an. Edwin war vielleicht nicht schlechter als wir alle . . . aber auch nicht besser.«
»Hören Sie auf, sage ich, hören sie auf!«
Er packte meine Schultern und schüttelte mich.
»Es ist Zeit, daß du die Wahrheit erfährst. Es ist Zeit, daß du endlich aufhörst, in einer Traumwelt zu leben. Edwin heiratete dich aus demselben Grund, den du jetzt mir unterstellst. Seine Eltern wollten es . . . und deine Eltern auch. Er hätte lieber . . . aber das weißt du doch sicher?«
Wut und Entsetzen überkamen mich. Ich traute meinen Ohren nicht.
»Ich habe es satt, weiterhin den Mund zu halten!« fuhr Carleton fort. Er sprach schnell und pointiert. »Ich habe es satt, das ganze Theater weiter mitzumachen. Edwin besaß großen Charme, nicht wahr? Alle hatten ihn gern. Er versuchte, es jedem recht zu machen . . . er war genau der Mann, der allen gefiel. Er verstand es, sich bei allen lieb Kind zu machen. Du wolltest den jungen, romantischen Liebhaber, und er hat diese Rolle offensichtlich bis zur Perfektion gespielt. Er hat dir Vertrauen eingeflößt.«
»Was wollen Sie damit sagen? Wen . . . wer wäre ihm lieber gewesen?«
»Selbstverständlich deine geliebte Freundin. Harriet Main! Bist du denn völlig blind gewesen? Sie hoffte, er würde sie heiraten, aber das wäre zu viel verlangt gewesen. Seine Eltern hätten Einwände erhoben. Edwin stieß nie jemanden vor den Kopf, wenn er es vermeiden konnte. Außerdem wußte er sofort, daß du der geeignete Ehepartner warst. Aber das setzte dem Verhältnis der beiden kein Ende, das kann ich dir versichern.«
»Harriet . . . und Edwin?«
»Lag denn das nicht auf der Hand? Wo, meinst du wohl, war er in jenen Nächten, in denen du allein in dem großen

Bett lagst? Draußen, um seinen Geheimauftrag zu erfüllen? O ja, geheim war es allerdings. Er war bei ihr. Er schlief mit ihr. Er vergaß sein liebendes, vertrauensseliges Eheweib. Warum, glaubst du wohl, hat sie dich nach England gebracht? Weil sie in seiner Nähe sein wollte. Deshalb. Sie ging hinaus, um ihre Kräuter zu sammeln! Er erfüllte seine geheime Mission! Merkwürdig, daß sie dabei gemeinsam in die alte Laube geraten sind. Dort verbrachten sie einen großen Teil ihrer Zeit. Einen zu großen. Und weißt du, wer ihn erschossen hat? Ich würde dich zu dem Mann führen, der ihn erschoß, aber er ist tot. Es war der alte Jethro, der Einsiedler und Puritaner. Er erschoß seinen Hund, weil dieser eine Hündin deckte. Und was er mit einem Hund machte, war er bereit, auch mit einem Mann und einer Frau zu tun . . . falls sich solche Dinge außerhalb des Ehebetts abspielten. In einer Laube, zum Beispiel.«

»Ich . . . ich kann es nicht glauben.«

»Du weißt, daß es stimmt. Komm, Arabella, sei eine vernünftige, junge Frau. Du weißt doch, wie die Welt ist.«

»Ich traue Edwin so etwas nicht zu.«

»Soll ich es dir beweisen?«

»Das können Sie nicht! Der Mann, der ihn umgebracht hat, lebt nicht mehr, wie Sie selbst sagen . . . das klingt sehr schön. Sein Tod muß Ihnen sehr gelegen gekommen sein.«

»Er starb, kurz nachdem er Edwin getötet hatte. Er hat mir selbst erzählt, daß er die beiden beobachtet habe, als sie sich trafen. Er hatte sich an einer Stelle versteckt, von der aus er sie sehen konnte. Dann holte er das Gewehr und schoß.«

Ich vergrub mein Gesicht in den Händen und versuchte vergebens, mich von den Bildern zu befreien, die sich mir aufdrängten.

Ich konnte nur immer wiederholen: »Ich glaube es nicht. Ich werde es nie glauben.«

»Ich kann es dir beweisen.«

»Wenn es wahr ist, warum haben Sie dann so lange geschwiegen?«

»Aus Rücksicht auf dich. Ich dachte, du würdst allmählich selbst dahinterkommen. Aber nachdem du mir Edwin immer wieder als Beispiel für einen braven Ehemann vorhieltst . . . war es mehr, als ich ertragen konnte. Ich bin kein Heiliger, ich habe sicher mehr Liebesabenteuer erlebt, als Edwin . . . aber ich könnte nie so hinterhältig sein, wie er es gewesen ist. Ich hätte dich nie so unverfroren anlügen können, auch hätte ich bestimmt nicht die Mätresse mit meiner Ehefrau nach England mitgenommen . . . es sei denn, beide wären einverstanden gewesen.«

»Harriet . . . und Edwin«, murmelte ich. »Es ist einfach nicht wahr.«

»Ich will dir etwas zeigen«, sagte er.

»Was?« fragte ich.

»Ich fand es bei seiner Leiche. Harriet kam in völlig aufgelöstem Zustand ins Haus. Sie war unversehrt, obwohl der Täter meines Erachtens die Absicht gehabt hatte, beide zu töten und liegen zu lassen . . . als abschreckendes Beispiel für andere Sünder. Das wäre typisch für Jethro gewesen. Aber sie entkam und erzählte mir, was geschehen war. Daraufhin ließ ich ihn dann ins Haus tragen. Ich hielt es damals für besser, dich in dem Glauben zu lassen, er sei wegen seines Auftrags getötet worden, und dich mit Harriet Main so schnell wie möglich außer Landes zu bringen.«

»Ich traue Ihnen nicht.«

»Nein, denn du hast Edwin vertraut. Du hast den falschen Menschen vertraut, wie du siehst.«

»Ich habe nur Ihr Wort . . . und ich glaube Ihnen nicht.«

»Dann werde ich dir den Beweis liefern. Warte hier einen Augenblick.«

Er ging, aber ich konnte nicht warten. Ich folgte ihm hinauf in sein Zimmer. Ich blieb in der offenen Tür stehen und sah zu, wie er die Kerzen anzündete und eine Schublade öffnete.

Er brachte ein Stück Papier zum Vorschein. Dann trat er auf mich zu, legte einen Arm um mich und zog mich sanft ins Zimmer.

Das Papier wies Blutflecke auf. Ich erkannte sofort Harriets Handschrift.

»Ich habe es aufgehoben«, sagte er. »Ich wußte, daß ich es dir eines Tages würde zeigen müssen. Setz dich.«
Ich ließ mich von ihm zu einem Sessel führen. Er hielt den Arm um mich gelegt, während ich las.
Ich will jene Worte nicht wiederholen. Sie waren zu intim und eindeutig. Und sie waren von Harriet geschrieben. Ich kannte ihre Schrift zu gut, um die Echtheit zu bestreiten. Es konnte kein Zweifel mehr an den Freuden bestehen, die sie gemeinsam erlebt hatten, kein Zweifel an ihrem intimen Verhältnis . . . einer Intimität, wie ich sie mir nie erträumt hatte. Sie machte ihm leise Vorwürfe, daß er mich geheiratet hatte. Arme Arabella! So schrieb sie von mir und so werden sie von mir gesprochen haben. Es war offenkundig, daß sie schon ein Verhältnis miteinander hatten, bevor er mich fragte, ob ich ihn heiraten wolle und es auch nachher fortsetzten.
Natürlich. Es war jetzt leicht zu verstehen. Sie war bezaubernd schön. Keine andere konnte sich mit ihr messen. Charles Condey war blind gewesen. Sie hatte ihm nie irgendwelche Gefühle entgegengebracht. Meine Schwiegermutter hatte mehr gesehen, als ich. Deshalb hatte sie auch durchgesetzt, daß ich die Rolle der Julia spielte. Aber wie harmlos sie doch war . . . ebenso harmlos wie ich. Als ob es darauf noch angekommen wäre.
Sie hatten sich also getroffen, wann immer sie konnten. Sie hatten mich betrogen, mir Lügen aufgetischt. ›Leider, mein Liebling, muß ich heute Nacht hinaus . . . wegen dieses Geheimauftrags.‹ Und er ging zu Harriet. Harriet! Ich sah förmlich, wie die beiden lachten. ›Es ist dir also gelungen, sie allein zu lassen? Arme Arabella. Sie ist so leicht hinters Licht zu führen.‹ So war es gewesen . . . von Anfang an. Ich hatte geglaubt, sie habe sich den Fuß verstaucht und sei aus diesem Grunde bei uns geblieben. Ich hatte geglaubt, sie wolle mir helfen, bei Edwin zu bleiben, und dabei hatte sie ihn für sich selbst haben wollen. Ich hatte geglaubt . . .
Leigh, dachte ich. So mußte es sein. Leigh war Edwins Sohn.

Meine Lippen formten den Namen des Knaben. »Leigh . . ., sagte ich.
»Ja. Der Junge sieht ihm ähnlich. Und diese Ähnlichkeit wird noch deutlicher hervortreten, wenn er älter geworden ist.«
»Warum . . .?« begann ich.
Er kniete neben meinem Sessel nieder und küßte meine Hand. Ich ließ es geschehen.
»Weil du es wissen mußtest. Es ist immer besser, wenn man Bescheid weiß. Ich habe es dir in der Hitze des Augenblicks gesagt. Vielleicht hätte ich es nicht tun sollen. Aber es ist besser so, Arabella, glaub mir.«
Ich schwieg und er fuhr fort: »Als du sie in London wiedersahst, fürchtete ich, du würdest sie auffordern, hierher zu kommen. Das darfst du nie tun, Arabella. Du darfst dieser Frau nie wieder vertrauen!«
»Ich dachte, sie sei . . .«
»Ich weiß, du hast sie für deine Freundin gehalten. Sie kann niemandes Freundin sein, kennt nur sich selbst. Vergiß sie jetzt. Du kennst die Wahrheit. Es ist vorbei, Arabella. Es ist schon seit Jahren vorbei. Sieben Jahre sind vergangen. Laß sie beide aus deinem Leben verschwinden.«
Ich sagte nichts. Ich blieb wie benommen sitzen. Ich versuchte, mir Szenen aus der Vergangenheit ins Gedächtnis zu rufen: Ihre Gesichter sahen mich an, lachten mich aus, verspotteten mich. Ich glaubte, es nicht länger ertragen zu können.
Ich wollte weglaufen, und dennoch wollte ich bleiben. Ich konnte jetzt nicht allein sein.
»Es ist für dich ein Schock gewesen. Komm, gib mir den Brief. Ich werde ihn vernichten. Es ist besser, wenn er ein für allemal verschwindet.«
»Nein«, sagte ich, »tu's nicht.«
»Was willst du denn mit ihm anfangen«, fragte er. »Ihn immer wieder lesen? Dich mit ihm quälen?« Er hielt den Brief in die Kerzenflamme. Ich sah, wie sich der Papierrand verfärbte und einrollte, bis er Feuer fing. »So, es gibt ihn nicht mehr. Vergiß jetzt, daß er je geschrieben worden ist.«

Carleton ließ ihn auf den Feuerrost fallen, und ich sah zu, wie er von den Flammen endgültig verzehrt wurde.
Er ging zum Schrank, nahm eine Flasche heraus und goß mir etwas Flüssigkeit in ein Glas.
»Trink das, es wird dich beruhigen«, sagte er. »Du fühlst dich dann wieder besser.«
Er hielt die Arme um mich geschlungen, und ich trank. Es brannte mir wie Feuer in der Kehle.
Er murmelte tröstend: »So, jetzt geht es dir gleich besser. Du mußt dir sagen, daß dies alles schon lange zurückliegt. Es ist jetzt vorbei. Du hast einen prächtigen Sohn . . . Er ist dein ehelicher Sohn Edwin, Erbe von Eversleigh, nicht der Bastard Leigh . . . nicht ihr Kind. Und kümmert sie sich um ihn? Nein! Sie ging auf und davon und überließ es dir, den Jungen großzuziehen. Sagt dir denn das nicht, was für eine Art Frau sie ist?«
Ich war wie benommen und hatte das Gefühl, in der Luft zu schweben. Er hob mich auf und trug mich auf dem Arm, als wäre ich ein Baby. Er setzte sich in den Sessel, hielt mich fest und wiegte mich sanft hin und her. Ein Gefühl der Beruhigung überkam mich.
So saßen wir da, und ich hörte ihn sagen, daß er mich liebe. Daß er nie jemanden so begehrt habe wie mich, daß alles für uns beide wunderschön sein werde. Ich hätte nicht alles verloren, sondern hätte eine Liebe gefunden, die mich für alles entschädigen werde, das ich verloren geglaubt hätte.
Ich spürte, wie er langsam mein Kleid aufknöpfte. Ich fühlte seine Hände auf meiner Haut. Er hob mich auf, küßte mich mit großer Zartheit und legte mich auf sein Bett.
Dann war er bei mir, und ich war immer noch wie benommen, aber irgendwie fühlte ich mich glücklich. Mir war, als hätte ich jene Fesseln gesprengt, die mich lange Zeit zur Gefangenen gemacht hatten. Ich hörte ihn in der Dunkelheit lachen. Seine Stimme kam aus weiter Ferne. Und er nannte mich immer wieder seine Liebe, seine Arabella.

Die Rückkehr des verlorenen Sohnes

Als ich erwachte, war ich tief verwirrt. Ich sah mich in der fremden Umgebung um und die Erinnerung kam zurück: Ich befand mich in seinem Zimmer. Ich setzte mich im Bett auf und sah meine Kleider auf dem Boden liegen. Er war nicht da.

Ich schloß die Augen und unternahm den kindlichen Versuch, alle mit dem Anblick dieses Zimmers verbundenen Erinnerungen aus meinen Gedanken zu verbannen. Letzte Nacht . . . Ich dachte an Carleton, der ein Stück Papier in der Hand gehalten hatte . . . Das Gefühl der Verlassenheit . . . wie könnte ich es beschreiben? Meine Träume, meine Ideale, denen ich sieben Jahre lang gelebt hatte, waren durch einen einzigen Federstrich zerstört worden.

Und danach . . . Ich wußte nicht mehr genau, wie es geschehen war. Er hatte mich getröstet. Er hatte mich aus dem Gefühl verletzter Eitelkeit gerissen. Er hatte mir etwas zu trinken gegeben und es hatte mich gewärmt und gleichzeitig meinen Widerstand eingeschläfert.

Ich war wie Wachs in seinen Händen gewesen – ohne jeden Willen zum Widerstand. Ich hatte mich ihm einfach hingegeben. Wie konnte ich nur! Wie *konnte* ich!

Und doch hatte ich nicht anders handeln können.

Wo war er hingegangen? Wie spät war es?

Ich stieg aus dem Bett und schlüpfte, entsetzt über meine Nacktheit, in mein Kleid. Ich trat ans Fenster. Es regnete noch. Es war wahrscheinlich schon später, als ich annahm, denn es war ein trüber Morgen. Ich dachte an das Hausmädchen, das mir heißes Wasser ins Zimmer bringen und mein Bett unberührt vorfinden würde.

Ich hob meine Sachen vom Fußboden auf und öffnete die Tür. Vorsichtig lugte ich hinaus. Im Haus schien alles ruhig zu sein, und ich lief, so schnell ich konnte, in mein Zimmer.

Zu meiner Erleichterung sah ich an meiner Kaminuhr, daß mir noch fünfzehn Minuten blieben, bis das Mädchen kommen würde. Ich zog mir das Kleid aus und warf es mit den anderen Sachen in einen Schrank. Dann zog ich ein Nachtgewand an und legte mich ins Bett.

Ich wünschte, ich könnte aufhören, immer wieder an das Stück Papier zu denken, das in Carletons Hand zu glühen angefangen hatte. Die Worte hatten sich unauslöschlich in meine Erinnerung eingeprägt. Wie konnten sie mich derart hintergehen! Wie sollte ich jetzt überhaupt noch jemandem Vertrauen entgegenbringen? Aber am meisten beschäftigte mich meine Kapitulation bei Carleton. Er hatte alles in voller Absicht arrangiert. Er war zu mir gekommen, als er wußte, daß ich mich elend und schwach fühlte. Das scheinbar heile Gebäude meiner Ehe war über mir zusammengebrochen, und er war zur Stelle, ergriff die Gelegenheit beim Schopf und tröstete mich. Er benebelte mich mit einem Getränk, um meinen Widerstand erlahmen zu lassen, und erklärte mir, ich müsse einen Menschen haben, an den ich mich hilfesuchend wenden könne, und dieser Jemand sei er. Zufall? Nein. Er hatte sich diesen Plan ausgedacht. Der Gedanke mußte ihm gekommen sein, als die Familienkutsche im Schlamm steckenblieb und er wußte, daß meine Angehörigen über Nacht ausbleiben würden. Er war gerissen, er war hinterhältig – und ich hatte ihm nachgegeben.

Ich versuchte, die Erinnerungen zu verdrängen. Die wilde und brennende Freude, bei ihm zu sein . . . Ekstase hatte es auch mit Edwin gegeben, aber sie war irgendwie anders gewesen . . . Vielleicht deshalb, weil bei Carleton mehr als Liebe und Leidenschaft im Spiele waren, eher eine Mischung aus Liebe und Haß. Ich beging sicher ein Unrecht, aber dennoch . . . dennoch . . .

Ich bekam Angst vor mir selbst. Ich war ihm dankbar, daß er nicht mehr da war, als ich aufwachte und erkannte, wie entscheidend sich mein Leben über Nacht verändert hatte.

Ich mußte an meine Eltern denken – an die Zeit, als mein Vater noch mit meiner Tante Angelet verheiratet war, an die leidenschaftliche Beziehung, die damals zwischen ihm und

meiner Mutter ihren Anfang nahm. Sie hatte so anschaulich von jener Zeit geschrieben, daß ich meine Eltern verstanden hatte, obwohl ich selbst damals derartige Gefühle noch nicht kannte.
Ich war wie meine Mutter. Ich brauchte das, was man die Erfüllung nannte. Während der letzten Jahre seit Edwins Tod hatte ich irgendwie den Kontakt zur Wirklichkeit verloren. Ich sah jetzt ein, wie unausweichlich es war, daß ich früher oder später Carletons Geliebte wurde.
Warum Carleton? Warum hatte ich Geoffreys ehrenvollen Heiratsantrag nicht angenommen? Weil ich instinktiv gewußt hatte, daß Carleton für mich der Richtige war. Seine Männlichkeit löste Empfindungen in mir aus. Daß ich ihn nicht leiden konnte, schien kein Hinderungsgrund zu sein. Rein körperlich waren wir wie füreinander geschaffen. Das hatte ich entdeckt, und er hatte es gleich gewußt. Eine Ehe mit mir kam seinen Plänen entgegen, erfüllte aber gleichzeitig seine sexuellen Wünsche.
Ich war über Nacht erwachsen geworden. Vielleicht sollte ich ihm dafür dankbar sein.
Es klopfte. Das Mädchen kam mit dem heißen Wasser herein.
»Guten Morgen, Mistress«, sagte sie, und zog die Vorhänge zurück.
Ich erwartete, daß sie irgendwie auf die Veränderung, die mit mir vor sich gegangen war, reagieren würde. Mußte man mir das Erlebnis der letzten Nacht nicht anmerken? Doch sie stellte nur den Wasserkrug hin und übergab mir einen Brief.
»Mister Carleton ist am frühen Morgen weggeritten, Mistress. Er hat diesen Brief für Sie hinterlassen.«
Am liebsten hätte ich den Umschlag gleich aufgerissen, scheute mich aber, übereifrig zu erscheinen.
Ich gähnte – überzeugend, wie ich hoffte.
»Kein sehr schöner Morgen«, sagte ich.
»Es regnet noch immer, Mistress. Ich glaube, es hat die ganze Nacht geregnet.«
Ja, dachte ich, der Regen schlug gegen die Fenster . . . ich lag dort bei ihm . . . ich wollte mich ihm nicht entziehen . . . ich vergaß alles, ich wollte nur in seiner Nähe sein.

»Wir wollen hoffen, daß Milord und Milady und die anderen den Wagen wieder flottmachen können.«
»Das können sie bestimmt.«
Sie ging hinaus, und ich öffnete den Brief.
Er war kurz. »Ich mußte in Angelegenheiten des Hofes fort und komme im Laufe des Tages zurück. C.«
Keine Andeutung, daß irgend etwas Ungewöhnliches geschehen sei. Ich spürte plötzlich ein Gefühl der Enttäuschung. Wie konnte er einfach so wegreiten – nach allem, was passiert war? Wollte er damit sagen, daß es nichts Besonderes war? Das es das Natürlichste von der Welt war, daß er und ich ein Verhältnis begonnen hatten? Lachte er jetzt über mich?
Ich war wütend auf ihn und auf mich selbst. Wie konnte ich nur so schwach und so dumm gewesen sein!
Es war ein momentaner Impuls gewesen, sagte ich mir. Ich hatte einen Schock erlitten, und er war da. Er hatte meinen Widerstand mit einem starken Getränk eingeschläfert. Was hatte er mir eigentlich eingeschenkt? Es hatte wie der Liebestrank einer Hexe gewirkt. Vielleicht war es das auch. Ich konnte mir zwar kaum vorstellen, daß er mit Hexen Umgang hatte, aber ich traute ihm alles zu.
Ich wusch mich und zog mich an. Ich war dankar, daß ich Carleton jetzt noch nicht begegnen mußte.
Da ich sehr blaß war, suchte ich nach dem Rouge, das Harriet mir geschenkt hatte, und rieb es mir in die Wangen. So sah ich etwas besser aus. Ich mußte daran denken, wie sehr ich Harriet geliebt hatte. Sie war wie eine Schwester zu mir, und ich war wirklich tief betrübt gewesen, als sie mich verlassen hatte. Wenn ich gewußt hätte . . .
Wie naiv ich doch gewesen war!
Der Tag verlief eintönig. Nichts geschah. Ich stand am Fenster und sah den Regentropfen zu. Die letzten Blätter fielen zu Boden, und auf dem Gras lag ein feuchter, bräunlicher Schimmer.
Warum kam er nicht zurück! Es sah ihm ähnlich, wegzureiten. Ich glaubte nicht, daß er in geschäftlichen Dingen unterwegs war. Wo war er? Bei einer anderen Frau? Wut

ergriff von mir Besitz. Ich haßte sie ... und ihn. Ich konnte nie wieder einem Menschen vertrauen. Ach, Edwin ... Harriet ... wie konntet ihr nur? Ob ich wohl jemals wieder Leigh ansehen konnte?

Früh am Nachmittag traf ein reitender Bote ein. Ich lief hinunter, denn ich war überzeugt, daß er von Carleton kam.

Ich hatte mich geirrt. Er kam von meiner Schwiegermutter. Sie hatten doch größere Schwierigkeiten mit dem Wagen, als es gestern geschienen hatte. Eine Speiche war beschädigt worden und mußte repariert werden. Dies bedeutete, daß sie noch einmal übernachten mußten, doch sie würden am folgenden Morgen bestimmt wieder zurück sien.

Der Abend kam, und Carleton war noch nicht zurückgekehrt.

Ich ärgerte mich über ihn. Er hatte bei mir Erfolg gehabt, wie er es vorausgesagt hatte. War es das, was er wollte?

Ich aß allein – oder tat wenigstens so. Wie ganz anders war es als am Abend zuvor. Ich sehnte mich danach, sein dunkles, kluges, unverschämtes Gesicht zu sehen. Ich wollte seine spöttische Stimme hören. Ich wollte auf ihn eingehen.

Ich ging früh zu Bett, aber ich konnte nicht einschlafen, denn meine Gedanken kreisten immer wieder um die Ereignisse der letzten Nacht.

Es muß fast Mitternacht gewesen sein, als meine Tür aufging und er vor mir stand. Er trug ein loses Nachtgewand. Ich spürte, wie mich Verwirrung und Erstaunen überkamen, als er mich ansah.

»Ich wußte nicht, daß du schon da bist«, stammelte ich.

»Glaubst du denn, ich könnte fortbleiben? Ich hatte viel zu erledigen, war aber entschlossen, dich nicht allein zu lassen.« Er blies die Kerze aus, die er in der Hand trug. »Die brauchen wir jetzt nicht mehr«.

Ich machte Anstalten, aufzustehen, aber er war sofort neben mir und drückte mich in die Kissen zurück.

»Es gibt so vieles zu sagen.«

»Wir haben noch den Rest unseres Lebens vor uns, um alles

zu sagen, Arabella. Ich habe den ganzen Tag an dich gedacht. Endlich. Endlich . . . mein Herzenswunsch . . .«
Ich hörte mich lachen. »Dich so reden zu hören . . . es sieht dir gar nicht ähnlich. Sentimental . . .«
»Ich kann sentimental sein, romantisch . . . töricht . . . bei einer einzigen Frau auf der ganzen Welt. Du bist diese Frau, Arabella. Jetzt weißt du es endlich.«
»Du solltest nicht hier sein«, sagte ich.
»Es gibt keinen anderen Ort, wo ich sein sollte.«
Auch ohne die Hilfe eines starken Getränks oder Liebestränkleins gab ich mich in dieser Nacht willfährig . . . nein, das stimmt nicht: Ich erwiderte sein Verlangen, und ich wußte, daß ich mich am nächsten Morgen selbst verabscheuen würde, weil ich meiner Sinnlichkeit so ungehemmt nachgegeben hatte.

Als ich aufwachte, war ich allein in meinem Bett und wieder wunderte ich mich über mein Verhalten in der vergangenen Nacht. Mir schien, daß ich zwei verschiedene Naturen besaß – eine für den Tag und eine zweite für die Nacht. Carleton beherrschte meine Gedanken so, daß ich sogar vergaß, über Edwins Untreue nachzugrübeln. Wie sollte es weitergehen? Es gab offensichtlich nur eine einzige Lösung: Heirat.
Als ich zum Frühstück hinunterkam, war Carleton schon da.
Er lächelte mir zu. »Guten Morgen, meine liebe Arabella.«
Eines der Hausmädchen machte sich noch im Frühstückszimmer zu schaffen. Er zog die Augenbrauen in die Höhe und fuhr fort: »Ich nehme an, du hast gut geschlafen?«
»Ja, vielen Dank«, erwiderte ich.
»Endlich hat der Regen aufgehört«, fügte er hinzu. »Laß uns nach dem Frühstück einen Bummel durch den Garten machen, hast du Lust?«
»Ja, sehr«, antwortete ich.
Als wir uns etwas vom Haus entfernt hatten, sagte er: »Arabella, die Frage lautet jetzt nicht, ob, sondern wann du mich heiraten willst.«

»Ich . . . ich bin mir über eine Heirat noch nicht im klaren.«
»Was! Du willst doch sicherlich nicht meine Geliebte bleiben, oder?«
Ich war wütend auf ihn, denn er besaß die Macht, mich wütend zu machen. An die Stelle des leidenschaftlichen Liebhabers, der mir zuliebe sentimental und romantisch sein konnte, war der Zyniker getreten, der geistreiche Höfling, der Mann, mit dem ich mich immer herumschlagen wollte.
»Laß uns vergessen, was gewesen ist.«
»Ich soll die wundervollsten Nächte meines Lebens vergessen? Ach, komm, Arabella, das ist wirklich zu viel verlangt.«
»Du verspottest mich, wie du es immer tust.«
»Nein, es ist mir ernst. Wenn mein Onkel zurückkommt, werde ich ihn mit dieser frohen Botschaft überraschen. Er wird entzückt sein. Ich weiß, er ist seit langem der Meinung, daß eine Eheschließung zwischen uns beiden für Eversleigh die ideale Lösung wäre.«
»Ich habe es satt, in diesem Spiel um Eversleigh als Schachfigur hin und her geschoben zu werden.«
»Aber du bist nicht ein Bauer, mein Liebling. Ich habe dir doch schon einmal gesagt, daß du die Königin bist.«
»Aber eine Figur . . . die man nach Belieben einsetzt. Ich bin mir keineswegs sicher, ob ich dich heiraten will.«
»Arabella, du schockierst mich. Ich werde nie . . . nie vergessen . . .«
»Du hast mich überlistet. Erst hast du mir einen schweren Schlag versetzt . . . und mir dann etwas zu trinken gegeben. Was war das?«
Er lachte mich an und zog wieder die Augenbrauen in die Höhe.
»Mein Geheimnis«, sagte er.
Ich wandte mich ab. »Ich bin noch unentschlossen«, gab ich zurück.
»Es besteht also noch Hoffnung.«
»Nach allem, was geschehen ist . . .«
»Und es wird wieder geschehen.«

»Ich will es aber nicht.«
»Ach, Arabella, du machst dir immer noch etwas vor! Gestern abend gab es keinen Zaubertrank und trotzdem . . .«
»O du . . . du . . .«
Er nahm meine Hand und küßte sie. »Heute abend, wenn sie zurückkommen, werden wir es ihnen sagen.«
»Nein«, sagte ich.
»Du denkst doch nicht etwa ausgerechnet jetzt an meinen Nebenbuhler Geoffrey, oder?«
Er irrte sich, aber ich konnte der Versuchung nicht widerstehen, ihn in diesem Glauben zu lassen.
»Dann«, meinte er, »dann wird es Ärger geben. Glaub ja nicht, daß das, was zwischen uns geschehen ist, nur ein Ausnahmefall war. Es wird immer wieder geschehen. Wir ziehen uns gegenseitig an, wie die Sonne und der Mond . . .«
»Und du bist in dieser Partnerschaft vermutlich die Sonne?«
»Was spielt das schon für eine Rolle? Ich spreche von der Anziehungskraft. Daß wir ein Liebespaar bleiben, ist unvermeidlich. Ich habe es von vornherein gewußt. Ich habe dich begehrt. Ich wollte dich schon zu der Laube führen und dir zeigen, wie dein Mann gestorben ist: beim Ehebruch auf frischer Tat ertappt.«
»Hör auf!«
»Es tut mir leid, aber du bringst meine schlechtesten Eigenschaften zutage . . . und die besten, denn du bist die hinreißendste Frau auf dieser Welt . . . ich bete dich an.«
Ich wurde weich, wie immer, wenn er von seiner Zuneigung sprach. Am liebsten hätte ich gesagt: ›Ja, ich will dich heiraten. Nach allem, was geschehen ist, muß ich dich heiraten.‹ Auf der anderen Seite wäre es für alle lediglich eine bequeme Lösung, und nachdem ich von Edwin so grausam betrogen worden war – wie konnte ich sicher sein, daß mich Carleton nicht auf die gleiche Weise hinterging?
»Ich brauche Zeit«, sagte ich. »Zeit zum Nachdenken.«
»Du brauchst noch Zeit?«
»Ja, allerdings, und ich werde sie mir nehmen.«

Ich drehte mich um und ging ins Haus zurück.
Am Nachmittag kehrte die Reisegesellschaft im Wagen zurück. Alle waren voll von dem, was sie erlebt hatten, und konnten von nichts anderem reden. Ich hörte ihnen, muß ich gestehen, nur mit geteilter Aufmerksamkeit zu, denn ich führte mir immer wieder in ungläubigem Staunen vor Augen, was sich seit ihrer Abreise alles zugetragen hatte.
Charlotte kam am späten Nachmittag in mein Zimmer und sagte: »Irgend etwas muß passiert sein, du siehst anders aus.«
»Wirklich?« Ich versuchte, die Überraschte zu spielen. Ich sah mich im Zimmer um: Da stand das Bett, das ich letzte Nacht mit Carleton geteilt hatte. Gab es etwas, das mich verraten könnte?
»In welcher Beziehung?« fragte ich.
Sie schüttelte den Kopf. »Ich weiß nicht . . . aber du scheinst . . . irgendwie erregt und gleichzeitig . . .«
»Ja?« Ich wollte Zeit gewinnen und war gespannt, was ihr aufgefallen sein konnte.
»Ich weiß nicht. Ich kann nur sagen . . . du bist auf einmal anders.«
»Ich habe mir große Sorgen gemacht, als ihr am selben Tag nicht zurückkamt. Es war schon spät, als ich erfuhr, was passiert war.«
»Ja, Carleton sagte, du würdest dich sicher beunruhigen, deshalb wollte er zurückreiten, um dir Bescheid zu sagen.«
»Es war eine große Beruhigung für mich«, sagte ich. »Und jetzt sind wir ja bald wieder in Eversleigh. Ich muß gestehen, daß ich Sehnsucht nach den Jungen habe.«
Charlotte meinte darauf, es gehe ihr genauso. Sie sprach zwar nicht mehr von der Veränderung, die angeblich in mir vorgegangen sei, aber ich merkte, daß sie mich im weiteren Verlauf des Tages aufmerksam beobachtete.
Es war kurz vor dem Abendessen, als der Bote eintraf. An seiner Livree war zu erkennen, daß er vom König kam.
Während der Grabungsarbeiten nach dem Brand hatten Arbeiter römische Mauern und Mosaikböden unterhalb der Straßen freigelegt, und der König war an diesen Funden

außerordentlich interessiert. Er wußte, daß Carleton einige Kenntnisse auf diesem Gebiet besaß, und wünschte ihn unverzüglich bei Hof zu sehen. Er wollte mit ihm sprechen und am nächsten Tag gemeinsam mit ihm den Fundstätten einen Besuch abstatten.

Carleton hatte natürlich keine andere Wahl, als sofort abzureisen.

Wir kehrten nach Eversleigh zurück. Wir waren viel länger als ursprünglich beabsichtigt ausgeblieben, und die Kinder waren entzückt, uns wiederzusehen. Ich mußte ihnen von dem großen Feuer erzählen, und sie lauschten mir gebannt, als ich ihnen schilderte, wie die Häuser einstürzten, Dächer in hellen Flammen standen und geschmolzenes Blei durch die Straßen rann.

»Werden wir auch hier ein großes Feuer haben?« fragte Leigh sehnsüchtig.

»Gott behüte uns davor«, antwortete ich.

Es tat mir nicht leid, daß Carleton abberufen worden war. Ich wollte über die Zukunft nachdenken, und das fiel mir leichter, wenn er nicht in der Nähe war.

Ich fragte mich, wie wohl mein Sohn den Wandel in unserer Beziehung empfinden würde. Er hatte nichts gegen Carleton, aber er hatte ihn natürlich nicht so gern wie Geoffrey. Kam dies daher, daß sich Geoffrey eine Freude daraus machte, die Wünsche der Kinder zu erfüllen? Beide Knaben liebten auch Onkel Toby, der sie mühelos für sich eingenommen hatte.

Ich konnte Edwin nicht direkt fragen, was er von Carleton hielt. Ich wollte überhaupt nicht von Carleton sprechen, im Gegenteil, ich wollte ihn aus meinen Gedanken verbannen. Ich war noch immer leicht bestürzt über meine Kapitulation, und irgendwie – und sicher nicht ganz fair – gab ich Carleton die Schuld daran.

Ich machte es mir zur Gewohnheit, zu der Laube zu gehen, in der man Edwins Leichnam gefunden hatte. Es war ein düsterer Ort, der durch Buschwerk vom Haus abgeschirmt war. Und da hier ein Mord verübt worden war, ging niemand gern hin. Besonders nach Einbruch der Dunkelheit wurde der Ort allgemein gemieden. Die Laube selbst war ein Holzhäuschen, das früher einmal ein sehr hübscher, abgeschiedener Zufluchtsort gewesen sein mußte. Das Fenster, durch das der Schuß gedrungen war, hatte man mit Brettern verschlagen. Niemand war bis jetzt auf den Gedanken gekommen, es zu reparieren. Ich schaute hinein und sah eine Bank, einen Holzstuhl und einen kleinen Tisch mit Eisenbeinen. Ich zwang mich, einzutreten, und stand in der Tür, während ich mir die beiden hier vorstellte. Ein guter Ort für ein Stelldichein. Ich sah den Schlüssel, der neben der Tür an einem Nagel hing. Sie konnten sich also einschließen. Sie hatten vergessen, daß man von draußen hereinschauen konnte. Der alte Jethro . . . der Racheengel! Warum kam ich überhaupt hierher, fragte ich mich, nur um alte Wunden wieder aufzureißen? Ich stellte mir den selbstgerechten Jethro vor, wie er das Beisammensein der Liebenden durch das Fenster beobachtet. Ich hätte gern gewußt, ob er sein Vergnügen daran gehabt hatte, und es hätte mich nicht überrascht, wenn es so gewesen wäre. Und dann nahm er das Gewehr und tötete Edwin, den er auf frischer Tat ertappte. Als guter Christ hätte er es tun sollen, denn nach Jethros Überzeugung würde Edwin sowieso der ewigen Verdammnis, ohne Hoffnung auf Vergebung seiner Sünden, anheimfallen. Ob Jethro nicht ein noch viel größeres Verbrechen begangen hatte?

Ich saß oft in der Küche und redete mit Ellen.

»Hast du den alten Jethro gekannt?« fragte ich.

»Ja, gewiß, Mistress. Alle hier kannten den alten Jethro. Einge hielten ihn für geistesgestört. Seine Religion hat ihm den Verstand genommen. Er schlug sich mit Peitschen, um sich zu kasteien. Er dachte, er käme dadurch dem Himmel näher.«

»Was haben die Leute hier von ihm gehalten?«

»Vor der Rückkehr des Königs hielten sie ihn für einen rechtschaffenen Mann. Er trat immer für das Parlament ein, aber ich glaube, daß die Abgeordneten nicht streng genug für ihn waren. Er hat einmal seinen Hund umgebracht, weil sich dieser mit einer Hündin eingelassen hat.«

»Das habe ich gehört.«
»Er war gegen alle Mädchen, die schon vor der Heirat etwas mit Männern hatten. Er war dann immer in der Kirche, wenn sie Buße tun mußten. Er wollte, daß sie geschlagen und die unehelichen Kinder bei der Geburt getötet wurden.«
Ich mußte behutsam vorgehen, denn Jasper war überzeugter Puritaner geblieben, und ich konnte nicht vergessen, daß er in einem hübschen Kopf ein Werkzeug des Teufels gesehen hatte.
»Man sagt, der junge Jethro sei ebenso böse wie sein Vater, fuhr Ellen fort, »und werde ihm mit jedem Tag ähnlicher.«
»Der junge Jethro?«
»Oh, so jung ist er gar nicht mehr. Er muß inzwischen fast vierzig sein.
»Er hatte also einen Sohn.«
»Der alte Jethro war einmal verheiratet. Er war in der alten Zeit ein ganz schöner Schürzenjäger, wie ich gehört habe. Dann sah er plötzlich das Licht. So hat er jedenfalls gesagt. Gott erschien ihm in einer Vision und sprach: ›Jethro, was du tust, ist Sünde. Geh hinaus und verkünde mein Wort.‹ So wurde er bekehrt. Als ihn seine Frau verließ, war der junge Jethro etwa fünf Jahre alt. Er behielt den Knaben bei sich und erzog ihn in dem neuen Geist und ließ ihn vier Stunden am Tag beten.«
»Der alte Jethro ist also gestorben?«
»Ja, vor einiger Zeit. Einige meinen, er habe sich zu Tode gehungert, und auch die Kasteiungen hätten da nichts geholfen.«
»Wo wohnt der junge Jethro? Hier in der Nähe?«
»Ja, nicht weit von hier. Am Rande des Gutes, in einer Art Scheune. Es ist dort sehr primitiv, und der junge Jethro wird genau wie sein Vater. Wenn es hier sündige Menschen gibt, spürt er sie bestimmt auf. Polly, eines unserer Küchenmädchen, hatte Pech. Jethro wußte es, bevor wir eine Ahnung davon hatten . . . fast noch, bevor Polly selbst Bescheid wußte. Er nahm sie mit in seine Scheune und sagte ihr, sie sei verdammt, und der Teufel lache sich halbtot, weil

es ihm gelungen sei, sie sich hörig zu machen. Arme Polly: Sie ging zu ihrer Großmutter und erhängte sich. ›Der Lohn für die Sünde‹, sagte der junge Jethro. Arme Polly, es war nur eine kleine Liebelei in den Stallungen. Wenn sie kein Kind erwartet hätte, wäre sie nicht schlechter als wir alle gewesen.«

»Dieser junge Jethro scheint ein ziemlich unbequemer Bursche zu sein.«

»Wer übermäßig gut sein will, ist oft unbequem, Mistress.«

Ich stimmte ihr zu.

Ein paar Tage darauf, als ich mit den Knaben ausritt, pflockten wir die Pferde an und gingen an den Strand hinunter, wo die Höhle lag, in der ich mit Harriet und Edwin Schutz gesucht hatte, als wir an der englischen Küste gelandet waren. Es bereitete mir ein irgendwie krankhaftes Vergnügen, an solche Orte zurückzukehren und Gedanken an die Vergangnheit heraufzubeschwören.

An dem mit Kieselsteinen bedeckten Strand zogen die Jungen ihre Schuhe aus und plantschten mit bloßen Füßen im Meer herum, während ich dasaß und sie beobachtete.

Es herrschte an diesem Tag ein ziemlich starker Seegang, und jedes Mal, wenn eine Welle hereinkam, kreischten sie vor Vergnügen, rannten mutig einige Schritte vorwärts und sprangen gleich darauf wieder zurück. Dann ließen sie flache Kiesel über die Wasseroberfläche tanzen.

Vor dem Hintergrund des Rauschens der Brandung, des Duftes nach Seetang und dem fröhlichen Lachen der Kinder hing ich meinen Gedanken nach. Ich erinnerte mich an die Landung des kleinen Bootes und versuchte mir vorzustellen, wie Edwin und Harriet verstohlene Blicke tauschten, was sie gesagt und wie sie es gesagt hatten. Ich hätte die Wahrheit erkennen müssen, aber ich war blind gewesen.

Plötzlich hörte ich knirschende Schritte auf dem Strand und sah einen Mann, der auf uns zukam. Er trug einen Korb, in dem er Treibholz und wahrscheinlich auch anderes Zeug am Strand gesammelt hatte.

»Voller Sünde«, murmelte er vor sich hin. »Sie sollten ausgepeitscht werden.«

Ich wußte instinktiv, daß ich dem jungen Jethro gegenüberstand, dessen Vater meinen Mann ermordet hatte.
Ich konnte ihn nicht einfach vorbeigehen lassen. »Voller Sünde?« rief ich aus. »Wer ist voller Sünde?«
Er blieb stehen und sah mich mit dem durchdringenden Blick des Fanatikers an; die bräunlich-gelben Augenbrauen hingen halb über seine Augen, deren große Pupillen aus dem Weiß der Augäpfel auffallend hervortraten, so daß er den Eindruck eines Mannes machte, der tiefen Abscheu empfand. Er hatte die Lippen zusammengepreßt und nach innen gezogen.
»Sündige Geschöpfe«, sagte er und wies auf die Knaben.
»Ich kann Ihnen versichern, daß sie noch gar nicht wissen, was Sünde ist.«
»Sie stellen sich gegen Gottes Wort, Frau. Wir sind alle in Sünde geboren.«
»Auch Sie?«
»Gott helfe mir, ja.«
»Schön, da Sie selbst der Sünde teilhaftig sind, warum ereifern Sie sich dann über die Sündhaftigkeit anderer Menschen?«
»Lachen, Kreischen . . . zwei Tage vor dem Sabbath!«
Ich ärgerte mich über ihn. Sein Vater hatte Edwin getötet. Ohne seinen Vater wäre Edwin nicht gestorben. Ich hätte Edwins Verrat vielleicht nie entdeckt, aber hätte er auf die Dauer ein solches Doppelleben führen können . . .?
»Unsinn«, sagte ich. »Die Menschen sollen ihr Glück auf dieser Welt finden.«
Er trat einen Schritt zurück, als fürchte er, von solcher Ruchlosigkeit befleckt zu werden.
»Sie sind eine sündige Frau«, sagte er. »Gott läßt Seiner nicht spotten.«
»Ich auch nicht«, gab ich zurück.
Edwin hatte den Mann gesehen. Er glaubte, mich beschützen zu müssen, und kam angerannt.
»Mama, Mama, brauchst du mich?«
Ich war so stolz auf ihn. Er blickte dem Mann unerschrocken ins Gesicht und sagte: »Wagen Sie bloß nicht, meiner Mama wehzutun.«

Ich war aufgestanden und hatte meinem Sohn schützend die Hand auf den Kopf gelegt.
Erinnerungen schienen im jungen Jethro wach zu werden. »Ich habe deinen Vater gekannt«, sagte er.
»Mein Vater war der beste Mann auf der Welt«, sagte Edwin.
»Ananias!« schrie der junge Jethro. »Ananias!«
»Was meint er damit, Mama?« fragte Edwin.
Ich sagte nichts. Dieser Mann, der so viel über meinen Gatten wußte, hatte mich aus der Fassung gebracht.
»Lohn der Sünde . . .«, murmelte der junge Jethro, die Augen auf Edwin gerichtet.
Leigh kam angelaufen. Er war außer Atem. »Ich habe einen Stein ganz weit übers Wasser geworfen. Er ist bis nach Frankreich geflogen.«
»Das geht ja gar nicht«, sagte Edwin.
»Doch, doch! Ich habe es selbst gesehen!«
Der junge Jethro hatte sich wieder auf den Weg gemacht und dabei vor sich hingemurmelt: »Und der Sünde Lohn ist der Tod.«
»Wer ist denn dieser Mann?« fragte Leigh.
Aber Edwin dachte schon wieder an den Kieselstein, der, in großen Sprüngen über die Wasseroberfläche dahintanzend, bis nach Frankreich gelangt war, und war entschlossen, selbst auch einen solchen Stein auf die Reise zu schicken.
»Komm, zeig's mir«, sagte er. »Meiner fliegt noch weiter als deiner.«
Sie rannten ans Wasser zurück, während ich der sich langsam entfernenden Gestalt des jungen Jethro nachsah.

Ich glaube, ich hatte gewußt, daß es so kommen würde, und als ich die Gewißheit hatte, fühlte ich mich erleichtert, weil das Schicksal mir die Entscheidung abgenommen hatte.
Ich wußte, daß jetzt schnelles Handeln geboten war.
Als ich mit Carleton allein war, sagte ich: »Ich bin schwanger.«

Seine Augen leuchteten auf. Er strahlte, und auf seinem Gesicht erschien ein Ausdruck tiefster Befriedigung.

»Meine geliebte Arabella, ich habe es gewußt.« Er nahm mich in die Arme und küßte mich wieder und wieder. Wir befanden uns im Garten, und ich sagte: »Man könnte uns sehen.«

»Und wenn schon! Ein Mann darf seine künftige Ehefrau umarmen. Ach, liebstes Kind, dies ist der glücklichste Augenblick meines Lebens.«

»Du hast es so gewollt. Du wirst Edwins Stiefvater, und Eversleigh gehört dir, wenn auch nicht dem Namen nach.«

»Als ob ich jetzt an Eversleigh dächte.«

»Ich weiß, daß du immer nur daran denkst.«

»Ich denke an alles. Meine Frau trägt bereits unser Kind unter dem Herzen. Das ist herrlich! Ich bin ein ungeduldiger Mann, das wirst du noch merken, mein Liebling. In ganz kurzer Zeit bekomme ich eine Frau und ein Kind dazu.«

»Ich sehe keinen anderen Weg als die Heirat«, sagte ich und versuchte, einen bekümmerten Eindruck zu machen.

»Es gibt auch keinen anderen. Ich gehe jetzt sofort hinein und sage es meinem Onkel. Ich weiß, er wird begeistert sein. Das hat er sich immer gewünscht. Oder sollen wir lieber in aller Stille heiraten? Dann könnten wir die Feierlichkeiten später nachholen. Das würde auch die verfrühte Ankunft unseres Kindes erklären.«

»Ich kann mich nicht erinnern, daß du bisher auf formale Dinge so viel Wert gelegt hättest.«

»Ich habe sie immer gern, wenn sie meinen Bedürfnissen entgegenkommen. Ach, Arabella, heute ist für mich ein Glückstag! Was ich mir so lange gewünscht habe, ist endlich eingetreten. Ja, laß uns in aller Stille heiraten. Ich werde dafür sorgen, daß wir einen Pfarrer bekommen. Dann werden wir es meinem Onkel sagen, und ich bin überzeugt, daß die Familie darauf bestehen wird, die offiziellen Feiern hier abzuhalten.«

»Ich finde, ein solches Versteckspiel hat keinen Sinn.«

»Doch. Denn die Art von Hochzeit, wie sie der Familie

vorschweben wird, verlangt eine gewisse Vorbereitungszeit. Wir müssen an unser Kind denken, und wir wollen doch, daß er in aller Ehrbarkeit auf die Welt kommt?«
»Glaube nur nicht, daß ich verpflichtet bin, dir unbedingt einen Erben zu schenken.«
»Ich will nur Arabella haben und werde für alles dankbar sein, was sie mir zu schenken geruht. Arabella, ich bete dich an.«
»Ich sollte dir wenigstens dankbar dafür sein«, sagte ich, »daß du bereit bist, eine anständige Frau aus mir zu machen.«
»Bleib so, wie du bist.« Er lächelte mich an. »Ich könnte es nicht ertragen, wenn du dich ändern würdest. Ich habe mir immer zwei Frauen gewünscht, deshalb brauche ich meine beiden Arabellas: die Arabella mit der spitzen Zunge bei Tag und die entzückende Arabella, die mich im Dunkel der Nacht liebend erwartet.«
»Es gibt nur eine einzige Arabella, und das weißt du sehr gut. Glaubst du, daß ich dir all deine Wünsche erfüllen kann?«
»Du hast mir bereits den Beweis dafür geliefert.«
Dann ritt er fort und kam erst am nächsten Vormittag wieder. Am Nachmittag trafen wir uns bei den Stallungen. Dann ritten wir einige Kilometer und wurden in einer kleinen Kirche getraut. Zwei seiner Freunde bei Hofe fungierten als Trauzeugen.
»So habe ich mir immer eine Scheinehe vorgestellt«, sagte ich. »Ich nehme an, daß deine Freunde dies gelegentlich praktizieren.«
»Leider tun sie es. Aber unsere Trauung ist echt und bindend. Wir wollen jetzt sofort nach Eversleigh zurückkehren, und dort werde ich meinem Onkel sagen, daß wir geheiratet haben. Ich werde ihm aber nicht sagen, wann die Trauung stattgefunden hat. Und wie ich ihn kenne, wird er auf einer Trauung in der Kirche von Eversleigh vor zahlreichen Zuschauern und einem großen Fest bestehen. Dann wirst du sicher nicht mehr sagen können, es sei wie bei einer Scheintrauung zugegangen.«

Ich befand mich in einer eigenartigen Hochstimmung und hatte den Wunsch, nicht über den Augenblick hinaus denken zu müssen. Ich war zu aufgeregt, um unglücklich zu sein.
An einem Bach legten wir eine kurze Rast ein. Wir pflockten die Pferde an und setzten uns ins Gras.
Carleton nahm meine Hand und sagte: »So ist es also schließlich doch dazu gekommen.«
»Du hast immer gewußt, daß wir heiraten würden, nicht wahr? Was du dir einmal in den Kopf gesetzt hast, das bekommst du dann schließlich auch.«
»Ja, so ist es wohl«, gab er mit ungewohnter Bescheidenheit zu.
Ich betrachtete den Ring, den er mir an den Finger gesteckt hatte. Ich hatte den Ring, den Edwin mir gegeben hatte, abgezogen und in eine Schublade der Kredenz gelegt.
Er nahm meine Hand und küßte den Ring. Dann legte er die Arme um mich und zog mich neben sich aufs Gras.
Ich wurde unruhig und sagte: »Wir sollten uns auf den Weg machen.«
Er aber antwortete, daß wir unsere Trauung feiern müßten. Ich wußte, was er meinte, und versuchte aufzustehen. »Es könnte jemand vorbeikommen«, sagte ich.
»Das ist ein ganz abgelegener Ort. Außerdem will ich dich jetzt. Ist dir die erstaunliche Tatsache eigentlich klargeworden? Wir haben gerade geheiratet!«
Er hielt mich an sich gedrückt und lachte, und die Blätter flatterten auf uns hernieder, als er mich liebte.
Ich wußte, daß er immer seinen Willen durchsetzen würde, wenn ich mich nicht entschieden zur Wehr setzte. Und das wollte ich in Zukunft immer dann tun, wenn mir der Sinn danach stand.
Aber ich wollte ehrlich bleiben. Ich war hingerissen. Ich wußte nicht, ob dies das wahre Glück war. Bei Edwin hatte ich es jedenfalls nicht gefunden.
Erregung, Leidenschaft, Befriedigung – wieviel schöner als romantische Liebe!
Ich werde mich nie wieder verletzen lassen, schwor ich mir.

Carleton behielt Recht: Es herrschte große Freude, als er meinen Schwiegereltern die große Neuigkeit überbrachte.
»Du schlauer Hund«, rief Lord Eversleigh aus und ergriff Carletons Hand. »In aller Heimlichkeit zu heiraten! Uns nichts davon zu sagen!«
Matilda umarmte mich herzlich. »Meine liebste Tochter«, sagte sie, »denn das bist du für mich. Nichts hätte mir eine größere Freude machen können.« Im Flüsterton fuhr sie fort: »Du paßt so gut zu Carleton . . . nach dieser unglückseligen Ehe, die er geführt hat. Dadurch kommt alles wieder ins Lot.«
»Warum habt ihr es geheimgehalten?« fragte Charlotte. Ihre Stimme klang kühl, aber es schwang ein seltsamer Unterton mit.
Carleton war darauf vorbereitet. »Wir sind einer plötzlichen Eingebung gefolgt. Wir wußten, daß ihr, wenn wir ganz offiziell unsere Verlobung bekanntgäben, darauf bestanden hättet, daß wir noch warten, damit alles seine Richtigkeit habe – ich kenne dich doch, Tante Matilda.«
»Ja«, meinte ihr Mann, »das hätte dir ähnlich gesehen, Matilda.«
»Natürlich hätte ich eine wunderschöne Hochzeit ausgerichtet. Aber . . .«
»Jetzt kommt's«, sagte Carleton. »Was habe ich dir gesagt, Arabella?«
Dann meinte Matilda, es wäre natürlich nett, noch eine Feier zu veranstalten. Das ließe sich selbstverständlich machen. »Alle wären so enttäuscht, wenn wir es nicht täten. Wir sind es den Leuten auf dem Gut schuldig . . .«
Carleton sah mich an und lächelte.
»Wir werden es uns überlegen, nicht wahr, Arabella?«
Ich stimmte ihm zu, denn ich konnte sehen, daß Matilde bereits anfing, Pläne zu machen.
Sie meinte, wir sollten eine Zeremonie in der Kirche arrangieren – die Leute hätten für diese heimlichen Trauungen nichts übrig –, und anschließend würden wir im Haus einen Empfang geben. Die Dienerschaft sollte ihre eigene Feier in der Halle haben. Das sei alte Tradition.

»Wir müssen alle wissen lassen, daß es sich um eine Wiederholung handelt«, sagte Carleton.

»Oh . . .«, sagte Matilda, und ein Lächeln zog langsam über ihr Gesicht.

Charlotte suchte eine Gelegenheit, um mit mir zu sprechen. Als ich an ihrem Schlafzimmer vorbeiging, rief sie mich herein, um mir, wie sie sagte, einen Gobelin zu zeigen, an dem sie gerade arbeitete. Es war nur ein Vorwand, wie ich rasch feststellen konnte.

»Ich stelle mir vor, ein anderes Rot wäre jetzt genau das richtige, findest du nicht auch?«

Ich sagte, das würde sicherlich sehr gut aussehen.

»Du bist also schon mit Carleton verheiratet?« fuhr sie fort.

»Ja«.

»Eigentlich merkwürdig. Ich dachte, du könntest ihn nicht leiden. Hast du nur so getan?«

»Natürlich nicht. Es war nur so . . . unsere Art.«

»Ich hatte immer den Eindruck, als läget ihr euch in den Haaren . . . als versuche jeder, den anderen zu übertrumpfen.«

»Ich glaube, damit hast du recht.«

»Aber wie konntest du dann . . .?

»Menschliche Beziehungen sind kompliziert, Charlotte.«

»Das sehe ich. Mit Edwin warst du anders.«

Ich kniff die Lippen zusammen. »Ja«, sagte ich.

»Du hast Edwin sehr geliebt. Es war eine schreckliche Tragödie. Die Menschen leiden immer, wenn sie sich verlieben. Vielleicht wäre es besser, dies nicht zu tun.«

»Das ist immerhin ein Gesichtspunkt.«

»Wollte Carleton andeuten, daß du schon . . .?«

»Ich erwarte ein Kind«, sagte ich.

»Habt ihr deshalb . . .? Verzeih mir, ich hätte das nicht sagen sollen. Es kommt daher, daß es für uns alle eine solche Überraschung war. Du und Carleton . . . Ich habe natürlich gewußt, daß er sich für dich interessiert . . . aber wenn man glaubt, was man so hört, interessiert er sich für viele Frauen.«

»Von jetzt ab«, erklärte ich leichthin, »wird es nur noch mich geben.«
»Glaubst du, daß du einen Mann dazu zwingen kannst?«
»Das muß eine Ehefrau meines Erachtens selbst herausfinden, indem sie es versucht.«
»Du bist attraktiv, Arabella. Das habe ich immer gewußt. Nur als diese Frau erschien . . .«
»Du meinst Harriet«, sagte ich.
»Harriet Main«, wiederholte sie leise. Und ich ahnte, daß sie daran dachte, wie ihr Harriet unbekümmert ihren Charles Condey weggenommen und ihn dann abgewiesen hatte.
»Ich werde in Eversleigh vieles ändern, Charlotte«, sagte ich. »Wir werden Bälle und große Essen veranstalten. Ich finde, das sollten wir tun. Und dann wirst du . . .«
»Ja – «, sagte sie.
»Dann wirst du merken, daß es außer Charles Condey auch noch andere Männer auf der Welt gibt.«
»Oh, das habe ich immer gewußt«, erwiderte sie und lächelte mir zu.
Das werde ich tun, sagte ich mir. Ich werde sie unter die Leute bringen und werde einen Ehemann für sie finden. Sie soll endlich aufhören, über die Vergangenheit nachzugrübeln.
Ich selbst hatte mich von dem, was einmal war, gelöst. Und sie sollte es auch tun.

Ich war von dem Gespenst der Vergangenheit befreit, denn Edwin hatte mich nie wirklich geliebt. Eine bittere Erkenntnis, aber sie erwies sich als hilfreich und ich konnte ihm nicht ewig zürnen. Ich war jetzt die Frau eines anderen.
Und da war Carleton. Was kann ich sagen, außer daß er mich auf den Wogen der Leidenschaft wie ein zerbrechliches Boot dahintrug und mit mir bisher unbekannte Meere durchforschte? Ich fing an, auf das Alleinsein mit ihm zu warten, mich nach ihm zu sehnen, mich ihm völlig auszuliefern.

Ich begriff, was meine Mutter mir erzählt hatte. Ich wußte, wie sie gegen eine solche Leidenschaft angekämpft hatte und verstand sie besser als je zuvor.
Meine Mutter kam mit meinem Vater und den übrigen Familienmitgliedern zur Hochzeitsfeier nach Eversleigh. Lucas konnte nicht mitkommen, weil seine Frau in den nächsten Tagen ein Baby erwartete. Angie stand kurz vor der Verlobung, und Dick sollte bald heiraten.
Meine Eltern waren hocherfreut über das Ereignis. Ich sah es ihnen an, daß ihnen Carleton gefiel. Meine Mutter sagte mir im Vertrauen, sie habe volles Verständnis für meine Wahl und sei überzeugt, daß ich in meiner zweiten Ehe noch glücklicher sein werde, als ich es in der ersten gewesen sei. Mir wurde damals klar, daß sie, obwohl sie Edwin für einen geeigneten Ehemann hielt, den Eindruck gehabt hatte, er sei noch zu jung und lasse den Lebensernst vermissen, den sie sich für den Gatten ihrer geliebten Tochter wünschte.
Carleton unterhielt sich viel mit meinem Vater. Sie besprachen die Lage, in der sich das Land befand – mein Vater vom militärischen, Carleton vom politischen Blickpunkt aus. Sie hatten offenbar Gefallen aneinander gefunden.
Nach ihrer Rückkehr nach Far Flamstead schrieb mir meine Mutter oft, und alle freuten sich auf die Geburt meines Kindes.
Es war eine glückliche Zeit. Onkel Toby war außer sich vor Freude.
»Nichts finde ich schöner, als junge Leute glücklich verheiratet zu sehen. Es geht doch nichts über die Ehe. Sie sollte unser aller Traum sein.« Er wurde rührselig, wenn er zu viel Wein getrunken hatte, und redete dann von allem, was ihm entgangen sei. Und jetzt sei er gezwungen, hübsche Frauen auf der Bühne zu betrachten und sich vorzustellen, welche Erlebnisse er mit ihnen hätte haben können. Wenn er geheiratet hätte, wäre er jetzt Vater von Söhnen und Töchtern. Ach, es sei so traurig. Das Leben sei an ihm vorbeigegangen.
Er fuhr ständig nach London. Carleton meinte, es gebe in

London kein Theaterstück, das er nicht schon gesehen hätte. Er war entweder im *King's Theatre* oder im *Duke of York.* Er war dort ein angesehener Gast und in den Garderoben der Schauspieler allgemein bekannt.
»Armer Onkel Toby« sagte Carleton. »Er versucht, es der Jugend gleichzutun.«
Weihnachten kam und war wieder vorüber, und mit dem Beginn des neuen Jahres wurde ich mir meines Kindes in zunehmendem Maße bewußt. Sally Nullens war begeistert. Nichts bereitete ihr größeres Vergnügen, als die Aussicht, ein Baby im Haus zu haben. »Die Knaben wachsen heran«, sagte sie. »Auf mein Wort, sie sind schon ganz stämmige Burschen geworden. Es ist schön, wieder etwas Kleines zu haben.«
Carleton war ein liebevoller Gatte. Er war voller Freude, und mir wurde bewußt, wie enttäuscht er in all den Jahren seiner Ehe mit Barbary gewesen sein mußte. Ich wußte, daß er an einen Sohn dachte, und ich sagte ihm immer wieder, daß unser Kind geradesogut auch ein Mädchen sein könne. Das spiele wirklich keine Rolle, meinte er. Wir würden zu gegebener Zeit dann auch noch Söhne bekommen.
Es waren wirklich Tage des Glücks. Wir neckten uns dauernd, und in den Nächten trat an die Stelle der Leidenschaft ein Gefühl inniger Zärtlichkeit, denn meine Schwangerschaft schritt voran.
Ich trauerte nicht mehr um Edwin. Ich erkannte, daß ich diesen Kummer künstlich am Leben gehalten hatte. Jemand hat einmal gesagt, daß der Kluge seinen Gram ertränkt und nur der Dumme ihn schwimmen lehrt. Ich hielt diesen Satz für eine zutreffende Sentenz. Ich hatte meinen Kummer genährt, ich hatte über ihn nachgegrübelt. Ich hatte für Edwin in meinem Herzen einen Schrein errichtet – und einen falschen Gott angebetet.
Ich sehnte mich nach der Geburt meines Kindes.

Sie kam am siebten Juli auf die Welt und ich nannte sie Priscilla.
Carleton versuchte den Anschein zu erwecken, daß er über

das Geschlecht des Kindes nicht enttäuscht sei, aber er war es. Für mich war meine Tochter ein vollkommenes Wesen, das ich um nichts auf der Welt gegen ein anderes eingetauscht hätte.
Priscilla. Meine Priscilla. Ich fühlte mich in die Tage zurückversetzt, als ich Edwin zum ersten Mal im Arm gehalten hatte. Wie herzlich ich ihn geliebt hatte, war er doch auch ein Trost für den Verlust seines Vaters. Priscilla liebte ich darum nicht weniger. Ich liebte sie, gerade weil sie ein Mädchen war. Sie würde noch mehr mir gehören. Wenn Carleton enttäuscht war – ich war es jedenfalls nicht.
Mein Denken kreiste um mein Kind. Als ich hörte, daß die holländische Flotte den Medway hinauf bis nach Chatham gesegelt war und Sheerness besetzt hatte, sagte ich zwar, das sei wirklich schrecklich, aber ich dachte nicht viel darüber nach. Die ›Loyal London‹, die ›Great James‹ und die ›Royal Oak‹ wurden vom Feind durch Feuer zerstört, Befestigungen geschleift. Mich schauderte, aber in Gedanken war ich nur bei meinem Kind.
»Wir haben noch nie eine solche Schande erlebt«, sagte Lord Eversleigh, und ich wußte, wie tief meine Eltern von diesen Nachrichten getroffen sein würden.
Aber ich konnte an nichts anderes denken, als daran, daß Priscilla zunahm, daß sie mich schon erkannte und zu greinen aufhörte, wenn ich sie auf den Arm nahm. Sie lächelte mich an, und ich war von ihr entzückt.
Onkel Toby erfand immer neue Gründe, um ins Kinderzimmer zu kommen. Er war von Priscilla hingerissen.
»Du Glückspilz«, sagte er zu Carleton. »Ich würde eine Menge dafür geben, so ein Kind zu haben.« Dann pflegte er mit trauriger Stimme von seiner vergeudeten Jugend zu reden und wie ganz anders sein Leben verlaufen wäre, wenn er eine Familie gegründet hätte.
»Dafür ist es nie zu spät«, sagte Carleton. »Was meinst du, sollen wir eine Frau für ihn suchen, Arabella?«
»Wir werden hier im Haus eine große Gesellschaft geben«, sagte ich, »und dazu so viele unverheiratete Damen wie möglich einladen . . .«

Und ich dachte: »Außerdem jemanden für Charlotte.« Die Arme schien in letzter Zeit sogar noch unglücklicher geworden zu sein. Es hatte fast den Anschein, als litte sie unter meiner Heirat. Vielleicht kam es auch daher, daß sie mich so oft mit den Kindern sah.

Großer Jubel brach aus, als Friede mit den Franzosen, Dänen und Holländern geschlossen wurde, aber Carleton erzählte mir, das Volk werfe dem König insgeheim vor, einen unehrenhaften Friedensvertrag abgeschlossen zu haben.

»Die Flitterwochen Englands mit Karl sind längst vorbei«, sagt er. »Die Leute murren . . . nicht so sehr über ihn, als über seine Mätressen.«

»Das ist irgendwie nicht fair von ihnen.«

»Die Welt, liebe Arabella, ist leider oft nicht fair.«

Ich gab ihm recht, und wir sprachen von Onkel Toby und die Möglichkeit, eine Frau für ihn zu finden.

»Wir müssen uns wirklich Mühe geben«, sagte ich.

Wie sich herausstellen sollte, brauchten wir uns in dieser Hinsicht nicht zu engagieren.

Im September fuhr Onkel Toby zu einem kurzen Besuch nach London, und es wurde ein langer Besuch daraus.

Er schrieb uns nach Eversleigh, wie sehr er das Leben in London genieße. Er gehe fast jeden Tag ins Theater. Er habe Nell Gwynne als Alice Piers in ›The Black Prince‹, als Valeria in John Drydens neuem Trauerspiel ›Tyrannick Love‹ und noch besser in Drydens Komödie ›An Evening's Love‹ als Donna Jacintha gesehen. Er erging sich in lyrischen Worten über Nellys Reize und bestätigte die Gerüchte, der König schenke ihr jetzt ungeteilte Aufmerksamkeit, während die arme Moll Davies nicht mehr im Rennen liege.

»Er genießt offensichtlich das Londoner Leben«, sagte Carleton. »Es wird ihn für alles entschädigen.«

Dann traf plötzlich ein an Lord Eversleigh adressierter Brief ein. Der Brief wurde herumgereicht, und wir lasen ihn immer wieder durch. Carleton lachte unmäßig.

»Ich hätte nie gedacht, daß er so weit gehen würde«, erklärte er.

»Und was geschieht jetzt?« wollte Lord Eversleigh wissen.
»Das Natürliche!« sagte Carleton. »Er wird mit der Dame hierher zurückkehren.«
Tatsache war, daß Onkel Toby geheiratet hatte. Nach seinen Worten war sie die schönste aller Frauen – hübsch, amüsant, genau so, wie er sich seine Ehefrau vorgestellt habe. Er sei der glücklichste Mann auf Erden und wolle seine Familie an diesem Glück teilhaben lassen.
Am Tag nach der Ankunft dieses Briefes würde er wieder bei uns sein, denn er wollte dem reitenden Boten auf den Fersen folgen.
Der ganze Haushalt befand sich in gespannter Erwartung.
Getreu seinem Wort, erschien Onkel Toby mit seiner jungen Frau. Als sie das Tor passierten, standen wir alle da und warteten.
Ich starrte sie ungläubig an. Ich glaubte zu träumen. Das war doch nicht möglich. Aber ich irrte mich nicht: Harriet Main war Onkel Tobys Frau.

Schatten des Todes

Matildas unmittelbare Reaktion zeigte, wie erschrocken sie war. Einige Augenblicke starrte sie Harriet fassungslos an, als diese von Toby vorgestellt wurde. Ich war überzeugt, daß auch Matilda glaubte, sie träume.

»Oh, ich weiß, daß ihr Harriet bereits kennengelernt habt«, erklärte Onkel Toby. »Sie hat mir die ganze Geschichte erzählt – nicht wahr, meine Liebe?«

»Ich sagte, wir sollten keine Geheimnise voreinander haben«, antwortete sie leise.

»Und es war verdammt schwierig, ihr Jawort zu bekommen«, fuhr Onkel Toby fort. »Ich glaubte schon, es würde mir nie gelingen.«

Ich spürte, wie sich meine Lippen zu einem ironischen Lächeln nach oben zogen. Ich hatte keinerlei Zweifel, daß es von vornherein so geplant und ihr Zögern nur gespielt war. Sie senkte die Augen und machte einen gesitteten Eindruck, aber ich wußte ja, was für eine gute Schauspielerin sie war.

»Ach, Arabella«, sagte sie. »Wie freue ich mich, dich wiederzusehen! Ich habe so viel an dich gedacht. Und du bist wieder verheiratet . . . mit Carleton. Der liebe Toby hat es mir erzählt.

»Als ich ihr Eheglück sah, wurde mir klar, was mir entgangen war«, sagte der liebeskranke, alte Mann. Armer Onkel Toby! Er hatte keine Ahnung, was für eine Frau er geheiratet hatte!

Matilda hatte sich wieder gefaßt. Es dauerte nie lange, bis sie sich ihrer Hausfrauenpflichten erinnerte.

»Also, Toby, ich habe euch das Blaue Zimmer herrichten lassen.«

»Ich danke dir, Matilda. Genau das hatte ich gehofft.«

»Soll ich Harriet mit nach oben nehmen?« fragte ich.

Matilda schien erleichtert zu sein. »Das wäre wirklich nett von dir«, sagte Harriet.

Ich spürte ihren Blick auf mir ruhen, als sie mir die Treppe hinauf folgte. Ich stieß die Tür zum Blauen Zimmer auf. Es war, wie alle Räume auf Eversleigh, ein schönes Zimmer und hatte seinen Namen von den Möbelbezügen bekommen. Harriet betrachtete das Himmelbett mit seinen blauen Behängen, die blauen Vorhänge und die blauen Teppiche.

»Sehr hübsch«, sagte sie. Sie setzte sich aufs Bett und schaute zu mir herauf. Sie lächelte. »Das ist wirklich komisch«, sagte sie.

Da ich ihr Lächeln nicht erwiderte, machte sie ein besorgtes Gesicht.

»Ach, Arabella, du bist mir doch nicht mehr böse, oder? Ich mußte Leigh bei dir lassen. Wie hätte ich ihn denn mitnehmen können? Ich wußte, daß du eine richtige Mutter für ihn sein würdest . . . ich hätte das nie geschafft.«

»Ich weiß, wer sein Vater war.«

Sie zog die Augenbrauen zusammen und versuchte, sich nichts anmerken zu lassen.

»Charles . . .«, begann sie.

»Nein«, sagte ich, »nicht Charles Condey. Du hast dich damit begnügt, ihn Charlotte wegzunehmen. Ich weiß, sein Vater war Edwin.«

Sie wurde um einen Hauch blasser. Dann warf sie die Lippen auf. »Er hat es dir natürlich gesagt, dein neuer Ehemann.«

»Ja, er hat es mir erzählt.«

»Das hätte ich mir denken können.«

»Es war ganz richtig, daß ich davon erfuhr, nachdem ich von euch so lange hintergangen worden bin.«

»Ich kann es erklären . . .«

»Nein, das kannst du nicht. Edwin hatte einen Brief von dir bei sich, als er ermordet wurde. Das Papier war zwar blutbefleckt, aber nicht so stark, daß ich nicht hätte lesen können, was du ihm geschrieben hast. Der Brief erklärte alles. Ich weiß von den Zusammenkünften in der Laube und wie ihr dort ertappt wurdet und Edwin von dem fanatischen Puritaner erschossen wurde.«

»Ach ja«, sagte sie gleichgültig, dann zuckte sie mit den Achseln und erinnerte mich wieder an damals, als ich entdeckt hatte, daß ihr Knöchel gar nicht verstaucht war – der erste Betrug, der mir als Warnung hätte dienen sollen.

»So ist das Leben nun einmal!«

»Das deinige – soviel weiß ich jetzt. Ich hoffe nur, daß nicht alle so sind.«

»Jetzt haßt du mich also. Aber warum denn? Du hast doch jetzt wieder einen Mann.« Sie lächelte. »Laß uns die Vergangenheit vergessen, Arabella. Ich habe dich nur sehr ungern getäuscht und war gar nicht glücklich dabei. Aber ich konnte einfach nicht anders, denn ich war wahnsinnig verliebt. Das ist jetzt vorbei.«

»Ja«, sagte ich, »es ist vorbei, und jetzt hast du Onkel Toby gefangen.«

»Gefangen! Er war der Angler. Ich war nur der kleine Fisch.«

»Ein Fisch, der sich nur allzu gern hat fangen lassen. Dessen bin ich sicher.«

»Ich habe mich geändert, Arabella. Ich gebe zu, daß ich mich gern habe fangen lassen.« Sie stand vom Bett auf und trat vor den Spiegel. »Ich bin nicht mehr so jung, Arabella.«

»Nein, allerdings nicht«, sagte ich.

»Du auch nicht«, gab sie scharf zurück. Dann lachte sie. »Ach, Arabella, es ist so schön, wieder bei dir zu sein. Dich habe ich am allermeisten vermißt. Ich freue mich unbändig, hier zu sein. Jetzt kann mich niemand mehr vor die Tür setzen, nicht wahr? Ich bin ein rechtmäßiges Mitglied der Familie. Das Trauzeugnis ist der Beweis. Harriet Eversleigh, von Eversleigh Court. Nur zwei Menschen stehen mir im Weg, Lady Eversleigh zu werden. Lord Eversleigh selbst und dein Sohn Edwin.«

»Da mein Sohn erst sieben Jahre alt ist, halte ich deine diesbezüglichen Chancen für sehr gering.«

»Das sind sie. Aber es ist trotzdem ein schönes Gefühl, ziemlich weit oben zu rangieren. Besonders, wenn man es als Schauspielerin nicht leichtgehabt hat – und ich habe schwere Zeiten durchlebt. So kann ich wenigsten sagen, es ist zwar nicht wahrscheinlich, *aber* ...«

»Hör auf damit!« rief ich verärgert aus. »Du willst wohl damit sagen, daß du, falls Edwin sterben sollte ...«

»Ich habe dich nur necken wollen. Wie konnte denn Toby in die Erbfolge eintreten? Ich habe mich diebisch gefreut, daß er Carleton verdrängt hat.«

»Ich finde, das ist ein sehr unerfreuliches Gespräch.«

»Im Theater nehmen wir kein Blatt vor den Mund.«

»Dann wirst du dich umstellen müssen, wo du jetzt in Eversleigh Court bist.«

»Das werde ich, Arabella. Ich verspreche es dir. Bitte, Arabella, sei mir nicht böse. Laß uns Freundinnen sein, das wünsche ich mir so sehr. Ich habe dich vermißt. Wenn irgend etwas Ungewöhnliches oder Komisches passierte, sagte ich immer zu mir: ›Das muß ich Arabella erzählen.‹ Ich kann es nicht ertragen, daß du so kühl zu mir bist.«

»Wie kannst du unter den gegebenen Umständen etwas anderes erwarten?«

»Du hast dich verändert, Arabella.«

»Wundert dich das angesichts meiner Entdeckungen?«

Sie seufzte. »Vielleicht hast du recht.«

»Ich lasse dich jetzt allein. Wenn du etwas brauchst, zieh an der Klingelschnur. Das Mädchen bringt es dir dann.«

Ich drehte mich um und machte die Tür hinter mir zu. Mein Herz hämmerte. Sicherlich passierte jetzt, da Harriet im Hause war, irgend etwas Dramatisches.

Ich ging in den Salon zurück, wo Matilda am Fenster saß und hinausschaute.

»Ach, Arabella«, sagte sie. »Das gefällt mir gar nicht. Wie hat Toby nur so etwas tun können?«

»Er hat sich in sie verliebt. Sie ist sehr apart.«

»Damit hast du recht. Ich werde nie vergessen, wie sie nach Villiers Tourron kam und die Theateraufführung vorschlug. Es schien mir eine ausgezeichnete Idee zu sein. Aber was ist daraus geworden! Sie hat Charlotte den künftigen Ehemann weggenommen, und das arme Kind ist jetzt völlig fassungslos, daß sie hier ist. Wie konnte uns Toby nur so etwas antun!«

»Ich war es, die sie bei uns eingeführt hat, deshalb trifft mich mehr Schuld als ihn.«

»Und ein Kind in die Welt zu setzen und dann einfach fortzugehen und den Kleinen bei uns zurückzulassen!«

Ich schob meinen Arm unter ihren. Ich war dankbar, daß sie nicht wußte, was sich in Wirklichkeit abgespielt hatte und fragte mich, wie sie wohl reagieren würde, wenn sie erführe, daß Leigh ihr eigener Enkel war.

»Wir müssen uns damit abfinden«, sagte ich. »Ich glaube sogar, daß wir uns allmählich an ihre Anwesenheit gewöhnen werden.«

»Du bist für mich ein großer Trost«, sagte Matilda liebevoll.

Carleton und ich besprachen Harriets Ankunft, als wir abends in unserem Schlafzimmer allein waren.

»Du mußt vor deiner alten Freundin auf der Hut sein, mein Liebling«, sagte er. »Ich bin gespannt, was sie jetzt wieder im Schilde führt.«

»Sie hat wahrscheinlich schlechte Zeiten durchgemacht, deshalb wird sie das sorgenfreie Leben genießen.«

»In der ersten Zeit vielleicht. Aber dann wird sie sicher wieder Unruhe stiften.«

»Vielleicht hat sich diese Neigung bei ihr inzwischen gegeben?«

»Ich wette, daß sie sich nie ändern wird.«

»Wie *konnte* sie bloß herkommen!«

»Sie wußte nicht, daß du inzwischen erfahren hattest, welche Rolle sie bei Edwin gepielt hat.«

»Aber sie wußte, daß es dir bekannt war.«

»Ich bin ihr ziemlich gleichgültig und in ihren Augen auch nur ein Sünder.«

»Ich habe ihr gesagt, daß ich alles weiß. Es ist mir herausgerutscht. Ich konnte nicht anders.«

Er nickte. »Ich hätte von dir auch nichts anderes erwartet. Du kannst aus deinem Herzen keine Mördergrube machen. Meine liebe, ehrliche Arabella.« Er kam zu mir herüber und legte die Arme um mich.

»Wir werden auf der Hut sein«, sagte er. »Und jetzt . . . wollen wir sie vergessen.«

Harriet war also wieder bei uns, und diesmal war es ihr gutes Recht. Sie war eine Eversleigh geworden – eine von uns.

Onkel Tobys Stolz auf sie war rührend. Er folgte ihr ständig mit den Augen, als ob er sich fragte, weshalb ein so herrliches Geschöpf ausgerechnet ihn geheiratet habe. Sie war gealtert, verstand diese Tatsache aber durch allerlei Kniffe geschickt zu verbergen, so daß man es ihr nur gelegentlich anmerkte. Ich sah leichte Schatten unter ihren Augen und kleine Falten an ihren Mundwinkeln. Aber sie war noch immer eine große Schönheit, was alle zugeben mußten.

Es war erstaunlich, wie schnell sie sich einlebte. Daß Matilda ihr gegenüber kühl blieb, schien sie nicht zu berühren. Ebensowenig die Tatsache, daß sie die Geliebte meines Mannes gewesen war. Die Art, wie sie diese Tatsachen mit einem Achselzucken abtat, war entwaffnend.

Sie wollte Leigh möglichst schnell sehen, und ich führte sie ins Kinderzimmer, wo er mit Edwin zusammen spielte. Sie schaute von einem zum anderen und wußte nicht, wer von beiden ihr Sohn war.

Beide Jungen betrachteten sie ehrfurchtsvoll.

»Sie sind eine Schauspielerin vom Theater«, sagte Leigh andächtig. Er hatte vermutlich das Gerede der Dienerschaft gehört.

»Sie sind Onkel Tobys neue Frau«, setzte Edwin hinzu.

Sie sagte ihnen, sie hätten beide recht, und bald erzählte sie ihnen vom Theater und von den Stücken, in denen sie aufgetreten war. Beide hörten ihr wie gebannt zu.

Sie hatte nichts von ihrem Charme verloren. Onkel Toby war ihr völlig hörig, was nicht schwer zu verstehen war. Als ich aber merkte, daß auch die Jungen vollständig in ihren Bann gerieten, wußte ich, daß sie nichts von ihren

Talenten eingebüßt hatte, und ich mußte daran denken, wie sehr sogar der kleine Fenn sie verehrt hatte.
Höchst erstaunlich war jedoch, daß auch ich ihrem Zauber wieder erlag. Meine Abneigung gegen sie schwand langsam dahin. Obwohl ich sie mir noch hin und wieder in Edwins Armen vorstellte, irritierten mich diese Gedanken nicht mehr. Sie gab sich große Mühe, meine Freundschaft zurückzugewinnen, und hatte damit allmählich auch Erfolg.
Sie konnte gut erzählen, und schon bald erfuhr ich von ihren verschiedenen Erlebnissen.
»Ich wußte, es würde mit James Gilley nicht lange dauern, aber ich mußte mit ihm gehen. Was hätte ich sonst tun sollen? Was für ein Leben hätte ich Leigh bieten können? Ich mußte an mein Baby denken. Ich wußte, daß du ihn in deine Obhut nehmen würdest und daß es ihm bei dir an nichts fehlen würde. So zwang ich mich dazu, mich von ihm zu trennen. Es war schrecklich. Du ahnst nicht, wie sehr ich gelitten habe . . .«
Ich kniff die Augen zusammen und lächelte sie an.
»Du glaubst mir nicht, ich verstehe. Ich habe dein Vertrauen nicht verdient und sehe, wie dir zu Mute ist. Aber Edwin besaß eine solche Überredungskraft, und ich war schon ein bißchen in ihn verliebt. Er war für dich nicht gut genug, Arabella. Das habe ich mir selbst immer wieder vorgehalten und mir damit das Gewissen etwas erleichtert. Ich sagte mir immer, wenn ich es nicht wäre, käme bestimmt eine andere. Es ist besser für Arabella, daß ich diejenige bin.«
»Das ist eine ziemlich eigenartige Betrachtungsweise.«
»Zuerst glaubte ich, er würde mich heiraten, Arabella. Ich bin überzeugt, daß er es auch getan hätte, wenn er nicht so schwach gewesen wäre. Aber er hat immer getan, was man ihm sagte und was die Familie von ihm erwartete. Als mir dann klar wurde, daß er dich heiraten würde, waren wir schon so weit gegangen, daß wir nicht mehr zurück konnten.«
»Du warst so falsch, Harriet.«
»Ich weiß. Es wurde mir aufgezwungen. Du weißt ja, wie ich um alles habe kämpfen müssen. Mir ist nichts in den

Schoß gefallen. Ich sagte mir immer wieder: Heirate einen Mann, der dir ein sorgenfreies Leben bieten kann, dann kannst du deine Sünden bereuen und eine anständige Frau werden.«

»Du hast dich also jetzt auf den Pfad der Tugend begeben?«

»Ja, Arabella, das kann ich dir versichern. So etwas kommt vor. Sieh dir nur Carleton an.«

»Wieso Carleton?«

»Er war ein solcher Schwerenöter, und wie hat er sich verändert. Er ist jetzt ein beispielhafter Ehemann, davon bin ich überzeugt. Er schaut weder nach rechts noch nach links, sein Blick ruht nur auf seiner Arabella.«

Ich sah sie prüfend an. Lachte sie über mich? Wollte sie etwas andeuten?

Sie las in meinen Gedanken. »Nein, es ist mir ernst damit. Er ist ein braver Ehemann geworden. Und ich werde mich jetzt in eine brave Ehefrau verwandeln.«

»Das freut mich zu hören. Ich möchte auf keinen Fall erleben, daß Onkel Toby gekränkt wird. Er ist ein so lieber Mensch.«

»Ich stimme dir in beidem zu. Du mußt zugeben, daß ich ihn zu einem glücklichen Mann gemacht habe und er soll es bis an das Ende seiner Tage bleiben. Ach, er war so gut zu mir. Er kam jedesmal ins Theater, wenn ich auftrat. Ich spielte die Roxalana in ›The Siege of Rhodes‹, als er mich das erste Mal sah. Er kam anschließend hinter die Bühne, und du kannst dir vorstellen, wie aufgeregt ich war, als ich hörte, daß er Toby Eversleigh sei. Ich stellte ihm eine Menge Fragen über seine Familie, als wir zusammen soupierten, und beim Wein, dem er ausgebig zusprach, hörte ich von dir und von dem, was hier auf Eversleigh Court geschehen war.«

»Und faßtest den Entschluß, mit von der Partie zu sein.«

»Damals noch nicht. Ich mußte warten, bis ich gefragt wurde. Als ich die Carolina in ›Epson Wells‹ spielte, hatte er sich dermaßen in mich verliebt, daß er mich kaum noch aus den Augen ließ. Er war anders als die übrigen Männer. Er sprach gleich von Anfang an von Heirat. Natürlich zögerte ich eine Weile. Ich lehnte seinen Antrag ab und sagte, daran sei gar nicht zu denken, und je öfter ich nein sagte, desto entschlossener wurde er. Dann legte ich ihm ein kleines Geständnis ab . . .«

»Natürlich erst dann, als du seiner ganz sicher warst.«

»Selbstverständlich, und ich mußte Carleton zuvorkommen, von dem ich nicht annahm, daß er den Mund halten würde. Und Toby sagte, er liebe mich, was ich auch immer getan hätte. Ich sei die schönste Frau auf der Welt. Er wolle mich heiraten und so weiter. Und ich dachte: ›Dorthin zurückzukehren und mit Arabella unter einem Dach zu wohnen . . .‹ Du magst es nicht glauben, aber die glücklichsten Tage meines Lebens waren die Tage, die ich in Congrève verlebte. Ich war so glücklich. Ich liebte den kleinen Fenn und Angie und Dick. Erinnerst du dich an das Stück, das wir aufführten? Und dann die Lambards. War es nicht wunderbar, ich wollte dies alles wiedergewinnen. Außerdem wünschte ich mir den Status einer verheirateten Frau. Ich hätte auch höher greifen können. O ja, ich hatte meine Liebhaber. Der König bemerkte mich eines Abends. Er hätte mich kommen lassen, aber die Pest brach aus und die Theater wurden geschlossen. Und dann kam das große Feuer, und danach erschien Moll Davies und jetzt Nell Gwynne. Ganz junge Mädchen. Als ich in Ihrem Alter war . . .«

»Hättest du sie alle in den Schatten gestellt.«

»Die Jugend! Wie wundervoll ist sie doch! Ich habe mich nie für Dinge erwärmen können, die nicht von Dauer waren, und es gibt nichts Vergänglicheres als die Jugend.«

»Du warst immer noch jung genug, um Toby einzufangen.«

»Toby ist ein alter Mann. Es war klug von mir, mich für einen alten Mann zu entscheiden. Auf diese Weise bleibt man ewig jung. Wenn er sechzig wird, bin ich . . .« Sie lächelte mich verschmitzt an. »Immer noch in den Dreißigern und in seinen Augen ein ganz junges Mädchen.«

Ja, sie zog mich auf ihre Seite. Ich war bereits im Begriff, ihr zu verzeihen.

Aber ich mußte immer auf der Hut bleiben.

Der Herbst kam, naß und stürmisch. Eines Tages kehrte Lord Eversleigh mit einem Schüttelfrost aus London zurück. Er war von dem Gasthof, wo er die Nacht verbracht hatte, den ganzen Tag in strömendem Regen nach Hause geritten und bis auf die Haut durchnäßt.
Matilda war entsetzt, als sie ihn sah. Sie ließ von den Mädchen Wärmpfannen heranschaffen und brachte ihn sofort ins Bett. Er würde in ein paar Tagen wieder auf den Beinen sein, meinte sie, aber er hätte eigentlich wissen müssen, daß es nicht gut ist, stundenlang in nassen Kleidern herumzureiten.
Ich hatte sie selten so besorgt gesehen –, und sie war es nicht ohne Grund. Lord Eversleigh zog sich eine schwere Erkältung zu, und es dauerte nicht lange, bis eine Lungenentzündung dazukam. Über dem ganzen Haus lastete sorgenvolles Schweigen.
Carleton, der in London beim König gewesen war, kehrte nach Eversleigh zurück. Er kam zu spät, um seinen Onkel noch lebend anzutreffen.
Es war ein trauriger, trüber Tag, als wir ihn in der Familiengruft auf dem Friedhof von Eversleigh beisetzten. Er war trotz seiner hohen Stellung ein stiller, bescheidener Mann gewesen, der sich die Achtung seiner Mitmenschen erworben hatte. Matilda war außer sich vor Kummer und sagte mir, sie könne sich ein Leben ohne ihn nicht vorstellen.
»Meine liebe Arabella«, sagte sie, »du hast einen ähnlichen Verlust erlitten. Mein geliebter Edwin, der in der Blüte seiner Jugend dahingerafft wurde. Ich weiß nicht, was schlimmer ist: den Gatten jung zu verlieren, oder einen Menschen, der nach so vielen glücklichen Jahren Teil des eigenen Ich geworden ist.«
Ich tat mein Bestes, um sie zu trösten, und wir waren jetzt häufig zusammen. Ich hörte ihr zu, wenn sie von dem schönen Leben sprach, das sie seit ihrer Eheschließung geführt hatte, und wie großartig sich ihr geliebter Gemahl bei Edwins Tod verhalten habe. »Ohne ihn hätte ich dieses Unglück nicht überlebt«, erklärte sie. »Der liebe Edwin war

ganz anders als sein Vater. Aber Gott sei Dank haben wir den jungen Edwin, er ist jetzt Lord Eversleigh.«
Ich hatte auch schon daran gedacht, und es war meines Erachtens für einen achtjährigen Knaben nicht gut, zu wissen, daß er einen solchen Titel hatte.
Ich hörte, wie Sally Nullens von ihm als »mein kleiner Lord« sprach und beredete die Sache mit ihr.
»Es ist besser für ihn, wenn er sich schrittweise mit dem Gedanken vertraut macht«, meinte sie. »Er wird es sowieso früher oder später herausbekommen. Das Personal redet, wie Sie wissen, und man kann ihnen schließlich nicht den Mund verbinden, und die Jungen hören natürlich alles. Man kann es nicht verhindern, wenn man ihnen nicht die Ohren zustopft.«
Sally verstand sich auf Kinder, und deshalb sagte ich Edwin, was vorgefallen war und daß er jetzt Lord Eversleigh sei.
»Was werde ich jetzt *tun* müssen?« fragte er.
»Nichts, was du nicht schon vorher getan hättest«, sagte ich. »Aber du mußt etwas mehr Rücksicht auf andere Menschen nehmen und etwas freundlicher zu den anderen sein.«
»Warum?«
»*Noblesse oblige*«, antwortete ich. »Das heißt, die Aristokraten von Geburt müssen sich auch entsprechend benehmen, und jeder Titel bringt besondere Verpflichtungen mit sich.«
»Aber ich bin doch nicht plötzlich anders geboren? Warum muß ich mich denn jetzt ändern?«
»Mußt du ja gar nicht. Du hast immer schon freundlich und rücksichtsvoll sein müssen.«
Leigh, der zugehört hatte, sagte: »Dann trifft das also auch auf mich zu.«
»Du bist kein Lord«, erklärte Edwin.
»Ich werde noch einer werden«, lautete Leighs Antwort. »Ich werde ein größerer und besserer Lord sein als du. Du wirst es noch sehen.«
Ja, dachte ich, er war in der Tat Harriets Sohn.

Weihnachten wurde in diesem Jahr nicht besonders festlich begangen, weil wir uns in Trauer befanden. Andererseits konnten wir das Fest wegen der Kinder nicht ganz übergehen. Die Weihnachtssänger kamen, ebenso die Schauspieler, die eine Legende aufführten und dann noch ein Stück über Robin Hood, den Klosterbruder Tuck, Klein-Johann und die Jungfrau Marian. Die Knaben waren entzückt. Die Familie Dollan, die etwa fünfzehn Kilometer entfernt lebte, verbrachte den Weihnachtstag bei uns. Sie hatten vor kurzem The Priory, den nächstgelegenen größeren Landsitz, übernommen und waren beim Tod von Lord Eversleigh herübergekommen, um uns einen Beileidsbesuch zu machen.

Es waren reizende Leute – Sir Henry und Lady Dollan, ihre drei Töchter und ihr Sohn Matthew. Matthew war ein lebhafter junger Mann, der sich für Politik interessierte und sich deshalb mit Carleton anfreundete. Sie trafen sich gelegentlich in London, aber Matthew kam auch recht häufig nach Eversleigh Court.

Ich war ganz stolz, daß es uns gelungen war, den Kindern ein kleines Fest zu bereiten und gleichzeitig Lord Eversleighs zu gedenken.

Bevor wir an diesem Abend zu Bett gingen, warf ich noch einen Blick in das Kinderzimmer, wie ich es stets tat. Die Knaben schliefen fest, ein zufriedenes Lächeln lag auf ihren Gesichtern. Auch Priscilla schlief in ihrem Bettchen. Es war das erste Weihnachten für meinen kleinen Liebling und nächstes Jahr würde es schon anders sein. Dann würde sie schon anfangen, Eindrücke in sich aufzunehmen.

Sally Nullens kam auf Zehenspitzen herein. Sie schlief im Nachbarzimmer – als ein Schutzengel mit flammendem Schwert, wie ich immer sagte.

»Wecken Sie sie nicht auf, Mistress«, sagte sie. »Sie hatten allerlei Streiche im Sinn. Das kommt von der ganzen Aufregung . . . zu viel für Master Leigh und auch für seine Lordschaft.«

Ich sagte ihr gute Nacht und ging in unser Schlafzimmer,

wo Carleton schon auf mich wartete. Er saß, gegen die Kissen gelehnt, im Bett.
»Wo bist du gewesen? Du brauchst es mir nicht zu sagen, ich weiß es. Hast sicher wieder mit deiner Tochter herumgetändelt.«
»Sie ist auch Ihre Tochter, Sir«, sagte ich.
»Du wirst das Kind verhätscheln.«
»Ich glaube nicht.«
»Ein paar Brüder täten ihr gut.«
»Jetzt hat sie Edwin und Leigh.«
»Ich wette, daß sie wenig Notiz von ihr nehmen.«
»Oh, doch. Sie lieben sie.«
»Vielleicht haben wir um diese Zeit im nächsten Jahr schon einen Sohn.«
»Warum sind die Männer nur so auf Söhne erpicht? Ist es deshalb, weil sie hoffen, in ihnen ihr Ebenbild zu finden?
»Das wäre kein schlechter Grund.«
Ich saß vor dem Spiegel und bürstete mir die Haare. Carleton sah mir schweigend zu. Ich sagte: »Es war unter den gegebenen Umständen ein schönes Weihnachtsfest.«
»Findest du?«
»Du nicht?«
»Nein. Ich fand, daß du dich viel zu sehr für Matthew Dollan interessiert hast.«
»Natürlich bin ich interessiert. Er ist ein sehr sympathischer junger Mann.«
Carleton sprang auf, hob mich hoch und trug mich zum Bett.
»Ich werde keine Seitensprünge dulden!«
»Carleton, du bist verrückt. Seitensprünge. Mit Matthew Dollan!«
»Ich warne dich – und du lachst.«
»Natürlich lache ich. Ich *bin* an Matthew Dollan interessiert, denn ich bin zu dem Schluß gekommen, daß er gut zu Charlotte passen würde.«
Er beugte sich über mich und küßte mich auf die Lippen.
»Ich habe dich gewarnt«, sagte er.
»Wovor?« fragte ich.

»Vor dem furchtbaren Schicksal, das dich ereilen würde, falls du jemals ein falsches Spiel mit mir treiben solltest.«
Ich lachte. Er liebte mich wirklich! Harriet hatte gesagt, er habe sich verändert, seit er verheiratet war. Irgend jemand hatte einmal gesagt, daß aus Schwerenötern die besten Ehemänner würden.
Es war schön, mit diesem Gedanken einzuschlafen. Ich war überzeugt, daß meine Ehe sehr viel befriedigender verlaufen würde, als ich es für möglich gehalten hatte. Unser Verhältnis zueinander wandelte sich. Wir stritten und neckten uns zwar noch, aber unsere Liebe verschaffte mir zunehmend größere Befriedigung.
Ich werde bestimmt glücklich sein, dachte ich bei mir.

Im neuen Jahr begab sich Carleton nach Whitehall. Der König hatte ihn zu sich gerufen, denn er interessierte sich noch immer außerordentlich für die Römerfunde, die bei den Grabungsarbeiten im Anschluß an das große Feuer ans Tageslicht befördert worden waren. Carleton sprach von ihnen mit großer Begeisterung, und ich gewann allmählich ein ebenso großes Interesse.
Er wollte, daß ich ihn begleitete, und ich war zwischen der Reise und dem Gedanken, die Kinder allein zu lassen, hin und her gerissen.
»Sei nicht kindisch«, meinte Carleton ungeduldig. »Als ob die alte Nullens nicht ebensogut wie jeder andere Wachhund wäre.«
»Ich weiß, aber ich möchte Priscilla wirklich nicht allein lassen.«
»Und was ist mit mir? Mich läßt du anscheinend ohne Bedenken allein!«
»Ich wäre nur die ganze Zeit unruhig und würde mir Sorgen machen, wie es den Kleinen geht.«
»Und meinetwegen würdest du dir überhaupt keine Sorgen machen?«
Ich hob aus lauter Verzweiflung die Schultern.
»Um Ehemänner muß man sich kümmern, wenn sie ein geregeltes Leben führen sollen«, meinte er.

Ich war eigentlich entschlossen Carleton zu begleiten und hätte es getan, wenn sich Edwin nicht am Tag vor der geplanten Abreise erkältet hätte.
Als ich ins Kinderzimmer ging, um allen gute Nacht zu sagen, waren Leigh und Priscilla schon eingeschlafen, aber Edwin lag nicht in seinem Bett. Sally kam herein und sagte: »Ich habe sein Bett zu mir ins Zimmer gestellt. Sein Husten könnte die anderen stören, und ich will ein Auge auf ihn halten.«
Ich war bestürzt.
»Nur eine kleine Erkältung«, sagte Sally. »Ich habe ihm ein Flanelltuch auf die Brust gelegt und heiße, in Tücher eingewickelte Ziegelsteine ans Fußende geschoben. Außerdem habe ich ein gutes Stärkungsmittel für ihn bereit.«
Ich ging hinüber und sah meinen Sohn prüfend an. Sein Gesicht war gerötet und die Stirn sehr heiß.
»Hallo, Mama«, sagte er. »Du gehst nach London zum König.«
Ich kniete mich neben sein Bett. »Es wird nicht lange dauern.«
»Wie lange?« fragte er.
»Vielleicht eine Woche.«
»Dienstag, Mittwoch, Donnerstag, Freitag, Sonnabend, Sonntag, Montag«, sagte er.
Dann begann er zu husten.
»Du sollst nicht reden», sagte Sally streng. »Das habe ich dir doch gesagt.«
»Es war meine Schuld«, sagte ich. »Versuch jetzt zu schlafen, mein Liebling.«
»Kommst du noch her, um mir auf Wiedersehen zu sagen, bevor du weggehst?« fragte Edwin.
»Selbstverständlich tue ich das.« Ich beugte mich nieder und küßte ihn. Er ergriff meine Hand und hielt sie fest umklammert. Seine Finger waren glühend heiß.
Ich deckte ihn zu und ging hinaus. Sally folgte mir.
»Seien Sie nicht so verzweifelt«, sagte sie. »Ich kümmere mich schon um ihn. Es ist nur wieder einmal eine seiner Erkältungen.«

Ich nickte und ging in unser Zimmer zurück. Als ich mich zum Zubettgehen fertig machte, sprach Carleton begeistert von London und den Überresten aus römischer Zeit. Er merkte, daß ich nicht bei der Sache war, und machte mir deswegen Vorhaltungen.

»Ich mache mir um Edwin Sorgen«, sagte ich.

»Du bist wie eine alte Glucke mit ihren Küken.«

»Ich bin eine Mutter«, sagte ich.

»Du bist außerdem ein Eheweib. Man soll nie den Gatten den Kindern zuliebe vernachlässigen. Das ist ein altes Sprichwort, oder es sollte wenigstens eines sein. Komm zu Bett. Gott sei Dank werde ich dich morgen deinen häuslichen Pflichten entreißen.«

Aber am nächsten Morgen ging es Edwin schlechter. Sally war beunruhigt.

»Sally«, sagte ich, »ich bleibe hier.«

Ich merkte ihr die Erleichterung an.

»Es ist nicht nur eine Erkältung, nicht wahr?«

»Das Fieber ist nicht heruntergegangen, und er redet ständig vor sich hin und glaubt, er reite auf seinem Pferd. Ich habe den Arzt holen lassen.«

Ich ging zurück zu Carleton. »Du solltest jetzt fertig sein«, sagte er.

»Ich komme nicht mit.«

Er sah mich ungläubig an.

»Was für ein Unsinn! Natürlich kommst du mit. Der König erwartet dich.«

»Edwin ist sehr krank.«

»Er hat eine leichte Erkältung.«

»Es ist nicht nur eine leichte Erkältung. Ich bleibe hier.«

Einige Augenblicke sahen wir uns an. Er war wütend und wollte nicht glauben, daß Edwin krank war. Eigentlich hatte er Edwin nie richtig gemocht. Er war mein Sohn und Carleton argwöhnte, daß ich seinem Vater trotz allem, was er mir angetan hatte, noch immer irgendwie nachtrauerte. Carleton war ein Mann, der immer an erster Stelle stehen mußte, er wollte überall, auch in meinem Leben, der Mittelpunkt sein. Er wollte nicht einmal seiner eigenen Tochter

zuliebe beiseite stehen, geschweige denn, wenn es sich um den Sohn eines anderen handelte.
Jetzt war er zornig. Er konnte es nicht leiden, wenn ich ihm jemand anderen vorzog, selbst wenn es meine Kinder waren. Er wollte unbedingt selbst einen Sohn haben, daran ließ er keinerlei Zweifel.
Das Leben mit ihm verlief alles andere als ruhig, und jetzt näherten wir uns wieder einem Gewitter.
»Du kommst mit!« sagte er.
»Nein, Carleton, ich komme nicht mit. Ich will Edwin nicht allein lassen. Ich habe Sally Nullens schon gesagt, daß ich dableibe, und sie ist erleichtert. Das bedeutet, daß es Edwin schlechter geht, als es den Anschein hat.«
Einen kurzen Augenblick dachte ich, er würde mich gewaltsam an sich reißen und mit mir davonreiten. Ich war überzeugt, daß auch er an so etwas dachte. Dann sagte er unvermittelt: »Meinetwegen. Mach, was du willst.«
Und weg war er. Er sagte nicht einmal auf Wiedersehen.

Ich konnte nicht viel über Carleton nachdenken, denn meine ganze Sorge galt meinem Sohn. Der Doktor war dagewesen und hatte festgestellt, daß er an einer fiebrigen Erkältung litt. Wir sollten ihn gut warmhalten und ihm ein wenig Fleischbrühe geben. Er werde am nächsten Tag wieder nach Edwin sehen.
Am Nachmittag fiel Edwin in tiefen Schlaf, und Sally meinte, wir sollten ihn jetzt allein lassen. Wir könnten ja von Zeit zu Zeit zu ihm hineinschauen. Außerdem habe sie ihm eine kleine Glocke unter das Kopfkissen gelegt, damit er läuten könne, falls er aufwachen würde und etwas haben möchte.
Nach ungefähr einer Viertelstunde schlich ich mich wieder in sein Zimmer. Jemand stand am Fußende des Bettes und blickte auf ihn hinab.
»Harriet«, flüsterte ich.
Sie drehte sich um.
»Er darf nicht gestört werden, wenn er schläft, sagte ich, und wir gingen auf Zehenspitzen hinaus.

»Der arme Edwin«, sagte sie. »Er sieht sehr krank aus.«
»Er wird wieder gesund«, sagte ich. »Der Arzt meint, wir müßten vor allem für Ruhe sorgen. Sally ist großartig. Sie hat seinen Vater bei mehreren Krankheiten gepflegt, und Matilda sagt, sie sei Krankenschwester und Arzt in einem.«
Harriet folgte mir in mein Zimmer.
»Arme Arabella«, sagte sie, »du siehst ganz erschöpft aus.«
»Natürlich mache ich mir Sorgen. Ich habe die letzte Nacht kaum ein Auge zugemacht. Ich hatte solche Angst . . . ich wußte nicht, ob ich wegfahren oder dableiben sollte.«
»Du hast also Carleton allein wegreiten lassen!« Sie schüttelte den Kopf. »Ob das klug war?«
»Ich kann ihn nicht begleiten, solange sich Edwin in diesem Zustand befindet. Ich würde mir nie verzeihen können, wenn . . .«
»Wenn?« Sie sah mich an, und in ihrem Blick lag ein fragender Ausdruck. Ich konnte förmlich sehen, welche Gedanken ihr im Kopf herumgingen. Sie versuchte, ihren Blick zu verschleiern, aber dessen war sie nicht fähig. Ich wußte, was sie dachte: Falls Edwin starb, wäre Toby Lord Eversleigh – und sie Lady Eversleigh, sie, die Tochter eines Wanderschauspielers!
»Edwin wird bestimmt wieder gesund«, sagte ich mit Nachdruck.
»Natürlich. Er ist ein kräftiger, kleiner Kerl. Das hier ist nichts Besonderes, nur eine Kinderkrankheit. Kinder bekommen so etwas von Zeit zu Zeit. Plötzlich sind sie sterbenskrank . . . und dann . . .«
Ich wandte mich ab, doch am liebsten hätte ich sie angeschrien: Steh nicht hier herum und tu nicht so, als wolltest du, daß er wieder gesund wird! Du willst doch nur, daß er stirbt!
»Du mußt auch an dich selber denken, Arabella«, sagte sie. »Du wirst noch krank, wenn du dir solche Sorgen machst.«
»Ich möchte mich etwas ausruhen. Nur ein wenig. Sally paßt inzwischen auf ihn auf.«
Ich legte mich aufs Bett, und sie deckte mich zu. Ihr

Gesicht war dicht über mir – es sah so schön, so mitfühlend aus, und trotzdem war da ein Flackern in ihren Augen.
Sie machte die Tür hinter sich zu, aber ich fand keine Ruhe. Ich dachte an sie und Edwin . . . Ich hatte damals keine Ahnung gehabt. Wie raffiniert die beiden vorgegangen waren! Sie hatte gehofft, ihn heiraten zu können.
Dann dachte ich an die Kälte in Carletons Blick, als er sich von mir abgewandt hatte.
Aber was spielte das alles für eine Rolle, solange mein Sohn so krank war? Ich konnte nicht länger liegen bleiben. Ich stand auf und ging ins Krankenzimmer zurück. Edwin schlief noch. Ich ging in Sallys Zimmer, und wir beide saßen dort und lauschten auf jedes Geräusch, das aus dem Krankenzimmer herüberdrang.

Während der ganzen Nacht saßen Sally und ich dann an seinem Bett. Er lag still in den Kissen, und wir hörten sein mühseliges Atmen. Ich fürchtete, es könne plötzlich aufhören.
Sally wiegte ihren Oberkörper schweigend hin und her.
Ich flüsterte: »Sally, ich rieche etwas. Ist es Knoblauch?«
Sie nickte. »Dort neben dem Kaminfeuer, Mistress.«
»Hast du ihn dort hingelegt?«
Wieder nickte sie. »Er hält das Böse fern. Wir haben ihn immer dafür verwendet.«
»Das Böse?«
»Ja, Hexen und dergleichen.«
»Glaubst du denn . . .«
»Mistress, ich weiß nicht, was ich glauben soll. Außer, daß es bestimmt nichts schadet.«
Ich war eine Weile still. Dann sagte ich: »Sein Atem geht jetzt leichter.«
»Ich merkte, wie es ihm besser ging, als ich den Knoblauch hereinbrachte.«
»Ach, Sally, was bedrückt dich denn? Gibt es irgend etwas in diesem Haus, das ihm schaden könnte?»
»Das will ich nicht sagen, Mistress, aber ich bin mir auch

nicht sicher, ob es nicht doch so ist. Ich will nur ganz sicher gehen.«

»Oh, mein Gott«, flüsterte ich. »Könnte es wirklich sein?«

»Der Knoblauch hält das Böse ab. Die Hexen können ihn nicht leiden. Er enthält irgend etwas, das sie abschreckt. Mir gefällt hier einiges nicht, Mistress.«

»Sally, sag mir alles. Wenn meinem Sohn irgendeine Gefahr droht, muß ich es wissen!«

»Ich würde nicht jedem trauen, Mistress.«

Nein, dachte ich bei mir. Das tue ich auch nicht.

»Dieser Kleine hier«, fuhr sie fort, »wird ein Lord sein . . . und dies alles besitzen, denn so ist es nun einmal. Das ist auch alles ganz natürlich und einfach. Aber wenn ein kleines Kind das alles hat . . . So ist es auch mit Königen gewesen, glaube ich. Ich bin nicht klug und verstehe von diesen Sachen nichts, aber so ist die menschliche Natur. Das ist alles, und ich glaube, davon verstehe ich etwas.«

»Ist etwas passiert?«

»Es war jemand hier im Zimmer . . . und sah ihn an, wie er im Bett lag.«

»Auch ich habe jemanden gesehen.«

»Ich nehme an, es war dieselbe Person.«

»Weswegen ist sie hergekommen?«

»Sie sagte, sie sei Ihretwegen beunruhigt. Sie wisse, wie große Sorgen Sie sich machten, und sie sei überzeugt, daß sich das Kind nur eine Erkältung zugezogen habe. Sie ging gleich wieder hinaus, als ich hereinkam, und ich überlegte mir, was sie wohl gewinnen könnte, falls . . .«

»Du vermutest . . . Zauberei?«

»Es hat sie immer gegeben, und man sollte vor ihr auf der Hut sein. Aber wir werden ihn bewachen, wir werden ihn vor allen Gefahren schützen. Das werden wir tun, Mistress, wir beide zusammen! Hexenzauber hat gegen die reine Liebe keinen Bestand. Das weiß ich bestimmt.«

Zu jedem anderen Zeitpunkt hätte ich über sie gelacht. Aber hier ging es um meinen Sohn.

Sally glaubte an Hexerei. Außerdem glaubte sie, wir hätten eine Hexe in unserem Haus.

Harriet. Ich sah sie neben dem Bett stehen wie sie mit funkelnden Augen einen Adelstitel in Reichweite vor sich sah und ihr nur mein Sohn im Wege stand.
Ich erinnerte mich, was ich einmal in den Tagebüchern meiner Urgroßmutter Linnet Casvellyn gelesen hatte: Sie hatte eine Fremde bei sich aufgenommen – eine Hexe aus dem Meer.
So etwas kam vor. Ich wollte Edwin nicht wieder allein lassen, bis er wieder gesund war. Ich würde Harriet nicht gestatten, die Schwelle dieses Zimmers zu übertreten.
Nach Mitternacht ging Edwins Atem leichter und am Morgen war das Fieber fort.
Ich sah in Sallys einfaches, liebevolles Gesicht und umarmte sie.
»Er wird wieder gesund«, sagte ich. »Ach, Sally, Sally, was kann ich dir noch anderes sagen?«
»Wir haben es geschafft, Mistress. Gemeinsam haben wir es geschafft. Unserem kleinen Lord soll kein Leid geschehen, solange wir in der Nähe sind.«

Edwin befand sich auf dem Wege der Besserung, als Carleton zurückkam. Er ärgerte sich noch immer über mein Verhalten, das er als mein Versagen bezeichnete.
»Ich habe ja es dir ja gesagt«, erklärte er. »Dem Jungen fehlt gar nichts, er wird nur zu viel verhätschelt. Ich werde ihn mir vornehmen, sobald er wieder ganz auf den Beinen ist.«
Ich war so glücklich über die Genesung meines Sohnes, daß ich sie gemeinsam mit Carletons Rückkehr feiern wollte. Harriet sagte, sie würde vor den Gästen etwas singen und vielleicht dazu tanzen, und vielleicht könnten wir auch die übrigen bewegen, sich an dem Tanz zu beteiligen. Den Knaben würde das großen Spaß machen.
Carleton schien belustigt, aber ich merkte, daß er sich seit seiner Rückkehr irgendwie verändert hatte. Er hatte mir nicht verziehen, daß ich zu Hause geblieben war, und unser Verhältnis war jetzt eher so, wie es vor unserer Hochzeit gewesen war. Er war mir gegenüber sehr kritisch und versuchte, mich herauszufordern – was ihm nicht schwer-

fiel. Ich vermißte seine sonstige Zärtlichkeit. Er war zwar so leidenschaftlich und fordernd wie zuvor und sprach noch häufiger von seinem Wunsch, wieder ein Kind – diesmal einen Knaben – zu bekommen, aber ich warf ihm vor, keinerlei Interesse an Priscilla zu haben.

»Dem Kind zuliebe«, gab er zurück. »Wenn die Kleine zwei Elternteile hat, die sie so behandeln, als wäre sie das einzige Geschöpf von Bedeutung auf der ganzen Welt, wird sie ein unerträglicher Balg werden.«

»Etwa so wie ihr Vater«, entgegnete ich.

Wir zankten uns tagsüber und liebten uns in der Nacht. Ich fühlte mich irgendwie beunruhigt. Ich wußte, daß er sich wirklich über mich ärgerte. Er ist der arroganteste und egozentrischste Mann auf der Welt, dachte ich bei mir. Und ich ärgerte mich auch ein wenig über mich selbst, weil ich ihm so zu Willen war. Aber ich konnte meine Natur so wenig verleugnen, wie er seine.

Eines Abends sprach er beim Essen über seinen Aufenthalt in London.

»Dort kann man wieder einmal frische Luft atmen«, sagte er. »Hier auf dem Lande erstickt man. Ich muß häufiger nach London reiten.« Er sah mich an und schien sagen zu wollen: Und du mußt mitkommen. Doch wenn dir deine Kinder wichtiger sind, als es dein Ehemann ist, mußt du die Konsequenzen tragen. Weiter sprach er über die neuen Pläne für den Wiederaufbau der Stadt, für die sich der König ganz besonders interessiere, und von Christopher Wren, den er kennengelernt habe und der eine neue Stadt errichten wolle, die der Bevölkerung den großen Brand von London als einen Segen Gottes erscheinen lassen müßte.

Das würde natürlich alles sehr kostspielig sein und große Summen Geldes verschlingen. »Es scheint unwahrscheinlich, daß diese Mittel sofort aufgebracht werden können, aber mit dem Wiederaufbau muß man gleich beginnen, auch wenn er nur stückweise vollendet werden kann.« Carleton sprach von Christopher Wren in den höchsen Tönen.

»Ein Genie«, sagte er, »und ein glücklicher Mann. Er weiß,

daß er nicht seine ganzen Pläne verwirklichen kann, aber er wird sich auch mit etwas weniger Vollkommenem zufrieden geben. Er besitzt Baupläne für eine Kathedrale und etwa fünfzig kleinere Kirchen. Wir werden die alte Stadt nicht wiedererkennen. Außerdem wird das Leben in London gesünder sein. Diese eng beieinanderstehenden Holzhäuser, diese dreckigen Gossen . . . In unserem neuen London werden wir nicht alle paar Jahre eine neue Epidemie erleben, das kann ich dir versichern.«
Er dachte so offensichtlich mit Begeisterung an seinen Besuch in London und schien sich um so mehr über mich zu ärgern, weil ich mich geweigert hatte, dieses Erlebnis mit ihm zu teilen.
Bei Tisch erwähnte er auch die letzten Skandale. Alle redeten jetzt über die Affäre des Herzogs von Buckingham mit Lady Shrewsbury und sein Duell mit ihrem Ehemann.
»Buckingham kommt vielleicht wegen Mordes vor Gericht«, sagte Carleton.
»Geschähe ihm recht«, meinte Matilda. »Man sollte sich nicht duellieren. Duelle sind ein törichtes Mittel zur Beilegung von Streitigkeiten.«
»Man behauptet, es habe ein echtes Liebesverhältnis zwischen Buckingham und Shrewsburys Frau bestanden«, sagte Charlotte.
»Sie war seine Mätresse«, meinte Carleton. »Das war seit langem bekannt, und Shrewsbury forderte nur wie jeder Ehemann, der etwas auf Ehre hält, Buckingham zum Duell heraus.«
Harriet lächelte Onkel Toby zu. »Würdest du das auch tun, mein Liebling, wenn ich mir einen Geliebten nähme?«
Onkel Toby erstickte fast vor Lachen. »Allerdings, meine Liebe.«
»Genauso wie Lord Shrewsbury«, rief Harriet aus und blickte zur Decke.
»Hoffentlich«, fuhr Carleton fort und sah sie dabei unverwandt an, »benimmst du dich dann nicht so wie Lady Shrewsbury. Diese Dame verkleidete sich nämlich als Page und hielt Buckinghams Pferd, während das Duell stattfand.

Sobald es vorüber und Shrewsbury lebensgefährlich verwundet war, begab sich das Liebespaar in ein Gasthaus, wo Buckingham, noch in seinen blutbesudelten Kleidern, mit ihr ins Bett ging.«

»Und was geschieht jetzt mit diesen verderbten Menschen?« fragte Matilda.

»Shrewsbury liegt auf dem Sterbelager, und Buckingham lebt offen mit Lady Shrewsbury zusammen. Der König hat sein Mißfallen zwar bekundet, Buckingham aber verziehen. Er ist ein amüsanter Kerl, und Karl ist jedenfalls zu sehr Realist, um andere wegen etwas zu verurteilen, das er selbst so beharrlich tut.

»Meinst du das Duell« fragte Charlotte.

»Nein, den Ehebruch«, sagte Carleton. »Karl haßt das Töten. Er hält Shrewsbury für einen Narren. Der hätte sich mit der Tatsache abfinden sollen, daß seiner Frau dieser Buckingham lieber war.«

»Könige prägen die Mode bei Hof«, sagte Charlotte. »Cromwell war da ganz anders.«

»Ein Extrem folgt immer auf das andere«, erklärte Carleton. »Wenn die Puritaner nicht so streng gewesen wären, gäbe es jetzt nicht so viele, die es mit der Moral nicht so genau nehmen.«

»Ach«, seufzte Matilda, »was für ein Jammer ist es doch, daß nichts mehr so sein kann, wie es vor dem Krieg war.«

»Viele sehnen sich nach der guten, alten Zeit, fürchte ich«, sagte Carleton. »Damals schien alles viel besser gewesen zu sein. Es ist wie eine Krankheit, und sie hat viele von uns ergriffen.«

Er sah dabei mich an und war wohl überzeugt, daß ich trotz allem immer noch an Edwin dachte.

Die Feier fand kurz nach dieser Unterhaltung statt. Sie begann so fröhlich und endete beinahe mit einer Katastrophe. Seit Tagen war man in der Küche mit den Vorbereitungen beschäftigt gewesen, und das Ergebnis machte dem Personal alle Ehre. Wir hatten die Dollans, die Cleavers und eine weitere Familie eingeladen, die in der Nähe wohnte.

Alle gratulierten mir zu Edwins gesundem Aussehen und meinten, ein Junge, der sich so schnell von einer fiebrigen Erkrankung erholen könne, müsse von kräftiger Natur sein. Irgendwie gelang es Harriet, sich wieder zum Mittelpunkt des Geschehens zu machen, so wie sie es früher getan hatte. Sie trug Lieder vor, und während sie dort saß, an ihrer Laute zupfte und ihr die schönen Haare über die Schultern herabfielen, mußte ich unwillkürlich an die Zeit in Congrève denken, wo sie mir wie eine Göttin aus einer anderen Welt erschienen war.

Daß sie jetzt auf Onkel Toby denselben Eindruck machte, war offenkundig. Er war so stolz auf sie und so in sie verliebt. Auch wenn sie ihn nur mit Berechnung geheiratet hatte, so hatte sie ihn jedenfalls glücklich gemacht.

Ich freute mich, daß Matthew Dollan neben Charlotte saß und sie ganz vergnügt zu sein schien. Und doch hatte ich den Eindruck, daß sie sich nicht ganz von jenem Argwohn befreien konnte, der ihr zu sagen schien: Ich weiß ja, daß du dich nur deshalb so um mich bemühst, weil es die Etikette erfordert.

Als die Kinder zu Bett gegangen waren, begaben wir uns in den großen Saal, der zum Tanzen hergerichtet war. Die Musik spielte, und wir waren alle gelöster Stimmung.

Als Carleton mich zum Tanz führte, fragte er, ob ich der Meinung sei, daß der Anlaß ein solches Fest rechtfertige.

»Ich finde, es klappt alles sehr gut«, sagte ich.

»Ein Dankfest, weil unser junger Edwin dem Tod gerade noch einmal entronnen ist?«

Mich fröstelte.

»Was bist du doch für eine liebevolle und törichte Mutter, Arabella! Der Junge ist kerngesund. Du solltest dem Schicksal lieber dafür dankbar sein, daß ich wieder bei dir bin.«

»Mit diesem Abend wollen wir ja auch zwei frohe Ereignisse feiern.«

»Also freust du dich tatsächlich, daß ich wieder zurück bin?«

»Habe ich das denn nicht klar genug zum Ausdruck gebracht?«

»Bei bestimmten Gelegenheiten schon«, sagte er. »Aber schau, sieh dir den Toby an!«
Ich drehte mich um. Toby tanzte mit Harriet. Sein Gesicht war übermäßig gerötet, und sein Atem ging kurz.
»Er hat zuviel Wein getrunken«, sagte ich.
»Leider nichts Ungewöhnliches.«
»Harriet sollte ihn etwas schonen. Willst du mit ihr reden?«
»Ja. Wenn der Tanz vorbei ist.«
Aber da war es schon zu spät. Jemand schrie auf, dann trat völlige Stille ein. Ich blickte mich um. Toby lag auf dem Boden, und Harriet kniete neben ihm.
Carleton war sofort zur Stelle und untersuchte seinen Onkel. »Er atmet noch«, sagte er. »Wir müssen ihn in sein Zimmer schaffen. Arabella, laß sofort den Arzt holen.«
Toby wurde in sein Zimmer getragen. Bald erschien der Arzt und sagte uns, Toby habe einen Herzanfall gehabt, der anscheinend auf Überanstrengung zurückzuführen sei. Ich saß mit Harriet an seinem Bett. Sie war sehr kleinlaut. Besorgnis lag auf ihrem Gesicht, und ich wußte, daß sie daran dachte, wie ihre Stellung hier im Haus sein würde, falls Onkel Toby sterben sollte.
Er starb nicht. Nach einigen Tagen befand er sich außer Lebensgefahr. Der Arzt sagte, es sei für Toby eine ernste Warnung gewesen. Er habe sich überanstrengt und müsse künftig auf sein Alter Rücksicht nehmen und von jetzt ab sehr vorsichtig sein.
»Dafür werde ich sorgen«, sagte Harriet. »Ich werde auf dich aufpassen, mein Liebling.«
Es war rührend mit anzusehen, wie er sich ganz auf sie verließ, und ich muß zugeben, daß sie ihn gut pflegte.
»Wahrscheinlich war es ganz gut, daß es passiert ist«, meinte Carleton. »Jetzt ist ihm hoffentlich klargeworden, daß er nicht mehr der junge Mann ist, für den er sich gehalten hat.«

Der Frühling kam. Edwin hatte sich völlig erholt, und Sallys Ansichten über Zauber und Hexerei wirkten allmählich lächerlich. Die Knaben hatten Harriet sehr gern, und sie

schien Toby eine vorbildliche Ehefrau zu sein. Bald übte sie auf Edwin und Leigh dieselbe Faszination aus, wie sie es damals bei meinen Brüdern und meiner Schwester getan hatte. Sie sang ihnen oft etwas vor und spielte kleine Theaterszenen, was den Knaben immer wieder Spaß machte.
Onkel Toby folgte ihr ständig mit den Augen. »Was für eine großartige Mutter sie abgeben würde«, sagte er.
Carleton kümmerte sich jetzt mehr um Edwin. Er warf mir vor, den Jungen zu verweichlichen, und erklärte, es sei jetzt an der Zeit, daß sich jemand ernsthaft um seine Erziehung kümmere. Ich hatte zuerst etwas Angst, denn ich fürchtete, er würde seinen Unmut an meinem Sohn auslassen. Plötzlich wurde mir bewußt, daß ich Carleton nicht so gut kannte, wie man es von einer Ehefrau eigentlich erwarten sollte. Ich wußte, daß ich eine starke Anziehungskraft auf ihn ausübte, wußte, daß er mich begehrte und daß dieses Verlangen noch nicht nachgelassen hatte. Aber manchmal hatte ich das Gefühl, er wolle sich irgendwie an mir rächen. Er besaß einen seltsamen, wilden Charakter.
Ich konnte jedoch nicht verhindern, daß er die Erziehung meines Sohnes beaufsichtigte, und da Leigh stets dabei war, beruhigte ich mich mit dem Gedanken, daß es sicherlich gut sei für Edwin, einen Mann als Lehrer zu haben. Ich selbst erteilte ihnen Unterricht, und Harriet wollte mir unbedingt dabei helfen.
Carleton war es, der eines Tages erklärte, wir sollten für Edwin einen Hauslehrer engagieren, die Knaben dürften nicht dauernd von zwei Frauen unterrichtet werden. »Außerdem«, sagte er, »merke ich, daß du immer deine Unterrichtspflichten vorschiebst, wenn du mich nicht nach London begleiten willst.«
Es war für Carleton bezeichnend, daß er sofort etwas unternahm. Wenige Tage darauf erschien Gregory Stevens.
Gregory war ein außerordentlich gutaussehender, junger Mann, der zweite Sohn einer Adelsfamilie und deshalb ohne finanziellen Rückhalt, wenn auch nicht ohne gewisse Zukunftsaussichten. Er war ein ausgezeichneter Sports-

mann, und da er über eine gute Bildung verfügte und sich für junge Menschen interessierte, hatte er beschlossen, eine Zeitlang als Erzieher zu arbeiten. Carleton meinte, er besitze die notwendigen Voraussetzungen, um die Knaben zu unterrichten, und er hatte recht. Gregory war streng, errang sich aber den Respekt der beiden Jungen, und so schien diese Lösung nicht schlecht zu sein.

Harriet bestand darauf, weiterhin ins Schulzimmer zu gehen, um den Knaben von Theaterstücken zu erzählen und einzelne Szenen für sie zu spielen. Und obwohl Gregory Stevens dies zunächst für unnötig gehalten hatte, kam er doch bald zu der Ansicht, daß sich Harriets Kenntnisse und ihre Fähigkeit, in den Schülern das Interesse für die Literatur der Gegenwart und Vergangenheit zu wecken, durchaus nützlich seien.

Carleton brachte ihnen das Reiten, Schießen, die Falkenjagd und das Fechten bei. Gregory Stevens unterstützte ihn dabei, und meine Bedenken schwanden dahin, als ich das Triumphgeheul hörte, wenn einer von ihnen ins Schwarze getroffen hatte. Ich wußte, daß Carleton recht hatte und daß ich keine Angst zu haben brauchte, Edwin könnte sich womöglich beim Erlernen dieser Mannestugenden verletzen.

Ich verbrachte viel Zeit mit meiner Tochter, die jetzt anfing, eine eigene und willensstarke Persönlichkeit zu entfalten. Dies schien mir bei einem solchen Vater auch kaum verwunderlich zu sein. Ich ärgerte mich über Carleton, weil er sich so wenig für sie interessierte, und beschloß, sie besonders liebevoll zu behandeln.

Im Frühjahr erwartete ich wieder ein Kind. Carleton war vor Freude fast außer sich. Er war felsenfest überzeugt, daß ich ihm diesmal einen Sohn schenken würde. Diese Besessenheit nach einem Sohn beunruhigte mich zutiefst.

Er konnte kaum noch von etwas anderem reden. Zu mir war er so zärtlich und rücksichtsvoll, daß ich trotz meiner Vorahnungen große Freude empfand.

»Und wenn das Kind wieder ein Mädchen wird?« fragte ich ihn.

»Bestimmt nicht«, antwortete er überzeugt, als habe er diese Dinge an der Hand. »Ich weiß, daß ich diesmal einen Sohn bekommen werde. Du wirst mir einen Sohn schenken, Arabella. Das wußte ich in dem Augenblick, als ich dich zum ersten Mal sah.«
Eine wachsende Unruhe bemächtigte sich meiner. Sally Nullens merkte es. »Das ist nicht gut für sie«, sagte sie. »Lassen Sie den Dingen ihren Lauf. Machen Sie es sich bequem und warten Sie einfach ab.«
Aber das war leicht gesagt.
Harriet kam oft in mein Schlafzimmer, wenn ich allein war. Sie sah mir gern beim Nähen von Babysachen zu. Diese Beschäftigung bereitete mir viel Vergnügen, obwohl ich in Handarbeiten ziemlich unerfahren war.
»Carleton freut sich sehr«, sagte Harriet. Sie sah mich gespannt. »Du machst dir Sorgen, Arabella.«
»Wenn es doch erst vorbei wäre! Ich möchte nichts anderes, als dort im Bett zu liegen mit meinem Sohn in der Wiege neben mir.«
»Er wird Madame Priscilla ein Schnippchen schlagen.«
»Niemand kann ihr meine Liebe nehmen«, sagte ich.
»Natürlich nicht. Du bist die perfekte Mutter. Ach, Arabella, was ist nicht alles geschehen seit damals! Beide sind wir Mütter . . . beide Eversleighs. Findest du nicht auch, daß das höchst seltsam ist?«
»Daß wir beide Eversleighs sind? Es ist nicht ohne gewisse Machenschaften zustande gekommen.«
»Die alte Leier! Warum nicht ein paar kleine Machenschaften? War Toby jemals glücklicher als jetzt?«
»Das stimmt. Aber mit dir verheiratet zu sein, muß ihn ziemlich belasten. Das liegt auf der Hand.«
»Du meinst seinen Herzanfall? Ich passe gut auf ihn auf, Arabella. Ich habe ihn gern. O ja, ich habe ihn sehr gern. Im übrigen – was würde aus mir, wenn er sterben sollte?«
»Du wärest weiterhin hier zu Hause.«
»Gewiß. Aber die alte Dame mag mich nicht. Charlotte haßt mich. Carleton . . .«, sie lachte. »Schau, ich habe nur dich, und selbst du mißtraust mir manchmal. Wenn ich jetzt zum

Beispiel diejenige wäre, die ein Kind erwartete, wenn *ich* zum Beispiel einen Sohn auf die Welt brächte . . . Hast du schon einmal darüber nachgedacht, daß mein Sohn in einem solchen Fall in der Erbfolge gleich hinter deinem Edwin rangieren würde? Er käme noch vor diesem Sohn, den du . . . oder auch nicht haben wirst.«
Im Zimmer war es plötzlich ganz still. Ich hatte das Gefühl, daß wir nicht allein waren.
Ich warf einen Blick über die Schulter.
Sally Nullens stand dort. Sie hielt eine Tasse in der Hand.
»Ich habe Ihnen das hier gebracht«, sagte sie zu mir. »Eine gute, kräftigende Fleischbrühe. Genau das, was Sie nötig haben.«

Es war spät in jener Nacht – nach Mitternacht, wie ich später feststellen konnte. Carleton und ich schliefen, als wir durch lautes Rufen aufgeschreckt wurden. Im flackernden Kerzenlicht sah ich Harriet in der Tür stehen.
»Arabella, Carleton. Kommt schnell!« rief sie. »Es ist Toby!«
Wir sprangen aus dem Bett, warfen uns etwas um die Schultern und rannten zu dem Zimmer, das Toby und Harriet miteinander teilten. Toby lag im Bett, sein Gescht war aschfahl, seine Augen waren weit aufgerissen.
Carleton trat zu ihm und fühlte seinen Puls. Dann legte er ihm das Ohr auf die Brust.
Als er sich aufrichtete wußte ich, daß es Toby sehr schlecht ging.
»Soll ich den Arzt holen lassen?« fragte Harriet.
»Ja«, sagte Carleton.
Sie rannte aus dem Zimmer.
»Carleton«, sagte ich, »können wir inzwischen irgend etwas tun?«
»Hol etwas Brandy. Aber ich fürchte . . .«
Ich ging zum Wandschrank und goß etwas Brandy in ein Glas. Carleton stützte ihn und versuchte, ihm den Brandy einzuflößen, doch er rann ihm über das Kinn.
»Es ist zu spät«, murmelte Carleton. »Ich habe es befürchtet.«

Harriet kam zurück.
»Ich habe einen der Männer losgeschickt«, sagte sie. »O Gott, er sieht . . . er sieht schrecklich aus.«
»Es ist vielleicht schon zu spät«, sagte Carleton.
»Nein . . .«, flüsterte sie.
Sie trat an die Bettseite. Carleton hatte Toby sanft in die Kissen zurücksinken lassen. Wir sahen ihn schweigend an. Dann sagte Harriet: »Wenn nur der Arzt bald kommen würde. Es dauert schon so lange!«
»Der Mann ist gerade erst losgeritten«, meinte Carleton. »Es wird noch mindestens eine Stunde dauern.«
Dann trat wieder eine Stille ein. Ich stand am Kopfende des Bettes – Harriet auf der einen, Carleton auf der anderen Seite.
Dann hörten wir, daß jemand ins Zimmer gekommen war. Es war Charlotte. Sie war außer Atem.
»Ich hörte Herumlaufen, was ist passiert?«
»Er hat einen Anfall gehabt«, sagte Carleton.
»Ist es . . . schlimm?«
»Sehr schlimm, fürchte ich.«
»Ach, armer, armer Onkel Toby.«
Wieder Stille. Ich konnte die Uhr auf dem Kaminsims ticken hören. Es klang unheilverkündend.
Wir standen wie angewurzelt um das Bett herum. Ich spürte intensiv Charlottes Nähe und mir war, als blickten ihre Augen wissend.
Unsinn, sagte ich zu mir selbst. Du bist überspannt. Es ist dein Zustand.
Mir war plötzlich, als stellten wir ein lebendes Bild dar . . . voll einer noch verborgenen Bedeutung, die ich nur vage erfassen konnte.
Es folgten düstere, traurige Tage. »Zwei Todesfälle so kurz hintereinander«, klagte Matilda. »Oh, ich hasse den Tod. Toby war so glücklich, so voller Liebe.«
»Vielleicht geschah es gerade deswegen«, sagte Charlotte.
Ich sah, wie Matilda erschauerte. Dann meinte sie: »Er vergaß, daß er ein alter Mann war. So etwas kommt manchmal vor.«

»Aber er war wenigstens glücklich«, erklärte ich. »Das letzte Jahr lebte er wie in einem Paradies.«

»In was für einem Paradies?« fragte Charlotte. »In einem Narrenparadies?«

Sie haßte Harriet und hatte ihr nie verziehen, sich auf diese Weise in die Familie gedrängt zu haben.

Es gab noch jemanden, der Harriet haßte, und das war Sally Nullens. Vielleicht war es eher Furcht als Haß, der sie bewegte. Sie trauerte ehrlich um Toby, denn sie kannte ihn noch aus der Zeit, ehe er in die Fremde ging. »Er glaubte immer an das Beste im Menschen«, sagte sie bedeutungsvoll.

Der Weg durch das Dunkel

Ich fühlte mich jetzt häufiger nicht ganz wohl. Die Monate des Wartens schienen mir länger als damals, als ich auf die Geburt Priscillas gewartet hatte. Ich glaube, ich war wie besessen von der Angst, mein Kind könnte auch diesmal kein Sohn sein.

Ich ärgerte mich über Carleton. Es war so töricht, einer Frau die Schuld zu geben, wenn das Geschlecht ihres Kindes nicht den Wünschen ihres Ehemanns entsprach.

Es war ein heißer Sommertag, als es passierte. Ich mußte noch vier Monate auf die Geburt meines Kindes warten. An jenem Tag befand ich mich mit Priscilla im Garten. Ich konnte die Knaben auf dem Schießstand, der dicht hinter den Rasenanlagen lag, deutlich hören. Ab und zu hörte ich einen Schuß, dann ein Triumphgeheul oder das Klagelied der Enttäuschung. Sie waren glücklich, soviel war sicher. Edwin freute sich wirklich über die ihm von Carleton auferlegte Disziplin, und ich merkte mit Genugtuung, daß er tiefen Respekt vor seinem Stiefvater hatte. Er liebte ihn nicht – dazu flößte Carleton ihm zuviel Scheu ein –, aber er sah mit einer Art Verehrung zu ihm auf. Ich war froh darüber, denn ich wußte, daß Carleton Gefallen daran fand und hoffte, daß die beiden sich in Zukunft näherkommen würden.

Ich hing meinen Gedanken nach und merkte gar nicht, daß Priscilla auf wackligen Beinen davongelaufen war. Sie besaß einen ausgesprochenen Forscherdrang und versuchte ständig, sich der Beaufsichtigung zu entziehen. Als ich aufblickte sah ich zu meinem Entsetzen, daß sie sich dem Schießstand näherte.

Erschrocken sprang ich auf und lief, sie beim Namen rufend, hinter ihr her. Sie hielt dies anscheinend für eine

Art Spiel, denn sie beschleunigte ihr Tempo. Ich konnte sie kichern hören. Dann blieb ich mit dem Absatz an einer Baumwurzel hängen und fiel hin.
Panik ergriff mich. Ich spürte plötzlich starke Schmerzen. Ich rief: »Priscilla, Priscilla!« und gab mir alle Mühe, wieder auf die Beine zu kommen. »Komm zurück! Komm zurück!«
Ich stand auf und fiel wieder hin.
Dann sah ich Carleton auf mich zukommen. Er trug Priscilla auf dem Arm.
Als er mich sah, stellte er sie auf die Erde und rannte zu mir herüber.
»Was ist passiert?«
»Ich hatte Angst . . . Sie lief auf den Schießstand zu. Ich . . . ich bin gestürzt.«
Er hob mich auf und trug mich ins Haus.
Ich hörte, wie er einem Bediensteten zurief: »Holt den Arzt . . . schnell.«

Ich lag im Bett. Der Raum war abgedunkelt, denn sie hatten die Vorhänge vorgezogen. Ich war müde und erschöpft, aber die Schmerzen waren weg. Ich glaube, es war mir sehr schlecht gegangen.
Sally Nullens kam ins Zimmer.
»Sie sind also wieder wach«, sagte sie. Sie stand am Bett und hatte die unvermeidliche Tasse mit Fleischbrühe in der Hand.
»Oh, Sally«, sagte ich.
»Sie werden schon wieder gesund, Mistress«, meinte sie. »Sie können mir glauben, Master Edwin ist ganz schön durcheinander. Ich habe ihn gar nicht beruhigen können. Aber jetzt kann ich ihm sagen, daß Sie sich auf dem Wege der Besserung befinden.«
»Ich habe das Baby verloren«, sagte ich.
»Es wird noch andere Babys geben«, antwortete sie. »Gott sei Dank haben wir Sie nicht verloren.«
»War es denn so schlimm?«
»Sprechen Sie jetzt nicht so viel. Trinken Sie dies. Es wird Ihre Lebensgeister neu beleben.«

Also trank ich die Brühe und sie sah mir dabei zu. Sie sagte: »Ich bringe Ihnen die Kinder vor dem Schlafengehen noch herein, alle drei. Das habe ich ihnen versprochen.«
Sie brachte sie. Edwin stürzte auf mich zu und umarmte mich so fest, daß Sally protestierte.
»Willst du deine Mama ersticken, junger Mann?«
Leigh versuchte, ihn beiseite zu schieben. »Ich auch«, sagte er.
Priscilla weinte, weil sie sich ausgestoßen fühlte.
Ich lächelte sie glücklich an.
Was auch immer geschehen mochte – ich hatte wenigstens diese drei.

Carleton kam und setzte sich an mein Bett. Armer Carleton, wie enttäuscht er war!
»Es tut mir so leid«, sagte ich und streckte ihm die Hand hin. Er nahm sie und küßte sie.
»Macht nichts, Arabella. Kommt Zeit, kommt Rat.«
»Ich werde nicht eher ruhen, bis du deinen Sohn hast.«
»Jetzt muß erst eine Pause eintreten ... mindestens ein Jahr, hat man mir gesagt. Vielleicht zwei.«
»Du meinst, bevor wir wieder ein Kind haben können?«
Er nickte.
»Jedenfalls«, sagte er, »bist du durchgekommen. Du mußt wissen, daß es dir sehr schlecht gegangen ist. Wenn du nur nicht ... Aber was spielt das jetzt noch für eine Rolle.«
»Ich war so erschrocken!«
»Ich weiß, Priscilla!« Er sprach den Namen beinahe zornig aus.
»Ich glaubte, sie würde direkt in die Schußbahn hineinlaufen und ...«
»Reg dich darüber nicht auf. Sie wäre gar nicht so weit gekommen. Ich hätte sie bestimmt vorher gesehen und das Schießen sofort abgebrochen.«
»Ach, Carleton, es tut mir ja so leid.«
»Sag das nicht in diesem Tonfall. Als ob ich ein ... ein Ungeheuer wäre ...«

»Das bist du aber«, gab ich zurück und fühlte mich schon viel wohler.
Er neigte sich zu mir herab und küßte mich. »Werd wieder gesund, Arabella, ganz schnell«, sagte er leise.

Matilda kam.
»Ach, mein liebes, liebes Kind, wie schön, daß du jetzt schon wieder Besuche empfangen kannst. Ich war außer mir vor Angst. Es war so schrecklich . . . erst mein lieber Mann, dann Toby . . . und dann du. Als ob ein böser Zauber über dem Hause läge . . .«
Sie brach ab. Ich merkte, daß sich Sally im Zimmer befand.
»Es war nur eine unglückselige Verkettung von Umständen«, sagte ich. »Laß uns hoffen, daß die Pechsträhne damit ein Ende hat.«
»Es sieht so aus, denn dir geht es schon besser. Sally meint, daß du rasche Fortschritte machst. Nicht wahr, Sally?«
»Ich weiß, wie ich sie pflegen muß, Milady. Ich habe sie wieder auf den Beinen, bevor die Woche herum ist. Sie werden sehen . . .«
»Ich habe mich immer auf dich verlassen. Sally. Oh, Charlotte.«
Charlotte war ins Zimmer getreten.
»Charlotte, schau nur, wieviel besser Arabella schon wieder aussieht«, fuhr Matilda fort. »Fast so wie sonst, findest du nicht auch?«
»Ja, du siehst viel besser aus«, sagte Charlotte. »Ich bin so froh darüber, und es tut mir sehr leid, daß es passiert ist.«
»Es war ein Unglücksfall«, sagte ich. »Ich hätte besser aufpassen sollen.«
»Ja«, sagte Charlotte leise.
»Setz dich doch, Charlotte«, sagte Matilda, »und steh nicht so verlegen herum.«
Charlotte nahm Platz, und wir unterhielten uns eine Weile über die Kinder. Der arme Edwin war verzweifelt gewesen. Nachdem er den Tod seines Großvaters und Onkel Tobys erlebt hatte, glaubte er, auch ich würde sterben.

»Es war gar nicht leicht, ihn zu beruhigen«, sagte Charlotte. »Leigh konnte es besser als alle anderen. Die beiden Jungen sind sich sehr nahegekommen.«
Wir sprachen von Priscilla – wie intelligent sie war, und wie auch sie mich vermißt und immer wieder weinend nach mir gerufen hatte.
»Du siehst also, wie sich *alle* freuen, daß es dir wieder bessergeht«, sagte Matilda.
Dann kam Sally und meinte, ich dürfe mich nicht zu sehr anstrengen, und es sei jetzt genug geredet worden.
Die Besucher gingen und überließen mich meinen Gedanken. Ich dachte immer wieder an Carleton und ich fragte mich, ob er nicht mir . . . und vielleicht auch Priscilla . . . die Schuld an dem Vorfall gab.

Zwei Tage danach besuchte mich Harriet. Ich fühlte mich schon kräftiger, saß im Bett und ging gelegentlich sogar im Zimmer auf und ab.
»Sie dürfen nicht zu schnell gehen«, ermahnte mich Sally, die das Kommando im Krankenzimmer führte.
Ich hatte darauf bestanden, daß sie sich an diesem Nachmittag etwas ausruhte, denn ich wußte, wie ermüdend meine Pflege für sie sein mußte, zumal sie auch noch die Kinder beaufsichtigen wollte. Ich nahm an, daß Harriet aus diesem Grund gerade jetzt zu mir kam.
Sie trat auf Zehenspitzen ins Zimmer, und aus ihren Augen sprühte eine Art spitzbübischer Freude.
»Der Drache schläft«, meinte sie. »Weißt du eigentlich, daß sie mir jedesmal, wenn ich mich näherte, ihren feurigen Atem ins Gesicht gehaucht hat?«
»Du bist also schon vorher hier gewesen?«
»Natürlich! Glaubst du etwa, ich würde wegbleiben, wenn du krank im Bett liegst?«
Ihre Gegenwart flößte mir neuen Lebensmut ein. Harriet strömte Vitalität aus, und ich freute mich, sie zu sehen.
»Du siehst nicht so aus, als ob du auf dem Sterbelager liegst«, sagte sie.
»Das tue ich auch nicht«, antwortete ich.

»Du hast uns allen einen gehörigen Schrecken eingejagt, das kann ich dir sagen.«
»Ich ärgere mich über mich selbst. Nach der langen Warterei . . . jetzt ist es vorbei.«
»Du darfst dich nicht aufregen, das ist nicht gut für dich. Du mußt dankbar sein, daß du wenigstens selbst deiner dich liebenden Familie erhalten geblieben bist. Edwin war ganz niedergeschlagen.«
»Ich weiß, man hat es mir gesagt. Er ist ein lieber Junge.«
»Er liebt seine Mutter über alles, wie es sich auch gehört. So sollten wir alle sein. Arabella . . ich habe es noch niemandem gesagt, und du sollst es als erste wissen. Es ist wirklich wunderbar, ich bin wieder glücklich. Ich habe Toby wirklich geliebt. Du hast meine Gefühle für ihn angezweifelt, ich weiß. Du hast mir die Sache mit Edwin nie ganz verziehen, nicht wahr?«
»Vielleicht nicht.«
»Aber ich bringe dich noch dazu. Ich habe dich sehr gern, Arabella. Jetzt mußt du lächeln, weil du denkst, ich könnte dich nach allem, was ich getan habe, nicht gernhaben. Ich kann es. Was zwischen mir und Edwin passiert ist . . .«
Ich unterbrach sie. »Sprechen wir nicht mehr darüber. Wir werden uns nie einigen.«
»Ich bin ganz anders aufgewachsen als du, Arabella, ich mußte immer kämpfen. Es ist mir zur zweiten Natur geworden. Ich muß mir alles erst erkämpfen, und wenn ich es habe, denke ich an den Preis. Aber ich bin nicht hergekommen, um dir das zu sagen. Es ist nur so – wenn ich bei dir bin, habe ich immer das Gefühl, mich rechtfertigen zu müssen. Arabella, ich erwarte ein Baby.«
»Harriet! Ist denn das möglich?«
»Selbstverständlich! Toby war gar nicht so alt, mußt du wissen.«
»Ich sehe, wie glücklich du bist.«
»Das ist, was ich brauche. Verstehst du nicht? War es bei dir nicht genau so! Denk doch einmal zurück. Dein Mann starb plötzlich, und hinterher merktest du, daß du ein

Kind erwartetest. So ist es jetzt auch bei mir. Komm, freu dich mit mir. Ich hätte Lust, das Magnificat zu singen.«
»Wann . . .?«
»In sechs Monaten.«
Sie kam zu mir und legte die Arme um mich. »Dadurch wird sich alles ändern. Ich werde hierbleiben. Jetzt habe ich ein Recht darauf. Ich hatte es zwar schon vorher, aber jetzt ist es ein doppeltes Recht. Die alte Matilda hoffte, ich würde gehen. Auch Charlotte. Und was deine Sally anbetrifft, so sieht sie mich an, als wäre ich der leibhaftige Teufel. Aber es ist mir einerlei. Ich werde ein Kind haben! Einen kleinen Eversleigh. Stell dir das nur vor! Mein eigenes Kind!«
»Hoffentlich gehst du nicht wieder weg und läßt uns das Kind hier«, sagte ich kühl, aber ich merkte, daß ich wieder ihrem alten Charme zu unterliegen begann.
Sie lachte. »Deine Zunge wird schon wieder spitz, Arabella. Das macht die dauernde Übung mit Carleton.«
»Merkt man das?«
»Mag sein. Aber er hat zweifellos seinen Spaß daran. Doch jetzt zu dem Baby . . .«
»Du hast es also noch niemandem gesagt?«
»Ich wollte unbedingt, daß du es als erste erfährst.«
»Wenn es nur Onkel Toby gewußt hätte – er hätte sich so gefreut.«
Über ihre Augen zog ein leichter Schleier. »Der liebe Toby«, sagte sie. Ich war gerührt, aber dann fragte ich mich, ob sie mir auch jetzt wieder etwas vorspielte.

Die Nachricht von Harriets Schwangerschaft versetzte das ganze Haus in Erstaunen, und eine Zeitlang wurde geflüstert, sie bilde es sich nur ein. Aber im Laufe der nächsten Wochen wurde es offenkundig, daß sie sich nicht geirrt hatte.
Sie gab sich recht selbstgefällig und genoß offensichtlich ihre Position. Sie tat so, als wäre es ein großer Scherz, mit dem sie uns allen ein Schnippchen geschlagen habe.
Carleton war tief beunruhigt. Ich merkte es ihm an.

»Wenn es ein Junge wird«, sagte er, »kommt er in der Erbfolge gleich nach Edwin.«
»Nicht, wenn Edwin heiratet und selbst einen Sohn hat.«
»Darüber vergehen noch viele Jahre.«
»Sprich nicht immer von Edwin, als ob seine Tage gezählt wären.«
»Verzeihung. Ich dachte nur an . . .«
»An die Erbfolge. Man könnte beinahe auf den Gedanken kommen, Eversleigh sei der Königsthron.«
Er grübelte darüber nach. Oft sah ich, wie er Harriet mit einem seltsamen Ausdruck in den Augen beobachtete.
Es kam zu allerlei Reibungen zwischen uns beiden. Seit meiner Fehlgeburt verlief unser Leben nicht mehr so glatt wie vordem. Er schien mir meine Liebe zu Priscilla und auch die zu Edwin übelzunehmen, und obwohl ich eine gewisse Eifersucht auf Edwin verständlich fand, schien es mir abwegig zu sein, daß ein Mann seiner eigenen Tochter den Verlust eines möglichen Sohnes zum Vorwurf machen sollte.
Carleton war häufig fort. Er ritt oft nach Whitehall, und ich fragte mich, was für ein Leben er dort bei Hof führte. Ich machte mir ernste Sorgen über das Nachlassen unserer Gefühle füreinander und redete mir ein, dies sei unvermeidlich. Ich wußte, daß ich nicht ganz unschuldig daran war, und dennoch sehnte ich mich danach, daß er wieder zu mir zurückkehren und unser Verhältnis wieder so werden möge, wie es zu Beginn gewesen war. Aber war Carleton tatsächlich so gewesen, wie ich es mir gewünscht hatte? Wir hatten eine starke Leidenschaft füreinander empfunden, aber konnte man darauf das Glück eines ganzen Lebens bauen? Vielleicht irrte ich mich. Ich war in Gedanken auch immer wieder zu der herrlichen Zeit mit Edwin zurückgekehrt – und sie hatte sich als reine Täuschung herausgestellt. Ich war fest entschlossen, mich nicht noch einmal hintergehen zu lassen. Hatte mich das unbeugsam und argwöhnisch gemacht?
Das Leben schien in den folgenden Monaten etwas Unwirkliches anzunehmen. Harriet war die einzige, die glücklich

und zufrieden zu sein schien. Sie lebte ganz ihrer stillen Freude und begann, den ganzen Haushalt in zunehmendem Maße zu beherrschen.
Abends versammelte sie uns alle zum Singen um sich – mich, Charlotte, Gregory Stephens und oft auch Matthew Dollan, der ständig herübergeritten kam. Charlotte behandelte ihn von oben herab, als ob sie wüßte, daß mir eine Eheschließung zwischen ihnen beiden vorschwebte und es ihr darauf ankomme, meine Pläne zu durchkreuzen.
Harriet erzählte Geschichten von ihrem Theaterleben, und ihre Zuhörer lauschten ihr mit gespannter Aufmerksakeit. Sie war wirklich eine echte Scheherazade, denn sie hatte die Gewohnheit, gerade an der aufregendsten Stelle abzubrechen und zu sagen: »Genug für heute. Ich muß meine Stimme schonen.«
Edwin und Leigh schlichen sich heimlich ins Zimmer, um zuzuhören. Sie fanden Harriet bezaubernd, und sie legte es offensichtlich darauf an, besonders die Kinder in ihren Bann zu ziehen.
Da ich mir ernste Gedanken über mein Verhältnis zu Carleton machte und unter der Tatsache litt, daß nicht ich diejenige war, die ein Kind erwartete, ließ ich mich ebenso von ihr beeinflussen und verzaubern wie alle anderen.
Während der Wintermonate nahm sie an Umfang zu, blieb aber ebenso schön. Es umgab sie eine gewisse Heiterkeit, die ihre Schönheit noch unterstrich.
Sogar Sally Nullens war von der Aussicht auf ein neues Baby im Kinderzimmer begeistert.
Ich sagte eines Tages zu ihr: »Sally, du sehnst dich nach diesem Baby, das weiß ich.«
»Ach, ich kann ihnen nie widerstehen«, gab sie zu. »Es gibt nichts Schöneres für mich als ein hilfloses, kleines Baby.«
»Auch wenn es Harriet gehört?« sagte ich.
»Was sie auch sein mag«, antwortete Sally, »sie ist eine Mutter.«
Ich hatte nicht gemerkt, daß Charlotte eingetreten war. Sie war so zurückhaltend. Sie wollte anscheinend nicht, daß man überhaupt von ihr Notiz nahm.

»Glaubst du, daß es eine leichte Geburt sein wird?« fragte ich.
»Bei ihr!« rief Sally aus und in ihre Augen trat plötzlich ein böser Blick. »Bei ihr ist es ein Kinderspiel. Bei ihresgleichen . . .«
»Ihresgleichen . . .«, begann ich.
»Sie hat etwas Bestimmtes an sich«, sagte Sally, »ich habe es immer gewußt. Hexen besitzen besondere Kräfte.«
»Sally, du willst doch nicht etwa sagen, daß Harriet eine Hexe ist?« flüsterte Charlotte.
»Ich sage gar nichts«, erwiderte Sally.
»Doch«, warf ich ein.
»Ich kann nur sagen, was ich fühle. Irgend etwas ist da . . . besondere Kräfte . . . ich weiß nicht, was es ist. Manche nennen es Zauberei. Es gefällt mir nicht, und es wird mir nie gefallen.«
»Aber Sally, was für ein Unsinn. Sie ist nichts als eine gesunde und attraktive Frau . .. «
»Die genau weiß, wie sie es anstellen muß, um zu kriegen, was sie haben will!«
Charlotte und ich wechselten Blicke, in denen zu lesen stand, daß wir die alte Sally besser nicht allzu ernst nehmen sollten.
Es war Februar, als Harriet einem Kind das Leben schenkte, und wie Sally vorausgesagt hatte, war es eine leichte Geburt. Sie bekam einen Sohn, und ich muß zugeben, daß mich ein wenig Neid ergriff.
Etwa eine Woche nach der Geburt des Knaben, den sie Benjamin getauft hatte, kam Carleton nach Hause.
Er umarmte mich herzlich, und ich spürte plötzlich ein erregendes Glücksgefühl. Ich wußte genau, daß auch ich einen Sohn haben würde, wenn ich die Nachwirkungen der Fehlgeburt völlig überwunden hatte.
Es fiel Carleton sofort auf. »Es geht dir besser«, sagte er. Und er hob mich hoch und hielt mich an sich gespreßt.
»Ich bin froh, daß du wieder daheim bist«, sagte ich.
Arm in Arm gingen wir ins Haus. »Wir haben ein neues Familienmitglied bekommen. Harriets Kind ist da.«

Er schwieg einen Augenblick, und ich fuhr fort: »Es ist ein Sohn. Typisch für Harriet, einen Sohn auf die Welt zu bringen.«
»Ja«, sagte er gedehnt, »typisch für Harriet.«
Ich begleitete ihn in ihr Zimmer. Sie lag im Bett, ihr Benji war in der Wiege, und Sally machte sich um ihn zu schaffen.
Harriet hielt Carleton die Hand hin. Er nahm sie, und mir schien, als hielte er sie lange fest.
Sie zog die Hand zurück und sagte: »Sally, gib mir Benko her, ich will ihn zeigen. Eines kann ich dir sagen, Carleton, er ist das schönste Baby auf der Welt. Sally wird das bestätigen.«
Wie hübsch Harriet war mit den herrlichen Haaren, die ihr bis auf die Schultern fielen, mit dem glücklichen Ausdruck im Gesicht und den schönen Augen, die so weich blickten, wie ich es selten bei ihr gesehen hatte.
Mir fiel auf, daß Carleton sie aufmerksam beobachtete. Wieder kam mir in den Sinn, daß es sich hier um ein gestelltes Bild handelte, dem eine versteckte Bedeutung zugrunde lag.

Benji gedieh prächtig. Sally meinte, sie habe noch nie ein Baby mit kräftigeren Lungen erlebt. Er bewies schon in seinen ersten Lebenstagen, daß er entschlossen war, seinen Willen durchzusetzen. Mit seinen großen, blauen Augen und den dunklen Haarbüscheln sah er sehr hübsch aus. Priscilla stand gern dabei, wenn Sally ihn badete, und reichte ihr die Handtücher.
Ich hatte Harriet noch nie so zufrieden gesehen. Ihre Muttergefühle überraschten mich, aber ich sagte mir nicht ohne Zynismus, daß sie ihr Baby zum Teil deshalb so liebte, weil es ihre Stellung in Eversleigh festigte. Natürlich hatte sie als Tobys Witwe das Recht, hier im Haus zu wohnen, aber die Tatsache, daß sie einen neuen Erben für Land und Titel geboren hatte, stärkte ihre Position in doppelter Hinsicht.
Trotz allem spürte ich eine wachsende Spannung um mich herum. Ich hatte den Eindruck, daß Harriet irgend etwas im

Schilde führte. Vielleicht war es auch nur Einbildung und ich konnte die Vergangenheit nie ganz vergessen.
Ich wanderte manchmal durch die Gartenanlagen bis zu der Laube, in der Edwin gestorben war. Es war ein düsterer, unheimlicher Ort, und die Büsche hatten ihn mehr denn je überwuchert.
Chastity hatte ausgeplaudert, daß die Hausangestellten glaubten, in der Laube spuke es. Der Spuk, dachte ich bei mir, war Edwin. Er war plötzlich mit allen seinen Sünden dahingerafft und vom alten Jethro auf frischer Tat ertappt worden. Ich hätte gern gewußt, wie wohl Harriet zumute war, wenn sie dort vorbeiging. Sie war Zeugin von Edwins Tod gewesen, aber sie sagte nie ein Wort, wenn die Laube erwähnt wurde. Harriet gehörte meines Erachtens zu den Frauen, die unangenehme Ereignisse einfach aus ihrer Erinnerung verdrängen.
In den letzten Monaten waren Klagen laut geworden über die vielen Tauben und den Schaden, den sie auf den Feldern von Eversleigh Court anrichteten, und die Stallknechte und Hausdiener schossen ständig mit Schrot auf die Vögel. Ellen meinte, alle in der Nachbarschaft hätten es allmählich satt, ständig Taubenpasteten und Taubenragout, gebratene Tauben und Taubenfrikassee essen zu müssen.
»Ich sage den Leuten immer«, erklärte sie, »sie sollten sich lieber über gutes Essen freuen – ganz gleich, was es ist.«
Carleton hatte gesagt, auch die Knaben dürften auf Tauben schießen, schießen auf bewegliche Ziele sei eine gute Übung. Sie brachten ihre Strecke dann zu den Leuten auf den Vorwerken.
Es war ein warmer Sommertag. Ich war im Garten und pflückte Rosen. Da fiel mir plötzlich jener andere Tag ein, als ich der gleichen Beschäftigung nachgegangen und Carleton zu mir gekommen war. Wir hatten miteinander gesprochen, uns gestritten, und Carleton hatte mir einen Heiratsantrag gemacht.
Der Anblick der Rosen ließ die Erinerung an jenen Tag wieder lebendig werden. Ich dachte an die Erregung, die ich damals empfunden hatte, obwohl ich so getan hatte, als

wolle ich ihn nicht. Dann dachte ich über unsere Ehe nach und das plötzliche Erwachen eines neuen und erregenden Elements. Was war jetzt daraus geworden? Vielleicht war es unmöglich, die Leidenschaft zu erhalten? Vielleicht hatte überhaupt keine tiefergehende Beziehung bestanden? Ich verglich immer wieder mein Verhältnis zu Carleton mit meinen Beziehungen zu Edwin. Wie romantisch war doch meine erste Ehe gewesen, und wie vollkommen! Und wie töricht von mir, mich diesem Glauben hinzugeben!

Der Rosenduft, die Sonnenwärme auf meinen Händen, das Gesumm der Bienen und die Erinerungen an die warme Sommerluft von einst . . . und dann plötzlich . . . geschah es. Ich wußte nicht genau, was es war. Außer daß ich in den Rosenbusch fiel und der Himmel immer weiter zurückzuweichen schien. Ich hatte die Hand auf meinen Ärmel gelegt und etwas Warmes und Klebriges gespürt . . . Ich sah meine beiden Hände an . . . Sie waren so rot wie die Rosen in meinem Korb. Ich lag halb gegen den Rosenbusch gelehnt und glitt langsam ins Gras hinunter. Es kam mir wie eine Ewigkeit vor, und dann schien alles aufzuhören.

Jemand trug mich auf den Armen. Carleton. Ich hörte eine Kinderstimme schreien: »Ich habe es nicht getan! Ich nicht! Ich nicht!« Ich dachte: Das ist Leigh. Dann eine Stimme – die von Jasper. »Du gottloser Wicht. Du hast die Mistress umgebracht!«

Danach wurde es dunkel um mich.

Ich spürte Carletons Gegenwart. Carleton sprach, Carleton beugte sich über mich, Carleton war zornig. »Wie hat so etwas nur passierren können? Mein Gott, ich werde den Kerl schon finden . . .« Dann Carleton zärtlich: »Arabella, mein Liebling, meine liebe Arabella . . .«

Und plötzlich erwachte ich und sah eine kleine Gestalt an meinem Bett. »Ich habe es nicht getan. Ich habe es nicht getan. Es ging mir direkt über den Kopf hinweg. So war's! So war's!«

Das Licht war gedämpft. Ich schlug die Augen auf.

»Leigh«, sagte ich. »Leigh?«

Eine kleine heiße Hand tastete nach meiner freien Hand. Ich schien die andere verloren zu haben.
»Ich hab's nicht getan! Ich nicht! Ich nicht!«
Dann: »Komm her, Leigh.« Es war Sallys Stimme, sanft und verständnisvoll. »Sie weiß, daß du es nicht getan hast.«
»Leigh«, sagte ich. »Ich weiß.«
Sally sagte leise. »Armer kleiner Kerl. Er ist ganz gebrochen. Die Leute glauben, er sei es gewesen, als er nach Tauben schoß.«
Da wußte ich, daß man auf mich geschossen hatte. Als ich die Hand hob, um die Rosen zu schneiden, waren mir die Schrotkugeln in den Arm gedrungen.
Der Arzt hatte die Kugeln entfernt. Sie hatten offenbar ziemlich tief gesessen, und deshalb war es mir sehr schlecht gegangen.
Es sei ein Segen, hieß es, daß sie mich in den Arm getroffen hatten.
Carleton saß oft an meinem Bett, und ich empfand eine große Beruhigung, ihn neben mir zu wissen.
Es dauerte noch drei Tage, bevor er mit mir darüber sprach. Dann hatte ich mich von dem Fieber erholt, das durch das Herausoperieren der Kugeln entstanden war.
»Das werde ich nie vergessen«, sagte er. »Leigh rannte laut schreiend herum, und du lagst dort auf dem Gras. Ich hätte den dummen Jungen umbringen können . . . aber ich habe jetzt so meine Zweifel. Kannst du dich an den Vorfall erinnern?«
»Nein. Ich war dabei, Rosen zu pflücken. Es war warm und sonnig, und ab zu hörte ich Schüsse. Daran ist nichts Besonderes. Dann passierte es. Ich wußte zuerst nicht, was eigentlich los war. Ich hörte das Schreien und merkte, daß Blut an mir war . . .«
»Du hast also niemanden gesehen?«
»Nein, niemanden.«
»Auch nicht, bevor du mit dem Rosenschneiden anfingst?«
»Nein. Ich kann mich nicht erinnern.«
Carleton schwieg eine Weile. »Ich habe mir große Sorgen gemacht, Arabella.«

»Ach, Carleton. Ich bin ja so froh. Ich bin so froh, weil ich dir so viel bedeute, daß du dir große Sorgen um mich machst.«
»So viel bedeute! Wovon redest du eigentlich? Bist du nicht meine Frau? Bin ich nicht dein dich liebender Ehemann?«
»Mein Ehemann, ja. Ob auch ein liebender . . . ich bin mir nicht ganz sicher . . .«
»Es ist in letzter Zeit etwas schwierig gewesen, ich weiß. Es ist wohl meine Schuld. Die ganze Aufregung um das Kind, das wir verloren haben . . . Als ob es deine Schuld gewesen wäre.«
»Ich verstehe deine Enttäuschung, Carleton. Ich bin überempfindlich gewesen und habe mir Selbstvorwürfe gemacht, weil ich dich enttäuscht habe.«
»Wir sind ein törichtes Paar! Wir besitzen so viel. Aber das merkt man immer erst dann, wenn man es beinahe verliert.«
Er beugte sich über mich und küßte mich. »Werde schnell wieder gesund, Arabella. Sei wieder so, wie du immer gewesen bist. Laß deine Augen blitzen und streite dich mit mir, laß deiner spitzen Zunge freien Lauf . . . Laß alles wieder so sein, wie es war. Das wünsche ich mir.«
»Bin ich zu nachgiebig gewesen?«
»Zu reserviert«, sagte er, »als ob etwas zwischen uns stünde. So ist es doch nicht, oder?«
»Ich habe jedenfalls nichts zwischen uns aufgebaut.«
»Dann gibt es auch nichts.«
Ich war zufrieden, solange er an meinem Bett saß. Ich wünschte nichts sehnlicher, als bald wieder ganz gesund zu sein.
Er sagte: »Dieser Schuß hat mich tief beunruhigt. Ich muß herausfinden, woher er kam. Der Junge bleibt beharrlich bei seiner Aussage. Ich glaube nicht, daß er lügt. Er ist ein mutiger, kleiner Kerl. Er scheut sich nicht, die Wahrheit zu sagen, wenn er etwas verbrochen hat. Er sagt immer dasselbe, daß er allein dort war. Er ist ein guter Schütze, und ich hatte den beiden erlaubt, auf Tauben zu schießen. Damit tat er nichts Unrechtes. Er sagt, er habe nicht in deine

Richtung gezielt, dort seien gar keine Tauben gewesen. Sie seien vom Dach heruntergeflogen. Er sagt, der Schuß sei über seinen Kopf hinweg abgegeben worden. Vielleicht hatte sich der Schütze in dem Buschwerk an der Seitenwand des Hauses versteckt.

»Irgend jemand versteckt sich, um auf mich zu schießen? Warum denn?«

»Das wollte ich gern herausfinden. Darüber zerbreche ich mir den Kopf. Ich hatte eine Idee und suchte den jungen Jethro auf.«

»Du glaubst, daß er . . .«

»Es war nur eine Idee, und ich wollte keine Möglichkeit unberücksichtigt lassen. Ich ging zu der alten Scheune, wo sein Vater gelebt hatte, und sagte: ›Ich möchte mit dir sprechen, Jethro.‹ Er wunderte sich, und ich sagte: ›Dein Vater hat meinen Vetter erschossen. Jetzt hat jemand meiner Frau in den Arm geschossen – es kann aber auch ein unglücklicher Zufall gewesen sein – und ich frage, ob es sich deine Familie zur Gewohnheit gemacht hat, auf die meine zu schießen.‹«

»Carleton! Glaubst du wirklich . . .«

»Jetzt nicht mehr. Er schwor vor Gott, daß er so etwas nicht getan habe, und ich bin überzeugt, daß ein Mann mit seinen Glaubensgrundsätzen nie vor Gott schwören würde, wenn er die Unwahrheit sagt. ›Master‹, sagte er, ›ich habe noch nie jemanden getötet. Wenn ich so etwas täte, wäre ich unwürdig, in das Reich Gottes einzugehen. Töten ist Unrecht. So steht es in der Bibel. Du sollst nicht töten. Wenn ich eine andere Seele tötete, würde ich dafür Höllenqualen erdulden müssen.‹ Dann fiel er auf die Knie und schwor, er sei an jenem Tag nicht in der Nähe des Hauses gewesen. Er wisse von dem Vorfall nichts. Er habe kein Gewehr. Ich könne die Scheune durchsuchen. Er töte nie . . . nicht einmal Taube. Er glaube, es sei nicht recht, die Geschöpfe Gottes zu töten . . . Und so redete und redete er . . . und ich gewann die Überzeugung, daß er die Wahrheit sprach.«

»Vielleicht war es doch Leigh.«

»Möglich. Er war dort. Er hatte das Gewehr. Er schoß auf Tauben. Ja, es scheint sehr wahrscheinlich. Und trotzdem . . . er ließ sich nicht beruhigen. Er schrie und schrie. Sally konnte ihn nicht beschwichtigen. Er wiederholte immer wieder, er habe es nicht getan. Der Schuß sei über seinen Kopf hinweg abgefeuert worden . . . das weist auf die Büsche hinter dem Haus. Aber lassen wir das. Vielleicht hat er es getan. Vielleicht war ihm nicht klar, in welche Richtung er schoß. Er lügt sonst nie.«
»Wenn er es gewesen sein sollte, war es ein unglücklicher Zufall.«
»Selbstverständlich. Als ob Leigh ein Interesse daran haben könnte, dir wehzutun, denn er verehrt dich. Aber ich werde die Sache aufklären . . . wenn ich kann.«
»Wer käme sonst in Frage? Wenn es Leigh nicht war und der junge Jethro nicht . . .«
»Es könnte einer der Diener gewesen sein, der jetzt Angst hat, sich zu der Tat zu bekennen.«
»Vielleicht sollten wir das Ganze vergessen.«
»Du regst dich zu sehr auf. Ja, vielleicht sollten wir es vergessen.«
Aber ich wußte, daß er in Gedanken nicht davon loskam. Und ich lag im Bett und fühlte mich umsorgt und umhegt. Aber nicht lange. Als mein Arm zu heilen begann, die Verbände abgenommen wurden und kaum noch eine Narbe zu sehen war, spürte ich irgendwie, daß im Haus eine gewisse Spannung Platz griff, eine geheime Angst, das Bewußtsein, es sei nicht alles so, wie es den Anschein habe.
»Sie haben einen regelrechten Schock erlitten«, sagte Sally Nullens zu mir, und Ellen pflichtete ihr bei. »Erst die Fehlgeburt«, fuhr Sally fort, »dann dieser Fall. Das ist mehr, als der normale Mensch ertragen kann. Es wirkt sich auf die Nerven aus. So ist es.«
Ellen sagte: »Es ist komisch, wie diese Schocks kommen . . . es ist nie einer allein. Meist kommen zwei oder drei hintereinander.«
»Ich soll also jetzt auf Nummer drei warten?« fragte ich.
»Es ist immer gut, auf der Hut zu sein«, meinte Sally. »Aber

zuerst müssen wir Sie wieder völlig gesund machen. Ich habe einen ganz besonderen Heiltrunk.«

»Meinst du den mit Buttermilch?«

»Ja, das ist er«, sagte Sally. »Sie werden ihn jeden Abend trinken, Mistress Arabella. Dann weden Sie schön ruhig schlafen, und wir alle wissen, daß es nichts Besseres gibt, wenn Sie wieder gesund werden wollen.«

So sprachen sie mit mir, aber obwohl ich Sallys Buttermilch-Heiltrank zu mir nahm, schlief ich nicht gut. Meine Befürchtungen saßen anscheinend zu tief, um einfach beiseite geschoben zu werden.

Mein Argwohn war zurückgekehrt. Liebte Carleton mich wirklich? Hatte er tatsächlich noch etwas für mich übrig, nachdem ich ihm keinen Sohn geschenkt habe? Wie großartig hatte er seine Rolle unter den Puritanern gespielt, als er so tat, als sei er einer von ihnen. Er war ein ebenso guter Schauspieler wie Harriet.

Und Harriet? Sie hatte etwas Besonderes an sich. Sie machte einen glücklichen Eindruck, obwohl sie sich nicht mehr soviel mit ihrem Sohn abgab, und ich konnte nicht glauben, daß ihre Zufriedenheit auf ihre Mutterschaft zurückging. Ich mußte an die Zeit denken, als sie mit Edwin und mir in England angekommen war. War es dieselbe Genugtuung, die ich damals auf ihrem Gesicht zu erkennen geglaubt hatte? Was bedeutete das alles?

Wenn ich hinaus in den Garten ging, wandten sich meine Schritte unwillkürlich der Laube zu. Sie begann, eine gewisse Faszination auf mich auszuüben. Jetzt, wo die Bäume ihr Laub verloren, konnte ich sie von meinem Schlafzimmerfenster aus sehen, und ich gewöhnte mir an, hinunterzuschauen.

Als ich einmal wieder in diese Richtung ging, hörte ich meinen Namen rufen und sah, daß Chastity mir nachlief.

»Gehen Sie nicht dort hin, Mistress«, sagte sie. »Gehen Sie nicht zu nahe heran. Dort ist es nicht geheuer.«

»Was für ein Unsinn, Chastity«, sagte ich. »Daß es irgendwo spukt, gibt es gar nicht. Komm mit, und wir gehen zusammen.«

Sie zögerte. Seit dem Tag, als ich ihr den goldenen Knopf schenkte, hatte sie mich besonders in ihr Herz geschlossen.
»Komm! Wir wollen hingehen und nachschauen. Ich werde dir beweisen, daß es dort nichts zu fürchten gibt. Es sind nur vier Wände, die von den Sträuchern zugewachsen sind, weil sich niemand seit langem die Mühe gemacht hat, das Buschwerk zurückzuschneiden.«
Sie griff nach meiner Hand, und ich spürte, daß sie mich lieber zurückgehalten hätte.
Ich öffnete die Tür und trat ein. Es roch muffig. Das feuchte Holz und der Geruch nach altem Laub war überall.
Hier waren sie gewesen ... Harriet und Edwin ... Mein Blick wanderte zu dem Fenster, durch das der alte Jethro hereingeschaut hatte. Ich konnte fast das Zersplittern der Glasscheibe hören, den Knall des unheilvollen Schusses ... Er war auf kürzere Entfernung als jener andere abgegeben worden, der auf mich gerichtet worden war. Ich stellte mir Harriet vor, die zwar entsetzt gewesen, aber doch so geistesgegenwärtig gehandelt hatte, zu Carleton zu laufen und ihm Bescheid zu sagen.
Chastity blickte mit vor Angst weit aufgerissenen Augen zu mir auf.
»Mistress, hier gibt es bestimmt Gespenster ... kommen Sie ... schnell ...«
Ja, dachte ich bei mir. Hier sind Gespenster. Gespenstische Erinnerungen. Ich will nie wieder hierher kommen.
Chastity zog an meinen Händen, und wir gingen wieder ins Freie.
»Na, siehst du«, sagte ich, »du brauchtest keine Angst zu haben.«
Sie sah mich eigenartig an und erwiderte nichts. Ich merkte, wie fest sie meine Hand umklammert hielt, bis wir uns ein gutes Stück von der Laube entfernt hatten.
Als ich an jenem Abend aus dem Schlafzimmerfenster schaute, sah ich dicht bei der Laube ein Licht flackern. Ich starrte fasziniert hinüber – es zog wie ein Irrlicht durch das Gebüsch.
Dann verschwand der Lichtschein. Eine Laterne, dachte ich

bei mir und fragte mich, wer sie wohl tragen mochte und ob er – oder sie – in die Laube gegangen war und zu welchem Zweck.
Ich blickte noch lange hinaus, sah aber die Laterne nicht wieder. Ich dachte schon, mir alles nur eingebildet zu haben.

Ich fühlte mich noch immer ziemlich schwach.
Sally sagte: »Manchmal dauert es bei Frauen ein oder zwei Jahre, bis sie sich von einer Fehlgleburt erholt haben. Einige meinen, es sei schlimmer als eine Geburt. Und dann natürlich diese andere Sache . . .«
Sie schien recht zu haben. Ich war nicht die Arabella, die ich vorher gewesen war. Manchmal kam mir der Gedanke, nach Far Flamstead zu fahren und mit meiner Mutter über die Zweifel und Ahnungen zu sprechen, die mir ständig im Kopf herumgingen.
Und trotzdem wollte ich hierbleiben. Ich fühlte, daß im Haus etwas vor sich ging – etwas, das mich zutiefst berührte. Ich wünschte, ich könnte dieses Unbehagen, diese dunkle Vorahnung von mir abschütteln.
War es wirklich so, daß jemand auf mich geschossen und gehofft hatte, mich zu töten? Die Leute meinten, ich hätte noch Glück gehabt, denn die Schrotkugeln hatten meinen Arm getroffen. Wären sie mir in den Kopf oder einen anderen lebenswichtigen Körperteil gedrungen, hätte der Schuß tödlich sein können.
Wenn mich Leigh nicht – unglücklicherweise – getroffen hatte, wer dann? Hatte dieser Jemand auf Tauben oder mich gezielt?
Carleton war wieder einmal nach Whitehall berufen worden. Er sah zuweilen etwas traurig aus, als ob auch er sich Gedanken über unsere Ehe machte, denn nach der Zärtlichkeit, die er mir nach meinem Unfall entgegengebracht hatte, schienen wir beide mit den Nerven am Ende zu sein. Ich konnte meine Gefühle für ihn nicht zum Ausdruck bringen, ich war mir selbst nicht ganz sicher. Ich wollte bei ihm sein, ich wollte, daß er mich liebte wie in der Anfangszeit unserer

Ehe. Manchmal hatte ich den Eindruck, daß ich versuchte, ihn zu einem anderen Menschen zu machen. Ich mißtraute ihm und fragte mich, ob ein Mann, der wie er ein lockeres Leben geführt hatte, überhaupt ein treuer Ehemann werden könne. Ich konnte Edwin und die Art und Weise, wie er mich betrogen hatte, nicht vergessen. Und ich merkte, daß ich gegen meinen Willen immer häufiger daran denken mußte.

Die Laube faszinierte mich weiter. Eines Nachmittags, als es im Haus ruhig war, ging ich hinaus in den Garten und lenkte meine Schritte fast unwillkürlich dorthin.

Es war jetzt November – ringsum war alles feucht, das Laub war abgefallen, und nur auf den Tannen glänzte ein grüner Schimmer. Überall im Geäst hingen Spinnweben.

Als ich mich der Laube näherte, hörte ich eine Art Trauergesang. Ich trat näher und sah zu meinem Erstaunen einen Mann, der vor der Wand der Laube kniete: Es war der junge Jethro, der die Hände wie im Gebet gefaltet hatte.

Plötzlich hielt er inne, er mußte sich meiner Anwesenheit bewußt geworden sein. Er wandte sich unvermittelt um und sah mich aus seinen glühenden Augen an, die unter den buschigen Augenbrauen fast verborgen lagen.

»Was tust du hier?« fragte ich.

»Ich bete«, sagte er. »Ich bete zu Gott. Hier ist ein Mord geschehen. Das ist ein unheiliger Ort. Ich bete zu Gott für die Seele meines Vaters.«

»Ich verstehe«, sagte ich.

»O Gott, rette seine Seele vor der ewigen Verdammnis«, sagte er. »Was er getan hat, hat er zum Ruhme Gottes getan, aber in der Bibel steht: ›Du sollst nicht töten‹, und das heißt, auch nicht in Seinem Namen. Mein Vater hat hier einen Menschen getötet. Dieser war dem Satan verfallen . . . aber der Herr spricht: ›Du sollst nicht töten.‹«

Ich sagte leise: »Das ist schon lange her, Jethro. Man sollte das lieber vergessen.«

»Er brennt in der Hölle. Ein gutes Leben, und dann ein einziger Fehltritt und dafür . . . brennt er in der Hölle.»

Ich sah alles wieder vor mir. Wie konnte ich es auch vergessen? Die Szene in der Laube und der Irre mit dem Gewehr. Das Liebespaar . . . auf frischer Tat ertappt. Verbotene Liebe . . . Edwin auf der Stelle tot, Harriet rannte ins Haus, und der selbstgerechte Mann Gottes kehrte in seine Scheune zurück, nachdem er die Aufgabe, die er sich stellte, erfüllt hatte. Und danach? Hatte er Gewissensbisse gehabt? Er war ein Mörder, und zwar ganz gleich, aus welchem Grunde er gemordet hatte. Und er hatte das göttliche Gesetz übertreten.

Mitleid für diesen merkwürdigen, dem Irresein halb verfallenen Mann regte sich in mir. Ich wollte ihm gut zureden, ihm sagen, daß ich, die den Verlust des Ehemannes durch die Tat seines Vaters zu beklagen hatte, dem Täter verzieh. Und er müsse vergessen.

Aber mit ihm konnte man nicht vernünftig reden. Ich erkannte, daß der junge Jethro Vernunftgründen nicht zugänglich war. Für ihn gab es nur das Gesetz Gottes, und er war überzeugt, daß sein Vater trotz all seiner Frömmigkeit eine Todsünde begangen hatte.

Ich wandte mich ab, und im Weggehen hörte ich ihn seine Gebete murmeln.

Eines war mir jetzt klargeworden. Der junge Jethro war es nicht gewesen, der auf mich geschossen hatte, und Carletons Theorie, daß die Jethros unserer Familie gegenüber feindselige Gefühle hegten, weil wir Royalisten waren und ihrer Meinung nach schuld an den sittenlosen Verhältnissen in unserem Lande seien, entbehrte jeder Grundlage.

Es mußte jemand anders gewesen sein.

Es war Leigh, sagte ich mir. So mußte es gewesen sein. Das arme Kind, er hatte in die falsche Richtung geschossen und war dann so entsetzt über das gewesen, was er angerichtet hatte, daß er überzeugt war, es nicht getan zu haben.

Carleton war noch fort. Ich befand mich mit Sally im Kinderzimmer. Sie ging die Kleidung der Kinder durch und versuchte festzustellen, was benötigt wurde. Wir wollten dann später nach London fahren und das Erforderliche einkaufen.

Benji und Priscilla lagen im Bettchen, denn Sally bestand

auf dem Nachmittagsschlaf, und die Knaben ritten auf der Wiese vor dem Haus herum.
Ich wollte Sally gerade von den Gebeten des jungen Jethro bei der Laube erzählen, als Charlotte hereinkam.
Sie ging zu den Kinderbetten und schaute auf die Schlafenden hinunter.
»Wie friedlich sie aussehen«, murmelte sie.
»Noch vor einer halben Stunde war von Frieden nicht viel zu merken«, sagte Sally. »Benji schrie sich die Lunge aus dem Hals, und Mistress Priscilla war hingefallen und hatte sich ihr sauberes Kleid schmutzig gemacht.«
»Das ist jetzt alles vergessen«, meinte Charlotte. »Wie schnell so etwas bei Kindern geht. Ich dachte gerade, wir sollten etwas wegen der Laube tun. Sie wächst immer mehr zu.«
»Ja«, sagte ich, plötzlich hellwach.
»Das alte Ding sollte eigentlich abgerissen werden, finde ich«, warf Sally ein. »Was halten Sie von diesem Musselinkleidchen, Mistress? Priscilla ist schon aus ihm herausgewachsen. Aber es ist noch in Ordnung. Ich werde es waschen und aufheben. Wer weiß, wann wir es wieder einmal brauchen können.«
Ich wußte, daß sie darauf anspielte, ich könnte bald wieder ein Kind bekommen. Es war eine ihrer Gewohnheiten, und sie wollte mir mein Selbstvertrauen zurückgeben. Die gute Sally!
»Ich bin in die alte Laube hineingegangen. Ich konnte einfach nicht widerstehen«, sagte Charlotte. »Wie muffig es dort ist! Ja, ich glaube auch, daß man die Laube niederreißen sollte. Der Bodenbelag muß früher einmal ganz hübsch gewesen sein.«
Ich dachte an den Fußboden – ein Mosaik in Hellblau und Weiß, rot gefleckt mit Edwins Blut, und dann Harriet, die ihn in Panik ansah und zuerst nicht wußte, was sie tun sollte.
Ich durfte diese Bilder, die mir jedesmal vor Augen traten, wenn jemand die Laube erwähnte, nicht von mir Besitz ergreifen lassen.

»Ich stolperte über einen losen Mosaikstein«, fuhr Charlotte fort. »Ich bückte mich, um den Stein wieder richtig einzufügen, und fand dabei diese komischen Dinge . . . sie sehen wie kleine Puppen aus . . . Sie haben anscheinend unter dem losen Stein gelegen. Was sind sie?«
Sie zog zwei kleine Figuren aus ihrer Tasche.
»Was sollen sie eurer Meinung nach darstellen?» fuhr sie fort.
Sally war neugierig nähergetreten. Sie wurde blaß, dann sah ich, daß es Wachsmodelle waren. Das eine sah jemandem ähnlich. Die Stellung der Augen, die Form der modellierten Nase. Das war ich selbst!
Ich sah Sally an: Eine tiefe Röte üerzog ihr Gesicht, das eben noch so bleich gewesen war.
»Das ist die Arbeit einer Hexe«, sagte sie.
»Was meinst du damit, Sally?« fragte Charlotte. »Ich halte die beiden Figuren für Kinderspielzeug. Aber was hatten sie unter den Fliesen der Laube verloren?«
Sally nahm die Figur, die mir ähnelte, in die Hand. »Sehen Sie, hier sind die Nadeln gewesen. Dort . . . wo Sie das Kind getragen haben.« Sie hob die andere Figur hoch. »O mein Gott, jetzt weiß ich, was damit gemeint ist. Es ist die Wachsfigur eines ungeborenen Kindes.«
Wir sahen uns alle an.
»Wie lange sie wohl schon dort gelegen haben?« sagte ich.
»Ich . . . ich habe sie gerade gefunden«, stotterte Charlotte.
»Es sieht so aus, als ob . . .«, begann Sally. »Nein, ich kann's nicht sagen!« Sie legte mir die Hand auf die Schulter.
»Ach, meine arme Mistress Arabella, jetzt wissen wir . . .«
»Was wissen wir?« fragte ich. »Wovon redest du überhaupt?«
»Es ist ein Hexenzauber«, sagte sie. »Er hat das Kind getötet . . . und ist dazu bestimmt, Ihnen Unglück zu bringen.«

Sally hatte die Wachspuppen behalten. »Ich werde sie vernichten«, hatte sie gesagt. »Das ist das Beste, was man mit dem Zeug machen kann. Das Unglück, das die Figuren über uns gebracht haben, ist vorbei. Es ist gut, daß Sie sie

gefunden haben, Mistress Charlotte. Jetzt müssen wir die Augen offen halten. Jedenfalls wissen wir jetzt, was los ist.«
Als wir allein waren, sagte Charlotte zu mir: »Hätte ich ihr die Figuren doch nicht gezeigt! Ich bin überzeugt, daß sie keinerlei Bedeutung besitzen. Es müssen Puppen sein, mit denen Kinder früher einmal gespielt haben. Sie haben vielleicht schon Jahre dort gelegen.
»Eine schien mir ähnlich zu sehen, fand jedenfalls Sally.«
»Das sieht ihr ähnlich – nach dem Unfall. Ich wünschte, ich wäre nicht so gedankenlos gewesen.« Sie warf mir einen besorgten Blick zu. »Das alles hat dich sehr beunruhigt, Arabella, nicht wahr?«
Ich versicherte ihr, dies sei nicht der Fall. Aber natürlich fühlte ich mich betroffen.
Mir war sehr unbehaglich zu Mute. Carleton war in London. Ich wünschte, er wäre hier. Dann wäre ich bestimmt zu ihm gegangen und hätte ihm von Charlottes Entdeckung und Sallys Kommentar erzählt. Ich konnte mir sein Lachen gut vorstellen. Aber ich wollte sein Lachen hören. Ich wollte Zeuge sein, wie er über ›Ammenmärchen‹ spottete.
Ich ging früh zu Bett, aber ich konnte nicht einschlafen, sondern lauschte auf jedes Geräusch. Wie die Dielenbretter knarrten! Kaum war ich halb eingeschlummert, fuhr ich plötzlich hoch, weil ich irgendwo etwas gehört hatte. Vielleicht war auch alles nur Einbildung.
Ich hörte die Uhr Mitternacht schlagen und machte mir Gedanken über Carleton und das, was er in Whitehall tat. Mir fielen all die Geschichten ein, die man über das Leben dort erzählte. Der König umgab sich mit Kurtisanen, wie Lady Castlemaine, Moll Davies – obwohl sie ihre beste Zeit wohl schon überschritten hatte und Nell Gwynne. Man war in der Auswahl der Liebschaften nicht wählerisch. Und Carleton gehörte zu diesem Hofstaat. Ich hatte gehört, daß der König ihn gern um sich habe. Auf wen traf dies vielleicht noch zu?
Ein Geräusch auf dem Korridor. Ja? Schritte. Leise Schritte. Ich sprang aus dem Bett. Ich bebte. Ich mußte immer wieder an die Puppe denken, die mir ähnlich sah und Nadelstiche

im Wachs aufwies. Sie hatte nicht sehr lange unter dem Fliesenstein gelegen, dafür waren die Löcher zu frisch. Was hatte es für einen Sinn, zu behaupten, die Puppen wären alt? Hinter ihrer Ähnlichckeit mit mir lag eine bestimmte Absicht!

Das schwache Geräusch von Schritten. Jemand schlich langsam den Korridor entlang . . .

Vorsichtig und ganz leise öffnete ich die Tür und blickte hinaus. Ein Licht bewegte sich auf dem Gang. Es kam von einer Kerze, die jemand in der Hand trug.

Sie ging behutsam dahin, ihre langen Haare fielen über die Schultern herab, die Füße steckten in weichen Pantoffeln, ein Negligé öffnete sich halb und zeigte den Saum eines seidenen Nachtgewandes.

Harriet!

Wenn sie sich jetzt umdrehte, würde sie mich sehen. Aber sie drehte sich nicht um. Sie ging weiter den Gang hinunter.

Ich machte meine Tür wieder zu und lehnte mich dagegen. Was hatte Harriet vor, wenn sie den Korridor entlangschlich, wo das ganze Haus im Schlaf lag?

Am nächsten Morgen wollte ich ihr sagen, daß ich sie gesehen hatte und sie fragen, wohin sie gegangen war.

Aber ich fragte sie nicht, denn als ich mein Zimmer verließ und die Treppe hinunterging, war der erste, der mir begegnete, Carleton.

»Carleton« rief ich. »Wann bist du nach Hause gekommen?«

»Gestern abend«, sagte er. »Ziemlich spät.«

»Wo hast du geschlafen?«

»Im grauen Zimmer. Ich wollte dich nicht stören. Sally hat mir gesagt, du habest in der letzten Zeit nicht gut geschlafen.«

»Das . . . war sehr rücksichtsvoll von dir«, sagte ich kühl und dachte dabei an Harriet, die leise über den Gang geschlichen war.

Carleton mußte sich um das Gut kümmern, das seiner Meinung nach zu kurz kam, wenn er zu oft am Hof war.

»Bist du heute abend wieder zurück?« fragte ich.
Er küßte mich zärtlich. »Ganz bestimmt«, antwortete er. »Und wie spät es auch sein mag, ich werde dich stören.«
Er küßte mich leidenschaftlich, und ich reagierte sofort. Wenn nur alles zwischen uns wieder in Ordnung kommen würde, dachte ich, wieviel glücklicher wäre ich dann.
Während des Vormittags bekam ich Harriet nicht zu Gesicht. Sie schien verschwunden zu sein. Dann hörte ich, daß die Knaben mit Gregory Stevens ausgeritten waren und Harriet sie begleitet hatte. Sie wollten längere Zeit ausbleiben, denn Gregory hatte den Knaben versprochen, sie zu einem Gasthaus zu bringen, wo sie einen Schluck Bier und warmes Brot mit Speck bekommen konnten. Chastity erzählte mir, sie seien in bester Stimmung losgeritten.
Es war ein dunkler, nebliger Nachmittag. Ich saß in meinem Zimmer, als es klopfte. Charlotte stand in der Tür.
Sie sah irgendwie merkwürdig aus, fand ich, als fühle sie sich unbehaglich. Aber das war bei ihr oft der Fall.
»Ach, Arabella«, sagte sie, »ich bin so froh, daß du allein bist. Ich möchte dir etwas sagen.«
»Ja?«
»In diesem Haus geht irgend etwas vor. Nein, ich denke nicht an Hexereien, wie die alte Sally behauptet. Aber trotzdem ist irgend etwas los.«
»Was denn?« fragte ich.
Nach kurzem Schweigen sagte sie: »Ach, ich weiß, du hältst mich für ziemlich dumm . . .«
»Das tue ich bestimmt nicht.«
»Du brauchst dich nicht zu verstellen. Die meisten Menschen halten mich für dumm. Vielleicht nicht für dumm, aber nicht für besonders klug und nicht sehr hübsch . . . nicht so wie du bist, und Harriet, zum Beispiel.«
»Das bildest du dir bloß ein.«
»Ich glaube nicht. Aber ich bin nicht dumm. Es gibt Dinge, die ich sehe und die anderen Menschen entgehen. Du zum Beispiel . . .«
»Warum sagst du mir nicht, weswegen du hergekommen bist, Charlotte?«

»Ich versuche es ja. Es ist nicht einfach. Ich vergesse nicht, wie du mich einmal gerettet hast . . .«
»Ach, das ist schon so lange her.«
»Ich denke immer daran. Manchmal frage ich mich, ob ich es nicht doch hätte tun sollen. Die Menschen wollen diese Welt verlassen, und dann bekommen sie in der letzten Minute Angst. Ich fand, es gebe nichts mehr, für das es sich lohnte, zu leben. Es war so viel Aufhebens von Charles Condey gemacht worden . . . von der Abendgesellschaft, von der Bekanntgabe der Verlobung . . . ich konnte es einfach nicht länger ertragen.«
»Das verstehe ich.«
»Harriet ist eine böse Frau, Arabella. Weißt du das? Oh, bei Hexen kenne ich mich nicht genau aus. Aber ich weiß, daß sie durch und durch böse ist. Sie ist willkürlich in mein Leben eingebrochen . . . und jetzt will sie dir dasselbe antun. Sie hat es schon einmal getan, nicht wahr? Ich weiß, was zwischen ihr und Edwin gewesen ist. Ich wußte es gleich von Anfang an. Du wirst mich sicher verabscheuen, aber ich lausche manchmal an Türen. Ich halte die Augen offen und entdecke alles mögliche. Es ist gemein und hinterlistig, aber es entschädigt mich für manches. Ich habe kaum ein eigenes Leben, deshalb lebe ich das Leben anderer Leute mit. Ich weiß mehr als manch einer, denn ich lausche und schaue verstohlen, und das schafft mir eine gewisse Befriedigung, denn ich bin nicht intelligent und attraktiv. Verstehst du?«
»Natürlich verstehe ich dich. Aber Charlotte . . .«
Sie machte eine Handbewegung. »Hör mir zu. Sie heiratete Onkel Toby, denn sie wollte hier sein, und sie wollte seinen Namen und den Titel, den er eines Tages führen würde. Du glaubst doch nicht etwa, daß Benji Onkel Tobys Sohn ist, oder?«
»Wessen Sohn denn?« fragte ich.
»Bist du so naiv, Arabella?«
Ich spürte, wie mir die Röte ins Gesicht stieg. »Charlotte, du redest Unsinn.«
»Nein. Sie wollte einen Sohn, der Ansprüche auf den Adelstitel hatte. Benji sollte der nächste nach Edwin sein.«

»Willst du damit sagen, daß sie wagen würde, Edwin aus dem Wege zu räumen? Das ist Wahnsinn.«

»Vielleicht habe ich zuviel gesagt. Du willst nicht auf mich hören.« Sie zuckte mit den Achseln. »Verzeih mir, Arabella. Ich wollte meine Schuld begleichen . . . weil du mir einmal das Leben gerettet hast, aber wenn es dir lieber ist, nichts zu wissen . . . wenn du lieber wartest, bis das Verhängnis über dir hereinbricht . . .«

»Sag mir, was du weißt«, bat ich.

»Ich weiß folgendes: Edwin war ihr Liebhaber. Er wurde erschossen, als sie sich in der Laube aufhielten. Der alte Jethro brachte Edwin um, weil er die beiden beobachtet hatte und wußte, warum sie in der Laube waren. Er wollte auch Harriet töten. Vielleicht wäre es besser gewesen, wenn er es getan hätte. Mag sein, daß sie über besondere Kräfte verfügt. Vielleicht hat Sally recht. Zum damaligen Zeitpunkt erwartete sie bereits sein Kind. Leigh ist nicht Charles Condeys Sohn.«

»Ich weiß«, sagte ich.

»Sie hat dich also mit Edwin betrogen. Dann lief sie davon und überließ dir die Sorge um den Bastard deines Mannes. Arabella, du bist eine gute Frau. Es grämt mich, daß man dich so behandelt. Aber du bist blind . . . manchmal glaube ich, absichtlich blind. Du hast tatsächlich geglaubt, Benji sei Onkel Tobys Sohn. Das war ziemlich naiv. Der arme Onkel Toby, er mußte sterben, als sie schwanger war.«

»Willst du damit sagen, daß sie . . . ihn umgebracht hat?«

»Auf eine bequeme und ganz natürliche Art, die man wohl kaum gegen sie ins Feld führen könnte. Es war nicht schwierig, den alten Herrn in Aufregung zu versetzen. Sie wußte, daß er bereits einen Herzanfall gehabt hatte. Ein Kinderspiel. Sie wußte, daß sie es früher oder später schaffen würde. So natürlich, sagten die Leute – ein alternder Ehemann, eine junge, lebenslustige Frau.«

»Hör auf, Charlotte!«

»Ich weiß, daß du dies nicht hören willst. Ich würde auch nichts mehr sagen, aber *du* bis jetzt in Gefahr, Arabella. Siehst du denn nicht, was sie wollen?«

»Sie? Wer?«
»Harriet und . . . Carleton.«
»Carleton!«
»Das mußt du doch wissen! Warum ist er so oft fort? Ist er etwa in London? Edwin war im Geheimaufrag unterwegs, nicht wahr? Geheimauftrag bei Harriet. Sie hat ihren Sohn. Benji. Ist dir nicht aufgefallen, daß Carleton ihn sehr gern hat? Sie hat den Beweis erbracht, daß *sie* Söhne auf die Welt bringen kann. Sie wollen heiraten. Sie wollen Eversleigh übernehmen und es unter sich aufteilen.«
»Das tut Carleton bereits für Edwin. Du hast Edwin vergessen. Eversleigh gehört Edwin!«
»Was glaubst du wohl, haben sie mit Edwin vor? Ein kleines Taubenschießen? Nein, das würde wahrscheinlich nicht klappen. Das letzte war ein Fiasko.«
»Charlotte, das ist Wahnsinn!«
»Der Wahnsinn geht in diesem Hause um, Arabella. Der Wahnsinn von Habgier und verbotener Liebe und Haß und Mord. Mach doch deine Augen auf! Wer war als erster bei dir, als man auf dich geschossen hatte? Er hatte es aus dem Gebüsch nicht weit, nicht wahr? Siehst du denn das nicht? Die Todesdrohung hängt über deinem Haupt. Wie ein großer, schwarzer Vogel. Hörst du nicht seine Schwingen . . . erst du, dann Edwin . . .«
»O nein . . . nein . . «
»Sie treffen sich. Ich habe sie gesehen.«
Ich schloß die Augen. Ich sah Harriet heimlich über den Korridor gehen, eine Kerze in der Hand. Ich konnte Carletons Stimme hören: ›Es war schon spät. Ich wollte dich nicht stören . . .‹ Ich rief: »Nein, Nein!« Aber alles paßte irgendwie ineinander.
»Sie haben einen Treffpunkt, dort hinterlassen sie Nachrichten: In der Laube. Ich habe einige dieser Zettel gesehen. Deshalb bin ich auch auf die Wachspuppen gestoßen. Es ist, als wollten sie dem Schicksal ein Schnippchen schlagen, wenn sie dorthin gehen. Und kaum einer traut sich bei Dunkelheit in die Nähe der Laube. Es befriedigt ihren Sinn für das Makabre . . . und gleichzeitig fühlen sie sich dort

sicher. Sie wollen nicht entdeckt werden, bevor sie ihre Pläne in die Tat umgesetzt haben, ihre abwegigen, scheußlichen Pläne. Ach, Arabella, du siehst mich so merkwürdig an. Du glaubst mir wohl nicht.« Sie zuckte mit den Achseln. »Vielleicht hätte ich es dir nicht sagen sollen. Aber wie konnte ich den Mund halten? Ich sage dir: Der Tod hängt über dir. Er war schon ganz nahe, und du bist ihm nur durch einen Glücksfall entgangen. Ich habe Angst, Arabella. Ich weiß nicht, was ich tun soll . . . um dich zu retten . . . um Edwin zu retten. Ich kenne ihre finsteren Pläne. Ich habe sie zusammen gesehen. Ich habe gehört, was sie miteinander sprachen. Aber du glaubst mir nicht. Ich mache dir einen Vorschlag! Laß uns zur Laube gehen . . . jetzt sofort. Sie hinterlassen dort Nachrichten füreinander. Vielleicht ist sie jetzt dort . . . mit ihm. Wer weiß? Sie sagte, sie wolle ausreiten. Hat sie es aber getan? Ich bin gespannt.«

»Sobald Carleton wieder da ist, werde ich mit ihm sprechen«, sagte ich. »Ich werde auch mit Harriet sprechen.«

»Das kann nicht dein Ernst sein. Was werden sie schon sagen? Charlotte lügt. Charlotte ist wahnsinnig. Und es gelingt ihnen vielleicht, dich zu überzeugen. Der Gedanke, sie seien vielleicht nicht vorsichtig genug vorgegangen, wäre ihnen zuwider. Aber ich weiß, daß du dadurch deinem Schicksal nicht entrinnen kannst. Ihr seid dem Tod geweiht, Arabella – du und dein Sohn Edwin. Sie würden in jedem Fall gegen mich zusammenhalten . . . und du würdest ihnen Glauben schenken, weil du es so willst. Du würdest auf die Chance verzichten, den Beweis zu sehen . . . nicht einmal jetzt.«

»Zeig mir diesen Beweis« sagte ich.

Ihre Augen leuchteten plötzlich auf. »Ach, Arabella, ich bin so froh, daß du die Wahrheit sehen willst! Laß uns jetzt zu der Laube gehen. Ich sah sie dort eintreten, bevor sie wegritt. Ich kenne die Stelle, wo sie ihre Botschaften verstecken. Wenn er nicht schon dort war, um den Zettel abzuholen, werden wir ihn finden. Komm jetzt!«

Sie schob ihren Arm unter meinen, und wir verließen gemeinsam das Haus.

Im trüben Licht des Novembernachmittags machte die Laube einen düsteren Eindruck, und mir wurde fast übel, als wir über den Rasen schritten.
»Es ist ein abscheulicher Ort«, sagte Charlotte. »Ich habe ihn immer gehaßt. Komm rasch, Arabella.«
»Sie stieß die Tür auf, und wir traten ein. Ich war erleichtert, weil niemand drinnen war. Sie blieb stehen und hob die zerbrochene Fliese hoch.
»Da ist nichts«, sagte ich.
»Dort drüben ist noch eine. Sieh dort einmal nach.«
Ich ging zu der von ihr bezeichneten Stelle. Sie hatte recht. Ich hob den Stein hoch. Unter ihm lag ein Stück Papier. Ich wurde vor Entsetzen fast ohnmächtig. Irgend etwas stand auf dem Papier geschrieben aber ich konnte es nicht entziffern.
»Es sieht genau aus wie das Gekritzel eines Kindes«, sagte ich und drehte mich um.
Ich war allein, und die Tür war geschlossen.
»Charlotte!« rief ich. »Mach auf!«
Ich hörte ihre Stimme: »Dir Tür klemmt. Ich kann sie nicht aufmachen.« Sie hatte recht. Die Tür gab nicht nach. Dann sah ich, daß der Schlüssel nicht mehr an der gewohnten Stelle hing.
»Ich gehe und hole jemanden!« rief sie.
Ich war also allein in der Laube. Ich sah mir den Zettel näher an. Hatte das Gekritzel irgendeine Bedeutung? War es irgendein Code? Was für eine törichte Vorstellung, das Gekritzel hätte auch von Priscilla stammen können.
Ich setzte mich auf die Bank. Wie haßte ich diesen Ort! Edwin, Harriet . . und jetzt Carleton und Harriet. Die Geschichte wiederholte sich.
»Ich glaube es nicht«, sagte ich laut. »Ich kann es nicht glauben!«
Ich hörte ein Geräusch und lauschte gespannt. Sie mußten gekommen sein, um mich zu befreien. Ich rief hinaus. Dann hörte ich etwas, das mich vor Schrecken erstarren ließ: Es war das unverkennbare Knistern von Holz, und ich sah Rauch in die Laube dringen. Es brannte.

Ich rannte zur Tür und warf mich gegen die Bretter. Sie gaben nicht nach. Ich begriff: Ich war eingeschlossen worden.
»Mein Gott«, betete ich. »Was wird aus mir? Charlotte! Charlotte . . . bist du es, die mich umbringen will?«
»Laß mich hinaus!« schrie ich. »Laß mich hinaus!«
Ich hämmerte gegen die Tür. Wie fest das alte Holz noch war. Die Hitze wurde schier unerträglich. Es konnte nicht mehr lange dauern, bis der ganze Bau in hellen Flammen stand. Ich spürte, wie mir das Bewußtsein schwand, denn die Hitze wurde immer größer. Dies ist das Ende, dachte ich. Ich würde sterben, ohne zu wissen, warum mich Charlotte so haßte.
Plötzlich spürte ich einen Luftstrom. Dann zischten die Flammen.
Der alte Jethro hatte Edwin getötet, und der junge Jethro hatte mir das Leben gerettet.
Wieder bei Bewußtsein, fühlte ich undeutlich, daß er neben mir kniete und Gott dankte. »Ein Wunder!« rief er, »Gott hat mir ein Wunder geschickt!«
Jasper trug mich ins Haus und übergab mich in Sallys Obhut.

Wieder einmal dem Tod entronnen und diesmal nur durch Jethros Wunder gerettet worden zu sein, verlieh mir ein seltsam gehobenes Gefühl. Meine Gedanken wanderten mit mir dahin, und ich war mir nicht bewußt, daß ich in meinem eigenen Bett lag. Sally hatte den Arzt rufen lassen. Ich hatte keine Verbrennungen erlitten, nur an einer Hand war die Haut durch die Hitze verletzt. Es war der Rauch gewesen, der mich beinahe erstickt hatte. Es konnten nur wenige Minuten vergangen sein – zwischen dem Zeitpunkt, als Charlotte das Feuer legte und Jethro mich heraustrug. Er hatte uns beobachtet. Anscheinend verbrachte er jeden Tag viele Stunden im Gebet bei der Laube. Er hatte gesehen, daß Charlotte mich einschloß, hatte gesehen, daß sie Petroleum über das dürre Reisig vor der Laube ausgoß und anzündete. Dann war er gekommen und hatte mich herausgeholt.
Er war wie ein Besessener. Er hatte um ein Zeichen gebeten, daß seinem Vater vergeben und er in den Himmel aufgenom-

men worden sei, und dies war, daran glaubte er fest, ein solches Zeichen. Der Vater hatte ein Leben ausgelöscht, und der Sohn hatte die Möglichkeit erhalten, ein Leben zu retten.
»Lob sei Gott in der Höhe!« rief er aus.
Ich stünde unter einem schweren Schock, sagte der Arzt. Ich müsse Ruhe haben, im Bett bleiben und vorsichtig sein. Und ich hatte allen Grund, unter den Auswirkungen eines Schocks zu stehen. Innerhalb kurzer Zeit war zweimal ein Mordanschlag auf mich verübt worden. Niemand – außer Sally konnte behaupten, daß meine Fehlgeburt andere als natürlich Ursachen gehabt habe, aber niemand konnte bestreiten, daß man zweimal versucht hatte, mich umzubringen.
Als Carleton ins Haus zurückkehrte, kam er sofort in mein Zimmer.
Als ich sein Gesicht sah, fragte ich mich, wieso ich jemals so töricht hatte sein können, an seiner Treue zu zweifeln. Wenn ich je den Beweis für seine Liebe gebraucht hätte, so stand er ihm jetzt ganz klar im Gesicht geschrieben.
Er kniete neben meinem Bett nieder. Er nahm meine Hand – die Hand, die nicht verbunden war – und küßte sie.
»Liebste, was geht hier eigentlich vor? Ist dies ein Irrenhaus?«
»Ich glaube, hier ist der Wahnsinn ausgebrochen«, sagte ich.
Er wußte, daß man mich in der Laube eingesperrt hatte, aber als er erfuhr, daß es Charlotte gewesen war, wunderte er sich sehr.
»Wo, um alles in der Welt, ist sie jetzt?« fragte er. »Wir müssen sie finden, sonst richtet sie noch mehr Unheil an. Sie muß völlig von Sinnen sein.
Aber Charlotte war verschwunden.

Alle suchten sie, konnten sie aber nicht finden. Carleton blieb an meinem Bett. Er bat mich, ihm genau zu erzählen, was sich ereignet hatte. Ich konnte nichts zurückhalten. Es sprudelte aus mir heraus – meine Zweifel, mein Verdacht, meine Befürchtungen, und während ich redete und er mir zuhörte, erschien uns alles wie eine Offenbarung. Wir liebten uns, kein anderer würde jemals dasselbe für uns bedeuten. Edwin war in der Laube eigentlich gar nicht zu Tode gekommen, sondern er hatte weitergelebt und zwischen uns gestanden. Wir hatten uns beide unsere eigene Vorstellung von Edwin und seiner Bedeutung für unser Leben gemacht. Ich hatte mich überzeugt, daß ich ihn ehrlich geliebt hatte und, da er mich hinterging, nie wieder einem anderen Menschen würde vertrauen können. Und Carleton hatte geglaubt, daß ich ihn nie den Platz würde einnehmen lassen, der Edwin gebührte. Ich glaube, wir erkannten plötzlich, wie dumm wir gewesen waren. Wir hatten zugelassen, daß falsche Vorstellungen unsere Ehe zu zerrütten drohten.

Während ich im Bett lag und Carleton neben mir saß, fiel es uns wie Schuppen von den Augen: Es war die Chance, neu zu beginnen, frei von allen Fesseln. und zu versuchen, unser gemeinsames Glück zu finden.

Am nächsten Morgen fand ein Hausmädchen in der Bibliothek einen an mich gerichteten Brief.

Mir zitterten die Hände, als ich ihn öffnete, denn ich erkannte Charlottes Handschrift.

»Liebe Arabella,

ich schulde Dir eine Erklärung. Als ich die Laube angezündet hatte, ging ich ins Haus zurück und sah von einem der Fenster zu. Als ich sah, daß der junge Jethro Dich hinaustrug, wußte ich, daß es für mich das Ende war. Erinnerst Du Dich an die Geheimkammer hinter der Bibliothek? Nur wenige wissen von diesem Raum. Dort versteckte ich mich. Ich habe Papier und Feder mitgenommen und schreibe Dir jetzt diese Zeilen. Ich will alles zu einem Ende bringen und nicht einfach verschwinden. Du weißt, ich war immer die Außenseiterin, die Versagerin. Nicht einmal meine Eltern konnten gelegentlich ihre Enttäuschung über mich verhehlen. Ich habe nie auf

Gesellschaften geglänzt. Ich weiß noch, wie meine Mutter einmal sagte: ›Wie werden wir nur jemals einen Mann für Charlotte finden?‹ Damals war ich fünfzehn und so verzweifelt und unglücklich, daß ich mir das Leben nehmen wollte. Ich wollte mir die Pulsadern öffnen. Als Du mich auf dem Turm fandest, war es also nicht das erste Mal, daß ich Selbstmord begehen wollte.
Ich hoffte, Charles Condey zu heiraten, aber Harriet hat diesen Plan zunichte gemacht. Wenn ich ihn geheiratet hätte, wäre ich vielleicht eine ganz normale Ehefrau geworden. Es wäre kein besonders aufregendes Leben gewesen, aber Charles war schließlich auch nicht besonders aufregend. Er war der Richtige für mich. Wie ich sie haßte! Ich hätte sie umbringen können, und als ich feststellte, daß Edwin ihr Geliebter war, fühlte ich mich in gewissem Sinne getröstet. Ich war nicht die einzige, die zu leiden hatte. Es zeigt Dir meinen Charakter, der keineswegs lobenswert ist, fürchte ich.
Dann kehrten wir in die Heimat zurück. Ich verehrte Carleton vom ersten Augenblick an. Er schien sein Leben zu meistern, wie ich es nie vermocht hatte. Er ist so, wie ich selbst gern gewesen wäre. Meine Eltern sagten immer, es sei so schade, daß er mit Barbary verheiratet wäre, und als sie starb, hörte ich sie sagen: ›Wenn Carleton jetzt Charlotte heiraten würde, wäre es eine glänzende Lösung aller Probleme.‹ Ich glaubte nicht an diese Möglichckeit, aber dann machte ich mir doch meine Gedanken. Warum eigentlich nicht? So abwegig war es gar nicht. Eine Ehe mit Carleton. Mir schien es eine wunderbare Lösung zu sein. Ich schloß Harriet beinahe in mein Herz, weil sie meine Heirat mit Charles Condey verhindert hatte.
Dann hast Du Carleton ganz plötzlich geheiratet, und es kam so unerwartet, weil Du immer den Eindruck erweckt hast, als könntet ihr euch nicht leiden. Ich habe in Dir nie eine Rivalin gesehen. Ich habe Dich nicht gehaßt, das konnte ich nie. Ich haßte einfach das Leben und das Schicksal und alle Widerstände, denen ich mich gegen-

übersah. Ich beobachtete Harriet. Ich sah, wie sie die Menschen benutzte und ich sagte zu mir: Warum sollst du das nicht auch tun? Natürlich weiß ich, daß sie sehr gut aussieht und versteht, andere für sich einzunehmen. Wenn Dir aber diese Gaben versagt sind, kommst Du auf den Gedanken, Ränke zu schmieden und im dunkeln zu arbeiten. Und das tat ich. Ich glaubte, daß Carleton im Falle Deines Todes so niedergeschlagen sein würde, daß er sich mir zuwenden könnte. Ich glaube, meine Mutter hätte alles getan, um eine Heirat zwischen uns zustande zu bringen. Ich wußte, was Carleton für Dich empfand. Ich hatte beobachtet, wie er Dir nachsah. Ich kenne ihn gut. Ich kenne alle Menschen gut. Wenn Dir selbst vom Leben nicht viel übriggeblieben ist, beobachtest Du andere Leute . . . Du fängst an, das Leben anderer Menschen zu leben. Der Klang seiner Stimme, wenn er von Dir sprach, der Ausdruck in seinen Augen. Ich wußte, daß er, wenn Du sterben würdest, nicht viel Aufhebens machen würde. Und wenn vielleicht noch etwas von Seiten der Familie nachgeholfen würde . . . hier war jemand, der sich um die Kinder kümmern konnte . . . das alles schien nicht ausgeschlossen. Das war es, wofür ich gearbeiet habe. Harriet – er mochte sie nicht. Ich weiß nicht, was es mit Menschen ihrer Art auf sich hat. Beide haben Erfahrungen mit dem anderen Geschlecht, beide wirken anziehend auf ihre Umwelt . . . und trotzdem spüren sie gegeneinander sofort eine starke Abneigung. Er haßte Harriets Gegenwart in diesem Haus. Er haßte ihren Einfluß auf Dich. Ich wußte, daß er sie nie heiraten würde – ebenso wenig wie sie ihn, es sei denn, sie konnte dadurch Herrin von Eversleigh werden. Aber Eversleigh gehört Edwin. Sie war stolz, daß ihr Benji in der Erbfolge an der nächsten Stelle stand, aber sie wollte dies dem Schicksal überlassen. Sie wollte Edwin nichts antun. Ihr schwebte nichts anderes, als ein gesichertes Dasein vor. Dafür hatte sie ihr ganzes Leben gekämpft. Deshalb warst Du es, die ich aus dem Wege haben wollte. Mir ging es um Carleton. Er sah, wie ich die

Kinder liebte. Einmal sagte er zu mir: ›Du hättest eigene Kinder haben sollen, Cousine Charlotte.‹ Das erschien mir als ein Signal. Ich begann zu planen. Ich wußte, wie die Dinge zwischen euch standen. Ich konnte euch beide gut verstehen. Er ärgerte sich, weil er glaubte, daß Du mehr an Edwin als an ihn selbst dachtest, und Du konntest nicht vergessen, wie Edwin Dich hintergangen hatte, und dachtest, Carleton täte dasselbe. Ihr beide hattet eure Ehe vergiftet. Ihr hattet verdient, euch zu verlieren. Ich träumte von der Zukunft, von Carleton und mir und unseren Kindern. Das war es, was ich mir wünschte. Dann würde ich auch alles vergessen können, was einmal gewesen war. Ich erzähle Dir dies alles, weil ich nichts im unklaren lassen möchte. Du sollst verstehen, warum ich tat, was ich getan habe. Ich möchte nicht, daß Du sagst: ›Ach ja, die arme Charlotte, die war nicht ganz bei Sinnen.‹ Charlotte war durchaus bei Sinnen. Charlotte war schlau. Sie wußte, was sie wollte, und sie versuchte, es zu erlangen. Aber es klappte nicht. Ich schoß vom Gebüsch auf Dich, aber Du machtest im falschen Augenblick eine Bewegung und wurdest nur in den Arm getroffen. Dadurch wurdest du gewarnt, was meinem Plan nicht förderlich war.

Dann wurde mir klar, daß ich rasch handeln müsse, denn Du würdest jetzt sicher besonders auf der Hut sein. Ich legte die Wachspuppen in die Laube. Ich wollte bei Sally den Verdacht auf Harriet lenken. Ich wollte den Glauben erwecken, daß Harriet eine Hexe sei. Die Menschen waren schließlich nur allzu bereit, dies zu glauben. Sie würden sagen, Hexerei sei im Spiel gewesen, als Du Dein Kind verlorst . . . obwohl ich damit nichts zu tun hatte. Natürlich war es kein Hexenzauber, der Dich verwundete. Aber man konnte behaupten, daß der Teufel Leigh die Hand geführt habe. Und so redeten die Leute auch. Dann kam mir der Gedanke mit der Laube. Es hätte geklappt, wenn der junge Jethro nicht gewesen wäre. Wer hätte gedacht, daß ein Verrückter alle meine Pläne zunichte machen könnte!

Für mich ist jetzt alles vorbei. Ich bin gefangen. Was kann ich noch tun? Ich muß jetzt das tun, woran ich schon oft gedacht, was ich aber nie ausgeführt habe. Diesmal gibt es für mich keinen Weg mehr zurück.

Sobald es dunkel ist, werde ich mich aus diesem Haus hinausschleichen. Ich werde zum Meer hinuntergehen. Einen Blick in die Höhle werfen . . . Du erinnerst Dich an die Höhle? Du hast Dich dort versteckt, als Du auf die Pferde gewartet hast, die Dich nach Eversleigh Court bringen sollten. Dort wirst Du meinen Mantel finden . . Hoch oben auf einem Felsbrocken, wo ihn die Flut nicht erreichen kann. Ich werde für immer aus Deinem Leben verschwunden sein. Ich werde ins Wasser gehen . . und gehen und gehen und gehen . . .

Lebewohl, Arabella. Du kannst jetzt glücklich sein. Lerne Carleton verstehen, so wie er lernen wird, Dich zu verstehen.

Charlotte.«

Wir fanden ihren Mantel an der bezeichneten Stelle. Wir gingen in den Geheimraum hinter den Bücherregalen. Dort hatte sie Papier und Feder liegengelassen, so daß wir wußten, daß alles so war, wie sie gesagt hatte.

Arme Charlotte: Ich denke oft an sie. Das verkohlte Holz der Laube haben wir weggeräumt und Blumenbeete dort angelegt, so daß diese Stelle jetzt ein Teil des Gartens geworden ist. Dort blühen Rosen, und niemand behauptet mehr, dort spuke es. Nur wenige wissen noch, daß dort einmal eine Laube gestanden hat.

Harriet verließ uns wenige Wochen nach Charlottes Tod. Der ältere Bruder von Gregory Stevens kam ums Leben, als er von seinem Pferd abgeworfen wurde, und Gregory erbte den Adelstitel mit dem gesamten Grundbesitz. Harriet heiratete ihn und nahm Benji mit. Harriet sagte mir, er sei Gregorys Sohn. Sie hatten seit langem ein Liebesverhältnis miteinander.

Ich sehe sie etwa zweimal im Jahr. Harriet ist etwas füllig geworden, hat aber meines Erachtens nichts von ihrem

Charme verloren. Jetzt, wo sie mit ihrem Schicksal Frieden geschlossen und ihr Ziel erreicht hat, scheint sie wirklich glücklich geworden zu sein.
Dasselbe trifft auf mich zu. Carleton und ich, wir haben unseren Sohn – Carl. Wir führen ein gutes Leben. Es ist natürlich nicht ohne Konflikte. Ab und zu streiten wir noch miteinander, aber unsere Liebe wird im Laufe der Zeit immer inniger, denn wir wissen, daß wir zueinander gehören und nichts daran etwas ändern kann.